Clara

Das Buch

Clara Reyes ist überglücklich, als sie vom Star der hyperdramatischen Kunst, Bruno van Tysch, für eine Neuinszenierung von Rembrandts *Susanna im Bade* engagiert wird. Wie viele junge, schöne Frauen in Madrid, Wien, Berlin und Amsterdam träumt sie davon, mit einem der radikalsten zeitgenössischen Künstler zusammenzuarbeiten. Denn nichts könnte aufregender und glamouröser sein, als diesen Provokateur zu inspirieren und sich anschließend – nackt und bemalt – als Teil einer seiner Installationen in einem Museum präsentieren zu lassen. Doch wenig später wird Annek, Claras junge Model-Kollegin, ermordet. Und nicht nur das, sie wurde auch noch sadistisch zugerichtet. Die moderne Kunstszene gerät in Verruf. Kommt der Mörder aus ihren Reihen? Kommissar Bosch ist fest davon überzeugt. Bis er allerdings einen Anhaltspunkt für seine bestürzende Theorie findet, hat längst ein Wettlauf mit der Zeit begonnen… Doch folgt er der richtigen Fährte?
José Carlos Somoza entwirft das düstere und zugleich faszinierende Szenario einer Welt, in der die Gier nach nackter Haut alle moralischen Regeln außer Kraft zu setzen droht.

Der Autor

José Carlos Somoza, geboren 1959 in Havanna, lebt seit vielen Jahren in Spanien und wurde dort für seine Theaterstücke und Romane mit zahlreichen Literaturpreisen ausgezeichnet. Für *Clara* erhielt er den Premio Fernando Lara, die höchstdotierte Auszeichnung des spanischen Literaturbetriebs.

In unserem Hause ist von José Carlos Somoza bereits erschienen:

Das Rätsel des Philosophen

José Carlos Somoza

Clara

Roman

Aus dem Spanischen
von Elisabeth Müller und Elisabeth Brock

List Taschenbuch

Besuchen Sie uns im Internet:
www.list-taschenbuch.de

Umwelthinweis:
Dieses Buch wurde auf chlor- und säurefreiem Papier gedruckt.

List Verlag
List ist ein Verlag der Ullstein Buchverlage GmbH.
1. Auflage Februar 2004

Titel der spanischen Originalausgabe: *Clara y la penumbra* (Planeta, Barcelona)
Übersetzung: Elisabeth Müller, Elisabeth Brock
Die Übersetzerinnen danken dem deutschen Übersetzerfonds für die Unterstützung.
Umschlagkonzept: HildenDesign, München – Stefan Hilden
Umschlaggestaltung: Hauptmann und Kampa Werbeagentur, München – Zürich
unter Verwendung einer Vorlage von HildenDesign
Titelabbildung: Michael Trevillion, The Trevillion Picture Library, London
Druck und Bindearbeiten: Clausen & Bosse, Leck
Printed in Germany
ISBN 3-548-60405-6

Für Lázaro Somoza

»Denn das Schöne ist nichts
als des Schrecklichen Anfang.«
Rilke

Die junge Frau steht nackt auf einem Podest. Der flache Bauch und der Schatten des Nabels sind in Augenhöhe des Betrachters. Der Kopf ist zur Seite geneigt, die Augen gesenkt. Eine Hand liegt auf dem Venushügel, die andere hat sie in die Hüfte gestützt, die Knie sind geschlossen und leicht gebeugt. Ihre Haut ist rotbraun und ocker bemalt. Schatten, in Siena gebrannt, heben ihre Brüste und betonen die Leisten und die Ritze. Eigentlich sollte man nicht »Ritze« sagen, weil von einem Kunstwerk die Rede ist, doch fällt einem bei ihrem Anblick nichts anderes ein. Eine Kerbe, unbedeutend und vertikal, ohne jede Spur einer Behaarung. Wir gehen um das Podest herum und betrachten die Figur von hinten. Das gebräunte Gesäß bündelt das Licht und wirft es zurück. Aus der Entfernung wirkt ihr Körper unschuldiger. Ihr Haar ist mit kleinen weißen Blüten bedeckt, und zu ihren Füßen breiten sich wie ein milchiger See weitere Blüten aus. Sogar aus dieser Entfernung nehmen wir noch ihren eigentümlichen Geruch nach regennassem Wald wahr. Neben der Absperrung das Schild mit dem Titel in drei Sprachen: *Entjungferung*.

Aus dem Lautsprecher tönt ein Zweiklang und durchbricht die Trance des Publikums: Das Museum schließt. Eine Frauenstimme sagt es erst auf Deutsch, dann auf Englisch und Französisch. Jeder dürfte sie verstehen oder zumindest die Botschaft ihrer Worte erfassen. Die Lehrerin einer exklusiven Wiener Schule versammelt ihre uniformierten Schäfchen und zählt sie durch, damit keins fehlt. Sie hat die Kinder hierher gebracht, um die Ausstellung zu sehen, obwohl die mit Nackten ist. Macht nichts, es sind ja Kunstwerke. Aber den Japanern macht es was, dass man ihnen das Fotografieren untersagt hat, beim Hinausgehen lächeln sie nicht. Sie finden Trost im Eingangsbereich, wo für fünfzig Euro Kataloge mit Hochglanzfotos verkauft werden – welch schönes Andenken an Wien!

Zehn Minuten darauf – der Saal ist menschenleer – geschieht etwas Unerwartetes. Es erscheinen mehrere Männer, jeder mit einem Ausweis am Revers seines Anzugs. Einer nähert sich dem Podest der jungen Frau und sagt laut: »Annek.«

Keine Reaktion.

»Annek«, wiederholt er.

Ein Augenaufschlag, ein Wenden des Halses, der Mund öffnet sich, der Körper erschauert. Die jungen Brüste heben sich mit der Atmung.

»Schaffst du es alleine herunter?«

Sie nickt, schwankt aber leicht. Der Mann reicht ihr die Hand.

Endlich steigt das junge Mädchen vom Podest herunter und wirbelt dabei mit dem Fuß eine Wolke aus Blütenblättern auf.

Annek öffnete den Verschluss der ersten Flasche, die an die verchromte Dusche angeschlossen war, und das Wasser färbte sich grün. Dann öffnete sie die zweite Flasche und rieb sich unter dem roten Wasser ab. Danach tauchte sie in einen Strahl aus Blau und Violett. Die Mittel in den Flaschen dienten jeweils zur Entfernung eines der vier Materialien auf ihrer Haut: Farbe, Öl, Fixiermittel für die Haare, künstliches Aroma. Die Flaschen waren nummeriert und färbten das Wasser verschieden, damit sie sie unterscheiden konnte. Farben und Fixiermittel lösten sich unter den prasselnden Tropfen als Erste von ihrem Körper. Am stärksten widersetzte sich stets der Duft von feuchter Erde. Die Kabine füllte sich mit Dampf, und ihr Körper verschwomm hinter einem flüssigen, regenbogenfarbenen Vorhang. Zwanzig Kabinen befanden sich in dem Raum, jede von einer weiteren verlaufenen Silhouette besetzt. Nur das Rauschen der Duschen war zu hören.

Zehn Minuten darauf ging Annek, in ein Duschlaken und eine Dampfwolke gehüllt, barfuß zum Umkleideraum. Sie trocknete sich ab, kämmte sich die Haare, rieb sich den ganzen Körper mit einer Feuchtigkeitslotion und einer Pflegecreme ein – für den Rücken verwendete sie einen Schwamm mit langem Stiel und schminkte das brauenlose Gesicht. Dann öffnete sie das Schließfach und holte ihre Kleider heraus. Sie waren neu, gerade erst gekauft in den Boutiquen auf der Judengasse, am Kohlmarkt, im Haas-Haus und auf der luxuriösen Kärntner Straße. Sie kaufte gerne Kleidung und Accessoires in den Städten, wo sie ausgestellt wurde. In den sieben Wochen seit sie in Wien war, hatte sie auch Porzellan und Kristall im Augarten gekauft, Pralinen von Demel für ihre Mutter und Schmuck für ihre Freundin Eva van Snell, die ein Kunstwerk war wie sie, aber in Amsterdam ausgestellt wurde.

An jenem Mittwoch, dem 21. Juni 2006, war Annek Hollech mit einer rosa Bluse, einer Militärjacke und einer weiten Hose mit zahlreichen Taschen ins Museum gekommen. Diese Kleidungsstücke holte sie aus dem Schrank und zog sich an. Sie trug keine Unterwäsche, weil das beim Nacktausstellen nicht zu empfehlen ist, denn es hinterlässt Abdrücke. Sie schlüpfte in ein Paar Schuhe aus Plüsch in Form zweier kleiner Teddybären, schnallte sich die Uhr mit dem schwarzen Riemen und ohne Zifferblatt an den Arm und nahm ihre Handtasche.

Im Etikettierraum saß Sally neben ihr, das Werk von Podest Nummer acht. Sie trug eine malvenfarbene Bluse ohne Ärmel und Bluejeans. Die beiden begrüßten sich, und Sally sagte:

»Hoffmann findet, dass das Purpur auf mir verschwimmt wie das Gelb bei van Gogh. Er will es mit einer stärkeren Farbe versuchen, aber die von der Konservierung meinen, dass die meine Haut angreifen könnte. Was sagst du dazu? Immer derselbe Widerspruch: Die einen wollen dich erschaffen, die anderen konservieren.«

»Stimmt«, sagte Annek.

Ein Angestellter kam mit zwei Etikettschachteln. Sally öffnete ihre und nahm ein Etikett heraus.

»Ich sehne mich nach meinem Bett«, sagte sie. »Ich glaube zwar nicht, dass ich sofort einschlafen kann, aber ich werde daliegen, zur Decke gucken und die Horizontale genießen. Und du?«

»Ich muss noch meine Mutter anrufen. Ich rufe sie einmal die Woche an.«

»Wo ist sie jetzt? Sie reist viel, oder?«

»Ja. In Borneo und fotografiert Affen.« Annek legte sich ein Etikett um den Hals und machte den Verschluss zu. »Ab und zu schickt sie mir per E-Mail ein Foto von einem Affenpärchen.«

»Ehrlich?«

»Ja. Vielleicht will sie andeuten, dass ich heiraten soll.«

Sally unterdrückte ein Lachen.

»Wenigstens schickt sie dir überhaupt etwas. Mein Vater scannt mir aus New York noch nicht mal ein Foto von zwei Hotdogs. Er war nie damit einverstanden, dass aus seiner Tochter ein kostbares Kunstwerk wurde.«

Sie schwiegen. Annek band sich das letzte Etikett um den Fußknöchel. An Hals, Hand- und Fußgelenk trug sie jetzt, mit schwarzen Bändern befestigt, drei leuchtend gelbe, rechteckige Schildchen von vier mal acht Zentimetern. Auch Sally hatte sich ihre umgebunden. Sie beobachteten im Spiegel, wie die ersten Kunstwerke gingen: Laura, Cathy, David, Estefania, Celia. Eine Parade etikettierter, athletischer Gestalten.

»Meine Regel ist schon wieder ausgeblieben«, sagte Annek in gleichgültigem Ton. »Seit Hamburg kommt sie mal und bleibt dann wieder weg.«

Sally sah einen Moment zu ihr herüber.

»Das hat nichts zu sagen, es geht uns allen so. Lena sagt, dass ihre Blutung ihr vorkommt wie ein Regenschirm: Sie hat sie, dann ist sie eine Zeit lang verschwunden, dann hat sie sie wieder, und dann ist sie wieder weg. Das gehört zu unserem Leben als Gemälde dazu, wie du weißt.«

»Ja, ich weiß.« Annek hielt den Blick weiter zum Spiegel gewandt. »Außerdem geht es mir besser, wenn ich sie nicht habe«, schloss sie.

»Sag mal, hast du am Montag schon was vor?«

Die Frage machte Annek neugierig. Sie nahm sich nie irgendetwas für den Ruhetag des Museums vor, bis auf diese wahnsinnigen Kauforgien mit ihrer unerschöpflichen Kreditkarte. Alles andere, die einsamen Spaziergänge zur Hofburg, nach Schönbrunn und zum Belvedere (in Wirklichkeit nicht so einsam, weil das Wachpersonal sie überallhin begleitete) oder die Besuche im Historischen Museum und im Stephansdom, auch die Ballettabende und die Veranstaltungen der Wiener Festwochen im Juni, das alles langweilte sie und war ihr so über, dass ihr schwindelte. Sie fragte sich, was ein Kunstwerk wie sie in dieser Stadt, wo alles Kunst war, tun konnte. Sie hoffte, die Ausstellungstour außerhalb Europas mitmachen zu können. Die Stiftung hatte versprochen, nächstes Jahr mit ihnen nach Amerika und Australien zu reisen. Vielleicht würde sie dort die richtige Ablenkung finden.

»Nichts«, erwiderte sie, »wieso?«

»Laura, Lena und ich haben vor, zum Prater zu fahren und den Tag dort zu verbringen. Kommst du mit?«

»Gut.«

Und plötzlich spürte sie, wie eine Welle der Dankbarkeit sie warm durchströmte. Mit ihren vierzehn Jahren war Annek Hollech das jüngste Bild der Ausstellung – Sally war zum Beispiel zehn Jahre älter als sie. Am Ruhetag gingen alle anderen Werke ihrer Wege. Um sie kümmerte sich niemand. Jedes andere Mädchen hätte diese Situation unerträglich gefunden. Nicht so Annek, die die

Einsamkeit und Stille von Museen und Galerien gewohnt war. Dennoch hatte Sallys Geste sie gerührt, was man ihr jedoch nicht ansah. Ihr Gesicht drückte nur die Gefühle aus, die ein Maler es ausdrücken ließ.

»Danke«, sagte sie schlicht, während ihre grünlichblauen Augen auf Sally ruhten.

»Du brauchst dich nicht bei mir zu bedanken«, entgegnete diese. »Ich mache das, weil ich gerne mit dir zusammen bin.«

Und dieser freundliche Satz rührte sie erneut.

Sie fuhren mit dem Fahrstuhl nach unten. Zwei hoch aufgeschossene Anneks mit langen blonden Haaren, um den Hals die beiden gelben Schildchen, spiegelten sich in den dunklen Brillengläsern von Díaz. Oscar Díaz war der Wachmann vom Dienst, der sie in ihr Hotel begleitete. Sonst schenkte er ihr immer ein liebenswürdiges Lächeln und irgendeine nichts sagende Höflichkeitsfloskel. Aber an jenem Mittwoch war er ungewöhnlich wortkarg. Annek hätte gerne eine Unterhaltung mit ihm angefangen, weil sie sich nach dem Gespräch mit Sally sehr gelöst fühlte, aber dann fiel ihr ein, dass es sich für ein Kunstwerk nicht geziemte, mit dem Wachpersonal zu plaudern. So beschloss sie, Díaz' Schweigen zu vergessen. Sie hatte an anderes zu denken.

Seit zwei Jahren war sie die *Entjungferung*, eins von van Tyschs Meisterwerken, und sie wusste nicht, wie viel Zeit ihr noch blieb, bis der Maler beschloss, sie auszuwechseln. Ein Monat? Vier? Zwölf? Alles hing davon ab, wie schnell ihr Körper reifte. Nachts, wenn sie nackt in einem der großen Hotelbetten lag, in denen sie schlief, fuhr sie manchmal mit dem Finger über den Rand der an ihrem Hals und Handgelenk befestigten Schilder oder tastete nach der tätowierten Signatur (BvT in Indigoblau) an ihrem linken Knöchel und bat den fernen Gott der Künste und des Lebens im Stillen, dass ihr Körper weiter ruhen mochte, dass er nicht heimlich ausschlug, dass ihre Brüste, bitte, bitte, nicht anschwollen, dass sich ihre Beine nicht wölbten wie der Schlamm in der Biegung des Flusses, dass die Hände, die ihre Hüften bemalten, nicht täglich einen weiteren, kurvigeren Weg zurückzulegen hätten.

Sie wollte weiter die *Entjungferung* sein.

Sechs Jahre lang hatte sie sich abgemüht, ein Meisterwerk zu werden. Das alles verdankte Annek ihrer Mutter, die ihre Fähigkeiten zum Gemälde erkannt und sie mit nur acht Jahren bei der Stiftung vorgestellt hatte. Ihr Vater wäre natürlich dagegen gewesen, aber er konnte es nicht verhindern, weil er nicht mehr mit ihnen zusammenlebte: Die Ehe war seit beinahe fünf Jahren zerbrochen, und Annek kannte ihn kaum. Sie wusste, dass er ein gewalttätiger Mann war, alkoholsüchtig und labil, ein altmodischer Maler, der noch mit Leinwand arbeitete und sich darauf versteift hatte, von seinem Beruf zu leben. Er sperrte sich gegen die Einsicht, dass tote Bilder aus der Mode gekommen waren. Seit Annek in der alleinigen Obhut ihrer Mutter war und vor allem seit sie mit ihrer Ausbildung zum professionellen Gemälde in Amsterdam begonnen hatte, belästigte dieser jähzornige Unbekannte Mutter und Tochter fortwahrend – bis auf die Zeiten seiner häufigen Einweisungen in Krankenhäuser und Gefängnisse.

Als Annek 2001 im Stedelijk Museum von Amsterdam zum ersten Mal von van Tysch als *Intimität* ausgestellt wurde, baute sich ihr Vater plötzlich mitten im Saal vor ihr auf. Annek erkannte ihn an den schrecklichen, verzerrten Zügen und den rot unterlaufenen Augen, die sie auf zehn Schritte Entfernung von der Absperrung aus betrachteten, und wusste sogleich, was im nächsten Augenblick geschehen würde. »Das ist meine Tochter!«, schrie der Mann außer sich. »Sie wird nackt in einem Museum ausgestellt und ist erst neun Jahre alt!« Eine ganze Mannschaft von Sicherheitsleuten musste anrücken. Es gab einen großen Tumult und einen sehr kurzen Prozess, und ihr Vater landete wieder einmal im Gefängnis.

Abgesehen von *Intimität* hatte der Meister noch zwei weitere Bilder mit ihr gemalt: *Vertraulichkeiten* und *Entjungferung*. Letzteres, das aus dem Jahr 2004 stammte, galt als eines der größten Werke von Bruno van Tysch; manche Fachkritiker wagten sogar, es als eines der bedeutendsten Werke der Malerei überhaupt zu bezeichnen. Annek war mit goldenen Lettern in die Geschichte der Malerei eingegangen, und ihre Mutter war sehr stolz auf sie. Sie pflegte zu sagen: »Das ist nicht zu verachten. Du hast das ganze Leben vor dir, Annek.« Aber sie hasste es, »das ganze Leben vor sich zu haben«, sie wollte nicht groß werden. Sie fürchtete sich davor, die *Entjungferung* aufzugeben, von einem anderen jungen Mädchen ersetzt zu werden.

Die Menstruation war über sie gekommen, wie ein roter Klecks auf eine jungfräuliche Leinwand fällt, oder wie ein Warnsignal. »Vorsicht, Annek, du wirst erwachsen, bald bist du für das Bild zu alt«, warnte sie das Signal. Natürlich war sie froh, wenn sie wegblieb, wenigstens einen Zyklus lang! Den Gott der Künste betete sie an, den des Lebens hasste sie. Doch der Gott der Künste war der Meister, und der würde nichts anderes tun als eines Tages zu ihr sagen: »Wir müssen dich austauschen, damit das Gemälde bestehen bleibt.«

Sie versuchte, die Angst aus ihren Gedanken zu vertreiben, doch vergeblich – sie wurde sie nicht los.

Das Parkhaus war dunkel und gespenstisch mit den widerhallenden Motoren. An jenem Abend wurde es von einem türkischen Einwanderer namens Ismael bewacht. Er grüßte Díaz mit einem Handzeichen. Als er lächelte, gingen die beiden Enden seines schwarzen Schnurrbarts nach oben. Díaz erwiderte den Gruß, während er die hintere Tür des Lieferwagens öffnete. Ismael betrachtete Anneks Körper, als sie sich zum Einsteigen nach vorne beugte und das Innere des Wagens die Gestalt nach und nach verschluckte: die Schultern, das Becken, das Gesäß, die langen Beine, einen Plüschschuh, dann den anderen. Die Tür wurde zugeschoben, der Lieferwagen setzte sich in Gang, manövrierte aus der Parklücke heraus und fuhr davon.

Das Hotel Marriott befand sich auf der Ringstraße, wenige Häuserblocks vom Museumsquartier entfernt. Die Strecke war kurz und sicher, sodass Ismael keinen Grund zur Annahme hatte, irgendetwas Schlechtes oder auch nur Ungewohntes könnte geschehen.

Niemals wäre er darauf gekommen, dass er Annek Hollech zum letzten Mal lebend gesehen hatte.

ERSTER SCHRITT

Die Farben der Palette

Weiß, rot, blau, violett, elfenbein, grün, gelb und schwarz
sind die Grundfarben der Palette in der Malerei
von menschlichen Körpern.
Über die hyperdramatische Malerei
Bruno van Tysch

Wie schön das wäre, wenn wir in das
Spiegelhaus hinüber konnten!
Lewis Carroll

1

Clara war schon über zwei Stunden mit Titanweiß bemalt, als eine Frau in Begleitung von Gertrude herunterkam, um sie anzuschauen. Aus den Augenwinkeln erkannte sie eine Sonnenbrille, ein Hütchen mit Blumen und ein perlfarbenes Kostüm. Es schien eine wichtige Kundin zu sein. Sie sprach mit Gertrude, während sie Clara mit dem Blick abschätzte.

»Wusstest du eigentlich, dass Roni und ich vor zwei Jahren einen Bassan erstanden haben?« Ein ausgeprägter argentinischer Akzent. »*Mädchen mit Sonne* hieß er. Roni gefiel der Glanz von Schultern und Bauch. Aber ich habe gesagt: ›Roni, ich bitte dich, wir haben doch schon so viele Bilder, wo willst du das denn noch hinstellen?‹ Und Roni sagte: ›So viele haben wir gar nicht. Du hast das Haus mit Klimbim voll gestellt, aber ich beschwere mich nicht.‹« Gelächter. »Und weißt du, was wir schließlich mit dem Bild gemacht haben? Wir haben es Anne geschenkt.«

»Sehr gut.«

Die Frau nahm die Brille ab, als sie sich nach vorne beugte.

»Wo ist die Signatur? ... Ah, auf dem Oberschenkel ... Schön ist es ... Wo war ich stehen geblieben?«

»Dass du das Bild Anne geschenkt hast.«

»Ja, genau. Sie waren begeistert, Anne und Louis, du kennst sie ja. Anne wollte wissen, ob die Miete sehr hoch sei. Ich habe ihr gesagt: ›Das soll nicht eure Sorge sein, die zahlen wir. Es ist ein Geschenk.‹ Dann habe ich das Bild gefragt, ob es einverstanden wäre, mit meiner Tochter nach Paris zu gehen. Und es hat ja gesagt.«

»Ein gekauftes Bild muss immer damit einverstanden sein, dem Besitzer zu folgen«, befand Gertrude.

»Ich bin gerne rücksichtsvoll zu den Bilderchen ... Es ist wirklich schön.« Das »sch« vibrierte wie ein Kurzschluss in ihrem Mund. »Wie sagst du, heißt es ...?«

»*Mädchen vor dem Spiegel.*«

»Schön, sehr, sehr schön ... Wenn du gestattest, Gertrude, nehme ich einen Katalog mit.«

»So viele du möchtest.«

Clara verharrte regungslos, als sie sich entfernten. »Schön, schön, sehr schön, aber du wirst mich nicht kaufen. Das riecht man drei Meilen gegen den Wind.« Sie wusste, dass es nicht gut war, sich bei der Ruhestellung ablenken zu lassen, aber sie konnte nicht umhin. Es beschäftigte sie, dass niemand sie kaufte.

Was war denn am *Mädchen vor dem Spiegel* nicht in Ordnung? Sie wusste es nicht. Die Ölfarbe war nicht besonders, aber sie hatte sich schon in viel schlechteren Aufmachungen verkauft. Sie stand vollkommen nackt mit der rechten Hand auf dem Venushügel und der Linken an der Seite, etwas geöffneten Beinen und von oben bis unten mit verschiedenen Weißschattierungen bemalt. Ihre Haare formten eine kompakte Masse aus nuanciertem Weiß, während an ihrem Körper helle, reine Weißtöne schimmerten. Vor ihr erhob sich ein rechteckiger Spiegel beinah zwei Meter hoch, der unsichtbar in den Boden eingelassen war. Das war alles. Sie kostete zweitausendfünfhundert Euro plus dreihundert Euro Instandhaltung im Monat, ein erschwinglicher Preis für jeden mittelmäßigen Sammler. Alex Bassan hatte ihr versichert, dass sie sich schnell verkaufen würde, aber nun stand sie schon fast einen Monat als Ausstellungsstück in der Galerie GS an der Calle Velázquez von Madrid, und niemand hatte ein festes Angebot gemacht. Es war Mittwoch, der 21.

Juni 2006, und der Vertrag zwischen dem Maler und der Galerie lief in einer Woche aus. Wenn bis dahin nichts passierte, würde Bassan sie da herausholen und Clara müsste warten, bis ein anderer Künstler ein Original mit ihr malen wollte. Aber wie sollte sie in der Zwischenzeit zu Geld kommen?

Von Natur aus, unbemalt, hatte Clara Reyes platinblondes, leicht gelocktes Haar, das ihr bis auf die Schultern reichte, blaue Augen, hohe Wangenknochen, einen zwischen Naivität und Arglist schwankenden Ausdruck und eine anmutige Gestalt von trügerischer Zartheit, die durch eine erstaunliche körperliche Zähigkeit Lügen gestraft wurde. Um diese Form zu halten, brauchte sie Geld. Sie hatte sich eine helle, weiß gestrichene Penthousewohnung in der Calle Augusto Figueroa gekauft und im Wohnzimmer ein kleines Fitnesscenter eingerichtet, in der Mitte eine Tatamimatte und rundherum Spiegel und Geräte. An den Ruhetagen, wenn die Galerie geschlossen hatte, ging sie schwimmen. Einmal im Monat besuchte sie ein Kosmetikstudio. Sie hielt Diät und kontrollierte ihr Gewicht bis aufs Gramm. Sie verwendete täglich drei Arten von Cremes, um ihre Haut nach Art der Leinwände sanft und straff zu halten. Am Oberkörper hatte sie sich zwei kleine Warzen entfernen lassen und am linken Knie eine Narbe. Ihre Menstruation war durch eine Behandlung wie weggezaubert, und ihre körperlichen Funktionen kontrollierte sie mit Medikamenten. Sie hatte sich vollends und dauerhaft enthaaren lassen, einschließlich der Augenbrauen; nur das Haupthaar war ihr geblieben. Brauen und Schambehaarung sind nämlich leicht aufzumalen, wenn der Künstler es wünscht, brauchen aber lange, bis sie nachgewachsen sind. Das war also keine Marotte, sondern Bestandteil ihrer Arbeit. Ein Bild zu sein kostete eine Menge Geld, und eine Menge Geld verdiente sie nur, wenn sie ein Bild war. Ein merkwürdiges Paradox. Sie dachte daran, wie Recht van Tysch, der Große unter den Großen, doch hatte, als er sagte, dass die Kunst nichts anderes sei als Geld.

In jenem Jahr war es ihr indes alles in allem nicht schlecht gegangen. Eine katalanische Unternehmerin hatte sie zu Weihnachten als *Die Erdbeere* von Vicky Lledó gekauft; allerdings besaß Vicky einen festen Kundenstamm und verkaufte ihre Werke immer gut. Dieses Bild stellte sie zusammen mit Yoli Ribó: Sie saßen mit Naturfarben bemalt auf einem Sockel, Arme und Beine ineinander verwoben und eine Plastikerdbeere in Chinarot zwischen ihren Zähnen. Es war eine einfache Pose, obwohl sie täglich ein Spray benutzen musste, um die Speichelbildung zu unterdrücken. (»Stell dir mal ein sabberndes Bild vor«, hatte Vicky gesagt, »wie unästhetisch.«) Doch hatte man sich erst daran gewöhnt, dann schien es einem das Einfachste von der Welt, die Plastikerdbeere täglich sechs Stunden im Mund zu ertragen. Und der Hyperdramatismus hatte hier die gegenseitige Durchdringung von Yoli und ihr auf ideale Weise vollbracht: Sie teilten die Erdbeere, den Atem, den Blick und die Berührung wie ein echtes Liebespaar. Vicky hatte sie beide mit einem horizontalen VL in Rot auf dem Deltamuskel signiert. Einen Monat blieben sie bei der Unternehmerin, dann wurden sie ausgewechselt. Also musste sie wieder Arbeit suchen. Im März hatte sie eine Französin in einem Freilichtbild des portugiesischen Malers Gamaio in Marbella ersetzt und im April Queti Calbidos in *Flüssiges Element II* von Jaume Oreste, auch ein Freilichtbild in La Moraleja, aber wenn man nicht das Originalmodell ist, wird man nicht sehr gut bezahlt.

Im Mai kam endlich die gute Neuigkeit. Sie erhielt einen Anruf von Alex Bassan. Er wollte mit ihr ein Original malen. »Alex, du kommst mir wie gerufen«, schoss es ihr durch den Kopf. Bei ihm handelte es sich um einen wenig methodischen, aber verkäuflichen Künstler. Vor Jahren hatte er mit Clara zwei Originale gemalt, daher war sie seine Arbeitsweise gewohnt. Sie konnte das Angebot nicht schnell genug annehmen.

Clara zog Anfang Mai nach Barcelona, in die zweistöckige Wohnung unweit der Diagonal, wo Bassan lebte und arbeitete. Sie schlief in einem der drei Klappbetten im Atelier. Die beiden anderen waren belegt von einem bulgarischen Mädchen (oder war sie Rumänin?) von elf oder zwölf Jahren, das Bassan in Mußestunden als Skizze benutzte, und von Gabriel, ebenfalls eine Skizze, den der Maler *Unglück* nannte, weil sein erstes Werk mit ihm diesen Titel getragen hatte. *Unglück* war mager und unterwürfig. Im oberen Stock wohnten Bassan und seine Frau.

Während Clara arbeitete, wanderte das Mädchen wie ein Phantom im Atelier auf und ab, in der Hand eine dieser elektronischen Puppen aus Japan, die man per Knopfdruck füttern, hüten und erziehen muss. Dieses Ding war das Einzige, was Clara in den zwei Wochen, die sie in Bassans Haus zubrachte, an ihr sah: als wäre das Mädchen unbekleidet und ohne Gepäck dort angekommen. Was *Unglück* anging, so war er fortwährend am Kommen und Gehen. Das begründete er damit, dass er mit mehreren Barceloneser Künstlern gleichzeitig arbeiten würde.

Bassan hatte vor Claras Ankunft Entwürfe für sie gemacht. Dazu hatte er sich einer nordamerikanischen Skizze bedient, die Carrie hieß. Er hatte ihr die Fotos gezeigt: Carrie stehend, Carrie auf Zehenspitzen, Carrie kniend, alles vor einem Spiegel in unterschiedlicher Entfernung. Aber das Ergebnis stellte ihn nicht zufrieden. In den ersten Tagen nahm er Clara ohne Spiegel. Er bemalte sie mit weißer und schwarzer Sprühfarbe und begutachtete das Ergebnis, von einer Lampe vor dunklem Hintergrund beleuchtet. Er fügte Fixiermittel für die Haare hinzu und ließ sie mehrere Stunden auf einem Bein stehen.

»Wo willst du eigentlich hin, Alex?«, fragte sie ihn.

Bassan war ein großer, kräftiger Mann vom Aussehen eines Holzfällers. Aus dem Kragen seines Morgenmantels schaute seine behaarte Brust hervor. Er pflegte genauso zu malen, wie er sprach: impulsiv. Manchmal, wenn er eine empfindliche Stelle bei ihr herausarbeitete, rubbelte er Clara mit seinen dicken Fingern regelrecht die Haut ab.

»Wo ich hinwill? Was für eine Frage, Clarita, mein Kind. Was weiß denn ich, zum Teufel. Ich habe einen

Spiegel. Ich habe dich. Ich will was Einfaches machen, was Natürliches, mit einer schlichten Farbgebung, vielleicht eine Komposition mit ungemischtem Weiß. Und ich will was ausdrücken ... ich weiß nicht ... Ich will, dass du aufrichtig bist, offen, direkt ... Aufrichtigkeit: Das ist das Wort. Uns kennen lernen, durch den Spiegel gehen, erfahren, wie man in der Spiegelwelt lebt ...«

Clara verstand kein Wort, aber mit den anderen Malern erging es ihr ebenso. Das störte sie nicht weiter. Sie war das Bild, nicht der Kunstkritiker; ihre Arbeit bestand darin, zuzulassen, dass der Maler mit ihr ausdrückte, was er im Kopf hatte, und nicht darin, es zu verstehen. Außerdem hatte sie zu Bassan blindes Vertrauen. Bei ihm kam alles unerwartet. Die Lösung war stets ein Zufallstreffer, auf einen Schlag war sie da, und wenn sie kam, rührte sie direkt an die Seele.

Eines Tages, Mitte der zweiten Woche, legte Bassan den Spiegel auf den Boden des Ateliers und wies sie an, sich nackt darauf zu hocken und anzuschauen. Es vergingen einige Stunden. Clara kauerte auf dem Spiegel und sah Aureolen aus Dampf.

»Gefällt es dir, dich anzuschauen?«, fragte der Maler sie plötzlich.

»Ja.«

»Warum?«

»Ich glaube, dass ich attraktiv bin.«

»Erzähl mir, was dir spontan einfällt. Einfach so, ohne nachzudenken. Was es auch sein mag.«

»Nabel«, sagte Clara.

»Ein Nabel?«

»Nicht ein Nabel. Mein Nabel.«

»Du dachtest an deinen Nabel?«

»Mhm. Gerade eben, ja. Ich schaue ihn mir nämlich an.«

»Und was dachtest du über deinen Nabel? Dass er schön ist? Dass er hässlich ist?«

»Ich dachte darüber nach, wie unbegreiflich das ist. Ich meine, dass man ein Loch im Bauch hat. Ist das nicht merkwürdig?«

Bassan blieb reglos stehen (seine Art zu reflektieren), um sich im nächsten Moment auf die Schenkel zu schlagen (seine Art etwas zu entdecken).

»Nabel, Nabel ... Loch ... Der Beginn der Welt und des Lebens ... Ich hab's. Stell dich hin. Mit der rechten Hand bedeckst du dein Geschlecht, den Daumen leicht abgespreizt. Zeig mal ... So ... nein, ein bisschen mehr ... So ... damit er schräg auf deinen Nabel zeigt ...«

Am Ende war das Werk ganz schlicht. Bassan stellte sie hin, Arme und Beine leicht geöffnet, die rechte Hand auf dem Venushügel und den Daumen ein bisschen weniger abgespreizt als ursprünglich vorgesehen. Er rührte eine Mischung aus Zinkweiß an und gab ihr damit eine Grundierung – auch auf die »natürlichen Makel«: Gesichtszüge, Aureolen, Brustknospen, Bauchnabel, Venushügel und Poritze. Er nahm Kremser Weiß für die hellsten Stellen und setzte ihr dann mit dem Pinsel ein paar Akzente in Titanweiß. Er fixierte die Haare und strich eine einheitliche weiße Farbmasse darauf, sodass sie dicht am Kopf anlagen. Auf die Farbschicht im Gesicht zeichnete er mit einem spitzen Marder ein paar Striche für die Züge: Augenbrauen, Wimpern und Lippen in einem mit viel Weiß gemischten Neapelgelb. Vor sie stellte er einen Spiegel im Ganzkörperformat auf und versenkte ihn im Boden. Er richtete zwei parallele Beleuchtungsschienen mit je drei Halogenstrahlern auf sie. Das Licht brachte das Öl auf ihrer Haut zum Funkeln. Am 22. Mai tätowierte er ihr seine Signatur auf den linken Oberschenkel: ein großes B und zwei kleine s. »Bss«. Es klang wie ein weicher Pfiff, dachte sie, wie das Summen einer Wespe.

»Ich halte es für besser, es mit Madrid zu versuchen«, erklärte Bassan. »Ich habe ein interessantes Angebot von GS.«

Bassan gestaltete den Katalog höchstpersönlich. Ein Ausstellungskatalog ist heutzutage wichtiger als das Werk selbst, fand er. »Wir Maler von heute schaffen keine Bilder, sondern Kataloge«, pflegte er zu sagen. Als er Ende Mai die ersten Probedrucke erhielt, schickte er Clara ein

Exemplar. Eine großformatige satinierte Karte mit Claras bemaltem Gesicht lud zu der Ausstellung ein. Innen stand mit goldenen Lettern: »Der Maler Alex Bassan und die Galerie GS freuen sich, Ihnen ...« In seiner für ihn typischen Ausdrucksweise beschrieb Bassan die Karte: »Sie sieht aus wie die Einladung zur Erstkommunion eines Elfs.«

Die Vernissage fand am 1. Juni 2006 statt, einem Donnerstag, um acht Uhr abends in der GS von Madrid – ein Ereignis wie jedes andere. Die Hälfte der Getränke übernahm Gertrude. Die Leute betranken sich im Vorraum und stiegen dann ins Untergeschoss, um Clara zu betrachten, die in der Mitte des winzigen Raumes stand. Vor ihr ragte der Spiegel ohne Spur und ohne Fuß vollkommen vertikal wie von Zauberhand aus dem Boden. Hinter ihrem Rücken hing an der weißen Wand eine Karte: »Alex Bassan: *Mädchen vor dem Spiegel*. Öl auf 24-jährigem Mädchen mit Spiegel in Ganzkörperformat und Beleuchtung. 195 x 35 x 88 cm.« Unter dem Schildchen war eine Konsole mit Katalogen. Es gab weder ein Podest noch eine Absperrung. Sie stand auf dem weiß gekalkten, blanken Boden und glänzte wie der Spiegel. Der Raum war sehr eng, und als er sich füllte, fürchtete Clara, ihr könnte jemand auf die Füße treten. Ein weißer Feuerlöscher hing in einer Ecke an der Wand. ›Wenigstens muss ich nicht verbrennen, wenn Feuer ausbricht‹, dachte sie.

Sie hörte die Lobreden der Fachleute. Und auch die eine oder andere Kritik. Doch richtete sich diese natürlich nicht gegen sie, sondern gegen das Werk. Aber die Leute betrachteten trotzdem sie: ihre Oberschenkel, ihr Gesäß, ihre Brüste, ihr unbewegtes Gesicht. Und den Spiegel. Mit einer Ausnahme. Sie sah aus den Augenwinkeln, wie sich eine Silhouette ihrem linken Ohr näherte und was Obszönes hineinflüsterte. Sie war daran gewöhnt und blinzelte nicht einmal. Es kam regelmäßig vor, dass sich Verrückte in die Ausstellungen von hyperdramatischer Kunst schlichen und nicht das Werk sehen wollten, sondern die nackte Frau. Nach dem Geruch seines Atems zu urteilen, war der Kerl betrunken. Eine ganze Weile stand der Trunkenbold noch neben ihr und starrte sie an. Clara fürchtete, er würde sie anfassen, denn nirgends war ein Aufpasser zu sehen. Aber der Mann entfernte sich kurz darauf. Wenn er es versucht hätte, wäre sie gezwungen gewesen, die Ruhestellung aufzugeben, um ihn verbal zurechtzuweisen. Hätte der Kerl dann immer noch keine Ruhe gegeben, wäre es ihr ein Leichtes gewesen, ihm ein Knie in die Hoden zu stoßen. Es wäre nicht das erste Mal, dass sie ihre Pose verließ, um sich gegen einen aufdringlichen Betrachter zur Wehr zu setzen. Die HD-Kunst löste uneingestandene Leidenschaften aus, und unbewachte weibliche Bilder hatten diese Lektion schnell gelernt.

Mädchen vor dem Spiegel konnte problemlos in einem geräumigen Wohnzimmer aufgestellt werden. Die Prozente, die ihr dann auf den Verkauf und die Miete zustanden, würden ihr neben dem Geld, das sie für die Arbeit beim Maler bekommen hatte, den Rest des Sommers sichern.

Aber keiner kaufte sie.

»Clara.«

Sie holte einmal tief Luft, als sie von der Treppe Gertrudes Stimme vernahm.

»Clara, es ist schon halb zwei. Ich will schließen.«

Es kostete sie einige Mühe, die Ruhestellung aufzulösen und in die Welt der lebenden Dinge zurückzukehren. Sie bewegte den Kiefer, schluckte, zwinkerte (zwei Bilder des eigenen, von den Lampen angestrahlten Gesichts blieben auf ihrer Netzhaut haften), streckte die Arme und schüttelte die Füße aus. Ein Bein war ihr eingeschlafen. Sie massierte sich den Nacken. Das Öl spannte auf ihrer Haut.

»Und zwei Männer wollen mit dir sprechen«, fügte Gertrude hinzu. »Sie sind in meinem Büro.«

Sie unterbrach ihre Übungen und sah die Galeristin an. Gertrude stand am Fuß der Treppe. Ihr Gesicht mit den grünen Augen und den karminroten Lippen zeigte wie gewöhnlich keinerlei Erwartung. Sie war eine reife Frau, riesig und weiß wie der Montblanc, von einem nahezu strahlenden Albinismus. Ausgebreitet im Schnee wären von ihr nur noch zwei mandelförmige Smaragde und ein rougefarbener Mund übrig geblieben. Sie trug mit Vorliebe weiße Tuniken, und wenn sie sprach, klang es, als würde sie einen Kriegsgefangenen verhören. ›Ich bin Deutsche, lebe aber schon seit etlichen Jahren in Madrid‹, erklärte sie, als man Clara mit ihr bekannt machte. Sie sprach ›Madrid‹ aus wie ein Roboter in einem Jugendfilm. ›GS sind die Initialen meines Namens.‹ Und dann sagte sie ihr, wie sie hieß, aber Clara konnte den Nachnamen einfach nicht behalten. ›Sehr erfreut‹, sagte Clara und wurde mit einem Lächeln belohnt. Bassan versicherte, dass sie eine gute Galeristin sei und eine ausgewählte Klientel von Sammlern der hyperdramatischen Kunst besäße.

Von alledem hatte Clara nichts gemerkt. Dagegen bemerkte sie sehr wohl, dass Gertrude mürrisch war und die Bilder von oben herab behandelte. Zu den Malern mochte sie ja freundlich sein, zu den Bildern jedenfalls nicht. Außerdem hatte sie einen Sauberkeitsfimmel. Sie gestattete Clara nicht, nach der Arbeit ins Bad zu gehen, um sich zu schminken oder die Toilette zu benutzen. Sie sagte, sie wollte nirgends Farbe sehen außer auf der Haut der Bilder. Am ersten Tag hatte sie ihr hinten eine kleine Kammer zugewiesen und erklärt, damit kämen die Werke gut zurecht.

Clara betrat also jeden Tag diesen Verschlag, zog das löchrige, von Bassan mit Farbe vorbereitete Trikot über, setzte die Färbehaube auf den Kopf und wartete fast eine Stunde, bis die Farbe sich auf ihrer Haut fixiert hatte. Dann befreite sie sich von Trikot und Haube und kam nackt und weiß schimmernd wieder heraus, ging die Treppe hinunter und nahm die Pose und den Gesichtsausdruck an, die der Maler für sie gewählt hatte. Wenn die Galerie schloss, blieb ihr nichts anderes übrig, als mit ihrer Körperbemalung unter einem Jogginganzug den Heimweg anzutreten, das weiße Haar von einer lächerlichen Baskenmütze bedeckt; denn sie durfte sich nur das Gesicht waschen. Es war nicht sonderlich angenehm, mit der von Ölfarbe verkrusteten Haut Auto zu fahren.

»Zwei Herren?« Sie räusperte sich, um ihre Stimme zurückzuerlangen. »Was wollen sie?«

»Was weiß denn ich. Sie erwarten dich in meinem Büro.«

»Aber sind sie denn nicht runtergekommen, um das Werk anzusehen?« Oftmals wusste sie nämlich nicht, wer sie alles besucht hatte.

»Heute jedenfalls nicht. Sie haben nach Clara Reyes gefragt. Von einem Werk war nicht die Rede.«

Während Clara darüber nachsann, fügte Gertrude hinzu: »Ich nehme an, dass du sie so nicht empfangen willst. Du kannst einen Bademantel vom Speicher anziehen. Aber fass mir ja nichts an. Ich will in meinem Büro keine Farbkleckse sehen.«

Die beiden Männer erwarteten sie im Stehen und sahen sich dabei ein paar satinierte Prospekte an. Es waren die Kataloge von anderen Werken, die mit ihr gemacht worden waren. *Zärtlichkeiten* von Vicky, *Horizontale III* von Gutiérrez Reguero und *Indessen verhungert der Wolf* von Georges Chalboux. Die Abbildungen zeigten ihren nackten oder fast nackten Körper mit unterschiedlichen Bemalungen. Die Kataloge von *Mädchen vor dem Spiegel* waren auch dabei. Einer der Männer warf die Prospekte auf den Tisch, als hätte er sich eine bestimmte Menge abgezählt, nachdem er sie dem anderen gezeigt hatte. Sie trugen teure Anzüge und kamen aller Wahrscheinlichkeit nach aus dem Ausland. Als Clara dies klar wurde, begann ihr Herz zu pochen: Wenn sie von weit her kamen, um sie zu sehen, konnte das heißen, dass sie wirklich an ihr interessiert waren. ›Ruhig Blut, du weißt ja noch nicht, was sie dir anbieten.‹

Sie schoben ihr einen Stuhl hin. Beim Hinsetzen öffnete sich der Bademantel wie eine Blüte und legte ein mit Titanweiß und Kremser Weiß bemaltes Bein bis zum Oberschenkel frei. Sie verschränkte die Arme unter der Brust und nahm die Haltung eines braven Mädchens ein.

»Ja, bitte?«

Die Männer nahmen Platz. Es sprach nur einer von ihnen. Sein Spanisch war voller Fehler, aber verständlich. Den Akzent vermochte Clara nicht zu definieren.

»Sind Sie Clara Reyes?«

»Ja.«

Der Mann holte etwas aus dem Aktenkoffer: Es war der Lebenslauf, mit dem Clara sich bei den bekanntesten Künstlern Europas und der Vereinigten Staaten bewarb. Ihr Herz begann noch schneller zu hämmern.

»Vierundzwanzig Jahre alt«, las der Mann laut, »einen Meter fünfundsechzig groß, Brustumfang fünfundachtzig, Taille fünfundfünfzig, Hüften achtundachtzig, naturblond, Augenfarbe hellblau mit einem Hauch grün, depiliert, ohne Unregelmäßigkeiten, straff und fest, viermal imprägniert ... Richtig?«

»Richtig.«

Der Mann fuhr fort.

»Studium der HD-Kunst und der Leinwandtechnik bei Cuzinet in Barcelona und der Adoleszenzkunst bei Wedekind in Frankfurt. Sie waren auch bei Ferrucioli in Florenz, richtig?«

»Na ja, bei Ferrucioli war ich nur eine Woche.«

Sie wollte nichts verschweigen, weil dann später die Fangfragen kämen.

»Sie wurden von spanischen und ausländischen Künstlern bemalt. Sprechen Sie auch Englisch?«

»Mhm, perfekt.«

»Sie haben Freilandbilder und Raumbilder gestellt. Was können Sie besser?«

»Ich kann beides. Ich kann ein Innenraumwerk sein oder ein Saisonbild für draußen, auch ein ausdauerndes, je nach Ausstattung und Jahreszeit natürlich. Obwohl ich auch dauerhaft nackt draußen posen kann, wenn ich entsprechend geschützt ...«

»Wir haben uns andere Werke mit Ihnen angesehen«, unterbrach sie der Mann, »Sie gefallen uns.«

»Danke. Und Sie sind nicht nach unten gekommen, um *Mädchen vor dem Spiegel* zu sehen? Es ist ein eindrucksvoller Bassan, wirklich, ich sage das nicht etwa, weil ich das Bild bin, sondern ...«

»Sie haben auch verschiedene Arten von bewegten Bildern gemacht, nicht wahr, Aktion und Begegnung?«, schnitt ihr der Mann wieder das Wort ab. »Waren das interaktive Kunstwerke?«

»Mhm. Einige schon, ja.«

»Haben Sie sich in einem verkauft?«

»In fast allen.«

»Gut.« Der Mann lächelte und betrachtete die Papiere, als enthielten sie den Grund für dieses Lächeln. »Dies ist Ihr offizieller Lebenslauf. Jetzt würde ich gerne noch den privaten hören.«

»Was meinen Sie damit?«

»Ihre vollständige berufliche Laufbahn, die nicht in einen Prospekt gehört. Waren Sie beispielsweise schon mal Dekoration, bewegtes Objekt oder Gebrauchsobjekt?«

»Menschliches Kunsthandwerk habe ich nie gemacht«, erwiderte Clara.

Das stimmte, aber sie war nicht sicher, ob der Mann ihr glaubte. Trotzdem klang der Satz in ihren eigenen Ohren ein wenig eitel, deshalb fügte sie hinzu: »In Spanien ist der Markt für menschliche Objekte noch nicht sehr groß.«

»Schock-Art?«

Sie antwortete nicht sofort. Sie richtete sich auf ihrem Sitz auf (das Öl an ihrem bemalten Gesäß pikste) und beschloss, auf der Hut zu sein.

»Verzeihen Sie, was bedeutet dieses Verhör?«

»Wir möchten gerne herausfinden, welchen Anforderungen Sie gewachsen sind«, antwortete der Mann in Ruhe.

»Ich mache nichts Illegales, das sage ich Ihnen gleich.«

Sie erwartete eine Reaktion, die nicht erfolgte. Dann beeilte sie sich hinzuzusetzen: »Nun, vielleicht würde ich es schon tun. Aber ich möchte, dass Sie mir sagen, was Sie vorhaben, wo Sie das vorhaben und wer der Künstler ist, der mich unter Vertrag nimmt.«

»Antworten Sie bitte.«

Sie überlegte, dass ihr eigentlich nichts passieren konnte, wenn sie die Wahrheit sagte. Schließlich war sie nicht mehr minderjährig, und die beiden Schock-Arts, in denen sie in jenem Jahr gekauft worden war, gehörten nicht zu den härtesten und waren nur in Privathäusern vor einem erwachsenen Publikum ausgestellt worden. Es stimmte allerdings auch, dass beide fragwürdige Szenen enthielten, die vielleicht die Grenze des Erlaubten überschritten. In *625 + 50 Linien* von Adolfo Bermejo hatte beispielsweise ein Gemälde eine lebende Katze geköpft und Clara das Blut über den Rücken laufen lassen. War das ein Vergehen? Sie war sich nicht sicher, aber die Frage war ja allgemein gestellt worden, also konnte sie sie auch allgemein beantworten.

»Ja, ich habe schon Schock-Art gemacht.«

»Schmutzige?«

»Nie«, erklärte sie fest.

»Aber soweit ich weiß, haben Sie mit Gilberto Brentano zusammengearbeitet.«

»Ich habe im letzen Jahr zwei oder drei Schock-Arts mit Brentano gemacht, aber keine davon war schmutzig.«

»Waren Sie mal für irgendeine Beschaffungsfirma von jugendlichem Material für die Kunst tätig?«

»Ich habe ein paar Monate für *The Circle* gearbeitet.«

»In welchem Alter?«

»Mit sechzehn.«

»Und was haben Sie da gemacht?«

»Das Übliche. Man hat mir die Haare rot gefärbt, mir Ringe um die Füße gelegt und dann habe ich bei ein paar Wandbildern vom Typ *Redhair Road* mitgemacht.«

»War das Ihr Einstieg in die Kunst?«

»Ja.«

»Wie ich sehe, haben Sie Gefallen an der harten, gefährlichen Kunst. Dabei wirken Sie weder hart noch gefährlich. Sie wirken eher weich.«

Ohne zu wissen, warum, war Clara dem Mann dankbar für seine kühle Herablassung. Die Ölfarbe auf ihrem Gesicht spannte unter einem Lächeln.

»In Wirklichkeit bin ich weich. Ich werde erst hart, wenn man mich anmalt.«

Der Mann gab mit nichts zu verstehen, dass er den Satz als Scherz aufgefasst hatte.

»Wir sind gekommen, um Ihnen etwas sehr Hartes und Gefährliches vorzuschlagen, das Härteste und Gefährlichste, das Sie in Ihrer Laufbahn als Leinwand je gemacht haben, das Bedeutendste und Schwierigste. Wir wollen sichergehen, dass Sie dafür taugen.«

Plötzlich war ihr Mund so trocken wie die farbverschmierte Haut unter ihrem Bademantel. Das Herz schlug ihr bis zum Hals. Die Worte hatten sie erregt. Clara liebte die Extreme, das Dunkel jenseits des Erlaubten. Wenn man zu ihr sagte: ›Geh nicht!‹, machte sich ihr Körper wie von alleine auf den Weg, aus bloßer Lust, das Verbot zu übertreten. Wenn sie vor etwas Angst hatte, versuchte sie es vielleicht auf Abstand zu halten, verlor es aber nie aus den Augen. Sie hasste die Anweisungen der gewöhnlichen Künstler. Bat sie jedoch ein Künstler, den sie bewunderte, um irgendeine Verrücktheit, so genoss sie es, ihm blind zu gehorchen, was es auch war. Und jenes ›was es auch war‹ kannte nicht allzu viele Einschränkungen. Sie wollte wissen, wie weit zu gehen sie sich gestatten würde, wenn man ihr die Gelegenheit dazu bot. Sie glaubte, dass sie von ihrer äußersten Grenze noch weit weg war. Und von ihrer innersten ebenfalls.

»Klingt gut«, sagte sie.

Der Mann ließ einen Augenblick verstreichen, dann ergänzte er: »Alles andere werden Sie dann natürlich für eine Weile aufgeben müssen.«

»Ich kann alles aufgeben, wenn sich das Angebot lohnt.«

»Das Angebot lohnt sich.«

»Und das soll ich so einfach glauben?«

»Wir wollen nichts überstürzen, weder Sie noch wir, nicht wahr?« Der Mann machte eine Handbewegung zur Brusttasche seines Jacketts. Eine Brieftasche aus schwarzem Leder. Eine türkisfarbene Visitenkarte. »Melden Sie sich bei dieser Nummer. Sie haben Zeit bis morgen, Donnerstagabend.«

Clara studierte die Visitenkarte, bevor sie sie in die Tasche ihres Morgenrocks steckte. Es stand lediglich eine Telefonnummer darauf. Ein Mobiltelefon vielleicht.

Gertrudes Büro befand sich in einem kleinen, weiß gestrichenen, fensterlosen Zimmerchen. Trotzdem meinte sie, es draußen regnen zu hören. Das künstliche Geräusch von gedämpftem Regenprasseln drang an ihr Ohr. Die beiden Männer hielten die Blicke auf sie gerichtet, als erwarteten sie, dass sie etwas sagte.

»Ich nehme nur ungern Angebote an, die ich nicht kenne.«

»Sie brauchen es nicht zu kennen. Sie sind das Werk. Die Einzigen, die etwas wissen, sind die Künstler.«

»Dann sagen Sie mir, wer der Künstler ist, der mich malen will.«

»Das geht Sie nichts an.«

Sie steckte die offenkundige Geringschätzung ein, ohne etwas zu erwidern. Sie wusste, der Mann sprach die Wahrheit. Die großen Maler gaben den Leinwänden niemals vor Arbeitsbeginn ihre Identität preis, weil sie auf diese Weise das Stillschweigen über das geplante Werk bewahrten.

Die Tür ging auf, und Gertrude erschien.

»Verzeihung, aber ich möchte zu Tisch und muss die Galerie schließen.«

»Kein Problem. Wir sind fertig.« Die beiden Männer nahmen die Kataloge und gingen schweigend von dannen.

Während der nachmittäglichen Öffnungszeit hob und senkte sich ihre Brust unter der Atmung. Ihre Nerven machten ihr die Ruhestellung so schwer wie nie. Immerhin halfen ihr ihre Träume, still zu stehen, denn im Traum bewegen wir uns, ohne uns zu bewegen. Die Zeit verging, und niemand kam ins Untergeschoss, aber das machte nichts, sie fand Gesellschaft in ihren Fantasien.

Das Härteste und Gefährlichste, das Bedeutendste und Schwierigste.

Es war ihr größter Wunsch, einmal von einem Genie gemalt zu werden. Spontan kamen ihr mehrere Namen in den Sinn, aber sie wagte nicht, auf einen von ihnen zu spekulieren. Sie wollte sich nicht allzu viele Illusionen machen, um nicht enttäuscht zu werden. Sie stand reglos in jener weißen Stille, bis Gertrude ihr mitteilte, dass es Zeit war zu schließen.

Draußen regnete es wirklich: Ein heftiges Sommergewitter, das vorhin schon im Fernsehen zu hören gewesen war. Unter anderen Umständen wäre sie losgerannt und hätte bis zum Parkhaus nicht angehalten, aber in diesem Moment zog sie es vor, mit ihrer bunten Tasche über der Schulter langsam unter dem prasselnden Regen dahinzuschlendern. Sie spürte den Jogginganzug, der sich wie ein nasses Laken um sie legte, und die triefnasse Mütze auf ihrem Kopf, doch war ihr diese Empfindung nicht unangenehm. Im Gegenteil: Ihr behagte das Eintauchen in Diamanten aus eisigem Wasser.

Das Härteste und Gefährlichste, das Bedeutendste und Schwierigste.

Und wenn es eine Falle war? Das kam vor. Da wurden Bilder angeblich für einen großen Künstler unter Vertrag genommen, um dann aus dem Land verschleppt und zur schmutzigen Kunst gezwungen zu werden. Aber das glaubte sie nicht. Und wenn es tatsächlich so war, würde sie das Wagnis eingehen. Ein Kunstwerk zu sein bedeutete, jedes Risiko einzugehen, jedes Opfer zu bringen. Ihre Angst, enttäuscht zu werden, war nämlich weitaus größer als die, sich einer Gefahr auszusetzen. Sie nahm jeden Fallstrick in Kauf, nur nicht den der Mittelmäßigkeit.

Das Härteste und Gefährlichste, das Bedeutendste und Schwierigste.

Plötzlich fühlte ihr Körper sich an wie eine schmelzende Kerze. Sie hatte den Eindruck zu zerfließen, sich im Regen aufzulösen. Sie blickte hinunter zu ihren Füßen und begriff. Sie hatte vergessen, dass sie immer noch bemalt war; das Wasser wusch ihr die Farbe vom Leib. Auf der Straße hinterließ sie eine tropfende weiße Spur, die Wellenlinie eines milchigen Ausflusses, der aus ihrem Jogginganzug auf den Gehweg der Calle Velázquez lief und mit der ungestümen Treffsicherheit eines Pointillisten vom Regen weichgezeichnet wurde. Weiß, weiß, weiß.

Auf diese Weise vom Wasser klar gespült, wurde Clara allmählich wieder dunkler.

2

Rot. Rot war die vorherrschende Farbe. Rot wie ein zerstörtes Feld aus geflecktem Klatschmohn. Miss Wood nahm die Brille ab, um die Fotos zu betrachten.

»Wir haben sie heute Morgen in einem Waldstück des Wienerwaldes aufgefunden«, sagte der Polizist, »eine Autostunde von Wien entfernt. Zwei Hobbyornithologen, die den Schrei der Eule studierten, haben uns Bescheid gegeben. Na ja, eigentlich haben sie der Streife Bescheid gegeben, und Oberst Huddle hat uns dann gerufen. So ist es gelaufen.«

Bosch reichte die Fotos eins nach dem anderen an Miss Wood weiter, während der Polizist redete. Die Landschaft war eine Wiese auf einer Lichtung mit Buchenstämmen und verschiedenen Wildblumen, sogar ein Fliegenschnäpper war zu sehen, der neben der zerfetzten rosa Bluse im Gras hockte. Aber alles war rot, auch der hinter einem Baum hervorschauende Schuh in Form eines Plüschbären. Das Bärengesicht lächelte.

»Diese Sachen da überall ...«, sagte Miss Wood.

Der Schreibtisch war gewaltig, und obwohl der Polizeibeamte auf der anderen Seite nicht sehen konnte, worauf Wood deutete, wusste er sofort, was sie meinte.

»Das sind die Kleider.«

»Und wieso sind die so zerrissen und blutverschmiert?«

»Eine gute Beobachtung, in der Tat. Das war auch das Erste, was uns aufgefallen ist. Dann haben wir verkrustete Stoffreste auf den Wunden entdeckt. Die Schlussfolgerung ist einfach: Er hat sie angezogen zerstückelt und ihr dann die Kleider heruntergerissen.«

»Wozu das alles?«

Der Polizist zog ein ratloses Gesicht.

»Sexueller Missbrauch vielleicht. Bisher haben wir keine Beweise, wir warten noch auf den forensischen Bericht. Allerdings folgt das Verhalten solcher Individuen nicht unbedingt irgendeiner Logik.«

»Sie wirkt wie ... wie zur Schau gestellt, oder? Sie liegt da wie für ein Foto.«

»Haben Sie sie so aufgefunden?«, fragte Bosch den Polizeibeamten.

»Ja, mit dem Gesicht nach oben, die Arme und Beine ausgebreitet.«

»Er hat die Etiketten drangelassen«, machte Bosch Miss Wood aufmerksam.

»Das habe ich schon gesehen«, sagte Miss Wood. »Die Etiketten sind nicht leicht abzukriegen, aber das Gerät, mit dem er ihr diese Wunden zugefügt hat, hätte sie wie Papier durchtrennt. Haben Sie das Tatwerkzeug schon identifiziert?«

»Was auch immer es gewesen ist, es war elektrisch«, erwiderte der Polizist. »Wir denken an einen Trepaniermeißel oder eine Art Elektrosäge. Jede Wunde ist ein einzelner, glatter Schnitt.« Er streckte den Arm quer über den Schreibtisch und zeigte mit der Spitze seines Bleistifts auf eines der Fotos, die ihm am nächsten lagen. »Es sind zehn Schnitte: zwei im Gesicht, zwei auf der Brust, zwei auf dem Bauch, einer auf jedem Oberschenkel und zwei auf dem Rücken. Acht davon bilden liegende Kreuze. Es sind also vier Kreuze. Die von den Oberschenkeln sind vertikale Linien. Fragen Sie mich bitte nicht, warum.«

»Ist sie an den Folgen der Verletzungen gestorben?«

»Wahrscheinlich. Ich habe Ihnen ja gesagt, wir warten noch auf den Bericht vom ...«

»Haben Sie den Zeitpunkt des Todes schon mal grob berechnet?«

»In Anbetracht des Zustands der Leiche glauben wir, dass das alles Mittwochnacht passiert sein muss, ein paar Stunden nachdem der Lieferwagen sie abgeholt hat.«

Miss Wood hielt die dunkle Brille zwischen Daumen und Zeigefinger ihrer linken Hand. Sie berührte damit vorsichtig den Arm von Bosch.

»Ich finde, rundherum ist eigentlich nur wenig Blut zu sehen. Was meinst du?«

»Das habe ich auch gerade gedacht.«

»Stimmt«, nickte der Polizist. »Er hat es nicht dort getan. Möglicherweise hat er sie im Lieferwagen zerstückelt. Außerdem hat er wahrscheinlich ein Sedativum verwendet, denn die Leiche zeigt weder Spuren eines Kampfes noch von Fesseln. Danach hat er sie dorthin geschleift und auf dem Gras liegen lassen.«

»Und ihr im Freien die Kleider vom Leib gerissen«, bemerkte Miss Wood, »auf das Risiko hin, dass die Hobbyornithologen schon eine Nacht vorher beschlossen hätten, den Eulenschrei zu studieren?«

»Ja, das ist merkwürdig, nicht wahr? Aber ich sagte ja schon, dass das Verhalten dieser ...«

»Verstehe«, unterbrach ihn die Frau und setzte ihre Brille wieder auf. Es war eine Ray-Ban-Brille mit Goldgestell und pechschwarzen Gläsern. Dem Polizeibeamten kam es unmöglich vor, dass Miss Wood im rötlichen Dämmerlicht des Büros überhaupt etwas damit sehen konnte. Das rote Rund des Tisches verwandelte sich in zwei Teiche aus Blut, als es sich in den Gläsern der Brille spiegelte. »Können wir jetzt die Aufnahme hören, Herr Kommissar?«

»Selbstverständlich.«

Der Polizist holte einen tragbaren Kassettenrecorder aus einer Ledertasche. Er stellte ihn neben die Fotos, als wäre es ein weiteres Andenken an eine Urlaubsreise.

»Es lag zu Füßen der Toten. Ein Chromband von 120 Minuten, ohne Aufschrift und ohne Spuren. Das Gerät, mit dem er die Aufzeichnung gemacht hat, scheint von guter Qualität gewesen zu sein.«

Mit einem Knopfdruck schaltete er das Gerät ein. Der jäh einsetzende Lärm ließ Bosch die Brauen hochziehen. Der Polizist beeilte sich, die Lautstärke zu drosseln.

»Es ist sehr laut«, sagte er.

Kurze Pause. Ein Knacken. Dann ging es los.

Anfangs war es ein Flügelschlagen. Das Knistern eines Lagerfeuers wie ein in den Flammen gefangener Vogel. Dann ein bebender Atem. Das erste Wort war wie eine Klage, ein Seufzen. Es wurde wiederholt, und man konnte seine Bedeutung verstehen: *Kunst*. Nach einem erneuten Luftholen kam stammelnd der erste Satz. Der Duktus war nasal, unterbrochen von Keuchen, Papierrascheln und dem Knistern des Mikrofons. Die Stimme war die einer Jugendlichen. Sie sprach Englisch.

»Die Kunst ist auch Zer... Zerstörung ... Früher war sie nur ... das. In den Höhlen wurde nur das gemalt ... was man ... was man o... opfern ...«

Knarren. Der Polizist drückte auf Pause.

»Hier hat er die Aufzeichnung unterbrochen, wahrscheinlich, damit sie den Satz wiederholt.«

Jetzt war der Klang deutlicher. Jedes Wort wurde mit penibler Langsamkeit gesprochen. Man spürte das verzweifelte Bemühen der Stimme, nicht zu versagen. Aber irgendetwas, panische Angst vielleicht, zerteilte immer wieder die wie eisige Seen anmutenden Pausen.

»In den Höhlen wurde nur das gemalt, was man opfern wollte ... Die Kunst der Ägypter war eine Grabkunst ... Alles war dem Tod geweiht ... Der Künstler sagt: Ich habe dich erschaffen, um dich zu erlegen und zu zerstören, und der Sinn deiner Erschaffung besteht in deiner letzten Opferung ... Der Künstler sagt: Ich habe dich erschaffen, um dich dem Tod zu weihen ... Weil einzig die tote Kunst überlebt ... Die Figur stirbt, aber das Werk überlebt ...«

Der Polizist schaltete den Kassettenrecorder aus.

»Das ist alles. Natürlich wird es gerade in unserem Labor untersucht. Wir glauben, dass er das Band im Lieferwagen bei geschlossenen Fenstern aufgenommen hat, weil kaum Hintergrundgeräusche zu hören sind. Wahrscheinlich war es ein geschriebener Text, den das Mädchen ablesen musste.«

Betretenes Schweigen breitete sich aus, als der Polizist seine Rede beendet hatte. ›Als hätten wir beim Hören ihrer Stimme erst das Ausmaß des Schreckens begriffen‹, dachte Bosch. Diese Reaktion überraschte ihn nicht. Die Fotos hatten ihn unbeeindruckt gelassen, aber von einem Foto konnte man sich auch besser distanzieren. Während seiner Jahre im Dienst der holländischen Kriminalpolizei hatte Lothar Bosch unwillkürlich eine gewisse Gleichgültigkeit gegenüber den Geistern entwickelt, die in der Dunkelkammer des Kommissariats gerufen wurden. Eine Stimme zu hören war dagegen etwas ganz anderes. Hinter diesen Worten zitterte ein menschliches Wesen, das auf schreckliche Weise ums Leben gekommen war. Den Geiger nehmen wir eher wahr, wenn wir seine Geige vernehmen.

In Boschs Augen, die daran gewöhnt waren, sie im Freien oder im Inneren von Privathäusern und Museen zu sehen, nackt oder fast nackt, mit verschiedenen Bemalungen, war sie nie ein »Mädchen« gewesen, wie der Polizeibeamte sie bezeichnete – außer einmal. Das war vor zwei Jahren. Ein kolumbianischer Sammler mit Namen Cárdenas und einer wenig vertrauenerweckenden Vergangenheit hatte sie in *Die Girlande* von Jacob Stein gekauft. Bosch hatte bei der Vorstellung, was alles passieren könnte, wenn sie auf dem Landsitz in der Umgebung von Bogotá acht Stunden täglich vor ihrem Besitzer posierte und dabei nichts anhatte außer einem schmalen Samtgurt um die Taille, kein gutes Gefühl. Daher beschloss er, ihr einen zusätzlichen Leibwächter zuzuteilen. Er bat sie in sein Büro im Neuen Atelier von Amsterdam, um sie darüber in Kenntnis zu setzen. Er konnte sich jenes Augenblicks gut entsinnen: Das Werk betrat in T-Shirt und Bluejeans, brauenlos, mit imprägnierter Haut und keinerlei Farbe am Leib bis auf die drei gewohnten gelben Etiketten, den Raum und streckte ihm zum Gruß die Hand hin. »Herr Bosch«, hatte sie gesagt.

Dieselbe Stimme wie die des Mädchens auf dem Band. Derselbe holländische Akzent, dieselbe Geschmeidigkeit.

Herr Bosch.

Durch diese einfache Geste und mit diesen zwei Worten wurde die Leinwand vor ihm zu einem zwölfjährigen Mädchen. Wie ein Blitz durchleuchtete ihn die Erkenntnis. Vor seinen Augen tauchten die Bilder seiner eigenen Nichte auf. Danielle, vier Jahre jünger. Ihm wurde bewusst, dass er im Begriff war, einem halben Kind zu gestatten, einen erwachsenen Mann mit Vorstrafenregister zu begleiten, um praktisch nackt bei ihm zu posieren. Doch als das Schwindelgefühl nachließ, gewann er seine gewohnte Neutralität zurück. ›Sie ist aber kein Kind, sie ist eine Leinwand‹, redete er sich ein. Dem Werk stieß auf dem Landsitz von Bogotá nichts zu. Aber jetzt hatte sie jemand in einem Wald bei Wien zerstückelt.

Als er der Aufzeichnung lauschte, fiel Bosch der zarte Druck jener Hand wieder ein und das mit unbewusster Feinfühligkeit ausgesprochene »Herr Bosch«. Zwei unterschiedliche Wahrnehmungen ein und desselben: Weichheit, Wärme, Unschuld, Weichheit, Weichheit ...

Der Polizeibeamte saß vor ihm und sah ihn an, als erwartete er etwas von ihm.

»Warum hat er das Band wohl dort hingelegt?«, fragte Bosch.

»Diese Sorte von Verrückten will, dass jeder ihre Theorien hört«, sagte der Polizist.

»Ist der Lieferwagen schon gefunden worden?«, fragte Miss Wood.

»Nein, aber wir werden ihn bald haben, wenn er ihn nicht auf irgendeine Weise hat verschwinden lassen. Wir kennen das Modell und das Kennzeichen, von daher ...«

»Er war ziemlich schlau«, sagte Bosch.

»Wieso glauben Sie das?«

»Unsere Lieferwagen besitzen ein GPS. Ein Navigationssystem, das die Position des Fahrzeugs in jedem

Moment anzeigt. Wir haben die Wagen vor einem Jahr damit nachgerüstet, um den Diebstahl wertvoller Werke zu verhindern. Aber am Mittwochabend, kurz nachdem er aus dem Museum gefahren ist, haben wir sein Signal verloren. Sicherlich hat er das Navigationssystem gefunden und konnte es abschalten.«

»Und warum haben Sie so lange gewartet, bevor sie uns benachrichtigten? Wir haben die Anzeige erst am Donnerstagmorgen bekommen.«

»Wir haben nicht gemerkt, dass wir das Signal verloren hatten. Das GPS gibt ein Signal, wenn der Lieferwagen vom vorgeschriebenen Weg abweicht, wenn er einen Unfall hat oder sich sehr lange irgendwo aufhält, bevor er beim Hotel anlangt. Aber diesmal ist der Alarm nicht ertönt, deshalb haben wir nichts bemerkt.«

»Das beweist, dass der Kerl von der Existenz des GPS gewusst haben muss«, folgerte der Polizist.

»Daher glauben wir, dass Oscar Díaz auf irgendeine Weise mit dem Täter zusammengearbeitet hat oder sogar selbst der Schuldige ist.«

»Also, habe ich das richtig verstanden? Oscar Díaz hatte demnach den Auftrag, sie zum Hotel zurückzufahren, ist das korrekt? Eine Art Wachmann Ihrer Firma, ja?«

»Ja, ein Mitarbeiter von uns«, nickte Bosch.

»Und weshalb sollte Ihr eigener Wachmann so etwas tun?«

Bosch sah den Polizisten an und dann Miss Wood, die in ein tiefes Schweigen versunken war.

»Wir wissen es nicht. Díaz hat eine einwandfreie Personalakte. Wenn er verrückt war, dann wusste er das jedenfalls viele Jahre lang sehr gut zu verbergen.«

»Was wissen Sie von ihm? Hat er eine Familie? Freunde ...?«

Bosch betete die Personendaten herunter, die er auswendig kannte, weil er sie in den letzten Tagen Hunderte von Malen durchgegangen war.

»Ledig, sechsundzwanzig Jahre alt, mexikanischer Herkunft, der Vater ist an Lungenkrebs gestorben, die Mutter lebt mit der Schwester in Mexico-City. Oscar ist mit achtzehn in die USA ausgewandert. Er ist kräftig gebaut und treibt gerne Sport. Er hat als Bodyguard für lateinamerikanische Unternehmer gearbeitet, die sich in Miami oder New York niedergelassen haben. Einer von ihnen hatte zu Hause ein hyperdramatisches Werk stehen. Oscar erkundigte sich danach und begann bald darauf, in kleinen Ausstellungen von New Yorker Galerien als Aufsicht zu arbeiten. Dann kam er zu uns. Wir haben sein Tätigkeitsfeld nach und nach ausgeweitet, weil er intelligent war und gute Arbeit leistete. Das erste große Werk der Stiftung, das er beaufsichtigte, war ein Buncher in der Galerie Leo Castelli.«

»Ein was?«

Miss Wood ergriff das Wort.

»Edvard Buncher war neben Max Kalima und Bruno van Tysch einer der Begründer des orthodoxen Hyperdramatismus. Er war Norweger. Im Zweiten Weltkrieg wurde er von den Nazis gefangen genommen und nach Mauthausen deportiert. Er überlebte. In London hat er Kalima und Tanagorsky kennen gelernt und angefangen, anstelle von Leinwänden Menschen zu bemalen. Aber er hat sie in Kästen eingesperrt. Manche sagen ihm nach, dass dies von seinen Erfahrungen im Konzentrationslager herrühre.«

›Diese Frau ist ein Computer‹, dachte der Polizist.

»Es sind kleine Kästen, an einer Seite offen«, fuhr Wood fort. »Das Gemälde geht hinein und bleibt für einige Stunden darin sitzen oder stehen.« Sie drehte sich um und wies auf das große Foto, das die Wand hinter ihrem Rücken zierte. »Das hier ist zum Beispiel ein Buncher.«

Der Polizist hatte das Bild schon beim Hereinkommen bemerkt und sich gefragt, was zum Teufel es zu bedeuten hatte. Zwei splitternackte, rot bemalte Körper in einen Glaswürfel gequetscht. Der Würfel war so klein, dass sie gezwungen waren, sich mit einer komplizierten Verrenkung ineinander zu verschlingen. Dabei waren die Genitalien zu sehen, die Gesichter nicht. Nach Ersteren zu urteilen handelte es sich um eine Frau und einen Mann. Das riesige Foto nahm fast eine ganze Wand im Büro des Museumsquartiers ein. ›Das soll also ein Kunstwerk sein‹, dachte der Polizeibeamte. ›Und jeder kann es kaufen und mit nach Hause nehmen.‹ Er fragte sich, ob es seiner Frau wohl gefallen würde, sich ein Ausstellungsstück wie dieses ins Esszimmer zu stellen. Wie konnten sie es nur so lange in dieser unmenschlichen Position aushalten?

Er dachte an die Ausstellung, die er sich am Nachmittag angesehen hatte. Felix Braun, Ermittlungsbeamter in der Mordkommission der österreichischen Kriminalpolizei, hatte sich noch nie sonderlich für Kunst interessiert. Als guter Wiener galt seine Vorliebe eher der Musik des 19. Jahrhunderts.

Natürlich waren ihm schon häufiger die Werke der hyperdramatischen Kunst auf öffentlichen Plätzen Wiens aufgefallen, aber eine Ausstellung hatte er zuvor noch nie besucht.

Etwa vierzig Minuten vor dem mit Miss Wood und Herrn Bosch vereinbarten Termin kam er ins Museumsquartier – dem kulturellen und künstlerischen Zentrum Wiens, das fast alle Museen für moderne Kunst beherbergte. Weil noch genügend Zeit war und angesichts der besonderen Umstände des Falles, hatte er beschlossen, sich die Ausstellung anzusehen, an der das ermordete Mädchen beteiligt gewesen war.

Sie wurde in der Kunsthalle gezeigt. Eine riesige Plane mit dem Foto einer Figur (danach wusste er, dass es *Calendula desiderata* war) bedeckte die Hauptfassade des Gebäudes. Darauf war der Titel der Sammlung in großen roten Lettern auf Deutsch zu lesen: »Blumen« von Bruno van Tysch. Ein ziemlich simpler Titel, dachte Braun. »Blumen«. Bevor sie den Saal betreten durften, mussten die Besucher einen Metalldetektor passieren und wurden an einem Röntgenschirm vorbei in eine Einzelkabine zur morphometrischen Gesichtserkennung geführt. Natürlich löste seine Dienstwaffe schon bei der ersten Station Alarm aus, aber Braun hatte sich bereits ausgewiesen. Er durchquerte eine Doppeltür und gelangte hinein in die unmenschliche Finsternis der Kunst.

Am Anfang kamen sie ihm wie angemalte Statuen vor, die auf den Podesten standen. Als er sich der ersten näherte, wagte er kaum zu glauben, dass dies ein Mensch aus Fleisch und Blut war, eine lebendige Person. Die Taillen gefaltet wie Scharniere, die Beine vertikal vom Körper abgestreckt, die Rücken gebogen wie die Architektur einer Brücke ... Sie rührten sich nicht, sie zwinkerten nicht, sie atmeten nicht. Mit ihren Armen ahmten sie Blütenblätter nach, und ihre Beine wirkten von weitem wie Stängel. Man musste ganz dicht an die Absperrung herangehen und genau hinsehen, um Muskeln zu erkennen, von roten Knospen gekrönte Brüste, Genitalien ohne Flaum und ohne Obszönität, frei von Vorstellungen, wie Blütenkorollen. Und dann bemerkte Brauns Nase, dass jedes Bild einen eigenen, intensiven Duft verströmte, der auch noch aus der Entfernung über die vielfältigen (nicht immer angenehmen) Gerüche des den Saal füllenden Publikums hinweg wahrnehmbar war, wie das Thema eines Soloinstruments, das die Orchesterbegleitung übertönt.

»Blumen«. Eine Sammlung mit zwanzig »Blumen« von Bruno van Tysch. *Calendula desiderata*, *Iris versicolor*, *Rosa fabrica*, *Hedera helix*, *Orchis fabulata*. Die Titel waren fast ebenso fantastisch wie die Werke selbst. Er konnte sich erinnern, einige Fotos von diesen Blumen in der Zeitung oder im Fernsehen gesehen zu haben. Sie waren fast zu kulturellen Ikonen des 21. Jahrhunderts geworden. Aber er hatte sie noch nie in natura alle zusammen gesehen, wie sie in jenem weitläufigen Saal der Kunsthalle standen. Und er hatte sie natürlich auch noch nie gerochen. Braun ging eine halbe Stunde lang von einem Podest zum nächsten, den Mund vor Erstaunen wie versteinert. Es war ein überwältigendes Erlebnis.

Eine, feuerrot angemalt, übte die größte Anziehung auf ihn aus. Ihre Farbe war so leuchtend, dass sie eine optische Täuschung hervorrief: eine Aura, einen Fleck auf der Netzhaut, ein Flimmern in der Luft wie ein heißer Gegenstand.

Er näherte sich dem Podest wie in Trance. In ihrem durchdringenden, betörenden Geruch, wie an einem Marktstand mit orientalischen Essenzen, glaubte Braun eine vertraute Note zu erkennen. Das Werk befand sich in der Hocke auf Zehenspitzen. Es hatte beide Hände aufs Geschlecht gelegt und den Kopf zur Rechten (zu Brauns Linken) geneigt. Es war vollständig geschoren und depiliert. Auf den ersten Blick schienen ihm die Gesichtszüge zu fehlen, doch ließen sich unter der dicken zinnoberroten Farbmaske die Andeutung von Lidern, eine Nasenwölbung und das Relief der Lippen ausmachen. Die kleinen Brüste verrieten ihm, dass es sich um eine sehr junge Frau handelte. Sie rührte sich nicht, sie bebte nicht. Braun ging um das Podest herum, ohne irgendeine Stütze zu entdecken, die ihr geholfen hätte, diese Haltung auf Zehenspitzen beizubehalten. Ein mit Rot bemaltes, nacktes, rasiertes Mädchen in vollkommenem Gleichgewicht auf Zehenspitzen.

In diesem Augenblick vermeinte er den Duft zu erkennen.

Die Figur roch ein klein wenig nach dem Parfüm, das seine Frau benutzte.

Als er gedankenverloren auf die Straße trat, versuchte er sich vergeblich an den Titel der Blume zu erinnern, die wie seine Frau gerochen hatte. *Purpurne Tulpe*? *Magisches Karmin*?

Er rang immer noch darum.

»Buncher schuf eine Sammlung, der er den Namen ›Claustrofilia‹ gegeben hat«, fuhr Bosch fort. »Oscar begleitete eine ganze Saison lang *Claustrofilia* 5, das Modell Sandy Ryan, die siebte Ersatzfrau des Originals. Er war höflich im Umgang mit den Werken, manchmal ein wenig redselig, aber stets respektvoll. 2003 hatte er sich in New York eine Eigentumswohnung gekauft und seinen Hauptwohnsitz dort angemeldet, aber seit Januar diesen Jahres war er in Europa, um die Bilder der Sammlung »Blumen« zu beaufsichtigen. Hier in Wien wohnte er mit den übrigen Mitarbeitern unseres Teams in einem Hotel der Kirchberggasse. Das Hotel liegt ganz in der Nähe des Museumsquartiers. Wir haben seine Kollegen und unmittelbaren Vorgesetzten befragt: Niemand hat in den letzten Tagen irgendetwas Merkwürdiges an ihm bemerkt. Das ist alles, was wir wissen.«

Braun hatte begonnen, sich Notizen in einem kleinen Büchlein zu machen.

»Ich weiß, wo die Kirchberggasse ist«, sagte er in einem Ton, als wollte er klarstellen, dass er der einzige Wiener dieser Zusammenkunft war. »Wir werden sein Zimmer durchsuchen müssen.«

»Natürlich«, nickte Bosch.

Sie hatten es schon durchsucht, ebenso wie seine New Yorker Wohnung, aber das würde Bosch dem Polizeibeamten nicht sagen.

»Es besteht auch die Möglichkeit, dass Díaz nicht der Täter ist«, bemerkte Bosch, als wollte er den Advocatus Diaboli für seine eigene Theorie spielen. »In diesem Fall müsste man sich fragen, warum er verschwunden ist.«

Braun verzog fragend das Gesicht und gab damit zu verstehen, dass das nicht Boschs Angelegenheit sei.

»Wie auch immer«, sagte er, »solange wir keine anders lautenden Informationen haben, werden wir unsere Suche auf Díaz konzentrieren.«

»Was weiß die Presse?«, fragte Miss Wood.

»Die Identität des jungen Mädchens haben wir nicht bekannt gegeben, so, wie Sie es wünschten.«

»Und über Díaz?«

»Seine Personenbeschreibung ist nicht veröffentlicht worden, aber wir haben Kontrollen am Flughafen, auf den Bahnhöfen und an den Grenzen errichtet. Dabei müssen Sie bedenken, dass wir die Anzeige gestern erst erhalten haben. Der Kerl hatte fast einen ganzen Tag lang Zeit, das Land zu verlassen.«

Miss Wood und Herr Bosch nickten schweigend. Sie hatten diese Möglichkeit auch schon in Betracht gezogen. Tatsächlich hatten sie wesentlich schneller reagiert als die österreichische Polizei: Bosch wusste, dass zur gleichen Zeit zehn Trupps von Wachleuten in ganz Europa nach

Díaz fahndeten. Aber sie brauchten die Unterstützung der Landespolizei, es mussten alle Hebel in Bewegung gesetzt werden.

»Und die Familie des Opfers ...«, Braun sah Bosch fragend an.

»Sie hat nur eine Mutter, und die ist auf Reisen. Wir haben um Erlaubnis gebeten, ihr die Nachricht selbst zu überbringen. Ach so, wir können doch die Fotos und das Band behalten, nicht wahr?«

»So ist es. Das sind Kopien für Sie.«

»Danke. Möchten Sie noch einen Kaffee?«

Braun bejahte nach kurzem Zögern. Er war in die Betrachtung der Bedienung versunken, die soeben auf leisen Sohlen den Raum betreten hatte. Es war dasselbe dunkelhaarige Mädchen mit langem roten Kleid und versilberter Kaffeekanne, das ihn vorher schon bedient hatte. Man konnte nicht behaupten, dass sie besonders ungewöhnlich oder schön aussah. Trotzdem hatte sie etwas, was Braun nicht zu definieren vermochte. Ein leises Schwingen, einen erlernten Rhythmus, die subtile Gestik einer heimlichen Tänzerin. Braun wusste von der Existenz menschlicher Dekoration und Gebrauchsobjekte und auch, dass sie verboten waren, aber das Mädchen bewegte sich ganz und gar in den Grenzen des Gesetzlichen. Ihrer Erscheinung und ihrem Benehmen haftete absolut nichts Verbotenes an, all die Dinge, die Braun sich vorstellte, als er sie beobachtete, konnten ebenso gut seiner eigenen Fantasie entspringen. Er ließ sich Kaffee nachschenken und sah zu, wie das Mädchen ihm in einem dichten, dampfenden Bogen Wiener Mokka in die Tasse goss. Wieder dachte er, wie beim ersten Mal, sie müsse barfuß sein, aber die Länge ihres Kleides und die Dunkelheit des Raumes hinderten ihn daran, sich Gewissheit zu verschaffen. Sie war eingehüllt in eine dichte Wolke von Parfüm.

Weder Bosch noch Miss Wood ließen sich nachschenken: Die Bedienung machte kehrt. Man hörte das Rauschen des Kleides, das gegen ihre Beine schlug. Die Tür öffnete und schloss sich. Braun starrte noch einen Moment lang die Tür an. Dann zwinkerte er und kehrte in die Wirklichkeit zurück.

»Wir danken Ihnen sehr für Ihre Zusammenarbeit seitens der österreichischen Polizei, Kommissar Braun«, sagte Bosch. Er hatte die Fotos eingesammelt, die auf dem rot lackierten Tisch in Form einer Malerpalette ausgebreitet lagen, und holte die Kassette aus dem Recorder.

»Ich habe nur meine Pflicht getan«, erklärte Braun. »Meine Vorgesetzten hatten mich gebeten, ins Museum zu kommen, um Sie zu informieren, und das habe ich getan.«

»Sie werden vielleicht denken, dass die Situation ein wenig ungewöhnlich ist. Das verstehen wir sehr gut.«

»›Ungewöhnlich‹ ist leicht untertrieben«, lächelte Braun in der Absicht, zynisch zu klingen. »Erstens ist es in unserer Abteilung nicht üblich, den Zeitungen Informationen über die Taten eines potentiellen Psychopathen vorzuenthalten. Morgen könnte das nächste Mädchen tot im Wald liegen, und dann hätten wir ein ernstes Problem.«

»Verstehe«, nickte Bosch.

»Und zweitens ist die Tatsache, dass Privatpersonen wie Sie Details erfahren, die unmittelbar mit den Ermittlungen zusammenhängen, für die Arbeit der Polizei nicht gerade typisch, jedenfalls nicht in unserem Land. Wir pflegen nicht mit privaten Sicherheitsfirmen zusammenzuarbeiten, schon gar nicht in diesem Maße.«

Erneutes Kopfnicken.

»Aber ...« Braun öffnete die Arme in einer Geste, die zu sagen schien: Man hat mir befohlen, herzukommen und Sie zu unterrichten, also tue ich es. »Wenn etwas ist, ich stehe Ihnen jederzeit zur Verfügung«, setzte er hinzu.

Er hatte nicht die Absicht gehabt, seinen Unmut kundzutun, aber er konnte es sich einfach nicht verkneifen. Am Morgen desselben Tages hatte er nicht weniger als fünf Anrufe von verschiedenen Stellen bekommen, jedes Mal von der politisch nächsthöheren Stufe. Beim letzten hatte er eine führende Persönlichkeit des Innenministeriums am

Apparat, deren Name nie in den Zeitungen auftauchte. Man riet ihm, seine Verabredung im Museumsquartier unbedingt einzuhalten, und bestand darauf, Bosch und Wood alle polizeilichen Informationen zu geben und jede Hilfe anzubieten, die sie leisten konnten. Offenbar hatte die Stiftung van Tysch einen großen Einfluss.

»Ihr Kaffee«, sagte Bosch und zeigte auf die Tasse. »Er wird kalt.«

»Danke.«

Eigentlich wollte er nichts mehr davon. Er nahm nur aus Höflichkeit die Tasse und tat so, als würde er einen Schluck trinken. Während die beiden anderen ein paar belanglose Sätze wechselten, beschloss Braun, sie einmal genauer in Augenschein zu nehmen. Der Mann, der Bosch hieß, war ihm wesentlich sympathischer als die Frau, obwohl das keine große Kunst war. Er schätzte ihn auf etwa fünfzig Jahre. Mit der glänzenden, von einem weißen Haarkranz umgebenen Glatze und den edlen Zügen wirkte er seriös. Außerdem hatte er Braun bei der Begrüßung erzählt, in seiner Jugend für die holländische Polizei gearbeitet zu haben, sodass sie fast Kollegen waren. Aber Miss Wood war aus einem ganz anderen Holz geschnitzt. Sie schien jung zu sein, zwischen fünfundzwanzig und dreißig. Ihr Haar war glatt, schwarz und zu einem Pagenschnitt mit schnurgeradem Scheitel auf der rechten Seite frisiert. Ihr knochiger Körper steckte im Plastiküberzug eines roten Trägerkleides, in dessen Ausschnitt der rote Ausweis der Abteilung Sicherheit von der Stiftung van Tysch hing. Der Rest bestand aus Tonnen von Schminke und jener absurden schwarzen Brille. Im Gegensatz zu ihrem Kollegen lächelte Wood nie, und wenn sie etwas sagte, dann stets so, als spräche sie mit einem Untergebenen. Kommissar Braun empfand aufrichtiges Mitleid mit Bosch, sie ertragen zu müssen.

Plötzlich hatte Felix Braun eine eigenartige Empfindung. Es war fast wie eine Persönlichkeitsspaltung. Er sah sich selbst in dem von roten Glühbirnen beleuchteten Raum, dekoriert mit einem Foto zweier in einen Glaswürfel gezwängter Personen, vor sich ein roter Tisch in Form einer Malerpalette und gegenüber diese beiden extravaganten Typen. Da saß er, von einem Serviermädchen bedient, das wie eine Odaliske anmutete, nachdem er diese Ausstellung mit den nackten, bemalten, nach verschiedenen Dingen duftenden Körpern besucht hatte, und verstand kaum, was zum Teufel ein Mordkommissar wie er hier zu suchen hatte. Auch verstand er nicht recht, was das alles mit dem Vorfall zu tun hatte. Die zerstückelte Leiche, die man am Morgen im Wienerwald gefunden hatte, war die eines Mädchens von vierzehn Jahren, das auf barbarische Art ermordet worden war, und gehörte zu den schlimmsten Fällen, die Braun je gesehen hatte. Welchen Zusammenhang gab es zwischen diesem Mord und einem roten Büro, einer Odaliske, zwei lächerlichen Typen und einem Museum?

»In der Tat«, sagte er, und die Veränderung im Ton seiner Stimme bewirkte, dass die Frau und der Mann ihr Gespräch abbrachen, »habe ich noch nicht recht begriffen, welche Rolle *Sie* eigentlich in dieser Angelegenheit spielen, außer dass Sie die Direktoren der Sicherheitsfirma sind, welcher der Haupttatverdächtige angehörte. Es ist ein brutales Verbrechen begangen worden, und dafür ist einzig und allein die Polizei zuständig.«

»Wissen Sie, was die hyperdramatische Kunst ist, Herr Kommissar?«, fragte Miss Wood abrupt.

»Wer weiß das nicht«, entgegnete Braun. »Ich habe mir soeben die Ausstellung ›Blumen‹ angesehen. Und ich habe einen Cousin, der sich ein Lehrbuch der Malerei gekauft hat. Er möchte mit uns allen üben. Jedes Mal, wenn ich ihn besuche, bittet er mich, ihm Modell zu stehen ...«

Er lachte und Bosch lachte mit, aber Wood blieb ernst.

»Geben Sie mir eine Definition«, verlangte sie.

»Eine Definition?«

»Ja. Was, glauben Sie, ist die HD-Kunst?«

›Was will die denn jetzt?‹, fragte sich Braun. Diese Frau machte ihn nervös.

Er rückte seinen Krawattenknoten zurecht und räusperte sich. Dabei blickte er um sich, als würde er die passenden Worte in irgendeiner Ecke des roten Zimmers suchen. »Ich würde sagen, dass das Leute sind, die still stehen, während alle meinen, es wären Gemälde, oder?«, antwortete er.

Seine Ironie tat keinerlei Wirkung auf die Miene der Frau.

»Genau das Gegenteil ist es«, erwiderte Wood. Und dann lächelte sie zum ersten Mal. Es war das unangenehmste Lächeln, das Braun je gesehen hatte. »Es sind Gemälde, die sich manchmal bewegen und Leute zu sein scheinen. Das ist keine Frage der Terminologie, sondern eine Frage der Sichtweise, und das ist die Sichtweise, die wir in der Stiftung einnehmen.« Miss Woods Stimme war eisig, als wäre jedes ihrer Worte auf irgendeine geheimnisvolle Weise eine versteckte Drohung. »Die Stiftung hat die Aufgabe, die Werke Bruno van Tyschs auf der ganzen Welt zu schützen und zu verwalten. Ich bin die Hauptverantwortliche der Abteilung Sicherheit. Meine Tätigkeit und die meines Mitarbeiters Lothar Bosch besteht darin, zu verhindern, dass die Bilder irgendeinen Schaden nehmen. Und Annek Hollech war ein Bild von höherem Wert als unsere ganzen Gehälter und Alterspensionen zusammengenommen, Herr Kommissar. Es hieß *Entjungferung*, war ein Original von Bruno van Tysch und galt als eines der größten Werke der modernen Kunst. Und jetzt ist es zerstört worden.«

Braun war beeindruckt von dem frostigen Zorn in dieser hastigen, zischelnden Stimme.

Miss Wood hielt einen Moment inne, dann fuhr sie fort. Ihre schwarze Brille mit dem doppelten Spiegelbild des roten Tisches sah Braun unverwandt an.

»Was Sie als Mord ansehen, ist für uns ein schweres Attentat gegen eines unserer Werke. Wie Sie vielleicht verstehen werden, sind wir der Meinung, dass uns die Ermittlungen durchaus betreffen. Deshalb haben wir Sie gebeten, mit uns zusammenzuarbeiten. Ist das klar?«

»Vollkommen.«

»Sie brauchen keine Sekunde zu denken, dass wir Ihre Arbeit behindern wollen«, fuhr Wood fort. »Jeder beschränkt sich auf sein Gebiet, die Polizei und die Stiftung. Und ich möchte Sie bitten, uns über jede Neuigkeit bei Ihren Ermittlungen auf dem Laufenden zu halten. Danke schön.«

Damit war die Zusammenkunft beendet. Unter der Führung des PR-Mädchens, das ihn schon bei der Ankunft in Empfang genommen hatte, trat Braun den Rückweg über die labyrinthartigen Flure des Museumsflügels an. Als er wieder auf die Straße trat, schenkte die großzügige Sommersonne ihm seine Seelenruhe zurück.

Während er das Auto nach Hause lenkte, leuchtete plötzlich, ohne Vorwarnung, der korrekte Name wie ein roter Blitz in seinem Geist auf: *Purpura magica.*

So hieß das über und über rote Kunstwerk, das wie seine Frau roch. Feuerrot, Karminrot, Blutrot.

3

DIE KARTE WAR TÜRKISBLAU, zauberblau, märchenprinzenblau, idealmeerblau. Sie schien im Licht der Wohnzimmerlampe Funken zu sprühen. Die Nummer war in feinen schwarzen Ziffern mittig aufgedruckt. Es stand nichts weiter darauf als jene Rufnummer, von einem Mobiltelefon vielleicht, obwohl die Vorwahl ausländisch war. Während sie wählte, sah Clara unter ihrem Fingernagel noch Farbreste von *Mädchen vor dem Spiegel* schimmern. Beim zweiten Klingeln meldete sich die Stimme einer jungen Frau. »Ja?«

»Hallo, hier spricht Clara Reyes.«

Sie überlegte gerade, was sie als Nächstes sagen sollte, als sie merkte, dass auf der anderen Seite aufgelegt wurde. Sie nahm an, dass die Funkverbindung gestört war. Das passierte manchmal bei den Mobiltelefonen. Diese grässlichen Dinger, mit denen man fast alles machen konnte, wenn man Glück hatte, sogar telefonieren, wie Jorge zu sagen pflegte. Sie drückte auf die Taste für die Wahlwiederholung. Es antwortete dieselbe Stimme in haargenau dem gleichen Ton.

»Ich glaube, dass wir unterbrochen worden sind«, sagte Clara. »Ich ...«

Aufgelegt.

Jetzt wurde sie neugierig und rief noch einmal an. Es wurde zum dritten Mal aufgelegt.

Sie dachte einen Augenblick nach. Sie war gerade aus der Galerie GS nach Hause gekommen, hatte geduscht und sich die Farbe abgewaschen, um dann sofort die Visitenkarte zu nehmen und anzurufen. Sie saß, mit gekreuzten Beinen und einem blauen Handtuch um die Brust geknotet, auf der marineblauen Tatami im Wohnzimmer. Sie hatte die Fenster geöffnet, sodass die nächtliche Brise ihr die Schultern kühlte. Aus der Stereoanlage schnurrte samtweich ein Blues. ›Es liegt nicht am Telefon. Diesmal ist vorher aufgelegt worden. Das ist Absicht.‹

Sie entschied sich für eine andere Strategie. Sie schaltete mit der Fernbedienung die Musik aus, verschaffte sich mit einem Kontrollblick auf den Wecker im Regal Gewissheit über die Uhrzeit und rief von neuem an.

Als die Frau sich meldete, schwieg Clara.

Das Schweigen zog sich auf beiden Seiten der Leitung in die Länge; es wurde tief, undurchdringlich. Nichts war zu hören, nicht einmal das Atmen, obwohl diesmal eindeutig nicht aufgelegt worden war. Aber es wurde auch nichts gesprochen. Wie lange ich wohl warten muss, bis sie sich entschließen zu reden?, dachte sie.

Plötzlich knackte es am anderen Ende. Aufgelegt. Die Uhr zeigte an, dass eine ganze Minute verstrichen war.

Das Schweigen war also die Botschaft. Diesmal hatte es länger gedauert, wahrscheinlich wollte man ihr zu verstehen geben, dass sie schweigen sollte. Trotzdem war wieder aufgelegt worden.

Hektisch strich sie sich das feuchte blonde Haar aus dem Gesicht. Es erschien ihr eindeutig, dass hier ihre Spannung auf die Probe gestellt werden sollte, aber auf eine merkwürdige Art.

Jeder große Maler spannte seine Leinwände, bevor er ein Werk begann. Die Spannung war das Tor, um zur Welt des Hyperdramatismus Zutritt zu erhalten. Es war eine Art, das Modell auf das Bevorstehende vorzubereiten, es warnend darauf hinzuweisen, dass nichts, was ihm von nun an widerfahren würde, den Bahnen der Logik oder den gesellschaftlich akzeptierten Normen folgen würde. Clara war es gewohnt, auf die unterschiedlichste Weise gespannt zu werden. Unter den Künstlern von *The Circle* und bei Gilberto Brentano war dafür ein sadomasochistisches Szenario gebräuchlich. Dagegen spannte Georges Chalboux auf subtilere Weise: Speziell darauf trainierte Personen provozierten bei den Modellen seiner Werke Emotionen, indem sie vorgaben, sie zu lieben oder zu hassen, sie ohne Grund bedrohten, sich nach Gutdünken von ihnen abwandten, um Ängste bei ihnen hervorzurufen. Herausragende Maler wie Vicky Lledó benutzten die eigene Person für das Spannen. Vicky war besonders grausam, weil sie dabei echte Emotionen einsetzte. Bei ihr schien eine mysteriöse Persönlichkeitsspaltung zu bestehen – in Vicky, den Menschen, und Vicky, die Künstlerin, die beide denselben Körper bewohnten und unabhängig voneinander agierten.

Um die Phase der Spannung erfolgreich zu bestehen, musste die Leinwand zweierlei wissen: Es gab nur eine Regel, nämlich dass es keine Regeln gab, und nur ein mögliches Verhalten, nämlich weiterzugehen.

Es würde ihr wenig nützen, noch einmal anzurufen und das Gegenüber wieder anzuschweigen: Sie musste einen Schritt weiter gehen. Aber in welche Richtung?

Auf ihrem linken Oberschenkel juckte Alex Bassans Signatur, und sie kratzte sich behutsam, ohne die Nägel zu benutzen, während sie nachdachte.

Sie hatte einen Einfall. Es war eine absurde Idee, aber gerade deshalb war es wahrscheinlich die richtige (denn so verhielt es sich fast immer in der Welt der Kunst). Sie ließ das Telefon auf der Tatamimatte liegen, stand auf und stellte sich ans Fenster. Ihr nackter Körper, der unter dem Handtuch noch feucht war, empfand weder Kälte noch irgendeine Unannehmlichkeit durch den frischen Wind.

Der Regen hatte die Nacht rein gewaschen und den Gestank von Abfall und Abgasen der Madrider Innenstadt fortgespült. Stattdessen trug die nächtliche Brise jetzt mitten in der Stadt den Geruch nach Meer herbei.

Trotzdem herrschte Verkehr. Schlangen von Autos, die sich gegenseitig am Hintern schnupperten und mit ihren hellen Augen zuzwinkerten, wälzten sich voran. Sie betrachtete das gegenüberliegende Gebäude: Drei Fenster im obersten Stockwerk waren beleuchtet; auf dem dazugehörigen Balkon mit kobaltblauen Vorhängen standen Blumentöpfe. Blaue Hyazinthen vielleicht. Sie beugte sich aus dem Fenster und beobachtete vom vierten Stock ihres Wohnblocks aus die Straße. Wie ein gelangweilter Puppenspieler ließ der Wind ihr das Haar auf und niedergehen.

Es schien sie niemand zu beobachten.

Absurd und deshalb richtig.

Sie nahm den Hörer ab, warf wieder einen Blick auf die Uhr, kehrte ans Fenster zurück und wählte noch einmal die Nummer der türkisfarbenen Visitenkarte.

»Ja?«, sagte die Stimme der Frau.

Sie schwieg und blieb so dicht wie möglich am Fenster stehen; dabei gab sie sich Mühe, sich nicht zu bewegen. Die Fransen an ihrem blauen Handtuch flatterten im Wind. Nach einer endlos erscheinenden Stille wurde aufgelegt. Sie sah auf die Uhr. Genau fünf Minuten. Das war bisher der Rekord, was ihr bewies, dass sie das Richtige getan hatte und dass sie, so unwahrscheinlich ihr das auch erschien, doch beobachtet wurde. Trotzdem hatte sie noch nicht alles getan, was man von ihr wollte. Also versuchte sie etwas anderes: Sie rief wieder an, stand vollkommen still da und hob, ohne sich vom Fenster wegzubewegen, in einem bestimmten Augenblick die Hand zum Kopf, um sich durchs Haar zu fahren. Es wurde unverzüglich aufgelegt, fast noch bevor sie die Geste beendet hatte.

Sie lächelte und nickte schweigend zur Straße hin. ›Mhm, ich habe verstanden: Ihr wollt, dass ich nicht rede, dass ich mich am Fenster zeige, dass ich mich nicht bewege und ... Was noch?‹ Bassan hatte manchmal zu ihr gesagt, ihr Gesicht würde Güte und Bosheit zugleich ausdrücken, ›wie ein Engel mit einer Teufelssehnsucht‹. In jenem Moment war ihr Ausdruck eher diabolisch als engelhaft. ›Was noch, he? Was wollt ihr noch?‹

Jedes Mal, wenn sie zu Beginn eines neuen Werkes die ersten Schritte in den sonderbaren Tempel der Kunst tat, passierte ihr dasselbe: Sie verspürte einen Kitzel. Es war die ungeheuerlichste Empfindung der Welt. Sie verstand nicht, wie es jemanden geben konnte, der in einem anderen Metier arbeitete. Jemanden wie Jorge, der weder Kunstwerk noch Künstler war.

Sie amüsierte sich bei folgender Vorstellung (ihre Fantasie lief in solchen Momenten auf Hochtouren): Die Stille in der Leitung würde zehn Minuten anhalten, wenn sie sich zum Fenster hinauslehnte, fünfzehn, wenn sie einen Fuß auf das Fenstersims setzte, fünfundzwanzig, wenn sie den anderen darauf setzte, dreißig, wenn sie sich auf dem Sims aufrichtete, fünfunddreißig, wenn sie einen Schritt ins Leere tat ... Vielleicht würde dann jemand sprechen.

›Aber das würde bedeuten, die Leinwand zu zerstören, nicht zu spannen.‹

Sie wählte einen anderen, wesentlich bescheideneren Kitzel. Sie sah wieder auf die Uhr und legte, ohne sich vom Fenster zu rühren, das Handtuch ab und warf es zu Boden. Dann rief sie an. Die Frauenstimme meldete sich wie immer. Clara wartete.

Das Schweigen war von Dauer.

Als sie sich ausrechnete, dass fünf Minuten längst vorbei sein mussten, fragte sie sich, was sie noch tun sollte, falls wieder eingehängt wurde. Das wollte sie sich jetzt nicht vorstellen. Sie verharrte reglos und nackt vor dem Fenster. Im Hörer hielt das Schweigen an.

Das schwarze Kätzchen war schuld.

Sie hatte es zum ersten Mal in der glühend heißen Sonne an einem Schwimmbecken in Ibiza gesehen. Das Kätzchen hatte sie auf diese merkwürdige Art der Katzen angesehen, die Augen aus Quarzkristallen weit geöffnet, und sie eingeladen, sein Geheimnis zu ergründen. Aber sie war vierzehn, lag mit geöffnetem Bikinioberteil bäuchlings auf einem Handtuch und hatte kein großes Interesse an irgendwelchen Geheimnissen. Sie gewann das Vertrauen des Kätzchen mit einem sanften Singsang. Vielleicht hatte es sich aber auch in ihre Schönheit verliebt. Onkel Pablo, der sie für die Sommerferien nach Ibiza eingeladen hatte, pflegte sie nämlich zu necken, indem er sich nach ihrem Imageberater erkundigte. Wenn jemand so hübsch ist wie du, sagte er, dann steckt doch bestimmt ein Imageberater dahinter. Mit den langen blonden Haaren, ihren Augen wie zwei kleine blaue Wasserplaneten ohne eine Spur von Festland, mit der jugendlich straffen Figur und ihrer perfekten Haut war Clara daran gewöhnt, in fremden Blicken Anerkennung zu ernten. Als sie noch zur Schule ging, hatte einmal der Vater einer Klassenkameradin namens Borja ihrem Vater eine Visitenkarte überreicht und gesagt, er sei Fernsehproduzent und würde gerne ein paar Probeaufnahmen mit Clara machen. Noch nie habe er ein Mädchen wie sie gesehen, hatte er erklärt. Ihr Vater war darüber sehr aufgebracht und wollte nichts davon wissen. Abends gab es zu Hause eine erhitzte Debatte, woraufhin Claras Fernsehkarriere für immer gestorben war. Damals war sie sieben Jahre alt. Mit neun, als ihr Vater starb, war es dann zu spät, ungehorsam zu sein. Denn das Leben wurde äußerst schwierig, nachdem der Vater die Familie schutzlos hinterließ. Die Kurzwarenhandlung der Mutter, in der Clara, sobald sie alt genug war, mitarbeitete, sicherte ihr Überleben und ermöglichte, dass ihr Bruder José Manuel die Schule zu Ende besuchen und ein Jurastudium aufnehmen konnte. Außerdem half ihnen Onkel Pablo, der sie nie im Stich gelassen hatte. Onkel Pablo war Unternehmer und lebte mit seiner Frau, einer jungen Deutschen, in Barcelona. Es war seine Idee, Clara jeden Sommer von ihrem Alltag zu erlösen und sie mit ihren Cousinen in seine Ferienwohnung nach Cortixera auf Ibiza mitzunehmen. Ihre Cousinen waren älter und kümmerten sich nicht um sie, aber das machte ihr nichts aus: Allein die Tatsache, der traurigen Madrider Wohnung entfliehen zu können und einen Monat lang auf jenem winzigen und zugleich riesigen, von der Sonne blau gemalten Flecken Erde zu leben, erschien ihr wunderbar.

Trotzdem wäre nichts passiert, wäre da nicht die kleine schwarze Katze gewesen.

Das Kätzchen kam näher, misstrauisch zunächst, um sich dann in ein Samtknäuel mit funkelnden blauen Augen zu verwandeln, in jenem strahlenden, nach Chlor und Meer riechenden Sommer 1996. Aber das Kätzchen roch nicht danach, es roch nach Seife und hatte eindeutig einen Besitzer. Es sah viel zu gepflegt aus, um aus der freien Natur zu kommen.

»Hallo«, begrüßte Clara es. »Wo ist denn dein Herrchen, kleine Katze?«

Das Tier maunzte unter ihren kraulenden Fingern mit seinem Mäulchen wie ein winziges rosa Herz oder ein gespaltener Mandelkern. Sie lächelte. In ihrem einstigen Feriendomizil, dem Elternhaus ihres Vaters. Im Gebirgsdorf Alberca, wo sie jeden Sommer hinfuhren, als ihr Vater noch lebte, hatte sie sich an allerlei Haustiere gewöhnt. Sie streichelte das Kätzchen, als wäre es eine Wunderlampe und beherbergte einen Geist, der jeden Wunsch erfüllen würde.

»Hast du dich verlaufen?«, fragte sie.

»Sie gehört mir«, sagte eine Stimme.

Da erst entdeckte sie die dünnen braunen Beine von Talia, die nass vor ihr stand. Als sie den Blick hob, bemerkte sie das Lächeln in einer Linie mit der Sonne und wusste (weil sie an die Zeichen des Schicksals glaubte), dass sie Freundinnen werden würden.

Talia war dreizehn, hatte große Augen und eine kaffeebraune Haut. Sie redete und lächelte in einem, als wären Reden und Lächeln für sie ein und dasselbe, als wäre ihre Rede stets fröhlich und ihr Lächeln beredt. Ihre Mutter war eine Venezolanerin aus Maracay und ihr Vater Spanier. Sie bewohnten ein Haus am anderen Ende der Insel, in der Nähe von Punta Galera. Talia erklärte, sie sei zufällig hier, weil ihre Eltern Freunde besuchten. Das schwarze

Kätzchen war es also, das sie miteinander bekannt gemacht hatte.

Talias Vater besaß eine Menge Geld, viel mehr als Onkel Pablo, der keineswegs schlecht lebte. Das Haus an der Punta Galera war ein riesiges Anwesen am Meer, mit einem umzäunten Grundstück voller Bäume, Blumen und Teiche. Talia lud Clara zwei Tage später zu sich ein. Clara stellte staunend fest, dass sie einen Gutsverwalter hatten, und an der Stelle von Hausangestellten, die nur für die Wäsche und das Essen zuständig waren, uniformierte Bedienstete mit glasigem Blick. Aber der Swimmingpool war das Unfassbarste. Es erschien ihr fantastisch, dass Talia mit ihrem kleinen, braunen Körperchen alleine über diesen riesigen saphirfarbenen Salon, diesen Boden aus flüssigen Fliesen verfügte und sich nach Herzenslust im Wasser tummeln konnte. Aber ganz so schien es doch nicht zu sein.

Ein anderes Mädchen teilte den Pool mit ihr. Hatte sie vielleicht eine Schwester? Oder war das eine Freundin?

Das Mädchen war älter, da gab es keinen Zweifel. Sie kniete am Beckenrand, besser gesagt, sie stand auf allen vieren und trug nichts als einen winzigen blauen Tanga. Ihr Körper glänzte auffallend. Sie veränderte ihre Position keinen Millimeter, als Clara und Talia näher kamen.

»Das ist ein Bild meines Vaters«, erklärte Talia. »Mein Vater hat Unsummen dafür bezahlt.«

Clara ging in die Hocke und beobachtete die starre Miene, die von Appreturen und Ölen glänzende Haut, das sanft im Wind zitternde Haar.

»Das ist ja kaum zu glauben«, entzückte sich Talia, als sie ihre Verwunderung sah. »Du kennst die HD-Kunst nicht? Ja, natürlich ist sie aus Fleisch und Blut, wie du und ich! Das ist ein Gemälde des Hyperdramatismus. Sie ist weder in Trance noch sonst was von der Art, sie posiert. Und der Geruch, das ist das Öl.«

»Eliseo Sandoval. *Am Schwimmbecken*. 1995. Öl und Sonnencreme auf 18-jährigem Mädchen mit Baumwolltanga«, stand auf dem kleinen Schildchen zu lesen, das sich neben der Figur auf dem Boden befand.

Wie die meisten Leute hatte Clara schon von der hyperdramatischen Kunst gehört und auch Dokumentationen und Reportagen darüber gesehen, aber noch nie ein echtes Werk.

Es war wie eine Verwünschung. Sie kniete sich neben das Bild und vergaß alles um sich herum. Sie erforschte es mit ihren Blicken von den Fingerkuppen bis zum bemalten Haar; vom Hals bis zur Rundung der Gesäßbacken. Die beiden Seiten des Tangas ergaben ein V, genau wie ein Baum im Garten des Hauses, dessen Hauptäste ebenfalls diesen Buchstaben formten. Sie wanderte mit den Augen über jeden Millimeter des erstarrten Körpers, als würde sie einen Film anschauen, nach dem sie sich ein Leben lang gesehnt hatte. Zitternd hob sie einen Finger und drückte ihn dem Gemälde auf den Oberschenkel. Es war, als würde sie eine Vase berühren. Das Ding blinzelte nicht einmal.

»Hör mal, lass das«, tadelte Talia sie. »Man darf die Gemälde nicht anfassen. Wenn das mein Vater gesehen hätte ...!«

Der Tag zog sich qualvoll in die Länge. Daran war natürlich nicht die arme Talia schuld, sondern dieses verfluchte Ding da, dieses verfluchte, obszöne Ding, das sich nicht von der Stelle rührte, das einfach dastand in der gleißenden Sonne, am Wasser, ohne zu schwitzen, ohne sich zu beklagen, in die Betrachtung eines kleinen Ausschnitts des Fliesenbodens vertieft. Einzig und allein jene starre, magische Linie des V-förmigen Tangas, bar jeden Lebens und gleichzeitig voll davon, war schuld daran.

Mit einem Mal fühlte Clara sich elend. Sie bekam keine Luft mehr, hatte das Gefühl zu ersticken. Sie lief davon und suchte im Haus Zuflucht. Dort fand sie auf dem Sofa des luxuriösen Wohnzimmers das Kätzchen und kauerte sich daneben. Ihre Wangen glühten, und ihr Atem ging schwer. Als Talia endlich kam, sah Clara sie flehend an.

»Geht sie denn nie weg da?«, wimmerte sie. »Isst sie nicht, schläft sie nicht?«

»Natürlich isst und schläft sie. Sie stellt sich nur von elf bis sieben aus.«

Am frühen Abend ging der Gutsverwalter hinaus, ihr Bescheid sagen. Es war Punkt sieben. Clara, die den ganzen Tag auf die Uhr geschaut hatte, näherte sich dem Bild. Sie sah, wie es sich bewegte; sie sah, wie es jedes Glied einzeln und mit langen Pausen, in der Geschwindigkeit eines neugeborenen Kindes, streckte, den Oberkörper aufrichtete und den Kopf mit geschlossenen Augen hob; sie sah das Öl auf seiner Brust schimmern, die sich unter den Atemzügen bewegte; sie sah, wie es sich mit Mühe auf die Füße stellte und zur Frau wurde, zu einem jungen Mädchen, zu jemandem wie sie selbst. Vor dem blauen Hintergrund.

›Ich will so was sein‹, dachte sie. ›Ich will so was sein.‹

Sie klapperte mit den Zähnen.

Die kobaltblauen Vorhänge wurden beiseite gezogen, eine Frau trat heraus und begann, die blauen Blumen zu gießen. Plötzlich hob sie den Blick und überraschte Clara. Nachdem sie sie einen Moment angesehen hatte, nickte sie zustimmend. Dann verließ sie den Balkon, schloss die Tür und zog die Vorhänge zu. Das Glas warf Claras nackten, von ihrem eigenen Fenster gerahmten Körper zurück, die straffe Gestalt mit dem brauenlosen Gesicht und dem depilierten Venushügel, die Brüste wie zwei Wellen auf einem Papier, das Haar, jetzt von der Nachtluft getrocknet, die rechte Hand mit dem Telefon am Ohr, alles eingetaucht in die kobaltfarbene, ultramarinblaue Welt vom Fensterglas gegenüber.

Im Hörer herrschte immer noch Schweigen. Es war bisher nicht aufgelegt worden.

Sie hatte sich von ihren Erinnerungen mitreißen lassen. Das Erscheinen jener Frau holte sie jählings in die Wirklichkeit zurück. Ibiza, Talia und der unvergessliche Augenblick, als sie die HD-Kunst entdeckte, versanken in der Dunkelheit der Nacht. Sie wusste nicht, wie lange sie schon in dieser Haltung wartete. Mindestens zwei Stunden, vermutete sie. Sie spürte, dass die Hand mit dem Telefonhörer sehr viel kälter war als der übrige Körper und die Muskeln des Armes steif wurden. Sie hätte alles darum gegeben, die Stellung wechseln zu dürfen, aber sie verharrte reglos mit dem Telefon am Ohr; dabei versuchte sie möglichst flach zu atmen, so wie sie es bei ihrer Arbeit zu tun pflegte. Sie verlagerte nicht das Gewicht von einem Bein auf das andere: Sie blieb fest und aufrecht stehen, die linke Hand in die Hüfte gestützt, während sie die Knie gegen die Rippen des Heizkörpers unter dem Vorhang presste, um möglichst dicht am Fenster zu stehen.

Es überkam sie die Versuchung aufzulegen. Schließlich war es möglich, dass dieses absurde Warten ein Irrtum war. Vielleicht war die Idee, dass sie nackt und reglos mit dem Telefonhörer in der Hand am Fenster stehen und warten müsse, ihrer eigenen Fantasie entsprungen. Denn der Maler, wer auch immer es sein mochte, hatte sich ihr noch mit keiner Silbe und mit keiner Geste zu erkennen gegeben. Wer könnte auf die Idee kommen, mit dem unsichtbaren Schweigen zu malen? Abgesehen von der Telefonrechnung, die ihn das Abenteuer kosten würde. Jorge würde sich kranklachen.

›Ich zähle bis dreißig ... Sagen wir, bis hundert ... wenn dann nichts passiert, lege ich auf.‹

Sie war erschöpft (schließlich hatte sie schon den ganzen Tag in Bassans Bild gestanden), hungrig und müde. Sie begann zu zählen. Auf der anderen Straßenseite hörte sie das Gelächter einiger Jugendlicher. Vielleicht hatten sie sie entdeckt. Das störte sie nicht. Sie war eine professionelle Leinwand. Scham und Schüchternheit hatte sie schon lange Zeit hinter sich gelassen.

Sechsundzwanzig ... siebenundzwanzig ... achtundzwanzig ...

Ihr ganzes Leben war Kunst. Sie wusste nicht, wo die Grenze war und ob es überhaupt eine Grenze gab.

Sie hatte gelernt, alleine, mit anderen und vor anderen ihren Körper zu zeigen und zu benutzen. Keinen Winkel und keine Ritze für heilig zu befinden. Die Qual der Schmerzen zu erdulden, so gut es ging. Während der Muskelanspannung zu träumen. Den Raum als Zeit und die Zeit als etwas Weitläufiges zu begreifen, eine Landschaft, in der man spazieren gehen oder sich ausruhen konnte. Gefühle zu kontrollieren, zu erfinden, vorzutäuschen, nachzuahmen. Jede Schranke zu überwinden, jeden Vorbehalt abzulegen, den Ballast des schlechten Gewissens abzuschütteln. Bei einem Kunstwerk gab es nichts, was ihm selbst gehörte: Körper und Geist waren darauf ausgerichtet, zu erschaffen und erschaffen zu werden, sich zu verwandeln.

Es war der merkwürdigste und herrlichste Beruf der Welt. Noch in jenem denkwürdigen Sommer, nach ihrer Rückkehr aus Ibiza, war sie darin eingewiesen worden. Und sie hatte es noch kein einziges Mal bereut.

Von Talia hatte sie erfahren, dass Eliseo Sandoval, der Maler von *Am Schwimmbecken*, zusammen mit ein paar Kollegen in Madrid lebte und arbeitete, genauer gesagt in einem Landhaus unweit von Torrejón. Wenige Wochen später stellte sie sich, alleine und nervös, dort vor. Als Erstes entdeckte sie, dass sie nicht als Einzige diesen Schritt wagte und dass die HD-Kunst in Spanien weitaus populärer war, als sie geahnt hatte. In jenem Haus herrschte ein Durcheinander von Malern und jugendlichen Aspiranten für den Beruf des Kunstwerks. Eliseo, ein junger venezolanischer Künstler mit Boxergesicht und einem faszinierenden Grübchen im Kinn, war bereit, den jungen Modellen gegen ein geringes Entgelt die Grundlagen beizubringen, allerdings inoffiziell und ohne Verkaufsaussichten, weil die HD-Kunst mit Minderjährigen vom Gesetz noch nicht erlaubt war.

Clara griff auf ihre geringfügigen Ersparnisse zurück und fing an, jedes Wochenende dorthin zu gehen. Sie lernte unter anderem, sich drinnen und draußen nackt zu zeigen, alleine oder vor anderen, und es viele Stunden lang mit bemalter Haut auszuhalten. Sie erlernte auch die Grundlagen des Hyperdramas: die Spiele, die Experimente, die Ausdrucksformen. Dann kam ihr Bruder dahinter, und es begannen die Auseinandersetzungen und die Verbote. Clara hatte den Eindruck, dass sich José Manuel nach dem Tod des Vaters als ihr neuer Vormund betrachtete. Aber das ließ sie nicht zu. Sie drohte, von zu Hause wegzulaufen. Als die Situation unerträglich wurde, setzte sie es in die Tat um.

Mit sechzehn Jahren begann sie, für *The Circle* zu arbeiten, ein internationales Künstlerunternehmen, das jugendliches Material für große Künstler vorbereitete. Dort ließ sie sich den Körper tätowieren, färbte sich die Haare rot, ließ sich die Nase, die Ohren, die Brustknospen und den Bauchnabel mit Ringen durchbohren und nahm an grotesken Wandgemälden teil. Sie verdiente Geld und konnte bei Wedekind, Cuinet und Ferrucioli studieren. Mit achtzehn zog sie mit Gabi Ronce, einem jungen Maler, den sie in Barcelona kennen gelernt hatte und der ihre erste Liebe war, zusammen. Er war ihr erster Künstler. Als sie zwanzig wurde, begannen Alex Bassan, Xavier Gonfrell und Gutiérrez Reguero bei ihr anzurufen, weil sie Originale mit ihr schaffen wollten. Dann kamen die Großen: Georges Chalboux malte einen *Kobold* mit ihrem Körper, Gilberto Bretano verwandelte sie in eine *Stute*, und Vicky Lledó entlockte ihr Mienen, derer sie ihr Gesicht niemals für fähig gehalten hätte.

Aber die Genies hatten noch nie Hand an sie gelegt.

Und was war, so fragte sie sich, was war, wenn niemand zu sprechen anfing, was war, wenn sie über alle Maßen gespannt wurde, wenn versucht wurde, die Situation zum Äußersten zu treiben, was war, wenn ...

Die Nacht war in ein dunkles Blau übergegangen. Der Wind, der sie anfangs erfrischt hatte, ließ ihr jetzt die Knochen zu Eis gefrieren.

Sie hatte bis hundert gezählt und dann noch einmal bis hundert. Schließlich hatte sie das Zählen aufgegeben. Sie wagte nicht, aufzulegen, denn je mehr Zeit verging, desto bedeutender (und schwieriger) musste das sein, was dahinter auf sie wartete. *Das Härteste und Gefährlichste und das Bedeutendste und Schwierigste.*

Sie betrachtete die Stille, das Verlöschen des Lichts, das Reich der Katzen. Zeugin zu werden vom Entstehen des neuen Tages über einer Stadt schien ihr vergleichbar mit der Beobachtung der unsichtbaren Prozession eines Uhrzeigers.

Was würde sein, so fragte sie sich, wenn sie nicht mit ihr sprachen? Wann, in welchem präzisen Moment, konnte sie davon ausgehen, dass das Ende dieses Spiels gekommen war? Wer würde als Erstes aufgeben bei diesem maßlosen, ungerechten Kräftemessen?

Plötzlich kehrte die Stimme der Frau an den Hörer zurück. Claras Gehör war so lange ungenutzt, dass es beinahe wehtat – wie die Pupille eines Blinden schmerzt, der unversehens sein Augenlicht zurückgewinnt. Die Stimme war knapp und schneidend. Sie erwähnte einen Ort: *Plaza de Desiderio Gaos,* ohne Nummer. Einen Namen: Herr Friedman. Einen Termin: Punkt neun am nächsten Morgen. Dann wurde aufgelegt.

Eine Weile noch wollte sie die Pose beibehalten, mit dem Hörer am Ohr. Dann verzog sie das Gesicht und kehrte zu den Unbequemlichkeiten des Lebens zurück.

Es war Donnerstagmorgen, der 22. Juni 2006.

Der Dachboden. Das Haus von Alberca. Vater.

Die Sonne strahlte großzügig über dem Obstgarten. Es war ein wundervoller Anblick: das Gras, die Orangenbäume, das blaue Karohemd ihres Vaters, der Strohhut und seine dicke Brille mit den quadratischen Gläsern. Denn Manuel Reyes war kurzsichtig, überaus kurzsichtig, und das fast freiwillig, zumindest machte es ihm nichts aus, dieses klobige, altmodische Ding aus Horn und Glas im Gesicht zu tragen. Er versicherte, dass die Brille den detaillierten Ausführungen, die er den Pradobesuchern über die Gemälde gab, eine gewisse Gewähr gab. Das war nämlich die Arbeit ihres Vaters: Die Leute durch die Säle des Museums führen, während er mit mäßiger Gelehrsamkeit und lauter Stimme die Geheimnisse von *Las Lanzas* und *Las Meninas*, seinen Lieblingswerken, lüftete. Ihr Vater beschnitt gerade die Orangenbäume, während sich ihr Bruder in der Garage an der Staffelei versuchte (er wollte nämlich Maler werden, aber der Vater riet ihm zu einem Brotberuf). Sie wartete in ihrem Zimmer darauf, dass ihre Mutter mit ihr zur Messe ging.

Da hörte sie das Geräusch.

In einem Haus wie diesem, das so viele Geräusche beherbergt, fällt eines mehr nicht ins Gewicht. Aber diesem einen war es gelungen, sie neugierig zu machen. Zwischen ihren Brauen formte sich ein winziges V. Sie verließ ihr Zimmer, um nachzusehen, wer oder was es hervorgebracht hatte.

Der Dachboden. Die Tür hatte sich einen Spalt geöffnet. Vielleicht war ihre Mutter dort gewesen und hatte sie danach nicht richtig geschlossen.

Der Dachboden war das verbotene Zimmer. Die Mutter erlaubte ihren Kindern nicht, ihn zu betreten, weil sie fürchtete, all die aufgetürmten Sachen könnten auf sie herabfallen. Aber Clara und José Manuel glaubten, dass sich dort etwas Schreckliches verbarg. Darin waren sie sich einig. Sie waren lediglich unterschiedlicher Meinung über die Bedeutung, die sie dem Schrecklichen gaben. Für ihren Bruder war das Schreckliche schlecht; für Clara war es schlecht und gut, zugleich vor allem jedoch verlockend. Wie ein Bonbon, das ebenfalls schlecht und verlockend zugleich sein konnte. Wenn ihnen das Schreckliche begegnet wäre, hätte José Manuel entsetzt Reißaus genommen, Clara aber wäre fasziniert näher gegangen, gespannt wie ein Kind am Heiligabend. Das Maß des Schrecklichen würde die Doppelbewegung bestimmen: Etwas wirklich Schreckliches würde José Manuel vertreiben und Clara in seinen Bann ziehen wie eine Besessene, sie würde sich ihm entgegenwerfen, wie man einen Stein in den Abgrund eines Brunnens wirft.

Jetzt, endlich lud das Schreckliche sie ein hereinzuschauen. Sie hätte ihre Mutter rufen können (sie hörte sie in der Küche hantieren), im Gemüsegarten beim Vater Schutz suchen oder in die Garage gehen und ihren Bruder zu Hilfe holen.

Aber sie fasste sich ein Herz.

Bebend wie noch nie, nicht einmal am Tag ihrer Erstkommunion, stieß sie die alte Tür auf, und ganze Wolken von aufgewirbeltem Staub schlugen ihr entgegen. Sie wich zurück und entlud ihn in einem Hustenanfall, der ihr Abenteuer ein wenig ernüchterte. Es waren solche Mengen an Staub da, und es stank so widerlich nach irgendetwas Verrottetem, dass sie dachte, sie könnte es nicht ertragen. Außerdem würde sie sich ihr Sonntagskleid beschmutzen.

Aber, zum Donner, dem Schrecklichen zu begegnen forderte schließlich seinen Preis, dachte sie dann. Der Schrecken wuchs ja nicht auf den Bäumen, in jedermanns Reichweite: Es bedurfte schon einiger Mühen, ihn zu erlangen, wie ihr Vater das vom Geld behauptete.

Sie schnappte vor der Tür noch zwei- oder dreimal nach Luft und versuchte es dann von neuem. Mit zaghaften Schritten trat sie in die übel riechende Finsternis, blinzelte und gab ihren Augen Zeit, sich an das Dunkel zu gewöhnen. Sie entdeckte zusammengeschnürte Leichen, identifizierte sie jedoch als alte Decken. Stapel von Kartons. Ein verzogenes Schachbrett. Eine nackte Puppe, die ohne Augen auf einem Regal saß. Spinnweben und blaue Schatten. All das beeindruckte sie, jagte ihr aber keinen Schrecken ein. Solche Dinge vorzufinden hatte sie erwartet.

Als die unvermeidliche Enttäuschung sich in ihr breit machen wollte, da sah sie es.

Das Schreckliche.

Es war links von ihr. Eine behutsame Geste, ein bewegter Schatten im Licht der geöffneten Türe. Mit nie dagewesener Ruhe vollführte sie eine halbe Drehung. Das Maß ihres Schreckens hatte seinen Höhepunkt erreicht (sie war drauf und dran loszuschreien), was bedeutete, dass sie endlich das Schreckliche gefunden hatte und bereit war, ihm ins Auge zu sehen.

Es war ein Mädchen. Ein Mädchen, das auf dem Dachboden lebte. Es trug eine Kombination in Marineblau von Lacoste, das Haar war glatt und ordentlich gekämmt. Ihre Haut war wie Marmor. Sie sah aus wie eine Leiche. Aber sie bewegte sich. Sie öffnete den Mund und schloss ihn. Sie blinzelte ausgiebig. Und sah sie an.

Das Grauen überlief sie eiskalt. Ihr Herz begann wie eine gefangene Ratte in ihrer Brust um sich zu schlagen, bis zur Kehle hinauf, die sich ihr zuschnürte. Es war ein Augenblick von unheimlicher Ewigkeit, der Bruchteil einer vergänglichen und endgültigen Sekunde, wie der Augenblick unseres Todes.

Irgendwie, aus irgendeinem unerklärlichen, aber unabweisbaren Gefühl heraus wusste sie in jenem Moment, dass dieses Mädchen der grauenerregendste Anblick war, den sie je gesehen hatte und je sehen würde. Er war nicht nur grauenerregend, sondern absolut unerträglich. (Und dabei war ihre Freude grenzenlos. Weil sie endlich das Schreckliche vor Augen hatte. Und das Schreckliche ein Mädchen ihres Alters war. Sie könnten Freundinnen sein und zusammen spielen.)

Dann merkte sie, dass das Lacoste-Kleid dasselbe war, das ihre Mutter ihr an diesem Sonntag angezogen hatte, dass die Frisur dieselbe war wie ihre, dass die Gesichtszüge ihre waren, dass der Spiegel groß war und der Rahmen im Halbschatten verschwand.

»Es war nur ein dummer Schreck«, sagte die Mutter zu ihr. Sie war herbeigeeilt, als sie den Schrei hörte, und hielt Clara noch im Arm.

Der Morgen malte das indigofarbene Dach himmelblau. Clara blinzelte, und die Bilder des Traumes lösten sich im Licht ihrer vier Wände auf. In ihrer Umgebung war alles normal, aber ihr Inneres war noch von jener fernen Kindheitserinnerung aufgewühlt, von jenem ›dummen Schrecken‹ auf dem Dachboden des alten Hauses in Alberca, ein Jahr bevor ihr Vater starb.

Der Wecker hatte gerasselt: halb acht. Ihr fiel der Termin auf der *Plaza de Desiderio Gaos* mit dem geheimnisvollen Herrn Friedman ein. Mit einem Satz sprang sie aus dem Bett.

Das Dasein als Bild hatte sie unter anderem gelehrt, Träume als sonderbare Unterweisungen eines anonymen inneren Künstlers zu verstehen. Sie fragte sich, warum ihr Unterbewusstsein jenes Teil aus ihrem alten Leben aufgegriffen und es von neuem auf das Spielbrett gelegt hatte.

Vielleicht bedeutete es, dass sich die Tür des Dachbodens wieder aufgetan hatte.

Und irgendjemand forderte sie auf, einzutreten und dem Schrecklichen ins Gesicht zu sehen.

4

DIE AUGEN VON PAUL BENOIT waren nicht violett, aber bei der Beleuchtung sahen sie beinahe so aus. Lothar Bosch blickte nicht zum ersten Mal in diese Augen. Ihm war klar, dass er Vorsicht walten lassen musste. Wenn man mit Paul Benoit zu tun hatte, musste man auf der Hut sein.

»Weißt du, was das Problem ist, Lothar? Das Problem ist, dass alles Wertvolle heutzutage kurzlebig ist. Ich meine, früher waren Haltbarkeit und Bestand noch Werte: ein Sarkophag, eine Statue, eine Kirche oder eine Leinwand. Aber gegenwärtig wird alles Wertvolle konsumiert, verbraucht, stirbt aus, ganz egal ob es um natürliche Ressourcen, Drogen, geschützte Arten oder um die Kunst geht. Wir haben eine Phase hinter uns, in der die Knappheit der Waren deren Wert erhöht hat. Das war logisch. Und was ist die Folge davon? Dass die Dinge heute knapp sein müssen, damit sie im Wert steigen. Wir haben Ursache und Wirkung verkehrt. Heute lautet unsere Überlegung: ›Es gibt nicht genug Gutes. Lasst uns dafür sorgen, dass das Schlechte knapp wird, dann wird es automatisch für gut befunden.‹«

Er unterbrach sich und streckte die Hand, ohne hinzusehen, ins Leere. Vor ihm stand *Das Tischchen* mit der Porzellantasse bereit, aber Benoits Geste hatte nicht ihm gegolten. Die Tasse schwankte bedrohlich, als der Chef der Abteilung Konservierung mit seinen kleinen Fingern dagegen stieß und ein Teil ihres Inhalts auf die Untertasse schwappte. Mit raschen, präzisen Handgriffen wechselte *Das Tischchen* die Untertasse aus und wischte die Tasse mit einer Papierserviette ab, die auf dem Lacktablett vor seinem Bauch lag. An seinem Handgelenk stand auf einem weißen Etikett: ›Maggie‹. Bosch kannte Maggie nicht, aber natürlich gab es viele Objekte, die er nicht kannte. Obwohl sie kniete, konnte man auf einen Blick erkennen, dass Maggie sehr groß war, wahrscheinlich fast zwei Meter. Vielleicht hatten diese Proportionen ihrer Laufbahn als Kunstwerk im Weg gestanden, überlegte Bosch.

»Heute ist der Gemäldehandel auf gewebten Leinwänden längst kein gutes Geschäft mehr«, fuhr Benoit fort, »eben weil sie sich nicht mit der erforderlichen Geschwindigkeit verbrauchen. Weißt du eigentlich, welches der wahre Grund für den Erfolg der hyperdramatischen Kunst ist? Ihre Vergänglichkeit. Wir zahlen mehr und bereitwilliger für ein Werk von geringer Haltbarkeit als für ein Werk, das hundert oder zweihundert Jahre überdauert. Warum? Aus demselben Grund, aus dem wir im Schlussverkauf mehr Geld ausgeben als bei einem gewöhnlichen Einkauf. Das Syndrom heißt: ›Schnell, sonst ist der Vorrat alle!‹ Deshalb sind die jugendlichen Werke ja auch so wertvoll.« Beim zweiten Versuch ist die Operation geglückt, dachte Bosch: *Das Tischchen* beobachtete nämlich Benoits Gestik, der aufpasste und vorsichtig die Tasse entgegennahm, welche die Dekoration ihm hinhielt. »Probier mal dieses Getränk, Lothar. Es riecht nach Tee und schmeckt nach Tee, ist aber kein Tee. Ich denke mir, wenn es nach Tee riecht und nach Tee schmeckt, dann ist es für mich auch Tee. Trotzdem macht es mich nicht nervös und bekommt meinem Ulkus.«

Bosch ergriff das Porzellantässchen, das ihm *Das Tischchen* anbot, und betrachtete das Getränk. Die Farbe ließ sich im violetten Halbdunkel des Raumes nicht genau bestimmen. Er beschloss, es könnte ebenfalls lila sein. Er hielt es an die Nase. In der Tat, es roch nach Tee. Er kostete. Es schmeckte verstrahlt. Nach pürierten Bonbons, gemischt mit Hustensaft. Er unterdrückte eine Grimasse und stellte erleichtert fest, dass Benoit ihm nicht zusah. Zum Glück. Er gab vor, mehr davon zu trinken.

Sie befanden sich in einem Ausstellungsraum im Museumsquartier. Es war ein großes, schallisoliertes, von verschiedenen Violetttönen beleuchtetes Rechteck: Über die Decke ergoss sich das Licht in sanftem Purpur, auf dem Boden in Kobalt und an den Wänden strahlten lavendelfarbene Quadrate, sodass die Anwesenden in einem Aquarium voller Burgunder zu treiben schienen. Bis auf *Das Tischchen* gab es keinerlei Dekoration. Eine Stirnseite des Raumes glich einem Fernsehstudio. Zehn zusammengeschaltete Monitore waren dort wie ein Paneel an der Wand angebracht, und ihre schwarzen Bildschirme reflektierten das lila Licht wie winzige Mondsicheln oder abgeschnittene Fingernägel. Willy de Baas und zwei seiner Assistenten saßen davor und warteten darauf, mit der Samstagabendsitzung der ›Psychologischen Betreuung‹ zu beginnen. Die ›Betreuung‹ gehörte zur Konservierung und unterstand damit der direkten Verantwortung von Paul Benoit. Offensichtlich machte es de Baas ein wenig nervös, dass der Chef diesmal daneben saß.

Mit zufriedenem Gesichtsausdruck stellte Benoit die Tasse auf das Tablett zurück, leckte sich die Lippen und sah Bosch an. Die Lichter von den Wänden ließen seine Pupillen rot funkeln, seine Glatze glich einer purpurnen Kardinalsmütze, während seine Schuhe und der untere Teil der Hose lila glühten.

»Genau deshalb, Lothar, sind Zwischenfälle wie der der *Entjungferung* äußerst ungünstig. Weil die jugendlichen Bilder so wertvoll sind. Trotzdem ist es uns gelungen, die Nachricht in Amsterdam einzufrieren. Nur die höchsten Chargen wissen davon. Stein wollte keinen Kommentar dazu abgeben, und Hoffmann konnte es kaum glauben. Den Meister hat er damit natürlich nicht behelligt. Schließlich ist die Vernissage von ›Rembrandt‹

am 15. Juli, und einige Leinwände sind noch in der Phase der Spannung oder Imprägnation. Der Meister ist derzeit nicht ansprechbar. Aber es gibt Gerüchte, dass Köpfe rollen werden. Nicht deiner und auch nicht der von April, aber ...«

»Es kann keiner was dafür, Paul«, sagte Bosch. »Man hat uns übel mitgespielt. Oscar Díaz oder wer auch immer, jedenfalls war sein Plan nicht schlecht. Er hat uns übel mitgespielt, das ist alles.«

»Die Sache ist«, stellte Benoit fest, indem er dem *Tischchen* die Tasse zum Nachschenken hinhielt, »dass wir ihn schnappen müssen. Wir werden ihn nach allen Regeln der Kunst verhören, denn die Polizei wird ihm sicher nicht alles aus der Nase ziehen, verstehst du?«

»Ich verstehe vollkommen. Wir sind ja auch dabei. Wir haben seine New Yorker Wohnung durchsucht und sein Hotelzimmer hier in Wien, aber wir haben nichts Außergewöhnliches gefunden. Wir wissen, dass er Hobbyfotograf ist und die Natur liebt und dass er alleine lebt. Wir versuchen gerade, seine Schwester und seine Mutter in Mexiko ausfindig zu machen, obwohl ich nicht davon ausgehe, dass sie irgendwas Erhellendes zu unserer Suche beitragen werden.«

»Ich meine, ich hätte mal gehört, dass er in New York eine Verlobte hat ...«

»Eine Freundin, Briseida Canchares, sie ist Kolumbianerin und hat Kunst studiert. Die Polizei weiß nichts von ihr, und wir haben es vorgezogen, nichts zu sagen und uns selbst auf die Suche zu machen. Briseida hat sich vor einem Monat mit Oscar in Amsterdam getroffen. Die beiden wurden von Oscars Kollegen zusammen gesehen. Sie bekam von der Universität Leiden ein Stipendium für eine Arbeit über die klassische Malerei und hat seit Anfang des Jahres zeitweilig dort gewohnt, aber jetzt ist sie auch verschwunden ...«

»Das ist eine erstaunliche Gleichzeitigkeit.«

»In der Tat. Thea hat gestern mit Briseidas Freunden in Leiden gesprochen. Sie scheint mit einem anderen Freund nach Paris gefahren zu sein. Wir haben Thea hinterhergeschickt, um es zu überprüfen. Sie müsste sich jeden Moment melden.« Bosch fragte sich, ob Benoit eingeschnappt reagieren würde, wenn er merkte, dass er nichts mehr von seinem »Tee« trinken wollte. Er verbarg die Tasse mit der linken Hand.

»Wir müssen sie finden und zum Reden bringen, Lothar. Mit allen Mitteln. Dir ist doch klar, was diese Situation für eine Panne ist, nicht wahr?«

»Das ist mir klar.«

»Die *Entjungferung* sollte im Herbst zu Sotheby's. Die Gebote wären sogar mitten in den Sportnachrichten gesendet worden. Mit Schlagzeilen wie ›Nackte Minderjährige zu versteigern‹ oder ›Das kostbarste junge Mädchen der Geschichte‹ ... Na ja, so ein reißerischer Quatsch eben, wie gewöhnlich auf den Titelseiten ... Nur wäre der Quatsch diesmal wahr gewesen. Die *Entjungferung* war das wertvollste Bild der ›Blumen‹, und wir haben noch keinen Ersatz. Die Angebote, die bei mir dafür reinkamen, lagen weit über dem, was bisher für *Purpura, Calendula* und *Tulpe* geboten wurde. Somit hatte die Versteigerung im Grunde schon angefangen. Du musst nämlich wissen, dass wir gerne in zwei Etappen arbeiten.«

Bosch nickte, während er so tat, als nähme er noch einen Schluck Tee. In Wirklichkeit benetzte er sich nur die Lippen.

»Du würdest staunen, was einige Leute bereit waren, monatlich an Instandhaltung für dieses Werk zu zahlen«, fuhr Benoit fort. »Andererseits habe ich die eifrigsten Interessenten richtig anzupacken gewusst. Die *Entjungferung* hat nämlich in letzter Zeit irgendwie traurig gewirkt, Willy meinte schon, es könnten die Vorboten einer Depression sein. Diesen Umstand habe ich für uns genutzt.« Benoits Augen funkelten vor Stolz. »Ich wollte die Nachricht verbreiten, dass die Kosten für eine eventuelle Psychotherapie die Miete für das Bild erhöhen werden. Außerdem sei das Werk vierzehn Jahre alt und müsse ausgehen, reisen, sich amüsieren, sich Sachen kaufen ...

Sein zukünftiger Käufer würde es also aufs prächtigste instand halten müssen, wenn er nicht das Dreifache für eine Restaurierung zahlen wollte. Stein hat mir bestätigt, welch meisterhafter Schachzug das wäre.« Er unterbrach sich und zog die Lippen kraus, während er in einem für ihn typischen Ausdruck die Augen halb schloss.

Bosch wusste, dass er selbstgefälligen Lobeshymnen lauschte. ›Wie gerne er sich doch in seinen Erfolgen sonnt‹, dachte er.

»Innerhalb von zwei Jahren hätten sie uns alleine durch die Miete den doppelten Preis für das Bild noch einmal gezahlt. Dann hätten wir für Ersatz plädiert, wenn der Meister damit einverstanden wäre. Die Leinwand wäre nicht mehr so jung, und wir würden auswechseln müssen, aber es würde sich eine andere finden. Die Miete ginge ein wenig runter, das schon, aber wir hätten die Schwierigkeit, sie zu ersetzen, ausgenutzt, um noch einmal kräftig abzusahnen. Die *Entjungferung* hätte als eins der teuersten Bilder aller Zeiten Geschichte gemacht. Und jetzt ...«

Die Fernsehmonitore begannen zu summen und grau zu flimmern. Die Sitzung der ›Betreuung‹ begann. De Baas und seine Assistenten waren bereit, den Werken bei ihren Problemen und Beschwerden ein Ohr zu leihen. Benoit schien dem keine Beachtung zu schenken: Er kräuselte wieder die Lippen, diesmal ohne den siegesgewissen Ausdruck von vorher.

»Und jetzt ist alles futsch«, schloss er.

Ein Assistent von de Baas drehte sich um und rief mit einer Handbewegung *Das Tischchen* herbei. Es laut zu rufen hätte ihm nichts genutzt, weil *Das Tischchen* Ohrenklappen trug. Diese waren erforderlich, sobald vor einer Dekoration auch Privatgespräche geführt wurden. *Das Tischchen* stellte sich, das Gleichgewicht haltend, behutsam auf die Füße und ging mit Teekanne und Tasse barfuß über den violetten Boden. Dann kniete es neben de Baas nieder und begann Tee zu servieren. Plötzlich kam Bosch der Gedanken, wer Maggie wohl sein mochte. Von welchem fernen Ort der Erde und mit welchen großen

Hoffnungen sie hierher gekommen sein mochte. Was sie hier in diesem Zimmer tat, vollkommen nackt und mit rasiertem Schädel, die malvenfarbig grundierte Haut mit schwarzen Arabesken bemalt, mit Klappen an den Ohren und einem Tablett vorm Bauch, das an einem Metallring um ihre Taille geschnallt war. Er würde niemals Antwort auf diese Fragen bekommen, weil Objekte mit niemandem reden durften und niemand je eine Dekoration irgendetwas fragte.

»Weißt du was, Lothar«, sagte Benoit plötzlich, »ich wüsste gerne mal, ob die Hypothese von ... von einem Komplott irgendwie Sinn machen könnte.« Er schrieb das Wort mit der rechten Hand in die Luft. »Weißt du, was ich meine?«

»Du willst damit sagen ...«

»Dass das Ganze bloß ... es schaudert mich, es nur zu sagen ... dass das Ganze bloß Theater war.«

»Theater«, wiederholte Bosch.

In diesem Augenblick erschien auf den Monitoren das Gesicht von *Gefleckter Hyazinth*, der ersten ›Blume‹, die um ein Gespräch bei der ›Betreuung‹ gebeten hatte. Er war geduscht und hatte sich die Farbe abgewaschen. Die Konturen seines kahlen Kopfes und die imprägnierte Haut ohne Brauen und Wimpern hoben sich scharf von dem schwarzen Hintergrund ab. Die Augen waren farblos, wie Fensterglas, und man erahnte das Band des Etiketts an seinem Hals.

»Buona sera, Pietro«, begrüßte de Baas ihn in herzlichem Ton durch das Mikrofon. »Was können wir für dich tun?«

»*Hallo, Herr de Baas.*« Die Stimme der italienischen Leinwand tönte aus den Lautsprechern. »*Dasselbe wie immer. Das Dioxazin brennt schrecklich auf der Haut. Ich verstehe nicht, warum Herr Hoffmann weiterhin darauf besteht, das Indigoblau für meine Arme damit anzumischen ...*«

Dem Dialog zwischen de Baas und der Leinwand widmete Benoit keine Sekunde. Er sprach weiter.

»Ja, Theater. Ich will das mal erklären. Auf den ersten Blick ist Oscar Díaz ein Psycho-was-auch-immer, nicht wahr? Er hat das Bild schon oft beaufsichtigt und die Gelegenheit genutzt, sich im Detail auszumalen, wie er es zerstören will. Er hat alles genau geplant und beschließt, an einem Mittwochabend zuzuschlagen. Er sitzt am Steuer, aber statt ins Hotel fährt er in Richtung Wald. Dort ist schon alles vorbereitet. Er zwingt das Bild, einen absurden Text zu lesen, und nimmt es dabei auf. Dann zerstückelt er es und vollführt seine verrückten Rituale, worin die auch immer bestehen mögen. So ungefähr denken wir uns das, nicht wahr?«

»Ja, im Großen und Ganzen.«

»Gut. Und jetzt stell dir vor, es wäre eine abgekartete Sache. Stell dir vor, dass Díaz nicht verrückter ist als du und ich und dass die Tonbandaufzeichnung und das sadistische Drumherum nur Theater ist, um uns auf die falsche Fährte zu führen. Wir sollen an eine Art Serienmörder glauben, obwohl ihn in Wirklichkeit die Konkurrenz dafür bezahlt hat, das Bild kurz vor der bevorstehenden Versteigerung zu zerstören.« Er machte eine Pause und hob die Braue. »Du bist früher Polizist gewesen, Lothar. Wie findest du die Vorstellung?«

›Lächerlich‹, schoss es Bosch durch den Kopf, und er war froh, nicht auch noch mit der linken Hand das Gehirn verbergen zu müssen wie die Tasse, damit Benoit nicht sah, was er dachte.

»Ich finde sie schwierig«, sagte er dann.

»Wieso?«

»Weil ich ganz einfach nicht glauben kann, dass jemand einem Kind wie Annek so etwas nur antut, um uns ein Millionengeschäft zu vermasseln, Paul. Du hast mehr Erfahrung auf diesem Gebiet, aber ... Denk mal einen Moment nach: Wenn jemand das Bild ruinieren wollte, dann hätte er Hunderte von wesentlich einfacheren Möglichkeiten gehabt ... Selbst wenn er eine sadistische Tat vortäuschen wollte, wie du sagst, hätte es andere Methoden gegeben ... Sie war ein Kind von vierzehn Jahren, mein Gott. Man hat sie zerstückelt mit ... mit einer Art Elektrosäge ... bei lebendigem Leibe ...«

»Sie war kein Kind von vierzehn Jahren, Lothar«, verbesserte ihn Benoit. »Sie war ein Bild, das auf ein Erstgebot von über fünfzig Millionen Dollar geschätzt wurde.«

»Meinetwegen, aber ...«

»Entweder du siehst es so, oder du liegst vollkommen daneben.«

Bosch nickte gehorsam. Für einen Moment war nur der Dialog zwischen de Baas und *Gefleckter Hyazinth* zu hören.

»Mit dem Dioxazin lässt sich ein kräftigeres Blauviolett anmischen.«

»Sie sagen immer dasselbe zu mir, Herr de Baas ... Sie müssen das Brennen auf den Armen ja nicht ertragen.«

»Pietro, bitte, nun werde nicht böse. Wir versuchen gerade, dir zu helfen. Ich mache dir einen Vorschlag. Wir werden Herrn Hoffmann darauf ansprechen. Wenn er der Meinung ist, dass er nicht auf das Dioxazin verzichten kann, dann werden wir einen Weg finden, deine Arme zu betäuben ... nur die Arme. Was hältst du davon? Man kann das ...«

»Fünfzig Millionen Dollar sind eine Menge Geld«, sagte Benoit.

Plötzlich war es mit Boschs geheuchelter Ruhe vorbei. Er hörte auf, zustimmend mit dem Kopf zu nicken, und durchbohrte Benoit mit den Augen.

»Ja, das ist viel Geld. Aber streck den Finger aus, und zeig auf den Menschen, den du für fähig hältst, ein vierzehnjähriges Mädchen so zuzurichten, damit uns eine Versteigerung durch die Lappen geht. Zeig auf diesen Menschen, und sag: ›Der ist es.‹ Und lass mich in seine Augen sehen und feststellen, dass da nichts weiter ist als Geld, Kunstwerke und Auktionen. Erst dann werde ich dir Recht geben.«

Das Klappern von Porzellan. Ein Assistent von de Baas stellte die geleerten Tassen auf *Das Tischchen* zurück, das kniend vor ihm wartete.

»Natürlich war es nicht der Heilige Franz von Assisi, der das Bild zerstört hat, wenn du das meinst ...«

»Es war ein gottverdammtes Schwein.« Boschs Wangen glühten und sahen in der Beleuchtung des Raumes rotviolett aus. »Ich habe verdammte Lust ihn zu fassen, glaub mir.«

Es entstand eine Pause. ›Es nützt dir gar nichts, dich mit Benoit zu überwerfen‹, sagte Bosch zu sich. ›Ruhig jetzt, ganz ruhig.‹ Er beschloss, zu den Monitoren zu sehen und versuchte sich zu entspannen. Die Leinwand nahm de Baas' Vorschlag nickend an. Bosch fiel ein, dass *Gefleckter Hyazinth* ausgestellt wurde, indem er die rechte Wade über die Schulter legte und den Kopf auf den Fuß stützte. Diese verrenkte Position hätte er selbst nicht den Bruchteil einer Sekunde einnehmen können, aber *Gefleckter Hyazinth* ertrug sie sechs Stunden am Tag.

Er merkte, dass Benoit jetzt ebenfalls das Geschehen auf den Bildschirmen verfolgte.

»Mein Gott, was uns das kostet, diese Werke zu konservieren. Manchmal träume ich auch davon, sie zu zerstören.«

Lothar Bosch war überrascht, einen solchen Satz aus dem Munde des Chefs der Konservierung zu hören. Wenn keine luxuriösen Leinwände oder Objekte zugegen waren, die ihn hätten hören können (*Das Tischchen* trug ja Ohrenklappen), bediente Benoit sich einer gewalttätigen Sprache. Aber er schien keine Schwächen zu besitzen, jedenfalls zeigte er sie nie in der Öffentlichkeit. Er vermittelte den trügerischen Eindruck eines harmlosen, vertrauenswürdigen Pensionärs. Sein vollends kahler, fleischiger Kopf erinnerte an einen kleinen Antistressball: Er sah aus, als könnte man ihn zusammenpressen, um Spannungen abzulassen. In Wirklichkeit presste Benoit den anderen die Köpfe aus, ohne dass sie es merkten. Bosch wusste, dass er in einem noblen Viertel von Paris als klinischer Psychologe für Privatpatienten tätig gewesen war, bevor er in die Stiftung kam, und dass ihm sein einstiger Beruf im Umgang mit den Leinwänden sehr nützlich war. Denn ein therapeutischer Erfolg von besonderer Art bot Benoit dereinst die Möglichkeit, schleunigst seine Arbeit zu wechseln. Valerie Roseau, eine junge französische Leinwand, mit der van Tysch sein erstes Meisterwerk *Die Pyramide* gemalt hatte, weigerte sich eines Tages, weiter im Stedelijk ausgestellt zu werden. Das löste eine Krise aus, bei der mehrere Millionen Dollar auf dem Spiel standen. Valerie war schon seit Jahren wegen einer Neurose in therapeutischer Behandlung. Die Spezialisten wussten, dass ihre Weigerung, sich weiter ausstellen zu lassen, damit zusammenhing, und bemühten sich um ihre Heilung. Benoit ging gar nicht auf ihre Neurose ein. Stattdessen überzeugte er sie davon, im Museum zu bleiben. Daraufhin hatte Stein nichts Eiligeres zu tun, als ihm den Chefposten in der Konservierung anzubieten.

Die Bilder sprachen sehr gerne mit Benoit, vor allem die ganz jungen. Sie erzählten diesem kahlköpfigen Opa mit französischem Akzent von ihren Ängsten, und er brachte sie dazu weiterzumachen. Natürlich war das ein Meistertrick. Denn in Wirklichkeit war Benoit ein gefährliches Individuum, auf seine Weise sogar gefährlicher als Miss Wood. Bosch fand, dass er der Gefährlichste von allen war.

Abgesehen von Stein und dem Meister natürlich.

»Sie sind jung und reich«, sagte Benoit voller Verachtung, als er zu den Bildschirmen hinüber sah. »Was wollen die denn noch, Lothar? Ich kann das einfach nicht verstehen. Sie haben Kleider, Schmuck, menschliche Dekoration und Spielsachen, Autos, Drogen, Liebhaber ... Sie sagen uns, an welchem Ort der Welt sie leben wollen, und wir kaufen ihnen dort einen Palast. Was wollen sie denn noch?«

»Vielleicht ein anderes Leben. Sie sind auch Menschen.«

Benoits Stirn wurde von einem faltigen Fries gekrönt. Das behielt er mehrere Sekunden bei, während Bosch ihn resigniert, aber herausfordernd anlächelte.

»Bitte, Lothar, sag so was nicht zu mir, während ich meinen Tee-Ersatz trinke. Mein Ulkus ist in letzter Zeit wieder schlimmer geworden. Was van Tysch ihnen gegeben hat, steht weit höher als das, was sie selbst sind mitsamt ihren elenden Leben. Er hat ihnen die Unsterblichkeit gegeben. Ja, ist ihnen das denn überhaupt nicht bewusst? Das sind ungeheuer schöne Werke, die schönsten, die ein Maler je geschaffen hat, aber das genügt ihnen nicht: Sie beschweren sich über Rückenschmerzen, über Arschjucken und Depressionen. Ich bitte dich, Lothar!«

»Ich wollte nur sagen ...«

»Nein, nein, Lothar, erzähl mir keine Scheiße.« Benoit hob die Hand und sah aus, als würde er eine ekelerregende Speise zurückweisen. »Schönheit fordert eben gewisse Opfer. Du ahnst ja nicht, was uns die Instandhaltung dieser zarten Blümchen kostet. Nein, erzähl keine Scheiße. Lassen wir das Thema.«

Mit einer wütenden Gebärde streckte er die Tasse zur Seite. *Das Tischchen* kam eilends herbei, beugte sich weit nach hinten und wölbte dabei den Bauch vor, um das Tablett unter die Tasse zu bringen. Dafür musste es sich auf Knien so weit nach hinten legen, dass es fast auf den Fersen saß, weil Benoit den Arm kaum angehoben hatte. Dabei war das depilierte, malvenfarbig bemalte Geschlecht Boschs Blicken preisgegeben.

»Willst du auch noch, Lothar?«, fragte Benoit, während er der Dekoration bedeutete, seine Tasse nur zur Hälfte zu füllen.

»Nein, nein, danke.« Bosch nahm die Gelegenheit wahr, um sein beinahe unberührtes Getränk auf *Das Tischchen* zurückzustellen.

»Hat er dir geschmeckt?«

»Köstlich.«

»Nicht wahr? Ich bestelle ihn persönlich bei einer Firma in Paris. Die haben Surrogate von allem, was du dir vorstellen kannst, sogar Surrogate von Surrogaten.«

Es entstand eine Pause. Auf den Bildschirmen erschien *Purpura magica*.

»Wie lange bleibst du in Wien, Paul?«, fragte Bosch nach einer Weile.

Die Frage erreichte Benoit mitten in einem Schluck. Er trank gierig und schüttelte dabei den Kopf.

»Nur so lange wie nötig. Ich will sichergehen, dass der Fall nicht weiter bekannt wird. Was vermutlich nicht ganz einfach ist. Gestern hatte ich zum Beispiel ein interessantes Telefonat mit einem hohen Tier vom österreichischen Innenministerium. Solche Leute können einen zur Raserei bringen. Er hat Druck ausgeübt, den Vorfall zu veröffentlichen. Mein Gott, was ist in diesem verdammten Land nur los? Sie fassen alles mit Glacéhandschuhen an ... und haben nichts anderes im Sinn, als sich den Rücken zu decken ... Er ist so weit gegangen, mir vorzuwerfen, ich würde die Bevölkerung von Wien in Gefahr bringen! Da habe ich ihm gesagt: ›Das Einzige, was bisher in Gefahr ist, sind meines Wissens unsere Bilder.‹ Idiot!« Nach einem kurzen Moment fügte er hinzu: »Das mit dem Idioten habe ich natürlich nicht zu ihm gesagt.«

Bosch lachte stumm in sich hinein, indem er nur das Gesicht verzog und den Mund leicht öffnete.

»Paul, ich glaube, du solltest dir dein Teesurrogat intravenös injizieren.«

»Ich mag die Österreicher nicht. Sie sind mir zu geschraubt. Siegmund Freud, dieser Betrüger, kam auch aus Österreich. Ich schwöre dir, dass ...«

Die Tür ging auf, und April Woods schmale Gestalt kam hereingestürmt.

»Hat dich der Polizist angerufen, mit dem wir gestern gesprochen haben?«, fragte sie Bosch ohne Umschweife.

»Felix Braun? Nein. Wieso?«

»Ich habe ihn auf dem Anrufbeantworter gebeten, sich umgehend bei uns zu melden. Seine Männer haben heute Morgen den Lieferwagen gefunden, uns aber nicht benachrichtigt. Ich habe es von unseren Spitzeln erfahren. Ah, hallo, Paul! Wie gut, dass du gekommen bist. Dann können wir wenigstens gemeinsam lachen.«

»Den Lieferwagen?«, fragte Benoit. »Und Díaz?«

»Keine Spur.«

Die beiden Männer nahmen die Nachricht mit besorgten Mienen zur Kenntnis. Einen Augenblick lang war nur der Dialog zwischen de Baas und der purpurnen Blume zu hören. Ein Wachmann schob einen Stuhl heran. Wood ließ ihren schmächtigen Körper darauf nieder und schlug die in Reiterhose und spitzen Lederstiefeln steckenden Beine übereinander. Der magere Hals ragte, von einem purpurnen Seidentuch umwickelt, drei Handbreit über den Schultern auf. Der rote Ausweis an ihrem Revers passte farblich zum Ton ihres Halstuchs. Sie sah aus wie ein hübsches Jüngelchen, ein Papasöhnchen mit femininen Zügen, das gerade zum dritten oder vierten Mal von der Uni geflogen war. Ihre Gegenwart rief ein gewisses Unbehagen hervor. Dabei war es nicht ihre Haltung, es waren nicht die Lippen und auch nicht der Blick (obwohl sich Bosch immer unwohl fühlte, wenn sie ihn ansah) oder die auffällige Kleidung, die diese Reaktion hervorriefen. Die Einzelaspekte ihres Erscheinungsbildes waren durchaus attraktiv. Nur als Gesamtkomposition wirkten sie unangenehm.

»Möchtest du etwas von meinem Teesurrogat?« Benoit wies auf *Das Tischchen.*

»Nein danke, Paul. Trink du nur, sonst reicht es nicht für dich. Und jetzt kommt das Beste.«

Bosch und Benoit sahen sie an.

»Der Lieferwagen wurde vierzig Kilometer nördlich vom Fundort des Bildes zwischen den Bäumen entdeckt. Das GPS war deaktiviert, wie wir schon vermutet hatten. Hinten drin lag eine blutige Plastikplane. Vielleicht hat er das Kunstwerk, nachdem er es zerlegt hat, darin eingewickelt und auf die Waldwiese transportiert, um sich nicht die Hände schmutzig zu machen. Neben dem Lieferwagen waren Reifenspuren eines anderen Fahrzeugs, offenbar ein PKW. Er hatte dort natürlich ein anderes Auto deponiert. Unser Mister Pfiffikus hat alles sehr sorgfältig geplant.«

»Es tut mir weh, Herr de Baas. Ja, es tut mir weh. Ich kann es aushalten, das schon, aber es tut weh.«

Die Stimme gehörte zu *Orchis fabulata.* Sie befand sich in der Turnhalle für die Leinwände des Museumsquartiers und hatte eine klassische Dehnhaltung eingenommen. Sie stand mit durchgedrückten, leicht geöffneten Knien vornüber gebeugt und hatte die Hände auf den Waden liegen, sodass der Kopf zwischen den Kniekehlen erschien. Um ihr Gesicht zu filmen, musste sich der Kameramann hinter sie auf den Boden legen. Daher war ihr Gesicht verkehrt herum auf dem Bildschirm zu sehen.

»Aber tut es dir nur weh, wenn du in deine Position gehst, Shirley?«, fragte de Baas.

Benoit verfolgte das Geschehen auf den Monitoren nicht, sondern hatte den Blick Wood zugewandt. Mit einem Mal schien er gereizt.

»April, wo zum Teufel steckt dieser Díaz! Der Kerl ist nur ein simpler Wachmann. Der kann doch nicht einen Plan dieses Kalibers ausgeheckt haben! Wo ist er? Oscar Díaz?«

»Nimm einen Globus, dreh ihn und leg den Finger drauf. Vielleicht hast du Glück.«

»Ich bin in letzter Zeit nur selten zum Scherzen aufgelegt, dass du Bescheid weißt.«

»Das ist kein Scherz. Zwischen dem Moment, als er das Bild zerstört hat, bis zum Beginn unserer Suche sind ein paar Stunden ins Land gegangen. Wenn wir bedenken, dass er einen zweiten Wagen hatte und vielleicht auch noch falsche Papiere, kann er sich jetzt an irgendeinem Ort des Planeten befinden.«

»Au, genau da sind die Schmerzen ... uff ...«

»Quäl dich nicht, Shirley. Versuch nicht, sie zu verdrängen ... Ich sehe ja, was es dich kostet ... Lass los! Lass die Schmerzen raus! ...«

»Wir müssen die Kolumbianerin finden«, stieß Benoit zwischen den Zähnen hervor.

»Das scheint realistischer zu sein«, sagte Miss Wood. »Thea hat vorhin aus Paris angerufen. Unsere liebe Briseida Canchares hält sich bei Roger Levin, dem ältesten Sohn von Gaston, auf.«

»Dem Händler?« Benoit strich sich mit der Hand über das Gesicht. »Das wird ja immer komplizierter ...«

»Ich muss d-d-da durch, Herr de Ba-a-a-aas ... I-i-ich b-b-b-bin ein Bild, Herr de Ba-a-a-aaaaaas ...«

»Nein, Shirley, nein, nein. Das ist ein Fehler. Du darfst den Schmerz nicht unterdrücken. Ich möchte, dass du ihn rauslässt ... Na los, Shirley, zwing dich nicht: Schrei, wenn nötig ...«

»Roger und das Mädchen gehen heute Abend zu einer dieser Überraschungspartys bei den Roquentins, zur Kundenwerbung für den Handel mit illegalen Bildern. Aber ihre wahre Überraschung sollen sie erleben, wenn sie wieder nach Hause kommen.« Wood sah auf die Uhr. »Thea muss jeden Moment anrufen.«

»Schrei, Shirley. So laut du kannst. Ich will hören, wie sehr dir der Rücken wehtut ...«

»N-n-n-n-... N-n-n-n-n-n-n-n-nnnnnnnnnnn...«

Bosch schaute zu den Monitoren. Ein ersticktes Schluchzen kräuselte die Stirn der Leinwand (sie war imprägniert und produzierte keine Tränen). Die Knie neben dem Gesicht bebten. Benoit und Wood blieben als Einzige im Raum den Vorgängen auf den Bildschirmen gegenüber völlig gleichgültig. Auch *Das Tischchen* sah nicht hin, aber *Das Tischchen* war ja auch eine Dekoration.

»Jag ihr einen gehörigen Schrecken ein, April!«, empfahl Benoit. »Ihr und, wenn nötig, auch dem Bengel von Levin.«

Wood nickte.

»Wir haben vor, ihnen einen solchen Schrecken zu verpassen, dass sie sich die Hosen nass machen, Paul.«

»Ist Romberg in Wien?«

»Romberg ist in der Tschechoslowakei wegen der Sache mit den Fälschungen. Letzte Woche sind wir auf eine gefälschte Skizze einer Figur von Paare gestoßen. Wir haben ihr fürs Erste den Spaß daran verdorben, bei Fälschungen mitzumachen. Ich glaube nicht, dass sie uns verklagen wird, aber die Sache ist delikat.«

»Merkst du es denn nicht, Shirley? Es tut dir zu sehr weh! Ich zähle bis drei, und dann schreist du los, einverstanden?«

»April, kümmere dich jetzt nicht um die Fälschungen. Unser Thema hat Vorrang.«

»Seit wann bist du auch Direktor der Abteilung Sicherheit, Paul?«

»So war das nicht gemeint, April, so war das nicht gemeint ...«

»Mit aller Kraft! Einmal so richtig aufheulen, Shirley!«

»Die österreichische Polizei sucht Díaz sogar unter dem Teppich des Innenministeriums«, sagte Wood. »Und ich halte es nicht für notwendig, mehr Mitarbeiter und Geld in eine Arbeit zu investieren, die sie für uns erledigen. Die Tatsache, dass die Hunde uns die Beute apportieren, heißt noch lange nicht, dass sie die Jäger sind, Paul.«

»Zwei ...«

»Einverstanden, April, wir machen es auf deine Art. Ich möchte nur ...«

»Drei!«

»*AaaaaaaaaaaaAAAAAAHHHH...!!*«

Es war merkwürdig und faszinierend, ein schreiendes Gesicht kopfunter zu sehen: Obenauf lag unter einer pyramidenartigen, winzigen Stirn ein übergroßes blindes Auge mit einem rosa Tentakel und darunter zwei in Hautfalten gepresste Öffnungen. Alle, bis auf *Das Tischchen*, hielten sich die Ohren zu.

»Scheiße, Willy!«, schimpfte Benoit. »Kannst du dieser Idiotin keinen Maulkorb verpassen!? Dann können wir uns wenigstens verständigen!«

Willy de Baas verließ das Mikrofon und schaltete die Lautsprecher stumm.

»Tut mir Leid, Paul. Das ist Shirley Carloni. Sie ist im April abgebrochen, und wir haben sie operiert, kannst du dich erinnern? Aber es ist nichts geworden.«

Bosch fiel ein, dass sich der Ausdruck *abbrechen* bei den Mitarbeitern des Konservierungsteams von ›Blumen‹ als Bezeichnung für den schlimmsten Schaden eingebürgert hatte, der bei den Werken auftreten konnte: die Verletzung der Wirbelsäule.

»Nimm sie eine Woche raus, setz die Flexibilisatoren ab, dosier die Schmerzmittel höher, und gib den Chirurgen Bescheid«, riet Benoit ihm.

»Genau das hatte ich vor.«

»Dann mach es, und dreh bitte die Lautstärke dieser Lautsprecher herunter ... Was wollte ich gerade sagen? ... April, es geht mir nicht darum, deine Arbeit zu kritisieren, das brauchst du nicht zu denken. Du weißt, wie groß unser Vertrauen in dich ist. Das Problem ist nur ... sagen wir mal ... etwas spezieller. Dieser Scheißkerl hat nicht ein junges Mädchen vernichtet, sondern ein Erbe der Menschheit.«

»Ich kümmere mich darum, Paul«, sagte Wood mit einem Lächeln.

»Du kümmerst dich darum, sehr gut, ich kümmere mich auch darum. Wir alle in diesem künstlerischen Unternehmen kümmern uns darum, April. Wenn du willst, können wir das ja den Versicherungsgesellschaften sagen: ›Wir kümmern uns darum.‹ Dann können wir ja auch unseren Investoren und Privatkunden sagen: ›Machen Sie sich keine Sorgen, wir kümmern uns darum.‹ Wir geben eine Einladung zum Essen und dekorieren den Saal mit zehn Akten von Rayback und fünfzig Dekorationsobjekten vom Feinsten, die im Stil von Stein als Tische, Vasen und Stühle verwendet werden. Sie kriegen den Mund nicht mehr zu, und wir verlangen mehr Geld von ihnen. Dann werden sie aber zu Recht einwenden: ›Eure Objekte sind zwar erlesen, aber wenn euer eigener Wachmann ein wertvolles Bild ungestraft zerstören kann, wer wird dann in Zukunft noch eure Werke versichern wollen? Und wer wird noch zahlen wollen, um sie zu besitzen?‹«

Benoit gestikulierte mit der leeren Tasse in der Luft herum. *Das Tischchen* wartete schon seit geraumer Zeit, dass er die Tasse auf das Tablett zurückstellte, aber Benoit war in seine Rede vertieft und bemerkte es nicht. Die Dekoration unternahm und sagte nichts: Sie saß nur im Fersensitz und auf das Gleichgewicht bedacht wartend da. Wenn ihr Bauch sich unter dem Atem hob, erzitterte die Teekanne. Während er diese Szene beobachtete, überkam Bosch eine unbändige Lust, laut loszulachen.

»Die Basis unseres Unternehmens ist die Schönheit«, sagte Benoit, »aber Schönheit ohne Macht ist nichts. Ihr braucht euch nur vorzustellen, die Sklaven wären tot und der Pharao müsste die Steinquader selbst schleppen ...«

»Er würde abbrechen«, sagte Bosch gut gelaunt.

»Die Kunst ist eine reine Machtfrage«, urteilte Benoit. »Unsere Festung hat einen Riss bekommen, April, und es ist an dir, ihn zu schließen.«

Endlich schien er seine Tasse wahrzunehmen und stellte sie mit einer hastigen Bewegung auf *Das Tischchen*, das sich behutsam aufrichtete.

Im gleichen Augenblick verschob sich die Färbung des Raumes um eine Nuance im Farbspektrum und wechselte in ein noch dunkleres Purpur über, als würde eine Gewitterwolke ihre Schatten werfen.

»Ich möchte wissen, was mit Annek los ist«, hörte man jemanden in Harlemer Amerikanisch fragen.

Alle wandten sich zu den Bildschirmen um und wussten, dass es Sally war, bevor sie sie sahen. Sie befand sich auch in der Turnhalle der Leinwände, hatte sich auf einen Bock gestützt, und der Kameraausschnitt zeigte sie bis zur Mitte der Oberschenkel.

Sie trug eine Hemdbluse und Hotpants. Die Hose schnitt sich in ihre Leisten ein. Obwohl sie ihre Bemalung mit den Farbentfernern bearbeitet hatte, wies die ebenholzfarbene Haut noch einen Schimmer von dunklem Purpur auf. Das zwischen den Brüsten festklemmende Halsetikett bildete eine gelbe Ausnahme.

»Ich glaube das mit der Grippe nicht ... Der einzige Grund, ein Bild aus dieser Scheißkollektion herauszunehmen, ist, dass es abgebrochen ist, und wenn Papa Willy jetzt zuhört, dann soll er es wagen, das zu leugnen ...«

Willy de Baas schaltete die Mikrofone aus und hielt rasch mit Benoit Rücksprache.

»Wir haben den Bildern erzählt, dass Annek Grippe hätte, Paul.«

»Mist«, knirschte Benoit.

Sally lächelte beim Reden ununterbrochen weiter. Sie wirkte glücklich und Bosch nahm an, dass sie mit Drogen voll gepumpt war.

»Guck dir meine Haut an, Papa Willy: Guck hier die Arme und hier der Bauch ... Wenn du das Licht ausmachst, dann kannst du mich immer noch sehen. Meine Haut ist eine überreife Himbeere. Ich guck sie an und kriege Lust auf Kirschen. So sehe ich seit letztem Jahr aus, und ich bin keinen einzigen Tag rausgenommen worden. Entweder du brichst ab, oder du wirst ausgestellt. Die Grippe, das gibt es nicht. Aber Annek und ich, wir beide können nicht abbrechen, stimmt's? Unsere Stellungen mit aufgerichtetem Rücken sind wesentlich bequemer als bei den meisten anderen. Da haben wir Glück gehabt, das sagen alle. Was für ein Glück wir hätten, sagen sie ... und ich sage: Wie man's nimmt ... Die anderen Bilder werden jeden Abend auf der Trage rausgetragen, das stimmt ... Aber uns beneiden sie, weil wir ohne Rückenschmerzen laufen können und keine Implantate von Flexibilisatoren brauchen, die dafür sorgen, dass man sich mit dem Fuß auf die Schulter klopfen kann, nicht wahr, Papa Willy? Aber dadurch sind wir auch ausgeschlossen, obwohl wir nicht zu den offiziell Abgebrochenen gehören ... Also, ihr könnt mich nicht belügen. Was hat Annek? Warum habt ihr sie rausgenommen?«

»Mist«, sagte Benoit noch einmal.

»Die kann Krach schlagen«, sagte de Baas, indem er sich zu Benoit wandte.

»Sie wird Krach schlagen«, präzisierte einer seiner Assistenten.

»Was ist los, Papa Willy? Wieso antwortest du nicht?«

Benoit stieß einen empörten Fluch aus und erhob sich.

»Lass mich mal dran, Willy. Wieso hast du dich auch mit dieser idiotischen Grippe rausgeredet?«

»Was sollten wir ihr denn sagen?«

»Papa Willy, bist du noch da?«

Benoit ging mit flinken Schrittchen zu de Baas, während er weiterredete.

»Das ist ein Bild für dreißig Millionen Dollar, Willy. Dreißig Kilo und eine monatliche Instandhaltung, über die ich lieber schweigen will ...«

Er nahm das Mikrofon, das de Baas ihm hinhielt. »Und sie ist nicht mehr zu ersetzen, denn der Besitzer will niemanden als sie. Das braucht Fingerspitzengefühl ...«

Mit einem Mal nahm Benoits Stimme einen lieblichen Klang an.

»Sally? Ich bin es, Paul Benoit.«

»*Wow!*« Sally holte die Daumen aus dem Hosenbund und stützte die Hände in die Taille. »*Opachen Paul höchstpersönlich ... welche Ehre, Opachen Paul ... Opachen Paul kommt immer selbst ans Telefon, wenn was richtig zu stellen ist, nicht wahr?*«

›Sie ist auf Drogen, ganz bestimmt‹, dachte Bosch. Sally zog die Sätze in die Länge und ließ während der Pausen die aufgeworfenen Lippen halb geöffnet. Bosch fand, dass sie eine der schönsten Leinwände der ganzen Kollektion war.

»In der Tat«, sagte Benoit in sympathischem Ton. »Hier im Haus funktioniert das so: Willy kriegt weniger Geld als ich, deshalb sagt er mehr Dummheiten. Aber diesmal war es reiner Zufall. Ich bin auf der Durchreise in Wien und hatte Lust, euch mal zu sehen.«

»*Komm aber bloß nicht in die Turnhalle, Opachen, davon rate ich dir ab. Ein paar Blumen, musst du wissen, haben sich in Fleisch fressende Pflanzen verwandelt. Sie sagen, du würdest deine Hunde in der Normandie besser behandeln als uns.*«

»Ehrlich? Nein, das glaube ich nicht, das glaube ich nicht. Du bist aber unartig, Sally!«

»*Was ist mit Annek passiert, Opachen? Sagst du mir zur Abwechslung mal die Wahrheit?*«

»Annek geht es gut«, antwortete Benoit. »Die Sache ist, dass der Meister beschlossen hat, sie ein paar Wochen rauszunehmen, um ihr den letzen Schliff zu geben.«

Die Ausrede war absurd, aber Bosch wusste, dass Benoit sehr viel Erfahrung darin hatte, die Bilder hinters Licht zu führen.

»*Den letzten Schliff? Mach kein Scheiß, Opachen! Willst du mich für blöd verkaufen? Der Meister hat sie vor zwei Jahren fertig gestellt ... Wenn er sie rausholt, dann um sie zu ersetzen ...*«

»Reg dich nicht auf, Sally, so ist es mir gesagt worden. Und mir sagt man gewöhnlich die Wahrheit. Es wird in den nächsten zwei Jahren für die *Entjungferung* keinen Ersatz geben. Der Meister hat sie nach Edenburg mitgenommen, um ein paar Details an der Körperfarbe zu korrigieren, das ist alles. Theoretisch kann er das machen, die *Entjungferung* ist nämlich noch nicht verkauft worden.«

»*Stimmt das auch, was du mir da sagst, Opachen?*«

»Wie könnte ich dich belügen, Sally? Macht denn Hoffmann nicht dasselbe mit dir? Bessert er etwa nicht alle naselang dein Purpur auf?«

»*Stimmt.*«

»Sie schluckt es«, frohlockte flüsternd einer der Assistenten. »Sie schluckt es!« De Baas brachte ihn mit einem »Pst!« zum Schweigen.

»*Wieso habt ihr uns denn nicht von Anfang an die Wahrheit gesagt, Opachen? Was sollte denn das mit der Grippe?*«

»Und was hätten wir deiner Ansicht nach sagen sollen? Dass eines der wertvollsten Bilder von Bruno van Tysch noch gar nicht fertig ist? Ich brauche wahrscheinlich nicht zu erwähnen, dass das unter uns bleiben muss, Sally. In Ordnung?«

»*Ich werde es für mich behalten.*« Sally schwieg einen Moment und nahm einen anderen Ausdruck an. Plötzlich dachte Bosch nicht mehr an Kunstwerke, sondern sah auf dem Bildschirm ein einsames, junges Mädchen voller Angst. »*Na ja, dann werde ich das arme Ding wohl eine ganze Weile nicht mehr sehen ... Irgendwie tut mir das Leid, Opachen. Annek ist ein Kind, sie hat niemanden ... Ich glaube, ich habe sie ins Herz geschlossen, weil ich mich auch so alleine fühle ... Weißt du, ich hatte sie eingeladen, am Montag mit mir im Prater spazieren zu gehen ... Ich dachte, das könnte ihr vielleicht helfen ...«*

»Das hat ihr geholfen, Sally, da bin ich ganz sicher. Jetzt fühlt Annek sich bestimmt besser.«

›Dreimal täglich Sarkasmus nach dem Essen‹, dachte Bosch.

»Wann komme ich wieder zu Herrn P.?«

Bosch erinnerte sich, dass *Purpurne Tulpe* vor etwa fünfzehn Jahren von einem Privatmann namens Perlman erworben worden war. Er gehörte zu den höchstgeschätzten Kunden der Stiftung. Sally war die zehnte Ersatzfrau des Bildes und nannte Perlman wie alle ihre Vorgängerinnen ›Herr P.‹. In letzter Zeit schien Herr P. an Sally einen Narren gefressen zu haben. Er verlangte, dass sie am Jahresende nicht ersetzt würde. Da er für die Instandhaltung des Werkes astronomische Summen zahlte, war sein Wunsch stets Befehl. Außerdem war Perlman bereit, seine *Tulpe* für die geplante Wanderausstellung durch Europa als Leihgabe zur Verfügung zu stellen, sodass die Stiftung ihm einen Gefallen schuldig war.

»Willy ist derjenige, der dich über diese Angelegenheit informieren kann. Ich gebe ihn dir jetzt. Und: Kopf hoch!«

»Danke, Opachen.«

Während de Baas das Gespräch fortsetzte, schien im kalten violetten Licht der Wände von Benoits Gesicht eine Maske abzufallen. Er zog ein Taschentuch aus dem Jackett und wischte sich den Schweiß ab, während er seiner nervlichen Anspannung freien Lauf ließ.

»Ich bin diese Scheißbilder leid, das könnt ihr mir glauben ... diese verdammten, zu Kunstwerken hochstilisierten Rotzgören und Rotzbengel ...« Er verstellte die Stimme, um Sallys Akzent nachzuahmen: »›Ich fühle mich auch allein.‹ Die hat man doch mitten aus einem Negerviertel geholt, und jetzt kassiert sie jeden Monat mehr, als ich im gleichen Alter im ganzen Jahr verdient habe. Und dann beschwert sie sich noch, dass sie sich ›allein‹ fühlt! Idiotin!«

Als Antwort erhielt er lediglich ein surrendes Kichern wie von einer zufriedenen Mücke. Das war Miss Wood. Kein Scherz in keiner Sprache dieser Welt vermochte Wood ein solches Kichern zu entlocken. Nur wenn jemand seine Verbitterung zum Ausdruck brachte, hatte Bosch sie mehr als einmal auf diese Weise ihre Genugtuung äußern hören.

»Sie waren vorzüglich, Chef«, sagte einer von den Assistenten und streckte in Benoits Richtung einen Daumen in die Höhe.

»Danke. Aber tut mir bitte den Gefallen und spart euch in Zukunft irgendwelche Grippen. Diese Leinwände muss man mit größtem Fingerspitzengefühl anfassen, damit sie ihre Form behalten. Sie sind sehr empfindlich. Sie sind auf Droge, aber gewitzt. Wenn wir sie eher ersetzen würden, könnten wir einige Instandhaltungskosten sparen, aber ich komme lieber für diese ›Monster‹ auf.« Er unterbrach sich und seufzte. »Im Vergleich zu früher ist die heutige Kunst das reinste Irrenhaus ...«

»Da können wir von Glück sagen, dass wir ›Opachen Paul‹ haben, der uns alle unsere Bilder restauriert«, sagte Wood.

Benoit tat, als hätte er die Bemerkung nicht gehört. Er wandte sich zur Tür, hielt aber auf halber Strecke inne.

»Ich muss los. Ich habe heute Vormittag in der Hofburg ein Privatkonzert. Ein hochrangiges Treffen. Vier österreichische Politiker und ich. Ein Kontratenor von achtzehn Jahren wird *Die schöne Müllerin* singen. Allerdings könnte ich auf dieses Konzert gut und gerne verzichten.« Dann stach er mit dem Zeigefinger in die Luft. »April, ich bitte um Resultate!«

Der erhobene Finger bewegte sich noch weiter, ohne dass Benoit etwas hinzufügte. Dann verließ er den Raum.

Das Mobiltelefon von Miss Wood begann zu klingeln.

»Die Kolumbianerin hätten wir«, teilte sie Bosch mit, als sie das Gespräch beendet hatte.

Beide verließen eilig den Raum mit dem violetten Licht.

5

FLEISCHFARBEN. Sie sah eine fleischfarbene Gestalt, verteilt auf fünf Spiegel, während sie auf der Tatami ihr Leinwandtraining ausführte. Die seltsamen Körperübungen waren für ein professionelles Bild grundlegend: Sie schlug Bögen, machte Vorwärts- und Rückwärtsrollen, stand reglos auf Zehenspitzen gestreckt. Anschließend ging sie unter die Dusche, bereitete sich ein vegetarisches Frühstück, malte Augenbrauen und Wimpern auf, zog mit einem Stift die Lippen nach und wählte einen naturfarbenen Einteiler aus Baumwolle mit Reißverschluss, Schnallengürtel und Hose. Natur und Hellbeige standen ihrer bleichen Hautfarbe mit dem blonden, beinahe platinfarbenen Haar vorzüglich. Dann wählte sie die Nummer von Gertrude, der Galeristin, und sprach ihr eine Nachricht aufs Band. Wegen eines dringenden Termins, sagte sie, sei sie verhindert und könne sich an diesem Tag nicht bei ihr ausstellen. Sie werde später noch einmal anrufen. Sie wusste, dass die Deutsche ein Riesenaufhebens darum machen würde, aber das störte sie nicht im Geringsten. Sie nahm ihre Handtasche und den Autoschlüssel und ging los.

Den angegebenen Ort fand sie problemlos. Die *Plaza de Desiderio Gaos* befand sich in Mar de Cristal und war ein unbebauter, runder Platz, umgeben von symmetrisch angeordneten Neubauten aus rosa Backstein. Das einzige

Gebäude ohne Nummer war ein achtstöckiger Büroblock. Die Eingangstüren aus Plexiglas hatten keinen Briefkasten. Clara drückte den Klingelknopf und bekam ein Surren als Antwort. Sie schob einen Türflügel auf und betrat eine geräumige, sterile, nach Polsterleder riechende Vorhalle. Hier und da waren Tische mit Prospekten und fleischige Sitzgruppen. Die Wände waren genauso nackt und glatt wie sie selbst unter ihrer Kleidung. Der Boden sah rutschig aus. Es war niemand da. Oder doch. In der Mitte befand sich die Theke einer Rezeption, und dahinter war ein Kopf zu sehen. Clara ging auf diesen Kopf zu. Es war eine junge Frau. Sie hatte eine aufwendige Frisur, das Sonderbarste war jedoch ihre Haarspange: eine kleine Plastikhand, aus deren geöffneten Fingern die einzelnen Strähnen hervorsprangen. Ihr Gesicht war so stark geschminkt, dass das Make-up beinahe ihre Augen verdeckte.

»Guten Tag.«

»Guten Tag. Ich heiße Clara Reyes. Ich habe einen Termin mit Herrn Friedman.«

»Ja.«

Das Mädchen stand auf und verließ die Rezeption, indem sie eine Breitseite Parfüm entlud und ein schimmerndes Kleid aus chinesischer Gaze, Plateauschuhe und ein samtenes Halsband sehen ließ. Clara überlegte, ob sie vielleicht ein Dekorationsobjekt war, konnte aber weder an den Hand- noch an den Fußgelenken Etiketten entdecken.

»Kommen Sie.«

Sie traten in einen kurzen Flur. Auf dem Boden lag ein weicher Teppich, der ihre Schritte schluckte, und es entstand eine fragile Stille, während sie vorangingen. Eine weitere Tür. Ein sanftes Klopfen. Öffnen. Ein Büro mit rosa Wänden im Ton gesunder Babyhaut. In einer Ecke frische Orchideen. Mitten in dieser friedvollen Welt stand Herr Friedman. Zwei weiße Stühle befanden sich zu beiden Seiten des Schreibtisches, einer ohne Lehne, aber Friedman bot ihr keinen davon an. Er begrüßte sie auch nicht, lächelte nicht, sagte und tat nichts. Das Schweigen war brutal, wie bei schlechten Nachrichten. Als das Mädchen sie allein gelassen hatte, musterten sich Friedman und Clara gegenseitig.

Es war ein merkwürdiger Typ. Er trug einen eleganten Kammgarnanzug, dazu ein Hemd mit Haifischkragen und eine Seidenkrawatte, alles einen Ton dunkler als Claras Kombination. Aber seine Physiognomie war missraten, denn eine Gesichtshälfte passte nicht zur anderen. Als Gott dieses Antlitz skizziert hatte, musste seine Hand gezittert haben. Er stand so still und stumm da, dass Clara der Gedanke kam, es könnte sich vielleicht nur um Friedmans Porträt aus Zeroplastin handeln, während er selbst gleich zur Tür hereinspaziert kommen würde. Aber dann regte er sich. Er drehte sich um und nahm mit der Bewegung einer flatternden Taube einen Bogen Papier und einen Kugelschreiber vom Schreibtisch. Er klemmte das Papier zwischen seine dünnen Finger und hielt es in die Höhe.

»Fangen wir hiermit an. Lesen Sie das sorgfältig. Es sind sechs Klauseln auf Ihren Namen. Wenn Sie einverstanden sind, unterschreiben Sie. Wenn nicht, dann können Sie gehen. Wenn Sie Fragen haben, fragen Sie. Verstanden?«

»Sehr gut, danke.«

Obwohl sie drei Meter voneinander entfernt standen, machte Friedman keinerlei Anstalten näher zu kommen. Er blieb neben dem Schreibtisch stehen und hielt das Blatt hoch. Clara musste an den Dompteur eines Delfins denken, der seinem Maskottchen den Fisch hinhält. Sie stieß einen Seufzer aus, ging zu Friedman und nahm das Papier. Dann trat sie zurück, um es zu lesen.

Es war eine Art Vertrag. Den Briefkopf zierte ein sternförmiges Emblem in Hellbeige: eine Hand, die auf einem Oberschenkel lag, darauf ein Fuß und auf dem Fuß ein Ellbogen. Sie erkannte es augenblicklich. Es war das Logo von F & W, neben Leonardo und Double I das bedeutendste Imprägnierstudio der Welt. Sie wusste nicht, dass sie auch eine Niederlassung in Spanien hatten, aber nach dem neuen Gebäude zu schließen, waren sie vielleicht erst seit kurzer Zeit hier.

Eine Welle purer Freude durchflutete sie. Sie war noch nie von F & W imprägniert worden (auch nicht von Leonardo oder Double I), weil das sehr kostspielig war und sich ihre bisherigen Künstler eine solche Ausgabe fast alle nicht leisten konnten. Chalboux und Brentano schon, aber die hatten ihre eigenen Imprägnierhäuser. Vicky ließ sie nur einmal für die Aktion *Die weiße Königin* von dem spanischen Unternehmen Crisálida imprägnieren. Gamaio arbeitete auch mit Crisálida zusammen. Die anderen hatten sie ohne Imprägnierung bemalt. Eine Imprägnierung gehörte aber zu den Voraussetzungen, um ein qualitativ hochwertiges Werk zu schaffen. Dass der Künstler, der sie diesmal unter Vertrag nahm, F & W mit der Imprägnierung beauftragte, sprach dafür, dass es sich um eine Berühmtheit handelte.

Sechs Klauseln, wie sie in jedem Imprägnierstudio üblich waren. Sie war die Leinwand, Clara Reyes Pujuán, mit der Kennnummer der internationalen Klassifikation von Leinwänden Soundso. F & W war das mit ihrer Imprägnierung betraute Unternehmen. Das Imprägnierstudio übernahm keine Haftung für Schäden, die durch nachlässiges Verhalten der Leinwand verursacht wurden. Die Leinwand verpflichtete sich zur Teilnahme an sämtlichen vom Imprägnierinstitut angesetzten Qualitätsprüfungen. Die Leinwand wurde darauf hingewiesen, dass einige Prüfungen ein physisches und/oder psychisches Risiko beinhalteten oder gegen die Ethik, die Sitten oder die Erziehung der Leinwand verstoßen könnten. Das Imprägnierstudio betrachtete die Leinwand als beliebig einsetzbares ›künstlerisches Material‹. Die der Leinwand angehörenden Dinge, wie Kleidung, Wohnung, Familie oder Freunde, wurden davon ausgenommen. Aber alles, woraus die Leinwand selbst bestand, also ihr Körper und alles, was er beherbergte, fiel in diese Kategorie. Die Leinwand sollte vor Beginn der Imprägnierung versichert werden. Darunter standen zwei Namen. Friedman hatte für das Imprägnierstudio unterzeichnet. Clara nahm den Kugelschreiber, stützte sich auf den Tisch und setzte die Mine auf die leere Stelle über ›Die Leinwand‹. Aber als sie schreiben wollte, hielt Friedman sie plötzlich zurück.

»Ich möchte Sie noch darauf hinweisen, dass der Künstler uns befugt hat, das Material abzulehnen, wenn es nach unserer Einschätzung der erforderlichen Qualität nicht entspricht.«

»Ich verstehe nicht.«

Auf Friedmans asymmetrischem Gesicht spiegelte sich Ungeduld.

»Sie müssen mir natürlich zuhören.«

»Verzeihung«, sagte Clara.

»Ich werde es noch einmal mit anderen, einfacheren Worten sagen, sodass Sie es verstehen.«

»Danke.«

Clara zeigte keine Reaktion. Sie wusste, dass Friedman ihr nur durch die professionelle Verengung seiner Sicht mit dieser Verachtung begegnete. Imprägneure sahen die Leinwände nämlich nicht als Personen an, sondern als einfache Objekte mit Öffnungen und Formen, auf denen man arbeiten konnte.

»Die Imprägnierung wird sehr hart sein. Wenn Sie unserem Qualitätsanspruch nicht genügen, dann werden wir Sie ablehnen.«

»Mhm.«

»Denken Sie darüber nach.« Friedman ließ seine leeren Augen über Claras dünne Arme wandern, die in den Ärmeln ihres Overalls steckten. »Sie kommen mir nicht sonderlich kräftig vor. Ihre Statur ist viel zu zierlich. Warum wollen Sie hiermit Ihre Zeit vergeuden, und warum sollen wir unsere Zeit mit Ihnen vergeuden?«

»Ich habe mich schon sehr harten Imprägnierungen unterzogen, letztes Jahr mit Brentano ...«

Friedman unterbrach sie, indem er das Gesicht verzog.

»Was wir hier machen, hat mit der Venezianischen Schule, der so genannten ›Extimität‹ und der schmutzigen Kunst nichts zu tun ... Hier gibt es weder Lederkappen noch Peitschen oder Fußfesseln. Dies ist ein Studio für professionelle Imprägnierungen.« Er schien gekränkt zu sein. »Wir akzeptieren nur erstklassiges Material. Und selbst wenn Sie diesen Vertrag unterschreiben, wir können Sie morgen, übermorgen oder in fünf Minuten ablehnen. Wir können Sie ablehnen, wann immer es uns beliebt, ohne irgendeine Erklärung. Es kann auch sein, dass wir Sie der ganzen Prozedur der Imprägnierung unterziehen und dann ablehnen.«

»Ich verstehe«, sagte Clara ruhig.

Aber das war nicht echt. In Wirklichkeit bebte sie nämlich bis ins Mark. Dabei verspürte sie aber weder Angst noch Wut, sondern einzig die Lust, sich den von Friedman geschilderten Gefahren auszusetzen. Die Herausforderung brachte ihr das Blut in Wallung, und ihre Erregung war so groß, dass sie dachte, Friedman müsse es bemerken.

Es entstand eine Pause.

»Unterschreiben Sie lieber nicht«, sagte Friedman. »Ich rate Ihnen davon ab.«

Clara senkte den Blick auf das Papier.

Der Kugelschreiber vollführte eine Arabeske.

Friedman verzog sein ungleichmäßiges Gesicht zu einer seltsamen Grimasse. (Aus Freude? Vor Ärger?) In Wirklichkeit gehörte er zu den hässlichsten Menschen, die Clara jemals gesehen hatte. Trotzdem fand sie, dass er in diesem Moment eine geheimnisvolle Anziehungskraft ausübte.

»Sagen Sie später nicht, wir hätten Sie nicht gewarnt.«

»Das werde ich nicht tun.«

»Setzen Sie sich.«

Clara wählte den Sitz ohne Rückenlehne, und Friedman stützte sich mit den Ellbogen auf den Schreibtisch. Seine Aussprache war neutral, als käme er von nirgendwo oder von überall. Er sprach ein Spanisch ohne jede Färbung, wie ein Computer. Er lächelte nicht, und trotzdem war er auch nicht völlig ernst.

»Es ist Viertel nach neun«, sagte er, ohne auf die Uhr zu sehen. »Von jetzt an haben Sie acht Stunden Zeit, um

Ihr Leben zu ordnen, wie Sie wollen. Um Viertel nach fünf müssen Sie sich wieder hier einfinden. Sie können vorher duschen, aber schminken Sie sich nicht, benutzen Sie keine Cremes und kein Parfüm. Sie können anziehen, was Sie möchten, aber ich weise Sie darauf hin, dass wir sämtliche Kleidungsstücke und alles, was Sie am Körper tragen, vernichten werden.«

»Vernichten?«

»Das ist bei F & W so üblich. Wir übernehmen für keinen Besitzgegenstand die Haftung, weil dann die Reklamationen losgehen. F & W wird Sie für den Verlust der Kleider und Accessoires nicht finanziell entschädigen. Ziehen Sie deshalb nichts Wertvolles an. Habe ich mich verständlich gemacht?«

»Ja.«

»Der Rest, also Sie, werden dann fotografiert und gefilmt, damit wir eine Versicherungspolice abschließen können. Sobald dieser Vorgang beendet ist, geht Ihr Körper als Material bis zum Ende der Imprägnierung in das Eigentum von F & W über. Sie dürfen weder nach Hause noch woanders hingehen und mit niemandem Kontakt aufnehmen. Wenn alles gut geht, ist das Verfahren in drei Tagen abgeschlossen. Dann werden wir Sie, vorausgesetzt, wir haben Ihre Qualität als optimal befunden, an den Künstler liefern. Wenn nicht, werden wir Ihnen die Imprägnierung entfernen und Sie wieder nach Hause bringen.«

»Einverstanden.«

»Wenn Sie die Regeln nicht einhalten, Ihre Meinung äußern oder Sonderwünsche anmelden, wenn Sie die Imprägnierung auf irgendeine Weise behindern oder nach eigenem Ermessen handeln, betrachten wir den Vertrag als aufgelöst.«

»Wollen Sie damit sagen, dass ich nicht sprechen darf?«

»Ich will damit sagen«, erwiderte Friedman in genüsslicher Langsamkeit, »dass ich den Vertrag auflösen werde, wenn Sie weiter Fragen stellen.«

Clara schwieg.

»Wir gestatten weder Fragen noch Meinungen, weder Wünsche noch Widersprüche Ihrerseits. Sie sind die Leinwand. Ein Künstler muss mit der Leinwand bei null anfangen können, um ein dauerhaftes Werk zu schaffen. Wir von F & W haben uns darauf spezialisiert, die Leinwände auf null zu reduzieren. Ich nehme an, ich habe mich verständlich gemacht.«

»Vollkommen.«

»Unsere Arbeitsweise vollzieht sich phasenweise«, fuhr Friedman fort. »Es gibt vier Phasen – Haut, Muskeln, Wirbelsäule und Psyche –, die nacheinander von den jeweiligen Experten geleitet werden. Ich bin für die erste zuständig. Ich werde den Zustand Ihrer verschiedenen Hautschichten, Ihrer Ausbuchtungen, Einkerbungen, natürlichen und unnatürlichen Mängel prüfen, die Verhärtungen und die Abschuppung. Ich werde mich vergewissern, dass Sie auch von innen bemalt werden können. Sind Sie schon einmal von innen bemalt worden?«

Clara nickte.

»Der Augenhintergrund mit optischem Stift und die Mundhöhle«, sagte sie. »Und natürlich Bauchnabel, Vulva und Anus«, fügte sie hinzu.

»Die Unterseite der Nägel?«

»Ncin.«

»Die Ohren? Ich meine nicht die Ohrmuschel, sondern das Innenohr.«

»Nein.«

»Die Nasenhöhle?«

»Auch nicht.«

»Die Innenseite der Lider?«

»Nein.«

»Wieso lächeln Sie?«

»Entschuldigen Sie, aber ich kann mir nicht vorstellen, wofür es gut sein soll, das Gehör oder die Nase von innen anzumalen ...«

»Das zeugt von Ihrer Unerfahrenheit«, sagte Friedman. »Ich will Ihnen ein Beispiel geben: Ein nächtliches Freilichtbild, den ganzen Körper schwarz angemalt und einige

Tropfen phosphoreszierendes Leuchtrot auf den Trommelfellen, in den Nasenhöhlen, unter den Lidern und in der Harnröhre, erweckt den Eindruck, dass das Modell inwendig glüht.«

Er hatte Recht, und sie bereute, so viel Unkenntnis gezeigt zu haben.

»Vagina, Harnröhre, Rektum, Tränensäcke, Netzhaut, Haarzwiebeln, Schweißdrüsen«, zählte Friedman auf. »Sämtliche Körperteile einer Leinwand können bemalt werden. Die moderne Technik erlaubt uns sogar, die Zähne anzubohren, die Zahnwurzeln zu färben und später, wenn die Leinwand ausgewechselt wird, die Schäden zu reparieren. Ein Körper kann auch zur Collage werden. So werden bei sehr gewalttätigen Formen der Schock-Art manchmal die Venen ausgemalt und das Blut gefärbt – das ergibt sehr interessante Effekte bei Amputationen. Und in der Endphase eines schmutzigen Bildes können, nach dem Ausweiden oder währenddessen, die Eingeweide angemalt werden: Gehirn, Leber, Lunge, Herz, Milchdrüsen, Hoden, Uterus und gegebenenfalls auch der Fötus darin. Wussten Sie das?«

»Ja«, murmelte Clara und unterdrückte ein Schaudern. »Aber so etwas habe ich noch nie mitgemacht.«

»Das ist mir bekannt, aber wir haben keine Ahnung, was der Künstler mit Ihnen vorhat. Wir müssen auf alles vorbereitet sein, alles erwarten, alles ermöglichen. Ist das verständlich?«

»Ja.«

Claras Atem ging schwer. Ihr Mund stand offen, und die von den Farbentfernern ausgebleichten Wangen glühten. Friedmans Aufzählung der künstlerischen Möglichkeiten erschien ihr plötzlich nicht weniger schrecklich als ihr eigener Entschluss, sie zu akzeptieren und alles, was der Künstler wollte, an sich geschehen zu lassen. Der Schlüssel dazu war zweifellos die Genialität. Sie hatte einmal gehört, Picasso sei so genial gewesen, dass er alles tun konnte. Clara war sicher, einem Picasso vorbehaltlos alles zu gestatten.

Sie dachte darüber nach. Alles?

Ja. Ohne Betäubung.

Aber vielleicht müsste der Künstler noch ein bisschen besser sein als Picasso.

»Bereuen Sie schon, dass Sie unterschrieben haben?«, fragte Friedman ihren Gesichtsausdruck fehldeutend.

»Nein.«

Einen Augenblick lang kreuzten sich die Blicke von Leinwand und Imprägneur.

»Wenn Sie noch Fragen haben, jetzt ist die Gelegenheit dazu.«

»Wer ist der Künstler, der mich bemalen wird?«

»Das kann ich Ihnen nicht sagen. Noch Fragen?«

»Nein.«

»Dann werden wir Sie Punkt Viertel nach fünf hier erwarten.«

Acht Stunden sind fast zu lang, um sein Leben zu ordnen, dachte Clara. Was sie betraf, so war das Leben jedenfalls ziemlich simpel: Es bestand aus Arbeit und Freizeit. Für den ersten Teil brauchte sie nur Bassan anzurufen, der zweite ließ sich mit einem Anruf bei Jorge regeln. Zu Hause stellte sie obendrein fest, dass Bassan sich bereits bei ihr gemeldet und ihr eine Nachricht auf dem Anrufbeantworter hinterlassen hatte. Er klang zwar nicht gerade böse, schlug aber auch nicht den liebenswürdigen Ton von sonst an. Gertrude habe ihn angerufen und ihm mitgeteilt, dass Clara sich an diesem Tag nicht auszustellen gedachte. Nun bat der Maler sie um eine Erklärung. »Ich bin im Prinzip mit allem einverstanden, was du tust, Clarita, aber bitte, sei so gut und sag mir in Zukunft vorher Bescheid!« Sie konnte nachvollziehen, dass Gertrudes Nachricht für Verwirrung bei ihm gesorgt hatte, aber trotzdem störte sie sein Vorwurf. Sie rief ihn in Barcelona an und erreichte nur den Anrufbeantworter.

»Alex«, sprach sie in das Schweigen hinein, »ich bin es, Clara. Bei mir hat sich etwas Wichtiges ergeben, und ich werde mit *Mädchen vor dem Spiegel* nicht weitermachen können. Es tut mir Leid. Aber wir hatten ja sowieso nur noch eine Woche in der GS. Außerdem hattest du doch irgendwo eine Ersatzfrau, oder? Ich hoffe, dass ich dir nicht allzu viele Schwierigkeiten bereite, aber ich habe keine andere Wahl. Ich umarme dich.«

Danach plante sie den Anruf bei Jorge. Als sie wusste, was sie sagen wollte, wählte sie die Nummer seines Mobiltelefons. Aber es war nur die Mailbox dran. Das Leben schien plötzlich ein Dialog zwischen ihr und dem Schweigen zu sein. Sie beschloss, ihm ebenfalls eine Nachricht zu hinterlassen.

»Jorge, ich bin es, Clara. Ich bin für ein paar Tage nicht da, wegen einer Arbeit, die sich für mich ergeben hat.« Pause. »Sie scheint richtig gut zu sein.« Pause. »Spitzenklasse. Ich melde mich wieder, wenn ich kann. Küsschen.«

Es war erst kurz nach halb elf, und ihre Augen waren schwer wie Bodenplatten. Sie zog im Schlafzimmer den Stecker vom Nebenanschluss heraus, legte die Kleider ab und warf sich auf die Laken. Sie musste den Schlafmangel der letzten Nacht ausgleichen. Sie stellte ihren Wecker auf zwei Uhr nachmittags und schlief sofort ein.

Sie träumte weder von Alberca noch von ihrem Vater, sondern von einem Freilichtbild, das Gutiérrez Reguero vor drei Jahren mit ihr gemalt hatte. *Der Baum der Erkenntnis*. Aber beim Aufwachen hatte sie alles wieder vergessen. Sie stand auf, ging ins Bad und überließ sich dem prasselnden Strahl ihrer Dusche. Der Anweisung gemäß verzichtete sie auf jede Creme oder Lotion. Sie stand nackt vor dem Spiegel und verabschiedete sich von ihrem Körper: Sie wusste, dass sie ihn in seiner natürlichen Form zum letzten Mal sah. Dann ging sie in einen Bademantel gehüllt ins Wohnzimmer, legte eine CD mit sanfter Jazzmusik auf und ließ sich von der dunklen Melodie wiegen, während sie ihre Kleiderschränke durchsah.

Das Problem war, dass ihr alles, was sie besaß, gefiel. Das Einkaufen von Kleidung und Accessoires gehörte zu ihren größten Leidenschaften. Friedmans Ankündigung, dass alles, was sie trug, vernichtet werden würde, hatte zunächst wie eine einfache Übung geklungen, aber jetzt, da sie vor ihrer wunderschönen und überaus kostspieligen Garderobe stand, zauderte sie. Es waren Teile von Yamamoto, Stern, Cessare, Armani, Balmain, Chanel ... Und es war viel weniger das investierte Geld als vielmehr der Genuss an der Zartheit dieser gewebten Häute, der ihr die Sache schwer machte. Für sie besaß jedes Kleid und jede Kombination eine eigene Persönlichkeit. Sie waren ihr wie liebe, neue Freunde – keinem von ihnen konnte sie so etwas antun.

Und was war, wenn sie den Jogginganzug nahm, den sie zur Arbeit anzog? Aber als sie ihn flach und ergeben, mit den leeren Ärmeln auf dem Bett ausgestreckt liegen sah, wie er darauf wartete, sie erneut in seine Umarmung zu hüllen, wurde ihr klar, dass das so wäre, als würde man seinen treuen alten Haushund ans Messer liefern.

In den Schränken war jedoch nichts zu holen. Sie stellte sich auf einen Stuhl und durchsuchte die Fächer im Schrankaufsatz. Zu ihrem Pech entledigte sie sich aber stets der ausgemusterten Kleidung. Es lagerten indes ein paar Winterteile dort oben. Als Erstes fiel ihr ein dunkler Anzug aus Samt und Jersey mit einem fleischfarbenen Wendekragen in die Hände.

Sie erinnerte sich an das erste Mal, dass sie diese Kombination getragen hatte. Und die katzenartige Textur des Samtes vermochte unfehlbar einen Geist heraufzubeschwören.

Vicky.

Vicky war jung, nur ein Jahr älter als Clara, schön, schlank, das Haar strohblond und kurz geschnitten. Sie war auf Drogen und genial. Innerhalb kürzester Zeit hatte sie es geschafft, zur bedeutendsten hyperdramatischen Künstlerin Spaniens zu avancieren. Mit einem Stipendium hatte sie bei Rayback in England und bei der Stiftung van Tysch mit Jacob Stein ihre Ausbildung vervollständigen können. Außerdem hatte der Meister höchstpersönlich sein Orakel über sie gesprochen. Sie gestand nicht nur, dass sie lesbisch war, sie schwenkte diese Tatsache vor sich her wie eine Standarte. In ihrem Werk klagte sie die Marginalisierung der Homosexuellen an und belächelte ›die von der römisch-vatikanischen Klassengesellschaft unterdrückten Frauen und Männer als Parodie des einst von den Griechen erdachten Menschen‹. Ihre beiden wichtigsten Beziehungen waren Engländerinnen gewesen, zwei strahlend schöne Bilder namens Shannon Coller und Cynthia Bergmann. Anfang 2004 hatte sie Clara neben Yoli Ribó für ein Paarbild ausgesucht, das sie *Setz dich* nennen wollte. Der Nachmittag, an dem sie sich kennen lernten, war grau und eisig. Clara entscheid sich für eben diesen neu erstandenen Zweiteiler, um die Künstlerin in ihrem Chalet von Las Rozas aufzusuchen. Vicky empfing sie farbverschmiert und hemdsärmelig. Sie führte sie ins Atelier einen Stock höher. Eine anmutige blonde Skizze streckte, von Vicky gleich dosenweise mit Farbe überschüttet, in einer Ecke des Raumes ihre Nacktheit auf Zehenspitzen empor. Im Übrigen gab es mehrere illegale Dekorationen – meist obszöner Art – in ihrem Haus. Ein in London entworfener männlicher Tisch servierte Tee, Gebäck und Marihuanazigaretten; ein japanisches Spielzeug, ebenfalls männlich und von oben bis unten mit Quinacridonrot bemalt, bot ihr noch Aufregenderes an, aber Clara hatte keine Lust, mit ihm zu spielen, obwohl Vicky darauf bestand, ihn ihr zu überlassen.

»Er ist nichts für mich«, sagte Vicky, »ich habe ihn geschenkt bekommen. Wenn du willst, kannst du ihn behalten.«

Bevor sie auf das geplante Gemälde zu sprechen kam, führte Vicky eine ihrer berühmten Blitzinterviews durch.

»Welches Sternzeichen bist du?«

»Widder«, sagte Clara. »Ich bin am 16. April geboren.«

»Dann werden wir nicht miteinander auskommen.« Und sie hieb mit ihren scharfen Fingernägeln in die Luft. »Ich bin Löwin.«

Aber sie kamen gut miteinander aus, zumindest am Anfang. Vicky erzählte ihr, was sie mit *Setz dich* vorhatte. Yoli und Clara sollten rohweiß bemalt und in der Pose eines Liebespaares auf einem sechs Meter hohen Baugerüst sitzen. Das Bild war eine Auftragsarbeit für eine Villa in der Provence, die mit Kunst nur so voll gestopft war. Vicky hatte die Idee, ihr Werk buchstäblich über die anderen zu erheben, indem sie es direkt unter die Decke platzierte. *Setz dich* würde einen Monat dort bleiben und eventuell für die ständige Ausstellung übernommen werden. Das kostete zwar einigen Einsatz und erforderte ein qualifiziertes Instandhaltungsteam, würde den dreien aber ein kleines Vermögen einbringen. ›Wie sie es versteht, mir die Sache schmackhaft zu machen‹, dachte Clara. Sie nahm den Auftrag an und kam schon am nächsten Tag für die ersten Entwürfe in Vickys Atelier.

Zwei Wochen nach dieser ersten Begegnung, während einer Malsitzung, geschah es dann. Vicky war gerade dabei, ihre Umrisse anzulegen, und ließ die mit Rohweiß bedeckte Hand über ihren Oberschenkel gleiten. Als sie zum Knie kam, bemerkte Clara den veränderten Druck, die angespannte Stille, ihre Reglosigkeit und das Kitzeln auf ihrer bemalten Haut.

»Magst du Frauen, Clara?«, fragte Vicky plötzlich vollkommen ruhig.

»Ich mag bestimmte Frauen«, antwortete Clara mit derselben Ruhe.

Sie war nackt und hockte mit verschiedenen Farbtönen zur Hälfte bemalt in Vickys Atelier auf den Fersen. Vicky trug ihre Arbeitskleidung: ein schmutziges, offenes Hemd und eine Jogginghose.

Ihre Hand ruhte immer noch auf dem Knie.

»Hast du Erfahrungen mit Frauen?«

»Mhm«, sagte Clara. »Und mit Männern«, setzte sie hinzu.

Für eine Leinwand war das nichts Besonderes, und das wussten beide. Es war für ein Gemälde nicht schwer, einen anderen Körper zu lieben, wie immer dieser auch beschaffen sein mochte. Die Grenzen verschwammen, und die Schranken fielen.

»Würdest du mit mir ins Bett gehen?«, fragte Vicky daraufhin.

Clara genoss das Getuschel und das gleichzeitige Erröten, das Vickys Gesicht einen Moment lang dunkler färbte als ihr eigenes.

»Ja«, sagte sie.

Vicky sah sie an und malte weiter. Die Bewegungen ihrer Hand, die sorgfältig das Rohweiß auf den Konturen des Knies verteilte, waren sachlich. Clara wusste nie, wann es passierte. Im einen Augenblick war es Kunst, Technik und die Gestik einer Malerin, um schon im nächsten Sinnlichkeit, Seufzen und Zärtlichkeit zu sein. Und mit einem Mal war die Strichführung Liebkosung.

Später, als sie längst eine Beziehung hatten, warf Vicky ihr vor, dass sie so seelenruhig geantwortet habe. Sie verwendete das jedes Mal gegen Clara, wenn sie ärgerlich über sie war. ›Du hast ja gesagt, als hätte ich dir einen Paragliding-Flug angeboten. Du hast ja gesagt, als hätte ich dich eingeladen, einen Nobelpreisträger in Physik kennen zu lernen. Na schön, wir können es ja ausprobieren, hast du gesagt. Deine Erklärung war ohne echte Liebe und auch ohne Aufrichtigkeit.‹ – ›Ohne echte Liebe vielleicht‹, erwiderte Clara, ›aber aufrichtig war sie.‹ – ›Du hast keine Gefühle‹, urteilte Vicky. ›Ich versuche, sie zu verbergen, ich bin schließlich ein Kunstwerk‹, entgegnete Clara. Dann setzte sie hinzu: ›Und du bist eine Künstlerin und kannst sie nicht verbergen. Du erfindest sie sogar, wenn du keine hast.‹

Setz dich wurde in der Provence in die ständige Ausstellung aufgenommen. Es war eine ermüdende Zeit: Sie und Yoli hatten täglich nur wenige Stunden, um sich auszuruhen, zu essen und sich zu erholen, bevor sie wieder auf das Gerüst steigen mussten. Wie lange sie dort oben blieben, war unterschiedlich und hing vom Tagesablauf ihres Besitzers ab – davon, ob er Gäste empfing oder Partys gab. Ihr Instandhaltungsteam war sehr kompetent, aber trotz alledem waren beide Figuren am Ende völlig erschöpft. Für Clara ist es dennoch eine wundervolle Erfahrung gewesen. Im selben Jahr malte Vicky sie in fünf weiteren Werken, die ersten mit einer Partnerin und die anderen alleine: *Der Kuss, Moment, Doppel oder Nichts, Zärtlichkeiten* und *Das schwarze Kleid.*

Auch außerhalb der Arbeit war ihre Zuneigung zu Clara ungebrochen. Sie rief morgens und abends bei ihr an, weinte sich an ihrer Schulter aus, machte ihr plötzlich intime Geständnisse über die Gefühlskälte ihres Vaters (eines Chirurgen) oder das fehlende Interesse ihrer Mutter (einer Universitätsprofessorin) an ihrer Karriere als Malerin. Je nach Tagesform empfand sie sich dann als ›beschissene Papatochter‹ oder als wehrloses Opfer einer ›Yuppie-Ehe‹. Aber all das war verflogen, sobald sie zu arbeiten begann. Im Bett konnte sie ihre ganze Zerbrechlichkeit zeigen, aber wenn sie die Hände voll Farbe hatte, verwandelte sie sich in ein feuriges Wesen, das fähig war, einen Frauenkörper auf das wundervollste zu bemalen. Dennoch waren der Mensch Vicky und die Künstlerin Vicky nicht zwei völlig voneinander getrennte Persönlichkeiten. Während der Mensch Vicky sich in die Modelle ihrer Bilder verliebte, nutzte nämlich die Künstlerin Vicky diese Leidenschaft für die Malerei. Das war ein eigenartiger Zug an ihr, und Clara wusste nicht, ob er ihrem Temperament oder ihrer Arbeitsweise zuzuordnen war.

2004 war das Vicky-Jahr gewesen, wenigstens für Clara. Wie ein Sturzbach, vor dem man Reißaus nimmt oder sich mitreißen lässt. Vicky gehörte zu der Sorte Menschen, die im eigenen Glanz verbrennen, wie Kerzen. Aber das Schlimmste war ihre Eifersucht. Dabei gab es damals noch nicht einmal einen Grund. Clara hatte sich nämlich von ihrem ersten Liebhaber, dem Maler Gabi Ponce, getrennt und bewohnte alleine das Penthouse in der Calle Augusto Figueroa. Sie hatte auch kein Verhältnis mehr mit Alexandra und Sofia Lundel, zwei Freundinnen, mit denen sie ab und zu das Bett geteilt hatte. Und sie hatte Jorge Atienza noch nicht kennen gelernt. Aber Vicky konnte nicht nur

Gefühle erfinden, sie erfand auch Motive. Als sie einmal in einem Restaurant zu Abend aßen, machte sie ihr wegen einer italienischen Malerin, die Clara angeboten hatte, mit drei weiteren weiblichen Leinwänden bei einer Schock-Art mitzuarbeiten, eine Szene. Vicky sagte, sie würde das nicht tolerieren, und als Clara keine Reaktion zeigte, schmiss sie ihr Besteck auf den Fußboden und stieß den Oberkellner, der eifrig herbeigeeilt kam, beiseite. Stunden später rief sie bei Clara an, um sich zu entschuldigen: »Ich habe zu viel getrunken, verzeih mir.« Und ohne Übergang ergriff die Künstlerin Vicky das Wort: »Ich wollte dir sagen, dass dein Gesicht heute im Restaurant ... mein Gott, deine Blässe, als ich dich angeschrien habe ... Clara, bitte, erlaube mir, diese Blässe zu verwenden ... die Augen, mit denen du mich heute angesehen hast ...«

Sie hatte sich inspirieren lassen. Nach drei Wochen war das neue Bild fertig. Clara mit elfenbeinfarbener Grundierung und himmelblauen Schatten, bäuchlings auf einer Samtdecke, die sich genauso anfühlte wie der Zweiteiler vom Tag ihrer ersten Begegnung, im Gesicht die natürliche Blässe ihres Abscheus. Vicky wollte das Gemälde *Zärtlichkeiten* nennen. Während des hyperdramatischen Entwurfs wiederholten sie die Streitszene vom Restaurant, wie sie ihnen in Erinnerung geblieben war. Die Malerin versuchte, jene flüchtige Blässe ihrer Wangen einzufangen, aber Clara hielt nichts davon, die Kunst mit dem wahren Leben zu vermischen. Schließlich wurde Vicky ernsthaft böse und fing an, sie zu beschimpfen. Plötzlich, mitten in ihrem eigenen Gezeter, hielt sie inne und stürzte sich auf Claras Gesicht. »So! Da ist sie wieder, diese Blässe! Das ist es, was ich brauche!« Und schon führte wieder die Künstlerin Vicky die Zügel.

Eines Tages warf Clara ihr dann diesen krankhaften Missbrauch echter Gefühle vor, um ihre Bilder malen zu können. Daraufhin hatte Vicky sie nur sonderbar angelächelt.

»Für die Kunst würde ich alles tun, Mädchen«, sagte sie. »Alles. Außer der Kunst ist mir alles schnuppe:

Gefühle, Gerechtigkeit, Frömmigkeit, Familie, Gesundheit, Liebe, Geld ... Obwohl«, überlegte sie, »Geld vielleicht nicht. Nein, Geld nicht. Kunst ist Geld.«

Zärtlichkeiten wurde von einem Madrider Sammler für das Doppelte seines ursprünglichen Preises erstanden, und Clara stellte sich einen vollen Monat lang in seinem Haus aus.

Anfang 2005 versuchte Vicky, sich mit einer Überdosis Heroin das Leben zu nehmen, aber nicht wegen Clara, sondern wegen ihrer neuen Liebe Elena Valero, mit der Clara *Momente* gemacht hatte. Am selben Tag, an dem sie in die Intensivstation von La Paz eingeliefert wurde, kam die Nachricht, dass ihr die Stiftung van Tysch für ihr Gesamtwerk den Max-Kalima-Preis verlieh. Halb betäubt vernahm Vicky die Neuigkeit von den Lippen einer Krankenschwester. Als sie wieder wohlauf war, verkündete sie, auch ihre innere Stabilität zurückgewonnen zu haben. Zwar machte sie mit Clara Ende des Jahres noch ein neues Bild, aber sie rief sie nicht mehr so häufig an wie früher. Und seit *Die Erdbeere* hatten die beiden sich nicht mehr gesehen.

Clara wusste nicht, was sie für Vicky empfand: War sie in die Malerin verliebt, oder bewunderte sie nur deren Genialität? Fest stand nur, dass sie sie vergessen wollte und es ihr nicht gelang. Manchmal sah sie sich wieder in *Zärtlichkeiten* auf der Samtunterlage im Salon des Sammlers liegen, das linke Bein vor dem Bauch angewinkelt, die Ferse zum Geschlecht gerichtet, und dachte, dass die Malerin, als sie aus ihrem Leben verschwand, keine anderen Spuren hinterlassen hatte als eine samtene Textur und ein paar blutleere Wangen.

Sie holte den Samtanzug aus dem oberen Fach und legte ihn aufs Bett. Dann entdeckte sie noch einen Jerseyanzug mit beigefarbener Hose und musste an Jorge denken, weil sie ihn in ihren ersten gemeinsamen Tagen getragen hatte.

Sie zögerte eine Weile mit inquisitorischem Blick (Vicky oder Jorge? Jorge oder Vicky?), bevor sie beschloss, Vicky

Lledó der Vernichtung preiszugeben. Sie würde auf der Fahrt schwitzen, aber das machte nichts.

Es war schon fast drei Uhr nachmittags, als sie merkte, dass sie etwas essen musste. Sie improvisierte einen Salat und ein paar Sandwiches und trank dazu Mineralwasser.

Weil ihr noch Zeit blieb, traf sie einige Vorbereitungen für die bevorstehende Arbeitssitzung. Sie durchforstete ihre kleine Hausapotheke im Badezimmer und entschied sich für ein Muskeltonikum und eine Tablette zur Verzögerung der natürlichen Bedürfnisse. Sie nahm beides mit dem letzten Schluck Wasser zu sich. Danach zog sie den Bademantel aus, holte aus der Küche einen Salzstreuer und suchte aus einer Kiste im Wohnzimmer ihre Schlafmaske sowie einige Gewichte unterschiedlicher Kilozahl. Damit führte sie auf der Tatami weitere, von ihrem Morgentraining recht verschiedene Übungen durch: auf Zehenspitzen, die Zunge mit Salz bestreut still stehen, mit verbundenen Augen durch die ganze Wohnung gehen, sich zu einem Knäuel zusammenrollen und das am höchsten herausragende Körperteil mit einem Gewicht beschweren. Diese Übungen dienten dazu, ihren Willen zu unterwerfen, ohne ihn zu brechen oder sich als blindes Ding wahrzunehmen, das benutzt und verändert werden konnte. Vorbereitungen dieser Art kannte sie seit ihrer Zeit bei *The Circle*, und nur ihnen verdankte sie es, dass sie Brentanos Arbeit mit ihr überhaupt durchgestanden hatte.

Um Viertel vor vier zog sie den fleischfarbenen Pullover über den Kopf, schlüpfte in Samthose und Jacke und schlüpfte in ein paar alte Sandalen aus einer weit zurückliegenden Vergangenheit. Sie betrachtete sich im Spiegel. Nichts, was sie trug, stand ihr. Sie sah aus wie ein hübsches Mädchen, das sich als Vogelscheuche verkleidet hatte, und genau das wollte sie auch.

Ein letztes Detail, das sie gar nicht bedacht hatte, bereitete ihr am meisten Kopfzerbrechen. Was sollte mit ihrem Wohnungsschlüssel geschehen? Mitnehmen konnte sie ihn nicht. Jorge hatte zwar einen Zweitschlüssel, aber sie wollte sich nicht von ihm abhängig machen, um ihre eigene Wohnung betreten zu können. Zu den Nachbarn hatte sie kein Vertauen, einen Portier gab es nicht.

Sie beschloss, ganz einfach gar nichts zu tun. Sie fand es angemessen, die Tür hinter sich zuzuziehen und nicht wieder hineinzukönnen. Sie bestellte telefonisch ein Taxi, rechnete sich aus, wie viel die Fahrt kosten würde, und steckte das abgezählte Geld in die Jackentasche.

In diesem Moment entdeckte sie den Schlüsselanhänger.

Ihr wurde klar, dass sie den Anzug angezogen hatte, ohne vorher die Taschen durchzusehen. Alte Kleider verwandeln sich zuweilen in wahre Gedächtnisfriedhöfe. Und da, in einer Seitentasche, lag der Schlüsselanhänger ihres Vaters begraben. Lange Zeit hatte sie ihn mit dieser hingebungsvollen Anhänglichkeit benutzt, die man häufig den Erbstücken eines Toten zuteil werden lässt. Als er kaputtging, hatte sie für ihre Schlüssel einen neuen besorgt. Sie wusste nicht mehr, weshalb er in der Jackentasche war und warum sie ihn nicht weggeworfen hatte. Vielleicht aus Sentimentalität. Das amüsierte sie.

Es war eine Schachdame, ein Geschenk vom Club, in dem Manuel Reyes zu spielen pflegte. Ihr Vater war ein begeisterter Schachspieler gewesen, und ihr Bruder hatte diese Leidenschaft von ihm übernommen. Die Dame war schwarz. ›Dies ist die *Reina de Reyes*, die Königin von Herrn König‹, hatte ihr Vater immer gesagt, erinnerte Clara sich plötzlich. ›Ich habe die Schwarze bekommen, weil die zum Verlierersatz gehört.‹

Einen Augenblick lang erwog sie die Möglichkeit, sie zu retten. Aber dann steckte sie sie in die Tasche zurück. ›Tut mir Leid, Majestät. Du warst hier, also wirst du auch hier bleiben.‹

Im Hosenanzug von Vicky, mit den Teenagersandalen, in der Tasche die Hand um den Schlüsselanhänger ihres Vaters, verließ Clara ihre Wohnung und zog die Tür hinter sich ins Schloss.

Als sie zur Straße hinunterging, befiel sie ein unbestimmtes Gefühl. Es war so stark, dass sie sich nach links und rechts umschaute, um sicherzugehen, dass sie sich irrte. Sie wurde beschattet. Aber vielleicht täuschte sie sich auch.

Es war Donnerstagnachmittag, der 22. Juni 2006. Eine fleischfarbene Sonne schien auf sie herab.

6

Briseida Canchares wachte davon auf, dass ihr eine Pistole an den Kopf gehalten wurde. Aus dieser Distanz sah die Waffe wie ein kleiner, an ihrer Schläfe klebender eiserner Sarg aus. Der Nagel des Fingers am Abzug war mit Permanentgrün lackiert. Sie verfolgte den nackten Unterarm und stieß auf die Blondine. Es war die Mieze mit den Smaragdaugen und dem knappen tarnfarbenen Kleid, die Roger bei den Roquentins um Feuer gebeten hatte. Ein Wachmann war herbeigeeilt, als sie Elmer Fludds Bild *Unsichtbarer Orbit* betrachteten, und hatte sie darauf aufmerksam gemacht: »Das Rauchen ist hier verboten, Madame. Der Rauch brennt den Bildern in den Augen und reizt sie zum Husten.« Mit einem bösen Lächeln hatte sie Roger das Feuerzeug zurückgegeben. Danach war sie in der Menge verschwunden, und Briseida hatte sie nicht wiedergesehen.

Bis jetzt.

Die Blondine trug das Kleid vom Vorabend und lächelte auf dieselbe Weise. Nur die Pistole war neu. Während sie auf sie zielte, legte sie einen Finger an die Lippen (›Ich soll den Mund halten‹, übersetzte Briseida) und machte ihr Zeichen (›Ich soll aufstehen‹). All das kam ihr vor wie ein Traum, und sie gehorchte, weil es ihr Spaß machte, in ihren Träumen Ungewöhnliches zu erleben. Sie schlug die Laken beiseite und richtete sich auf. Der an ihrer Schläfe sitzende Pistolenlauf wich zurück, ohne sich von ihr zu lösen, als ob ihr Kopf aus Metall wäre und die Pistole magnetisiert. Sie drehte sich langsam um und setzte so sachte wie ein Raumschiff bei der Landung die Zehenspitzen auf den kühlen Teppichboden in Rogers Wohnung. Sie war völlig nackt und fröstelte. Es war noch Nacht (sie wusste nicht, wie spät es war, weil der Wecker an Rogers Bettseite stand), und das Zimmer wurde von der Nachttischlampe beleuchtet. Sie erinnerte sich, dass sie sehr spät zu Bett gegangen war und noch gemeinsam mit Roger gestöhnt und gerungen hatte (in seinem Mund der Nachgeschmack von altem Champagner und samtigen Havannas und auf der eigenen Zunge ein grüner Marihuanateppich), bevor die Nacht sie umhülle mit einem Nebel aus Trunkenheit und ...

Apropos.

Wo war eigentlich Roger?

Sie entdeckte ihn am anderen Ende des Zimmers mit nichts am Leib als seinem Ring am kleinen Finger der linken Hand. Mit diesem Ring hatte er Briseida mehrmals sein Siegel auf den Po gedrückt, nachdem er ihr beteuert hatte, dass er ihn nicht ablegen könne, weil das Unglück brächte. Er hatte ihn in irgendeinem entlegenen Winkel Brasiliens einem Schamanen und Hüter wichtiger Geheimnisse entwendet. Aus seiner Einfassung quoll ein winziger Smaragd wie ein kleiner urwaldgrüner Eitertropfen. Er besaß große Macht, doch wusste Roger nicht genau, worin diese eigentlich bestand. Weltweit, so behauptete er, gebe es nur fünf oder sechs Schmuckstücke seiner Art. Ein toller Typ, dieser Roger. Und irgendwie auch bescheuert. Aber Briseida hatte noch niemanden kennen gelernt, der viel Geld besaß und nicht irgendwie bescheuert gewesen wäre.

In diesem Moment schien ihm allerdings auch die Zauberkraft des Ringes nicht weiterhelfen zu können. Eine Hand presste ihm so fest den Kiefer zusammen, dass ihm schon die Wangen anschwollen. In Verlängerung der Hand entdeckte Briseida eine imposante Frau vom selben

Typ wie die Mieze, bloß noch beeindruckender, von der Sorte, die Roger sich nur an den Wochenenden genehmigte. Sie presste ihm eine silberne Militärpistole an die Gurgel, sodass sich sein Adamsapfel vorwölbte. Die Frau trug einen spieltischgrünen Hosenanzug, dazu Halstuch und Baskenmütze in Oliv und pistazienfarbene Handschuhe. Sie hatte ein Bein zwischen Rogers geöffnete Oberschenkel geschoben (vielleicht übte sie mit ihrem Knie auch Druck auf seine Genitalien aus und sein verzweifelter Ausdruck rührte daher) und das andere wie ein Scharfschütze nach hinten weggestreckt. Dabei sah sie nicht zu Roger, sondern zu Briseida, als erwartete sie von ihr den nächsten Befehl. Ihr Blick war von der Sorte, die man nicht so schnell vergisst. Ein Blick, dachte Briseida, wie man ihn in der Sekunde sieht, bevor man stirbt.

Trotz alledem musste sie zugeben, dass das Ton in Ton gehaltene grüne Outfit (Jacke-Hose, Handschuhe-Mütze, Augen-Lidschatten) perfekt war. Paramilitärische Modenschau! Terrorismus prêt-à-porter! Was hindert Spezialeinheiten der Polizei, Soldaten oder wer weiß welche bewaffneten Überraschungstrupps eigentlich daran, mit der Mode zu gehen?, fragte sie sich.

Die Blondine bedeutete ihr immer noch wortlos, aufzustehen. Sie warf Roger einen fragenden Blick zu, worauf dieser eine Handbewegung machte, als wollte er sagen: ›Geh nur, keine Bange!‹ Dann stand sie vom Bett auf, indem sie alle Anwesenden genau im Auge behielt.

›Sind das Einbrecher oder Bullen? Wollen die Roger entführen? Moment mal. Wie war das noch gestern Abend? Wir waren auf diesem Fest ...‹

Mein Gott, wie ihr der Kopf wehtat. Sie konnte keinen klaren Gedanken fassen. Vielleicht kam das von dem Durcheinander aus Alkohol, Haschisch und Tabletten, das sie auf der Party zu sich genommen hatte. Außerdem war die ganze Szene so abartig, dass der Schrecken zwar in ihrem Inneren anfing, um sich zu treten, aber noch einen Maulkorb zu tragen schien. Der Gott der Kunst hatte alles aufs weiseste gerichtet: eine Komposition aus

Skurrilität – Blondine im Tarnanzug –, Lächerlichkeit – Roger und sie nackt und klebrig von schwülen Träumen – und Absurdität – das Model im Militärlook –; ein cezanneskes Farbenspiel aus Kobaltgrün, Soldatengrün, Türkisgrün, Spieltischgrün und dem Apfelgrün der Schlafzimmerwände. Wenn sie jung sterben musste, dachte Briseida, dann würde sie genau diesen grünen Augenblick dafür wählen: Die Pistole würde vielleicht gleich eine grün leuchtende Bohne auf sie abfeuern und ihrem brünetten (zum Dschungelton des Tarnanzugs passenden) Torso grünliches Teichwasser entströmen lassen.

Schade, dass diese ästhetische Vision sich verflüchtigte, als die Blondine sie in Richtung der Männer schubste, die im Wohnzimmer warteten.

Sie packten sie mit einer Gewalt, dass ihr schwindelte, bei den Armen und zwangen sie, auf einem Stuhl vor dem erloschenen Bildschirm eines Laptops Platz zu nehmen. Briseida schrie auf und brach damit offenbar irgendein Schweigegebot, denn wenige Sekunden später hörte sie einige französische Worte und Geräusche aus dem Schlafzimmer, dann einige holländische Worte und weitere Geräusche aus dem Wohnzimmer. Aber die folgenden Worte waren auf Englisch und an sie gerichtet.

»Hören Sie auf zu schreien«, sagte die Blondine mit den verführerischen Augen, während sie sich zu ihrem Ohr herabbeugte. »Und versuchen Sie nicht aufzustehen.«

Das hätte sie ohnehin nicht gekonnt, selbst wenn sie gewollt hätte, denn sie wurde von zwei Paar eisernen Handschuhen auf ihren Sitz gepresst.

»Hier haben Sie ein Glas Wasser. Das können Sie trinken, wenn Sie wollen. Ich werde jetzt eine Taste dieses Computers drücken, dann erscheint eine Person auf dem Bildschirm und wird Ihnen ein paar Fragen stellen. Sprechen Sie laut und deutlich. Lassen Sie keine Frage aus, und antworten Sie sofort. Wenn Sie etwas nicht wissen oder erst überlegen müssen, dann sagen Sie es. Wir wissen, dass Sie Englisch sprechen. Wenn Sie trotzdem etwas nicht verstehen, dann sagen Sie es ebenfalls.«

Die Blondine betätigte die Tastatur, worauf das Gesicht eines älteren Mannes mit hoher Stirn und grauen Schläfen erschien. Links oben öffnete sich in der Ecke ein Fenster mit dem Bild eines barbusigen sonnengebräunten Mädchens mit kohlschwarzem Haar, hohen Wangenknochen und vollen Lippen, das von vier behandschuhten Händen an Schultern und Armen festgehalten wurde. Sie erkannte, dass sie das war. Das hieß, dass sie live gefilmt wurde und ihr Bild an wer weiß welchem verfluchten Ort des Planetens ausgestrahlt wurde. In der gegenüberliegenden Ecke des Bildschirms tauchte jetzt eine Uhr auf und spulte die Sekunden ab. ›Halluzinatorisches Syndrom infolge unkontrollierten Rauschmittelkonsums‹, so definierte Stan Coleman, ihr unvergesslicher, wohlhabender (und bescheuerter) Professor für zeitgenössische Kunst an der Universität von Columbia, sämtliche Fehlreaktionen nach Orgien mit weichen Drogen. Das hier musste wohl so etwas sein. Real konnte das jedenfalls nicht sein.

»Guten Tag, Señorita. Verzeihen Sie, dass wir Sie so zeitig aus dem Bett geholt haben, aber wir haben ein paar dringende Fragen an Sie und rechnen auf Ihre freundliche Mitarbeit.«

Das Englisch des Mannes hatte einen unverkennbar kontinentalen Akzent, vielleicht einen deutschen oder holländischen. Am unteren Bildschirmrand sah man jetzt im direkten Anschluss an seinen Hals und seinen Krawattenknoten die französischen und deutschen Untertitel seiner Rede. Diese Sprachen genügten, um Briscida in Angst und Schrecken zu versetzen.

»Wir wissen einiges über Sie: sechsundzwanzig Jahre, geboren in Bogotá, Studium der Kunstgeschichte an einer New Yorker Universität, Ihr Vater arbeitet als Kulturattaché Ihrer Heimat bei der UNO ... Moment mal ... Wo war ich ...« Der Mann senkte den Kopf, und für einen Augenblick glich der Bildschirm einer kahl gefegten Weltkugel. »Sie sind gerade dabei, eine Forschungsarbeit für die Universität zu verfassen ... Thema: Die Sammelleidenschaft von Malern ... Dieses Jahr waren Sie eine Zeit lang in den

Niederlanden, um im Hause Rembrandts dessen Kunstsammlung zu studieren. Jetzt befinden Sie sich in Paris, bei unserem lieben Freund Roger Levin, und heute Nacht waren Sie gemeinsam auf einem Fest bei Leo Roquentin ... Das ist doch alles richtig, oder?«

Briseida setzte gerade zu einem »Ja« an, als sich das Bild unter digitalen grünen Pulverblitzen wie von Feenhand auflöste und ein anderes Gesicht zeigte: Eine hagere Frau mit Pagenschnitt und schwarzer Sonnenbrille. Bei ihr waren die Buchstaben der Untertitel grün.

»Hallo, ich bin der böse Bulle.« Ihre Aussprache war britischer als die des Mannes und ihre Stimme unangenehmer. Ihr Lächeln war schneidend wie das Blatt einer Sichel. »Ich wollte Sie nur begrüßen. Ein hübsches Häuschen hat Leo Roquentin, nicht wahr? Der Salon stammt aus dem 18. Jahrhundert, soweit ich weiß, und die Fresken an der Decke wurden von Meister Luc Ducet gemalt. Es handelt sich um mythologische Darstellungen von Samson und Dalila. Im Westflügel gibt es übrigens einen Saal mit zwei Erdkugeln und der Darstellung der biblischen Sintflut in allen Einzelheiten, vom Bau der Arche bis zur Rückkehr der Taube mit dem Ölzweig im Schnabel. Wir kennen Leo Roquentin sehr gut ... Er verfügt auch über eine ansehnliche Sammlung hyperdramatischer Kunst, allem voran die Elmer Fludds im großen Saal. Aber das ist sozusagen nur die Spitze des Eisberges. Haben Sie heute Nacht an der Schock-Art in dem riesigen Kellergeschoss unter dem Haus teilgenommen? Sie trug den Titel *Art-Échecs* und war von Michel Gros für vierundzwanzig junge Leute beiderlei Geschlechts entworfen ... Die vollkommen nackten, in verschiedenen Grüntönen bemalten Modelle stellten die Spielfiguren auf einem vierunddreißig Quadratmeter großen Schachbrett dar, und die Gäste durften ziehen. Die geschlagenen Figuren standen den Gästen zur freien Verfügung, und jeder Exzess war mit ihnen erlaubt. Haben Sie nicht mitgespielt? ... Aber nein, davon hat der süße Roger Ihnen natürlich nichts erzählt. Sie haben sich wahrscheinlich auf die Bilder oben beschränkt. Die Schock-Art war ja auch nur für ein ausgewähltes Publikum. Leo veranstaltet als Überraschung für diese Leute solche interaktiven Begegnungen, um ihnen dann verlockende Angebote für noch viel verbotenere Bilder zu machen.«

Stimmte es, was die Frau da sagte? Ja, Roger hatte sich eine ganze Weile abgesetzt, um mit Roquentin zu reden, während sie auf den grünen Teppichen von einer Ecke zur anderen ging – ein endloses Gästebillard – und die wundervollen Ölbilder von Elmer Fludd betrachtete. Als er dann zurückkam, wirkte er etwas nervös auf sie. Sein Hemd war oben offen. ›Eine Schock-Art als Schachspiel mit menschlichen Figuren‹, dachte sie. Wieso hatte Roger ihr nichts davon erzählt? Was war in den Kellertiefen, unter den Füßen der reichen Leute, vor sich gegangen?

Die Frau machte eine Pause und lächelte dann wieder auf diese unsympathische Weise.

»Machen Sie sich keine Gedanken: Die Männer sind alle gleich. Sie lieben Geheimnisse. Wir Frauen sind dagegen aufrichtiger, finden Sie nicht? Wenigstens erwarte ich, dass *Sie* es sind, Señorita Canchares. Ich werde Sie jetzt wieder mit meinem Freund, dem guten Bullen, verbinden, der Ihnen ein paar Fragen stellen wird. Wenn Ihre Antworten uns überzeugen, dann schalten wir den Computer aus, gehen nach Hause und sind alle zufrieden. Sollte das nicht der Fall sein, wird der gute Bulle verschwinden, und dann kommt wieder der böse Bulle, nämlich ich, verstanden?«

»Ja.«

»Ich freue mich, Sie kennen gelernt zu haben, Señorita Canchares, und hoffe, dass wir uns nicht wiedersehen.«

»Ganz meinerseits«, stammelte Briseida automatisch.

Sie wusste nicht, was sie von den Drohungen der Frau zu halten hatte. War es pure Aufschneiderei? Und was hatte es mit dieser ganzen militärischen Maskerade auf sich? Sollte das alte Ängste vor der Guerilla in ihr wecken? Mit einem Mal kam sie sich vor wie mitten im Karneval, wie in einer künstlich inszenierten Farce. (Welches Wort hatte Stan noch dafür geschaffen? Eine *Imagic* nannte er es, ein magisches *Image*, einen kulturellen Archetypus, auf den wir unsere Ängste und Leidenschaften übertragen konnten, weil heutzutage aus allem, aber auch aus restlos allem – von der Werbung bis zum Mord, von der Hungerhilfe bis zur Folter – eine Schau gemacht wurde, wie Stan fand.)

Ob Karneval oder nicht, eines stand fest: Die Montage erfüllte ihren Zweck. Briseida fühlte sich terrorisiert, und zwar in einem Maße, dass sie am liebsten auf Rogers Stuhl gepinkelt oder sich auf Rogers Teppich übergeben hätte.

Explosion in Grün. Der Mann.

»Nun die Frage ... Passen Sie auf ...«

Briseida straffte sich so weit, wie die Klauen auf Schultern und Armen dies zuließen. Die Oberschenkel taten ihr weh, weil sie sie fest zusammenpresste, um, so gut es ging, ihr Geschlecht zu verbergen. Plötzlich wurde sie sich ihrer völligen Nacktheit bewusst.

»Wir wissen, dass Sie sehr gut mit Oscar Díaz befreundet sind. Ich wiederhole noch einmal den Namen: Oscar Díaz. Unsere Frage lautet: Wo ist Ihr Freund Oscar jetzt?«

Irgendeine Stelle in der Hirnrinde von Briseida Canchares, fünfundzwanzig Jahre alt (der Mann irrte sich: Sie wurde erst am 3. August sechsundzwanzig), Studium der Kunstgeschichte, vollzog eine blitzschnelle Berechnung und spuckte die Daten des vorläufigen Ergebnisses aus: Oscar Díaz, irgendwas ist mit Oscar, Oscar hat etwas verbrochen, sie werden ihm was antun ...

»Wo ist Ihr Freund Oscar?«, wiederholte der Mann.

»Ich weiß es nicht.«

Plötzlich war der Bildschirm von einer faulig grünen Flüssigkeit bedeckt, die Briseida an die Zeit ihrer chemischen Versuche bei der Gemälderestauration erinnerte. Grün bis an die Zähne. Ein Lächeln. Das Gesicht der Frau mit der dunklen Brille.

»Falsch.«

Mit einem Mal schien Briseidas Frisur Leben zu bekommen. Sie schrie auf. Vor ihren Augen war es Silvester, ein Himmel voller explodierender Feuerwerkskörper. Ihr Kopf wurde grob nach hinten gezerrt, und nur die Tatsache, dass sie täglich Aerobic praktizierte, rettete ihre Halswirbel. In ihrem Universum landeten zwei perverse grüne Planeten (die Venus in den *Pulp-Fiction*-Romanen, die Stan Coleman tonnenweise verschlang, war grün) und richteten ein wunderschönes, sicherlich kostbares Instrument in Form eines verchromten Stifts mit sehr feiner Spitze, an der ein Tröpfchen Marsblut glänzte, auf sie.

»Dieses Spielzeug ist ein optischer Pinsel«, sagte die Blondine zwei Zentimeter vor ihrem Gesicht. »Ich will dich jetzt nicht mit technischen Details langweilen und deshalb nur dies sagen: Es ist eine verbesserte Ausführung des Geräts, das die Maler verwenden, um die Netzhaut ihrer imprägnierten Leinwände zu bearbeiten. Die Netzhaut ist die pigmentierte Membran im Augenhintergrund, mit der wir unter anderem die Farben unterscheiden. Meistens nehmen wir keine Notiz von ihr, aber wenn es darum geht, die Welt zu sehen, ist sie äußerst nützlich, nicht wahr? Ich werde dir jetzt die Netzhaut dunkelgrün bemalen. Erst das linke Auge, dann das rechte. Und du solltest wissen, dass ich eine Dauerfarbe verwende, die für diese Fälle ganz und gar nicht geeignet ist. Es werden weder Narben noch sichtbare Hämatome zurückbleiben, das Resultat wird vollkommen ästhetisch und schön sein. Aber wenn ich fertig bin, wirst du so blind sein, dass du an deinen Fingern lutschen musst, damit du weißt, dass du welche hast. Immerhin wird es eine beeindruckende Blindheit sein, in einem leuchtenden Flaschengrün. Halt jetzt still!«

Die Anweisung war überflüssig. Briseida konnte nur den Mund und das rechte Lid bewegen. Das linke Lid wurde ihr bis zur Tränengrenze geöffnet. Es roch nach Plastik: ein Handschuh. Lederne Krallen gruben sich in ihr Fleisch und hielten sie an den Handgelenken, den Knien, den Fesseln, an Hals und Haar fest. Sie wollte etwas auf Englisch stammeln. Englisch war in Fällen wie diesem, wenn man von Ausländern gepeinigt wird, von großem Nutzen. *O.k., Johnsons family at holidays. Mary Johnson is in the kitchen. Where's Mary Johnson?* Durch den linken Gang ihres Sehnervs überflutete sie plötzlich ein verrücktes Universum in einem Grünrot, so kitschig wie ein phosphoreszierender Buddha in der Auslage eines Straßenhändlers. Die Farbe erinnerte sie an die Postkarten von Pierre & Gilles, die sie ihren Eltern aus Europa geschickt hatte. Sie glaubte blind zu sein.

Dann ließ die Hand, die sie am Schopf gepackt hielt, los. Eine andere ergriff sie im Nacken und gab ihr einen so heftigen Schubs, als sollte ihr das Gesicht am Monitor zerschlagen werden. Sie landete mit der Nase eine Handbreit vor den französischen und deutschen Untertiteln. Die plötzlich aufsteigende Übelkeit rang sie mit aller Kraft nieder.

»Zweite Chance.« Das war die Frau. »Unsere Kollegin hat nichts anderes getan, als den Pinsel an Ihre Pupille heranzubringen ... Hören Sie gut zu, und lassen Sie das Heulen sein ... Bei der nächsten falschen Antwort wird sie Ihnen ein Komma auf die Netzhaut malen ... Von da an werden Sie am helllichten Tage eine grüne Mondsichel sehen. Ein ungewöhnliches Tattoo, finden Sie nicht auch? ... Lassen Sie jetzt das Winseln, und hören Sie aufmerksam zu ... Beim dritten Mal wird Sie Ihnen die linke Netzhaut in einem Fläschchen übergeben, als Andenken. Und soll ich Ihnen etwas verraten? Die leuchten nachts in einem wunderschönen Grün, wie ein Madonnenbildchen von Lourdes ... Konzentrieren Sie sich bitte. Die Belohnung ist ein gesundes Augenlicht.«

»Wir wiederholen die Frage.« Das war wieder der Mann. »Wo ist Oscar Díaz?«

Da die Hände an Schultern und Armen ihren Griff nicht lockerten und der Druck auf ihren Nacken noch zunahm, rechnete Briseida einen schrecklichen Augenblick lang damit, ihre Halswirbelsäule wie dürres Holz knacken und nachgeben zu hören. Sie beschloss, dass das wohl das Beste wäre, was ihr passieren könnte.

»Ich weiß es nicht, ich schwöre es, bitte, ich weiß es nicht, ich schwöre, dass ich es nicht weiß, in Wien, ja, in Wien, aber ich weiß es nicht, *ich schwöre es, ich schwöre es ...!«* Speichel, Tränen und Worte sprudelten gleichzeitig aus ihr hervor, als kämen sie aus derselben Drüse. »*Ich weiß nicht, wo, wirklich, ich weiß nicht, wo ich weiß nicht wo wirklich ich schwöre es bittebittebittebitt...«*

Dann wurde sie vom Brechreiz überwältigt.

Lothar Bosch saß vor dem Laptop im Büro des Museumsquartiers. Er rief mit einem Knopfdruck den Speicher seines Mobiltelefons auf und ließ sich mit der Nummer verbinden, die auf dem Display erschien. Er führte ein kurzes, vehementes Gespräch mit einem seiner Männer in Paris. Währenddessen hatte Miss Wood ihm den Rücken zugekehrt und betrachtete durch die gläserne Wand den über Wien aufziehenden Morgen. Bosch bemerkte, dass sie eine ihrer stinkenden Ökozigaretten rauchte, und sah, wie der mentholhaltige grünliche Nebel auf dem Glas des Fensters vor ihr entlangkroch.

»Der Herr Bosch ist wieder mal ein ganzer Kavalier bei den Damen«, hörte er sie sagen.

»Wir haben sie mit der Spielerei vom optischen Pinsel genug erschreckt, findest du nicht?«, erwiderte Bosch leicht gekränkt durch den ironischen Unterton der Kollegin. »Und außerdem ist das keine Art, ein Gespräch anzufangen. So erreichen wir gar nichts.«

Ihr Auge war unversehrt. In Wirklichkeit waren die Leute ganz nett. Sie hatten sie auch losgelassen, damit sie sich bequem übergeben konnte.

Briseida übergab sich, wie sie es als Kind getan hatte: eine Hand auf der Stirn, die andere auf dem Magen. So war es ihre Angewohnheit, ihr Usus. Es war ein sonderbarer Moment, dieses *Déjà-vu*-Erlebnis mit ihrer Galle. Ihre Mutter fand immer, dass sie sich dabei krümmte wie eine Katze. Die Oma sagte, das Erbrechen sei ein schlechtes Omen. Das Kätzchen, so sagte sie, würde ein Leben lang leiden, weil das ein schlechtes Vorzeichen sei. Es war nichts, was sie mit ihrem Vater gemeinsam hatte, schon gar nicht, wenn der verkatert war. Schon eher mit Stan, der ebenfalls die Fähigkeit genoss, sich leicht und gründlich übergeben zu können. Was seinen Ausstoß betraf, verhielt sich ihr Kunstprofessor im Allgemeinen wie sie. Nicht so Luigi, ihr Ästhetikprofessor, dessen strenger, unterdrückter, impotenter Magen sogar gegen dick mit Chilis belegte Pizzas resistent war. Am Erbrechen wirst du sie erkennen, nicht am Erguss. Das Niesen, das Erbrechen und der Tod waren die einzigen wahrhaft unvorhersehbaren, unkontrollierbaren und unwillkürlichen Körperreaktionen, Punkt und Komma, Punkt und Absatz, Punkt und Aus für den Text des Lebens. Das hatte ihr einmal ein Lehrer in einer Schweizer Schule gesagt.

Sie beruhigte ihre Krämpfe mit einem Schluck frischen Wassers. Bei Gott, wie sie den Teppichboden in Rogers Wohnzimmer zugerichtet hatte. Solch ein ästhetischer Mann wie Roger (stimmte es, dass er gestern Nacht mit vierundzwanzig lebendigen Figuren Schach gespielt hatte?), und nun seht einmal, was sie auf seinem Teppichboden hinterlasen hatte, auf seinem makellosen, italienischen Bodenbelag. Briseida musste die Füße anziehen, um nicht in die Pfütze zu treten, und dabei öffneten sich ihre Schenkel. Da sie nicht mehr festgehalten wurde, konnte sie sich aber mit den Händen bedecken. Der gute Computer (oder war es der gute Bulle?) wartete auf dem Bildschirm, den Kopf in die Hand gestützt, die einen goldenen Montblanc hielt. Die Blondine und die anderen Soldaten standen sprungbereit hinter ihrem Rücken. Ein kleines Feld mit dem ›bösen Bullen‹ befand sich in der Ecke gegenüber von Briseidas Bild. Aber der gute Bulle hatte ihr versichert, dass der böse jetzt eine Pause machte.

»Fühlen Sie sich besser?«

»Ja. Kann ich mich anziehen?«

Er zögerte einen Augenblick.

»Wir sind gleich fertig, ich verspreche es Ihnen. Jetzt sagen Sie mir alles, was Sie über Oscar wissen.«

Sie fing flüssig zu reden an. Eine ruhige Aufreihung fachspezifischer Worte über die Kunst (das half ihr zu entspannen). Während sie sprach, sah sie weder zum Bildschirm noch zu Boden (wo das Erbrochene lag), sondern auf eine Schale mit Obst, die auf dem Tisch hinter dem Computer stand: grüne Äpfel und Birnen, so beruhigend wie ein Kräutertee.

»Ich habe ihn letztes Frühjahr im Museum of Modern Art von New York kennen gelernt. Da hat er *Die Büste* beaufsichtigt, eine Radierung von van Tysch. Ich nehme an, dass Sie das Bild kennen, aber ich kann es Ihnen ja mal beschreiben ... Es ist eine Studie für die *Entjungferung* ... Ein zwölfjähriges Mädchen in einem schwarzen Kasten mit einer Öffnung. In der Öffnung sind nur ihr Gesicht und die Schultern zu sehen. Die mit Säuren imprägnierte Haut, wie es bei menschlichen Radierungen so üblich ist, war hellgrau bemalt. Die Besucher müssen zwei Stufen hochsteigen und bis zu zehn Zentimeter an das Gesicht im Kasten herangehen, um es sehen zu können. Das Mädchen schaut mit schwarz gefärbten Augen und einem fast ... übernatürlichen Ausdruck, ohne zu blinzeln, da heraus ... Es ist ein verblüffendes Bild ...«

›Man hat das Gefühl, einen Beichtstuhl zu betreten und zu entdecken, dass der Priester aussieht wie die eigenen Sünden‹, schrieb ein spanischer Kritiker über *Die Büste*, aber Briseida wiederholte den Kommentar nicht, weil sie keine Kunstvorlesung halten wollte. Das Werk hatte bei seiner Amerikarundreise einiges Aufsehen erregt, nicht zuletzt, weil die öffentliche Ausstellung der *Entjungferung* von der nordamerikanischen Zensur verboten worden war.

»Oscar war dafür zuständig, die Aufsicht von der *Büste* zu koordinieren. Eines Tages sah er mich am Ende der langen Besucherreihe Schlange stehen. Ich war ins MOMA gekommen, um einen Elmer Fludd zu sehen, der im Saal nebenan ausgestellt war, wollte aber die Gelegenheit nutzen, einen Blick auf die Radierung von van Tysch zu werfen. Am Wochenende davor war ich beim Basketball hingefallen und ging an Krücken. Als er mich entdeckte, kam Oscar gleich auf mich zu und bot mir seine Hilfe an. Er bahnte mir einen Weg durch die Menge und begleitete mich bis zum Kasten hinauf. Er hat sich verhalten wie ein Kavalier.«

»Und Sie sind Freunde geworden?«, fragte der Mann.

»Ja, wir haben angefangen, uns zu treffen.«

Sie verabredeten sich und unternahmen lange Spaziergänge, landeten aber jedes Mal beinah unwillkürlich wieder im Central Park. Er liebte die Bäume, das offene Land, die Natur. Er begeisterte sich für Landschaftsfotografien und besaß eine vollständige Ausrüstung: Spiegelreflexkamera, zwei Stative, Filter, Teleobjektive. Er kannte sich genau aus mit dem Licht, der Luft und den Wasserspiegelungen, aber Lebewesen welcher Art auch immer weckten kein besonderes Interesse bei ihm. Die Natur war alles für Oscar, und vielleicht war er auch selbst noch ein bisschen grün.

»Er hat mich überall fotografiert, an den Teichen und Seen, beim Entenfüttern ...«

»Hat er manchmal von seiner Arbeit erzählt?«

»Wenig. Dass er Aufseher war in einer Galerie der Brooke-Kette, bevor er im Jahr 2000 von der Stiftung van Tysch angestellt wurde, die ihren Sitz in der 5th Avenue von New York hat. Dass seine Chefin eine Frau Ripstein war. Dass er einen Haufen Geld verdiente, aber alleine lebte. Und dass er diesen Ästhetikwahn seiner Firma, wie er es nannte, hasste, weil sie zum Beispiel mal von ihm verlangten, ein Haarteil zu tragen.«

»Was hat er darüber erzählt?«

»Dass es niemanden etwas anginge, ob er eine Glatze hätte oder bekäme. Und warum zum Teufel sie ihn zwingen wollten, ein Haarteil zu tragen. ›Die hohen Tiere sind alle kahl, außer Stein, und niemand sagt was‹, so drückte er sich aus. ›Aber wir anderen müssen alle schön aussehen.‹ Und er fügte hinzu, dass die Stiftung van Tysch ihm vorkäme wie ein Designerlokal: viel Image, viel Geschmack, viel Geld, aber wenn du rauskommst, kannst du noch gut ein Paar Hotdogs und eine Tüte Pommes vertragen.«

»Das hat er gesagt?«

»Ja.«

Hatte der Mann gelächelt, oder war es nur das Bild, das gewackelt hatte?

»Er sagte auch, dass er die Leute, die er bewacht, nicht als Kunstwerke betrachten könnte. Für ihn waren das alles Menschen, und manche taten ihm aufrichtig Leid ... Er sprach von einer Soundso ... Ich kann mich nicht mehr an den Namen erinnern ... Ein Modell, das in einem Original von Buncher stundenlang gebückt in einer Kiste saß, es war eine der *Claustrofilias*. Er erzählte mir, dass er sie schon öfter bewacht hatte und sie ein intelligentes und nettes Mädchen sei, das in ihrer Freizeit Gedichte nach Art der Sappho von Lesbos schrieb ...«

›Aber wen interessiert schon diese Seite von ihr?‹, hatte Oscar sich beschwert. ›Für die Leute ist sie nur eine Figur, die jeden Tag acht Stunden in einer Kiste ausgestellt wird.‹ – ›Trotzdem ist das Bild wunderschön‹, hatte sie ihm dann erwidert. ›Gefallen dir die *Claustrofilias* etwa nicht, Oscar? Und *Die Büste*? Eine Zwölfjährige, die in einen dunklen Kasten gesteckt wird ... So gesehen ist das natürlich grausam, das arme Kind. Aber dann gehst du hin und guckst in dieses grau bemalte Gesicht, siehst diesen Ausdruck ... Mein Gott, Oscar, das ist Kunst! Mir tut es ja auch Leid, ein Kind in eine Kiste zu sperren, aber was sollen wir machen, wenn das Bild, das dabei entsteht, so wunderschön ist?‹

»Solche Diskussionen hatten wir. Und am Ende habe ich ihn dann gefragt, warum er eigentlich weiter auf die Bilder aufpassen würde. Und er antwortete: ›Weil ich nirgends sonst so viel verdiene.‹ Aber was ihn wirklich interessierte, war, etwas über mich zu erfahren. Ich erzählte ihm von meiner Familie in Bogotá, von meinem Studium. Er war begeistert von der Idee, dass wir uns dieses Jahr in Amsterdam wiedersehen könnten, weil er etwas in Europa zu tun hatte ...«

»Hat er gesagt, was?«

»Die Bilder der Wanderausstellung ›Blumen‹ von Bruno van Tysch beaufsichtigen.«

»Hat er Ihnen davon erzählt?«

»Nicht viel. Für ihn war es ein Auftrag wie jeder andere. Er sagte, er würde ein Jahr in Europa bleiben und die ersten Monate zwischen Amsterdam und Berlin hin- und herpendeln. Er bat mich, ihm von meinem Forschungsauftrag zu erzählen. Er war amüsiert, als ich ihm erzählte, dass Rembrandt solche Dinge wie ausgestopfte Krokodile, Muscheln, Pfeile und Halsketten von Eingeborenen gesammelt hat. Ich brauchte eine Genehmigung für die Besichtigung vom Schloss von Edenburg und dachte, dass er mir dabei helfen könnte.«

»Wieso wollten Sie Edenburg besichtigen?«

»Um festzustellen, ob es wahr ist, was über van Tysch gesagt wird: dass er leere Räume sammelt. Jeder, der in Edenburg war, behauptet, es gäbe im Schloss weder Möbel noch irgendwelche Dekoration, sondern nur lauter nackte Zimmer. Ich weiß nicht, ob das stimmt, aber ich dachte, das könnte ein gutes ... ein gutes Schlusswort meiner Arbeit abgeben ...«

»In Amsterdam haben Sie sich dann auch mit Oscar getroffen, nicht wahr?«, forschte der Mann weiter.

»Nur einmal. Ansonsten haben wir telefoniert. Er war fortwährend mit der Sammlung unterwegs, von Berlin nach Hamburg, von Hamburg nach Köln ... Er hatte kaum Zeit.« Briseida rieb sich die Arme. Sie fror, versuchte aber, sich auf die Fragen zu konzentrieren.

»Was hat er am Telefon erzählt?«

»Er hat mich gefragt, wie es mir ginge. Er wollte sich mit mir treffen. Aber ich glaube, dass das, was zwischen uns war, wenn es überhaupt etwas gegeben hat, zu Ende war.«

»Und das eine Mal, als Sie sich gesehen haben?«

»Das war im Mai. Oscar war in Wien. Er hatte eine Woche Urlaub und rief mich an. Ich wohnte zu dieser Zeit in Leiden, deshalb verabredeten wir uns in Amsterdam. Er wohnte in einem kleinen Hotel in der Nähe vom *Dam.*«

»Eine ziemlich überstürzte Reise, oder?«

»Er hat sich in Europa gelangweilt. Seine Freunde waren in den USA.«

»Was haben Sie in Amsterdam gemacht?«

»Wir sind an den Kanälen spazieren gegangen, haben beim Indonesier gegessen ...« Plötzlich hatte Briseida genug, und ihr riss die Geduld. »Was wollen Sie denn noch alles wissen! Ich bin todmüde und sehr nervös! Ich bitte Sie!«

Das Fenster vom guten Bullen wechselte augenblicklich zur Frau mit der dunklen Brille. Briseida fiel fast vom Stuhl vor Schreck.

»Ich nehme an, dass ihr auch gebumst habt, oder? Ich meine, abgesehen von diesen ganzen interessanten Gesprächen über Kunst und Landschaftsfotografie ...«

Keine Antwort.

»Wissen Sie, was ich meine?«, fragte die Frau. »Bumsen, das, was Männchen und Weibchen praktizieren, mal nur die Männchen, mal nur die Weibchen und mal beide gemeinsam.«

Diese Unbekannte war der unangenehmste Mensch, der Briseida je begegnet war. Selbst durch die Entfernung eines Monitors, mit verzerrtem, zweidimensionalem, flimmerndem Gesicht und einem von den Softwareindianern geschrumpften Kopf, provozierte diese Frau sie weit über das Maß des Erträglichen hinaus.

»Habt ihr gebumst, ja oder nein?«

»Ja.«

»War das eine Investition oder ein laufendes Konto?«

»Ich weiß nicht, was Sie damit meinen.«

»Ich meine damit, ob Sie im Gegenzug etwas dafür bekommen haben, zum Beispiel einen Besuch in Edenburg, oder ob Sie es getan haben, weil Sie sich mit Oscars unterer Körperhälfte befassen wollten?«

»Scheren Sie sich doch zum Teufel!« Die Worte entschlüpften Briseidas Mund mühelos und ohne Furcht, wie einer verzweifelt Liebenden. »Scheren Sie sich zum Teufel. Verbrennen Sie mir die Augen, wenn Sie wollen, aber scheren Sie sich zum Teufel.«

»War es Liebe zwischen Oscar und Ihnen?«

Sie wandte die Augen ab und betrachtete die grünen Wände von Rogers Wohnung.

»Diese Frage werde ich nicht beantworten.«

Dieses Mal passierte es, und zwar derart funkelnd, dass ihre Augen nahtlos die Ebene von der grünen Tapete zum grünen Pinsel wechselten. Sie war ohne Vorwarnung wieder völlig lahm gelegt und so wehrlos wie eine Erstgebärende. Dicke Gartenhandschuhe umfassten ihr Gesicht, und der Druck auf ihren Kiefer war so groß, dass es ihr kaum gelang herauszupressen, dass sie antworten wollte, natürlich wollte sie antworten, jede, jede Frage wollte sie beantworten, bitte, bitte ... (Das sagt sich auf Englisch zum Glück leichter: Ein *please* rutscht ohne viel Mühe heraus.) Sie hörte es klicken, ein winziger Bienenlaut, und stellte erneut fest, dass ihr Augenlicht ungetrübt war.

»Nein! Es war keine Liebe! Ich weiß es nicht! Ich weiß nicht, ob er mich geliebt hat! Für mich war er ein Freund!« Ihre Fußsohlen fühlten sich feucht und klebrig an. Sie begriff, dass sie in ihre eigene Kotze getreten war, aber was machte das noch, jetzt, da sie weinte und da die Frau auf dem Bildschirm (dieser gefühllose, von ihrem Schluchzen unbeeindruckte Oberkörper) sie weinen sah. »Bitte, lassen Sie mich in Ruhe! Ich habe Ihnen alles gesagt, was ich weiß!«

»Na, kommen Sie schon, geben Sie es zu«, fuhr die Frau fort. »Sie haben sich irgendetwas davon versprochen, stimmt's? Was hätten Sie an einem kahlköpfigen Mann, der bei der Arbeit ein Haarteil tragen musste und Sie mit Landschaften und der Sappho von Lesbos langweilte, denn finden sollen? Sie scheinen doch sonst keine Probleme mit Männern zu haben. In Amsterdam haben Sie jedenfalls schnell Anschluss gefunden, einmal mit dem Hintern gewackelt und schon hat Roger Levin Sie zu sich eingeladen, nicht wahr?«

Es war eine grausame Art, die Vorgeschichte zu resümieren. Vor einer Woche hatte Briseida sich in Amsterdam die Ausstellung *Plaisirs* von Maurice Marchal angesehen, einem Maler, der sie interessierte, weil er Fetische sammelte und ausschließlich Männerbildnisse im erigierten Zustand schuf. Roger Levin war, wie er später angab, rein zufällig an jenem Nachmittag ebenfalls in der Galerie. Er hielt sich in Amsterdam auf, um ein Gespräch mit der Chefetage der Stiftung zu führen, bei dem er Näheres über die lang erwartete und für den 15. Juli angesetzte Vernissage von *Rembrandt* zu erfahren hoffte. Er behauptete, bei der Gelegenheit für eine Freundin einen Marchal kaufen zu wollen. Das Erste, was ihm an Briseida aufgefallen sei, waren ihre langen schwarzen Haare, die ihr wie ein Fächer über den vorstehenden Po fielen. Briseida saß gebückt vor dem Bild eines hockenden jungen Mannes in Veronesergrün mit muskulösem Körper und einem vertikal aufgebäumten Penis. Roger hatte sich die Übereinstimmung zunutze gemacht, war auf sie zugekommen und hatte sie in Englisch darauf aufmerksam gemacht, dass ihre Haltung genau der des Gemäldes entsprach. Obwohl diese Bemerkung nicht besonders intelligent war, übertraf sie die Hälfte der Bemerkungen, mit denen Männer sonst Kontakt zu ihr suchten. Levin hatte ein sympathisches, infantiles Gesicht und trug über der Anzughose Pullover und Jackett. Er hatte kurzes lockiges Haar und war einfach unwiderstehlich, sogar inmitten dieser Landschaft aus mehreren Dutzend bemalten nackten Männern mit aufgerichtetem Glied. Dennoch war es sein Vater, der den größten Reiz auf sie ausübte, und Roger beeilte sich, ihn zu erwähnen. Briseida kannte Gaston Levin als einen der größten Kunsthändler Frankreichs. Mit derselben Natürlichkeit, mit der Roger alles zu improvisieren schien, schlug er Briseida vor, ihn nach Hause zu begleiten und ein paar Tage in Paris, in seiner metallisch glänzenden Villa an der *Rive Gauche* zu verbringen. Warum nicht?, hatte sie gedacht. Es war die einmalige Gelegenheit, das Kunstgeschäft hautnah kennen zu lernen.

Zum Glück war der böse Bulle wieder verschwunden.

»Und nach Amsterdam haben Sie Díaz nicht mehr gesehen?«, übernahm wieder der Mann.

»Nein. Vor zwei Wochen rief er mich zum letzten Mal an. Am Sonntag, dem 18., glaube ich.«

»Und hat er da irgendetwas Neues gesagt?«

»Er wollte wissen, wie man in einem EU-Land eine Aufenthaltsgenehmigung bekommt. Er wusste, dass ich aufgrund des Stipendiums von der Uni eine hatte.«

»Weshalb interessierte ihn das?«

»Er sagte, er hätte vor kurzem jemanden kennen gelernt, jemand ohne Papiere, dem er helfen wollte.«

Briseida merkte, dass sie ihrem Gegenüber etwas Wichtiges gesagt hatte. Die Anspannung des Mannes vom Bildschirm war spürbar.

»Hat er Ihnen etwas über diese Person erzählt?«

»Nein. Ich glaube, dass es eine Frau war, aber ich bin nicht sicher ...«

»Wieso glauben Sie das?«

»Oscar ist immer so«, lächelte Briseida. »Er freut sich, wenn er für eine Frau den Kavalier spielen kann.«

»Was hat er genau gesagt?«

›Jemand, der ohne Papiere eingewandert ist‹, hatte Oscar ihr gesagt. ›Da du ein paar Monate in Europa gelebt hast, dachte ich, du wüsstest vielleicht, wie man ein Visum kriegt.‹ Er hatte ihr keine Einzelheiten anvertraut, aber Briseida war davon überzeugt, dass es sich um eine Frau handeln musste. Das war alles.

»Haben Sie vereinbart, sich wieder anzurufen?«

»Er hat gesagt, dass er sich wieder bei mir melden würde, aber nicht, wann. Als ich in Amsterdam losgefahren bin, habe ich Rogers Telefonnummer bei meinen Freunden hinterlassen, damit Oscar mich erreichen kann. Aber er hat bisher noch nicht angerufen.«

»Haben Sie die gewünschten Erkundigungen für ihn eingeholt?«

»Ich habe bei meiner Botschaft nachgefragt, sonst nichts ... Kann ich mir mal die Nase putzen?«

»Na gut, viel mehr werden wir nicht erfahren. Sag Thea, sie sollen alles sauber machen, die Schwatztaschen abfüttern und verschwinden«, murmelte Miss Wood und schaltete wütend ihren Laptop aus.

Das mit dem Abfüttern der Schwätzer würde gar nicht so einfach sein, und Bosch wusste das. Roger Levin war zwar ein Idiot, aber er war vermutlich sehr pikiert, weil man ihn zu diesem Zeitpunkt gewaltsam aus dem Bett geholt hatte, das er mit seiner neuesten Eroberung teilte. Womöglich hatte er schon seinen berühmten Vater alarmiert (oder war drauf und dran, es zu tun). Es stimmte: Gaston war am Vorabend, während sein Sohn im Kellergeschoss des Hauses der Roquentins Schach spielte (und sein ganzes Geschick darauf verwandte, den weißen Läufer – die magersüchtige, achtzehnjährige, blond gelockte Solange Tandrot – zu erobern, was ihm nicht gelang, sodass er stattdessen mit Robert Leyoler vorlieb nehmen musste, einem stämmigen Bauern von neunzehn), durch einen Telefonanruf über das bevorstehende Verhör informiert worden. Bosch erklärte ihm, dass sie allein an der Kolumbianerin interessiert seien und seinen Sohn nicht behelligen würden (was gelogen war: Sie hatten natürlich vor, die beiden getrennt zu vernehmen). Papa Levin hatte zwar sein Einverständnis erteilt, aber dennoch war Vorsicht geboten. Levins Einfluss war keineswegs zu unterschätzen. Er war vielleicht ein unbedeutender Kunsthändler, aber er war gerissen und lebte von Luxus umgeben in seinem im Stil der zwanziger Jahre eingerichteten Haus am Quai Voltaire. Es ging das Gerücht um, dass seine Frau die Wäsche an den ausgestreckten Armen eines Originals von Max Kalima aufhängen würde. Das Bild hieß *Judith*, und sein Modell, Annie Engels, stand mit verrenkten Gliedern neben dem Kamin im Wohnzimmer. Wie dem auch sei, mit der Familie Levin war jedenfalls nicht zu spaßen. Glücklicherweise kannte Bosch Levins Schwachpunkt. Der Händler war ganz verrückt nach bestimmten Modellen aus dem frühen Schaffen des Meisters. Diese wollte er zu einem ›Sonderpreis‹ einkaufen, um sie in den USA unter die Leute zu bringen. Die Verhandlungen mit Stein waren an einem toten Punkt angelangt, und Levin wusste, dass Stein den Verkauf blockieren würde, wenn er sich nicht benahm. Mit der Stiftung van Tysch war eben auch nicht zu spaßen.

»Wer war das, Roger? Waren das Polizisten? Kanntest du sie?«

Roger betrachtete im Spiegel die Quetschung auf seinem rechten Schulterblatt. Vielleicht stammte sie von der Soldatenlady. Wie auch immer, sie tat jedenfalls weh. Er würde die Wunde mit Make-up abdecken müssen. Durch den Überfall gedemütigt, bebten ihm immer noch die Knie, aber er tröstete sich mit dem Gedanken, dass es keine echten Bullen gewesen waren, wie er am Anfang gedacht hatte (im Kellergeschoss befand sich ein hermetisch abgeriegeltes Zimmer voller illegaler Dekorationsobjekte, von deren Existenz nicht einmal sein Vater wusste), und dass sie keines seiner wunderschönen Ölgemälde im Erdgeschoss zerstört hatten.

»Es waren ... es waren meine Leute«, antwortete er. Sein Vater hatte ihm verboten, das Mädchen über den Vorfall aufzuklären.

»Deine Leute?«

»Ja, solche wie du sie gestern in der Villa von Roquentin gesehen hast! Arschlöcher, die dafür bezahlt werden, dass sie Waffen tragen und auf Bilder aufpassen! Es ist doch egal, wer das war!«

»Sie suchen einen Freund von mir, der für die Stiftung van Tysch gearbeitet hat ... Aber wieso?«

»Was weiß denn ich!«

»Komm, wir gehen zur Polizei.«

»Nein, es ist besser, wenn wir die Sache auf sich beruhen lassen«, sagte Roger. »Geschäftemacher unter sich, weißt du ...«

Briseida trocknete sich weiter mit dem Handtuch ab, ohne ein Wort zu sagen. Sie hatte gerade geduscht und sich vergewissert, dass sie jene unfassliche Sitzung unversehrt überstanden hatte. Besser gesagt, jene Folter. Aber sobald sie angezogen war, wollte sie ihre Sachen packen und Roger Levins Haus verlassen. Es war ein Fehler gewesen, seine Einladung anzunehmen. Sie war so gut wie sicher, dass Roger und seine Anhänger für den Vorfall verantwortlich waren.

Und Oscar? Sie wünschte aufrichtig, dass ihm nichts passierte, ahnte jedoch, dass sie ihn nie wiedersehen würde.

»Ich komme immer mehr zu der Überzeugung, dass Díaz mit der Sache nichts zu tun hat«, sagte Miss Wood.

»Und warum ist er dann untergetaucht?«, fragte Bosch.

»Das weiß ich auch nicht.«

Die zerdrückte Ökozigarette lag als runzeliger grüner Wurm im Aschenbecher.

7

»ABER, WAS IST DENN DAS?«, fragte Jorge.

»Ich bin's«, sagte Clara.

Er konnte es nicht glauben. Das quittengelbe Geschöpf, das da stand, war ein Wesen aus einer anderen Welt, eine Dämonin aus einem chinesischen Märchen vielleicht oder ein Kobold mit geschwefelter Haut. Natürlich war es Clara, aber irgendwie auch wieder nicht. Denn er konnte sich nicht entsinnen, je diesen sanften Schwung ihrer Schlüsselbeine und diese zarten Schatten unter ihren Wangenknochen entdeckt zu haben. Und die Konturen der Muskeln. Und die Silhouette. Sie war es, nur anders. Und wer auch immer dieses neue Bild von ihr gezeichnet hatte, er hatte keine Fleischtöne dafür verwendet, sondern ausschließlich zitronengelbe Pastellstifte. Da er es gewöhnt war, sie im ständig wechselnden Farbkostüm zu sehen, reagierte ein Teil seines Gehirns nicht allzu überrascht. Doch ihr Anblick war mehr als Malerei.

»Wenn du möchtest, kann ich mich ausziehen«, sagte sie. (Sogar die Stimme war eine andere: ein kristallener Widerhall?) »Aber ich warne dich, der Rest ist auch so.«

Jorge näherte sich vorsichtig. Im Gesicht des Mädchens war die Linie der Lippen leicht nach oben verlängert.

»Keine Angst, ich beiße nicht. Und ich bin auch nicht ansteckend.«

Sie stand da, die Hände auf dem Rücken verschränkt, wie eine brave Schülerin. Ihre Kleidung – ein bauchfreies Top mit gekreuzten Trägern und ein plissierter Minirock – war jugendlich und normal. »Der Stoff ist aber gepolstert«, erklärte sie ihm, »extra für den Transport von Leinwänden.« An den Füßen trug sie flache, geschlossene Schuhe, deren Form an Babyschuhe erinnerte.

»Was haben sie mit dir angestellt?«

»Sie haben mich imprägniert.«

»Imprägniert?«

»Mhm.«

Jorge kannte den Begriff, genauso wie Clara wusste, was eine Endoskopie oder eine Computertomographie war. Die Umgangssprache des Partners übernimmt man als Erstes, manchmal als Einziges. Mit einem Unterschied: Er rümpfte die Nase, wenn er sie Wörter wie ›Hyperdramatismus‹, ›imprägnieren‹ oder ›Ruhestellung‹ sagen hörte. Er fand zwar auch, dass das vielleicht ein wenig ungerecht war, aber er konnte nun mal nicht anders. Claras Beruf überforderte ihn irgendwie. Es stimmte, dass der Beruf seiner Exfrau Beatriz (die Erforschung des Kopulationsverhaltens bei Insekten) keinerlei Faszination auf ihn ausübte und der seiner Schwester Arabia (Dekorateurin) und erst recht der seines Bruders Pedro (Kunstkritiker) ihm exzentrisch vorkamen, aber die Biologie, die Dekoration und die Kunstkritik waren als Berufe immerhin noch denkbar. Dass jemand als Gemälde arbeitete, überstieg hingegen sein komplettes Vorstellungsvermögen.

»Entschuldige, aber ich meine, sie haben dich doch schon mal ›imprägniert‹, jedenfalls hast du mir das mal erzählt, oder?«

»Noch nie so, Jorge, noch nie so. Vor dir steht das Werk von Spezialisten. Es war F & W, die beste Adresse. Wenn du wüsstest, was sie alles mit mir gemacht haben ...«

»Sogar deine Augen ...«

»Ja, Iris, Bindehaut und Netzhaut. Und auch den restlichen Körper, mit allen Öffnungen und Höhlungen ... aaah ...«, schloss sie und streckte die Zunge heraus.

Ein zitterndes Staubgefäß schob sich zwischen die Lippen. Jorge hatte Orchideen mit Geschlechtsorganen in demselben Farbton gesehen wie dieses Ding. Aber nicht allein die Zunge, der ganze Gaumen war gefärbt. ›Ob das wohl wieder weggeht?‹, fragte er sich, während sie sich daran ergötzte, ihn so erschrocken zu sehen.

»Keine Bange, eine Imprägnierung ist nie für die Ewigkeit. Darunter bin ich immer noch die Alte. Aber das Beste hast du noch nicht gesehen.«

Was gab es denn noch zu sehen? Er kam blinzelnd näher.

»Ich meine nicht meine Haut, sondern das, was ich umhängen habe«, half Clara ihm auf die Sprünge.

Dann entdeckte er es. Zwischen den Brüsten hing ein Kärtchen, das mit einem schwarzen Band am Hals befestigt war. Ein weiteres trug sie am rechten Handgelenk und ein drittes am rechten Fuß. Orangegelb, dunkelgelb, chinesisches Kaisergelb. Irgendwann einmal hatte sie ihm erzählt, dies sei die Farbe, genau die Farbe der Etiketten von ...

»Genau!« Clara lächelte triumphierend, als sie sah, dass er endlich begriff. »Ich habe einen Vertrag mit der Stiftung van Tysch!«

Ein Koffer, so ging es ihm durch den Sinn, ein Koffer trägt auch ein Etikett in der Farbe der mit seiner Beförderung beauftragten Fluggesellschaft, aber da es sich um einen Koffer handelt, wird sich niemand weiter darüber wundern. Doch was sollten die Leute denken, wenn sie dieses Mädchen in perlweißem Top und Minirock sahen, Haare und Haut wie bei einer Plastikpuppe, ohne Wimpern und Augenbrauen, ja fast ohne Gesichtszüge und dennoch attraktiv, aus irgendeinem krankhaften, nicht nachvollziehbaren Grund sogar ungewöhnlich attraktiv, das drei gelbe Etiketten am Leib trug. Ein japanisches Mannequin der letzten Generation? Eine Entertainerin für Interkontinentalflüge? Etwas völlig Abgefahrenes, fand Jorge. Ein Libellenleib ohne Flügel. Eine Feengestalt aus der Feder eines dieser romantischen Engländer, die Pedro so sehr hasste.

»Du kannst dich beruhigen«, tröstete sie ihn, »es wird mich niemand so sehen. Sie haben mich in einem gepanzerten Kleintransporter zum Madrider Flughafen gebracht, aber wir sind nicht in die Abflughalle, sondern zur Abfertigung für empfindliches Frachtgut gegangen, wie es üblich ist, wenn imprägnierte Leinwände von einem Land ins andere geflogen werden.« Ihre Augen sprühten gelbe Funken. »Dieses Zimmer ist der Nutzung durch künstlerisches Material vorbehalten, das von der KLM transportiert wird. Ich soll hier warten, bis man mich an Bord des Flugzeugs nach Holland bringt.«

Das Zimmer war nur spärlich eingerichtet. Es verfügte lediglich über eine gelbe Bank (auf der sie gesessen und auf Jorge gewartet hatte) und eine Wandkonsole an der Längsseite, die an eine schmale Biertheke erinnerte. Sie entschieden sich für die Konsole und stützten beim Reden das Gesäß darauf ab.

»Wird er dich malen?«, murmelte Jorge wie in Trance und wagte nicht, den ruhmreichen Namen auszusprechen. »Wird er dich malen, van ...?«

Clara, die gerade den Ausschnitt ihres Tops zurechtzog, streckte rasch eine Hand vor und legte einen gelblichen Finger auf den Mund und mitten über den grauen Schnurrbart. Jorge sog den Geruch von Chemie ein.

»Sprich ihn nicht aus. Wenn du es tust, wird mir das bestimmt Unglück bringen. Ich weiß nicht, ob er mich malen wird. Wie dir bekannt ist, gibt es in der Stiftung ja mehrere Künstler. Es kann auch Rayback sein, Stein, Mavalaki ...«

»Aber ... die Sammlung ›Rembrandt‹ ...«

»Ja, das stimmt! Das ist *seine* Sammlung, und es ist auch noch nicht zu spät für mich, eines von seinen Bildern zu werden! Aber sprich es lieber nicht aus! Was ich jetzt habe, macht mich so glücklich, dass ich gar nicht an etwas anderes denken will!«

Sie sahen sich an. Clara glänzte im Licht der Leuchtstoffröhren. Jorge fühlte sich dagegen etwas düster. Es verband ihn nichts mit diesem außerirdischen Figürchen, dieser halb fertigen Porzellanpuppe (bei Gott, ihr Anblick verursachte ihm sogar Unbehagen, dieses Gelb quälte seine Augen, wie der Fingernagel auf einer Wandtafel seine Ohren gepeinigt hätte). Er verstand ihre Aufregung, aber mehr auch nicht. Er war Radiologe, fünfundvierzig Jahre alt und hatte so strahlend weißes Haar wie der künstliche Watteschnee am Weihnachtsbaum, aber dieses Merkmal war einer der beiden einzigen lichten Punkte in seinem Leben. Der Schnurrbart war nämlich grau. Und die gescheiterte fünfjährige Ehe mit der Biologin Beatriz Marco hatte ihn zu der Überzeugung gebracht, dass sein Leben nicht heller war als sein Schnurrbart. Clara war der andere Lichtblick. Er hatte sie im Frühling vor einem Jahr kennen gelernt, an einem Tag, als die Sonne sich Mühe gab, alles in Gelb zu tauchen. Sein Bruder Pedro hatte ihn zum Cocktail bei einer Kunstsammlerin eingeladen, einer in Madrid ansässigen Belgierin mit Namen Edith, weil sie jedem ihre Neuerwerbung vorführen wollte: *Die Weiße Dame,* das letzte Werk von Victoria Lledó. Zu jenem Zeitpunkt war Jorge mit seiner Scheidung beschäftigt, und an Arbeit fehlte es ihm auch nicht (seine Radiologenpraxis lief sehr gut), aber er fühlte sich so einsam wie der Schachkönig des Verlierers. Niemals wäre er auf die Idee gekommen, dass die Begegnung mit der *Weißen Dame* sein Leben verändern würde. Ein unfehlbarer sechster Sinn (›den hast du von deinem Vater‹, beteuerte seine Mutter ihm stets) ließ ihn die folgenschwere Einladung annehmen, die sein Bruder zu dem einzigen Zweck arrangiert hatte, ihn auf andere Gedanken zu bringen.

Edith Soundso, eine von verschwenderischen Tuniken und ebensolchen Düften eingehüllte Frau, führte sie durch ihr Haus in La Moraleja und zeigte ihnen ihre Sammlung hyperdramatischer Werke: Frauen und Männer, bemalt und reglos, im Salon, in der Bibliothek und auf der Terrasse. ›Wieso zum Teufel stehen die hier herum?‹, fragte Jorge sich, in die müde Schönheit ihrer Gesichter versunken. ›Woran sie wohl denken, während wir sie betrachten?‹

Sie kamen zum Garten, wo das Werk von Vicky Lledó ausgestellt war.

»Das hier ist eine Outside Performance«, erläuterte Edith, indem sie sich zu Pedro umdrehte. »Bei uns wird das ›Freilichtbild in Aktion‹ genannt, nicht wahr?«

»Und was soll das heißen?«, erkundigte sich Jorge.

»Das sind HD-Bilder, bei denen die Figuren sich bewegen und die vom Künstler vorgegebenen Handlungen vollziehen«, belehrte ihn Pedro. »Sie heißen Freilichtbilder, weil sie draußen ausgestellt werde, und ›in Aktion‹ besagt, dass sie in regelmäßigen Abständen, unabhängig von der Menge der Zuschauer, immer den gleichen festgelegten Handlungsablauf ausführen. Wenn die Szene dem Publikum zu einer bestimmten Uhrzeit vorgeführt würde, so wie andere öffentliche Veranstaltungen auch, dann wäre das eine *Begegnung.*«

»Dann ist das hier wohl eine Schock-Art?«

Edith und Pedro wechselten ein komplizenhaftes Grinsen.

»Die Schock-Arts, lieber Bruder, sind interaktive *Begegnungen*, also Vorführungen zu bestimmten Zeiten, an denen der Besitzer des Bildes oder seine Freunde teilnehmen können, wenn sie das möchten. Bei den meisten geht es um Sex und Gewalt. Sie sind übrigens illegal. Aber du brauchst jetzt gar nicht so zu gucken, dieses Glück wird dir nämlich heute nicht zuteil werden. Denn die *Weiße Dame* ist keine Schock-Art, sondern ein Aktionsbild ohne Interaktion. Was bedeutet, dass das Bild in regelmäßigen Abständen irgendetwas tun wird, ohne das Publikum daran zu beteiligen. Also das Harmloseste vom Harmlosen, stimmt's, Edith?« Die Belgierin nickte mit freundschaftlichem Lächeln.

Jorge rechnete damit, sich zu langweilen, und hätte niemals vermutet, was ihm kurz darauf geboten wurde.

Der Garten war weitläufig und durch eine hohe Mauer vor neugierigen Blicken geschützt. Das Kunstwerk stand mitten auf dem Rasen. Es war ein Kubus aus drei Wänden, nach oben geöffnet und mit einem schachbrettartig gemusterten Fliesenboden. Die Rückwand wies unten einen rechteckigen Schlitz auf, wo man das Gras hindurchwachsen sah. Im Kubus befanden sich Tisch, Stühle, belegte Brötchen, Wasser und ein Kleiderbügel, alles in Weiß. Ein Mädchen mit üppigem blonden Haar lag in einem schneeweißen Brautkleid kraftlos auf den Bodenfliesen, Gesicht und Hände von ätherischer Blässe überzogen. Während Jorge sie betrachtete, ging sie plötzlich auf alle viere, krabbelte zur Öffnung in der Rückwand, steckte den Kopf hinein, zog ihn wieder zurück, steckte ihn noch einmal hinein. Der Anblick war schockierend, wie ein surrealistischer Film.

»Seht ihr?«, erläuterte Edith. »Sie will durch das Loch hinaus, aber sie kann nicht, weil sie mit dem Brautkleid nicht durchpasst ...«

»Die Metaphorik ist einfach«, sagte Pedro. »Sie ist ihr eingesperrtes Dasein in einer bürgerlichen Ehe leid.«

Vergebliche Bemühungen, die Festtagsrüschen hineinzuzwängen. Rückzug. Neuer Versuch. Gebogene Taille, hochgestreckter Po, die Hüften im Loch feststeckend. Jorge war von der Szene betroffen, denn seine Situation mit Beatriz war ähnlich verfahren.

»Das Mädchen begreift«, fuhr Edith fort, »dass sie das Kleid ausziehen muss, um es zu schaffen ... Ja, seht mal, jetzt zieht sie es aus und hängt es auf den Bügel ... Sie überwindet sozusagen ihre Vorbehalte, legt sie buchstäblich ab, und entkommt ...« Und mit einer Handbewegung zu ihren Gästen: »Lasst uns für die Fortsetzung nach hinten gehen.«

Sein Bruder musste ihn mit dem Ellbogen anstoßen.

»Jorge hat noch nie ein lebendiges Bild in Aktion gesehen«, lachte Pedro.

»Es ist wundervoll, nicht wahr?«, zwinkerte Edith ihm zu.

Wie im Traum folgte Jorge den anderen beiden hinter den Kubus und tiefer in den Garten hinein. Dort gab es auf dem Boden ein mit feuchtem Sand bedecktes Quadrat, das auch zum Kunstwerk gehörte. Das Mädchen lag ausgestreckt darauf. Sie sah glücklich aus. Die Sonne glitzerte in winzigen Fünkchen auf ihrem bemalten Körper, wie ein Gemälde von Seurat. Jorge stand mit offenem Mund da: Noch nie hatte er eine so vollkommene Blöße erblickt. Die Brüste waren nicht sehr groß, wölbten sich aber gleichmäßig aus dem sanft gerippten Brustkorb. Die Welle der Bauchlinie war unverfälscht, ohne die Anspannung auch nur eines Muskels. Er hatte die Vorstellung, mit seinen Händen ihre Taille umfassen zu können. Die Beine von genießerischer Länge gehörten zu der Sorte, auf die man leicht hereinfällt, aber Jorges Radiologenaugen erforschten sie in Zeitlupe und entdeckten auf der ganzen Strecke keinen einzigen Defekt. Nicht einmal Füße und Hände (die den Malern und der Genetik doch stets solche Mühe bereiten) erwiesen sich als trügerisch: lange, gleichmäßige Finger mit Sehnen, die nur zum Beweis ihrer Lebendigkeit hervortraten. Der Vergleich seiner kulturellen Vorbilder mit dem Schönheitsideal Ende des 20. und Anfang des 21. Jahrhunderts ergab ein einhelliges Urteil: Es war ein Meisterwerk.

Aber nicht allein die Form, auch die Körpersprache, der widersprüchliche Ausdruck eines zugleich gütigen und boshaften Gesichts, der Duktus ihrer Bewegungen, der Einsatz von Muskeln, die bei Leuten wie Jorge ein Leben lang schlummerten, bis die Zuckungen des Todeskampfes sie vor der letzten Ruhe vielleicht weckten – all das bestätigte ihm: Es war die harmonischste Komposition, die er je gesehen hatte. Das Mädchen wälzte sich am Boden und kam dann vom feuchten Sand paniert auf die Füße. Sie setzte zu einem ungestümen Tanz an, der ihr das Haar in einem goldenen Wirbel verwirrte, schrie, flocht einen Lendenschutz aus Maulbeerblättern und band ihn sich um die elastische Taille. Während dieses ganzen heftigen Ausbruchs schwitzte ihre Haut ein sehr helles Zitronengelb aus, das sein Bruder Pedro ›Guttagamba-Gelb‹ nannte. In Jorges fiebrigem Geist nahm das Wort den Klang eines sakralen Tanzes an. Als er ins Haus ging und sich noch etwas zu trinken holte, um gleich darauf in den Garten zurückzukehren und nichts zu verpassen, murmelte er, vom Rhythmus des Wortes gebannt, »Guttagamba, Guttagamba« vor sich hin.

Allmählich ging der Nachmittag zur Neige. Das Bild war seit eineinhalb Stunden in Aktion. Zum Abschluss seiner Privatorgie masturbierte das Mädchen, langsam und begierig, rücklings auf dem Sand liegend. Jorge hatte nicht den Eindruck, dass sie nur so tat, als ob.

»Und dann«, erzählte Edith in ihrem fremdartigen, singenden Spanisch weiter, »hat sie nach dem Höhepunkt Hunger und Durst. Außerdem wird ihr kalt. Sie erinnert sich daran, dass es in dem Zimmer zu essen, zu trinken und Kleidung gibt. Sie kehrt dorthin zurück, schlüpft durch das Loch hinein, isst, trinkt, zieht das Brautkleid wieder an und ist von neuem das keusche, brave Mädchen. Nach einer Pause beginnt das Ganze dann von vorn. Da steckt eine Menge Aussage drin, nicht wahr?«

»Typisch Vicky Lledó«, fand Pedro, sich am Bart zupfend. »Die völlige Befreiung der Frau ist so lange unmöglich, wie der Mann sie mit den scheinbaren Vorteilen der sozialen Absicherung erpresst.«

An jenem Abend bot sich Jorge an, sie nach Madrid zu fahren (Pedro war zum Glück schon früher gegangen). In Pullover, Jeans und Halstuch fand er sie nicht minder aufregend als nackt, zerzaust und von Schweiß und Sand bedeckt. Die fehlenden Augenbrauen und das Glänzen ihrer Haut wirkten durchaus anziehend auf ihn. Sie erklärte ihm, dass sie ›imprägniert‹ sei. Damals hatte er den Begriff zum ersten Mal gehört. »Imprägnieren bedeutet, eine Leinwand für die Bemalung vorzubereiten«, erläuterte sie. Er stellte ihr während der Fahrt – die Hände fest ums Steuer gelegt – ein paar Fragen und erhielt auch ein paar Antworten: Sie war dreiundzwanzig Jahre alt (fast vierundzwanzig) und Modell der HD-Kunst seit ihrem sechzehnten Lebensjahr. Jorge war entzückt von ihrer Natürlichkeit, ihrer Intelligenz, ihrer Art, beim Reden zu gestikulieren, vom sanften, aber festen Klang ihrer Stimme. Sie erzählte ihm Fantastisches über ihre Arbeit. »Wir Modelle der HD-Kunst sind keine Schauspieler, das darfst du nicht verwechseln, wir sind Kunstwerke und machen alles, was die Maler von uns verlangen, ja, alles, ohne irgendwelche Einschränkungen. Deshalb heißt der Hyperdramatismus ja auch so, weil er über das Drama hinausgeht. In der HD-Kunst ist nichts gespielt. Alles ist real, auch die Sexualität, wenn sie vorkommt, und die Gewalt.« Er wollte wissen, was sie dabei empfand? Das, was sie dabei empfinden sollte, natürlich. Sie empfand die Gefühle, die der Maler ihr auftrug. Bei der *Weißen Dame* waren das beispielsweise Klaustrophobie, absolute Freiheit, Unwohlsein und erneut Klaustrophobie. »Ein unglaublicher Beruf«, räumte er ein. »Und du, was machst du so?«, fragte sie ihn. »Ich bin Radiologe«, antwortete er.

Dann hatten sie sich mehrmals verabredet, waren spazieren gegangen, hatten die Nächte miteinander verbracht.

Wenn man ihn gebeten hätte, ihre Beziehung zu beschreiben, dann hätte er, ohne zu zögern, geantwortet: »Ungewöhnlich und erregend.«

Alles an ihr begeisterte ihn. Die Art, wie sie sich hin und wieder schminkte. Die ausgefallenen Essenzen, mit denen sie sich gelegentlich parfümierte. Die luxuriöse Eleganz ihrer Garderobe. Ihre Hemmungslosigkeit, sich nackt zu zeigen. Ihre unverhohlene Bisexualität. Die ungeheuerlichen Verrenkungen, in denen sie zuweilen bemalt posen musste. Und trotz alledem diese jugendliche Unbekümmertheit einer Anfängerin. Der Widerspruch war bei ihr die Norm. Er verschlang sie mit all diesen Eigenschaften, bis er ihrer überdrüssig wurde. Dann sehnte er sich nach mehr Normalität. Beatriz war schließlich auch immer wieder normal geworden, sobald sie das Kopulationsverhalten ihrer Insekten fertig ausgekundschaftet hatte. Wieso konnte Clara das nicht, nachdem sie sich die Farbe abgewaschen hatte? Woher rührte dieses scheußliche Gefühl von Fetischismus, sodass es ihm vorkam, als würde er einen Luxusschuh küssen, wenn er mit ihr schlief?

In letzter Zeit fing er immer wieder Diskussionen mit ihr an, weil das seine Art war, Normalität herzustellen. ›Jedes Paar hat Auseinandersetzungen. Wir auch. Also sind wir ein Paar wie alle anderen.‹ Die Logik dieser Schlussfolgerung überzeugte ihn. Den letzen Streit hatten sie an Claras Geburtstag gehabt, am 16. April. Er hatte ein neues Restaurant entdeckt (Kerzenlicht, Akkordeonmusik, Speisen mit unaussprechlichen Namen) und sie eingeladen. Jorge schloss die Augen und sah sie vor sich wie an jenem Abend: Lederkleid von Lacroix und um den Hals den Namenszug des Designers mit silbernem Ring an einem Kettchen befestigt. Mehr hatte sie nicht an, weil sie vormittags in einem Bild von Jaume Oreste ausgestellt wurde. Jorges Blicke wechselten im Zickzack vom Silberring zum eingezwängten Busenausschnitt. Wie zwei weiße Wale gingen ihre Brüste beim Atmen auf und nieder, und der Ring schaukelte wie das Bullauge eines Schiffes. Natürlich war er erregt (das war er immer, wenn er mit ihr ausging), aber er hatte genauso viel Lust, ihr wunderschönes Beisammensein zu zerstören. Wie die Versuchung eines Kindes, den allerkostbarsten Teller vom Geschirr seiner Eltern zu zerschlagen. Ohne seine wahren Beweggründe zu erkennen zu geben, setzte er, eine Wendung des Gesprächs nutzend, heimlich an.

»Wusstest du eigentlich, dass ›Monster‹ die meistbesuchte Ausstellung seit der Eröffnung vom Haus der Kunst in München ist? Das hat Pedro mir neulich erzählt.«

»Das wundert mich nicht.«

»Und in Bilbao setzen sie alles in Bewegung, um ›Blumen‹ ins Guggenheim zu bringen, aber Pedro sagt, dass das ein Vermögen kostet. Und damit nicht genug. Es wird nämlich erwartet, dass ›Rembrandt‹, die neue Sammlung, die dieses Jahr vorgestellt werden soll, ›Blumen‹ und ›Monster‹ an Besuchern und Gemäldepreisen noch überbietet. Manche prognostizieren sogar, dass es die bedeutendste Ausstellung der Kunstgeschichte würde. Es ist deinem ›Meister‹ also gelungen, aus der hyperdramatischen Kunst eines der lukrativsten Geschäfte des 21. Jahrhunderts zu machen.«

Der Angelhaken war ausgeworfen: Bravo, Kapitän Ahab! Die beiden symmetrischen Wale hoben sich gleichzeitig. Das Silberschiffchen bebte.

»Und du bist wahrscheinlich wie immer der Ansicht, die Welt wäre völlig verdummt.«

»Nein, die Welt war von Anfang an dumm, das wollte ich damit gar nicht sagen. Ich bin nur nicht mit dem einverstanden, was die meisten Leute über van Tysch sagen.«

»Und das wäre?«

»Dass er ein Genie ist.«

»Aber das ist er.«

»Entschuldige, Liebste, aber van Tysch ist ein Schlitzohr, und das ist ein Unterschied. Mein Bruder sagt, dass die hyperdramatische Kunst schon Anfang der siebziger Jahre von Tanagorsky, Kalima und Buncher begründet wurde. Das, ja das waren noch Künstler, aber leider ohne Erfolg. Dann ist van Tysch gekommen, der schon als junger Mann von irgendeinem reichen Verwandten in den USA ein Vermögen geerbt hatte, und organisierte den Verkauf der Bilder. Er gründete eine Stiftung, die sein Werk verwaltet, und jetzt verdient er sich am Hyperdramatismus dumm und dämlich. Eine verteufelt schlaue Geschäftsidee, wenn du mich fragst.«

»Und was hast du dagegen?«

Sie legte wieder diese unerträgliche Gleichmütigkeit an den Tag. Gewohnt, ihre Empfindungen zu kontrollieren, setzte sie bei ihren Diskussionen die Selbstbeherrschung als Waffe gegen ihn ein. Jorge fand es sehr schwer, sie aus der Ruhe zu bringen, denn die Geduld einer Leinwand ist unerschütterlich.

»Was ich dagegen einzuwenden habe? Geschäft und Kunst sind zweierlei. War es nicht sogar dein geliebter van Tysch, der diesen Unsinn von ›Kunst ist Geld‹ in die Welt gesetzt hat?«

»Er hat doch Recht.«

»Er hat Recht? Ist Rembrandt etwa ein Genie, weil seine Gemälde heute mehrere Millionen Dollar wert sind?«

»Das nicht, aber wenn die Gemälde von Rembrandt heute nicht mehrere Millionen Dollar wert wären, würde niemand merken, dass er ein Genie war.« Jorge wollte gerade zu einer Antwort ansetzen, als ein Tropfen Sahne (vom Dessert: Crêpe-Röllchen mit Sahnefüllung) auf seine Krawatte fiel (platsch, Kapitän Ahab, dich hat eine Möwe beschmutzt), was ihn dazu zwang, das lästige Serviettenritual zu entfalten, während sie in Ruhe weiterreden konnte. »Van Tysch hat eben kapiert, worauf es ankommt, wenn man eine neue Kunstrichtung begründen will: Sie muss Geld bringen.«

»Diese Überlegung ist nur für Geschäfte zulässig, Liebes, nicht für die Kunst.«

»Die Kunst ist ein Geschäft, Jorge«, urteilte sie ungerührt, und ihre Augen waren zwei blaue Farbkopien der Kerzenflamme.

»Mein Gott, das sagst du als Kunstwerk! Du, ein professionelles Bild, findest, dass die Kunst ein Geschäft ist?«

»Mhm. Genau wie die Medizin.«

›Mhm‹. Diese verfluchte Angewohnheit. Sie öffnete den Mund, zog eine ihrer gemalten Augenbrauen hoch und hauchte es aus: Mhm.

»Du kassierst für deine Radiographien genauso wie ein Maler für seine Bilder«, fuhr sie fort. »Du setzt dich in deinem Beruf doch auch nicht dafür ein, diesem oder jenem Kollegen klar zu machen, dass die Medizin eine Kunst ist? Also.«

»Also was?«

»Also ist die Medizin eine Kunst und gleichzeitig auch ein Geschäft. Kunst und Geschäft sind heutzutage ein und dasselbe. Ein wahrer Künstler weiß, dass es da keinen Unterschied gibt. Zumindest heute nicht mehr.«

»Gut, angenommen, die Kunst sei ein Geschäft. Dann besteht das Geschäft der hyperdramatischen Kunst darin, Leute zu kaufen und zu verkaufen, stimmt's?«

»Ich weiß, worauf du hinauswillst, aber du vergisst, dass wir Modelle keine Leute sind. Sobald wir in einem Kunstwerk posieren, sind wir Bilder.«

»Jetzt komm mir nicht mit diesem Quatsch. Um das Publikum zu belügen, mag das ja gut und schön sein. Aber ein Mensch ist nun mal kein Bild.«

»Du redest genauso wie diejenigen, die Anfang des letzten Jahrhunderts behaupteten, impressionistische Bilder seien keine echten Bilder. Die Kunstgeschichte hat den Impressionismus hervorgebracht, danach den Kubismus und jetzt den Hyperdramatismus.«

»Weil es ein verdammt gutes Geschäft ist, oder?« Sie zuckte mit ihren perfekten Schultern und blieb ihm die Antwort schuldig. »Sieh mal, Clara, ich möchte mich nicht zum Bilderstürmer aufwerfen, aber es ist nun mal eine Tatsache, dass das Geschäft der hyperdramatischen Kunst darin besteht, Mädchen wie dich, nackt oder fast nackt, in diversen Positionen zur Schau zu stellen. Es gibt auch Jungen, ich weiß. Die meisten sind Jugendliche und sogar Kinder. Und wie viele reife Männer und Frauen sind in der HD-Kunst zu sehen? Sag mal! Wer würde denn zwanzig Millionen Euro hinblättern, um einen angemalten Fettsack mit nach Hause zu nehmen und ihn in Positur zu stellen?«

»Ich möchte dich daran erinnern, dass das Bild, das der Sammlung ›Monster‹ von van Tysch seinen Namen gegeben hat, aus zwei Dicken besteht. Und es kostet weit über zwanzig Millionen, Jorge.«

»Und die Objekte? Jemanden zum Aschenbecher zu machen oder zum Stuhl, wie findest du das eigentlich? Ist das etwa auch Kunst? Und die Schock-Arts? Und die schmutzigen?«

»Das ist alles total illegal und hat mit dem orthodoxen Hyperdramatismus nichts zu tun.«

»Lassen wir das Thema. Ich weiß, es ist eine Sünde, den Namen Gottes ohne Grund anzurufen.«

»Willst du noch ein Röllchen, oder hast du genug mit deinen?« Sie wies auf ihren Teller mit den unberührten

Crêpe-Röllchen (ein weiterer Aspekt ihrer Arbeit: Sie zählte ihre Kalorien ganz genau und wachte mit tragbaren elektronischen Geräten – die neueste Mode – über ihr Gewicht, nahm zum Abendessen nur Hypervitaminsäfte zu sich und schien nie hungrig zu sein).

An jenem Abend schliefen sie in seiner Wohnung miteinander. Es war wie immer: eine lustvolle Fingerspitzenübung. Sie war schließlich eine Leinwand, und er musste mit Vorsicht zu Werke gehen. Manchmal fragte er sich allerdings, weshalb sie auf sich selbst nicht die gleiche Behutsamkeit anwandte, wenn es darum ging, an einer dieser brutalen interaktiven Begegnungen teilzunehmen, Schock-Arts genannt. »Das ist etwas anderes, weil es Kunst ist«, argumentierte sie. »Und in der Kunst ist alles erlaubt, sogar die Beschädigung der Leinwand.« – »Mhm«, sagte diesmal er. Und bewunderte sie weiter.

Er war verrückt nach ihr, und gleichzeitig hatte er genug von ihr. Er wollte sich nie von ihr trennen, und gleichzeitig wollte er sie nie mehr wiedersehen.

»Das wird dir nicht gelingen«, hatte sein Bruder Pedro ihn gewarnt. »Wer sich auf ein Bild einlässt, dem passiert immer das Gleiche: Er weiß nicht, was ihm daran gefällt, aber er kommt nicht mehr davon los.«

Clara wusste nicht, was sie für Jorge empfand. Liebe war es bestimmt nicht; allerdings war sie davon überzeugt, noch nie für irgendjemanden oder irgendetwas wahre Liebe empfunden zu haben, außer für die Kunst (und Menschen wie Gabi und Vicky waren Facetten dieses Diamanten). Sie vermutete aber, dass Jorge sie auch nicht liebte. Sie verstand, dass es ihm eine gewisse Genugtuung verschaffte, mit einer Leinwand zu vögeln. Sie war ein Statussymbol wie sein BMW oder seine Rolex, wie seine Wohnung an der *Conde de Peñalver* oder seine gut gehende Praxis für Strahlendiagnostik. »Mit einem Ölbild ins Bett gehen, das ist etwas beinahe Luxuriöses, oder Jorge? Etwas, das zu deiner Gesellschaftsschicht passt.«

Dennoch gefiel er ihr mit seinem weißen Haar und dem Schnurrbart, der männlichen Statur, den grauen Augen und dem markanten Unterkiefer. Der Gedanke, dass sie einen reifen Mann verführte, erregte sie. Und sie liebte es, ihm die Röte ins Gesicht zu treiben. Aber sie genoss ebenso die entgegengesetzte Vorstellung, nämlich, dass er sie verführte. Ihr Meister mit silbernem Haar. Ihr ultraviolett gebräunter Mentor. Außerdem gehörte Jorge nicht der Welt der Kunst an, ein Merkmal mit Seltenheitswert, das ihn in ihren Augen noch viel kostbarer machte.

In die andere Waagschale legte sie seine Ignoranz. Dr. Jorge Atienza vertrat nämlich die lächerliche Auffassung, dass die hyperdramatische Kunst eine Art legalisierter Sexsklaverei sei, sozusagen die Prostitution des 21. Jahrhunderts. Er fand es ungeheuerlich, einen Minderjährigen zu kaufen, um ihn nackt und angemalt zu Hause auszustellen. Er war der Meinung, dass Bruno van Tysch ein windiger Typ war, dessen einziges Verdienst darin bestanden hatte, ein hübsches Vermögen zu erben. Sie hörte sich seine scharfen Urteile mit Bitterkeit an, denn wenn es auf der Welt etwas gab, was ihr auf die Nerven ging, dann war das Mittelmäßigkeit. Clara sehnte sich nach Genialität wie ein Vogel nach dem weiten Himmel. Dennoch konnte sie den Grund für seine Ignoranz nachvollziehen. Sein Beruf verlangte von ihm nicht, sich mit Körper und Seele ganz und gar hinzugeben, wie das bei ihr der Fall war. Jorge kannte den genüsslichen Schauder dieser Bedingungslosigkeit genauso wenig, wie er die Empfindlichkeit und die Hitzewallung eines Modells unter den Händen eines kundigen Malers kannte. Das Nirwana der Ruhestellung, das Pochen der Zeit in einem erstarrten Ausstellungsraum und die Zuschauerblicke, die einem wie kalte Akupunkturnadeln auf der Haut stachen, das alles hatte er nie erlebt.

Sie wussten beide nicht, wohin diese Beziehung aus Soirées und geteilten Betten führen sollte. Wahrscheinlich zur Trennung. Jorge wollte Kinder. Und das sagte er ihr gelegentlich. Sie betrachtete ihn dann mit der Duldsamkeit einer Märtyrerin, wenn man sie fragt: Tut es weh? Das einzige Leben, das sie reproduzieren wollte, war ihr eigenes. »Wenn ich ein Bild bin, dann ist das jedes Mal so, als würde ich mich selbst noch einmal zur Welt bringen, verstehst du das nicht?« Natürlich verstand er das nicht.

Vielleicht war es seine ruhige, unterstützende Art, die sie am meisten an ihm schätzte. Denn Jorge hatte, sogar wenn er schlief, eine heilsame Wirkung auf sie: Sein regelmäßiger, von Alpträumen ungestörter Atem und seine Furchtlosigkeit im Dunkeln (ganz im Gegensatz zu ihr) lehrten sie, auf vollkommene Weise auszuruhen. Seine Worte taten ihr wohl wie Salben nach der Rezeptur eines liebenswürdigen Arztes, und sein Lächeln entspannte sie wie ein Sedativum mit sofortiger Wirkung. Ihre Welt und alles, was sie tat, war ihm so fremd, dass er genau der Richtige für sie war.

In diesem Moment brauchte sie Jorge hoch dosiert.

»Und du bist sicher, dass sie dich nicht betrügen?«, fragte er und versuchte, sich skeptisch zu geben.

»Natürlich bin ich sicher. Das hier wird der wichtigste Auftrag meines Lebens. Ich werde nicht nur mehr Geld verdienen, als ich mir je habe träumen lassen, sondern ich werde auch ... ich werde ... ich bin sicher, dass ich ... ein ... ein großes Kunstwerk werde.« Jorge merkte, wie sie schwankte: Als ahnte sie, dass alles, was sie jetzt sagte, noch weit untertrieben wäre. »Heute hat man mir zugesichert, dass die Leute in vierundzwanzigtausend Jahren immer noch von mir reden werden«, fügte sie flüsternd hinzu. »Denk mal! Das sagte die Frau von der Stiftung. Vierundzwanzigtausend Jahre! Das geht mir nicht mehr aus dem Kopf. Stell dir das mal vor!«

Sie hatte ihm eine kurze Zusammenfassung der jüngsten Ereignisse gegeben, angefangen beim Besuch der beiden Männer in der Galerie über ihr Vorstellungsgespräch am Donnerstag bei Friedman bis hin zur Imprägnierung. Die war von fünf Fachleuten durchgeführt worden. Friedman hatte mit Haut und Haaren begonnen, dann hatte Señor Zumi ihre Muskeln und Gelenke geprüft, Señor

Gargallo ihre Physiologie, und die Geschwister Monfort knöpften sich ihre Konzentration und ihre Angewohnheiten vor. Zuerst hatte Friedman sie im Untergeschoss des Gebäudes an der Plaza de Desiderio Gaos in Empfang genommen, nachdem man sie ausgezogen, ihre Kleider vernichtet und Fotos für die Versicherungsgesellschaft gemacht hatte. Er tastete sie Millimeter für Millimeter ab. Ihr Haar müsse geschnitten und mit einem Grundierungsgel für die Bemalung eingerieben werden, sagte er. Ihre Haut war ihm zu zart erschienen, und er hatte Cremes verordnet. Er machte eine Aufstellung sämtlicher Hautfalten und Verhornungen. Er beobachtete, wie sich ihr Kehlkopf beim Schlucken hob und senkte, wie die Klaviatur ihrer Rippen geformt war, wie ihre Brustknospen auf Druck und Kälte reagierten, welche Eigenheiten ihre Muskeln hatten. Dann erforschte er, durch Abtasten und mit seiner Untersuchungslampe, nacheinander ihre sämtlichen Körperöffnungen und die dazugehörigen Höhlungen. »Erspar mir bitte die Einzelheiten«, bat Jorge.

Herr Zumi, ein geheimnisvoller, wortkarger Japaner, erwartete sie im ersten Stock, als Friedman mit ihr fertig war. Dort gab es eine Turnhalle. Clara wurde mehrere Stunden an irgendwelche Geräte gehängt. Zumi entdeckte eine gewisse Schlaffheit ihres Nackens und eine Neigung zum Ansammeln von Milchsäure in den Beinen. Sie war schweißgebadet, aber er lächelte bei jeder neuen Quälerei still in sich hinein: auf einem Bein stehen, an den Fußgelenken von der Decke hängen, auf Zehenspitzen auf einem Podest stehen, den Rücken nach hinten beugen, die mit Gewichten beschwerten Arme heben. Zwei Stunden später war das erschöpfte Material an Señor Gargallo im dritten Geschoss weitergereicht worden. Gargallo war Spezialist für die Körperfunktionen von Leinwänden und sammelte eine Menge Filmmaterial seiner Versuche – eine absolut ekelerregende Filmsammlung auf DVD, von deren Nutzlosigkeit er selbst überzeugt war.

»Das wichtigste Körperteil beherrsche ich als Einziges nicht so gut«, sagte er zu Clara und tippte sich an den

Kopf. »Das Zweitwichtigste beherrsche ich dafür umso besser«, und er fasste sich in den Schritt.

Er war ein umgänglicher, aber schmieriger Typ mit Ziegenbärtchen und schmutziger, runder Brille. Er hatte sie zu Beginn darauf hingewiesen, dass seine ganze Arbeit eine ›unvermeidliche Schweinerei‹ sei. »Tja, wir Menschen wären auch gerne ein makelloses Kunstmaterial wie eine Leinwand aus Stoff oder ein Stück Alabaster«, philosophierte Gargallo. »Aber wir sind lebendig. Und das Leben ist nun mal keine Kunst. Das Leben ist ekelhaft. Meine Aufgabe besteht darin, zu verhindern, dass sich das Leben als Leben ausdrückt.« Die Aufgaben, denen er sie unterzog, waren ein weiterer Alptraum. Das Material – also sie – musste nackt und reglos Fremdkörper im Auge ertragen, die er ihr mit einer Pipette unter das Lid legte; wurde an verborgenen Körperstellen mit Federn gekitzelt; bekam Mittel verabreicht, die gleichzeitig die Darm- und die Blasentätigkeit anregten, ihre Körperkraft beeinflussten, ihre sexuelle Erregbarkeit steigerten oder herabsetzten oder ihr Kopfschmerzen verursachten; Substanzen, die ihren Kreislauf zum Erliegen brachten, sie frösteln oder schwitzen ließen und Juckreiz (sich zu kratzen war jedem Bild untersagt), schwindelnden Hunger, brennenden Durst oder die Belagerung stechender Insekten und anderer Krabbeltiere vortäuschten – »bei Freilichtbildern krabbeln die oftmals an den Beinen hoch«, bemerkte Gargallo –, ebenso äußerste Erschöpfung und Schläfrigkeit, die früher oder später den Willen eines jeden Dauerbildes zermürbten. Gargallo erdachte neue Qualen, legte hier und da nach, wenn er merkte, dass das Material nachgab, verordnete Pillen und notierte seine Ergebnisse.

Danach durfte sie sich ein paar Stunden ausruhen, bevor sie noch immer entkräftet in den fünften Stock hinaufging, um sich Pedro Monfort auszuliefern. ›Ich habe im Keller angefangen, um auf dem Dachboden zu enden‹, dachte sie matt, doch entschlossen durchzuhalten. Die Monforts waren Geschwister: er sehr jung, sie etwas älter. Ihr Ressort war das Imprägnieren von Gedanken, eine edle Aufgabe, wie man meinen könnte, doch schienen sie damit nicht glücklich zu sein. Pedro Monfort fühlte sich nämlich Fachleuten wie Gargallo unterlegen. Er war ein Typ von intellektuellem Aussehen, mit Dreitagebart, der gerne lange schwieg, um dann mit Obszönitäten aufzuschneiden.

»Das einzig Wichtige im Leben sind Schwanz und Möse«, sagte er der erlahmten Clara plötzlich mitten ins Gesicht. »Lass dir das von mir gesagt sein, einem Fachmann des menschlichen Denkens.«

Er versuchte sie auch mit der Behauptung zu verwirren, dass es Konzentration in Wirklichkeit nicht gäbe.

»Wir können uns nur durch Ablenkung konzentrieren. Ich weiß, dass den Leinwänden in der Akademie etwas anderes beigebracht wird, aber ich scheiß auf die Methoden von den Akademien. Du brauchst nur mal ein Kind beim Spielen zu beobachten. Es ist ganz und gar bei der Sache. Warum? Weil es eine Anstrengung unternimmt, sich auf sein Spiel zu konzentrieren, oder weil es spielt? Ist doch klar, es konzentriert sich, weil es spielt, weil es seinen Spaß hat, zum Teufel! Es ist absurd, sich um Konzentration in der Ruhestellung zu bemühen. Das Einzige, was zählt, ist dein Vergnügen.«

Diesen Begriff benutzte er am häufigsten. »Vergnüg dich«, forderte er sie auf und trug ihr die nächste mentale Übung auf.

Marisa Monfort, eine reife Frau mit gefärbten Haaren und schwarz geränderten Augen, empfing das, was von Clara übrig war, in der siebten Etage. Ihr Büro war düster, und auch sie schien nicht sehr glücklich. Auf ihren Handrücken prangten zwei tätowierte Schlangen, zergliedert vom Abakus ihrer zahllosen gelben Armreifen. Sie hielt sich beim Reden die Schläfen, als würde sie auf jeder Seite einen Knopf drücken. »Mein Job ist das Gedächtnis, mein Kind«, sagte sie. »Die Angewohnheiten unseres Ichs, die uns bei der hyperdramatischen Arbeit hinderlich sind.« Sie ließ sie dreimal ins Büro eintreten und analysierte ihre Bewegungen. Diese exzessive Neigung zur Wiederholung beunruhigte Clara. Doch spürte Señora Monfort glücklicherweise keine Unart von der Sorte bei ihr auf, »welche die Qualität eines guten Materials zunichte machen«, nämlich Tics, Nägelkauen, nervöses Hüsteln, defensive Körperhaltungen. Sie konfrontierte Clara mit imaginären Situationen, hielt ihr obszöne oder grausame Abbildungen vor und beurteilte ihr fehlendes Schamgefühl als sehr positiv. Was illegales Verhalten betraf, war sie allerdings kategorisch: Clara konnte sich nicht das geringste Vergehen erlauben, ohne dass ihr Gewissen Einspruch erhob.

»Mein Kind, wenn du ein großes Bild sein willst, dann musst du alle, aber auch alle Schranken fallen lassen«, hielt Marisa Monfort ihr im Ton einer Wahrsagerin vor. »Du kennst die Welt nicht, die du hier betrittst, mein Mädchen. Ein Meisterwerk zu sein, das ist etwas ... etwas Unmenschliches. Du musst kühler werden, sehr viel kühler. Versetz dich in einen Sciencefictionfilm, betrachte die Kunst wie ein Wesen von einem fremden Planeten, das sich durch uns manifestiert. Wir können Bilder malen oder Musikstücke komponieren, aber weder das Bild noch die Komposition gehören uns, weil sie nicht vom Menschen stammen. Die Kunst bedient sich unserer, mein Kind, sie benutzt uns, damit sie existieren kann, ist selbst aber ein außerirdisches Wesen. Denk daran, du bist kein Mensch, wenn du ein Bild bist. Stell dir vor, ein Insekt zu sein. Ein sehr merkwürdiges Insekt. Es kann fliegen, Blüten aussaugen, vom Rüssel eines Männchens befruchtet werden und ein Kind mit seinem Stachel vergiften ... Stell dir jetzt sofort vor, du wärst dieses Insekt!«

Clara stellte sich das vor, konnte sich aber nicht in das Denken des Insekts hineinversetzen.

»Erst wenn du weißt, was ein Insekt denkt«, sagte Marisa Monfort, »wirst du ein gutes Kunstwerk sein.«

Im achten Stock befand sich das Imprägnierstudio. Großaufnahmen erfolgreicher Werke zierten die Wände: Ein Wasserbild von Nina Soldelli, die sagenhafte Kirsten Kirstenman stehend in einem Zimmerbild, die beeindruckende Frauenfigur mit den brennenden Haaren von Mavalaki und ein Freilichtbild von Ferrucioli an einer Steilküste – alle waren von F & W imprägniert worden. Und dort vernahm sie endlich das eisige Urteil von Friedman: Sie wurde akzeptiert, aber unter Vorbehalt. Sie war ein gutes Material, musste aber noch besser werden. Eine Frau mit südamerikanischem Akzent (sie erkannte die Stimme, die sie am Telefon gespannt hatte) zeigte ihr den Vertrag. Vier Seiten in Türkis mit dem Epigraph ›The Bruno van Tysch Foundation, Department of Art‹. Sie traute ihren Augen kaum, und ihre Freude war übergroß: ein einjähriger Vertrag!

Die Bezahlung (fünf Millionen Euro) würde an zwei Terminen erfolgen. Die Hälfte war bereits auf ihr Konto überwiesen worden, der Restbetrag würde fällig, wenn das Bild vollendet war. Hinzu kamen die Prozente für den Verkauf des Werkes und die monatlichen Mietzahlungen. Im Anhang befanden sich eine Rundumversicherung gegen alle erdenklichen Risiken und zwei weitere Dokumente: eine Abtrittserklärung für die Exklusivrechte und eine Erklärung, in der sie sich verpflichtete, an keiner Fälschung des Werkes mitzuwirken. In einem letzten Dokument räumte sie der Kunstabteilung alle Rechte ein. Die Abteilung Kunst konnte mit ihr tun und lassen, was sie wollte. Was die Kunst mit ihr vorhatte, das wusste nur sie, und Clara hatte es zu akzeptieren, was immer das sein mochte. Der Maler, der sie berufen hatte, gehörte der Stiftung an, aber seinen Namen sollte sie erst erfahren, wenn er sein Werk an ihr begann. Clara unterschrieb alles.

»Wie verrückt«, brummte Jorge.

»Du hast nicht die leiseste Vorstellung, wie diese Szene funktioniert. Alles geschieht in der allergrößten Verschwiegenheit. Rembrandt, Caravaggio, Rubens und die anderen alten Meister hatten doch genauso ihre Berufsgeheimnisse, oder? Zum Beispiel ihre Pigmentmischungen oder die Herkunft ihrer Leinwand ... Und das ist auch bei den modernen Malern so. Auf diese Weise schützen sie sich davor, dass andere ihre Ideen klauen.«

»Und was hast du dann gemacht?«

»Ich hatte bis zur Schlusssitzung der Imprägnierung frei.«

Die war am Samstag. Sie dauerte den ganzen Tag. Haare schneiden, Säurebad, Cremeappretur über den ganzen Körper mit riesigen automatischen Bürsten, wie bei einer Waschanlage für Autos, Narben- und Spurenentfernung (einschließlich der Unterschrift von Alex Bassan), Drehen und Formen von Muskeln und Gelenken mit Flexibilisatoren und Salben, das Färben von Haut, Haaren, Augen, Körperöffnungen und -höhlen mit weißer Grundierung und einem zarten Gelb. Und endlich die Befestigung der Etiketten, auf denen lediglich ihr Name, das Stiftungslogo und ein geheimnisvoller Barcode standen.

Es war Sonntag, der 25. Juni 2006, und die Imprägnierung war abgeschlossen. Sie hatten ihr die weiße Kombination aus Top und Minirock angezogen, sie zum Flughafen von Barajas begleitet und in dieses Zimmer gebracht. Dann hatte man sie gefragt, ob sie sich von jemandem verabschieden wollte. Sie entschied sich für Jorge, der nach seiner Rückkehr von einem Radiologenkongress ihre Nachricht bekommen hatte.

»Das ist alles«, schloss sie.

Jorge wog die Neuigkeiten ab.

»Fünf Millionen Euro sind eine Menge Geld. Man könnte sagen, dass du ausgesorgt hast.«

»Du hast die Verkaufsprozente und meine Miete vergessen. Wenn ich ein Meisterwerk werde, kann sich die Summe ohne weiteres verdreifachen.«

»Mein Gott.«

Clara schlug die goldgelben Augen auf, während sie Jorge ein Lächeln schenkte: Zwei Jorges glänzten auf ihrer gelben Iris.

»Kunst ist Geld«, flüsterte sie.

Er betrachtete diese immer goldenere Perspektive. ›Sie ist noch nicht bemalt und schon ein Vermögen wert.‹ In das anschließende Schweigen hinein ertönten gedämpft die Lautsprecher des Flughafens von Barajas.

»Vierundzwanzigtausend Jahre«, sagte Jorge in einem Ton, als handelte es sich um eine überschaubare Zahl, als ginge es um Geld. »Kann denn ein HD-Kunstwerk eine so lange Zeit erhalten bleiben?«

»Man braucht nur vierundzwanzigtausend Ersatzfrauen, eine pro Jahr. Aber ich werde als Originalmodell in die Geschichte eingehen.«

Bei einer Million Jahre waren das eine Million Leute, berechnete Jorge. Allein die Einwohner von Madrid würden mit einer Person pro Jahr dafür sorgen, dass das Werk so lange erhalten blieb, wie es menschliches Leben auf der Erde gab, und zwar mit der Vorstufe der Anthropoiden. Dafür würde man natürlich etliche Generationen benötigen, aber was sind schon drei oder vier Millionen Menschen? Plötzlich hatte er den Eindruck, dass er nicht Clara anschaute, sondern die ganze Ewigkeit.

»Das klingt fantastisch«, sagte er.

»Ich habe ein bisschen Angst«, gestand sie und fügte mit einem nervösen Lächeln hinzu: »Nur ein bisschen, aber ziemlich große.«

Unwillkürlich streckte Jorge die Arme aus.

»Nein«, sagte sie und wich zurück. »Umarme mich nicht. Du könntest mich beschädigen. Mir ist nach Weinen zumute, aber gleichzeitig möchte ich es nicht. Außerdem haben sie mir gesagt, ich könne ohnehin weder Tränen noch Schweiß produzieren. Und die Speichelbildung ist auch schon ziemlich zurückgegangen. Das liegt an der Imprägnierung.«

»Aber geht es dir denn gut?«

»Es geht mir hervorragend, Jorge, ich fühle mich zu allem bereit, zu allem. Endlich bin ich in der Lage, mit meinem Körper alles zu machen, was ein Maler mir befiehlt.«

Über die verschiedenen Möglichkeiten dachte er lieber nicht nach. In diesem Moment betrat ein Mann in einer dunkelblauen Pilotenuniform den Raum. Er war groß und attraktiv, hatte wulstige Lippen und den Krawattenknoten gelockert.

»Flugzeug ist fertig«, sagte er mit starkem Akzent.

Clara sah Jorge an. Er hätte gerne etwas Bedeutendes gesagt, aber Momente wie dieser waren nicht unbedingt seine Spezialität.

»Wann sehe ich dich wieder?«, fragte er nur.

»Ich weiß es nicht. Wenn sie mich angemalt haben, wahrscheinlich.«

Sie blieben einen Augenblick voreinander stehen und sahen sich an, da merkte Clara plötzlich, dass sie weinte. Sie wusste nicht, wann sie damit begonnen hatte, denn es kamen tatsächlich keine Tränen. Aber der übrige Mechanismus funktionierte tadellos: Kloß im Hals, Augenflattern, gereizte Augen, Angst im Bauch. Die Tränen würde der Künstler ihr hinzufügen müssen, dachte sie, vielleicht auf die Wangen malen oder, wie bei manchen Madonnenstatuen, mit winzigen Glassplittern nachahmen. Dann hatte sie sich wieder unter Kontrolle. Sie beschloss, sich nicht ihren Gefühlen auszuliefern. Eine Leinwand musste neutral sein.

Sie trennte sich von Jorge und folgte dem Mann durch einen metallenen, vom Dröhnen der Flugzeugmotoren erfüllten Gang, ohne einen Blick zurück zu tun. Das orangegelbe Etikett schlug bei jedem Schritt an ihren Fuß.

Das Gefühl war plötzlich da. Vielleicht schlug sein sechster Sinn (›den hast du von deinem Vater‹) Alarm, als er sie durch die Türe verschwinden sah. Clara durfte nicht gehen, Clara durfte diesen Auftrag auf keinen Fall annehmen. Clara war in Gefahr!

Jorge zögerte einen Augenblick, drauf und dran, sie zurückzuholen, aber das absurde Gefühl neutralisierte sich und verschwand genauso rasch wie vor ihm Clara.

Kurze Zeit später hatte er diese Vorahnung wieder vergessen.

Clara hatte niemals gleichzeitig solche Angst und solches Glück empfunden. Diese widersprüchlichen Gefühle, sie spürte sie überdeutlich: maßlose Angst und exstatische

Freude. Ihr fiel ein, dass ihre Mutter dasselbe über den Augenblick erzählt hatte, als sie bei ihrer Hochzeit mit Claras Vater die Kirche betreten hatte. Bei dieser Erinnerung lächelte Clara, während sie dem Mann in der Pilotenuniform durch die ohrenbetäubende Gangway folgte. Sie stellte sich vor, von seidenen Nebeln umhüllt durch ein Spalier aus Zuschauern auf einen gedeckten Altar zuzuschreiten, mit Gegenständen so gelb und golden wie sie: ein Tabernakel, Kelche, das Kreuz.

Golden, gelb, golden.

8

SCHWARZ.

Der Hintergrund ist kohlrabenschwarz und der Boden wie schwarzer Qualm. Auf diesem Boden steht ein metallener Stuhl, eine Art Barhocker. Annek Hollech sitzt auf dem Hocker und lässt einen nackten Fuß baumeln. Sie trägt nichts weiter als ein schwarzes Hemd mit dem Logo der Stiftung und ihre drei Etiketten an Hals, Hand- und Fußgelenk. Ihre mageren, bis zum Schritt entblößten Oberschenkel öffnen sich wie eine Schere, auf der Oberfläche spiegeln sich Streifen gedämpften Lichtes. Ihr dunkelblondes Haar fällt immer wieder wie ein Vorhang vor das brauenlose Gesicht, einem schattigen Gesicht, rein wie frischer Ton. Die Finger der rechten Hand spielen mit dem Haar, streichen es zurück, kämmen hindurch, glätten einzelne Strähnen.

»Glaubst du das wirklich?«, fragte der Mann von einer unsichtbaren Position.

Nicken.

»Könnte es nicht sein, dass du Desinteresse mit Zeitmangel verwechselst? Du weißt doch, dass der Meister alle Hände voll zu tun hat, die Werke für die Eröffnung der Ausstellung zu Ehren von Rembrandt am 15. Juli zu vollenden.«

»Das hat nichts mit seiner Arbeit zu tun.« Jetzt spielten ihre Finger mit dem Rand des Hemdchens, rollten ihn auf und zogen ihn wieder glatt. »Er will mich nicht mehr sehen. Wir Bilder merken das. Eva ist das auch schon aufgefallen.«

»Willst du damit sagen, dass deine Freundin Eva van Snell auch bemerkt hat, dass der Meister kein Interesse mehr an dir zu haben scheint?«

Nicken.

»Annek, wir wissen aus Erfahrung, dass Bilder, die einen Besitzer haben, sich wohler fühlen, beschützter. Eva ist zurzeit verkauft. Ist es nicht eher das, was dich bedrückt? Dass du noch nicht verkauft bist? Weißt du noch, als wir dich in *Vertraulichkeiten, Halb offene Tür* und *Sommer* verkauft haben? Es ging dir doch gut bei Herrn Wallberg, oder?«

»Das ist nicht dasselbe.«

»Wieso?«

Sie machte ein verschämtes Gesicht, aber die Imprägnierung verhinderte, dass ihre Wangen eine andere Färbung annahmen.

»Weil der Meister gesagt hat, er hätte so etwas wie *Entjungferung* noch nie geschaffen. Als er mich bat, nach Edenburg zu kommen, um mit den Entwürfen zu beginnen, wollte er eine Kindheitserinnerung mit mir malen. Und ich fand das schön. Herr Wallberg mochte mich, aber der Meister hat mich geschaffen. Herr Wallberg ist der beste Besitzer, den ich je hatte, aber das ist nicht dasselbe ... Der Meister hat sich solche Mühe mit mir gemacht ...«

»Du meinst, bei der hyperdramatischen Arbeit?«

»Ja. Er ist mit mir in den Edenburger Wald gegangen. Da hat er einen Ausdruck gefunden ... Er hat etwas in meinem Gesicht entdeckt, was ihm gefiel. Er sagte, dass es kaum zu glauben sei, dass ich ... dass ich wie eine seiner Erinnerungen sei ...«

Ihr linker Fuß zog auf dem schwarzen Teppichboden langsam Kreise, wie die Nadel auf einer Vinylplatte, und bei jeder Umdrehung blitzte die Signatur an der Fessel auf.

»Es ist mir egal, ob ich verkauft werde. Nur will ich nicht, dass er wegen mir leidet ... Ich habe alles gemacht, worum er mich gebeten hat. Alles. Ich weiß, dass es egoistisch von mir ist, zu denken, dass er mir jetzt auch was schuldig ist, schließlich hat er mir mit *Entjungferung* ... das ... das allergrößte Geschenk überhaupt gemacht, das weiß ich, aber ...«

Sie unterbrach sich.

»Nun sag schon«, ermutigte der Mann sie.

Als sie den Blick hob, glänzten Anneks Augen mehr als gewöhnlich.

»Ich würde ihm gerne ... gerne sagen ... dass ich es nicht ... nicht verhindern kann, erwachsen zu werden ... Ich kann doch nichts dafür ... Ich hätte ja auch lieber, dass mein Körper anders wäre ...«, die Stimme brach. »Ich kann doch nichts dafür ...«

In diesem Augenblick geschah etwas Unfassbares. Anneks Leib teilte sich lautlos in der Mitte und öffnete sich von Kopf bis Fuß wie eine Blüte. Auch der Hocker wurde zweigeteilt, und zwischen den beiden Hälften tauchte schwungvoll ein älterer Herr im dunklen Anzug auf, mit Glatze und ergrautem Haarkranz. Er stockte.

»Oh, tut mir Leid. Hattest du gerade den Videorecorder am Laufen? Das wusste ich nicht.«

Lothar Bosch trat ein, und Anneks dreidimensionale Figur fügte sich stillschweigend wieder zusammen, wie Wasser, das die Leere sofort zu füllen sucht, sobald der eingetauchte Finger es verlässt. Miss Wood drückte den Pausenknopf, und das junge Mädchen verharrte reglos mitten im Zimmer.

»Ich war schon fertig«, sagte Wood und gähnte. »Es ist immer dasselbe.«

Sie betätigte eine Taste, und Annek vollführte beim Zurückspulen einen hektischen Veitstanz. Dann zog sie das Sichtgerät für computeranimierte 3D-Aufnahmen ab, legte es auf den Tisch und hatte damit die Erscheinung des toten Mädchens wieder gebannt. Der Tisch war halbrund geformt und in die Wand eingelassen. Es war der einzige holzfarbene Einrichtungsgegenstand in dem kleinen Videoraum des Museumsquartiers. Alles andere war schwarz, einschließlich der spinnenbeinigen Stühle. Einen davon hatte Wood besetzt, und ihr rosarotes Ensemble aus Kleid und Strickjacke hob sich grell vor dem schwarzen Hintergrund ab. Neben ihr erhob sich ein Stapel 3D-Bänder, und aus der Wand zu ihrer Linken ragten Kameras und Wiedergabegeräte wie Wasserspeier in den Raum.

Bosch ließ sich in seinem eleganten grauen Anzug (auf dem das rote Schildchen am Revers wie eine Hochzeitsnelke wirkte) auf dem Stuhl gegenüber von Miss Wood nieder und holte seine Lesebrille hervor.

»Seit wann bist du hier?«, fragte er sie.

Er machte sich Sorgen um sie. Mit diesem Montag, dem 26. Juni, waren sie fünf Tage in Wien und hatten praktisch durchgearbeitet. Sie wohnten im Ambassador, benutzten ihre jeweilige Suite aber für kaum etwas anderes als zum Schlafen. Und jedes Mal, wenn Bosch ins Museumsquartier kam, ganz gleich zu welcher Morgenstunde, fand er sie bereits bei der Arbeit. Vielleicht, so dachte er, ging Wood ja abends gar nicht zu Bett.

»Schon eine Weile«, antwortete sie. »Ich hatte noch ein paar Gespräche von der Betreuung daliegen, und mein Vater hat mir immer geraten, die Arbeit nicht aufzuschieben.«

»Ein guter Rat«, stimmte Bosch zu. »Aber pass auf, und benutz die Sichtgeräte der computeranimierten 3D-Aufnahmen nicht zu häufig. Sie können die Augen schädigen.«

Miss Wood streckte sich auf dem Stuhl aus. Dabei öffnete sich ihre Strickjacke wie ein Flügelpaar und ließ eine Parfümwolke in Boschs Richtung verströmen. Zwei winzige Erhebungen tätowierten auf Brusthöhe das rosa Kleid. Bosch senkte verwirrt die Augen. Alles an dieser Frau gefiel ihm: der lodernde Duft ihres Parfüms, ihr zierlicher, kristalliner, zu Arabesken gemeißelter Körper, sogar die extreme Magerkeit der Beine, deren Knie er über den Tisch hinweg erspähen konnte. Und ihre trauervoll dunkle Stimme, die er jetzt vernahm.

»Mach dir keine Sorgen, ich war schon ein bisschen in der Umgebung spazieren. Ein Montagmorgen bei Sonnenaufgang in Wien hat etwas Tröstliches. Dabei ist mir eines aufgefallen: Die Leute kaufen sehr viel Brot hier, hast du das auch schon gemerkt? Ich habe viele mit einem Baguette unterm Arm gesehen wie in Paris. Als hätten sie sich abgesprochen, um mir ihr Brot vor der Nase spazieren zu führen.«

»Das sind bestimmt alles Brauns Leute gewesen, die dich beschatten sollten.«

Ihr Lächeln gab ihm zu verstehen, dass sein Scherz angekommen war. Das Essen war für Wood ein heikles Thema.

»Das sieht ihm ähnlich«, sagte sie, »sie täten aber besser daran, andere zu beschatten. Unser Vogel ist ausgeflogen, nicht wahr?«

»Ist er. Gestern war Sonntag, da konnte ich nicht mit Braun reden, aber unsere Freunde von der Kripo haben mir bestätigt, dass es keine Festnahmen gab. Und glaub bloß nicht, die anderen Nachrichten wären besser.«

»Schieß los!« Wood rieb sich die Augen. »Bei Gott, für einen Kaffee würde ich einen Mord begehen. Einen schwarzen Kaffee, ja, einen Mokka, einen guten Wiener Kaffee, heiß und stark.«

»Die Mitarbeiter von der Kunst werden heute Morgen von einer Dekoration bedient. Ich habe schon Bescheid gesagt, dass sie auch hier vorbeikommen soll.«

»Du bist ein vollendetes Wesen, Lothar.«

Bosch fühlte sich entblößt, aber die Schamröte in seinem Gesicht erlosch zum Glück augenblicklich wieder. Mit fünfundfünfzig hat man für eine Dauerröte keinen Brennstoff mehr, dachte er. Altes Blut lässt einfach in seiner Kraft nach.

»So langsam kenne ich dich«, erwiderte er.

Die Papiere zwischen seinen Fingern bebten unmerklich, aber seine Stimme blieb fest. Miss Wood stützte die Ellbogen auf den Tisch und legte den Kopf zwischen die gespreizten Hände. Sie hörte ihm aufmerksam zu.

»Wir sagten doch neulich, dass unsere Theorie auf drei Beinen steht, nicht wahr? Das erste heißt Annek, das zweite Oscar Díaz, und das dritte könnten wir die Konkurrenz nennen.« Nachdem er Wood hatte nicken sehen, fuhr er fort. »Also, zum ersten gibt es keine neuen Erkenntnisse. Anneks Leben war eine Katastrophe, aber ich bin auf niemanden gestoßen, der ihr aus irgendeinem persönlichen Grund hätte schaden wollen. Ihr Vater, Pieter Hollech, ist ein Geisteskranker. Momentan büßt er eine Haftstrafe in einem Schweizer Gefängnis ab, weil er mit Alkohol am Steuer einen Unfall verursacht hat. Anneks Mutter, Yvonne Neullern, reichte, als ihre Tochter vier war, die Scheidung ein und bekam das Sorgerecht für Annek. Sie arbeitet als Bildreporterin und ist auf Tierfotos spezialisiert. Momentan hält sie sich in Borneo auf. Die Abteilung Konservierung hat sich mit ihr in Verbindung gesetzt, um ihr die Nachricht zu überbringen ...«

»Gut, die Familie der Leinwand ist also ausgeschlossen. Weiter.«

»Die bisherigen Käufer von Annek liefern auch keine Anhaltspunkte.«

»Wallberg war in die Leinwand verliebt, oder?«

»Annek gefiel ihm, in der Tat«, stimmte Bosch zu. »Wallberg hat sie in drei Werken gekauft, *Vertraulichkeiten*, *Halb offene Tür* und *Sommer*. Das Letzte war ein nichtinteraktives Aktionsbild. Erinnerst du dich an das Gespräch mit Benoit, in dem er uns bat herauszufinden, was Wallberg wirklich für Annek empfunden hat? ... Nein, warte, so hat er sich nicht ausgedrückt. Er hat gesagt: ›Wir müssen einen Unterschied machen zwischen der künstlerischen Leidenschaft und der erotischen Leidenschaft des Herrn Wallberg ...‹«

Das gemeinsame Lachen (das bei der Wood kürzer ausfiel) beflügelte ihn. Das Nachäffen von Benoit erfüllte seinen Zweck: ›Ich bringe sie zum Lachen, mein Gott. Das ist genial.‹

Unmittelbar darauf verschwand jedoch jede Spur von Heiterkeit von Boschs Antlitz. Es kam so plötzlich, wie eine Gewitterwolke den Himmel schlagartig verfinstert: Seine Mimik erlosch, und die Mundwinkel sanken nach unten.

»Arme Annek«, sagte er.

Nach einem kräftigen Zwinkern erforschten seine Augen den Zettel vor ihm.

»Wie dem auch sei, jetzt liegt Wallberg jedenfalls in einem Krankenhaus von Berkley im Sterben. Lungenkrebs. Ihre anderen Käufer sind genauso unverdächtig: Okomoto ist in den USA und steigt dort irgendwelchen Bildern hinterher, Cárdenas ist immer noch in Kolumbien, und seine kriminelle Akte ist so dick wie eh und je, aber als Annek in *Die Girlande* bei ihm posierte, kam es zu keinen Belästigungen und ihrer Ersatzfrauen auch nicht ...« Er räusperte sich und suchte mit dem Zeigefinger den nächsten Punkt. »Was die Vielzahl der Verrückten anbetrifft ... Nach unseren Unterlagen sitzen sie fast alle hinter Gittern oder werden in irgendwelchen Kliniken behandelt. Bis auf einige, wie diesen Engländer, der neulich die Fassade vom Neuen Atelier mit Schmähschriften zukleisterte, um die Stiftung der Kinderpornografie zu bezichtigen ...«

»Was hat das hiermit zu tun?«

»Er hat seinen Text mit einem Foto von der *Entjungferung* illustriert.«

»Ach so.«

»Sein Aufenthaltsort ist unbekannt. Aber wir suchen ihn weiter. Das Bein ›Annek‹ wäre damit fertig.«

»Du kannst sie beiseite lassen. Kommen wir zu Díaz.«

»Gut, das mit Briseida Canchares ...«

»Die kannst du auch vergessen. Diese Nymphomanin der Kunst hat nichts mit unserem Fall zu tun. Ihr einzig interessanter Beitrag war das mit der angeblich ›Papierlosen‹. Mach weiter.« Wood spielte mit ihrem Feuerzeug, eine Dunhill-Miniatur aus schwarzem Metall. Sie drehte es zwischen den langen, schlanken Fingern wie ein Zauberkünstler seine Spielkarten.

»Díaz' Freunde in New York beschreiben ihn als gutherzig, aber naiv. Seine Kollegen sind da ›wissenschaftlicher‹, wie du es nennen würdest, und finden, dass er ein unangepasster Einzelgänger ist. Er hat sich mit niemandem eingelassen und es vorgezogen, seine Freizeit allein zu verbringen. Die zweite Durchsuchung seiner Wohnung in New York hat eigentlich nichts gebracht. Bei ihm dreht sich alles um die Fotografie, aber nichts weist auf eine Obsession hin, Bilder zu zerstören, oder überhaupt auf die Kunst. In seinem Hotelzimmer in der Kirchberggasse haben wir Briseidas Adresse und Telefonnummer in Leiden gefunden und ... das hier: eine Agenda mit Landschaftsfotos, die in Wirklichkeit ein Tagebuch ist.«

Der Kopf von Miss Wood, mit dem kurzen, glänzenden Haar, das ihn wie ein Helm umschloss, machte eine so schnelle Bewegung, dass Bosch einen Moment lang dachte, den Schädel knirschen zu hören. Er beeilte sich, ihre Aufregung zu dämpfen.

»Aber es liefert uns keinerlei Anhaltspunkte. Díaz hatte die Angewohnheit, sich bestimmte Plätze in der Natur zu notieren, die er später noch einmal aufsuchen wollte, um sie bei besseren Lichtverhältnissen zu fotografieren. Es stehen auch hin und wieder Bemerkungen über Briseida drin oder über andere Freunde, aber sie sind völlig belanglos. Er schreibt über seine Liebe zur Natur – sogar ein Gedicht – und hat ein paar Gedanken zu seiner Arbeit notiert, mit dem Tenor, für mich sind das Menschen und keine Werke. Der letzte Eintrag stammt vom 7. Juni.« Er hob die Brauen. »Tut mir Leid, aber es ist nichts über irgendjemand Papierloses, weder Mann noch Frau.«

»Scheiße.«

»Das habe ich auch gesagt. Aber ich habe auch eine gute Nachricht für dich. Wir sind hier in Wien in der Nähe vom Hotel Marriott auf ein Lokal gestoßen, dessen Barkeeper sich an Díaz erinnert. Offenbar war das ein Ort, wo er manchmal hinging, wenn er die Bilder im Hotel abgesetzt hatte. Der Barkeeper hat erzählt, dass Díaz in der Regel Bourbon verlangte, was für seine Gäste eher untypisch sei. Deshalb war Díaz ihm aufgefallen, ebenso wegen seines amerikanischen Akzents und seiner dunklen Hautfarbe.«

»New York scheint unseren lieben Landschaftsfotografen total verdorben zu haben, was?«, war Miss Woods Kommentar, während ihre Hände die Frisur richteten. Bosch stellte fest, dass sie sich bewegten wie bei einem Medium: Das Wachbewusstsein von Miss Wood war für jene sanften, unendlich ästhetischen und für sie so typischen Gesten nicht zuständig. Ihr Wachbewusstsein war mit dem Gesichtsausdruck einer Schiffbrüchigen, die in der Finsternis das Licht eines rettenden Schiffes entdeckt, auf Boschs Worte gerichtet (›nicht auf mich, auf meine Worte, mach dir nichts vor, Alter‹).

»Und eine Information hat mir zu denken gegeben«, sagte er. »Der Barkeeper versichert, dass er ihn am Donnerstag vor zwei Wochen das letzte Mal gesehen hat, am 15. Juni also. Er hat sich das Datum aus einem bestimmten Grund gemerkt. Ein Freund von ihm hatte nämlich Geburtstag, und er hat alles so eingerichtet, dass er das Lokal frühzeitig verlassen konnte. Er sagt, Díaz hätte an der Theke gesessen und mit einem Mädchen geredet, das er noch nie gesehen hatte, ein dunkelhaariges, schlankes, attraktives, stark geschminktes junges Mädchen. Er meint, sie hätten Englisch miteinander gesprochen. Die Kellner erinnern sich nur vage, weil an dem Abend sehr viel los war. Díaz und sie sind zusammen gegangen. Der Barkeeper hat seitdem keinen von beiden wiedergesehen.«

»Wann hat Díaz seine kolumbianische Freundin angerufen, um sich nach der Aufenthaltsgenehmigung zu erkundigen?«

»Am Sonntag, dem 18. Juni, laut Briseidas Angaben.«

»Drei Tage. Das genügt, um sich näher kennen zu lernen. Mit unserer Kolumbianerin hatte Oscar Díaz schneller Erbarmen.«

»Stimmt«, gab Bosch zu, »aber wenn wir die Unbekannte mit ins Spiel bringen, dann ist Díaz womöglich unschuldig. Stell dir einfach vor, dass sie mit Komplizen gearbeitet hat. Sie war dafür zuständig, Díaz darüber auszuquetschen, wie die Bilder abgeholt werden. Am Mittwoch haben sie sich dann in den Lieferwagen geschlichen und Díaz gezwungen, in den Wienerwald zu fahren.«

»Und wo steckt dann Díaz?«, fragte Wood.

»Sie haben ihn mitgenommen, als Geisel ...«

»Mit dem Risiko, dass er entkommt und sie verrät? Nein. Wenn Díaz unschuldig ist, dann ist er tot. Das ist eine logische Schlussfolgerung. Die Kernfrage lautet jetzt: Warum ist seine Leiche noch nicht aufgetaucht? Das ist es, was ich nicht verstehe. Da sie ihn als Fahrer für den Lieferwagen brauchten, verstehe ich nicht, weshalb er nicht darin gefunden wurde? Wohin haben sie ihn verschleppt? Was haben sie für einen Grund, Díaz' Leiche zu verstecken?«

»Das würde bedeuten, dass Díaz mitschuldig ist.«

»Lassen wir mal die Papierlose außen vor. Was bleibt uns dann übrig?«

»Die Theorie der Polizei scheint dann nämlich zu funktionieren: Díaz nimmt die Kassette auf und zerschneidet Annek im Lieferwagen. Er fährt an einen entlegenen Ort, packt Annek in die Plastikplane, legt sie auf die Wiese und zieht sie aus. Er lässt die Aufnahme zu ihren Füßen liegen und haut ab, fährt vierzig Kilometer nach Norden, wo er ein zweites Auto deponiert hat.«

»Diese Version will mir irgendwie nicht einleuchten.«

»Warum?«

»Díaz ist ein Dünnbrettbohrer«, sagte Miss Wood. »Er schreibt Gedichtchen, macht Landschaftsfotos und lässt sich von Mädels wie Briseida am Gängelband führen. Wenn er mit der Sache was zu tun hat, dann nicht allein.«

»Als Wachmann war er sehr kompetent«, wandte Bosch ein. »Wir haben damals für die Beförderung der Bilder die Allerbesten ausgewählt, erinnerst du dich?«

»Ich sage ja auch nicht, dass er ein schlechter Wachmann war. Ich sage nur, dass er ein Dünnbrettbohrer ist. Ein Bauerntölpel. So eine Geschichte konnte er nicht alleine aufziehen.«

Es klopfte leise an der Tür. Kurz darauf wehte langsam eine parfümierte Brise herein. Die Dekoration war weder ein Tischchen noch ein anderes Möbelstück, sondern ein *Eckschmuck*, ein armer unseliger Gegenstand, der zur Montagsarbeit verpflichtet wurde (wenn die Kunstwerke im Museumsquartier ihren Ruhetag hatten), eines dieser Ornamente, die erfunden wurden, um die leeren Zimmer aufzuheitern. Das merkte man vor allem daran, wie unerfahren der *Eckschmuck* beim Kaffeeservieren war. Bosch brauchte ein paar Sekunden, um herauszufinden, dass es sich um einen jungen Schwarzen handelte, einen Achtzehn- oder Neunzehnjährigen. Die Frisur bestand aus krausen schneckenförmigen, schwarzblauen Locken in symmetrischer Anordnung, die von versilberten Federn gesprenkelt waren. Die lange, röhrenförmige Tunika aus schwarzem Samt legte – fast wie ein Defekt – einen drastischen Rückenausschnitt frei und vermochte das wie der ganze Körper kastanienbraun bemalte Gesäß nur zur Hälfte zu bedecken. Er stellte zwei Tassen Kaffee auf den Tisch, während seine Schminke, die Maske eines polynesischen Kriegers oder eines Voodoopriesters, weder Gedanken noch Stimmungen verriet. Auf dem weißen, am Hals befestigten Etikett stand ›Michel‹. Die Signatur im Lendenbereich stammte von einem gewissen Grath. Er trug Ohrenklappen.

Als das Objekt sich zu Bosch umdrehte, sah dieser die wie dunkle Bronze schimmernden Hände mit den onyxfarbenen Nägeln.

»Das ist mir einfach zu perfekt, Lothar«, sagte unterdessen Miss Wood, »ein zweiter Wagen, der im Wienerwald auf ihn wartete, wahrscheinlich auch falsche Papiere ... Alles in allem ein sorgfältig durchdachter Plan. Zwar wäre es denkbar, dass ihn jemand bezahlt hat, damit er das Bild in den Wienerwald bringt, aber noch nicht einmal das erscheint mir wahrscheinlich.«

»Du willst also das Bein ›Díaz‹ auch ausschließen. Ich mache dich nur darauf aufmerksam, dass unsere Theorie jetzt umkippt ...«

»Wir können Díaz nicht ganz ausschließen. Ich glaube, dass er als Sündenbock fungiert. Was ich nicht verstehe, ist, warum er verschwunden ist.«

»Vielleicht haben sie seine Leiche versteckt, damit der Verdacht erst mal auf ihn fällt und der wahre Täter Zeit hat zu entkommen«, bemerkte Bosch.

Miss Wood beugte sich nach vorne, um den unteren Rücken des Objekts, wo sich die Signatur befand, besser sehen zu können. Das Objekt wartete im Stehen, bis sie ihre Untersuchung beendet hatte. Sein Schild trug den Hinweis, dass es berührt werden durfte, und Wood ließ die Hand über seine Taille und den glänzenden Ansatz der bronzefarbenen Gesäßbacken gleiten. Dabei zog sie die Brauen hoch und sah fachmännisch drein, wie jemand, der einen Porzellankrug prüft. Während sie dies tat, antwortete sie auf Boschs Einwurf.

»Die Theorie ist zweifelsohne die beste, aber die Frage lautet immer noch: Wo ist er jetzt? Die Polizei hat das Gebiet im Umkreis von mehreren Kilometern durchkämmt, Lothar. Sie haben mit Suchhunden gearbeitet und das ganze Instrumentarium der Spurensuche in Gang gebracht. Wo ist Díaz' Leiche? Und wo haben sie ihn umgebracht? Im Lieferwagen gibt es keinen Hinweis darauf, weder Spuren eines Kampfes noch einen einzigen Blutstropfen. Überleg doch mal, der Täter zerstückelt das Bild und vertut seine Zeit damit, es unter freiem Himmel auszuziehen, und riskiert dabei, von jemandem entdeckt zu werden; hat aber einen ausgeklügelten Plan, um zu entkommen und den ganzen Verdacht auf den Wachmann zu lenken. Klingt dir das logisch?«

»Zugegebenermaßen nicht.«

Wood ließ vom Hinterteil des Dekorationsobjekts ab, hob den Arm, um sein Halsetikett zu fassen, und zog es daran zu sich herab, um es zu lesen. Abgesehen vom Namen des Modells waren die Angaben zum verantwortlichen Kunsthandwerker und zum Produkt darauf vermerkt. Bosch wusste, dass Miss Wood Dekorationen und Gebrauchsgegenstände für ihr Haus in London kaufte.

Der Handel mit menschlichem Kunsthandwerk war zwar offiziell verboten, aber der Verkauf ging trotzdem weiter. Bestimmte Schichten waren genauso versessen darauf wie auf weiche Drogen.

Nachdem sie das Etikett studiert hatte, ließ Wood es los. Das Objekt richtete sich wieder auf, machte im Dunkeln kehrt und verschwand vollkommen lautlos auf seinen nackten Fußsohlen über den weichen, schwarzen Teppichboden zur Tür hinaus. Miss Wood verzog das Gesicht, als sie ihren heißen Kaffee kostete.

»Ich bin sicher, dass Díaz tot ist«, sagte sie. »Das Problem besteht darin, seinen Tod mit dem Rest in Einklang zu bringen.«

»Uns bleibt die Konkurrenz und unsere Gegner.« Bosch blätterte in seinen Unterlagen. Ich muss zugeben, dass ich hier ins Schwimmen komme, April. Ich finde einfach keine Anhaltspunkte. Die Vorsitzenden von BAH zum Beispiel sind meiner Ansicht nach ein paar Witzfiguren. Dass Pamela O'Connor ein Buch über Annek geschrieben hat, weißt du ja ...«

»The truth about Annek Hollech«, nickte Wood. »Ambitiöser Schwachsinn. Eigentlich benutzt sie Anneks Fall nur als Aufhänger, um öffentlich die Verwendung von minderjährigen Modellen in Bildern, die angeblich obszön sein sollen, zu kritisieren.«

»Wir ermitteln auch bei der ›Christlichen Vereinigung gegen die Hyperdramatische Kunst‹, bei der ›Internationalen Gesellschaft zum Schutz der Traditionellen und der Klassischen Kunst‹, bei der ›Europäischen Gesellschaft gegen die Hyperdramatische Kunst‹ ...«

»Diese Leute können uns nicht wirklich gefährlich werden«, sagte Wood, »Art Enterprises beispielsweise hat sich dagegen als echter Feind erwiesen. Stein hat bestätigt, dass die jede Schweinerei machen würden, um uns zu schaden, und genau das tun sie jetzt, indem sie uns Investoren abwerben. Was ist, wenn die Sache mit der *Entjungferung* zu einem groß angelegten Plan gehört, um unser Sicherheitssystem in Verruf zu bringen?«

»Diese Theorie passt nicht zum Mord. Das hätten sie auch mit einem Kopfschuss erreichen können. Wieso sollten sie mit einem solchen Sadismus vorgehen?«

»Was meinst du damit?«

Bosch fand diese Frage scheußlich.

»Mein Gott, April, er hat sie mit ... Ich habe hier den Autopsiebericht. Braun hat ihn uns heute Morgen geschickt. Sieh dir die Fotos an ... Die Laboruntersuchungen haben es bestätigt: Er hat ein tragbares Leinwandmesser verwendet ... Kennst du die Dinger? ... Das ist eine Säge mit konischem Griff und gezähnter Klinge, so groß wie meine Hand. Künstler, die noch mit Stoffleinwänden arbeiten, und Restauratoren alter Gemälde benutzen dieses Werkzeug, um Form und Größe der Leinwände zu verändern. Ein verteufelt scharfes Ding: Mit dem richtigen Sägeblatt hast du einen Tisch von mittlerer Stärke in fünf Sekunden durch ... Er hat damit zehn Schnitte gemacht, April ...«

Wood hatte sich eine Ökozigarette angezündet. Beim Verdampfen der farbigen Inhaltsstoffe stieg dichter grüner Qualm irgendwie ungesund zur Decke auf. Bosch erinnerte sich daran, wie diese Pseudozigaretten in Mode gekommen waren, damit sich die Leute leichter das Rauchen abgewöhnten. Weil es ihm gelungen war, das Laster durch die Verwendung der klassischen Pflaster loszuwerden, kam ihm die Methode lächerlich vor.

»Sieh es mal so«, sagte sie. »Sie wollen die öffentliche Meinung davon überzeugen, dass Oscar Díaz verrückt war. Und wenn wir Psychopathen einstellen, die unsere berühmtesten Werke beaufsichtigen sollen, na, wer soll uns dann noch vertrauen können?«

»Aber wenn sie das vorhatten, weshalb in Gottes Namen haben sie sie dann nicht erst umgebracht und dann zerschnitten? Die Autopsie hat einen Einstich am Hals ergeben, wo sie mit der intramuskulären Injektion eines Neuroleptikums von mittlerer Stärke sediert worden ist. Vermutlich eine subkutane Einschussspritze. Die Dosis hat gereicht, damit sie sich nicht wehrte, aber nicht, um sie zu betäuben. Ich verstehe das nicht. Ich meine ... entschuldige, wenn ich darauf bestehe, April, aber ich finde, wenn er nur was inszenieren wollte, warum dann das? Das Verbrechen wäre genauso schrecklich gewesen, aber er hätte ... hätte ... Ich meine, angenommen, ich will die Tat eines Sadisten vortäuschen ... Gut, dann bringe ich sie erst um, spritze ihr dann irgendwas, betäube sie ... Dann mache ich den Rest ... Aber es gibt doch eine Grenze, die nie ... Das hat mit Geld nichts mehr zu tun, April. Er hat ja nicht mehr Geld bekommen, weil er das so gemacht hat. Es gibt da eine Grenze ...«

»Lothar.«

»Erzähl mir nicht, dass er das nur wegen des Geldes gemacht hat, April! Ich werde vielleicht alt, aber senil bin ich noch lange nicht! Und ich habe genügend Erfahrung. Ich war schließlich Polizeiinspektor und habe Kriminelle kennen gelernt ... Das sind nicht solche Sadisten, wie sie im Kino dargestellt werden. Das sind Menschen ... Ich sage nicht, dass es keine Ausnahmen gibt, aber ...«

»Lothar.«

»Dieser Täter wollte keinem irgendwas vortäuschen. Er wollte tun, was er getan hat, und genau so! Wir haben es hier auch nicht mit irgendwelchen Machenschaften unserer Konkurrenz zu tun, es handelt sich hier um eine Bestie! Er hat ihr das Gesicht zerschnitten, und sie hat sich gewunden, während er sich dranmachte, ihr ... ihr die Brust zu zerschneiden! Soll ich dir den Bericht vorlesen?«

»Lothar«, wiederholte die Stimme tief und matt. »Kann ich auch mal was sagen?«

»Entschuldige.«

Bosch gewann nur mit Mühe die Beherrschung zurück. ›Komm schon, Alter, beruhige dich. Was zum Donner ist in dich gefahren?‹

Miss Wood zerdrückte ihre Zigarette im Aschenbecher. Als sie die Hand zurückzog, lag der grüne Stummel wie eine aufgebrochene, dampfende Bohne da. Den letzten Rauch stieß sie durch die Nase aus. Giftwolke aus den Nüstern eines Drachen.

»Es war ein Bild! Nun komm mal auf den Teppich, Lothar. Die *Entjungferung* war ein Bild! Ich werde es dir beweisen.« Mit einer raschen Handbewegung nahm sie ein Studiofoto von Annek vom Tisch und hielt es Bosch vors Gesicht. »Sie sieht wie ein junges Mädchen aus, nicht wahr? Sie hat die Form eines jungen Mädchens, sie hat sich wie ein junges Mädchen bewegt und gesprochen, als sie noch lebendig war. Sie hieß Annek. Aber wenn sie tatsächlich wirklich ein junges Mädchen gewesen wäre, dann wäre sie noch nicht einmal fünfhundert Dollar wert gewesen. Ihr Tod hätte nicht das geringste Interesse erregt, geschweige denn das Innenministerium eines ausländischen Staates und eine vollständige Polizeieinheit mitsamt Spezialkommandos mobilisiert oder eine diplomatische Unterredung zwischen zwei europäischen Hauptstädten ausgelöst und dafür gesorgt, dass die Verantwortlichen unserer Stiftung im Dreieck springen.

Wenn es tatsächlich nur um ein Mädchen ginge, wer zum Teufel würde sich dann schon darum scheren? Ihre Mutter und eine Hand voll gelangweilter Bezirkspolizisten vielleicht. So etwas passiert jeden Tag. In unserer Umgebung sterben Leute auf die grausamste Art, und keiner schert sich darum. Aber der Tod dieses Mädchens, um den schert man sich. Und weißt du auch, warum? Weil das, das hier«, sie schwenkte das Foto, »was wie ein Mädchen aussieht, kein Mädchen ist, sondern mehr als fünfzig Millionen Dollar gekostet hat.« Sie sagte es noch einmal, ganz langsam, jedes Wort einzeln: »Fünfzig. Millionen. Dollar.«

»Was sie auch gekostet haben mag, sie war trotzdem ein Kind, April.«

»Da täuschst du dich. Sie hat genau deshalb so viel Geld gekostet, weil sie kein Kind war. Sie war ein Bild, Lothar. Ein Meisterwerk. Hast du das immer noch nicht kapiert? Wir sind das, wofür die anderen uns bezahlen. Du warst Polizist, und dafür hat man dich bezahlt. Jetzt wirst du dafür bezahlt, dass du Angestellter eines Privatunternehmen bist, und das genau bist du auch. Das hier war vielleicht irgendwann einmal ein Mädchen, mag sein. Aber dann hat man sie dafür bezahlt, ein Bild zu sein. Und ein Bild ist schließlich ein Bild und kann mit einem tragbaren Leinwandmesser zerschnitten werden, genauso wie ein Blatt Papier, das man in den Reißwolf wirft, ohne sich darum zu kümmern, welches Bewusstsein es hat. Sie sind eben keine Personen. Weder für denjenigen, der das getan hat, noch für uns. Hast du das verstanden?«

Bosch starrte auf einen Punkt. Er hatte Woods anthrazitfarbenes Haar mit dem unverrückbaren, perfekt gezogenen Seitenscheitel gewählt. Er hielt den Blick unverwandt darauf gerichtet, als er nickte.

»Lothar?«

»Ja, ich habe dich verstanden.«

»Deshalb werden wir uns die Konkurrenz vornehmen müssen.«

»Wird gemacht«, sagte Bosch.

»Und den unbekannten Verrückten gibt es auch noch.« Wood stöhnte, und dabei hoben sich für einen Augenblick ihre mageren Schultern. »Das wäre das Allerschlimmste: Ein frisch gebackener Psychopath, wie das Brot aus der Wiener Feinbäckerei. Steht noch irgendwas Erhellendes im forensischen Bericht?«

Bosch blinzelte und senkte den Blick auf das Papier vor sich. ›Es ist nicht Grausamkeit‹, dachte er. ›Sie redet nicht aus Grausamkeit so. Sie ist nicht grausam. Die Welt ist grausam. Wir alle sind es.‹

»Ja ...« Bosch blätterte weiter. »Es gibt ein merkwürdiges Detail. Natürlich haben sie die Haut ausgiebig untersucht. Die Gerichtsmediziner kennen sich mit der Imprägnierungsarbeit nicht so gut aus und sind deshalb auf diesen Fund nicht eingegangen. An den Brustverletzungen sind Reste eines Materials gefunden worden. Ich lese es dir mal vor: ›Seine Zusammensetzung ähnelt zwar grundsätzlich dem Silikon, weicht jedoch in verschiedenen wesentlichen Aspekten davon ab.‹ Dann zitieren sie den vollen Namen des Moleküls: ›Dimethyltetrahydro...‹ Ein ellenlanges Wort. Ahnst du, was das sein könnte?«

»Zero«, sagte Wood mit weit aufgerissenen Augen.

»Bingo. Im Bericht wird es als Bestandteil der Imprägnierung erwähnt, aber wir wissen, dass bei der *Entjungferung* kein Zeroplastin verwendet wurde. Wir haben Hoffmann angerufen, und der hat es uns bestätigt: Das Zeroplastin kann nicht vom Bild stammen.«

»Mein Gott«, murmelte Wood. »Er hat sich verkleidet.«

»Wahrscheinlich. Man braucht nur hier und da ein wenig Zeroplastin, um sein Aussehen zu verändern.«

Die Nachricht versetzte Miss Wood in Aufruhr. Sie erhob sich und wanderte im schwarzen Zimmer auf und ab. Bosch betrachtete sie besorgt. ›Meine Güte, kaum wittert sie die Beute, verwandelt sie sich in das reinste Skelett. Wenn sie so weiter macht, wird sie noch krank.‹ Eine andere, ebenfalls zu ihm gehörige Stimme konterte: ›Nun tu nicht so. Schau doch nur, wie sich das Licht auf ihren Brüsten bricht, sieh dir dieses kleine Hinterteil an und die Beine. Du bist todsterbensverliebt in sie. Sie gefällt dir, wie damals Hendrickje, vielleicht sogar noch mehr. Sie gefällt dir so, wie dir das Porträt von Hendrickje gefallen hat.‹ – ›Dummes Zeug‹, widersprach die erste Stimme. ›Warum willst du es nicht wahrhaben?‹, fuhr die andere fort. ›Du liebst ihre Intelligenz. Ihr sprödes Wesen, ihre Persönlichkeit und ihre Intelligenz, mit der sie dir tausendmal überlegen ist.‹«

April Wood war in der Tat eine Präzisionsmaschine. In den fünf Jahren seit er mit ihr zusammenarbeitete, hatte Bosch kein einziges Mal erlebt, dass sie sich geirrt hatte. ›Der Wachhund‹, bezeichnete Stein sie. Jeder in der Stiftung hatte Respekt vor ihr. Sogar Benoit ließ sich von ihrer Gegenwart einschüchtern und hatte den Spruch geprägt: ›Die Wood ist so dürr, dass eine Seele keinen Platz in ihr hat.‹ Ihre Laufbahn war brillant. Obwohl sie die vielen Anschläge, die während ihrer fünfjährigen Tätigkeit als Chefin der Abteilung Sicherheit auf die Bilder verübt worden waren, nicht verhindern konnte (unmöglich, sie alle zu verhüten), war sie den Tätern stets auf die Spur gekommen und hatte sie eliminiert – manchmal sogar, bevor die Polizei über die Vorfälle Bescheid wusste. Der Wachhund konnte zuschnappen. Und niemand zweifelte daran (Bosch schon gar nicht), dass sie auch diesmal herausfinden würde, wer die *Entjungferung* zerstört hatte.

Außerhalb des Berufs kannte er sie allerdings kaum. Die schwarzen Löcher im Weltraum sind ja genau deshalb nicht zu sehen, weil sie *schwarz* sind. Nur ihre Wirkung auf die sie umgebenden Körper lässt auf sie schließen. Bosch dachte, dass die Freizeit der Wood ein schwarzes Loch war: Ihre Arbeit ließ ihn darauf schließen. Wenn Wood sich ausgeruht hatte, lief alles wie am Schnürchen. Anderenfalls konnte man sich auf Diskussionen gefasst machen. Und noch niemand hatte je einen Blick in das schwarze Loch von April Woods Freizeit geworfen, auf Wood ohne das rote Namenschildchen, auf Miss Wood außerhalb der Dienstzeiten – oder gar auf Woods Gefühle, falls es solche bei ihr geben sollte. Verbarg ihr tadelloses Auftreten irgendeinen blinden Flecken? Das fragte sich Bosch bisweilen.

›Tatsache ist, lieber Lothar Bosch, dass dieses Mädchen von kaum dreißig Lenzen, das deine Tochter sein könnte, aber deine Chefin ist, dieses seelenlose Skelett, dich völlig in seinen Bann geschlagen hat.‹

»April«, sagte Bosch.

»Was ist?«

»Es könnte doch sein, dass Díaz ein Doppelleben führt. Dass er zwei Stimmen im Kopf hat, die eine normal und die andere nicht. Wenn er ein Psychopath ist, dann wäre sein unauffälliges Verhalten gegenüber Freunden und Kollegen sogar normal. Als ich bei der Polizei war, da hatte ich manchmal solche Fälle ...«

Auf dem Tisch erklang Mozart. Es war das Mobiltelefon von Miss Wood. Obwohl sich ihre Gesichtszüge beim Entgegennehmen des Anrufs nicht einen Millimeter verschoben, bemerkte Bosch, dass sie eine wichtige Nachricht bekam.

»Alle unsere Probleme sind gelöst«, sagte sie beim Auflegen und lächelte wieder auf diese unangenehme Art. »Es war Braun. Oscar Díaz ist tot.«

Bosch sprang vom Stuhl.

»Sie haben ihn geschnappt! Endlich!«

»Oh, nein. Zwei Angelfreunde haben ihn heute Morgen entdeckt, als er die Donau hochgeschwommen kam. Sie dachten schon, sie hätten den Karpfen ihres Lebens gefangen, sozusagen den Guinness-Karpfen-der-Rekorde, aber es war nur Oscar. Oder besser gesagt das, was von Oscar übrig ist. Dem vorläufigen Bericht zufolge ist er bereits seit über einer Woche tot ... Deshalb haben sie seine Leiche verschwinden lassen.«

»Wie?«

Wood antwortete nicht sofort. Obwohl das Lächeln auf ihrem Gesicht verharrte, spürte Bosch jetzt eine unbändige Wut bei ihr.

»Weil es nicht Oscar Díaz war, der Annek am letzten Mittwoch abgeholt hat.«

Diese Behauptung brachte Bosch durcheinander.

»Es war nicht ...? Was sagst du da? Díaz ist am Mittwoch pünktlich bei der Arbeit gewesen, er hat mit den Kollegen geplaudert, seinen Ausweis vorgezeigt und ...«

Dann hielt er inne, als wäre er an der steinernen Mauer von Woods Augen abgeprallt.

»Das kann nicht sein, April. Zeroplastin zu verwenden, um der Polizei zu entkommen, ist eine Sache, aber es ist was völlig anderes, jemanden so nachzubilden, dass Leute, die ihn kennen, die ihn Tag für Tag sehen, Kollegen, die ihn am Mittwoch begrüßt haben ... die Sicherheitskontrollen ... alle ... Um sich so zu verändern, muss man schon ein wahrer Spezialist für Zeroplastin sein. Ein großer Meister.«

Wood starrte ihn immer noch an. Dieses Lächeln ließ ihm das Blut in den Adern gefrieren.

»Dieser Hurensohn, wer auch immer es sein mag, er hat uns so richtig einen reingewürgt, Lothar.«

Diesen letzten Satz hatte sie in einem Ton gesagt, den Bosch genau kannte. Rachsucht. Wood vermochte die Intelligenz anderer nur so lange zu dulden, wie sie ihrer eigenen unterlegen war. Sie ertrug es nicht, dass der Gegner etwas unternahm, worauf sie nicht gekommen wäre. Im Herzen dieses schmächtigen Persönchens glühten Stolz und Perfektionismus wie ein schwarzer Vulkan. Bosch begriff spontan – so wie einem zuweilen unangekündigt die tiefsten Erkenntnisse aufdämmern –, dass Wood die Schonzeit aufgehoben hatte, dass der ›Wachhund‹ diesen mächtigen Feind, wer auch immer er war, jagen und nicht locker lassen würde, ehe sie ihm nicht die Zähne in den Hals geschlagen hatte.

Und auch dann nicht: Wenn sie ihn geschnappt hatte, würde sie ihn zermalmen.

»Der hat uns richtig eine reingewürgt«, zischelte sie beinahe melodisch ein ums andere Mal. Dabei nahm sie kaum die perfekten Zähne auseinander, den einzig weißen Flecken in dem finsteren Zimmer.

Ein weißer Ausschnitt vor schwarzem Grund.

GASTHOF BÄREN
INH. FAM.BUFLER
87452 ALTUSRIED
TEL.08373-333

IHRE RECHNUNG

TISCH 23 SALDO 0.00

2 x 2.40	
IEFEWEIZEN	4.80
RADLER	2.20
2 x 2.70	
LEBERSPÄTZLESUPPE	5.40
KL. ZÜRICHER	8.90
KALBSBRATEN	10.80
SALDO	32.10
DEM 62.78	
16% MWST	4.43
GESAMT-TOTAL	32.10
BAR	32.10
DEM 62.78	

KEL.4 15-07-2005 7173

VIELEN DANK
FÜR IHREN BESUCH
MONTAG + DIENSTAG RUHETAG
STR. 127 208 40144
*LAUTLOSE REGISTRIERKASSEN
KOSSACK IMMENSTADT T.8951*

ZWEITER SCHRITT

DIE FORMEN DER SKIZZE

Punkte, Linien, Kreise, Dreiecke, Quadrate, Polygone ...
In diesen Begriffen müssen wir denken, wenn wir ein
menschliches Bild zu skizzieren beginnen.
Danach müssen wir die Schatten zufügen.
ÜBER DIE HYPERDRAMATISCHE MALEREI
Bruno van Tysch

– »Wenn du uns für Wachspuppen hältst,
dann solltest du auch bezahlen ...«
– »Sondern umgekehrt ... Wenn du uns für lebendig
hältst, solltest du etwas sagen!«
Lewis Carroll

I

Ein Punkt ist in Wirklichkeit keine Form. Wer glaubt, dass ein Punkt rund ist, der irrt sich. Es gibt nur Punkte, wo Linien sich kreuzen. Aber Linien und alles andere, alle Formen und Körper, bestehen aus Punkten. Der Punkt ist das unumgänglich Unsichtbare, das unvermeidlich Unmessbare. Vielleicht ist Gott ein Punkt, einsam und fern, in Seiner ewigen Herrlichkeit, denkt Marcus.

Marcus Weiß hält zwischen den geschlossenen Fingern einen Punkt. *Das ist verdammt viel schwieriger, als es aussieht, Leute.* Die Geste ist die: linker Arm ausgestreckt, Handfläche nach oben, alle fünf Finger spitz zusammenlaufen lassen. Wenn die Fingerkuppen ganz dicht aufeinander liegen, dann verschwindet der Hohlraum in der Hand zwischen den Hautfalten. Und da, genau in der Mitte, ist der Punkt, den Weiß festhält. *Glaubt ihr etwa, das wäre leicht? Oh, nein, Leute, es ist verdammt schwierig.*

Während der Skizzen hatte Kate Niemeyer Marcus einen Tischtennisball auf die Fingerspitzen gelegt. Dann wurde der Ball durch eine Murmel ersetzt; dann durch eine Kichererbse und eine Erbse, wie bei der Prinzessin im Märchen. Zuletzt hatte Kate beschlossen, dass es auch ohne gehen müsse. »Die Idee, die dahinter steckt, ist, mit dem Ball weiterzumachen, auch wenn er nicht zu sehen ist. Du reichst ihn dem Publikum. Die Leute werden dich ansehen und sich fragen: Was hält der denn in den Fingern? Ihr Interesse ist geweckt, und sie kommen näher.« Marcus weiß, dass für den Künstler, der sie zu nutzen versteht, die Neugier ein wichtiges Mittel ist.

An jenem Nachmittag stand er schon viele Stunden da und hielt den unsichtbaren Punkt fest. Ein blond gelocktes Kind im orangefarbenen Kleid mit roter Brille (die letzte Besucherin) stand auf Zehenspitzen vor ihm und wollte sehen, was Marcus in den Fingern verbarg. Als das Mädchen endlich von ihm abließ, weil es merkte, dass da gar nichts war, hatte Weiß keinmal in sein Gesicht schauen können, denn als Kunstwerk war er dazu angehalten, mit den weiß bemalten Augen starr nach vorn zu blicken. Er fragte sich, was zum Teufel ein Kind in einer Galerie zu suchen hatte, wo nur Bilder für Erwachsene ausgestellt wurden. Sich selbst würde Marcus nämlich für Kinder unter dreizehn verbieten. Er hatte keine Kinder (welches Bild war schon in der Lage, Kinder zu haben?), aber er achtete Kinder und fand seine ›Aufmachung‹ als Gemälde von Niemeyer alles andere als jugendfrei: Er war splitternackt, hatte den Körper mit einem Dermo-Airbrush-Verfahren in einem Bronzeton gefärbt und Penis und Hoden (depiliert) mattweiß hervorgehoben, genauso wie die Augen. Eine prächtige Federkrone in Himmelblau und Gelb mit purpurnen Punkten zierte seine Stirn wie ein aztekischer Kopfputz oder die Livree eines tropischen Vogels. Die jahrelang mit der Geduld eines Modellbauers einzeln herangebildeten Muskeln traten kunstvoll hervor und spiegelten auf ihrer bronzeartigen Oberfläche die Reflexe der Halogenlampen und die Bewegungen im Raum wider.

Vom Halten des Nichts müde, freute er sich auf die nahende Stunde der Schließung. Dass diese nahte, erkannte er daran, dass er den Techniker der Instandhaltung von Philip Moosbergs *Rhythmus/Gleichgewicht* kommen sah. *Rhythmus/Gleichgewicht* hieß das Ölgemälde gegenüber, die siebzehnjährige Leinwand Aspasia Danilou, die mit unaufdringlichen, fast verwaschenen Pastelltönen bemalt war, ohne dass ihr Körper verändert wurde. Ihr Venushügel war nicht enthaart, weil Moosberg grundsätzlich mit behaarten Leinwänden arbeitete. Aspasia blinzelte, rührte sich, reichte dem Techniker das Satinlaken aus ihrer Linken und ging leichfüßig zu den Duschen, vergaß aber nicht, sich vorher mit einer Geste von Marcus zu verabschieden. Bis morgen, Marcus, wir sehen uns, natürlich sehen wir uns, schließlich stehen wir einander den ganzen Tag gegenüber. Sie war keine schlechte Leinwand, die werte Aspasia. Marcus war überzeugt, dass sie es weit bringen würde, schließlich war sie erst siebzehn und posierte in ihrem ersten Original. Als sie neu in die Galerie kam, hatte er versucht mit ihr anzubandeln. Aber das Mädchen brachte die verschiedensten Entschuldigungen vor und wies sein Drängen systematisch zurück, bis ihm klar wurde, dass Aspasias Lebenserfahrung auf bestimmten Gebieten schon recht umfassend war.

Marcus stellte Kate Niemeyers Werk *Willst du mit mir spielen?* und kostete zwölf Millionen Euro. Dass er verkauft würde, glaubte er nicht. Er konnte erst als Letzter gehen. Kein Techniker gab ihm Hilfestellung, niemand kam, um ihm den Federbusch abzunehmen, er musste alleine gehen. Die Hand, die den ganzen Tag das Nichts festgehalten hatte, schmerzte ein wenig. Der Arm ebenfalls.

»*Au revoir*, Habib.«

»*Au revoir*, Weiß.«

Mit den nackten, bronzefarben und schwarz bemalten Füßen wich er der glänzenden Schneise von Habibs Staubsauger aus. Mit Habib, dem Reinigungsmann von seiner Etage, verstand er sich bestens. Habib lebte in Avignon, bevor er nach München kam, und Weiß, der diese Stadt kannte und für sie schwärmte (er war nämlich schon zweimal in einer Galerie am Ufer der Rhône ausgestellt worden), lud den Marokkaner gern zu Bier und Zigaretten ein und frischte dabei seine Französischkenntnisse auf. Außerdem praktizierte Habib die Zenmeditation, und Marcus hätte keinen besseren Anlass gewusst, sich mit ihm anzufreunden. Sie hatten einen regen Austausch von Büchern und Gedanken.

Aber an diesem Abend grüßte er Habib nur knapp zum Abschied. Er hatte es nämlich eilig.

Ob sie auf ihn warten würde? Er glaubte es schon, weil er nicht wagte, das Gegenteil anzunehmen. Sie hatten sich am vorigen Nachmittag kennen gelernt, aber Marcus verfügte über genügend Erfahrung, um zu wissen, dass sie keine von denen war, die ihn an der Nase herumführen wollten. Wer sie auch sein mochte und was auch immer sie sich von ihm versprach, Brenda meinte es ernst.

Er stieg die Treppe zu den Duschen im zweiten Stock hinunter. Sieglinde, die *Dryade* von Herbert Rinsermann, war bereits da. Sie stand über das Waschbecken gebeugt, mit dem Kopf unter dem Wasserstrahl, und rieb sich kräftig die Haare. Ihre athletische Figur krümmte sich wie ein Bogen aus Fleisch und Blut ohne ein einziges Atom Fett. Die falschen Brombeerranken mit den künstlichen roten Blutstropfen, die bei dem Bild um sie herumgelegt wurden, lehnten neben ihr an der Wand. Auf ihrem linken Fußgelenk war Rinsermanns verschnörkelte Signatur zu sehen. Marcus hatte Sieglinde vor zwei Jahren in Berlin kennen gelernt, als sie beide am Unterricht von Ludwig Werner für Leinwände jeden Alters teilnahmen. Seitdem waren sie befreundet. Und jetzt hatten sie sich zufällig in der Galerie Max Ernst wiedergetroffen.

Marcus neigte sich zu ihr herunter, indem er auf seinen Federbusch Acht gab, und sprach sie mit Grabesstimme an.

»Guten Abend.«

Sieglindes Gesicht tauchte, mit winzigen Perlen bedeckt, aus dem Wasser auf.

»Hallo, Marcus! Wie sieht's aus?«

»Nicht allzu schlecht«, lächelte er geheimnisvoll, während er die Krone abnahm.

»Du machst heute einen so zufriedenen Eindruck. Bist du etwa verkauft worden?«

»Nicht dran zu denken.«

»Dann hast du vielleicht ein neues Original in Aussicht?«

»Das schon eher.«

Sieglinde drehte sich zu ihm um und stützte Hände und Gesäßmuskeln auf den Beckenrand. Ihr kurz geschnittenes Haar lag ihr wie ein nasser Goldhelm um den Kopf. Sie musterte Weiß mit dem gesammelten Spott ihrer neunzehn Jahre.

»Welch Freude! Ich war es schon leid, dich bronzefarben dastehen zu sehen. Darf man vielleicht erfahren, welcher Künstler sich Ruhm verschaffen will, indem er was mit Ihnen macht, Herr Weiß?«

»Kümmere dich um deine eigenen Angelegenheiten«, sagte Marcus halb im Scherz.

Sieglinde lachte und setzte ihre Waschungen fort. Marcus betrat eine Duschkabine und schloss eine Flasche Farbentferner an den Hahn an. Das Öl begann ihm an den Knien herabzurieseln. Versunken in diese Wonne, drehte er sich nach allen Seiten. Durch die halb offene Duschtür sah er Ausschnitte von Sieglindes Körper, das Aufblitzen ihrer jungen Muskulatur. ›Die Jugend, ein Punkt ohne Wiederkehr‹, dachte er. ›Als Leinwand verkauft man sich schneller und wird besser bezahlt, wenn man jung ist.‹ Er erinnerte sich, dass es Rinsermann gelungen war, Sieglinde als Saisonbild für draußen an eine alte bayerische Familie zu verkaufen. Ein Saisonbild ist nicht leicht zu verkaufen, weil es nur in einer Jahreszeit ausgestellt wird, bei *Dryade* war es der Sommer. Marcus hatte das Werk mehrmals gesehen. Er war zwar kein Anhänger von Rinsermann, aber *Dryade* fand er gar nicht so übel. Es stellte eine Art Waldnymphe dar, mit Orange, Ocker und Rosa dünn bemalt und von Brombeerranken umwunden, deren Dornen sich in ihre nackte Haut zu bohren schienen. Der Gesichtsausdruck passte dazu: eine Mischung aus Angst, Staunen und Schmerz.

Der Besitzer war ein Glücksfall, fand Marcus. Es war jemand, den ein Bild höchstens einmal in zehn Jahren findet. Nicht nur hatte er Sieglinde für drei aufeinander folgende Sommer für seinen Garten gebucht, bevor sie ersetzt wurde (was wie eine dreimonatige Festanstellung mit freier Zeitverfügung im übrigen Jahr war), sondern er hatte auch sofort sein Einverständnis erteilt, sie den Münchener Galerien für wechselnde Ausstellungen abzutreten, wie jetzt an die Max Ernst, sodass Sieglinde als Leihgabe einen Zusatzverdienst von eintausendfünfhundertzweiunddreißig Euro im Monat hatte. Obwohl Weiß ihr das gönnte, konnte er nicht umhin, einen kleinen Stich Neid zu spüren. Im Gesicht der Freundin spiegelte sich die Zufriedenheit, verkauft zu sein. Mit *Willst du mit mir spielen?* schien dagegen niemand spielen zu wollen. Er war sicher, dass es Kate diesmal genauso wenig gelingen würde, ihn zu verkaufen, wie bei den vorhergehenden Gelegenheiten. Lag das nun an Kate oder an ihm?

Er drehte den Duschhahn zu und ließ Augen und Hände an seinem unbemalten Körper herabwandern. Er hielt sich ständig in Form, und seine Muskeln taten wie treue, dressierte Hunde unermüdlich ihre architektonische Arbeit. Leute wie Kate Niemeyer würden ihn noch ein paar weitere Jahre bemalen (jedenfalls glaubte er das), aber mit dreiundvierzig würde er, um zu überleben, anfangen müssen, sich auf das menschliche Kunsthandwerk zu verlegen, das war ihm klar. Der Markt dafür wuchs derzeit in einem rasanten Tempo. Die Sammler horteten zu privaten Zwecken menschliche Stühle, Sockel, Tische, Vasen, Aschenbecher und Teppiche, und Unternehmen wie Suke, Ferrucioli Studio oder die Stiftung van Tysch entwarfen, verkauften und benutzten tagaus, tagein Dekorationen aus Fleisch und Blut. Über kurz oder lang würde dieser Gewerbezweig offiziell genehmigt werden, denn was sollte mit den alten Leinwänden sonst geschehen, oder mit den jungen, die als Kunstwerke abgelehnt wurden? Marcus vermutete, dass er als Dekoration enden und an irgendeine lächelnde alte Dame verkauft werden würde. Nehmen Sie ein Andenken aus Deutschland mit, gnädige Frau. Hier haben Sie Marcus Weiß, ein prachtvolles Muskelpaket in Perlmutt; es würde ganz hervorragend zu Ihrem Kamin passen.

Weiß hatte kaum noch Möglichkeiten. Auch Möglichkeiten sind Punkte, Atome, Linien, die sich kreuzen, winzige, unscheinbare Dinge, Überbleibsel aus dem Nichts. Wie viele davon hatte er vertan? Er hatte sie nicht gezählt. Seit seinem sechzehnten Lebensjahr war er Modell. Er hatte die HD-Kunst in seiner Heimatstadt Berlin studiert und für einige der angesehensten Maler seiner Generation gearbeitet. Doch dann verfinsterte sich sein Glanz allmählich, denn er hatte angefangen, Angebote abzulehnen, unter anderem, weil er seine Ruhe haben wollte. Er mochte seinen Beruf, aber er war nicht bereit, ihm sein Privatleben zu opfern. Andererseits wusste er natürlich, dass ein Meisterwerk allein lebt, isoliert, ohne Ehepartner oder Kinder, ohne Liebe und Hass, ohne Lust und Leid. Wahre Meisterwerke wie Gustavo Onfretti, Patricia Vasari oder Kirsten Kirstenman konnte man kaum als Person bezeichnen. Sie hatten sich vollständig – mit Leib, Seele und Geist – der Kunst verschrieben. Marcus Weiß dagegen sehnte sich zu sehr nach dem Leben, und auch das war vielleicht ein Grund gewesen, beruflich kürzer zu treten. Jetzt ließ sich die Entscheidung nicht mehr rückgängig machen; dafür war es zu spät. Aber das Schlimmste für ihn war, dass er noch solo war. Er war weder ein Meisterwerk geworden noch der Mensch, der er gerne gewesen wäre. Er hatte weder das eine noch das andere erreicht.

Bei dem Gedanken, dass das Angebot, das Brenda ihm am Nachmittag unterbreiten würde, womöglich die letzte Chance für ihn war, befiel ihn die Angst.

Sieglinde erwartete ihn vor der Umkleidekabine, wie jeden Tag, um den Heimweg mit ihm anzutreten. Sie gingen die Treppe hinunter, jeder mit seinem kleinen Rucksack auf den Schultern: seiner mit dem aztekischen Kopfschmuck aus unechten Papageienfedern und ihrer mit den Brombeerranken. Die Etiketten an ihren Handgelenken schaukelten bei jeder Bewegung. Sieglinde redete, und Marcus antwortete einsilbig. Seine Nervosität nahm immer mehr zu. Wenn Brenda nicht Wort hielt und nicht, wie versprochen, unten auf ihn wartete, dann würde er auch diese Chance schwinden sehen.

Er beschloss, irgendein Gespräch anzufangen und damit den lästigen Fragen der Freundin aus dem Weg zu gehen.

»Weißt du was? Heute Nachmittag hat mich ein neun- oder zehnjähriges Mädchen mindestens eine halbe Stunde lang intensiv angeschaut. Ich verstehe das nicht. Einerseits werden die Gesetze gegen die Kinderpornografie immer strenger, und andererseits gibt es keine Aufseher, die Kindern den Zutritt zu einer Galerie für Erwachsene verwehren.«

»Wir gelten als Kunst, Marcus, das weißt du doch. Kinder dürfen sich Michelangelos *David* genauso ansehen wie Kate Niemeyers *Willst du mit mir spielen?*.«

»Ich finde trotzdem, dass an dieser Stelle noch was für die Kinder getan werden muss«, verteidigte Marcus seinen Standpunkt. »Es ist nämlich weder in Ordnung, dass sie mich betrachten, und noch viel weniger, dass sie selbst als Bilder posieren. Bilder unter dreizehn Jahren müssten verboten werden.«

»Mit wie viel Jahren hast du denn angefangen?«

»Na gut, sagen wir, unter zwölf.«

Sieglinde fing an zu lachen. Dann sagte sie: »Die Sache mit den minderjährigen Bildern ist wirklich schwierig. Wenn man sie verbietet, dann müsste man genauso verbieten, dass Kinder in Filmen oder Theaterstücken auftreten. Oder denk nur mal an die Werbung. Ich finde es wesentlich verwerflicher, einen Kinderkörper für den Verkauf von Damenbinden zu missbrauchen, als ihn anzumalen und ihn als Kunstwerk auszustellen. Ich glaube, dass ... Hey! Hörst du mir überhaupt zu?«

Marcus antwortete nicht.

Da, zwischen zwei Säulen, stand Brenda.

Sie nickte Marcus zur Begrüßung zu, und er antwortete mit einem Lächeln. Sein Herz schlug so wild, als wäre er nicht die Treppe hinuntergegangen, sondern, drei Stufen auf einmal nehmend, hinaufgehetzt.

»Hallo«, sagte Marcus und ging auf sie zu.

Die junge Frau erwiderte ihm ein Nicken, wobei sie nicht Marcus ansah, sondern seine Begleiterin. Weiß fühlte sich verpflichtet, die beiden vorzustellen.

»Das ist Brenda. Brenda, darf ich dir Sieglinde Albrecht vorstellen? Sieglinde kann dir ein paar Unterrichtsstunden als Saisonbild für draußen erteilen und dir beibringen, wie man sich verkauft.«

»Bist du auch ein Bild?«, fragte Sieglinde mit aufrichtigem Lächeln, indem sie eine ihrer nicht vorhandenen Brauen hob und Brenda von oben bis unten musterte.

»Nein«, antwortete diese.

»Du solltest es mal versuchen. Man würde dich sofort kaufen, egal von welchem Maler.«

Marcus hörte geschmeichelt einen eifersüchtigen Unterton in den Worten seiner Freundin.

»Brenda, nimm Sieglinde ihre abwegigen Ideen bitte nicht übel«, flachste er.

»Hey, das war ein Kompliment, du Idiot!« Sieglinde schlug ihm mit der flachen Hand auf den Rücken.

Brenda sah aus wie ein Püppchen, das die Anweisung hatte, lediglich mit dem Kopf zu nicken und zu allem, was gesagt wurde, zu lächeln. Weiß fand, dass es auch in Ordnung war, wenn sie schwieg, da ihr Gesicht eine wundervolle Sprache sprach.

»Brenda ist kein Bild«, erklärte er, »obwohl sie so aussieht. Sie ist so etwas wie ... eine Kunsthändlerin.«

»Oh, dann geht es um Geschäfte.« Sieglinde drückte Weiß einen freundschaftlichen Kuss auf die Lippen und zwinkerte Brenda mit einem wimpernlosen Auge zu. »Na dann werde ich euch lieber alleine lassen, damit ihr in Ruhe eure Geschäfte machen könnt. Bis übermorgen, Herr Weiß.«

»Danke für die Rücksichtnahme, Fräulein Albrecht.«

Obwohl die Galerie am nächsten Tag geöffnet war und Sieglinde zur Arbeit gehen musste, hatte Marcus dienstags immer frei. Den Grund dieser Sondergenehmigung für ein Bild, das noch nicht verkauft war, kannte Sieglinde nicht, und ihre spitzfindigen Fragen dazu waren an einer Mauer lakonischer Antworten abgeprallt, sodass sie nicht weiterzuforschen gewagt hatte. Was sie anging, so war sie überzeugt, dass Marcus noch einer anderen Arbeit nachging, an einem weniger öffentlichen (aber weitaus skandalöseren) Ort, als das Max Ernst es war.

Sieglinde entfernte sich in der Maximilianstraße. Irgendwann sah man nur noch ihr goldblondes Haar wie einen Punkt. Marcus legte Brenda vorsichtig den Arm um die Schultern und lud sie ein, ihn in die entgegengesetzte Richtung zu begleiten. Es war der letzte Montag im Juni, und die Straßen der Stadt waren voller Menschen.

»Ich dachte schon, du würdest nicht kommen.«

»Wieso?«, fragte Brenda.

Er zuckte die Achseln.

»Weiß nicht. Ich nehme an, dass gestern alles ein bisschen schnell ging. Hör mal, es macht dir doch nichts aus, dass ich Sieglinde erzählt habe, du wärst Kunsthändlerin, oder? Irgendetwas musste ich ihr ja sagen. Sieglinde ist außerdem nicht neugierig.«

»Schon gut. Wohin gehen wir?«

Marcus sah auf die Uhr. Sein Vorschlag klang unschlüssig, obwohl er am Vorabend alles genau geplant hatte.

»Wie findest du die Idee, vor dem Abendessen etwas trinken zu gehen?«

Das Lokal, in das er sie führte, hieß Winzig. Es lag in einer Seitenstraße unweit der Galerie, wurde aber von den Bildern und Skizzen weniger frequentiert als die Cafés an der Hauptstraße. Deshalb hoffte er, dort ein wenig Vertraulichkeit mit ihr zu genießen. Im Winzig gab es alles im Kleinformat: Schnapsfläschchen, wie in den Zimmerbars der Hotels, und Eis in der Größe von Pokerwürfeln. Es war ein Selbstbedienungslokal. Jenseits der Theke (die einem Erwachsenen gerade bis zur Taille ging) sah man eine Espressomaschine im Format eines versilberten und mit Hebeln versehenen Schuhkartons, Regalbretter so schmal wie Sockel, kleine Tafeln mit dem Tagesmenü in einer für Kurzsichtige nicht mehr zu entziffernden Schrift und an der Decke Glühbirnchen, die dem Raum bei Einbruch der Dunkelheit die Atmosphäre eines Marionettentheaters gaben. Als Hintergrundmusik war ein Geigensolo zu hören, hoch und zittrig. Ab da betrat Gulliver das Land der Riesen, und alles wuchs zu ungeahnten Höhen: Die Kellner hinter dem Tresen waren von übergroßer Statur, und die Preise überstiegen noch das Mittelmaß. Eigentlich war das nicht der richtige Ort für Marcus' Portemonnaie, aber er hatte sich vorgenommen, in Brendas Beisein keine Kosten zu scheuen. Schließlich wollte er sie beeindrucken und sie glauben machen, dass er nur das Beste gewohnt war.

Sie fanden etwas abseits in einer Nische einen freien Tisch mit zwei Barhockern. Obwohl er ursprünglich die Absicht hatte, mit einem Bier zu beginnen, schloss Marcus sich Brenda an, als sie einen Whiskey verlangte. Er holte zwei Miniaturflaschen Glenfiddich und dazu zwei Schnapsgläschen mit so durchsichtigen Eiskörnchen, dass sie wie Licht aussahen. Während er mit den Getränken auf den Tisch zusteuerte, hatte er Gelegenheit, das Mädchen zu mustern. Sein Eindruck vom Vortag hatte sich nicht wesentlich geändert. Sie war sehr schlank, unleugbar attraktiv und trug das dichte blonde Haar, von einem Band zusammengehalten, wie einen dicken Pinsel auf dem Rücken. Ihre Garderobe bestand aus Bolerojäckchen und dunkelblauem Minirock (am Vortag waren es eine Bluse und eine kurze Jeans gewesen). Ihre Kleidung war knittrig und ein wenig ausgewaschen, und genau das war es, was Marcus an ihr gefiel. Die Schuhe hatten Pfennigabsätze, eine Mode, die Marcus nie überholt fand. Er bemerkte, dass sie keine Handtasche dabeihatte. Und keine Nylonstrümpfe trug. Er stellte sich vor, dass sie nicht mehr anhatte als das, was er sah.

Als er sich setzte, stellte er fest, dass sie ihn ansah, ohne zu lächeln. Ihre blauen Augen strahlten nicht und erinnerten ihn an etwas, das er in jenem Moment nicht genau benennen konnte: durchdringende Fixpunkte. Wie winzige Becken dunklen Wassers.

»Und jetzt«, sagte er, während er den Glenfiddich servierte, ohne den Blick abzuwenden, »sagst du mir die Wahrheit.«

»Ich sage immer die Wahrheit«, entgegnete sie.

Und zum ersten Mal war er sicher, dass sie log.

Es begannen die Fragen. Die zahlreichen Gäste des Winzig wechselten stetig, ohne dass er ihnen Beachtung schenkte, so sehr war er in seine Befragung vertieft. Marcus war ein altes Bild und ließ sich von niemandem leicht hinters Licht führen, schon gar nicht von einem Püppchen wie diesem. Erst als es zu spät war, merkte er, dass das Liliputanereis ihm den Whiskey verwässert hatte. Sie hatte offenbar auch nicht viel getrunken. Zwar hob sie nach jeder Antwort das Glas an die Lippen, schien aber nicht zu schlucken. Tatsächlich schien sie gar nichts zu tun. Sie saß da, hatte die hübschen nackten Beine übereinander geschlagen und starrte Marcus an, während sie ihm Rede und Antwort stand.

»Wie sind deine Freunde für diese Arbeit auf mich gekommen?«

»Das habe ich dir schon gesagt.«

»Ich will es noch mal hören.«

»Sie suchen Figuren. Sie haben mich nach München eingeladen, damit ich dich kennen lerne, das habe ich dir doch erzählt.«

»Das ist keine Antwort auf meine Frage.«

»Vermutlich hast du ihnen als Bild gefallen, ich weiß es nicht. Du musst sie selbst fragen. Ich bin nur hier mit dem Auftrag, dich zu kriegen.«

Wenigstens versuchte das Mädchen, ehrlich zu sein. Marcus trank noch einen Schluck Glenfiddich. Die Violine des Winzig stimmte einen Spieluhrwalzer an.

»Erzähl mir noch was über das Werk.«

»Es zu malen wird einen Monat dauern, wo, kann ich dir nicht sagen. Danach wird es automatisch verkauft. Eigentlich geht es um eine Auftragsarbeit. Du wirst auch nicht erfahren, wer der Käufer ist, aber du wirst in den Süden gehen. Wahrscheinlich nach Italien. Es handelt sich um ein nichtinteraktives Aktionsbild für draußen. Es wird jeden Tag fünf Stunden ausgestellt und bis zum Herbst verlängert.

»Wie viele Figuren nehmen daran teil?«

»Keine Ahnung, es ist ein Wandbild. Ich weiß, dass Erwachsene und Jugendliche dabei sind. Ein mythologisches Thema, glaube ich.«

»Wird es Schmutz geben, oder ist es sauber?«

»Es ist sauber. Alle Modelle sind Freiwillige.«

»Kinder?«

»Nur Jugendliche.«

»Alter?«

»Über fünfzehn.«

»Na gut«, Marcus beugte sich lächelnd zu ihr hinüber. Das Café war inzwischen gedrängt voll, weshalb er sich scheute, von seinem Platz aus laut zu sprechen. »Die Ausreden kenne ich jetzt. Dann erzähl mir mal die Wahrheit.«

»Was meinst du damit?«

»Jugendliche und Erwachsene zusammen in einem Aktions-Wandgemälde, das schon verkauft ist, bevor es gemalt wurde ... Und als Vorposten ein Mädchen mit dem Auftrag, mich zu ›kriegen‹.« Er versuchte wie eine Leinwand zu grinsen, die mit allen Wassern gewaschen ist. »Hör zu, ich habe jahrelange Erfahrung in dem Beruf. Ich bin von Buncher, Ferrucioli, Brentano und Warren gemalt worden. Ich kenne mich aus, weißt du?«

Er wandte den Blick nicht von diesen Augen ab, nicht einmal, als er sein Glas hob, um es bis auf den letzten Tropfen zu leeren. Eine kleine Eislawine begrub seine Nase. War er schon betrunken? Wohl kaum.

»Ich will dir etwas erzählen. Vorigen Sommer habe ich bei einer geheimen Schock-Art am Chiemsee mitgewirkt. Wir wurden in einer Werkstatt in Berlin bemalt, dann hat man uns verkauft und den Sommer über drei Tage pro Woche in einem Privathaus am Seeufer ausgestellt. Es waren vier jugendliche Figuren dabei und mit mir drei Erwachsene.« Marcus betrachtete das Etikett an seinem

Handgelenk. »Diese Erfahrung war ... Wie soll ich sagen? Ich glaube, das passende Wort ist ›erschreckend‹. Aus der Sicht, aus der jede Schock-Art erschreckend ist, meine ich. Es war natürlich auch ein gewisses Risiko dabei. Eine Figur war beispielsweise erst dreizehn ...«

»Willst du mehr Geld?«, unterbrach ihn Brenda.

»Ich will mehr Geld und mehr Informationen. Und mit diesem mythologischen Zeug brauchst du mir nicht zu kommen. Seit undenkbaren Zeiten sind Mythologie und Religion die meistbemühten Ausreden für die Kunst. Die Schock-Art letztes Jahr am Chiemsee hatte angeblich ein religiöses Thema, stell dir das mal vor!« Er lachte kurz auf, doch als er merkte, dass das Mädchen es ihm nicht gleichtat, zog er es vor, wieder ernst zu werden. »Im Grunde ging es nur darum, Nackte und Gewalt zu zeigen, ganz egal, ob in Michelangelos Sixtinischer Kapelle oder in Taylor Warrens Höhle von Liverpool. Genau das waren immer die Inhalte der besten und teuersten Kunst.« Er hob den Zeigefinger, um seine Aussage zu unterstreichen. »Du kannst deinen ›Freunden‹ ausrichten, dass ich genaue Informationen darüber will, was ich tun muss. Und ich möchte meine Einschränkungen vorab vertraglich regeln, genauso wie meine Befreiung von jeglicher Haftung. Das nützt einem zwar wenig, wenn man angezeigt wird, aber immerhin wird der Künstler dann am stärksten belangt. Und ich will den Nachweis, dass das Bild sauber ist und keine Kinder mitmachen, weder freiwillig noch unfreiwillig. Und ich will das Doppelte von dem, was du mir gestern angeboten hast, ich will vierundzwanzigtausend Euro. Das wäre es fürs Erste. Ist das so weit angekommen?«

»Ja.«

Danach trat einen Moment lang Stille ein. Marcus kam der bittere Gedanke, dass er ihr das von der Schock-Art am Chiemsee nicht hätte erzählen sollen. Sie würde glauben, dass er nur marginale Kunst machte, was teilweise sogar zutraf. In seinen guten Zeiten war Weiß in mehreren großen hyperdramatischen Originalen verkauft worden. Aber inzwischen verdiente er fast sein ganzes Geld mit interaktiven Begegnungen und Schock-Arts. Werke wie das Bild von Niemeyer (oder das von Gigli, das er lieber verschwieg) waren da ein paar mittelprächtige Ausnahmen.

»Lass uns gehen«, schlug er vor.

Als sie das Lokal verließen, waren schon fast alle Geschäfte hell erleuchtet. In den abendlichen Fenstern der Galerien an der Maximilianstraße standen noch Leinwände von der Spätschicht in Bildern mit zwei oder drei Figuren. Ihre Körper, ihre Bekleidung (oder das Fehlen derselben) und ihre Bemalung wetteiferten um die Aufmerksamkeit eines großen, sehr heterogenen Publikums. Es gab Bilder für fast jeden Geldbeutel, vom armen Teufel, der für drei- bis viertausend Euro als Skizze eines unbekannten Künstler herhielt, bis hin zu großen Meisterwerken, deren Preise bei einem Essen im Restaurant ausgehandelt wurden. Deren Leinwände hatten früh Feierabend, wurden nie in den Fenstern ausgestellt, aber vom Wachpersonal in ihr jeweiliges Hotel oder ihre Mietwohnung begleitet. Junge Mädchen auf Rollerskates verteilten Werbung für noch weniger bekannte Galerien und für Porträtisten der Zeroplastik. Als sie bei der Straßenecke des Nationaltheaters ankamen, das für eine Premiere hell erleuchtet war, drehte Marcus sich zu dem Mädchen um.

»Und?«

»Ich werde deine Forderungen an meine Freunde weitergeben und dir so bald wie möglich Bescheid sagen.«

Marcus beugte sich zu ihr hinunter, um sich über den Verkehrslärm hinweg Gehör zu verschaffen, und stellte fest, dass Brenda nach nichts roch. Das heißt, sie roch nach fast nichts, irgendetwas ist nämlich immer da, ein Hauch, eine Witterung. Er wusste dies zu schätzen, konnte er doch die olfaktorischen Goldschmiedearbeiten, die manche Frauen ihm darboten, nur schwer ertragen.

»Und jetzt keine berufliche, sondern eine private Frage«, wagte er mit einem verführerischen Lächeln den Vorstoß. »Wo möchtest du heute Abend hingehen?«

»Und du?«

Er kannte unterschiedliche Plätze, um sie auszuführen. Einige, wie die *Interaktive Begegnung* von Haidhausen, wo jeder Besucher, ob Modell oder nicht, zum Bild wurde, wären ihm passend erschienen. Doch schien die Hand, die er ihr auf die Schulter gelegt hatte, ihm die Entscheidung schon abgenommen zu haben.

»Ich wohne in einem Motel in Schwabing. Es ist nichts Besonderes, aber im Erdgeschoss gibt es ein vorzügliches vegetarisches Restaurant.«

»Einverstanden«, sagte Brenda.

Sie nahmen ein Taxi, obwohl Marcus sonst am Odeonsplatz in die U-Bahn stieg. Es war ein kleines Restaurant und gut besucht, aber der Wirt und Koch Rudolf empfing Marcus mit einem breiten Lächeln und führte sie an einen abseits gelegenen freien Tisch. Für Herrn Weiß war immer ein Plätzchen da und auch eine Flasche Wein, das war doch selbstverständlich, und der war hocherfreut, vor Brenda als Ehrengast hofiert zu werden. Marcus ließ sie für beide Gemüsestrudel und den köstlichen Spargel der Saison kommen. Während des Essens sprach er fast ausschließlich von Zen, Meditation und vegetarischem Essen und wie sehr ihm all dies bei der Ausübung seines Berufs als Bild geholfen haben. Sein Buddhismus war *prêt-à-porter* und er gab das unumwunden zu, ein Kniff, eine Kleinigkeit, die ihm das Leben erträglicher machte. Dennoch bezweifelte er, ob der Glaube irgendeines Zeitgenossen tiefer sein könnte als der seine. Er gab auch verschiedene Anekdoten über Maler und Modelle zum Besten und erreichte immerhin, dass sich die perfekten Linien jener geheimnisvollen Lippen ein wenig bogen. Mit fortschreitendem Abend ging ihm indes der Gesprächsstoff aus. Und das war etwas, was ihm nur ganz selten passierte. Unter seinen Freunden hatte er den Ruf eines geselligen Menschen mit einem hervorragenden Gedächtnis für alle möglichen Geschichten. *Jetzt werde ich euch etwas über eine junge Frau erzählen. Sie heißt Brenda, ich habe sie in München kennen gelernt.* ›Wenn

Sieglinde mich sehen könnte‹, dachte er, und ihm wurde klar, dass er Brenda wie verrückt begehrte. Das ärgerte ihn, weil er wusste, dass sie als Köder vorgeschickt worden war, und er hatte nicht nur angebissen, sondern genoss ihn auch noch in vollen Zügen. Es war nicht zu leugnen, dass diese Leute, wer es auch sein mochte, ins Schwarze getroffen hatten, indem sie Brenda für ihn auswählten. Sie war die anziehendste Frau, der er seit langem begegnet war. Ihre Zurückhaltung, die Art, ihr Geheimnis zu bewahren, während sie ihm die Tür zur Hälfte öffnete, ließen ihn für sie entbrennen. *Leute, ich will euch mal erzählen, was sie für eine Frau war.* Natürlich versuchte er, seine Gefühle zu verbergen. Er wollte nicht, dass sie entdeckte, wie rasch sie ans Ziel gekommen war. Oder wusste sie es längst? Lag nicht ein spöttischer Glanz in jenen tiefblauen Punkten?

»Du bist keine Deutsche, nicht wahr?«, fragte er sie beim Nachtisch.

»Nein.«

»Amerikanerin?«

Sie schüttelte den Kopf.

»Wenn du nicht willst, musst du es mir nicht sagen.«

»Ich sage es nicht«, erwiderte sie.

»Es ist mir auch egal, von wo du kommst.«

Seine Lippen bebten. Die ihren wirkten dagegen wie aus Holz geschnitzt.

Er bezahlte eilig und verließ mit ihr das Lokal. Der Punk an der Rezeption des Motels hielt schon seinen Zimmerschlüssel bereit. Das Zimmer war klein und roch muffig, aber in diesem Moment hätte es ein Saal in der Residenz oder eine öffentliche Toilette sein können, es war Marcus gleichgültig. Er schob Brenda in die Finsternis und suchte mit dem Mund den ihren. Sie entzog sich geschickt seinen Liebkosungen, beugte die Knie und rutschte wie schwerelos an seinem Oberkörper herab. Marcus keuchte, als er ihre Absicht erriet.

Damit hatte er ja nun gar nicht gerechnet. Er nahm sich vor, das Vorspiel auszudehnen, während sie sich auszog, oder sie selbst auszuziehen, zum Beispiel auf dem Boden, wie Kate Niemeyer das mochte. Die Malerin war seine letzte feste Beziehung gewesen. Sie liebten sich, wenn er in München war, in seinem Motel, in ihrem Hotel oder sogar in einem Museumsflur, wie neulich, Leinwand und Künstlerin eng umschlungen. Aber Brenda kam schnell zur Sache. Marcus war sicher, dass er platzen würde, bevor er sie auch nur berühren könnte.

»Warte«, flüsterte er mit bebender Stimme. »Warte einen Augenblick ...«

Was er befürchtet hatte, trat nicht ein. Sie wusste, wann sie einhalten und wann beschleunigen musste, welche Stellen sie zunächst besser unberührt lassen sollte. Nach einem erregenden Vorspiel umfing Brendas Mund sein Glied wie ein Futteral aus heißem Fleisch, während sie die Hände in seine Pobacken grub und ihn zu sich hinzog. Meine Güte, diese Frau war ein bombastisches Vakuum. Kundalini, die Schlangenkraft, reckte ihren geschuppten Kopf und fragte ihn, was los sei. Marcus stöhnte, kratzte mit den Nägeln den Kalk von den Wänden und biss sich, vollkommen die Kontrolle verlierend, auf die Unterlippe. Als alles vorbei war, verharrten sie in derselben Stellung. Er, mit der Stirn an der Wand, nahm den unverwechselbaren Geschmack seines eigenen Blutes wahr (die Farbentferner hatten seine Lippen ausgetrocknet, die beim Biss aufgeplatzt waren); sie kniend, ebenfalls mit Marcus' Geschmack im Mund. Dieser empfand die Parallelität seiner Körperflüssigkeiten in ihren Mündern beinahe wie eine künstlerische Symmetrie.

Brenda erhob sich, und Marcus machte in dem kleinen Zimmer Licht.

»Meine Güte«, sagte er und fügte hinzu: »Das war gut.«

Er erhielt keine Antwort. *Leute, wie schweigsam diese Frau doch ist.* Brendas Augen sahen ihn an, ohne zu blinzeln: kleine schwarze Punkte in einem leeren blauen Ring. Ihre Lippen waren nicht verschmiert. Ihr – perfekt skizziertes – Antlitz spiegelte eine Entrückung, eine große

Losgelöstheit von Gefühlen und Erfolgen, für die Marcus nur ein Wort fand: Symbol. Brenda kam ihm mit einem Mal symbolisch vor, als eine Art Archetyp seiner innersten Wünsche. Er dachte, wenn die Gesellschaft dieser Frau etwas vermissen ließe, so wären das Individualität und Unvollkommenheit. Und es gingen ihm lauter unbeantwortete Fragen durch den Sinn: War das Individuelle dem Archetypischen vorzuziehen? Die Unvollkommenheit der Vollkommenheit? Die Emotionen dem Intellekt? Die Natürlichkeit der Künstlichkeit? Als ihm zu Bewusstsein kam, dass eine Fellatio verantwortlich für diese geistigen Höhenflüge war, da glaubte er beinahe, das tragische Schicksal des Menschen zu verstehen.

Er wollte sie küssen, aber Brenda wich ihm aus.

»Wollen wir uns setzen?«

Bevor sie ihm entkommen konnte, war es Marcus gelungen, seine Finger für einen flüchtigen Augenblick über ihre wundervolle Haut gleiten zu lassen. Ihm wurde klar (obwohl ihm das fast unmöglich erschien), dass er sie zum ersten Mal berührte. Die Textur war wie bei einem Baby, nur ein wenig fester. An seinen Fingerkuppen blieb ein öliger Film haften, ein viskoses Nichts. Dass es eine Creme war, glaubte er nicht. Brendas Haut war fettiger als die anderer, das war alles, so was gab es. Diese Leute blieben immer jung. Das Geheimnis der ewigen Jugend und des vorzeitigen Todes ist ein- und dasselbe: Fett. Vielleicht lässt sich aus dieser schlichten, primitiven Überlegung die traurige Tatsache ableiten, dass nur jung bleiben kann, wer jung stirbt.

So schlecht konnte die Welt wiederum nicht sein, wenn die Natur imstande war, Wesen wie Brenda hervorzubringen. Marcus nahm sich vor, sie in einer endlosen Nacht Handbreit für Handbreit zu genießen.

Ihm fiel ein, dass er eine Flasche Ballantines vorrätig hatte. Er durchquerte das Zimmer und goss zwei Gläser Whiskey ein. Brenda setzte sich auf die Lehne des einzigen Sessels und schlug die Beine übereinander. Neben ihr stand ein Beistelltisch, randvoll mit Fläschchen und

Dosen: lipoplastische Lotionen, kosmetische Cremes, Kontaktlinsen und die dazugehörigen Lösungen, kapillare Duft- und Farbstoffe. Neben all diesen Mitteln lag eine schwarze Maske. Brenda nahm sie in die Hand.

»Sei vorsichtig damit, ich brauche sie morgen«, sagte Marcus. Er trug gerade die Whiskeys herbei, als er plötzlich stehen blieb: »Oh, Scheiße!«

Ihm war eingefallen, dass er seinen Rucksack mit den Farben und der Federkrone in Rudolfs Restaurant liegen gelassen hatte. Aber jetzt war es zu spät, um ihn zu holen. ›Egal‹, sagte er sich. ›Rudolf wird ihn für mich aufheben.‹

Brenda legte die Maske wieder an ihren Platz zurück.

»Ich dachte, du würdest nur im Max Ernst ausgestellt?«

Während ihn noch der vergessene Beutel beschäftigte, antwortete Marcus abwesend: »Nein, ich posiere auch in einem Werk von Gianfranco Gigli, als Ersatzmann, aber nur dienstags. Morgen Nachmittag bin ich dran. Eigentlich bin ich wegen Giglis Bild in München. Möchtest du noch?«

»Wenn du auch noch nimmst.«

Marcus gefiel die Antwort, und er schenkte beiden großzügig nach. Die Nacht versprach lang zu werden. ›Morgen, bevor ich gehe, werde ich im Restaurant vorbeischauen und den Rucksack holen‹, dachte er. ›Das ist kein Problem.‹

»In welcher Galerie posierst du den Gigli?«, fragte Brenda.

Er setzte an, ihr dieselbe Lüge aufzutischen wie allen anderen auch (›Ich wechsele von einer zur anderen‹), aber als er die ruhige Gelassenheit der Frau sah, beschloss er, dass er ihr nichts verschweigen müsse.

»In gar keiner«, sagte er.

»Bist du gekauft?«

»Ja, von einem Hotel«, lächelte er (›Mein großes Geheimnis!‹, dachte er voller Scham). »Das Wunderbar, kennst du es? Es ist eines der neuesten und luxuriösesten Münchener Hotels. Die Hauptattraktion dort ist die Dekoration aus hyperdramatischen Werken. Heutzutage ist das zwar nichts Neues mehr, aber als es eröffnet wurde, war es fast das einzige deutsche Hotel dieser Art. Ich stehe als Bild in einer Suite. Wie findest du das?«

»Gut, wenn sie entsprechend zahlen.«

Wie Recht sie doch hatte! Mit einem einzigen Satz hatte Brenda ihm bewiesen, dass er sich dafür nicht zu schämen brauchte.

»Sie zahlen sehr gut. Und offen gestanden habe ich nichts dagegen, in einem Hotel zu posieren. Ich bin ein professionelles Bild, und es ist mir egal, wo sie mich hinstellen. Das Problem sind die Zimmergäste.« Er verzog das Gesicht und nahm einen Schluck aus seinem Glas. »Aber, wenn du einverstanden bist, würde ich lieber das Thema wechseln.«

»Ist gut.«

Brenda wollte nichts, verlangte nichts, zeigte keinerlei Neugier. Und mit dieser Haltung einer verschlossenen Schatztruhe brach sie Marcus' Abwehr.

»Na schön, du kannst es ruhig wissen. Aber erzähl es bitte niemandem, weil es niemanden etwas angeht. Weißt du, wer in dieser Suite untergebracht ist? ... Es ist verrückt, aber sie wurden als eines der besten Bilder der Kunstgeschichte gehandelt.« Er sprach die Worte mit gewollter Verachtung und voller Spott aus. »Keine Geringeren als die beiden Figuren von Bruno van Tyschs *Monstern.*«

Wenn er die Absicht hatte, der jungen Frau irgendeine Reaktion zu entlocken, so hatte er jedenfalls sein Ziel verfehlt. Brenda blieb vollkommen ruhig, die Beine hatte sie übereinander geschlagen. (Wie vollendet der Glanz auf ihren nackten Oberschenkeln war, genauso wie auf ihren Luxusschuhen: Wenn die Natur die Kunst nachahmt, dann ist sie noch kunstvoller als die Kunst selbst, dachte Marcus.)

Marcus ließ seinen lange unterdrückten Emotionen freien Lauf. Jetzt, da er endlich jemanden über die unangenehme Seite seiner Arbeit ins Vertrauen gezogen hatte, gab es kein Halten mehr.

»Manchmal habe ich einen komischen Gedanken, Brenda. Ich verstehe die moderne Kunst nicht. Kannst du dir das vorstellen? Diese Ausstellung ... ›Monster‹ ... Ich nehme an, dass du sie mal gesehen oder zumindest davon gehört hast. Sie ist diese Saison im Haus der Kunst zu sehen. Warum der Schöpfer von ›Blumen‹ sich anschließend eine solche Sammlung vorgenommen hat, bleibt eins der größten Geheimnisse der Kunst ... Lebende Schlangen mit Mädchenhaaren, ein Todkranker, ein Verrückter ... und diese beiden fetten Gauner, für die ich als Bild posiere.« Er stockte und trank einen Schluck. »Es kann nicht sein, dass ein Kunstwerk die Kunst nicht versteht, findest du nicht auch?« Einen kurzen Moment lang erwiderte sie sein Lächeln. Plötzlich verfinsterte sich Marcus' Miene. »Aber das meine ich gar nicht. Es sind diese beiden Schweine. Ich muss sie zwar nur einen Tag in der Woche ertragen, aber es kostet mich jedes Mal mehr Überwindung ... Wenn ich sie höre, wird mir übel und ich würde mich gerne ... übergeben ... Ich finde es unfassbar, dass dieses abartige Pärchen eines der größten Meisterwerke der Kunst überhaupt sein soll und dass Leinwände wie ich sein Schlafzimmer dekorieren müssen ...«

Überwältigt von einer unerwarteten Wut, führte er das Glas an die Lippen und stellte fest, dass es leer war. Brenda lauschte ihm in der vollkommensten Ruhestellung. Marcus schämte sich ein wenig, einer Unbekannten (denn er mochte es drehen, wie er wollte, sie war ihm unbekannt geblieben) auf diese Weise sein Herz geöffnet zu haben. Er betrachtete das leere Glas und hob den Blick.

»Na schön, wir wollen uns nicht einen Abend wie diesen verderben, indem wir über die Arbeit reden, oder?«, sagte er. »Ich habe immer noch Farbreste an mir. Ich will mich duschen gehen und bin gleich wieder da. Bedien dich noch von dem Whiskey, und mach's dir gemütlich.«

Brenda deutete ein Lächeln an.

»Ich warte im Bett auf dich.«

Unter der Dusche fiel Marcus Weiß endlich ein, an wen ihn Brendas Augen erinnerten: Es war genau der Blick von Dante Gabriel Rossettis *Venus Verticordia*. Er hatte einen gerahmten Druck dieses präraffaelitischen Gemäldes im Wohnzimmer seiner Berliner Wohnung hängen. Die Göttin hatte eine Brust enthüllt, hielt einen Apfel und einen Pfeil in der Hand und sah den Betrachter direkt an, als wollte sie ihm zu verstehen geben, dass Liebe und Begehren auch gefährlich sein können. Marcus mochte die Präraffaeliten, Burne-Jones, Buncan, Rossetti, Holman Hunt und andere, und fand, dass die geheimnisvolle Schönheit der Frauenbildnisse mit ihrer Aura des Heiligen ihresgleichen suchen konnte. Aber das Leben war noch schöner als die Kunst, das wusste Marcus oder meinte es zu wissen, obwohl ihm nur selten so greifbare Beweise für die Wahrhaftigkeit dieser Überzeugung geliefert wurden wie Brenda. Auch ein Präraffaelit wäre nicht imstande gewesen, Brenda zu erdenken, und das war – vermutlich – der Grund, weshalb das Leben der Kunst stets etwas voraushatte. Wer weiß, für sein Leben war es vielleicht noch nicht zu spät, obwohl es das für seine Kunst schon war. Vielleicht wartete das Leben ja noch irgendwo auf ihn: Kinder, eine feste Partnerin, stabile Verhältnisse, das bürgerliche Nirwana, um für immer Ruhe zu finden. *Lasst uns das Leben genießen, Leute, wenigstens diese eine Nacht.*

Er kam aus dem Bad und nahm ein Handtuch. Das Etikett von Niemeyers Bild hatte er abgelegt, weil er es am nächsten Tag nicht brauchte. Er hatte wieder eine starke Erektion und fühlte sich – falls das möglich war – sogar noch erregter als zuvor beim stürmischen Betreten des Zimmers. Auch schien der Alkohol keinerlei Einfluss darauf zu haben. Er war davon überzeugt, bis zum nächsten Morgen durchhalten zu können, was ihm mit einer Frau wie Brenda nicht schwer fallen würde.

Das Zimmer war wieder dunkel, bis auf das spärliche, durch die Jalousien gefilterte Neonlicht der Straße. In diesem durchbrochenen Halbdunkel sah Marcus das Mädchen. Sie hatte ihm angekündigt, dass sie im Bett auf ihn warten wollte, und da lag sie, das Laken bis zum Hals hochgezogen, und starrte an die Decke. *Venus Verticordia.*

»Frierst du?«, fragte Marcus.

Keine Antwort. Brenda lag bewegungslos da, den Blick auf einen festen Punkt im Dunkeln gerichtet. Diese Haltung war zwar in Erwartung einer gemeinsamen Liebesnacht nicht unbedingt normal, aber Marcus war ihr rätselhaftes Gebaren schon gewohnt. Er erreichte die Bettkante und stützte ein Knie darauf.

»Soll ich dich ganz langsam auspacken, wie ein Geburtstagsgeschenk?« Er beugte sich lächelnd zu ihr hin, indem er sein Gewicht auf die Hände verlagerte.

In diesem Augenblick geschah etwas, was für Marcus im ersten Moment unfassbar schien. Brendas Gesicht zitterte und schwankte, dann verzog es sich in einem unmöglichen Winkel, wie ein Totenhemd, das vom Leichnam abrutscht. Es regte sich und kroch auf Marcus' Hand zu wie eine schrumpelige Ratte, ein verendendes Nagetier. Die nächsten Sekunden waren völlig absurd, guter Stoff für Marcus' Anekdotensammlung. *Jetzt werde ich euch von dem Tag erzählen, als Brendas Gesicht herunterrutschte und auf meine Hand zuwanderte. Komisches Gefühl, Leute. Wie in Trance.* Marcus sah die ausgehöhlte Einheit aus Nase, Mund und Augen zusammensacken und über die Decke bis zu seinen Fingern gleiten. Als hätte er sich verbrannt, schrak seine Hand davor zurück, ein Schauder überlief ihn, und er stieß einen erstickten Schrei aus, bevor er erkannte, dass er es mit einer Art Maske aus irgendeinem wächsernen Material, vermutlich Zeroplastin, zu tun hatte. Die üppige blonde, zu einem Pferdeschwanz zusammengefasste Haarpracht blieb tot und leer auf dem Kopfkissen liegen, unheimlich wie ein Dach ohne Wände.

Ich will euch von dem Tag erzählen, als Brenda zur Murmel wurde, zur Erbse, zum Winzling, zum Nichts. Ich will euch von dem schaurigen Tag erzählen, als Brenda sich in einen Punkt im Mikrokosmos verwandelte.

Er schlug das Laken zurück und stellte fest, dass das,

was er anfangs für den Körper des Mädchens gehalten hatte, nichts weiter war als ihre Kleider (Jacke, Rock und sogar die Schuhe), zu einem Bündel zusammengeschnürt, wie Pennäler es auf Klassenfahrten zu tun pflegen, um ihr artiges Schlafen vorzutäuschen.

Aber die Maske ... die Maske war das Unbegreifliche.

Ein Kälteschauer ließ ihn mit den Zähnen klappern.

»Brenda ...«, raunte er ins Dunkle.

Er vernahm ein Geräusch hinter seinem Rücken, aber da er nackt war und auf dem Bett hockte, konnte er nicht schnell genug reagieren.

2

LINIEN.

Ihr Körper war ein Bündel aus Linien. Das Haar beispielsweise bestand aus lauter weichen Wellenlinien bis in den Nacken. Oder die Augen, zwei Ellipsen und ein Ring in der Mitte. Oder die konzentrischen Kreise der Brüste. Oder der winzige Strich, der ihr Nabel war. Oder der Möwenfuß des Geschlechts. Sie tastete sich ab, hob die rechte Hand zum Hals und ließ sie abwärts wandern, durch die Mulde zwischen den Brüsten, über den Grat des Bauchmuskels hinweg. Dann umfasste sie die Rundung ihrer Bizeps. Sich zu berühren veränderte ihre Empfindung. Sie fühlte sich ein wenig lebendiger: weiche, auspressbare, formbare Oberflächen. Konturen, die einluden zu verweilen. Süße Finger und Insekten anlockende Labyrinthe. Sich zu spüren verlieh ihr Volumen.

Ihr war zum Weinen zumute, wie beim Abschied von Jorge. Was sie sah, war eine Haut aus gelbem Perlmutt. Eine hypothetische Träne hätte auch zwischen Lid und Mundwinkel eine senkrechte Linie gezeichnet, vermutete sie. Eigentlich war sie gar nicht traurig, aber sie war auch nicht froh. Ihr Bedürfnis zu weinen war das Ergebnis einer farblosen Emotion, eines linearen Gefühls, welches sich in der Zukunft zweifellos noch deutlicher abzeichnen würde. Sie stand am Anfang, auf der Ausgangslinie (das war das passende Wort), eine krumme Figur, die in der

Welt der Geometrie darauf wartete, von einem Künstler erwählt, schattiert und ausgeformt zu werden. Und was kam danach? Sie würde warten müssen, bis sie es erlebte.

Im Übrigen konnte ihr momentaner Zustand als schwerelos bezeichnet werden. Die Imprägnierung hatte sie von Ballast befreit. So sehr, dass sie sich selbst kaum wahrnahm. Obwohl sie nackt war, empfand sie keine Kälte, ja nicht einmal Frische oder irgendetwas, worauf die Bezeichnung ›Temperatur‹ zugetroffen hätte. Trotz der Unbequemlichkeiten der Reise fühlte sie sich immer noch frisch und energiegeladen, so, als könnte sie noch stundenlang mit abgewinkeltem Oberkörper oder auf Zehenspitzen dastehen. Die mysteriöse Tablettenmischung, welche sie auf Anordnung von F & W einzunehmen begonnen hatte, ließ ihre körperlichen Bedürfnisse in den Hintergrund treten. Es erschien ihr wunderbar, sich nicht mehr mit dem Dilemma ihrer Verdauung auseinandersetzen zu müssen. Über zwölf Stunden waren vergangen, seit sie das letzte Mal auf der Toilette war. Sie hatte seit Samstag keine feste Nahrung mehr zu sich genommen – und vermisste sie nicht. Sie war weder nervös noch ruhig: Sie wartete, das war alles. Ihr Gemüt war ganz und gar Entwurf. Zum ersten Mal in ihrem Leben empfand sie sich wahrhaft als Leinwand. Und vielleicht nicht einmal das. Eher als Werkzeug. Ein Hammer, eine Gabel oder eine Pistole, überlegte sie, hätte ihren Zustand besser nachempfinden können als eine Person.

Ihr Kopf war frei. Unglaublich frei. Denken war für sie, als würde sie den ondulierten Horizont einer Sandwüste betrachten. Das freute sie. Es war kein Gedächtnisverlust. Denn sie konnte sich an alles erinnern, nur fügten die Erinnerungen ihr keinen Schaden mehr zu. Alles stand bereit, sorgfältig sortiert und in Reichweite, wie in einer Bibliothek (wenn sie wollte, konnte sie an ihre Eltern denken, an Vicky, an Jorge), aber sie hatte es nicht mehr nötig, in ihrer Vergangenheit zu blättern, um leben zu können. Es war ein phänomenales Gefühl, eine andere zu sein und dabei dieselbe zu bleiben.

Im Haus war es vollkommen still. Sie wusste nicht, wo man sie hingebracht hatte, nachdem das Flugzeug auf dem holländischen Flughafen Schiphol gelandet war. Sie nahm an, dass sie sich irgendwo außerhalb von Amsterdam befand. Der Flug hatte eine gute Stunde gedauert, aber eine Stunde kann sich ewig hinziehen, wenn man die Augen verbunden hat und sich nicht rühren kann. Doch die Zeit war mit Claras Körper ein Bündnis eingegangen, und sie hatte kaum Unwohlsein verspürt.

Sie war als künstlerisches Material befördert worden – zum ersten Mal. Stimmt, einmal war sie als Jugendliche bei *The Circle* mit Nylonschnüren gefesselt und mit verbundenen Augen in gepolstertes Papier gewickelt und in einen Karton gesteckt worden. ›Auslöschungsprobe‹ wurde das genannt und sollte dazu dienen, die zukünftige Leinwand auf ihren Objektstatus vorzubereiten. Aber diesmal verhielt es sich anders, weil es ein authentischer Materialtransport gewesen war. Vor dem Gesetz galt nämlich jede imprägnierte und etikettierte Leinwand selbst unbemalt als ›künstlerisches Material‹. Ihre bisherigen Dienstreisen hatte sie allesamt als Person unternommen und war erst am Ausstellungsort imprägniert worden. Auf diese Weise hatten die Maler Transportkosten und Zollgebühren gespart und waren dem Risiko von Beschädigungen aus dem Weg gegangen. Die Flucht menschlicher Kunstwerke, die als normale Fahrgäste mit öffentlichen Verkehrsmitteln reisten, um sich anschließend in anderen Ländern übermalen zu lassen, stellte keinen offiziellen Straftatbestand dar; eine entsprechende Gesetzgebung war indes dringend erforderlich. Aus diesem Grund hatte man sie als künstlerisches Material mit allem Drum und Dran befördert.

Sie hatte das kleine Düsenflugzeug mit den zehn Plätzen, in das sie dem uniformierten Mann durch den fahrbaren Gang gefolgt war, nicht von außen gesehen. In der Kabine wurde sie von einem Arbeiter in orangefarbenem Overall erwartet. Dieser sprach sie kein einziges Mal mit ihrem Namen an. Eigentlich hatte er kaum etwas mit ihr geredet (er sprach ohnehin kein Spanisch). Er hatte sie mit Handschuhen angefasst (jeder fasste sie mit Handschuhen an, seit sie imprägniert worden war) und ihr auf die gepolsterte Trage geholfen. Die Lehne war um 45 Grad aufgestellt, und am Rand des ledernen Bezugs stand FRAGILE. Sie musste die Füße gegen ein Stützkissen stemmen, sodass sie leicht angewinkelt blieben. Es war nicht nötig, sich zu entkleiden (Top und Minirock konnte sie anbehalten). Im Gegenteil, der Mann hatte sie in ein zusätzliches Plastiklaken gewickelt, eine Art weiten Poncho, und mit Stickern beklebt, die auf Holländisch und Englisch ihre Zerbrechlichkeit kundtaten. Er hatte ihr lediglich die Schuhe ausgezogen. Mit acht Gummibändern war ihr Leib an die Pritsche geschnallt worden: eines an der Stirn, zwei an den Achseln, eins über der Taille, vier weitere an Händen und Füßen. Sie waren von einer luxuriösen Weichheit. Als er sie festschnallte, achtete der Arbeiter darauf, dass die Etiketten am rechten Handgelenk und am entsprechenden Fußknöchel draußen blieben. Er richtete nur einmal das Wort an sie, als er ihr die Schlafmaske anzog, die genauso aussah wie die Augenschützer, die auf Flügen an müde Reisende verteilt werden.

»Augen schützen«, sagte er.

Das waren die letzten Worte, die ihr galten, bevor sie landeten.

Während des Fluges gab es ein kurzes Zwischenspiel. Die Schlafmaske wurde ihr abgenommen, und jemand reichte ihr eine lange, vertikale, in einen Plastikbecher mit luftdichtem Verschluss eingelassene Röhre, wie eine Linie. Sie trank ohne Durst. Es war Saft. Sie stellte fest, dass es draußen, in der Kabine und in der Welt, Abend geworden war. Während er ihr den Becher zum Trinken hinhielt, prüfte der Arbeiter die Gummigurte an Achseln, Taille und Handgelenken, weil er sichergehen wollte, dass sie keine Druckstellen verursachten. Er verlagerte die Etiketten, um eine ständige Reibung zu verhindern. Ein weiterer Arbeiter untersuchte ihren Bauch mit einer Arztlampe. Daraufhin wurde der Mittelgurt ein wenig gelockert. Sie rührte sich nicht (obwohl sie es hätte tun können), weil es ihr nichts ausmachte, den ganzen Tag in derselben Stellung still zu liegen, wenn es sein musste. Als alles wieder gerichtet war, zog man ihr erneut die Schlafmaske über die Augen.

Sie erlebte die Landung wie ein Fötus, dessen Mutter in einem Riesenrad zur Erde sinkt. Daraus schloss sie, dass es eine Feinanzeige im Menschen geben muss, die einem die Richtung weist, oben und unten, Beschleunigung und Bremsung. Ein Bewusstsein für Pfeile oder Linien sozusagen. Wie ein machtvoller Tänzer ließ die Trägheit der Masse sie auf- und niedergehen, bis die Räder den Boden stempelten wie ein gewaltiges Siegel.

»Vorsicht ... Stufe ... Vorsicht ... Stufe ...«

Die Arbeiter hatten sie an beiden Seiten untergefasst, während sie mit ihr die Gangway hinunterstiegen. Amsterdam blies ihr zum Empfang eine Kelle Nachtluft ins Gesicht. Holland befummelte ihr die Beine, hob den Saum ihres synthetischen Totenhemdes, strich ihr über den Bauch und den warmen Rücken. Welch süßes Versprechen, auf diese schamlose, freche Weise von einem nach Diesel und Düsenmotoren riechenden Holland empfangen zu werden. Das Halsetikett wehte bei einem Windstoß nach links.

Das Flugzeug war ein gutes Stück vom Flughafengebäude von Schiphol entfernt gelandet, dessen Dekoration aus flimmerndem Licht bestand. Am Fuße der Gangway erwartete sie ein weiterer Arbeiter mit einer Transportkarre, ›Kapsel‹ genannt. Clara kannte sie vom Sehen, war aber noch nie damit gefahren worden. Es war eine Trage auf einem Rollgestell und mit einem Deckel versehen. Die Trage war die gleiche wie im Flugzeug und hatte auch eine erhöhte Lehne; der Deckel war eine Hartschale aus Plastik mit Luftschlitzen und mit weiteren Warnhinweisen beklebt. Als er über ihrem Kopf geschlossen wurde, drang kein Laut mehr zu ihr, aber sie konnte durch die Ritzen hinausschauen. Die Schlafmaske hatte man ihr abgenommen, und sie lag bequemer als im Flugzeug (weil sie die

Beine ausstrecken konnte), doch war ihr das nicht so wichtig. Der Arbeiter stellte sich ans Kopfende, und der Wagen fuhr an.

Sie bewegten sich auf ein gestrecktes Gebäude mit Flachdach zu, das sich vor der anmutigen Linie des Kontrollturms lang hinzog. Auf einer Leuchttafel stand in digitalen Leuchtbuchstaben *Douane, Tarief*. Gestalten in langen Plastikponchos, Muskeln, Blößen, Hälse mit orangefarbenen und blauen Etiketten, Gesichter ohne Brauen, imprägnierte glänzende Häute, Frisuren in allen Regenbogenfarben, kahl geschorene Köpfe, junge Frauen und Männer, Mädchen und Jungen, Jugendliche, Kinder, wunderschöne Monster standen im Freien in der von Lichtern schwankenden Dunkelheit; kanonische Bilder, noch unvollendet, noch nicht modellierte Modelle (ein unsagbares Wesen im Rollstuhl, imprägniert und mit kahlem Schädel, weckte Claras Aufmerksamkeit, weil es sich mit dem Blick eines drogensüchtigen Außerirdischen nach ihr umwandte, als sie vorbeifuhr), standen in einer endlosen Schlage vor der Zollabfertigung. Viele waren in Sammeltransporten gereist, manche ohne Wachpersonal, weil für ihre Beförderung keine besondere Ausstattung erforderlich war. Sie war fasziniert von dem umfangreichen Verkehr von Kunstwerken in Holland. So etwas kannte man in Spanien gar nicht, da es für die Einfuhr von künstlerischem Material, wie für vieles andere, keine Vorschriften gab. Wie viel mochten diese Werke wohl wert sein? Die günstigsten tausend Dollar, schätzte sie.

Ihre Kapsel wurde an den Wartenden vorbei ins Gebäude geschoben, ohne dass sie sich anstellen mussten. Es war eine Halle mit Fließbändern und langen Tischen für die Zollabfertigung. Angestellte in blauen Uniformen machten Handbewegungen und wiederholten knappe Anweisungen. Es war alles genauestens geregelt, vorbereitet, vorgeschrieben. Sie wurde neben eine Theke geparkt. Die Abfertigung war schnell erledigt: Formulare abstempeln, Etiketten überprüfen. Danach brachten die Arbeiter sie in einen Nebenraum. Als ihr Deckel gehoben wurde, überschwemmte ein Gemisch aus Männer- und Frauenparfüm ihre Nase. Ein Mann und eine Frau erwarteten sie lächelnd, schweigsam, mit chirurgischen Handschuhen passend zur Farbe ihrer Kleidung und den dunkelblauen Schildchen am Revers (Abteilung Konservierung, erinnerte sie sich). Das Zimmer war ein Büro mit Tisch und Stühlen; es hatte zwei Ausgänge, die eine Tür stand offen. Jemand schloss sie, und es kam ihr vor, als blieben ihre Ohren eine Sekunde lang taub.

»Wie geht es Ihnen? Gut? Mein Name ist Brigitte Paulsen. Das hier ist mein Kollege, Martin van der Olde. Können Sie aufstehen? Langsam, es gibt keinen Grund zur Eile.«

Auf den unerwarteten Klang des melodischen Spanisch der Frau reagierte Clara zunächst überrascht. Sie hatte geglaubt, sie würde weiter behandelt werden wie bisher – als Material. Mit einem Mal verstand sie den Grund für diesen freundlichen Empfang. Die beiden waren Mitarbeiter der Abteilung Konservierung, und die Konservierung war stets darum bemüht, dass die Werke sich wohl fühlten. Sie stellte die nackten Füße auf den Boden – ihre imprägnierten Fußnägel spiegelten das Deckenlicht wider – und erhob sich ohne fremde Hilfe und ohne Schwierigkeiten.

»Danke, es geht mir gut«, sagte sie.

»Herr Paul Benoit, Direktor der Konservierungsabteilung in der Stiftung Bruno van Tysch bedauert, dass er nicht selbst kommen konnte, um Sie zu begrüßen. Er hat mir aufgetragen, Sie in seinem Namen in Holland willkommen zu heißen«, lächelte die Frau. »Hatten Sie eine gute Reise?«

»Danke, sehr gut.«

»Ich nicht gut Spanisch«, mischte sich nun der blonde Herr ein und wurde rot. »Tut mir Leid.«

»Kein Problem«, erwiderte Clara.

»Können wir irgendetwas für Sie tun? Haben Sie irgendeinen Wunsch? Wollen Sie irgendetwas loswerden?«

»Momentan geht es mir gut, und ich brauche nichts«, antwortete Clara. »Vielen Dank.«

»Verzeihung«, die Frau nahm das Halsetikett zwischen die Finger.

»Entschuldigung«, sagte der Mann, hob ihr mit der behandschuhten Linken den Arm und fischte mit der Rechten nach dem Etikett am Handgelenk.

»Sorry«, sagte eine dritte Person (die sie vorher nicht wahrgenommen hatte) und schob sich über den Boden, um das Etikett vom Knöchel zu ergreifen.

›Eigentlich tut es gut, ab und zu als Mensch behandelt zu werden‹, ging es ihr durch den Sinn. Alle Geschöpfe unter dem Himmel und fast alle Gegenstände der natürlichen und der künstlichen Welt sind dankbar für einen liebevollen Umgang, deshalb schämte Clara sich dieses Gefühls nicht. Als parallele rote Linien huschten die Strahlen des Scanners über die senkrechten Striche vom Barcode auf ihren drei Etiketten. Während der Überprüfung verharrte sie reglos lächelnd und starrte die Frau an: Sie beschloss, dass sie schön sei, aber zu düster geschminkt. Außerdem war das Rouge zu dick aufgetragen, was den Eindruck erweckte, als hätte sie jemand links und rechts geohrfeigt.

Danach wurde sie entblößt: Sie zogen ihr den wattierten Plastikponcho über den Kopf und entfernten den Minirock und das Top. Die Deckenbeleuchtung malte Aale aus Licht auf ihre Haut.

»Fühlen Sie sich wohl? Ist Ihnen schwindelig? Sind Sie müde?«

Die junge Frau wandte sich mit ihrem *Berlitz*-Spanisch an sie, während sie ihr mit zierlichen Fingern, wie mit einer Pinzette, den Puls fühlte. Zwischendurch hörte Clara dieselben Fragen in einer anderen Sprache aus dem Nachbarzimmer herüberhallen. War noch mehr Material angekommen? Wer mochte das wohl sein? Sie hätte es gerne gesehen.

Dann wurde sie mit einem anderen Gerät, einer Art Mobiltelefon, das Töne abgab, untersucht. Sie vermutete, dass sie auf ihre Unversehrtheit hin überprüft wurde. Achseln, Seiten, Gesäß, Schenkel, Hüften, Bauch, Venushügel, Gesicht, Haare, Hände, Füße, Rücken, Steiß. Die Instrumente berührten sie nicht: Es waren Grillen mit roten Augen, die im selben Ton sangen, während sie im Abstand von zwei Zentimetern über ihre Haut gehalten wurden. Sie erleichterte dem Personal die Aufgabe, indem sie die Arme hob, den Mund öffnete, die Beine spreizte. In einem flüchtigen Augenblick fragte sie sich, was passieren würde, wenn sie eine schadhafte Stelle an ihr entdeckten. Würden sie sie dann zurückschicken?

Ein weiterer Mann war zu ihnen gestoßen, blieb aber in einiger Entfernung neben der Hintertür stehen, wo er sich mit verschränken Armen an die Wand lehnte. Es sah aus, als würde er darauf warten, dass die anderen ihre Aufgabe beendeten, um mit der seinen beginnen zu können. Er war platinblond, hatte einen ausgeprägten Kiefer und trug eine verspiegelte Brille. Er wirkte grimmig und furchteinflößend, und genau das sollte er vielleicht auch. Das Kabel eines Kopfhörers wuchs ihm aus dem rechten Ohr. Clara sah das rote Schild an seinem Revers: ein Wachmann also. ›Ich muss sie langsam kennen lernen. Das dunkelblaue Schild gehört zur Konservierung, das rote zur Abteilung Sicherheit, das türkise zur Abteilung Kunst ...‹

»Wir sind fertig«, sagte die Frau. »Im Namen der Stiftung Bruno van Tysch wünsche ich Ihnen einen guten Aufenthalt in Holland. Falls Sie irgendwelche Fragen, Probleme oder Bedürfnisse haben, können Sie sich jederzeit an uns wenden. Sie werden ein Telefon bekommen, mit dem Sie unsere Abteilung anrufen können. Wir sind rund um die Uhr für Sie erreichbar. Unsere Kollegen werden Ihnen gerne behilflich sein.«

»Danke.«

»Jetzt übergeben wir Sie dem Sicherheitsdienst. Ich darf Sie noch darauf hinweisen, dass unsere Mitarbeiter von der Abteilung Sicherheit nicht mit Ihnen sprechen werden. Vergeuden Sie also nicht Ihre Zeit damit, ihnen Fragen zu stellen. Sie können sich mit allen Fragen und Anliegen an uns wenden.«

»Und die Kunst?«, fragte sie.

Die Wirkung dieser drei schlichten Worte war überraschend. Die Augen der Frau weiteten sich; die Männer drehten sich zu ihr um und gestikulierten; selbst der Wachmann deutete ein Lächeln an. Schließlich war es die Frau, die antwortete.

»Die Kunst? Oh, die Kunst macht, was sie will. Die Kunst macht das Ihre, und keiner von uns weiß, was sie vorhat. Und wir können das auch gar nicht wissen.«

Clara erinnerte sich an das lange Schweigen am Telefon, als sie gespannt worden war, und an die Klauseln ihres mit der Stiftung geschlossenen Vertrags.

»Verstehe«, sagte sie.

»Nein, nein«, entgegnete die Frau unerwartet. »Sie werden das nie verstehen.«

Sie gaben ihr eine Art Gummistiefel, und Clara zog sie unverzüglich an. Da sie als unversehrt befunden worden war, wollte sie sich nicht im letzten Moment noch eine Beschädigung zuziehen. Danach wurde sie wieder in den Plastikumhang gehüllt. Ihr fiel auf, dass sie das Top und den Minirock nicht zurückbekam, aber sie legte ohnehin keinen Wert darauf. Der Poncho schmiegte sich weich an ihre nackte Haut. Der Wachmann wandte sich zum Gehen, und Clara folgte ihm langsam, während ihr Umhang bei jeder Bewegung raschelte. Sie verschwanden durch die hintere Tür.

Als sie das Nachbarzimmer durchquerten, warf sie einen kurzen Blick auf einen alten Mann, der nackt, mit imprägniertem Körper und gelben Etiketten dasaß. Seine Augen glänzten. Ihr war danach, einen Moment stehen zu bleiben, um ihn kennen zu lernen, aber der Wachmann setzte seinen Weg unbeirrt fort. Kurz darauf betraten sie einen stillen Privatparkplatz. Der Wagen, in dem sie befördert wurde, bot ihr mehr als genug Platz. Es handelte sich um einen dunklen Lieferwagen mit einer Heckklappe und zwei Vordertüren. Der Kasten hatte keine

Fenster, sodass die Leinwand vor indiskreten Blicken geschützt war. Hinten waren die Sitze bis auf einen herausgenommen, sodass der Wagen noch geräumiger war. Clara hätte sich auf dem Boden ausstrecken können, ohne mit den Füßen an den Fahrersitz zu stoßen, aber vier an den Seiten angebrachte Sicherheitsgurte, mit denen der behandschuhte Wachmann sie anschnallte, gestatteten ihr nicht einmal, den Rücken zu beugen.

Die Fahrt war kurz und wie ein Traum. Durch die Frontscheibe sah sie die grünen Rechtecke der Straßenschilder: »Amsterdam«, »Haarlem«, »Utrecht«, dazu Pfeile, Linien, Leuchtschilder. Die Nacht war gestreift von Strommasten – oder waren es Telefonleitungen? –, welche im vorbeihuschenden Scheinwerferlicht aufleuchteten. Der Wachmann saß schweigend am Steuer. Bald merkte sie, dass sie nicht nach Amsterdam fuhren. Die Lichter, die sie beim Verlassen des Flughafens von Schiphol gesehen hatten, begannen sich zu vereinzeln, was zweifellos hieß, dass sie einen Umweg fuhren. Sie waren mitten auf dem Land. Ein Kältegefühl regte sich in ihrer Magengrube. Einen Moment lang überließ sie sich den absurdesten Gedanken. Fuhr er vielleicht nach Edenburg? Würde der Meister sie noch heute Nacht empfangen? Und was, wenn alles nur ein Traum war und van Tysch sie gar nicht malen wollte, wie sie es dachte, seitdem sie wusste, wer sie unter Vertrag genommen hatte?

Sie warf sich selbst diesen Griff nach den Sternen vor. Ein gutes Bild durfte nicht emotional werden. Dafür hatte sie genug Erfahrung. Sie war eine Leinwand von vierundzwanzig Jahren, bei Gott. Sie hatte mit *The Circle* angefangen und war dreimal von Brentano gemalt worden. Acht Jahre Berufserfahrung sollten eigentlich genügen, um nicht den eigenen Nerven zum Opfer zu fallen, oder? Nein, es ging nicht darum, zu versuchen, sich zu beruhigen. Man musste sich an allem, was geschah, unbeteiligt fühlen. Wie hatte Marisa Monfort noch gesagt? Wie ein Insekt. Wie jemand, der seinen Namen vergessen hat. Eine Leinwand aus Stoff, gewebt aus lauter weißen Linien.

Einmal hatte jemand gesagt, Erinnerungen wären Linien auf weißem Hintergrund: Wir wollen sie auslöschen, wir wollen anders sein, wir wollen nicht sein.

Sie wusste nicht, wie viel Zeit verstrichen war, als sie merkte, dass der Lieferwagen langsamer fuhr. Im Scheinwerferlicht warf sie einen Blick auf bleiche Bäume. Ein Weg. Aus den Augenwinkeln erkannte sie Schubkarren, Rechen, Eimer, Geräte, die sie an die Gartenwerkzeuge ihres Vaters erinnerten, als er mit ihnen die Sommermonate in Alberca verbrachte. Der Wachmann hielt vor einem Zaun. Dann stieg er aus, öffnete das Tor, kehrte zum Lieferwagen zurück und fuhr hinein. Kurz darauf stellte er den Motor ab und öffnete Claras Sicherheitsgurte. Als sie mit dem ersten Gummischuh den Kiesboden betrat, wusste sie, dass dies nicht Edenburg war. Aber eine andere Stadt schien es auch nicht zu sein. Die Scheinwerfer beleuchteten eine Art Garten. Links und rechts ließ die unvollkommene Nacht mit ihren wie gesponnenen Linien die Zivilisation erahnen; es konnten Wohnhäuser oder Industrieanlagen sein, vielleicht auch so etwas wie ein Flughafen oder ein kleines Dorf. Die Nachtluft war frisch, und der Wind zerrte am Saum ihres Plastikponchos. Die Mondsichel am Himmel sah aus wie ein Stück Draht. Sie nahm einen Geruch nach Wald und Moor wahr, einen erdhaften Duft, der auf ihrer Zunge eine klare Empfindung hinterließ, als würde sie ihn schmecken. Sie schob sich eine Haarsträhne aus den wimpernlosen Augen. Sie sah den eigenen Schatten auf dem Kies vor ihren Füßen, düster und verzerrt.

Der Wachmann wartete auf sie, und sie gingen gemeinsam zum Haus. Es war klein und bestand nur aus dem Erdgeschoss mit einer Holzveranda. Auf Clara wirkte es unbestimmt, als würde es ihrer Anwesenheit bedürfen, um es zum Leben zu erwecken. Die Grillen funkten ihre nächtlichen Morsezeichen. ›Hier ist es bei Sonnenaufgang wahrscheinlich wunderschön‹, dachte sie, ›aber jetzt kommt es mir ein bisschen abweisend vor.‹ Sie stiegen die kurze Treppe hoch, und das Knarren der Holzstufen unter den Füßen des Wachmanns erinnerte sie an einen Horrorfilm, den sie vor vielen Jahren mit Gabi Ponce angeschaut hatte.

Ein Schlüsselbund blitzte auf. Innen roch es nach Fichtennadelduft. Sie standen in einer kleinen Diele mit Stufen zur Rechten; links war eine geschlossene Tür. Sämtliche Lichtschalter befanden sich in diesem Eingangsbereich, ein Detail, das Clara sofort auffiel. Der Mann betätigte sie, und die Räumlichkeiten wurden sofort hell erleuchtet. Jenseits der Stufen erschien offenbar ein Teil des Wohnzimmers: weiße Wände, unbehandelte Holztüren, ein großer Spiegel im Ganzkörperformat auf einem Rollengestell, der Boden aus weißen Holzdielen. Später stellte sie fest, dass der Boden im ganzen Haus so war. Die schwarzen Linien der Fugen zwischen den weißen Dielen ließen den Boden wie ein Kalligraphieblatt aussehen oder wie den perspektivischen Entwurf eines technischen Zeichners. Die Tür zur Linken führte in eine schlichte Küche. Das Wohnzimmer setzte sich nach hinten fort und schloss an die Küchenwand an. Ein Sofa, ein ausgebleichter Teppich (einst karmesinrot?), eine kleine Kommode mit drei Schubladen und einem Telefon darauf und ein weiterer Ganzkörperspiegel stellten sein übriges Mobiliar. Die beiden gegenüberstehenden Spiegel täuschten Unendlichkeit vor. Der einzige Wandschmuck bestand aus einer mittelgroßen gerahmten Fotografie. Ein sonderbares Bild, fürwahr. Der Oberkörper eines Mannes von hinten vor schwarzem Grund. Sein dunkles, sorgfältig geschnittenes Haar und die Jacke gingen in einer Weise in die umgebende Dunkelheit über, dass nur die Ohren, der Halbmond des Halses und der Rand des Hemdes zu erkennen waren. Clara erinnerte es an ein surrealistisches Gemälde.

Das Schlafzimmer lag rechts davon; es war großzügig geschnitten und enthielt nichts als eine Matratze auf dem Fußboden, keinen Schrank und keinen Nachttisch. Die Matratze war himmelblau. Von da aus führte eine Tür ins Bad, das schon für die hyperdramatische Arbeit zurechtgemacht war. Hinter der Tür hingen zwei Bademäntel.

Der Mann hatte sich damit begnügt, von einem Raum zum anderen zu gehen. Dabei schien er weniger ihr das Haus vorführen zu wollen, als es zu kontrollieren. Als Clara das Bad anschaute, spürte sie einen Schatten hinter ihrem Rücken. Der Mann. Ohne ein Wort zu sagen, bückte er sich und begann, den Plastikumhang hochzuheben, der sie als Einziges bedeckte. Sie verstand und hob die Arme, um ihm behilflich zu sein. Der Mann zog ihr die Hülle über den Kopf, legte sie zusammen und steckte sie in einen Beutel. Dann bückte er sich noch einmal und zog ihr die Stiefel aus, um sie ebenfalls in den Beutel zu stecken. Anschließend ging er mit der Tasche unterm Arm davon. Sie hörte seine Schritte auf den Holzdielen, die Tür, den Riegel. Als sie hörte, wie sich der Motor langsam entfernte, atmete sie erleichtert auf. Sie verließ das Schlafzimmer und erreichte rechtzeitig eines der Fenster an der Vorderseite, um zu sehen, wie zwei parallele Linien aus Licht die Dunkelheit durchschnitten. Dann war alles schwarz.

Sie war allein. Sie war nackt. Aber sie empfand das keineswegs als unangenehm.

Sie ging die Stufen zur Diele hinauf und untersuchte die Haustür. Sie war abgeschlossen. Dann wandte sie sich den Fenstern zu, mit dem gleichen Ergebnis. Sie prüfte sämtliche Fenster im Haus und eine Hintertür, die sie im Wohnzimmer entdeckte, um festzustellen, dass sie für alle einen Schlüssel benötigte. Sie zog es vor, die Sache anders zu sehen: Sie war nicht eingeschlossen, sondern weggeschlossen. Sie war nicht allein, sie war einzigartig.

Einzigartig und in einem verriegelten Haus weggeschlossen.

Sie war ein Wertgegenstand.

Sie ging ins Wohnzimmer und wandte sich dem Telefon zu. Sie hob ab. Stille. Neben dem Apparat lag ein dunkelblaues Rechteck. Eine Karte mit einer Nummer. Sie nahm an, dass das die Nummer der Abteilung Konservierung war (›Wir sind rund um die Uhr für Sie erreichbar‹), aber was sollte ihr das nützen, wenn das Telefon kaputt war?

Sie folgte dem Kabel und fand den Anschluss in der Wand problemlos. Sie versuchte es erneut, tippte auf irgendwelche Tasten: Der Hörer blieb stumm. Dann wählte sie die Nummer der Karte. Als sie die letzte Taste gedrückt hatte, hörte sie das Freizeichen. Also funktionierte das Telefon nur bei bestimmten Anrufen. Sie legte wieder auf. Sie begriff ihre Lage sofort.

Sie können uns anrufen, aber *nur* uns.

Natürlich.

Sie horchte in die Stille hinein, betrachtete die Leere des gestreiften Bodens. Das Haus war nackt und anonym wie sie. Sie ließ die Hände über die unfassbare Glätte ihrer imprägnierten Schenkel gleiten, dann über die starren Etiketten an ihrem Körper und sah sich dabei die neue Umgebung an. Man musste bei null anfangen, und genau da befand sie sich, am Anfang, am Ausgangspunkt von allem, blank, sauber, auf das Minimalste reduziert und etikettiert.

Da es nichts Besseres zu tun gab, ging sie zu einem der Spiegel, und als sie davor stand, entdeckte sie, dass ihr Körper ein Bündel aus Linien war und sonst nichts.

Ihr Vater beugte sein abgehärmtes, kantiges Gesicht über sie, das durch die Nähe verzerrt aussah mit dieser majestätischen Nase und der großen, viereckigen Brille, in deren Gläsern sie das lang gezogene eigene Abbild erblickte, und redete mit der Stimme einer uralten Tonbandaufnahme auf sie ein.

»Was für ein trauriges Leben, was für ein trauriges Leben, offen gestanden weiß ich nicht, weshalb ich geboren bin, verstehst du das? Ich hätte gerne ein Ziel gehabt, ein Vorhaben wie du, um zu verstehen, wozu ich geboren bin, aber vor allem, um zu verstehen, wozu ich gestorben bin, Kind. Wie traurig, warum musste ich so jung schon gehen, ohne dich richtig gekannt zu haben? Ich wüsste so gerne, weshalb ich dich so früh verlassen musste und nicht mehr mit dir zusammenleben darf. Vielleicht gehörte all dies, diese schmerzliche Trennung, zu deiner Vorbereitung, weil du von Kameras überwacht wirst, die Szene ist fertig, das Drehbuch geschrieben, die Beleuchtung ... sieh mal, das Rampenlicht ... alles nur für dich, meine schöne Tochter. Und die Gesichter, die dich beobachten, die dich anschauen, der Direktor, der Produzent, die Maske ... Na komm schon, steig auf die Bühne. Ich werde dich anschauen, ich werde dich anschauen, ich kann die Augen nicht schließen. Ich muss dich für alle Zeiten anschauen, mein Kind ...«

Danach streckte ihr Vater die Zunge heraus und leckte sich unerwartet die Oberlippe. Er tat dies mit einer sehr kleinen, länglichen Zunge, die in schwindelerregendem Tempo herausschnellte und wieder verschwand.

Als sie aufwachte, war sie dem Weinen nahe, vielleicht hatte sie sogar geweint. Es ist nämlich schwer, sich sicher zu sein, wenn keine Tränen den Vorgang verraten. Sie erinnerte sich ganz genau an den Traum, hatte aber keine Ahnung, was er zu bedeuten hatte. Sie träumte sehr oft von ihrem Vater, seine Person verschwand nie ganz und gar aus ihrem Bewusstsein, vielmehr suchte er sie mit steter Regelmäßigkeit heim. Onkel Pablo hatte ihr einmal gestanden, dass auch er von ihm träumte. Er schrieb es schlichtweg der Tatsache zu, dass er gestorben war. »Die Toten erscheinen einem eben manchmal im Traum«, lautete seine Erklärung, die er mit der Bemerkung ergänzte, das ewige Leben bestünde ohnehin in nichts anderem als darin, die Träume der Hinterbliebenen zu bevölkern.

Sie lag in einer schmutzigen Morgendämmerung auf ihrer Matratze im Schlafzimmer. Als sie sich aufrichtete, sah sie die weiß getünchten Wände und die Linien des Dielenbodens. Sie war immer noch nackt und mit Etiketten versehen, aber weder das Fehlen von Kleidung und Bettzeug noch die drei an ihr festgeschnallten Schildchen hatten ihren bemerkenswerten Nachtschlaf beeinträchtigen können. Sie setzte sich auf die Matratze, stellte die Füße auf den Boden und dachte darüber nach, was zu tun sei.

Da hörte sie Stimmen.

Sie kamen aus dem Wohnzimmer. Es waren mindestens zwei Personen, und sie sprachen Holländisch. Sie lachten, machten laute Bemerkungen. Vielleicht war sie von dem Lärm geweckt worden, den sie beim Hereinkommen gemacht hatten.

Sie glaubte nicht, dass es Mitarbeiter der Konservierung oder der Abteilung Sicherheit waren. Vielleicht waren es Arbeiter, die irgendetwas in Ordnung zu bringen hatten, oder der Reinigungsdienst (wie absurd). Es konnte natürlich auch der erste hyperdramatische Entwurf sein, irgendeine improvisierte Situation, extra für sie inszeniert. Oder der Künstler selbst, der Maler, der sie unter Vertrag genommen hatte und jetzt mit seinem Team kam, um das Material selbst in Augenschein zu nehmen. Clara wollte auf alles gefasst sein.

Sie betrat das Bad und ging auf die Toilette. Ihre Blase war zum Bersten voll, aber das merkte sie erst in diesem Moment. Dann wusch sie sich das Gesicht, richtete ihr Haar (alles unnötig, weil ihr Gesicht sauber und glänzend und das Haar in perfektem Zustand war) und schweifte für einen Moment gedanklich zu Kleidern, Farben und Accessoires ab, zur Erscheinung, die sie sich für den Auftritt vor den Fremden geben wollte, zu Zusammenstellungen, die ihr besser oder schlechter standen, bis ihr einfiel, dass sie nicht zu Hause war, sondern an irgendeinem unbekannten Ort in Holland, und dass sie zudem eine imprägnierte und etikettierte Leinwand war und demnach zu erscheinen hatte, wie sie war, ganz gleich, wer die Neuankömmlinge waren. Sie holte tief Luft, durchquerte das Schlafzimmer und öffnete die Tür.

Zwei Männer durchquerten den Flur.

Einer von ihnen, der ältere, krümmte sich unter dem Gewicht einer Tasche aus Wachstuch und schenkte ihr beim Vorbeigehen keinerlei Beachtung. Er hatte schütteres Haar und trug ein schmutziges Hemd, dazu eine Jeans. Seine Arme waren lang und behaart, fast affenartig, und die Augen hinter den dicken Brillengläsern sahen aus wie zwei in Bernstein eingeschlossene Insekten. Aber

Clara interessierte sich nur für das türkisfarbene Schild, das an einer Hemdfalte klemmte. Zwei Mitarbeiter der Abteilung Kunst, schoss es ihr mit einem ehrfürchtigen Schauder durch den Kopf. Die ersten Mitglieder jenes erlauchten Kreises, mit denen sie Bekanntschaft schloss. Sie hielt die Luft an wie Gläubige in Gegenwart ihrer großen Kirchenpatriarchen. Zwei Mitarbeiter der Abteilung Kunst von der Stiftung van Tysch also. Keine Geringeren als die Assistenten des Meisters und von Jacob Stein. So hatte sie sich diese Leute allerdings nicht vorgestellt, so gewöhnlich und von beinahe schäbiger Erscheinung, aber beim Anblick des Schildchens spürte sie, wie sich ihr Herzschlag beschleunigte.

Der andere Mann schien sehr jung zu sein. Er hatte eine Tasche auf dem Teppich abgestellt und machte sich nun daran, die Jalousien an den Fenstern auf der Rückseite des Hauses hochzuziehen, sodass das Wohnzimmer vom Licht des Morgens überflutet wurde. Er sagte etwas auf Holländisch und drehte sich um. Da sah er Clara in der Tür stehen. Er hielt inne und starrte sie an. Sie lächelte zaghaft, schien ihr doch jede andere Art der Vorstellung fehl am Platz. In diesem Moment stellte auch der ältere Mann seine Tasche auf den Boden, rieb sich die Hände und entdeckte sie nun seinerseits. Beide betrachteten sie.

»Gut, gut, gut«, sagte der junge Mann auf Spanisch und ging ein paar Schritte auf sie zu.

Er war groß, hatte braune Haut und die schwarzen Haare zum Bürstenschnitt frisiert. Das Gesicht war Clara sehr sympathisch, mit dichten, wohl geformten Brauen, L-förmigen Koteletten, Schnurrbart und einem Kinnbärtchen wie die Musketiere im Kino. Er trug afrikanische Halsketten, Ohrringe, Armreifen und Lederarmbänder. Die Anstecknadeln auf seiner Jacke ergaben ein Kompendium aus Erklärungen auf Holländisch. Der ältere Mann neben ihm glich eher dem buckeligen Diener eines diabolischen Professors. Der Gegensatz zwischen den beiden hätte größer nicht sein können.

Sie wechselten einige Sätze auf Holländisch und zeigten dabei auf Clara. Sie blieb still und ruhig an der Tür stehen, ohne auch nur für eine Sekunde den Versuch zu unternehmen, sich zu bedecken.

Als sie mit ihrem kurzen Dialog fertig waren, steckte der junge Mann eine Hand in die Jeans und zog einen Gegenstand heraus. Es war eine Art Kneifzange mit gebogenen, spitzen Enden. Grinsend näherte er sich ihr damit. Clara wich instinktiv einen Schritt zurück.

»Wenn man eine Sache in Gebrauch nimmt«, sagte der junge Mann in musikalischem Spanisch mit südamerikanischem Zungenschlag, während er die Zange auf Claras Hals richtete, »entfernt man ihr zuallererst die Schilder.«

Eins nach dem anderen fielen ihr die drei gelben Etiketten, klapp, klapp, klapp, vor die Füße.

Sie spannte die Bauchmuskeln an, damit Gerardo den achten senkrechten Strich neben ihren Bauchnabel malen konnte. Gerardo trug Gummihandschuhe und hatte einen Filzstift um den Hals hängen, mit dem er die Farbnummer auf ihrer Haut vermerkte. Er stützte sich beim Schreiben kaum auf. Jetzt nahm er den Filzstift und malte unter die Linie eine Arabeske, einen Schmetterling: 8. Dann zog er die Handschuhe aus und schaltete den Kurzzeitwecker ein.

Der Vormittag verging im selben Rhythmus. Clara lag neben einem Fenster rücklings auf der Kommode, hatte die Arme hinter dem Kopf ausgestreckt und ließ die geschlossenen Beine herabhängen. Sie war ein wenig überrascht, hatte sie doch stets geglaubt, die Maler von der Stiftung bedienten sich einer überaus impulsiven Malweise, mehr noch als Bassan oder Vicky. Doch da waren nun diese beiden Typen und probierten gemächlich auf ihrem Körper die Farben aus. Gerardo oblag die Aufgabe, sie zu bemalen: Er öffnete eine Dose, nahm mit dem Finger eine Farbprobe heraus, zog damit auf ihrem Bauch einen Strich und verzeichnete die Farbnummer darunter. Nach jeweils drei bis vier Strichen schaltete er einen kleinen Kurzzeitwecker ein und ließ sie allein, bis die Farben – verschiedene Rosatöne – getrocknet waren. Dann kehrte er zurück, öffnete eine weitere Dose, und alles begann von vorn.

Sie hatten sich ihr nicht vorgestellt, vielmehr hatte Clara ihre Namen den türkisen Lichtbildausweisen entnommen. Der Jüngere hieß Gerardo Williams. Der ältere Justus Uhl. Clara vermutete, dass sie einfache Gehilfen des Hauptmalers waren. Gerardo sprach sehr gut Spanisch, wenn auch mit einem leicht angelsächsischen Einschlag. Sie dachte, er könne Kolumbianer sein, oder auch Peruaner. Uhl sprach sie keinmal an, und seine Art, sie anzuschauen und mit ihr umzugehen, war erheblich unangenehmer als Gerardos.

Am Fenster, in das die Sonne hineinfiel, flog ein Insekt ein ums andere Mal gegen die Scheibe; sein Schatten war eine Linie, ein Entwurf auf ihrer vollkommenen Nacktheit.

Der Kurzzeitwecker schellte, und Gerardo kehrte zurück.

»Wenn wir den richtigen Ton haben, werden wir die Proben auf den ganzen Körper ausweiten«, sagte er, indem er die nächste Farbdose suchte und den Deckel öffnete. »Wir machen das mit einem durchlöcherten Trikot, das geht schneller. Hast du schon mal damit gearbeitet?«

»Ja.«

»Oh«, lächelte er. »Ich hatte vergessen, dass ich eine Expertin vor mir habe.«

»Nein, ich bin keine Expertin, aber ich habe schon ein paar Jahre mit ...«

»Nicht reden ... Moment mal. Streck dich noch ein wenig. Die Arme hinter den Kopf und die Hände zusammenlegen, wie ein Pfeil. So.«

Sie spürte seinen kalten Finger auf der Bauchdecke. Dann den Filzstift. Mit geschlossenen Augen konnte sie die Nummer erraten: Kreis, Linie, Pause. Manchmal berührte er beim Schreiben mit dem Ellbogen ihr Geschlecht.

»Du bist aus Madrid, oder?«, fragte Gerardo, während er am nächsten Farbtöpfchen hantierte, um den Deckel zu heben. Sie nickte. »Ich war noch nie in Madrid, stell dir vor. Von Spanien kenne ich nur Barcelona. Ich muss mir Madrid irgendwann einmal ansehen.«

»Wo kommst du her?«

»Ich? Ein bisschen von hier, ein bisschen von dort. Ich habe in New York gelebt, in Paris, jetzt wohne ich in Amsterdam ...«

»Ich meine nur, weil du so gut Spanisch sprichst.«

Von ihrer gespannten Stellung auf der Kommode aus sah sie ihn mit bescheidener Miene eine Braue heben. ›Er freut sich, wenn man ihn lobt‹, dachte sie.

»Ich bin einfach gut, meine Süße.«

Clara hatte nicht den Eindruck, dass das scherzhaft gemeint war.

»Na dann«, sagte sie.

»Also gut, mein Vater ist Puertoricaner ... Verflucht, diese Dose hier geht nicht auf. Sie traut sich nicht.«

Sie lächelte. ›Könnte denn irgendeine Dose D'Artagnan widerstehen?‹, dachte sie. Sie sah ihn die Stirn runzeln, von der Anstrengung rot werden, Grimassen schneiden. Seine Bizepse schwollen an wie Luftballons.

»Uff, endlich!« Während er mit dem Zeigefinger eine Probe entnahm (rosa, fleischfarben wie die anderen, der Unterschied war schwer zu erkennen), unterhielt er sich weiter mit ihr. »Warst du schon mal in Amsterdam?«

»Ja.« Sie erinnerte sich an ihre Reise vor Jahren mit Gabi Ponce, ein Abenteuer mit Rucksack und abgetragenen Schuhen. »Ich habe etliche Werke von van Tysch im Stedelijk gesehen.«

Sie spürte die kalte Farbe als Strich auf der Haut, der erste der neuen Serie unter dem Nabel.

»Magst du van Tysch?«, fragte Gerardo.

Er behielt den Finger auf ihrem Bauch. ›War da ein spöttisches Funkeln in seinen dunklen Augen?‹, fragte sie sich.

»Ich finde ihn faszinierend. Ich glaube, er ist ein Genie.«

»Bleib jetzt ganz ruhig. So ... Fertig. Ich lass dich einen Augenblick allein, damit sie trocknen können, okay? Es ist ein wunderschöner Tag. Weißt du eigentlich, wo du bist? In einem von den Landhäusern der Stiftung, wo mit den Leinwänden gearbeitet wird. Es liegt südlich von Amsterdam, in der Nähe einer Stadt namens Woerden, nicht weit entfernt von Gouda. Du weißt doch, Gouda, der Käse, hmmm. Kennst du die Gegend?« Clara schüttelte den Kopf. »Es gibt ein paar herrliche Seen ein Stück Richtung Süden, die musst du kennen lernen.« Er sah eine Weile aus dem Fenster und machte dann eine Äußerung, die sie überraschte: »Da hinten zwischen den Bäumen ist eine wunderschöne Landschaft. Fleischfarben und hellrosa angemalt würdest du dort aufgebaut aussehen wie eine Göttin.« Er zeigte auf einen Punkt, den Clara aus der Horizontalen nicht sehen konnte.

»Wirst du mich bemalen?«, fragte sie.

Ihr gefiel das offenherzige Lächeln, das er ihr schenkte. Sein Mund war vielleicht ein wenig zu groß, aber dieses Lächeln hatte etwas Strahlendes.

»Süße, ich bin nur ein *assistant*, so steht es auf meinem Schild. Justus ist auch *assistant*, aber *senior*. Ich will damit sagen, dass wir beide beim Gruppenfoto in die hinteren Reihen gehören. Und auf Pressekonferenzen sitzen wir auch nicht neben den Größen ...«

»Wird van Tysch mich bemalen?«

Gerardo entledigte sich seiner Handschuhe und warf sie in eine Tasche. Als er antwortete, konnte Clara ihm nicht ins Gesicht sehen.

»Alles zu seiner Zeit, Süße. Ungeduld ist für ein Bild nicht besonders zuträglich.«

In diesem Moment geschah etwas. Uhl kam ins Zimmer und redete aufgebracht auf Gerardo ein. Seine Worte verrieten Unmut. Der junge Mann errötete und wich ein paar Schritte zurück. Ihr kam es vor, als wäre Uhl der Vorgesetzte, der seinen Gehilfen rügte, weil er zu viel mit ihr, einer bloßen Leinwand, geredet hatte. Danach drehte Uhl sich zu ihr um und betrachtete ihren auf der Kommode ausgestreckten Körper. Clara erwiderte seinen Blick voller Unbehagen. Die Musterung durch jene fernen Augen, am Ende des gläsernen Brillentunnels, war ihr zutiefst unangenehm. Dann sah sie Uhl einen Finger wie ein Taschenmesser in die Luft strecken und sich ihrem Bauch nähern. Sie nahm sich vor, keinen Millimeter zurückzuweichen, falls sie keine anders lautende Anweisung erhalten würde. Sie spannte die Muskeln und wartete ab. ›Was hat er vor?‹

Sie fühlte Uhls rauen Finger über ihre imprägnierte Haut fahren. Er trug keine Handschuhe und war somit der erste Mensch, der sie mit bloßen Händen berührte. Der Finger zog eine Linie, abwärts. Clara wusste nicht, ob das einen praktischen Grund hatte oder ob es seine Art war, sich beim Nachdenken abzulenken. Sie bemerkte, wie der Finger ihr Geschlecht umrundete, und musste sich unwillkürlich rühren. Uhls Finger zeichnete unsichtbare Linien. Obwohl die Empfindung sie nicht zu erregen vermochte, zielte sie genau darauf ab. Sie spannte die Bauchmuskulatur an und blieb steif. Der Finger wanderte wieder aufwärts und umkreiste ihre Brüste mit einer liegenden Acht – das Unendlichkeitssymbol. Er stieg noch höher zum Hals, zum Kinn. Sie hielt den Atem an. An ihrem Mund machte er Halt und teilte die Lippen. Clara half mit und öffnete die Zähne. Der Eindringling suchte ihre Zunge. Dann zog er sich zurück, als hätte er schon erfahren, was er wissen wollte.

Die Männer ließen sie allein. Clara hörte sie entspannt auf der Veranda miteinander plaudern.

Was hatte die Forschungsreise von Uhls Finger zu bedeuten? War das eine Art, die Textur ihrer Haut zu prüfen? Das glaubte sie nicht. Die Begutachtung war ihr ziemlich zuwider gewesen.

Als der Kurzzeitwecker klingelte, trat Gerardo, mit neuen Gummihandschuhen bewehrt, in ihr Blickfeld und nahm einen anderen Farbtopf zur Hand.

»Justus ist der Chef«, flüsterte er. »Er ist ein bisschen eigen, du wirst ihn schon noch kennen lernen. Welche ist jetzt dran? Ah ja, Nuance 36.«

Mittags wurde sie zum Essen gerufen. Auf dem Küchentisch stand ein Tablett für sie bereit, aus Plastik wie im Flugzeug. Darauf befand sich ein belegtes Brötchen mit Huhn und Salat, ein Joghurt, ein Aroxen-Saft und ein halber Liter Mineralwasser. Sie aß alleine (die beiden waren auf der Veranda), barfuß und nackt, mit einem Lattenzaun aus fünfundzwanzig nummerierten rosa- und fleischfarbenen Strichen auf dem Bauch. Nach einem kurzen Gang zur Toilette arbeiteten sie am Nachmittag ohne Pausen durch. Sie bemalten sie mit weiteren vierzig Streifen, diesmal auf dem Rücken. Wie der Kalender eines Schiffbrüchigen. Die letzten kletterten die Gesäßrundung hinauf. Sie gingen fort und kehrten wieder, um das Ergebnis zu prüfen, manchmal machten sie auch Fotos. Clara versuchte sich einzureden, dass das alles nur die Vorbereitung sei und die Dinge am morgigen Tag schon ganz anders wären. Sie wollte sich nicht eingestehen, dass die erste Arbeitssitzung bei der Stiftung eine Enttäuschung für sie war.

Irgendwann wurde es dunkel, und sie hatte immer noch keine Gelegenheit gehabt, die umgebende Landschaft zu sehen.

»Heute Abend darfst du weder duschen noch die Striche irgendwie bedecken«, wies Gerardo sie an. »Leg dich zum Schlafen auf den Rücken, und stell den Kurzzeitwecker neben die Matratze. Er wird alle zwei Stunden rappeln. Dann musst du dich wenden, wie eine Tortilla.«

»Mhm, ist gut.«

»Morgen sind wir ganz früh wieder da.«

»Mhm.«

»Das Abendessen steht in der Küche. Und denk dran, wenn der Wecker klingelt, zack, einmal umdrehen«, das verdeutlichte er mit einer Handbewegung.

»Wie eine Tortilla«, ergänzte Clara.

»Genau.«

Gerardo lächelte mit glänzenden Augen. Sie hörten Uhl rufen. Der junge Mann machte sich schleunigst auf den Weg.

Es geschah mitten in der Nacht, als der Wecker zum zweiten Mal klingelte.

Clara, die bäuchlings auf der Matratze lag, schrak aus dem leichten Halbschlaf. Als sie sich mit müden Augen umsah, merkte sie, dass die Farbe der Dunkelheit sich veränderte hatte.

Es war etwas sehr Flüchtiges, wie ein Lidschlag. Sie drehte den Kopf und sah zum Schlafzimmerfenster auf der linken Seite. Dort sah sie nur Schatten, die Konturen von Bäumen und Ästen, war aber sicher, dass sie einen Augenblick vorher noch etwas anderes gesehen hatte. Sie richtete sich auf, ihre Ellbogen gruben sich in die Matratze. Ihr stockte der Atem. Sie lauschte. War da nicht das Rascheln von Schritten auf dem Rasen neben dem Fenster zu hören? Es war nicht leicht festzustellen, weil die Bäume bei jedem Windstoß mit den Blättern rauschten.

Sie durchforschte mit den Augen die Finsternis. Sie betrachtete ihre nackten Beine, die nebeneinander ausgestreckt lagen wie parallele Linien. Das Zimmer enthielt nur drei Dinge: sie, den Wecker und die Matratze. Der Wecker hinter ihr tickte im Sekundentakt.

Sie erhob sich und ging mit zaghaften Schritten zum Fenster. Die Dunkelheit war vollkommen. ›Es ist ungeheuerlich, wie beeindruckend die Dunkelheit auf dem Lande sein kann‹, dachte sie. Ihre Haut verlangte nach einer Reaktion, aber die Straffheit ihrer Imprägnierung machte jede Gänsehaut unmöglich. Am Fenster blickte sie in eine Welt aus schwarzen Linien. Sie ging ganz nah an die Scheibe. Für den Bruchteil einer Sekunde erschien ihr ein Ungeheuer mit gelben Zügen, aber sie hatte schon erwartet, sich selbst im Glas gespiegelt zu sehen, und erschrak nicht.

Draußen war niemand, oder jedenfalls sah sie nichts. Sie lauschte. Der Wind raschelte in den Blättern.

Sie bedeckte sich mit den Armen und kehrte zu ihrer Matratze zurück. Sie legte sich auf den Rücken. Das Blut pochte wie ein Holzhammer in ihren Ohren.

Sie erinnerte sich an den Nachmittag, als sie ihre Wohnung verlassen hatte, um imprägniert zu werden. Das Gefühl von damals war dasselbe wie jetzt, nur wesentlich stärker.

Sie hatte den Eindruck, dass irgendjemand sie durch das Fenster beobachtet hatte, kurz bevor der Wecker klingelte.

Da draußen war jemand mitten in der Nacht und hielt Wache.

3

Im Kreis ist das Schrecklichste.

Mit bedrohlicher Langsamkeit erwachen die Monster im Haus der Kunst wieder zum Leben.

Das Mädchen aus dem gläsernen Schwimmbecken mit dem verschmutzten Wasser heißt Rita. Sie ist als Erste an der Reihe, weil ihr Einsatz enorm ist: Sechs Stunden täglich als Bioabfall im Dreckwasser zu treiben, die Haare von Plastiktüten und Exkrementen umwickelt, ist wahrhaftig nicht einfach. Das Bild wurde von einer schwedischen Firma gekauft, und die monatliche Mietzahlung machte das Unmögliche möglich: dass Rita jeden Tag in diesem Abwasser schwimmt und glücklich ist. In ihrer Freizeit genießt sie sogar ein gewisses soziales Leben (obwohl sie darüber klagt, dass der Geruch an ihrem Haar haften bleibt). Jetzt schnappt sie gerade an der Oberfläche nach Luft, derweil sie auf das Sinken des Wasserspiegels wartet. Ihr Gesicht ist nicht zu sehen, nur die langen Beine, die sich wie weißliche Algen im trüben Bassin bewegen. Aber wenn sie sich über ihre stinkenden Haare beschwert, dann sollte sie mal an Sylvie denken. Sylvie Gailor ist Medusa, ein Ölbild, dessen Wert auf über dreißig Millionen Dollar geschätzt wird und eine astronomische Monatsmiete verschlingt. Das liegt daran, dass die zehn lebendigen, ultramarin angemalten Schlangen, die sich auf ihrem Kopf winden, gefüttert und in regelmäßigen Abständen in ihre Ausgangsstellung zurückgebracht werden müssen. Sie haben die Länge einer Erwachsenenhand und stecken in einem haarfeinen Drahtkorsett, das ihnen lediglich erlaubt, Schwanz und Kopf zu bewegen. Schlangen verstehen in der Regel nichts von Kunst und werden ziemlich nervös, wenn man sie zwingt, sechs Stunden am Tag zusammengedrückt unter einem Haarclip auszuharren. Manche verenden an Sylvies Kopf, andere schlagen in blinder Raserei um sich. Umweltverbände und Tierschutzvereine haben bereits Anzeige erstattet und vor den Toren von Museen und Galerien protestiert. Sie sind schon altbekannt und stellen gegenüber den Gruppierungen, die sich über die anderen Werke der Sammlung beschweren, letztlich eine unbedeutende Minderheit dar. Aber an die arme Sylvie scheint niemand zu denken. Es stimmt natürlich, dass sie dafür bezahlt wird. Andererseits: Wer könnte all die schlaflosen Nächte bezahlen, den sonderbaren Widerwillen, sich zu kämmen, dieses gespenstische Gefühl, das sie bisweilen mitten in einer Unterhaltung anfällt, oder beim Lachen, beim Essen im Restaurant oder bei der Liebe, und das ihr den Eindruck vermittelt, ihr würde jemand ungebeten ins Haar fahren oder eine Strähne einklemmen oder sie ohne Fingernägel kratzen?

Zehn Meter hinter Sylvie steht Hiro Nadei, ein japanischer Greis, ockerfarben bemalt, mit einem Blümchen in der rechten Hand, einer Jasminblüte. Hiro ist ein authentischer Überlebender von Hiroshima und sechsundsiebzig Jahre alt. Als seine Stadt bei dem atomaren Inferno in die Luft gesprengt wurde, war er gerade mal fünf Jahre alt gewesen und hatte einen Jasmin in ebendieser Hand gehalten. Er wurde fast unversehrt aus den Trümmern geborgen. Am schwierigsten war es, ihn dazu zu bewegen, die rechte Hand zu öffnen, die er zur Faust geballt hatte. Einen Monat später gelang es endlich, da war von dem Blümchen nicht mehr viel übrig. Vor zwei Jahren war van Tysch diese Geschichte zu Ohren gekommen, und er hatte ihn angerufen, um ein kleines Ölbild mit ihm zu machen. Herr Nadei hatte nichts dagegen. Er war Witwer, lebte alleine und wünschte sich nichts weiter, als zu sterben, wie es schon in jenem schrecklichen Augenblick hätte geschehen sollen. Das Gemälde trägt den Titel *Die geschlossene Hand* und wurde an einen Nordamerikaner verkauft.

Am entgegengesetzten Ende des Saales liegt ein junger Filipino, der HIV-positive Kim, im Endstadium seiner Krankheit im Sterben. Er wird im Krankenbett ausgestellt, mit Totenfarben bemalt und mit der intravenösen Nadel, die wie ein Dorn in seinem knochigen Arm steckt. Sein Atem geht mühevoll, und er muss gelegentlich künstlich beatmet werden. Er ist der Ersatzmann Nummer sechzehn eines Bildes, dessen Dauerhaftigkeit allein schon Kunst ist: das Bild vom Andauern der menschlichen Tragödie. Natürlich macht er das nicht gegen Geld. Kim will als Kunstwerk sterben, wie alle seine Vorgänger. Er möchte, dass sein Tod eine Bedeutung hat. Er möchte seinen Beitrag leisten, damit das Werk andauert, um gerade nicht anzudauern. Stein hat dieses Werk in einem genialen Satz zusammengefasst (er hat eine Begabung für Sinnsprüche dieser Art): »*Endstadium* ist das erste Bild in der Kunstgeschichte, das erst anfängt, schön zu sein, wenn es aufhört zu sein.«

In der Nähe von *Endstadium* wird *Die Puppe* ausgestellt. Jennifer Halley, eine achtjährige Leinwand, steht rosa bemalt in einem schwarzen Kleid da und hält eine Puppe im Arm. Aber die Puppe ist lebendig und sieht aus wie einer dieser verhungerten Embryonen mit aufgequollenem Bauch, die uns mit großen Augen aus dem Abgrund der Dritten Welt anschauen. Doch was ein Kind zu sein scheint, ist ein Erwachsener, eine zwergwüchsige Leinwand namens Steve. Steve ist nackt, mit dunklen Farben bemalt, weint und liegt unruhig in Jennifers Armen. Ein Stück weiter steht *Der Gehenkte* und baumelt an seinem Galgen. Dann kommen die *Gefolterten Mädchen. Hitler*, in ein Gewand aus unbehandelten Tierhäuten genäht, strömt einen so beißenden Gestank aus, dass einem die Augen tränen. Die geistig Zurückgebliebenen in Manageranzügen erfreuen sich an den Farben ihrer Krawatten und am Speichel, der darauf tropft wie flüssiger Diamant.

Heute, am 27. Juli 2006, waren viertausend Besucher in dieser ungeheuerlichen Ausstellung. Vor dem Eingang stand den ganzen Tag eine Schlange, aber es konnten nicht alle eingelassen werden, da die Sicherheitskontrollen so viel Zeit in Anspruch nahmen. Wer es heute nicht geschafft hat, wird morgen wiederkommen müssen. Die *Monster* machen Feierabend. Die Gemälde mit Geist und Verstand, Extremitäten und Gesichtern freuen sich, ihre Kollegen zu begrüßen. Endlich Dienstschluss. Aber zum runden Podium in der Mitte des Raumes schaut keiner.

Im Kreis ist das Schrecklichste.

Da befinden sich die wahren Monster.

Der Kran jaulte, als das sie umgebende Schutzglas sich zu heben begann. Fünf Techniker umstanden mit den Mitarbeitern der Sicherheit das große Podium. Die gläserne Haube ist schwer, hermetisch und braucht eine Minute, bis sie vollständig gehoben ist. Es handelt sich um einen durchsichtigen Zylinder aus fünf Zentimeter dickem Panzerglas mit einem gleichartigen Deckel. Während der ersten Ausstellungsmonate gab es den Deckel nicht. Man hatte geglaubt, dass eine drei Meter hohe, kugelsichere Scheibe genügen würde, um sie zu schützen. Doch als die Schau im Januar 2006 in Paris gezeigt wurde, hatte ein Besucher Scheiße hineingeworfen (seine eigene, wie er später zugab). Er hatte sie in einer Tüte mitgebracht, und der Metalldetektor hatte natürlich nicht angeschlagen, auch nicht das Röntgengerät oder der Körperscanner, ebenso wenig die Programme zur Bildanalyse, die den Inhalt von ausgebeulter Kleidung, Frauenbäuchen und Kinderwagen ergründeten. Im 21. Jahrhundert, so fand ein Journalist anlässlich dieses Ereignisses, sei es sogar möglich, Terroranschläge mit Scheiße zu verüben. Im 22. Jahrhundert mag das schon nicht mehr möglich sein, wer weiß.

Als der betreffende Besucher in der ersten Zuschauerreihe vor der Sicherheitsabsperrung angelangt war, schleuderte er sein Geschoss so geschickt los, dass es in der Luft einen Bogen beschrieb. Aber der Aggressor traf trotzdem nicht: Der Kot klatschte oben an die Kante der Scheibe und spritzte ins Publikum. ›Ist Ihnen das schon mal passiert‹, fragte derselbe Journalist seine Leser, ›dass Sie ein Museum für moderne Kunst besuchen und plötzlich das Gefühl haben, es würde Ihnen Scheiße in die Augen fliegen?‹ So in etwa.

Seitdem besitzt der Schutzpanzer um die Walden-Brüder auch ein Dach.

»Wie geht's, Hubert?«

»Gut, Arnold, und dir?«

»Nicht schlecht, Hubert.«

Die beiden Brüder entledigten sich mit Hilfe eines im Hosensaum versenkten Reißverschlusses problemlos ihrer grauen Sträflingskostüme. Nackt sahen Hubertus und Arnoldus Walden wie zwei kolossale, von ihren Trainern ehrgeizig gepäppelte Sumoringer aus. Das technische Personal legte ihnen die mit ihrem Namen versehenen Bademäntel über, die sie vor den planetarischen Bäuchen zuschnürten, in deren Schatten die winzigen, depilierten, wie Wachteleier anmutenden Genitalien lagen.

»Eines Tages werdet ihr uns die falschen Bademäntel verpassen, dann wird das Bild billiger.«

Das technische Personal stimmte im Chor ein Lachen an, weil es Anweisung hatte, die beiden nicht herauszufordern.

»Nimm das Frotteetuch da, Franz«, sagte Arnoldus, »und rubble mich so sanft, als wäre ich deine Mutti.«

»Herr Robertson hat wieder für euch angerufen«, bemerkte ein Gehilfe.

»Der ruft doch jeden Tag an«, spöttelte Hubertus. »Er will immer noch einen Film mit uns machen, zusammen mit diesem amerikanischen Autor, der den Nobelpreis bekommen hat.«

»Er gehört zur neuen Intelligenzia«, sagte Arnoldus.

»Er kümmert sich um uns.«

»Er mag uns.«

»Er mag uns *kaufen*, Arno.«

»Das habe ich auch gesagt, Hubert. Kannst du mir den Rücken noch mal mit dem Farbentferner abreiben, Franz? Die Farbe juckt.«

»Dieser alten Hurensohn hat nur deshalb Interesse an uns, weil er uns kaufen will.«

»Schon, aber der Meister wird uns nicht an diesen Arsch verkaufen.«

»Oder doch, wir wissen es nicht. Sein Angebot ist nicht uninteressant, stimmt's, Karl?«

»Ich glaube auch.«

»Er ›glaubt‹ auch. Hast du das gehört, Arno? Karl ›glaubt‹ auch.«

»Vorsicht mit der ersten Stufe am Podium ...«

»Das wissen wir, du Blödmann. Bist du neu hier, oder was? Hast du heute deinen ersten Arbeitstag bei der Konservierung? Wir sind aber nicht neu hier, Idiot.«

»Wir sind alt. Wir sind ewig.«

Der kleinen Jennifer Halley war schon das Kleid ausgezogen worden. Sie hatte nur noch ihre Söckchen mit den weißen Bommeln an. (Steve, der Zwergwüchsige, wurde gerade in einem Kinderwagen weggefahren.) Mehrere Techniker rieben Jennifer mit feuchten Tüchern und Farbentfernern ab. Als die Waldens an ihr vorbeikamen, versuchte Hubertus eine Verbeugung, aber es gelang ihm nur ein Kopfnicken über dem Dreifachkinn.

»Auf Wiedersehen meine jungfräuliche Prinzessin aus dem Feenland! Mögest du von den Engelchen träumen!«

Das Kind drehte sich zu ihm um und zeigte ihm den Mittelfinger. Hubertus behielt das Lächeln auf dem Gesicht, aber als er wie ein Schiff mit Schlagseite zum Ausgang schwankte, hatte er die Lider gesenkt, und seine Augen waren zwei düstere Gedankenstriche.

»Wie schlecht erzogen dieses kleine Luder doch ist. Ich hätte nicht übel Lust, ihr mal ein wenig Anstand beizubiegen.«

»Frag Robertson, ob er sie kauft und sie in sein Haus stellt, dann können wir ihr beide zusammen Anstand beibiegen.«

»Red keinen Stuss, Arno. Außerdem sind mir Langusten lieber als Austern, das weißt du doch ... Würden Sie freundlicherweise Platz machen, Señorita, wir müssen hier durch.«

Die junge Frau der Abteilung Konservierung sprang mit einem Satz zur Seite, dabei lächelte sie und bat um Verzeihung. Sie kümmerte sich gerade um die mental Zurückgebliebenen. Die Walden-Brüder setzten unaufhaltsam ihren Weg fort, dicht gefolgt von einer Meute Wachleute. Hubertus' Bademantel war dunkelviolett und der von Arnoldus karottenfarben mit grünem Schimmer; es waren zwei Samtumhänge, und jeder ihrer Gürtel hätte sieben erwachsene Männer zu umfassen vermocht.

»Hubert.«

»Was ist, Arno?«

»Ich muss dir was beichten.«

»...?«

»Ich habe dir gestern deinen Discman geklaut. Er ist in meinem Schließfach.«

»Ich muss dir auch was beichten.«

»Sag es, Hubert.«

»Mein Discman ist verflucht kaputt.«

Unter Soprangelächter verließen die schwergewichtigen Zwillinge den Ausstellungssaal durch den Notausgang.

Das Haus der Kunst in München ist ein weißer, von Säulen durchsetzter Gebäudekomplex und liegt neben dem Englischen Garten. Von Lästermäulern wird es ›Weißwurst‹ genannt. In einem triumphalen Aufmarsch war es siebzig Jahre zuvor von Adolf Hitler eingeweiht worden, der es zum Symbol für die Reinheit der deutschen Kunst erheben wollte. Im damaligen Festzug liefen auch junge Mädchen, als Nymphen verkleidet, mit puppenhaften Bewegungen mit, die wie ferngesteuert die Wimpern klimpern ließen. Dem Führer hatte diese Art des Augenaufschlags wenig zugesagt. Gleichzeitig mit der pompösen Eröffnung wurde eine kleinere, nicht minder bedeutende Ausstellung eröffnet mit dem Titel ›Entartete Kunst‹, welche die Werke der vom Regime verfemten Künstler wie Paul Klee zeigte. Die Walden-Brüder kannten diese Geschichte und fragten sich stets aufs Neue, wenn sie überquellend und gewaltig die Museumsflure zu den Umkleidekabinen durchmaßen, welcher der beiden Kollektionen der große Nazi-Befehlshaber sie wohl zugeordnet hätte. Der germanischen Reinheit oder der ›entarteten Kunst‹?

Kreise. Arno malte gerne Kreise. Seine eigene Anatomie bestand aus übereinander gelegten Kreisen, wie Glieder an einer Kette: oben der Kopf, dann der bauchige Leib und unten die beiden Beinchen.

»Worüber beschwerst du dich eigentlich, Hubert?«

»Meine Haut ist total gereizt, seit sie mir den Schwanz mit der neuen Appretur bearbeitet haben. Nach der Dusche mit den Farbentfernern juckt er.«

»Komisch, mir geht es genauso.«

Sie befanden sich im Etikettierraum, fertig angezogen und mit einem Seitenscheitel frisch gekämmt. Das technische Personal hatte ihnen gerade die Schilder umgebunden und ein opulentes Gericht aus Meeresfrüchten vorgesetzt, dem beide kräftig zugesprochen hatten.

Die Waldens waren zwei symmetrische Geschöpfe, eine der wenigen identischen Kopien der Natur. Wie bei solchen häufig der Fall, kleideten sie sich auf dieselbe Weise (ihre Garderobe wurde in Italien maßgeschneidert) und trugen denselben Haarschnitt. Wenn einer krank wurde, dauerte es nicht lange, bis der andere auch darnieder lag. Sie hatten den gleichen Geschmack und ärgerten sich über Ähnliches. Sie litten von Kindheit an am selben Syndrom (Fettleibigkeit, Sterilität und asoziales Verhalten), hatten dieselben Schulen besucht, übten die gleiche Arbeit in denselben Firmen aus und saßen zur gleichen Zeit in denselben Gefängnissen für die gleichen Vergehen ihre Strafen ab. In ihren Krankengeschichten und Polizeiakten tauchten dieselben Begriffe auf: ›Päderast‹, ›Psychopath‹ und ›Sadist‹. Im Herbst 2002, kurz nach ihrem Freispruch in der Gerichtsverhandlung um den grausamen Mordfall von Helga Blanchard und deren Sohn, hatte van Tysch sie zu sich bestellt und ein Kunstwerk aus ihnen gemacht.

Helga Blanchard war eine junge Deutsche gewesen, eine Schauspielerin, die Exgeliebte eines Verteidigers von Bayern München und Mutter eines fünfjährigen Sohnes namens Oswald, der aus ihrer geschiedenen Ehe stammte; durch ansehnliche Unterhaltszahlungen war sie materiell recht gut gestellt. Niemand wusste eigentlich, wie sich die Sache zugetragen hatte. Bekannt war nur, dass die Gegend um Hamburg am Morgen des 5. August 2002 nebelverhangen war. Als der Nebel sich lichtete, waren Helga und ihr Sohn Oswald tot aufgefunden worden, nackt und mit Zeltbolzen von einem Zentimeter Durchmesser an den Holzboden ihres Häuschens vor den Toren der Stadt genagelt. Einen Nagel hatten sich Mutter und Sohn geteilt (der von ihrer Rechten und seiner Linken), ebenso die Amputation der Zunge, die Vergewaltigung mit einem Schraubenzieher und das Ausreißen der Augäpfel (oder beinah, denn Helga war der rechte erhalten geblieben, damit sie die Tat an ihrem Sohn verfolgen konnte). Das Verbrechen erregte solches Aufsehen, dass die Polizei sich zu einer sofortigen Verhaftung genötigt sah. Diese traf ein lesbisches Pärchen, Helgas nächste Nachbarn, die in jenen Tagen in die Schlagzeilen geraten waren, indem sie um die offizielle Genehmigung für eine Adoption nachsuchten. Eine Horde aufgebrachter Bürger hatte daraufhin versucht, ihr Haus in Brand zu stecken. Doch nach vierundzwanzig Stunden musste man sie wieder laufen lassen. Eine der beiden, die Jüngere, trat in einer Talkshow im Fernsehen auf und betonte wieder und wieder, dass sie mit dem Vorfall nichts zu tun und weder was gehört noch gesehen hatten. Danach wurde angeordnet, Helgas Exmann, ein Unternehmer, nebst seiner neuen Gattin und dessen Bruder festzunehmen und schließlich auch den Fußballer. Als es zur Festnahme des Fußballers kam, schwappte der Fall über die deutschen Grenzen hinweg und wurde in ganz Europa diskutiert.

Darauf erschien ein unvermuteter Zeuge: Ein Hobbymaler auf Stoffleinwänden hatte am Tag vor der Tat an einem Landschaftsbild gearbeitet, das er *Bäume und Nebel* nennen wollte. Er war Arzt und Familienvater. An jenem stillen Feiertagsmorgen sei er gerade dabei gewesen, sein neues Ölbild zu überarbeiten, so erzählte er, als er zwischen diffusen Nebelfetzen zwei bewegte Kreise von Stamm zu Stamm huschen sah, die nicht die natürliche Farbe gesunder Dinge aufgewiesen hätten. Er hatte genauer hingesehen und zwei übermäßig dicke, nackte Männer entdeckt, die in unmittelbarer Nähe von Helga Blanchards Haus durch das Unterholz geschlichen waren. Beeindruckt von ihren ungewöhnlichen Leibern, hätte er sein Vorhaben, mit dem Waldbild fortzufahren, kurzerhand aufgeschoben und auf seinem Skizzenblock eine Zeichnung der beiden angefertigt. Diese wurde exklusiv vom *Spiegel* veröffentlicht. Danach war die Sache ziemlich einfach: Die Walden-Brüder lebten in Hamburg und hatten ein langes Vorstrafenregister. Sie wurden verhaftet, und es kam zur Verhandlung. Doch der junge Pflichtanwalt, der ihnen zugeteilt wurde, erfüllte seine Aufgabe vortrefflich. Als Erstes widerlegte er geschickt die Erklärung des malenden Arztes. Noch heute erinnert man sich an die Falle, die er ihm stellte: ›Wenn Ihr Bild *Bäume und Nebel* heißt und Sie selbst angeben, dass Sie sich von der umgebenden Landschaft haben inspirieren lassen, wie haben Sie dann die Angeklagten an einer Stelle voller *Bäume und Nebel* überhaupt sehen können?‹ Dann drückte er auf die Tränendrüse: ›Sind die beiden vielleicht schuldig, weil ihr Aussehen uns missfällt? Oder weil sie vorbestraft sind? Müssen wir sie opfern, um mit ruhigem Gewissen schlafen zu können?‹ Da am Tatort keine Beweise gefunden wurden, die den Verdacht erhärtet hätten, musste das Verfahren gegen die Walden-Brüder bald darauf eingestellt werden.

Nach ihrer Freilassung bekamen die Zwillinge Besuch von einem liebenswürdigen Herrn mit brauner Hautfarbe und spitzer Nase, der schon aus der Ferne nach Geld stank. Als er beim Sprechen die Finger aneinander legte, konnte man die Präzisionsarbeit seiner Maniküre bewundern. Er redete von Kunst, von der Stiftung und von Bruno van Tysch. Die Waldens wurden heimlich imprägniert und dann nach Amsterdam und nach Edenburg verschickt. Dort hatte van Tysch ihnen erklärt: »Ich möchte, dass ihr nie jemandem erzählt, was ihr getan habt oder was ihr meint getan zu haben, nicht einmal euch selbst. Ich will euch nicht als Beschuldigte malen, sondern als Verdächtige.« Das Werk wurde eigentlich recht simpel: Die Waldens standen sich aufrecht in grauer Häftlingskleidung gegenüber, mit matten Farben bemalt, was die Gemeinheit ihrer Gesichter noch verstärkte. Auf der Brust trugen sie, wie eine Medaille, die Liste ihrer Vorstrafen in Kapitälchen. Auf ihren Rücken befand sich ein Foto von Helga Blanchard mit Sohn Oswald im Arm (in Venedig auf einer Urlaubsreise) und mit einem Fragezeichen versehen. Die Aussage war eindeutig: Sind sie es gewesen?

Helgas Familie hatte wegen der Verwendung des Fotos zweimal Anzeige gegen van Tysch erteilt, bis der Streit für beide Seiten eine zufrieden stellende Lösung fand, indem die Stiftung den Angehörigen eine stattliche Entschädigung zahlte. Was die hyperdramatische Arbeit betraf, so gab es keinerlei Schwierigkeiten. Die Waldens waren die geborenen Bilder. Nicht umsonst hatten sie ein Leben lang nichts anderes getan, als in irgendeinem Winkel stillzuhalten, bis die Menschheit ihnen wieder eins draufgab. Es waren zwei Buddhas, zwei Statuen, zwei frohgemute, unwandelbare Geschöpfe. Ihre Versicherungssumme war höher als die der meisten Bilder von van Gogh. Sie hatten einen langen Weg von Schulverweisen, Stellenkündigungen, Gefängnisstrafen und Einsamkeiten hinter sich. Die Öffentlichkeit, die gewöhnliche Menschheit, sah noch immer voller Verachtung auf sie, aber die Waldens selbst hatten begriffen, dass sogar Verachtung zur Kunst werden konnte.

Eine Frage blieb indes offen: Sind sie es gewesen? Der Mörder von Helga Banchard und ihrem Sohn wurde nicht gefasst. Also sagen Sie mir bitte, sind die beiden es nun gewesen oder nicht?

»Wenn diese Frage beantwortet ist, wird unser Wert fallen«, erklärte einer der Waldens einem bekannten deutschen Kunstkritiker.

Aber Hubertus und Arnoldus blieben angespannt und mit geröteten Gesichtern, die Backen geschwollen wie Blutergüsse und in den Augen das Glimmen der Gewissensbisse vergangener Exzesse.

Jetzt waren sie fertig und begaben sich in die Obhut eines ungewöhnlichen Teams aus lauter Spezialisten der Abteilung Sicherheit.

»So ist die Kunst, Frau Schimmel. Ich bin es nicht, der Sie bittet, die Kunst bittet Sie, und Sie sind verpflichtet, der Kunst zu gehorchen.« Hubertus zwinkerte seinem Bruder Arnoldus zu, aber der hörte mit den Stöpseln in den Ohren Musik, sah nicht zu ihm hin. »Ja, platinblond ... Es ist mir egal, ob Sie Schwierigkeiten haben, für heute Nacht einen zu besorgen ... Wir wollen ihn platinblond, Frau Schimmel, und ohne Diskussion, Sie Idiotin ... Frau, brrrrzzzz, zrriiii, zrzrrrrbbbbrrrrii... Oh, es tut mir Leid, Frau Schimmel, die Leitung ist gestört, ich muss Schluss machen ...« Hubertus' Zunge schnellte mit reptilienartiger Geschwindigkeit zwischen den winzigen Lippen vor und zurück. »Prrzzzz, zrrrmmm... Ich kann Sie nicht hören, Frau Schimmel! Ich hoffe, für Sie, dass er platinblond ist. Anderenfalls verlange ich, dass Sie selbst kommen ... im Trenchcoat, aber ohne was darunter ... ZZZZZZZZZsssssss... Ich muss Schluss machen! Auf Wiederhören!«

»Mit wem hast du geredet?«, fragte Arnoldus, während er die Lautstärke seiner Kopfhörer dämpfte.

»Mit der Schimmel, dieser Idiotin. Sie muss einem immer Scherereien machen.«

»Wir sollten uns bei Herrn Benoit über sie beschweren. Sie sollen sie an die Luft setzen.«

»Sie sollen sie zum Betteln an die nächste Straßenecke stellen.«

»Sie sollen sie auf den Strich schicken.«

»Sie sollen sie einfangen, ihr ein Halsband umlegen, sie gegen Tollwut impfen lassen und uns schenken.«

»Nein, ich mag keine Hündinnen. Ich habe keine Lust, ihre Scheiße wegzumachen. Hör mal, Hubertus.«

»Ja, was ist, Arnoldus?«

»Glaubst du, dass wir glücklich sind?«

Einen Augenblick lang blickten die Brüder gleichzeitig zum dunklen Glasdach des Lieferwagens hinauf, durch welches das leuchtende Panorama des nächtlichen München hineinfiel.

»Schwer zu sagen«, sagte Hubertus. »Die Ewigkeit ist eine große Tragödie.«

»Und ewig.«

»Genau deshalb ist sie ja eine große Tragödie«, folgerte Hubertus.

Die schwarze Karosserie des Lieferwagens reflektierte zitternd die glänzenden Fenster vom Hotel Wunderbar, als sie vor dem Eingang hielten. Vier Wachmänner gingen an den strategischen Positionen in Stellung. Saltzer, der Chef der Wachabordnung, gab ein Zeichen, worauf einer seiner Männer den Kopf durch die offene Hintertür am Heck steckte und etwas sagte. Feierlich verlagerte Hubertus Walden seine Leibesfülle auf den Gehsteig und wandelte durch ein Spalier aus geputzten Portiers. Arnoldus blieb mit der Jacke am Türgriff hängen. Er zog daran, bis die Tasche ausriss. Egal. Er hatte an die hundert Jacketts desselben Typs im Schrank hängen, außerdem konnte er sich ebenso eines von seinem Bruder ausleihen.

Der Wachmann schaltete mit der Fernbedienung das Licht im Vorraum an. Aus verborgenen Ecken erklang stimmungsvolle Musik von der schrägen Eleganz einer Muräne.

»Alles in Ordnung im Vorraum, Wechsel«, sprach der Wachmann in das kleine Mikrofon vor seinem Mund.

Im Salon befand sich das beheizte Schwimmbecken, die Bar und das Ölbild von Gianfranco Gigli, einem recht vielversprechenden Schüler von Ferrucioli, der leider zwei Jahre zuvor an einer Überdosis Heroin verstorben war. Deshalb waren seine Gemälde (androgyne Figuren mit Gesichtsmasken und Badeanzügen) im Wert gestiegen. Giglis Bild lag als schwarzer Panther am Beckenrand ausgestreckt. Seine Maske reduzierte die Gesichtszüge auf die unvermeidlichen Merkmale. Die Figur wurde gesäumt vom schwankenden Spinnennetz des an der Wasseroberfläche reflektierten Lichts. Der Geruch nach edlen Hölzern und Chlor hing in der Luft, und die Temperatur war hier wesentlich höher als in der restlichen Suite.

»Alles in Ordnung im Salon, Wechsel.«

Die Stimme des Wachmannes hallte im Labyrinth der Zimmer wider. Hubertus war an die metallene Theke der Bar getreten und goss sich einen Champagner ein. Arnoldus versuchte vergebens, seine Schuhe zu erreichen. Er hatte die Hoffnung nicht aufgegeben, eines Tages seine Füße berühren zu können. Die Unüberwindlichkeit seiner Leibesfülle vergällte ihm jetzt vollends die Laune.

»Ich möchte mal wissen«, platzte er plötzlich halb laut heraus (er erhob nämlich nie die Stimme), »warum Herr Benoit uns bei dieser Wanderschau keine Hilfsobjekte zur Seite stellt. Bin ich hier vielleicht der Arsch und soll mich noch mehr abrackern?«

»Der Arsch ist rund.« Hubertus füllte sich das Glas aufs Neue. »Der Arsch besteht bei manchen aus zwei Kreisen, bei anderen aus einem. Nehmen wir mal den Arsch von Bernard ... besteht er aus zwei Kreisen oder aus einem?«

Zum Glück vermochte Arnold sich seiner Schuhe auch ohne Hände zu entledigen, und das tat er dann auch. Die Hose rutschte ebenfalls ganz von selbst, nachdem er den obersten Knopf gelöst hatte.

»Hubert, kannst du bitte diese Wandleuchte dimmen? Sie blendet mich.«

»Wenn du dich woanders hinstellst, dann stört sie dich nicht mehr, Arno.«

»Bitte ...«

»Ist gut, ich will keine Diskussionen.«

»Alles in Ordnung in der Sauna, Wechsel«, ächzte eine ferne Stimme.

»Wirst du wohl endlich abhauen, Bernard? Wir erwarten Besuch.«

»Alles in Ordnung, Bernard, Wechsel.«

»Alles in Ordnung bei dem Ärschchen von Bernard, Wechsel.«

Als er das Wohnzimmer zum zweiten Mal kontrollierte, würdigte der Wachmann die beiden keines Blickes, obwohl er seit langem für deren Spott unempfänglich war. Er wusste, warum sie so ungeduldig waren, aber er verdrängte den Gedanken. Das heißt, er wollte sich nicht vorstellen, was in diesem Raum geschehen würde, sobald der Besuch ankam.

Der Besuch kam nämlich fast immer an der Hand eines Erwachsenen. Wenn er volljährig war, konnte er auch alleine kommen, als Laufbursche oder Kellner verkleidet, um keinen Verdacht zu erregen. Aber in der Regel kam er an der Hand eines Erwachsenen. Bernard wusste nicht, was danach passierte, und wollte es auch nicht wissen. Er wusste weder, wann der Besuch wieder ging – wenn überhaupt –, noch, wie oder auf welche Weise er ging. Das war nicht seine Angelegenheit. ›Das Problem ... Das Problem besteht darin, dass ...‹

Nicht etwa, dass Bernard moralische Skrupel gehabt hätte. Nicht etwa, dass er gedacht hätte, er täte etwas Böses, indem er seine Pflicht erfüllte. Nein, Bernard gefiel die Arbeit in der Stiftung. Er verdiente mehr als irgendwo anders, seine Aufgabe war nicht besonders anspruchsvoll (wenn die Dinge sich nicht verkomplizierten), und Miss Wood und Herr Bosch waren bewundernswerte Chefs. Trotzdem hatte Bernard vor, genügend Geld beiseite zu legen, um mit der Arbeit aufzuhören und die Stadt verlassen zu können, diese und jede Stadt. Er wollte irgendwohin aufs Land ziehen, weit weg, und mit seiner Frau und der kleinen Tochter in Frieden leben. Er wusste zwar, dass er es nie tun würde, aber er stellte es sich gerne vor.

Das Problem von Werken wie *Monster*, fand Bernard, war, dass sie nicht ersetzt werden können. Wenn die Waldens verschwanden, wer sollte dann ihren Platz einnehmen? Ihre Biografie war die Voraussetzung für ihr Gemälde, ebenso wie das Helldunkel bei Rembrandt. Ohne sie wären die *Monster* keinen Cent wert; es wären nicht ganze Bücher über sie geschrieben worden, und sie würden nicht in den Enzyklopädien erwähnt; sie hätten keine Fernsehdiskussionen ausgelöst und keine hitzigen Debatten zwischen Theologen, Psychologen, Juristen, Erziehern, Soziologen und Anthropologen; niemand hätte sie mit Scheiße beworfen; sie hätten nicht eine ganze Legion Nachahmer gefunden; und sie würden keine astronomischen Gewinne einfahren, indem die Stiftung von den größten Museen und Galerien der Welt gepfefferte Ausstellungslizenzen kassierte. Und jener alte Hollywood-Produzent, Robertson, würde nicht die Tage zählen, bis van Tysch sich endlich entschloss, sein Werk zum Verkauf freizugeben.

Monster war das Huhn mit den goldenen Eiern. Und das Schlimmste war, dass das Huhn das wusste.

»Alles in Ordnung, Wechsel und Ende.«

»Gehst du schon, Bernard?«

»Gefallen wir dir etwa nicht?«

»Natürlich gefallen wir ihm, Arno. Bernards kleiner Arsch lechzt nach uns.«

Bernard pfiff eine Filmmusik vor sich hin, während er die schalldichte Tür zwischen Vorraum und Salon schloss. Dann atmete er erleichtert auf. Seine Arbeit war für diesen Abend beendet: *Monster*, eines der wertvollsten Bilder der Kunstgeschichte, war in Sicherheit. Er musste sich die Zwillinge nicht mehr anhören.

In dem Moment, in dem die Kunst von der Moral getrennt wird, geht alles bergab, sinnierte Bernard. War denn der Meister nicht imstande, das zu kapieren? Es gibt Dinge, die können nicht ... die dürfen keine Kunst werden, niemals, dachte Bernard.

»Ich gehe duschen«, sagte Arnoldus. »Ich klebe immer noch von Farbe. Ich hoffe, dass du den Champagner nicht alleine getrunken hast, Hubert.«

»Habe ich nicht, habe ich nicht. Wie kannst du nur denken, dass ich so verflucht egoistisch bin.«

»Es ist etwas dunstig im Wohnzimmer. Bitte stell die Temperatur vom Schwimmbecken herunter, ja?«

»Ich mag es aber, wenn das Wasser warm ist, schön, schön warm. Mmmh, mmmh, mmmh.«

Arno setzte eine gleichgültige Miene auf und wandte sich zum luxuriösen Badezimmer am anderen Ende des Flures. Kurz darauf hörte man das Wasser rauschen und seine Kastratenstimme eine Arie anstimmen.

Hubertus prüfte mit der Hand die Wassertemperatur. Das Schwimmbecken war riesengroß und bildete ein Halbrund. So hatten sie es verlangt. Alles Kreisförmige gefiel den Waldens. Geometrisch korrekt in Bezug auf ihre Körper. Psychologisch korrekt in Bezug auf ihre Vorlieben – zum Beispiel jugendliche Werke von *The Circle.* Einer ihrer aktivsten Fanclubs (sie hatten Tausende von Bewunderern weltweit) nannte sich *The Circle of Monsters* und schickte ihnen regelmäßig runde Aufkleber, auf denen für den freien Ausdruck der Kunst geworben wurde und gegen Intoleranz.

Während er in der Ferne Arnoldus mit der Oper ringen hörte, hockte sich Hubertus an den Beckenrand und ließ sich wie eine Boje ins Wasser driften. Das gelbe Halsetikett schwamm im türkisen Nass vorneweg, wie ein Kahn mit einem gallertartigen Fleischzylinder im Schlepptau. Mitten im Pool fühlte Hubertus Walden sich rund und schön wie ein Ei, das Ei der Eier, das einsame Ei im erhabenen Moment seiner Befruchtung. Die Wassertiefe war überall gleich: Stehend reichte ihm das Wasser bis etwa an den Nabel. Opachen Paul wollte nämlich nicht riskieren, dass sie ertranken, o nein. Er kniff seine fettgepolsterten Äugelchen zusammen, woraufhin die vom Wasser gespiegelten Lichtpunkte zu lauter strahlenden Linien wurden. Es war herrlich, von einem solchen Luxus umgeben zu sein und von den Wellen jenes riesigen, exakt auf Körpertemperatur beheizten Teiches liebkost zu werden. Er fragte sich, ob Haare von einem natürlichen Platinblond sich wohl an der Decke widerspiegeln würden, wenn sie direkt angestrahlt wurden.

Sein Bruder malträtierte im Badezimmer eine weitere Arie. Beim Zuhören dachte Hubertus, dass Arnoldus ein niederträchtiges, perverses Wesen war, feige und lasterhaft. Er hasste ihn abgrundtief, trotzdem konnte er nicht ohne ihn leben. Sein Verhältnis zu ihm war gespalten wie das zu seinen Eingeweiden: intim, unvermeidlich, aber ekelerregend. In der Grundschule war Arno der Bösewicht gewesen, trotzdem waren sie stets alle beide bestraft worden. »Einer zerschlägt das Geschirr, zahlen tut ihr beide«, pflegte Señorita Linz mit funkelnden Augen zu sagen. Und so war es ein Leben lang geblieben, beim Vater, bei den Richtern, bei der Polizei. Jene dicke, schwabbelige, kränkliche Kreatur, die da im Badezimmer so schief sang (aber niemals zu laut), war dafür verantwortlich, dass Hubertus auf Abwege geraten war. Oder war es vielleicht nicht Arnoldus gewesen, der die Idee hatte, mit Helga Blanchard und ihrem Kleinen seine Scherze zu treiben?

»A quell'amor ... quell'amor ch'è palpito ...«

Seine Erinnerung daran war nur bruchstückhaft, von goldenen Nebeln verhangen, köstlich fast, wie eine Praline: Die schreckensgeweiteten Augen der Mutter, die schrillen trommelfellzerfetzenden Schreie, die kleinen verkrampften Händchen ...

»... Dell'universo ... Dell'universo intero ...«

... Striemen auf zartem Fleisch, Münder, zum Kreisrund geöffnet, zum blutleeren Kreisrund ...

»Misterioso, misterioso alterno ...«

Es hatte zuerst so ausgesehen, als hätten sie wieder Mist gebaut. Dieser Hobbymaler, der sich unweit von Helgas Haus aufgebaut hatte, war ihnen auf die Schliche gekommen. Aber dieser junge Anwalt mit den Schuppen im Haar hatte hervorragende Arbeit geleistet. Was allem Anschein nach zunächst wie das Ende aussah, hatte sich in einen vielversprechenden Neuanfang verwandelt. Die Schlange biss sich in den Schwanz. Der Kreis hatte sich aufs Vollkommenste geschlossen. Bruno van Tysch, was war das doch für ein großartiger Mann! Ihm allein hatten sie zu verdanken, dass sie ihr Leben jetzt nach eigenem Gusto führen konnten – und eine nicht zu verachtende Portion Unsterblichkeit dazu. Ein Kunstwerk zu sein war einfach wundervoll.

Er drehte sich um sich selbst, samten gewogen vom lauwarmen Wasser.

In diesem Moment merkte er, dass sich Giglis Werk bewegt hatte.

»... *Croce e delizia ... delizia al cooor ...*«

Seine Augen wurden von einer wässrigen Kurzsichtigkeit überschwemmt. Er rieb sie und sah noch einmal hin.

»*Croce, croce e delizia, croce e delizia ... delizia al cooor...*«

Das Bild, ein geschmeidiger Schatten mit schwarzer Maske, ging – wie die Silhouette eines Fechtmeisters in Trauer – gemessenen Schrittes auf die Theke ihrer Bar zu. Es tat dies mit einer solchen Selbstverständlichkeit, dass Hubertus erst dachte, es wollte sich einen Drink einschenken. ›Aber das darf es doch gar nicht!‹, dämmerte es ihm dann. ›Er ist ein Kunstwerk! Er darf sich nicht bewegen!‹

»Was tust du da?«, fragte er und hob die Stimme dabei so sehr, dass er nur ein Krächzen herausbrachte.

Das Kunstwerk von Gianfranco Gigli ging, ohne zu antworten, um die Theke herum, bückte sich und holte etwas hervor. Einen Aktenkoffer. Es kam wieder nach vorn, stellte sich hinter Hubertus' Rücken und öffnete die beiden Schnappverschlüsse, wobei das metallene Geräusch in dem weitläufigen, beinahe totenstillen Raum widerhallte wie zwei Schüsse (*ah, aaah, ah-ah-ah-aaaaaaaahh*, bebte Arnos Stimme im Hintergrund).

Hubert dachte daran, den Bruder zu rufen, aber er zögerte. Die Neugier brachte ihn zum Schweigen. Er bewegte sich mit seinem voluminösen Leib auf den gebogenen Beckenrand zu. Der Gigli hantierte an einem Gegenstand auf dem Tisch. Was war das? Sicherlich war es etwas aus dem Aktenkoffer. Jetzt ließ er davon ab und nahm etwas anderes. Es tat das alles in einer solchen Seelenruhe, so sanft und rein, dass Hubertus sein Verhalten kurzfristig sogar billigte. Denn er kannte keinen höheren Genuss als die subtile Zartheit einer Form: einen Tänzer, ein Kind, eine Folter.

Nach einer Weile kam er zu dem Schluss, es müsse sich um eine Überarbeitung von Gigli handeln. Vielleicht hatte der Maler beschlossen, das Werk in ein nichtinteraktives Aktionsbild umzuwandeln. Dass es Kunst war stand für ihn nämlich außer Frage. In der Welt der Kunst hatte alles seine Gültigkeit und nichts einen innewohnenden Sinn. Die Dinge sind Kunst um der Kunst willen, weil die Künstler es so wollen und das Publikum es zulässt. Hubertus erinnerte sich an ein Werk von Donna Meltzer, *Uhr* genannt, das an der Wand hängend auf einem Ziffernblatt aus Samt mit den Stunden kreiste. Aber die Künstlerin hatte beschlossen, dass es jeden Tag zehn Minuten nachgehen und nach zwei Wochen stehen bleiben sollte. Kunstwerke können sehr unterschiedlich sein. Zuweilen entfalten sie sich nach einem von ihrem Schöpfer für sie entworfenen Plan. Und das hier? Es hatte sich verändert. Wahrscheinlich hatte es neue Anweisungen bekommen. Und was sollte es symbolisieren? Die technisierte Gesellschaft wahrscheinlich. Holte es deshalb jene sonderbaren Dinge hervor? Als Symbol für die Herrschenden (eine Pistole)? Für die Massenmedien (einen tragbaren Kassettenrecorder und eine winzige Videokamera)? Für die Gewalt (ein spitzes Instrument)? Von allem ein wenig vielleicht. Eben so, wie Gigli das wollte. Schließlich war er der Maler und der Einzige, der ...

Plötzlich fiel ihm ein, dass Gianfranco Gigli seit zwei Jahren tot war.

Eine Überdosis Heroin, so hatte man ihnen im Hotel mitgeteilt, als sie sich das Bild zum ersten Mal betrachteten.

»*... deliziaaa aaaal cooooooor ... ah-ah-ah-ah-aaaaaa-aaaaahhhhhh...*«

Er verharrte reglos, die Hände am marmornen Beckenrand, den Körper zur Hälfte ins Wasser getaucht. Wie Ameisen krabbelten ihm die Tropfen über Kopf und Oberkörper. Er sah aus wie ein schmelzender Haufen Wachs. War es möglich, dass sich ein Werk nach dem Tod seines Erschaffers selbst überarbeitete? Und falls ja, war das Produkt dann als posthumes Werk oder als Fälschung anzusehen? Komische Fragen.

Aber dann hörte Hubertus auf, sich über das Tun der Figur von Gigli den Kopf zu zerbrechen (›Soll das Bild doch machen, was es will, zum Teufel!‹), und er erlebte einen brutalen Anfall von Glück. Die Empfindung war so überwältigend, dass sie alle drei Trillionen Fettmoleküle seines Körpers durchflutete und in seinem Gehirn einen Wirbelsturm auslöste, wie ein Orgasmus bester Güte. Er war trunken vor Glück, jener komplexen Welt anzugehören, jener Existenz, die nur selten (wenn überhaupt) eine Erklärung fand oder mit Worten zu beschreiben war, dieser geheimen, unversiegbaren Goldquelle, dem erlauchten Zirkel, dem sie alle zugehörten, Giglis Figur, van Tysch, die Stiftung, er und sein Bruder und noch ein paar weitere Auserwählte (na gut, die traurige Figur von Gigli, die sich selbst erneuern musste, um auf der Höhe der Zeit zu bleiben, zählte eigentlich nicht dazu), jenem herrlichen Leben, das ihnen gestattete, ihre Fantasien auszuleben und das Material für die Fantasien anderer zu liefern. Selbst ihre maßlose Fettleibigkeit gereichte ihnen in dieser Welt noch zum Vorteil. Indem man monströs war wie ein Monster, begriff Hubertus, vermochte man die Grenzen der Alltäglichkeit zu überschreiten und zum Symbol zu werden, zur *res artis*, zum Archetyp, zur Philosophie und

Meditation, zur Theorie und Diskussion. Gesegnet seist du, Welt. Gesegnet seist du, Welt. Gesegnet deine Macht und deine Möglichkeiten. Gesegnet auch deine unergründlichen Geheimnisse.

Das Bild von Gigli schien endlich mit seinen Vorbereitungen fertig zu sein, was diese auch immer zu bedeuten hatten. Es drehte sich mit der vollkommensten Ruhe um und wandte sich einer anderen Richtung zu, einem anderen unerbittlichen, von einem toten Künstler diktierten Schicksal. Hubertus sah ihm gespannt zu. ›Wohin? Oh, wohin lenkst du jetzt deinen holden Schritt, du strahlende, göttliche Kreatur?‹, fragte Hubertus Walden insgeheim.

Von einer geradezu planetarischen Harmonie überschwemmt, brauchte Hubertus einen Augenblick, um zu erkennen, dass das Werk sich jetzt ihm zuwandte.

Arnoldus war als Kind von einem Tiger angefallen worden.

Unfehlbar, zielgenau, mächtig, todbringend. Ein schwarzer Tiger mit flammenden Augen, der aus seinen Träumen stammte. Ein Alptraum, die Schreckensgestalt seiner Kindheit. Wenn das geschah, dann schrie er, weckte Hubertus auf, und der Angriff des Raubtiers verwandelte sich unverzüglich in den väterlichen Gürtel, der Arabesken in die Luft malte und ein ums andere Mal auf den nackten Kinderpo niedersauste. (Er wollte schreien: »Vati, bitte, glaub mir, ich kann nichts dafür!«) Das Einzige, was den Vater störte, war das Geschrei. »Macht, was ihr wollt, aber hört auf zu schreien«, hatte es stets geheißen. Das war seine Obsession.

Im Gegensatz zum Bruder glaubte Arnoldus, sich niemals davon erholt zu haben. Für ihn war das Leben wie ein Laden, der täglich den Besitzer wechselte, sodass man nie zurückbekam, was man zu viel bezahlt hat. Inzwischen waren sie allerdings steinreich, fürwahr. Sie galten als Kunstwerke von unschätzbarem Wert. Herr Robertson, der das Zeug hatte, ihr neuer Vati zu werden, liebte sie. Arno wusste, dass Robertson nie und nimmer auf die

Idee käme, ihn mit einem Gürtel zu verprügeln, wenn er mitten in der Nacht schreiend aus dem Schlaf hochschreckte und ihm der bittere Speichel seines schlimmsten Alptraums übers Kinn rann. Jetzt wurden sie verehrt, geachtet und als hervorragende Bilder bewundert. Könnte sein neues Leben, so dachte er, ihm vielleicht noch mal die glückliche Kindheit schenken, die er so entbehrt hatte? Könnte das Ansehen, das man ihnen weltweit zollte, vielleicht auf die Vergangenheit zurückwirken? Könnte es ihm nicht gelingen, die schlechten Erinnerungen in gute zu verwandeln? Wahrscheinlich nicht, war es doch nicht einmal imstande, ihre schlechten Gewohnheiten zu verwandeln. Als er erwachsen war, schrie Arnoldus nicht mehr. Der Tiger war tot, sein Vati auch, aber das Leben gibt dir nichts zurück.

Während er seinen Bruder im Pool planschen hörte, wickelte sich Arnoldus ein Handtuch um die außergewöhnlichen Hüften und begann, sie vor dem Spiegel in einem Bauchtanz zu schwingen. In Anbetracht des Körperteils, der bei diesem Tanz im Mittelpunkt steht, war es für Arno mehr als bloße Unterhaltung: ein subtiler Versuch, die Welt zu verstehen. Die ägyptischen Klänge dazu kamen von den eigenen Lippen gepfiffen. Während er sich bewegte, schnippte er mit den Fingern. *Oh, schöne Huri, willst du mich heut Nacht erfreuen?* Beim Anblick dieser Hände wie aus Porzellan – dachte er, während er den Bauch, zack, zur einen Seite warf, dann, zack, zur anderen – würde niemand darauf kommen, dass in seiner Mitte dieser Sack voll gierigen Gedärms vorsprang, diese Tasche mit der eingerollten Anakonda, dieses in Fett verpackte, armdicke Tau. Wie konnte man nur so fett sein? »Mein Gott, was hast du mir bloß angetan?« Seine Mutter hatte erzählt (nun, vielleicht war es auch der Vater gewesen), sie habe geschrien, als sie die beiden auf die Welt kommen sah, diese zwei fantastischen Kreaturen, die schon bei der Geburt mit mehr Fleisch ausgestattet waren als sie selbst. »Ah!«, hatte Frau Walden ausgerufen. Und ihr Vater (das hatte bestimmt sie erzählt) war genauso entsetzt gewesen und hatte sie gescholten: »Schrei nicht, Emma! Es sind Monster, ja, aber bitte schrei nicht! Vor allem, schrei nicht ...!«

Mit wiegenden Hüften schob Arnoldus seine Anatomie durch den langen Flur, der das Badezimmer mit dem Salon verband. Indessen blieb er in seine Gedanken versunken. Er hörte Hubertus nicht mehr planschen. War das Platinblondchen vielleicht schon da? Hatte sein Bruder etwa ohne ihn angefangen und nicht Wort gehalten? Oh, Hubertus, du niederträchtiges, gemeines, verachtungswürdiges Scheusal. Pervertiertes Mammut, grausamer Bär. Seinem Bruder gefiel es, ihm an allem Übel die Schuld zu geben und das Gute allein sich selbst zuzuschreiben. Tagtäglich wachte Arnoldus auf und versuchte, anders zu sein. Wie? Freundlicher, menschlicher, folgsamer (*bitte, glaub mir, ich kann nichts dafür*), aber sobald er seinen Bruder auch nur sah, schoss ihm der Hass aus allen Poren wie Flammen aus einem alkoholgetränkten Ball. Jenes Abbild seiner Selbst weckte so viel Abscheu in ihm, dass er mitunter der Versuchung nahe war, den Spiegel zu zerschmettern. Oh, ja, Hubertus war es, der ihn zu diesem widerlichen Geschöpf machte. Hubertus schubste ihn an den Abgrund, zwang ihn dazu, sich das Schreckliche vorzustellen.

Zum Beispiel die Sache mit Helga Blanchard und ihrem Kind. Arnoldus hatte Hubert davon zu überzeugen versucht, dass sie der Familie nichts Böses angetan hatten. Sie kannten Helga und ihr zartes Bübchen nicht einmal: All das war eine falsche, von van Tysch in ihrem Gedächtnis hinterlegte Erinnerung, eine weitere düstere Farbe, mit der er ihre Körper bemalte. ›Wie die Erbsünde‹, fand Arnoldus. Der Schatten eines Fehlers, den sie nie begangen hatten und den sie nur deshalb nicht vergessen konnten, weil nichts unausrottbarer ist als die eigenen Fantasien. Vielleicht waren sie noch nicht einmal an den Verbrechen schuld, die sie im Gefängnis gesühnt hatten. Vielleicht waren sie gar nicht im Gefängnis gewesen. Bedeutete das Malen doch stets auch einen Betrug: Du glaubst, du kannst diese Obstschale berühren, jenen Traubenzweig oder die runde Nymphenbrust, streckst die Hand danach aus und strauchelst, begreifst, dass all dies für die vor Sehnsucht bebenden Finger unerreichbar ist. Arnoldus hegte den Verdacht, dass sie beide eine der besten Illusionen des niederländischen Malers waren. »Kommt her zu mir, ihr monströsen Leinwände, ich will eine optische Täuschung aus euch machen.«

Der Meister war so geschickt dabei vorgegangen, ihnen jene grausige Lüge ins Gehirn zu zeichnen, dass sein Bruder Hubertus tatsächlich in der Täuschung lebte. Hubert glaubte nämlich, dass sie es wirklich getan hätten. Aber er glaubte auch, der Getäuschte sei er, Arnoldus! »Du hast dir mit dieser Erklärung die Augen verschließen lassen, um dich nicht an das erinnern zu müssen, was wir getan haben, Arno«, sagte er zu ihm und fügte hinzu: »Aber was wir getan haben, das haben wir wirklich getan. Soll ich deinem Gedächtnis mal ein bisschen nachhelfen? ...« Arnoldus hatte es inzwischen aufgegeben, mit Hubert über diese unerfreuliche Angelegenheit zu streiten. Was nützte es schon, wenn er Hubert weiterhin beteuerte, dass er selbst sich irrte, dass sie nie und nimmer eine vergleichbare Gräueltat verübt hätten, dass dies alles nur ein Ergebnis der meisterhaften Kunst eines van Tysch war?

Er senkte den Blick zur Signatur an seinem linken Knöchel. BvT. Seit einiger Zeit beunruhigte ihn ein neuer Gedanke. War van Tysch vielleicht für diesen Hass verantwortlich, für diese unbändige Wut, die er gegen Hubertus hegte? Hatte er, um ihn zu malen, den Kain in ihm erweckt? Wie dem auch sein mochte, fest stand, dass der Meister ihnen keine große Beachtung mehr schenkte. Er hatte das Interesse an ihnen verloren. Es wurde gemunkelt, dass sie bald für den Verkauf freigegeben würden.

Das Beste würde wahrscheinlich sein, van Tysch zu vergessen, und sogar Hubertus, und das Leben ein bisschen zu genießen, solange es noch ging.

Er öffnete die Tür und betrat den Salon.

»Da bin ich, Hubertus. Ich hoffe, du hast nicht ...«

Er stockte. Das Schwimmbecken war leer. Tatsächlich wirkte der riesige Wohnraum verlassen.

»Na, na, na, das ist aber unhöflich von dir, Hubert.« Arnoldus sah sich in alle Richtungen um. Die Suite war wie eine endlose Basilika: Säulen, Gewölbedecken, steinerne Mauern, indirektes Licht, ein langer Opfertisch in Form der Theke ihrer Bar ...

Er brauchte einen Moment, ehe er die feuchte Spur zu seinen Füßen entdeckte, genau zu seiner Rechten, ein kleines dunkles Detail auf dem Teppichboden, eine Wasserspur vom Pool aus, die gepinkelte Zickzacklinie eines Gottes. Er folgte ihr, indem er den gewaltigen Nacken beugte. An ihrem äußersten Ende, den Bauch zum Himmel gewandt (ein perfekter Kreis), sah er seinen Bruder ruhen.

Daneben stand eine einsame maskierte Figur: der schwarze Tiger aus seinen kindlichen Ängsten, sein Alptraum, sprungbereit und gefräßig.

Als er auf ihn losging, war Arnoldus ein artiges Kind und schrie nicht.

4

Ein gleichschenkliges Dreieck aus Licht. Gespreizte Beine.

»Pause«, sagte Gerardo. »Anschließend probieren wir einen anderen Effekt aus.«

Clara schloss die Beine und löste das Dreieck auf. Sie stand vor dem Fenster und hatte den beiden Männern den Rücken zugekehrt, ihr Haar war rot entflammt und der Körper von strahlendem Licht umrissen. Sie war ockerfarben und rosa bemalt mit einem marmornen, perlartigen Schimmer. Die Wirbelsäule, das perfekte »V« der Lendengegend und das fleischige Kreuz vom Gesäß waren in Terracotta hervorgehoben. Gerardo und Uhl hatten, nach eingehender Begutachtung der getrockneten Striche auf ihrer Haut, an jenem Morgen ihre Farbgebung beschlossen. Sie hatten ihr einen Färbeanzug und eine Färbehaube gegeben, die sie im Bad überzog. Durch ihre Imprägnierung absorbierten Haut und Haare die Farben so vollständig, dass weder Festiger noch Firnis nötig war. Sämtliche Töne waren provisorisch, ließ Gerardo sie wissen, und würden im Laufe der Tage noch verändert werden. Auch ihre Augenfarbe, ein leuchtendes Smaragdgrün, das er ihr mit einem Hornhaut-Aerosol aufgetragen hatte, war vorläufig, ebenso wie die Vorzeichnung ihrer Lippen in Altrosa. Schließlich hatte er ihr mit Handschuhen in das von Farbe noch feuchte Haar gegriffen und es zu einem sehr straffen Knoten gebunden. Danach hatte er die Handschuhe in den Abfalleimer geworfen und dabei den Fußboden wie mit falschen Blutstropfen gesprenkelt.

»Fertig«, sagte er dann.

Clara hatte das Bad verlassen und war ins Wohnzimmer gegangen, eine nach frischer Ölfarbe duftende Schleppe hinter sich herziehend. Als Erstes hatte sie sich in den Spiegeln betrachtet und hinter dem Entwurf die Figur erkannt: ein Mädchen von Manet, groß, schlank, nackt, mit Muskeln, die zwanglos einzeln hervortraten, wie von einem Experten gemalt, das Haar im Sonnenlicht blutrot leuchtend. Sie fand sich gelungen. Sie mochte die Vorstellung, dass dies nicht nur ein Entwurf war und dass das gemalte Bild genauso aussehen würde.

Sie hatten eine Videokamera mit Stativ aufgebaut und einen großen Studioscheinwerfer dazugestellt, filmten die Stellungen jedoch zunächst mit Tageslicht. ›Es muss ein herrlicher Tag sein‹, dachte Clara, als sie durch das Fenster vor sich in den verlockenden Sommer hinausblickte. Doch zwischen den rohen Wänden, auf diesem Fußboden aus lauter parallelen Linien erstarrte alles zum bloßen Widerschein, und sie fühlte sich wie gefangen in einem Prisma. Sie wünschte sich ein wenig freie Zeit, um draußen die Gegend erkunden zu können.

»Das Essen steht in der Küche«, teilte Gerardo ihr in der Pause mit.

Vorsichtig, damit die Farbe nicht bröckelte, ging sie ins Bad und zog einen der beiden Bademäntel von der Tür über. Sie war es nämlich gewohnt, sich zu bedecken, wenn sie bemalt war, um beim Essen oder Ruhen die Farbe nicht zu beschädigen.

In der Küche wartete etwas Neues auf sie. Ihr Plastiktablett stand an der Stelle vom Vortag, aber der Platz gegenüber war auch besetzt, nämlich von Gerardo. Er war gerade dabei, den Karton einer Pizza aufzureißen, die er sich in der Mikrowelle aufgebacken hatte. Offenbar würden sie zusammen zu Mittag essen. Sie fragte sich, wo Uhl war und weshalb er nicht dazukam. Sie vermutete, dass es zwischen Uhl und Gerado ein paar grundlegende Differenzen gab. Im Laufe des Vormittags hatten sich diese in heftigen Diskussionen, knappen Befehlen und langen Phasen betretenen Schweigens geäußert. Es schien ihr offensichtlich, dass Gerardo sich von dem älteren Kollegen dominieren ließ, vielleicht, weil er ihn bewunderte, vielleicht aber auch wegen der Hierarchie, weil Gerardo eine Stufe unter Uhl stand. Sie beschloss, sich da auf alle Fälle herauszuhalten.

Sie nahm Platz und öffnete die Plastikverpackung ihres Tabletts. Es lagen zwei dreieckige Sandwiches darauf, an den Kanten mit einer Art Mayonnaise beschmiert, Weintrauben, Vollkornbrot, Margarine, Frischkäse, ein Salat, ein Kräutertee und ein Aroxen-Saft. Als Erstes schluckte sie mit einem Glas Mineralwasser ihre Tabletten. Dann nahm sie das Sandwich. Währenddessen vertilgte Gerardo ein Stück Pizza.

Sie begannen eine belanglose Unterhaltung. Er rühmte ihre Ruhestellung und fragte sie, wer ihre Lehrer gewesen seien. Sie erzählte ihm von Cuinet und Klaus Wedekind und von der Woche, die sie in Florenz als Entwurf von Ferrucioli zugebracht hatte. Sie aß langsam, nahm nur kleine Bissen und kaute sorgfältig, weil die Ölfarbe in ihrem Gesicht am Kiefer spannte und sie nicht wollte, dass sie rissig wurde. Indes sie ihre Scheibe Vollkornbrot dick mit Margarine bestrich, versuchte sie mit den neu gemalten Lippen ein Lächeln.

»Hör mal, sei ein lieber Junge und sag mir, was ihr eigentlich hier mit mir tut?«

»Dich anmalen«, erwiderte Gerardo.

»Mal im Ernst. Ich werde doch ein Bild von der Sammlung ›Rembrandt‹, nicht wahr?«

»Tut mir Leid, Süße, aber das kann ich dir nicht sagen.«

»Ich will ja gar nicht wissen, welche Figur ich bin, und auch nicht den Titel vom Bild. Sag mir nur, ob ich ein ›Rembrandt‹ werde oder nicht.«

»Sieh mal, je weniger du weißt, was du hier tust, desto besser, okay?«

»Schon gut. Entschuldige.«

Plötzlich schämte sie sich dafür, weitergebohrt zu haben. Sie wollte nicht, dass Gerardo dachte, sie hielte ihn für manipulierbarer als Uhl, für williger, ihr künstlerisches Geheimnis zu lüften.

Es entstand ein Schweigen. Gerardo spielte mit dem verbogenen Verschluss seiner leeren Coladose. Er schien schlecht gelaunt zu sein.

»Ärgerst du dich über meine Frage?«, erkundigte sie sich besorgt.

Sie merkte, dass es ihn einige Überwindung kostete zu sprechen, so als wäre das Thema unangenehm, aber unvermeidlich.

»Nein. Ich bin nur ein bisschen sauer ... nicht auf dich, auf Justus. Es ist immer dasselbe. Ich habe dir ja schon gesagt, dass er eine ziemlich spezielle Art hat. Ich kenne ihn zwar gut, das schon, aber manchmal fällt es mir schwer, ihn zu ertragen ...«

»Wie lange arbeitet ihr schon zusammen?«

»Drei Jahre. Er ist ein guter Maler, ich habe eine Menge von ihm gelernt ...« Er sah durch das Fenster in den Mittag hinaus. Im Profil fand Clara sein Gesicht nach wie vor äußerst attraktiv. »Aber man muss alles tun, was er sagt. Alles.«

Er wandte sich zu ihr um und sah sie an, als hätten diese letzten Worte mehr mit ihr als mit ihm zu tun.

»Er hat das Sagen«, fügte er hinzu.

»Er ist dein Chef.«

»Und deiner auch, vergiss das nicht.«

Clara nickte etwas verwundert. Sie wusste nicht so recht, wie sie diesen letzten Satz verstehen sollte. War das eine Warnung? Ein Ratschlag? Sie musste an die merkwürdige Prüfung denken, der Uhl sie am Vortag unterzogen hatte. Wenn Gerardo davon sprach, ›alles‹ tun zu müssen, was Uhl befahl, meinte er dann nur die Malerei oder mehr?

Sie aß ihr Stück Vollkornbrot zu Ende und nahm eine Weintraube zwischen die rosa glänzenden Finger. Das

Küchenfenster mit der halb zurückgezogenen Gardine erinnerte sie an den Vorfall in der vergangenen Nacht. Sie beschloss, Gerardo davon zu erzählen, um das Thema zu wechseln.

»Hör mal, da war was ...«

Sie hielt inne und spuckte die Traubenkerne aus. Gerardo sah sie fragend an.

»Ja?«

»Ach, nichts Besonderes.«

»Macht nichts, erzähl es mir trotzdem.«

Er wirkte jetzt aufrichtig interessiert. Er stützte sich auf beide Ellbogen und beugte sich über den Tisch zu ihr hinüber. Clara gefiel seine offensichtliche Anteilnahme, ja Besorgnis, und sie beschloss, ihm die Wahrheit zu sagen.

»Heute Nacht ist irgendjemand hier ums Haus geschlichen. Als das erste Mal der Wecker geklingelt hat, sah ich, wie er durch das Schlafzimmerfenster geschaut hat. Aber er ist sofort wieder verschwunden.«

Gerardo sah sie fest an.

»Mach keine Witze.«

»Im Ernst. Ich habe mich zu Tode erschrocken. Ich bin ans Fenster gegangen und habe niemanden gesehen, aber ich bin mir sicher, dass ich nicht geträumt habe.«

»Wie merkwürdig ...« Gerardo strich sich über den Schnurrbart – eine Geste, die sie schon öfter bei ihm gesehen hatte. »Es gibt keine Nachbarn hier, nur noch andere Landhäuser der Stiftung.«

»Aber ich bin sicher, dass ich vor dem Fenster Schritte gehört habe.«

»Und dann hast du hinausgeschaut und niemanden entdeckt.«

»Mhm.«

Der junge Maler schien nachzudenken. Er spielte mit den Krümeln seiner Pizza. Am oberen Ende seines linken Bizeps legte das Hemd eine Tätowierung frei.

»Vielleicht war das ja ein Wachmann, weißt du? Manchmal drehen sie ihre Runden und gucken in die Häuser, um sich zu vergewissern, dass mit den Leinwänden alles in Ordnung ist ... Ja, es war bestimmt einer der Wachleute.«

»Gibt es noch mehr Landhäuser mit Leinwänden hier?«

»Und ob, meine Süße. Wir sind *full*. Viele Leinwände und viel Arbeit.«

Die Möglichkeit – dass es einer der Wachmänner gewesen war – hörte sich beruhigend an, erschien ihr aber dennoch unwahrscheinlich. Sie setzte gerade zu weiteren Fragen an, als sich ein Schatten zwischen das Fenster und ihren Tisch schob. Uhl hatte die Küche betreten. Clara bemerkte seinen Groll, noch bevor sie ihn ansah. Der Maler betrachtete sie mit unverhohlenem Missfallen, während er wütend etwas auf Holländisch sagte.

»Was sagt er?«, fragte sie.

Plötzlich, noch bevor Gerardo ihr antworten konnte, tat Uhl etwas Unerwartetes. Er packte Clara am Kragen ihres Bademantels und zog kräftig daran. Die Geste war so gewalttätig und kam so unerwartet, dass sie aufsprang und ihr Stuhl nach hinten fiel. Dann ergriff Uhl den Gürtel vom Bademantel und löste ihn. Darunter erschienen zwei zitternde Brüste.

»Sag mal, was tust du da!«, rief Clara.

Gerardo hatte sich ebenfalls erhoben und redete auf Uhl ein. Aber es war nicht zu übersehen, dass dieser am längeren Hebel saß. Mehr verblüfft als verärgert, band Clara ihren Bademantel wieder zu. Dabei bemerkte sie, dass auf dem Bauch an einigen Stellen die Farbe gerissen war.

»Nein, nein. Zieh ihn aus«, sagte Gerardo plötzlich schroff.

»Ich soll ihn ausziehen?«

»Ja, zieh ihn aus. Du darfst nichts darüber ziehen, okay? Die Farben sind sehr empfindlich und können beschädigt werden. Ich hätte es dir vorher sagen müssen. Justus hat Recht ... Ich ...«

Uhl unterbrach ihn, indem er mit der flachen Hand direkt neben Claras Kopf gegen die Wand schlug, als wollte er ihn zur Eile ermahnen.

»Was ist los?«, erwiderte sie entrüstet. »Was soll das? Ich ziehe ihn ja schon aus, zum Teufel! Sieh doch!«

Uhl riss ihr den Bademantel aus den Händen und verließ die Küche. Clara kochte vor Wut.

»Ist der noch ganz richtig im Kopf?«, fragte sie.

»Iss weiter und sag nichts. Das ist eben so seine Art.« Für einen Moment kreuzten sich ihre Blicke. Clara wusste nicht, was sie mehr verabscheute: Uhls krankhaften Charakter oder die Unterwürfigkeit seines Assistenten. Sie beschloss zu kapitulieren und die Dinge sein zu lassen, wie sie wollten, schließlich war sie nur die Leinwand und sonst nichts. Sie bückte sich, hob mit einer brüsken Bewegung den Stuhl auf, nahm mit ihren von Ölfarbe klebenden Gesäßbacken darauf Platz, schlug die Beine übereinander und öffnete ihren Aroxen-Saft. ›Es ist absolut nichts passiert‹, sagte sie zu sich selbst. ›Wenn die Farbe abblättert, dann ist das euer Problem!‹

Gerardo knüpfte kein Gespräch mehr mit ihr an. Er aß zu Ende und machte sich dann wieder an die Arbeit.

In dem Fenster, vor dem sie probten, war die Sonne verschwunden, daher schalteten sie die Scheinwerfer ein und probierten Schatten und Lichteffekte an ihrer Silhouette aus. Clara war erstaunt. Ihre vorherige Abscheu war einem Zustand des Staunens gegenüber Uhls merkwürdigem Benehmen gewichen. Sie fragte sich allen Ernstes, ob er krank war. Keiner der Maler richtete das Wort an sie. Es erschien ihr offensichtlich, dass der Zwischenfall von vorhin verschiedene Kräfte in ihrem unstabilen Dreieck freigesetzt hatte. Uhl war wie versteinert, während Gerardo die Rolle des Stoßdämpfers zwischen seinem Kollegen und ihr zu übernehmen schien. Er sprach zwar mit ihr, aber jedes Mal, wenn der junge Mann sich ihr näherte, um irgendeinen Aspekt ihrer Stellung zu verändern, deutete er ein Lächeln an, als wollte er sagen: ›Hab Geduld. Gemeinsam werden wir das schon ertragen.‹ Sie fand sein Mitgefühl jedoch noch unerträglicher als das absurde Verhalten Uhls.

Am Nachmittag gab es noch einmal eine Pause. Gerardo teilte ihr mit, dass in der Küche ein Saft und ein Tee für sie stünden. Ihr war nicht danach, irgendetwas zu sich zu nehmen, aber Gerardo forderte sie mit einer Geste dazu auf, die keinen Widerspruch duldete. Natürlich kam sie nicht auf die Idee, den Bademantel noch einmal überzuziehen. Sie ging in die Küche und fand den Saft, aber die Tasse war leer, und der Teebeutel lag auf der Untertasse. Sie füllte die Tasse mit Mineralwasser und stellte sie in den Mikrowellenherd. Sie empfand weder Kälte, noch war es ihr irgendwie unangenehm, so völlig nackt zu sein, lediglich ein wenig befremdlich. Sie war es gewohnt, während der Arbeitspausen etwas überzuziehen, und fand die Anweisung, nackt zu bleiben, unverständlich. Während die Mikrowelle surrte, stellte sie sich ans Fenster und besah durch die dreieckige Öffnung der Vorhänge die Landschaft: Sie erkannte Baumstämme, weiter hinten einen Zaun und einen Weg. Offenbar waren sie ziemlich isoliert.

Die Mikrowelle klingelte. Clara öffnete die Glastür und holte die dampfende Tasse heraus.

In diesem Moment fiel ein Schatten auf sie.

Es war Uhl. Die Hände an einem Lappen abwischend, betrat er die Küche, ohne sie eines Blickes zu würdigen. Auch sie wandte die Augen ab. Sie stellte die Tasse auf die Untertasse und riss die Verpackung des Teebeutels auf. Uhl bewegte sich hinter ihrem Rücken. Sie wusste nicht, was er tat. Sie nahm an, dass er gekommen war, um irgendetwas aus dem Kühlschrank zu holen, aber sie hörte nicht die Türe gehen. Das Schweigen hinter ihr wurde beklemmend. Sie wollte sich gerade umdrehen, um zu sehen, was Uhl tat, als ihr plötzlich eine Hand zwischen die Beine fuhr.

Sie schnellte herum und wandte den Kopf. Sie sah Uhls Augen hinter den zwei Zentimeter vor seinem Gesicht befindlichen Brillengläsern. Fast gleichzeitig packte die andere Hand sie im Genick und zwang sie, nach vorn zu schauen. Sie vernahm nur ein gekeuchtes Wort auf Spanisch: »Ruhig!«

Sie beschloss, zu gehorchen, ohne Fragen zu stellen. Die Situation überraschte sie nicht übermäßig. Theoretisch war sie eine Leinwand. Theoretisch war er ein Maler. Theoretisch konnte der Maler die Leinwand, mit der er arbeitete, jederzeit, auf jede beliebige Weise berühren. Schließlich wusste sie ja nicht, was für ein Werk mit ihr gemacht wurde. Vielleicht war diese Art, sie in der Küche anzufassen, ein Teil der Malerei.

Sie atmete tief durch, um sich zu entspannen, und blieb, die Hände auf den Kühlschrank gestützt, ganz ruhig stehen. Die Finger schoben sich langsam an der Innenseite ihres linken Schenkels hoch, doch die Ölfarbe bewirkte, dass die Empfindung nicht dieselbe war wie auf ihrer unbehandelten, nackten Haut. So fühlte sie weder die Wärme noch die Kälte der Berührung und hatte auch nicht die Wahrnehmung einer Liebkosung, sondern nur die Bewegung von zwei oder drei plumpen Gegenständen auf ihrem Fleisch. Es hätten genauso gut mehrere Pinsel sein können.

Die Hand setzte ihren Weg nach oben fort, während die andere Claras linke Schulter festhielt. Diese versuchte, die Finger zu ignorieren, die keine Finger waren, kein menschliches Fleisch und Blut, sondern wie gegliederte Gummiröhrchen an ihr hochkrabbelten und ganz sachte, noch ohne Schroffheit, den empfindlichsten Bereich ihres Schenkels erreichten. Sie wollte glauben, dass all dies einem künstlerischen Zweck diente. Sie wusste, wie schwer die Grenze zu ziehen war: Vicky hatte sie beispielsweise ständig in beide Richtungen übertreten. Die andere demütigende Möglichkeit – dass Uhl seine Position missbrauchte – hätte sie dazu veranlasst, ihn mit Gewalt abzuwehren. Aber das wollte sie sich momentan nicht vorstellen.

Sie blieb ganz still stehen und kontrollierte ihren Atem, obwohl sie das – offensichtliche – Ziel jener Finger natürlich kannte. Sie sah aus dem Fenster, ohne zu blinzeln. *Er hat das Sagen. Er ist ein sehr eigenartiger Mann, aber er hat das Sagen.* Hatte Gerardo sie vielleicht auf etwas vorbereiten wollen, wovon er schon wusste, dass es geschehen würde?

Die Hand öffnete sich über ihrem Geschlecht. Clara spannte die Muskeln an. Die Finger drangen ins Innere, zögernd zwar, so als würden sie auf irgendeine Reaktion von ihr warten. Aber Clara hatte beschlossen, sich nicht zu rühren, gar nichts zu tun. Sie stand reglos mit leicht gespreizten Beinen da, den Rücken zum Maler gewandt, und hielt den Atem an. Dann spürte sie, wie sich die Finger zurückzogen. Die andere Hand, die ihre Schulter festhielt, löste sich ebenfalls. Sie drehte den Kopf nach ihm um, weil sie feststellen wollte, was er als Nächstes vorhatte. Uhl beschränkte sich darauf, sie anzusehen. Seine dicken Brillengläser und die vorgewölbte Stirn gaben ihm das Aussehen eines monströsen Insekts. Er keuchte. Sein Blick war verstört. Kurz darauf verließ er die Küche. Sie hörte ihn im Wohnzimmer mit Gerardo reden. Sie wartete vorsichtshalber noch einen Moment, dann goss sie sich den Tee auf, ohne das Gesicht von der Tür abzuwenden, und trank ihn wie eine bittere Arznei. Danach machte sie ein paar leichte Entspannungsübungen.

Als Gerardo sie wieder zur Arbeit rief, war sie schon erheblich ruhiger.

Es passierte nichts weiter an jenem Nachmittag. Uhl berührte sie nicht mehr, und Gerardo beschränkte seine Kommunikation mit ihr auf ein paar knappe Anweisungen. Doch während sie reglos posierte, arbeitete ihr Gehirn auf Hochtouren. Wieso tat Uhl das? Wollte er sie missbrauchen, sie einschüchtern, ihre Spannung steigern im Stil von Brentano?

In der Welt der Körperbemalung, die verwirrend war wie ein Traum, gab es für eine Leinwand nur eine Möglichkeit: Sie musste gespannt bleiben und Strategien entwickeln, damit sie nicht nachgab, weil sie damit ihre Situation noch verschlimmern würde.

Trotzdem war sie sicher, dass genau das auf sie zukam.

Sie dachte, sie würde an jenem Abend nicht einschlafen können, aber dann fiel sie doch sofort in einen tiefen Schlummer.

In welchem Moment sie wieder den Eindruck bekam, von jemandem belauert zu werden, konnte sie nicht genau sagen.

Sie lag mit dem nackten Bauch auf der ebenfalls nackten Matratze, und ihr Bewusstsein pendelte sachte zwischen Wachsamkeit und Schlaf hin und her. Da erschienen plötzlich in dem vom Mond mit blasser Kreide gezeichneten Fenster lauter schattige Flecken. Es war wie das rasche Vorbeiziehen einer Wolke. Mit dem Unterschied, dass die Wolke ein Rascheln im Gras verursachte.

Mit den Bewegungen eines trägen Rehs richtete sie sich auf. Am Fenster war niemand.

Aber einen Augenblick vorher, den Bruchteil einer Sekunde bevor nichts mehr zu sehen war, hatte sich im Rechteck eine Silhouette abgezeichnet.

Es war ein Mann, da war sie ganz sicher.

Sie blieb mit erhobenem Kopf in der Dunkelheit sitzen und hielt die Luft an, bis ein irrer Schrei sie vor Schreck in die Höhe fahren ließ. Mit rasendem Herzen erkannte sie das Klingeln des Weckers. Sie tastete sich wie eine Blinde auf dem Boden vor, bis sie den Wecker neben der Matratze fand und ausstellte. Sie wusste nicht, weshalb der Alarm an war, obwohl Gerardo ihr gesagt hatte, sie würde ihn in dieser Nacht nicht brauchen. Ihr Herz pumpte kraftvoll das Blut durch die Adern. Das Pochen klang, als würden lauter Blasen an ihren Trommelfellen zerplatzen. Das Haus lag in tiefer Stille. Aber das Gefühl war dasselbe wie in der vergangenen Nacht. Und wenn sie die Ohren spitzte, konnte sie in der Ferne das Knirschen von zertretenem Gras hören.

Obwohl sie die günstigsten Möglichkeiten erwog (zum Beispiel, dass es sich um einen Wachmann der Stiftung handelte, wie Gerardo ihr gesagt hatte), ängstigte sie jene mysteriöse Gegenwart weit mehr als alles andere. Sie stand auf, stellte die Füße auf den Boden und atmete ein paarmal tief durch. Nachdem Uhl und Gerardo gegangen waren, hatte sie geduscht und sich mit Farbentfernern die Bemalung aus dem Haar und von der Haut gewaschen. Sie erlebte den Schrecken ohne die schützende Ölschicht unverfälschter, roher, unmittelbarer.

Sie wartete noch eine Weile, dann hörte sie die Schritte im Gras nicht mehr. Vielleicht war der Mann weggegangen, oder er wollte warten, bis sie wieder eingeschlafen war. Sie war zu nervös, um in Ruhe nachdenken zu können. Sie kannte mehrere Atemübungen, die binnen weniger Minuten wie Balsam auf sie wirken würden. Sie begann mit einer von den leichteren und versuchte gleichzeitig, den Ursprung ihrer Angst zu ergründen.

Seit jeher war die Vorstellung, dass ein Unbekannter des Nachts in ihr Schlafzimmer eindringen könnte, eine der grausigsten und beängstigendsten für sie. Jorge lachte sie aus, wenn sie ihn gegen Morgen weckte, um ihm zu sagen, sie habe ein Geräusch gehört.

›Na gut. Du musst dich deiner Angst stellen, um sie zu überwinden.‹

Sie stand auf und ging im Dunkeln ins Wohnzimmer. Die Atemübungen hatten sie in eine Scheinruhe versetzt, die ihre Bewegungen verlangsamte. Sie hatte eine Idee: Sie würde die Konservierung anrufen und um Hilfe bitten oder zumindest um einen Ratschlag. Das war alles, was sie zu tun brauchte. Zum Telefon gehen, die einzige Nummer wählen und mit der Konservierung reden. Schließlich war sie wertvolles Material und fürchtete sich. Sie lief Gefahr, sich zu beschädigen. Die Konservierung würde ihr helfen müssen.

Sie erinnerte sich, dass sämtliche Lichtschalter des Hauses im Eingangsbereich waren. Daher durchquerte sie hastig das Wohnzimmer, stieg die drei Stufen zur Diele hinauf und lieferte sich eine Schalterorgie wie eine Gewehrsalve gegen den drohenden Feind. Sie sah nichts Ungewöhnliches. Die Ganzkörperspiegel warfen von ihren Gestellen aus unerschrocken die gewohnten

Bilder zurück. Auch das Stativ und die Scheinwerfer waren da, genau so wie Gerardo und Uhl sie hinterlassen hatten. Das Foto des Mannes von hinten (es wäre etwas anderes gewesen, wenn er jetzt im Profil dagestanden hätte). Hinten, an den drei schwarzen Wohnzimmerfenstern und der rückwärtigen Tür, war auch nichts Ungewöhnliches zu bemerken: Sie waren fest verschlossen und schienen Schutz zu bieten.

Sie fuhr sich mit der imprägnierten Zunge über die imprägnierten Lippen. Sie mied die Spiegel, weil ihr jetzt nicht danach zumute war, in ein Gesicht ohne Brauen und Wimpern zu schauen, das nur aus Augen und Mund bestand (drei Punkte eines vom Schreck geweiteten Dreiecks) unter einer Kapuze aus dünnem, blondem Haar. Obwohl sie weder schwitzte (die Schweißperlen rannen ihr jedenfalls nicht über die Haut) noch über Spucke verfügte, um zu schlucken, spürte sie dennoch das Bemühen der Schweißdrüsen und den unsichtbaren Kloß im Hals. Das bohrende, bebende Grauen in ihrem Inneren hielt unvermindert an, und keine Malerei der Welt hätte ihm jetzt etwas entgegenzusetzen vermocht.

›Beruhige dich. Du gehst jetzt zum Telefon und rufst an. Danach machst du die Jalousien zu, eine nach der anderen, und gehst wieder schlafen.‹

Wie eine Schlafwandlerin ging sie auf das Telefon zu, während dieses zurückwich, ein Telefon am allerletzten Ende ihres einzigen Fluchtwegs. Sie wollte nicht zu den Fenstern schauen, während sie sich näherte. Und genau deshalb schaute sie hin. Aber sie sah nichts als schwarze Scheiben und darin das Spiegelbild ihres nackten, gelblichen Leibes. Es durchzuckte sie der Gedanke, dass sie, wenn sie jetzt in einer dieser Scheiben eine Gestalt auftauchen sähe, wen auch immer, auf der Stelle ins Koma fallen würde, in eine Katalepsie, zur Pflanze reduziert, um für den Rest ihrer Tage geifernd in einem Irrenhaus zu sitzen. Es war nur ein flüchtiger Augenblick, ein Schwindel, der Bruchteil einer Zeitspanne, die keine Uhr je würde messen können. Der Horror schlug vor ihr den Trenchcoat zur

Seite und zeigte sein Geschlecht. Jetzt. Ein Lidschlag. Dann war die Empfindung vorbei. Und sie hatte keine Gestalt im Fenster gesehen.

Sie erreichte das Telefon, ergriff die marineblaue Karte und begann ganz vorsichtig, die Nummer zu wählen. Sie stand vor einem der Fenster. Jenseits der Mauer aus Wind und Zweigen war alles von Bäumen und Nacht bedeckt. Für jemanden, der sie aus der Entfernung beobachtete, musste ihre Gestalt deutlich sichtbar sein. ›Soll er doch beobachten, was er will‹, dachte sie, ›nur herkommen darf er nicht.‹

»Guten Abend, Señorita Reyes«, sprach eine junge Männerstimme in perfektem Spanisch in den Hörer. Eine Stimme, so beruhigend wie ein Goudakäse oder ein paar Holzpantinen. »Was können wir für Sie tun?«

»Hier schleicht jemand herum«, erklärte sie geradeheraus.

»Im Haus?«

»Draußen, meine ich.«

Stille.

»Sind Sie sicher?«

»Ja, ich habe ihn gesehen. Ich habe ... Ich habe ihn gerade gesehen. Am Schlafzimmerfenster war jemand.«

»Ist er immer noch da?«

»Nein, nein. Das heißt ... ich glaube nicht ...«

Erneute Stille.

»Señorita Reyes, das ist vollkommen ausgeschlossen.«

Hinter sich hörte sie ein Knacken. Sie war so sehr auf die Fenster fixiert, dass sie vergessen hatte, hinter sich zu schauen.

»Señorita? ... Señorita Reyes?...«

Sie wandte sich um wie im Traum. Sie vollführte eine Drehung, als wäre sie eine Leiche und von einem Fußtritt in Schwung gebracht worden. Sie wandte sich in Zeitlupe um und sah wie von einem Karussell aus die Bilder des Wohnzimmers in der Ferne vorüberziehen.

»Hören Sie? ... Sind Sie noch dran? ...«

»Ja.«

Es war nichts. Das Wohnzimmer war leer. Aber für den Bruchteil einer Sekunde hatte sie es mit Alpträumen gefüllt.

»Ich dachte schon, Sie hätten eingehängt«, sagte der Mann von der Konservierung. »Ich werde Ihnen jetzt erklären, warum das, was Sie sagen, nicht möglich ist. Das gesamte Gebiet mit den Landhäusern, in dem Sie sich befinden, gehört der Stiftung und ist eine nach außen abgesperrte Zone. Die Einfahrten werden Tag und Nacht von unserem Sicherheitspersonal bewacht, sodass ...«

»Ich habe gerade einen Mann an meinem Fenster gesehen«, unterbrach ihn Clara.

Erneute Stille. Ihr Herz schlug heftig.

»Wissen Sie was?«, erwiderte ihr Gegenüber in verändertem Ton, als ob ihm plötzlich die Erklärung eingefallen wäre. »Es ist schon möglich, dass Sie Recht haben und jemanden gesehen haben. Ich will es Ihnen erklären. Ab und zu, vor allem bei neuem Material, gehen die Wachleute ganz nah an die Landhäuser heran, um sich zu vergewissern, dass alles in Ordnung ist. In letzter Zeit ist die Abteilung Sicherheit ganz besonders besorgt um das Wohlergehen der Leinwände. Sie brauchen also keine Angst zu haben, es war einer von unseren Wachmännern. Aber ich will sicherheitshalber Folgendes tun: Ich werde die Abteilung Sicherheit anrufen und bitten, mir darüber Auskunft zu geben, ob draußen jemand herumläuft. Die wird sich auf alle Fälle darum kümmern. Rühren Sie sich nicht vom Telefon weg. Ich rufe Sie gleich wieder an, um Ihnen Bescheid zu geben.«

Jetzt, während sie darauf wartete, dass der Mann von der Konservierung sie zurückrief, kam ihr die Stille wesentlich erträglicher vor. Sie wurde gerade schläfrig, als sie das Klingeln hörte. Die Stimme war so beruhigend wie vorher.

»Señorita Reyes? Es ist alles geklärt. Die Leute von der Sicherheit haben mir bestätigt, dass es einer ihrer Männer war. Sie bitten Sie um Verzeihung und versprechen, dass das nicht mehr vorkommt ...«

»Danke.«

»Auf jeden Fall möchte ich Sie darauf hinweisen, dass sämtliche Wachleute von der Stiftung vorschriftsmäßig einen roten Lichtbildausweis am Revers tragen. Wenn Sie den Mann noch einmal sehen sollten und er eine Karte anstecken hat, dann brauchen Sie sich keine Sorgen zu machen. Jetzt gehen Sie wieder zu Bett und lassen Sie, wenn Sie möchten, ein Licht brennen. Dann braucht der Wachmann gar nicht so dicht ans Haus zu gehen, um zu sehen, ob alles in Ordnung ist, und wird Sie nicht erschrecken.«

»Vielen Dank.«

»Keine Ursache. Und wenn ich noch etwas für Sie tun kann, dann scheuen Sie sich nicht ...«

Es folgten die üblichen Höflichkeitsfloskeln, doch in diesem Moment taten sie ihre Wirkung. Als sie einhängte, fühlte sie sich ruhiger. Sie schloss die Jalousien an den Fenstern im Wohnzimmer, in der Küche und nach vorn. Dann vergewisserte sie sich, dass die Haustüren verriegelt waren. Als sie das Schlafzimmer betrat, zögerte sie nur einen kurzen Moment. Im Fenster spiegelte sich das beleuchtete leere Zimmer wie in einem schwarzen Teich. Sie ging an die Scheibe heran. Gerade hatte hier noch einer gestanden und hereingeschaut. Das war der Wachmann, dachte sie. Sie erinnerte sich zwar nicht, einen roten Ausweis an seinem Revers gesehen zu haben, aber dazu hatte sie ja auch kaum Gelegenheit gehabt. Sie ließ die Jalousie herunter.

Obwohl sie dem Mann von der Konservierung etwas anderes gesagt hatte, wollte sie kein Licht brennen lassen. Sie ging zum Eingang und schaltete alles aus. Dann kehrte sie in vollständiger Dunkelheit zum Schlafzimmer zurück, legte sich auf die Matratze und starrte zur Decke in die dichte Schwärze hinein. Nach ein paar weiteren Atemübungen schlief sie sofort ein. Sie träumte nicht von ihrem Vater. Sie träumte nicht von dem mysteriösen Uhl. Sie träumte gar nichts. Die Erschöpfung trug sie davon und ließ sie seelenruhig ins Unbewusste versinken.

Der Mann, der sich zwischen den Bäumen verbarg, wartete noch eine Weile, um dann erneut auf das Haus zuzugehen.

Er hatte keine Karte am Revers.

5

SUSAN WAR EINE LAMPE.

Auf dem quadratischen, am Handgelenk befestigten Etikett stand: Susan Cabot, Alter: neunzehn Jahre, Herkunft: Johannesburg/Südafrika, Haarfarbe: dunkelblond, Augenfarbe: blau, Hautfarbe: weiß, nicht imprägniert. Susan leuchtete erst seit sechs Monaten als *Lampe* von Marooder auf Sitzungen und Versammlungen. Vorher war sie in drei anderen Dekorationen für die Stiftung tätig gewesen. Zwischendurch bekam sie Aufträge von mittelmäßigen Porträtisten (sie hat keinen Exklusivvertrag mit der Stiftung). Ein Porträt brauchte sich nämlich nur den Körper mit Zeroplastin einschmieren und nach den Wünschen des Kunden modellieren zu lassen. Das erforderte keinen hohen hyperdramatische Einsatz, was Susan entgegenkam. Sie mochte den Hyperdramatismus nicht und hatte ihre früh begonnene Laufbahn als Leinwand abgebrochen und beschlossen, Dekoration zu werden. Sie wusste, dass es ihr nicht beschieden war, als Kunstwerk Unsterblichkeit zu erlangen, wie den Bildern aus der Sammlung ›Blumen‹, aber das machte ihr nichts. Als Blume musste man viel zu große Verrenkungen machen und sie dann noch tagelang durchhalten, man war stets mit Drogen voll gepumpt und würde irgendwann unweigerlich selbst zur Pflanze, zur Rose, Narzisse, Iris, Ringelblume oder Tulpe, zu einem duftenden, angepinselten Ding, das nicht mehr zu träumen oder zu genießen, geschweige denn zu leben vermochte. Als *Lampe* ließ sich dagegen ein Haufen Geld verdienen, man konnte sich früh zur Ruhe setzen, Kinder haben und war nicht von der Menschheit bis an sein Lebensende zur Hölle der ewigen Schönheit verdammt wie diese sterilen Leinwände.

An jenem Donnerstagmorgen, dem 29. Juni 2006, begann Susans Dekorationensuchanlage mitten in der Nacht verzweifelt auf ihrem Nachttisch zu piepsen und riss sie aus dem tiefsten Schlaf. Sie tippte ihre Codenummer in den Tastenblock des Hoteltelefons und erhielt den Befehl, sich unverzüglich zum Flughafen zu begeben. Sie hatte genug Erfahrung, um zu wissen, dass das kein Routineauftrag war. Seit drei Wochen hielt sie sich in Hannover auf und beleuchtete sechs Stunden am Tag – abzüglich einiger Ruhepausen – einen kleinen Sitzungssaal, wo über Biologie, Malerei und die Beziehung zwischen Kunst und Genetik diskutiert wurde. Davon bekam Susan allerdings nichts mit, weil sie stets Ohrenklappen trug. Gelegentlich sogar Augenklappen, vermutlich, weil unter den Gästen ein paar bekannte Gesichter auftauchten, die ihre Anonymität wahren wollten. Nichts zu wissen war ein Teil ihrer Tätigkeit als Lampe. Aber nur selten hatte sie einen so dringenden Ruf mitten in der Nacht erhalten, der ihr kaum Zeit ließ, sich anzuziehen, bevor sie den Beutel mit ihren Arbeitsutensilien nahm und sich schleunigst auf den Weg zum Flughafen machte. Dort wurde ihr ein Flugticket nach München ausgehändigt für einen Flug, der eine halbe Stunde später ging. In München traf sie auf weitere Kolleginnen (die sie nicht kannte, aber das war unter Dekorationen so üblich) und wurde in einem von vier Wachmännern beaufsichtigten Privatbus zum Gebäude Obberlund gebracht, einem modernen Klotz aus Stahl und Glas mit Büros und Versammlungsräumen, ganz in der Nähe vom Haus der Kunst. Während der Fahrt dorthin erhielt sie einen Anruf auf ihrem Mobiltelefon: Es war die Supervisorin der Dekorationsobjekte, ein durch und durch unsympathisches junges Ding namens Kelly, die ihr in knappen Worten beschrieb, welchen Platz sie im Salon, zu dem sie fuhren, einzunehmen habe.

Nach ihrer Ankunft im Obberlund hatte sie nur zwanzig Minuten Zeit, sich zurechtzumachen: Sie zog sich vollständig aus, schlüpfte in einen Färbeanzug, stülpte sich eine Färbehaube über den Kopf und wartete, dass sich die Farbe auf sie übertrug. Dann riss sie sich Anzug und Haube vom Leib, pinselte sich vor dem Spiegel auf die pastellfarbene Körperbemalung in Purpur und das dunkle Mahagoni der Haare das Fixiermittel, holte die Lampe aus ihrem Beutel, schnallte sich das untere Ende ans rechte Fußgelenk und humpelte mit dem Kabel in der Hand zum Versammlungssaal, während sie sich bemühte, nicht darüber zu stolpern. Ihre Kolleginnen hatten sich, dienstbeflissen und schweigsam, schon an ihre jeweiligen Positionen begeben. Susan legte sich mit dem Rücken auf den Boden und ging nun ihrerseits in Stellung. Sie stemmte die Hände in die Hüften, schob das Gesäß nach oben, streckte das rechte Bein hoch und winkelte das linke zum Gesicht ab. Der Lampenschirm, eine Leuchtkugel mit vier kalten Glühbirnen, war an ihrem erhobenen Fuß befestigt. Das Kabel wand sich nicht um ihr Bein, vielmehr glitt es sanft zur Steckdose. Susan hatte nichts weiter zu tun, als stillzuhalten und das Licht leuchten zu lassen. Es war zugegebenermaßen eine schwierige Haltung, aber durch Training und Übung war sie inzwischen zu einem Objekt von beachtlicher Qualität avanciert. Ihre Höchstleistung lag bei vier Stunden ohne Unterbrechung.

Es dauerte eine Weile bis jemand – wahrscheinlich Kelly – kam und sie anschaltete. Die Kugel flammte auf, und Susan begann zu leuchten. Anschließend erschien ein Mitarbeiter von der Technik, versah sie mit Augen- und Ohrenklappen und tauchte sie in Stille und Dunkelheit.

Die Sitzung fand im zehnten Stock statt.

Der Raum, den die Leitung vom Obberlund den Teilnehmern zur Verfügung gestellt hatte, war quadratisch, hermetisch und schalldicht. Er war an allen Seiten von Fenstern umgeben, die von außen nicht einsehbar waren. An nicht menschlichen Dekorationen und Möbelstücken waren nur die einbeinigen Stühle aus Metall und Plastik und der riesige stahlfarbene, quadratische Teppich darin, an dessen Rändern sie sich aufreihten. Die übrige Ausstattung bestand aus bemalten menschlichen Körpern: Tische, Lampen, Fenster- und Eckkonsolen, ein unbewegliches Tablett und elf bewegliche Tabletts. Bis auf Letztere, die herumgehen, die Gäste bedienen und dabei deutlich sehen und hören mussten, trugen sie alle Augen- und Ohrenklappen.

Das Arbeitsfrühstück wurde von den elf Tabletts gereicht: ofenfrische Croissants, fünf Brotsorten und drei verschiedene Arten Margarineersatz, dazu Kaffee sowie Kaffee- und Tee-Ersatz, Letzteren für einen sehr nervösen Benoit. Außerdem gab es Fruchtsäfte, Kleingebäck, Streichkäse und Mineralwasser mit Eiswürfeln. Und schließlich verschiedene Sorten Trockenfrüchte in einer Schale, die auf einem der Tische stand (man musste allerdings selbst hingehen, weil der Tisch aus einem liegenden Jungen mit hochgestreckten Beinen und einem darauf balancierenden Mädchen – beide in Fuchsia – konstruiert war und sich nicht bewegte), und eine Bonbonniere mit bunten Pralinen, aufgestellt zwischen den Brüsten eines rot gefärbten Tabletts von Marooder, das sich mit Händen und Füßen auf den Boden stützte, den Rumpf nach hinten weggebeugt, sodass das feine, kupferglänzende rote Haar den Teppich berührte.

Ein Gast sprach den Bonbons besonders zu. In regelmäßigen Abständen streckte er den Arm nach dem nackten Körper des Tabletts aus, holte eine Hand voll Schokoladenbonbons aus dem Glas und ließ sie, während er sich unterhielt, wie geröstete Erdnüsse eines nach dem anderen unter dem Schnauzer verschwinden. Es war ein junger Mann mit schwarzem Haar und hoher Stirn, dessen Augenbrauen so dicht waren wie sein Schnauzbart. Er war tadellos gekleidet, in einem dunkelvioletten, perfekt sitzenden, allerdings nicht ganz so eleganten Anzug wie zum Beispiel Benoit. Er machte einen sympathischen, freundlichen Eindruck und schien einigermaßen redselig zu sein: ein Herr Niemand, definitiv. Aber Bosch ahnte sofort, dass dieser Mann, genau dieser junge, Pralinen fressende Unbekannte mit dem Schnauzer, unter all den wichtigen Leuten hier der Allerwichtigste war. Er war es: der Wichtigste Mann.

Man hatte Bosch zum Moderator ernannt. Als dieser der Ansicht war, es könnte jetzt losgehen, und Miss Woods aufforderndes Nicken sah, räusperte er sich und sagte: »Was halten Sie davon, wenn wir nun beginnen, meine Damen und Herren?«

Die beweglichen Tabletts ohne Ohrenklappen verließen daraufhin umgehend den Saal. Die Augen der Geladenen folgten dem Zug der hochgewachsenen, bemalten Nackten mit unverhohlener Neugier. Eine volle Minute lang herrschte Schweigen. Paul Benoit schien schließlich als Erster aus der Versunkenheit wieder aufzutauchen und ergriff das Wort.

»Lothar, verrate mir bitte eines: Wie ist er reingekommen? Erklär mir das bitte. Wie ist er reingekommen? Ich will jetzt wirklich nicht nervös werden, Lothar. Aber erkläre mir bitte ... Ich möchte, dass April und du, dass ihr beide mir hier und jetzt erklärt, wie zum Teufel dieser Hurensohn in die Suite gelangt ist, Lothar, wie er es angestellt hat, in eine hermetisch verschlossene und mit Alarmanlagen tapezierte Suite zu gelangen, wo fünf Wachleute von der Abteilung Sicherheit rund um die Uhr die Aufzüge, die Treppen und die Hoteltüren überwachen ... Kannst du mir das erklären?«

»Wenn ich jetzt etwas sagen darf, Paul, dann werde ich es dir erklären«, erwiderte Bosch ruhig. »Er brauchte gar nicht hereinzukommen, weil er nämlich schon drin war. Das Hotel Wunderbar dekoriert seine Zimmer mit hyperdramatischen Werken. Eines stand in der Suite, ein Ölgemälde von Gianfranco Gigli ...«

»Ein Schüler von Ferrucioli, ein Taugenichts«, präzisierte Benoit. »Wenn er nicht Selbstmord begangen hätte, würde man seine Bilder nur pfundweise loswerden.«

»Paul, bitte.«

»Verzeihung. Ich bin einfach nervös. Mach weiter.«

»Das Bild von Gigli haben vier Modelle abwechselnd gestellt. Der Bursche hat es auf irgendeine Weise geschafft, sich als eines von ihnen Zutritt zu verschaffen, genauer gesagt als ein gewisser Marcus Weiß von dreiundvierzig Jahren aus Berlin. Weiß hat jeden Dienstag in dem Bild gestanden. Nachdem wir erfahren haben, was passiert ist, sind wir in sein Motel gegangen und haben ihn in seinem Zimmer tot aufgefunden. Er war an Händen und Füßen ans Bett gefesselt und mit einem Draht stranguliert worden. Die Polizei geht davon aus, dass sein Tod Montagnacht eingetreten ist. Demnach kann er nicht derjenige gewesen sein, der am nächsten Tag bemalt und im Kostüm von Giglis Bild da aufgetaucht ist.«

»Habe ich das richtig verstanden?«, fragte Rudolf Kobb vom Kanzleramt. »Ein Bursche hat sich als jemand verkleidet, der sich als was anderes verkleidet?«

»Ein Bursche hat sich als Modell von einem Kunstwerk verkleidet, das in der Suite ausgestellt wurde«, nuancierte Bosch.

»Nein, nein, nein, Lothar«, Benoit veränderte seine Haltung und richtete die Bügelfalte seiner Hose wieder mittig aus. »Das überzeugt mich nicht. Tut mir Leid, aber das überzeugt mich nicht. Welches Arschloch hat ihn denn in die Suite gelassen?«

»Dafür ist keiner von meinen Leuten verantwortlich, Paul. Und ich kann guten Gewissens für sie geradestehen. Um Punkt sieben Uhr am Dienstagabend ist eine Person zum Wunderbar gekommen, die aussah wie Marcus Weiß, die die Etiketten von Marcus Weiß trug und sich mit den Papieren von Marcus Weiß ausgewiesen hat. Meine Männer haben seinen Ausweis kontrolliert, festgestellt, dass alles seine Richtigkeit hatte und ihn durchgelassen. Sie waren bereits seit Wochen so und nicht anders mit Weiß verfahren.«

»Und warum haben sie nicht seine Tasche kontrolliert?«

»Er war ein Kunstwerk, das uns nicht gehörte, Paul. Er war nicht von der Stiftung. Wir können bei einem Werk, das uns nicht gehört, keine Taschenkontrolle machen.«

»Wer hat Alarm geschlagen?«

»Saltzer. Er hat aus reiner Routine gegen Mitternacht in der Suite angerufen. Es hat niemand abgehoben. Sein einziger Fehler war vielleicht, dass er dann entschieden hat, unten zu warten und es später noch einmal zu versuchen. Wie er mir sagte, gingen die Zwillinge manchmal aus purem Eigensinn nicht ans Telefon. Als er es das dritte Mal ohne Erfolg versuchte, wurde er unruhig und ging hinauf. Dadurch hatten wir die Möglichkeit, den Tatort besser zu kontrollieren als in Wien, weil wir die Leichen selbst entdeckt haben und die Polizei erst gerufen haben, als wir so weit waren. Ich will Ihnen gerne Ihren Irrtum verzeihen, Paul, aber der Kerl war schon drin.«

»Er war drin, na gut«, warf Kurt Sorensen ein. »Aber wie ist er anschließend wieder herausgekommen?«

»Das war bestimmt noch einfacher. Er ist zum Treppenhaus gegangen und in ein anderes Stockwerk. Dort hat er den Aufzug genommen. Wahrscheinlich hat er dafür eine andere Verkleidung benutzt, um keinen Verdacht zu erregen. Unsere Männer waren darauf vorbereitet, Unbefugten den Eintritt zu verwehren, aber nicht den Ausgang.«

»Verstehen Sie jetzt, Paul?«, bellte Gert Warfell Benoit an. »Dieses Schwein ist ein echter Experte.«

Nach einem angespannten Schweigen meldete sich der Wichtigste Mann in lockerem Ton zu Wort.

»Entschuldigen Sie, wenn ich ein wenig vom Thema abweiche, aber ich wollte Ihnen mitteilen, dass ich gestern Gelegenheit hatte, im Haus der Kunst vorbeizugehen und die Sammlung ›Monster‹ zu sehen. Ich darf Ihnen gratulieren. Sie ist unglaublich.« Er schien sich an alle zu wenden, sah dabei aber Stein an. »Es gibt allerdings gewisse Dinge, die ich nicht verstanden habe. Was soll es beispielsweise für einen Sinn haben, einen Aidskranken im Endstadium auszustellen?«

»Das ist Kunst, *Fuschus*«, erwiderte Stein, ohne die Stimme zu erheben. »Der einzige Sinn der Kunst ist die Kunst selbst.«

»Ich war auch dort«, mischte sich jetzt der Vertreter von Europol, Albert Knopffer, ein. »Mich hat das acht- oder neunjährige Mädchen beeindruckt mit dem afrikanischen Kind im Arm, das in Wirklichkeit ein missgebildetes männliches Modell ist, nicht wahr? Es hat mich geschaudert.«

»Man könnte sich den ganzen Tag über diese Werke unterhalten«, sagte der Wichtigste Mann und griff nach der Bonbonniere. »Für mich haben sie übrigens auch wesentlich mehr Tiefe als die ›Blumen‹. Gut, bringen wir es auf den Punkt. Sie sind von einem ganz anderen Stil. Im Grunde ist das nicht zu vergleichen. Für mich haben sie jedenfalls wesentlich mehr Tiefe. Meinen Glückwunsch.«

»Es sind die Werke eines Meisters«, sagte Stein.

»Ja, und Sie arbeiten mit ihm zusammen. Mein Glückwunsch Ihnen beiden.«

Stein bedankte sich mit einem Kopfnicken.

»Warum erzählst du jetzt nicht von der kleinen Brenda, Lothar?«, schlug Sorensen vor. »Nur um unseren Freunden das Ganze mal zu veranschaulichen«, fügte er hinzu und lächelte den Wichtigsten Mann an.

Kurt Sorensen war Vermittler zwischen der Stiftung und den Versicherungsgesellschaften und hatte gelernt, es allen recht zu machen. Bosch mochte ihn trotzdem nicht. Nicht nur seines Äußeren wegen, der fahlen Haut und den schwarzen Vampirbrauen, seine ganze Art war ihm verhasst. Er war überheblich, besserwisserisch und tat immer so, als würde er über die geheimsten Informationen verfügen.

»Gleich, Kurt.« Bosch blätterte in den Papieren auf seinen Knien. »Nach unseren Informationen hat Weiß während der übrigen Woche in einem anderen Werk gestanden, in einem Ölbild von Kate Niemeyer in der Galerie Max Ernst. Am Montag hat ihn eine junge Frau am Ausgang der Galerie nach der Arbeit erwartet. Weiß hat sie einer Freundin vorgestellt, auch eine Leinwand. Er sagte, sie hieße Brenda und wäre Kunsthändlerin. Die Freundin von Weiß, die wir vernommen haben, hat bestätigt, dass Brenda aussah wie ein Bild. Ich möchte hinzufügen, dass sich Bilder gegenseitig sehr gut erkennen können. Brenda sah auf den ersten Blick genauso aus wie eine professionelle junge Leinwand: athletischer Körperbau, straffe Haut, auffallende Schönheit. Weiß und seine Freundin Brenda, von der wir nicht wissen, wie und wann er sie kennen gelernt hat, sind zusammen essen gegangen und danach in sein Motel. Weiß hat das Hotel am Nachmittag des folgenden Tages alleine wieder verlassen. Er hat gegrüßt und den Schlüssel an der Rezeption abgegeben. Der Portier kennt Weiß schon eine Weile und hat ausgesagt, dass er nichts Ungewöhnliches an ihm festgestellt habe, bis auf die Tasche, die er unterm Arm trug. Er habe zwar nicht genau hingeschaut, sei aber sicher, dass es nicht die Tasche war, die er gewöhnlich bei sich und wahrscheinlich am Vortag im Restaurant vergessen hatte. Niemand hat das Mädchen zu irgendeinem Zeitpunkt aus dem Zimmer kommen sehen, und ich bin davon überzeugt, dass sie jedem Portier aufgefallen wäre. Es hat auch niemand das Zimmer betreten. Trotzdem kann der Weiß, der am Dienstagnachmittag herausgekommen ist, nicht der echte Weiß gewesen sein, weil der zu diesem Zeitpunkt schon mehr als zwölf Stunden tot in seinem Hotelbett lag ...«

»Ergo ...«, sagte Sorensen.

»Das hieße, dass der falsche Weiß und das Mädchen wahrscheinlich ein und dieselbe Person sind. Und als sie herauskam, hatte sie zweifellos die Accessoires von Brendas Verkleidung unterm Arm.«

»An der Stelle können wir die Sache mit dem Fall der Papierlosen in Zusammenhang bringen«, bemerkte Sorensen zum Wichtigsten Mann hin. »Richtig, Lothar?«

»In der Tat. Ich vermute, dass Sie darüber schon Bescheid wissen: Oscar Díaz hat in Wien eine Papierlose kennen gelernt, die keine Spuren hinterließ. Anschließend ist ein falscher Díaz aufgetaucht und die Leiche vom echten kam, mit einem Kabel stranguliert, die Donau heruntergeschwommen. Wir können also annehmen, dass unser Täter sich noch einmal der gleichen Taktik bedient hat.«

»Vorausgesetzt, dass es dieselbe Person ist«, gab Benoit zu Bedenken.

»Genau«, bestätigte Gert Warfell, der Vertreter der Abteilung Diebstahlsprävention und Alarmsysteme der Stiftung, ein ungestümer Geselle mit dem Gesicht einer Bulldogge. »Es könnten ja auch mehrere sein, ein vollständiges Team aus Spezialisten für Zeroplastin, die gemeinsam agieren. Es kann ein Mann sein oder eine Frau oder mehrere Männer oder mehrere Frauen. Es kann ... Scheiße, es kann jeder sein.«

Die einzige Frau in der von Bosch als wichtig definierten Teilnehmergruppe änderte ihre Haltung, räusperte sich und mischte sich jetzt auch ins Gespräch ein. Ihr platinblondes Haar wirkte wie gemeißelt. Sie trug ein stahlgraues Kostüm und darunter blickdichte Strümpfe in demselben Ton. Ihre Augen hatten die gleiche Farbe wie Kostüm und Strümpfe; Bosch nahm an, dass ihre Gedanken ebenfalls aus Stahl waren. Man hatte ihm gesagt, ihr Name sei Roman. Ihre stählernen Augen sprühten Funken.

»Wenn ich Sie richtig verstanden habe, meine Herren«, begann sie in einem hochtrabenden Englisch mit amerikanischem Akzent, »könnte man also zusammenfassen, dass ein Individuum oder eine Gruppe von Individuen den Vorsatz gefasst hat, die Bilder von Herrn Bruno van Tysch zu zerstören. Dabei sind bereits zwei Erfolge zu vermerken, und es scheint kein Hindernis für einen weiteren zu geben. Ich frage mich daher, welche Sicherheit ich meinen Kunden garantieren kann. Wie kann ich sie davon überzeugen, weiterhin in die Schaffung und den Erhalt von Kunstwerken zu investieren, wenn diese nach Belieben von irgendjemandem zerstört werden können?«

Mehrere Stimmen erhoben sich gleichzeitig, bis Benoit die Einwürfe schließlich auf einen Nenner brachte.

»Frau Roman, genau aus diesem Grund haben wir uns ja hier zusammengefunden, weil wir die Hoffnung haben, die Angelegenheit zu lösen ...« Der Kragen seines prächtigen dunkelvioletten Hemdes wurde unter dem Schweiß allmählich knittrig. »Unser Sicherheitssystem hat einige Fehler begangen, in der Tat, und ich bin der Letzte, der das nicht eingestehen und bedauern würde, das haben Sie vielleicht gemerkt ... Aber diese Herren«, er machte eine vage Handbewegung zum Wichtigsten Mann hin, »diese Herren gehören nicht zur Abteilung Sicherheit unseres Hauses. Diese Herren, die wir um ihre Mithilfe gebeten haben, wissen Sie, wer diese Herrn sind?«

»Ich weiß, wer diese Herren sind«, erwiderte Roman gleichmütig. »Viel lieber wüsste ich, was uns diese Herren kosten werden.«

Es gab ein erneutes Stimmengewirr. Aber als der Wichtigste Mann das Wort ergriff, trat auf einen Schlag Ruhe ein.

»Nein, nein, nein. Die Stiftung van Tysch werden wir gar nichts kosten, Frau Roman. Bringen wir es auf den Punkt. *Rip van Winkle* ist ein Verteidigungssystem der Europäischen Gemeinschaft. Es handelt sich um ein System, das vom Fonds für den Zusammenhalt der Mitgliedsstaaten finanziert wird.« Er machte eine Pause, um ein paar Pralinen aus dem Glas vom Tablett zu fischen. Eine davon fiel ihm herunter und prallte von dem angespannten nackten Bauch des Objekts ab. »Bringen wir es bitte auf den Punkt. Weder Herr Harlbrunner noch Herr Knopffer oder ich sind hier, weil wir dafür bezahlt werden, und auch nicht, weil wir irgendein ökonomisches Interesse an der Sache hätten. Wir gehören zu *Rip van Winkle* dazu, Frau Roman. Bringen wir es auf den Punkt. Dass wir hier sind, hat einzig und allein, ich wiederhole, einzig und allein den Grund, dass ein Fall, der das kulturelle und künstlerische Erbe Europas betrifft, letztendlich uns alle betrifft, die wir Bürger von Ländern mit einer langen Tradition sind. Wenn eine Gruppe von Terroristen einen Anschlag auf den Parthenon verüben würde, dann würde *Rip van Winkle* eingreifen. Das ist keine Frage des Geldes, Frau Roman, sondern der moralischen Verpflichtung.« Er hob die Hand voll Schokoladenbonbons zum Mund und legte den Kopf in den Nacken.

»Man fängt jetzt an, von moralischer Verpflichtung zu sprechen, aber Bankverpflichtungen will keiner mehr unterzeichnen«, folgerte Frau Roman, ohne Gelächter zu ernten. »Aber sofern *Rip van Winkle* keine zusätzliche Belastung für meine Kunden bedeutet, haben wir nichts dagegen einzuwenden.«

»Apropos«, ließ sich eine donnernde Stimme in einem Englisch mit deutscher Aussprache vernehmen, »stimmt das, was man mir gesagt hat? Dass der Verlust der beiden Dicken genauso groß ist, als wenn es die *Mona Lisa* gewesen wäre?«

Es war ein rotgesichtiger Mann mit einem beeindruckenden weißen Schnauzer. Er sah aus wie der typische bayerische Biertrinker auf den Postkarten vom Hofbräuhaus. Er hieß Harlbrunner. Sein Fachgebiet (so hatte der Wichtigste Mann es definiert) war die Leitung der Überfallkommandos von *Rip van Winkle*. Im Augenblick stand er neben dem Tisch mit den Trockenfrüchten und sammelte sich Mandeln in die große, mit weißem Flaum bedeckte Hand. Dabei besah er sich interessiert die oben geöffneten Beine des bemalten Objekts.

Für einen Augenblick entstand ein Schweigen, angefüllt mit diskreten Blickkontakten. So, als würden die anderen sich fragen, ob die Frage es wert sei, beantwortet zu werden. Dann meldete sich Benoit zu Wort.

»Niemand ... niemand wird den Verlust von *Monster* je hoch genug einschätzen können. Die Welt, in der wir leben, der Planet, auf dem wir wohnen, die Gesellschaft, die wir uns aufgebaut haben ... nichts wird je diesem Werk gleichkommen. In *Monster* lag der Schlüssel dessen, was wir sind, was wir waren und was wir ...«

»Scheiße, er hat sie ausgeweidet wie Schlachtvieh!«, rief Knopffer von Europol laut dazwischen. Er war aufgestanden, hatte sich die Fotos vom Bauch des Tisches in der

Mitte des Teppichs geholt und betrachtete sie gerade. Unter der Atmung des Tisches war ein Foto auf den Teppich gefallen.

»Was sollen diese Zeichnungen?«, frage Rudolf Kobb vom Kanzleramt, an den Knopffer die Polaroidbilder weiterreichte.

»Zehn Schnittwunden bei jedem, acht davon über Kreuz«, erklärte Bosch. »Genauso wie bei der *Entjungferung*. Er legt sie nackt mit geöffneten Beinen hin, lässt aber die Etiketten dran. Wir wissen nicht, weshalb er ihnen immer dieselben Verletzungen zufügt. Er verwendet dafür ein tragbares Leinwandmesser. Solche wie einige Restauratoren sie verwenden, um Gemälde zu beschneiden. Und er hinterlässt jedes Mal eine Aufnahme. Die hier lag zwischen den beiden Toten auf dem Fußboden. Wir können sie jetzt hören, wenn Sie möchten.«

»Wir möchten«, sagte der Wichtigste Mann.

Bosch machte Anstalten, sich zu erheben, doch Thea van Droon, die neben ihm saß, kam ihm zuvor. Sie war für die Überfallkommandos der Stiftung zuständig und gerade aus Paris zurückgekehrt, wo sie die Vernehmung von Briseida Canchares geleitet hatte. Als Thea ihren Platz verließ, konnte Bosch Miss Wood besser sehen, die weiter hinten zurückgelehnt auf ihrem Stuhl saß, das Kinn auf die Brust gesenkt und die dünnen Beine nach vorne gestreckt. ›Weder spricht sie, noch beteiligt sie sich‹, dachte er voller Schmerz. ›Sie weiß, dass sie wieder versagt hat, und empfindet das als Schmach.‹ Er hätte sie gerne getröstet und ihr versichert, dass sich alles aufklären würde. Vielleicht würde er das nach der Sitzung tun.

Thea kontrollierte, ob bei den nackten jungen Männern vom Tisch die Ohrenklappen noch richtig saßen. An das tragbare Kassettengerät waren Lautsprecher angeschlossen, damit alle zuhören konnten. Der Recorder stand auf dem Brustbein des ersten jungen Mannes und die Lautsprecher auf den Oberschenkeln des zweiten. Thea drückte auf den Knopf.

»*Die Kunst wurde später heilig*«, erklärte unter nervösem Keuchen eine ins Falsett abkippende Stimme auf Englisch; im Labor war sie als Hubertus' Stimme identifiziert worden. »*Die Figuren suchten ... suchten nach Gott und nach dem Geheimnis ...*« Die Rede wurde von Schluchzern unterbrochen. Als ein gellender Schrei aus den Lautsprechern scholl, verzog Benoit das Gesicht. »*Der Mensch versuchte, durch die Darstellung des Todes Unsterblichkeit zu erlangen ... Die religiöse Kunst drehte sich ... drehte sich ... drehte sich immer um dasselbe Thema ... Sie malte und bildhauerte Folterung und Zerstörung mit dem Ziel ... mit dem Ziel ...*« Hubertus' Heulen wurde unaufhaltsam. »*... das Leben zu bestätigen ... das e... das ewiewi-ge Leben ... Hilffffeeeee .....!!*«

Die Aufnahme brach mit einer Lawine hysterischer Schreie ab und wurde von Arnolds beherrschterer Stimme fortgesetzt.

»*Der Künstler sagt: Meine Kunst ist Tod ... Der Künstler sagt: Meine einzige Art, das Leben zu lieben, besteht darin, den Tod zu lieben ... Weil nur die gestorbene Kunst zu überleben vermag ... Wenn die Figuren sterben, leben die Werke fort.*«

»Er zwingt sie offenbar, irgendeinen Text zu lesen«, sagte Bosch, als Thea den Apparat abgeschaltet hatte.

»Der Bursche ist ein verrücktes Schwein!«, platzte es aus Warfell heraus. »Das ist klarer als Wasser! Er mag vielleicht schlau sein, aber vollkommen durchgedreht!«

Benoit wandte sich im Licht der *Lampe* von Marooder, die ihre hübschen Beine neben ihm in die Höhe streckte, an Warfell.

»Es ist eine Inszenierung, Gert. Sie wollen uns vorgaukeln, der Täter wäre ein Psychopath, dabei ist das Ganze eine verdammt professionelle Inszenierung, wenn du mich fragst.«

»Wie können denn Werke fortleben, indem die Figuren sterben?«, fragte der Wichtigste Mann. »Was soll das für einen Sinn haben?«

Für eine Antwort blickten alle auf Stein. Aber es war Benoit, der sie gab.

»Es hat keinen Sinn. Besonders bei *Monster*, wo das Werk mit dem Tod der beiden Figuren für immer aufgehört hat zu sein. Sie waren unersetzbar.«

Noch einmal erhob Harlbrunner, der nicht von der Seite des Tisches mit den Trockenfrüchten wich, sein donnerndes Organ und fuhr beim Reden mir der Hand über die glänzenden Schenkel des obenauf liegenden Mädchens.

»Könnte uns Neulingen in der Materie vielleicht mal jemand erklären, was zum Teufel dieses Zero... Zero...«, das Wort wurde von mehreren gleichzeitig vervollständigt, aber Harlbrunner wollte es nicht aussprechen. »Nach den Berichten hatte dieser Weiß Gesicht und Hände damit eingeschmiert, oder?«

Jetzt war Jacob Stein an der Reihe. Er sprach sehr leise, war aber in der nun entstehenden andächtigen Stille gut zu vernehmen.

»Das Zeroplastin ist ein Material ähnlich dem Silikon, nur wesentlich weiter entwickelt. Es wurde zu Beginn unseres Jahrhunderts von Laboratorien in Frankreich, England und Holland zur ausschließlichen Verwendung durch die hyperdramatische Kunst erfunden ... Ich glaube, Sie, Herr Kobb«, er deutete auf den Vertreter aus dem Kanzleramt, »besitzen ein Porträt von sich, das Avendano geschaffen hat, und wissen, wovon ich rede.«

Der Angesprochene bestätigte es mit einem Lächeln.

»Ja, es sieht genauso aus wie ich. Manchmal jagt es mir einen Schauder über den Rücken.«

Bosch musste an das Porträt von Hendrickje denken und schüttelte sich ebenfalls.

»Das Zeroplastin findet in der Kunst eine vielseitige Verwendung«, fuhr Stein fort, »nicht nur als Verkleidung für die Modelle von Porträts, sondern auch bei Fälschungen und Kopien, bei komplizierten Masken usw. ... Ein echter Experte kann sich buchstäblich in jede Person, Mann oder Frau, verwandeln. Dafür genügt es, das Material wie eine Pomade auf den zu kopierenden Teil aufzutragen, trocknen zu lassen und anschließend ganz vorsichtig abzuziehen. Die perfekte Tarnung. Aber, wie gesagt, man muss ein echter Experte sein, um mit den Zeroplastinformen umgehen zu können. Sie sind nämlich feiner als die Haut, die auf der Milch schwimmt.«

»Und danach zu urteilen, was ich bisher gehört habe«, sagte der Wichtigste Mann, »*ist* der Bursche ein echter Experte.«

Es entstand ein kurzes Schweigen. Stein, der es eilig zu haben schien, bat Benoit, die Beschlüsse dieser vorläufigen Versammlung zusammenzufassen. Von einer plötzlichen Verantwortlichkeit beseelt, setzte Benoit sich aufrecht hin, zog gleichzeitig die Lesebrille an und nahm ein paar Unterlagen zur Hand. Er neigte sich nach links, damit die *Lampe* von Marooder seinen Text beschien.

»Am 29. Juni 2006 wurde dieser Krisenstab in München, in den von der Verwaltung des Obberlund freundlicherweise zur Verfügung gestellten Räumlichkeiten, einberufen, mit dem Ziel ...«

Das Ziel war mehr als offensichtlich. Die Abteilung Konservierung und die Abteilung Sicherheit hatten in aller Eile eine gemeinsame Doppelstrategie der Defensive und der Offensive entwickelt. Die defensiven Maßnahmen hatten drei Aspekte: Rückzug, Identität und Vertraulichkeit. Der erste Teilbereich bestand darin, nach und nach sämtliche öffentlich ausgestellten Werke von Bruno van Tysch, zuerst in Europa, dann in den Vereinigten Staaten und zum Schluss in der übrigen Welt, einzuziehen. ›Blumen‹ würde die erste Sammlung sein, die nach Amsterdam zurückkehrte, danach war ›Monster‹ dran, und dann folgten Einzelwerke, wie die *Athene* aus dem Centre Georges Pompidou. Sämtliche Bilder würden an sicherer Stelle in Verwahrung genommen werden. Der zweite Aspekt, Identität, sollte ein System zur Identitätskontrolle mit gespeicherten Stimmproben und Fingerabdrücken der Angestellten enthalten, die persönlichen Kontakt mit den Leinwänden hatten. Benoit schlug hierbei vor, das korrekt identifizierte Personal mit Etiketten zu versehen.

»Aber dann sind wir ja auch Kunstwerke«, murrte Warfell.

»Gibt es denn keine andere Möglichkeit, eine Zeroplastinverkleidung zu erkennen?«, fragte der Wichtigste Mann.

»*Fuschus*, es gibt keine«, antwortete Stein. »Wenn das Zeroplastin getrocknet ist, dann verhält es sich wie eine zweite Haut. Es nimmt sogar deren Temperatur und Konsistenz an. Um festzustellen, ob er echt ist, müsste man am Verdächtigen kratzen.«

Die Idee mit den Etiketten blieb im Raum stehen. Danach wurde der Aspekt der Vertraulichkeit behandelt. Der unbekannte Täter sollte in Zukunft mit dem Decknamen der *Künstler* bezeichnet werden, als der er sich selbst in den Tonbandaufzeichnungen auszurufen schien.

»Nur die Mitglieder dieses Krisenstabs«, fuhr Benoit fort, »werden über den *Künstler* alles wissen. Die Assistenten und Mitarbeiter, die nicht dem Krisenstab angehören, werden die Angaben zum *Künstler*, einschließlich der Einzelheiten über die Attentate und die Direktiven der Ermittlung, nur teilweise oder gar nicht erfahren. Weder die Versicherungsgesellschaften noch die Investoren – außer den Klienten von Frau Roman – werden Zugang zu dieser Information haben. Ebenso wenig natürlich Presse und Öffentlichkeit. Die Existenz des *Künstlers* selbst ist ab sofort vertraulich zu behandeln.«

Die Offensive bestand aus nur einer Maßnahme: *Rip van Winkle*. Bosch hatte von dem europaweiten Sicherheitssystem schon mal gehört. Es bildete eine Sonderabteilung der Europol. Der Wichtigste Mann definierte es als ›Selbstverteidigung und Rückkoppelung‹. Für den Namen hatte jene Figur von Washington Irving Pate gestanden, die auf geheimnisvolle Weise jahrelang schlief. Auch das System ›schlief‹, bis es von einer besonderen Krisensituation ›geweckt‹ wurde. Dann blieb es so lange aktiv, bis es sein Ziel erreicht hatte. Das Erfüllen seiner Ziele war seine ausschließliche Priorität. Jedes erfüllte Ziel wurde ›Resultat‹ genannt. *Rip van Winkle* war, wenn nötig, dazu befugt, sämtliche gesetzlichen Normen, Verfassungen und Hoheitsrechte zu übertreten, um seine Resultate zu erhalten. Außerdem erfuhr es wöchentlich eine Selbstregulierung. Wenn sich dabei herausstellte, dass es kein Resultat erbracht hatte, wurden seine Beauftragten unverzüglich ausgewechselt.

»Heute sind wir es«, sagte der Wichtigste Mann. »Morgen können andere kommen.«

Das System würde so weit gehen wie nötig, um das Problem aus der Welt zu schaffen, und dabei vor keinem Mittel zurückschrecken. »Es werden Köpfe rollen«, kündigte der Wichtigste Mann düster an, »und fast alle unschuldig, aber notwendig. Bringen wir es auf den Punkt: notwendig. Die Anzahl der Opfer wird im Verhältnis zu der Zeit, die wir benötigen, um unsere Ziele zu erreichen, exponentiell ansteigen. Es ist etwas Ähnliches wie ein Krieg im Untergrund.«

Das vorrangige Ziel von *Rip van Winkle* war in diesem Fall einfach: den *Künstler* festnehmen und ausschalten, wer auch immer es sein mochte, welche Person sich auch immer hinter diesem Namen verbarg.

Jetzt ergriff Albert Knopffer von Europol das Wort.

»Wir werden keine Mühen scheuen, das kann ich Ihnen versichern. Sie wissen genau, meine Herren, wie viel Kraft die Gemeinschaft in das Leben und Werk von Bruno van Tysch und in Ihre Stiftung gesteckt hat.«

»Vollkommen richtig«, bestätigte der Wichtigste Mann. »Europa kann stolz darauf sein, und besonders wir, als seine Bürger, dass Herr van Tysch seine Werke auf dem alten Kontinent geschaffen hat, anstatt auszuwandern wie so viele andere Künstler. Obwohl ich meine Worte nicht als eine Kritik gegenüber diesen Künstlern verstanden wissen will. Bringen wir das mal auf den Punkt.« Er klaubte die letzten Pralinen aus der Bonbonniere und verschlang sie.

»Die Stiftung ist das Erbe aller Europäer, und wir Europäer sind alle gemeinsam aufgerufen, sie zu bewahren«, schloss Knopffer.

Harlbrunner, der in diesem Moment eine Hand auf dem bemalten Knie des Mädchens vom Tisch mit den Trockenfrüchten abstützte, beeilte sich einzuwerfen: »Die Kunst hat absolute Priorität. Verzeihen Sie mir, wenn ich mich nicht besser ausdrücken kann, aber ich bin davon überzeugt, dass die Kunst für Europa Priorität hat.«

Und er betonte seine Worte, indem er wie ein Vortragsredner mehrmals kurz auf das kleine Knie schlug.

Eine majestätische dunkelblaue Limousine glitt durch Münchens Ludwig- und Leopoldstraße wie ein großer Fisch. Der Chauffeur trug Uniform und Schirmmütze und war kilometerweit von den Mitfahrern im Fond entfernt. April Wood saß dort gedankenversunken auf der linken Seite und trommelte sich mit dem Zeigefinger der einen Hand auf den Rücken der anderen. Am entgegengesetzten Ende schrieb die Privatsekretärin von Stein auf einem Laptop. In der Mitte saß Stein, den Kopf nach hinten gebeugt, und träufelte sich Augentropfen unter die Lider. Sein Anzug und das Onyx-Medaillon auf seiner Brust waren einheitlich schwarz.

Wer auch immer Jacob Stein zu Gesicht bekam, und sei es nur ein einziges Mal, war sich über sein Aussehen einig: Er war ein Faun. Die Brauen umrahmten ein zerfurchtes Gesicht, dessen Augen in dunkle Höhlen zurücksanken, während die Nase daraus hervorstach und die breiten, sinnlichen Lippen zwischen den Strähnen des angegrauten Bartes einen ungehinderten Ausguck fanden. Über seine Position in der Stiftung gab es dagegen weniger Einigkeit. Manche mutmaßten, dass der Meister ihn völlig beherrschte, andere wiederum meinten, der wahre Monarch wäre eigentlich er. Wood fand, dass sich das nicht gegenseitig ausschloss.

Eines war jedenfalls gewiss: Diesem New Yorker Juden mit dem Faunengesicht und dem Quadratschädel hatte die HD-Kunst ihren Erfolg vor allen anderen zu verdanken. Er war es nämlich gewesen, der aus dem Hyperdramatismus ein internationales Imperium gemacht und eine neue Kulturform damit geschaffen hatte. Stein hatte als Erster menschliche Dekorationen und Gebrauchsobjekte entworfen, er hatte den Handel mit menschlichen Gemälden perfektioniert, die Serienproduktion preiswerter Kopien von Originalgemälden in Gang gebracht und die ersten Akademien für die Ausbildung von Leinwänden gegründet. Daneben nahm er sich immer noch die Zeit, seine eigenen Meisterwerke zu schaffen.

»Durch einen interessanten Zufall«, sagte Stein und schloss den Deckel seiner Augentropfen, »ist meine heutige Entschuldigung, um die Versammlung vorzeitig verlassen zu können, ausnahmsweise mal zutreffend, *fuschus*. Der Meister erwartet mich in Amsterdam, damit wir einige der ›Rembrandt‹-Entwürfe besprechen können. Obendrein habe ich mir bei den Vorbereitungen für *Jakob im Kampf mit dem Engel* eine Bindehautentzündung geholt, wegen der ganzen Sprühfarben auf den Figuren ... Ah, danke, Neve.«

Steins Sekretärin hatte sich vom Bildschirm gelöst und tupfte ihm mit einem Seidentaschentuch die Augen trocken. Dann faltete sie das Taschentuch, nahm die Augentropfen an sich und steckte alles in eine Tasche. Dieser Vorgang vollzog sich schweigend. Wood betrachtete indes die Arabesken auf dem Teppich der Limousine und sah nichts als Neves braune, strumpflose Fußrücken in zierlichen Stöckelpumps von hier nach da gehen.

»Insofern vertraue ich darauf, dass das, was Sie mir zu sagen haben, Miss Wood, etwas Wichtiges ist, *galismus*«, schloss Stein.

Stein hatte den Spitznamen ›Herr *Fuschus-Galismus*‹. Niemand wusste so recht, was diese beiden, von Stein so häufig wiederholten Worte zu bedeuten hatten, da er sich noch nie die Mühe gemacht hatte, sie zu erläutern. Sie stammten aus der von Malern und Leinwänden verwendeten Umgangssprache und waren von seinen Anhängern übernommen worden, die jetzt genauso sprachen.

»Sagen Sie die Vernissage von ›Rembrandt‹ ab, Herr Stein«, sagte Wood geradeheraus.

Stein hüstelte, wodurch seine faunischen Züge noch deutlicher hervortraten.

»*Fuschus*, die letzte Investorenfrau, die mir einen solchen Vorschlag unterbreitet hat, ist von uns zu einem Bild gemacht worden, stimmt's, Neve?« Neve entblößte eine Reihe strahlend weißer Zähne und ließ dazu ein spitzes, melodiöses Gelächter hören, das Wood abstoßend fand.

»Herr Stein, ich meine das ernst. Wenn die Vernissage dieser Ausstellung stattfindet, ist die Wahrscheinlichkeit sehr hoch, dass eines der Werke zerstört wird.«

»Wieso?«, fragte der Maler mit Neugier. »Über hundert Bilder und Skizzen des Meisters befinden sich auf der ganzen Welt in öffentlichen Sammlungen und Ausstellungen. Der *Künstler* könnte irgendeins davon ...«

»Das glaube ich nicht«, unterbrach ihn Wood. »Ich bin davon überzeugt, dass es sich um einen verrückten Einzelgänger oder um eine Organisation handelt. Der *Künstler* folgt einem festen Schema. Van Tysch hat bisher drei große Sammlungen geschaffen, wenn man die mitzählt, die im Juli eröffnet wird: ›Blumen‹, ›Monster‹ und ›Rembrandt‹. Sein übriges Werk besteht aus Einzelbildern. Der *Künstler* hat die *Entjungferung* zerstört, das zur ersten Sammlung gehörte, und *Monster* aus der zweiten.« Sie hielt inne, hob die Augen und durchbohrte Stein mit ihrem Blick. »Das dritte wird zu ›Rembrandt‹ gehören.«

»Haben Sie irgendwelche Beweise dafür?«

»Nein. Es ist eine Vorahnung. Aber ich glaube nicht, dass ich mich täusche.« Der Maler betrachtete schweigend die Fingernägel seiner rechten Hand. Er hatte fünf Spezialpinsel erfunden, um diese Nägel zu lackieren, die er lang und spitz hielt wie ein Gitarrist.

»Ich weiß, dass ich ihn fassen kann, Herr Stein«, setzte Wood hinzu. »Aber der *Künstler* ist kein einfacher Psychopath, er ist ein echter Experte, der alles genau vorausgeplant hat und mit einer schauerlichen Geschwindigkeit zuschlägt. Jetzt hat er es auf ein Bild der Sammlung ›Rembrandt‹ abgesehen, das weiß ich, und wir müssen eine

Entscheidung treffen.« Woods Stimme brach plötzlich ab. »Sie kennen meinen Arbeitsstil, Herr Stein, und wissen, dass ich mir keine Fehler erlaube. Und wenn mir dennoch welche passieren, dann tröstet mich nur noch der Gedanken, dass sie nicht absehbar waren. Bitte, zwingen Sie mich nicht, einen absehbaren Fehler ertragen zu müssen. Sagen Sie diese Ausstellung ab, ich flehe Sie an.«

»Das kann ich nicht. Glauben Sie mir, meine Gute, ich kann das nicht. Die Sammlung ›Rembrandt‹ ist so gut wie fertig, die Präsentation für die Presse findet in zwei Wochen statt und die Vernissage zwei Tage später, am Samstag, dem 15. Juli, an Rembrandts vierhundertstem Geburtstag. Die Vorarbeiten für den Aufbau vom Tunnel auf dem Museumsplein sind schon weit vorangeschritten. Dafür hat sich auch der Meister schon viel zu lange mit den Bildern befasst. Er ist wie besessen von der Idee, und ich bin der Torhüter am Paradies seiner Besessenheiten. Das bin ich immer gewesen, *galismus*, und ich werde es auch bleiben ...«

»Und wenn wir dem Meister erklären, wie groß die Gefahr für seine Werke ist?«

»Glauben Sie, dass ihn das beeindrucken könnte? Nennen Sie mir einen einzigen Maler, der darauf verzichten würde, sein Werk gebührend auszustellen, weil es zerstört werden könnte. *Galismus*, was wir Maler schaffen, ist immer für die Ewigkeit. Es kommt nicht darauf an, ob unsere Werke zwanzig Jahrhunderte, zwanzig Jahre oder zwanzig Minuten überdauern.«

Wood betrachtete schweigend die Arabesken des Teppichs.

»Ich werde dem Meister nichts sagen«, fuhr Stein fort. »Mein Leben lang habe ich mich als Schutzwall zwischen ihn und die Wirklichkeit gestellt. Meine eigenen Werke sind im Vergleich zu seinen gar nichts, aber ich bin damit zufrieden, ihm bei seinen Entwürfen geholfen zu haben, ihn von Problemen abgeschirmt zu haben, die Dreckarbeit für ihn erledigt zu haben ... Mein größtes Werk habe ich geschaffen, indem ich dafür gesorgt habe, dass der

Meister weitermalt. Dieser Mann ist ein Untergebener der Diktatur seiner eigenen Genialität. Er ist ein unsagbares Geschöpf, *galismus*, so außergewöhnlich wie ein astrophysisches Phänomen, mal scheußlich und mal wunderbar. Denn wenn es irgendwann, zu irgendeinem Zeitpunkt ein Genie gegeben hat, dann ist das Bruno van Tysch. Wir anderen können nur hoffen, ihm zu dienen und ihn zu schützen. Ihre Aufgabe, Miss Wood, besteht darin, ihn zu schützen. Meine, ihm zu dienen ... Ah, *galismus*, was für ein wundervoller Glanz. Neve, schau dir mal die Haut von deinen Beinen an, wie die seitlich hereinscheinende Sonne sich daran bricht ... Schön, nicht wahr?«

»Sagen Sie die Ausstellung ab, Herr Stein, oder es wird ein weiteres Bild zerstört werden«, unterbrach ihn Wood, ohne die Stimme zu heben.

Stein beschränkte sich darauf, sie lange schweigend anzusehen. Dann schüttelte er lächelnd den Kopf, als hätte er April Wood bei einer Sache ertappt, die er unvorstellbar fand.

»Finden Sie den Kerl«, sagte er, »wer es auch sein mag. Finden Sie den *Künstler*, packen Sie ihn im Genick, bringen Sie ihn mir herbei, und alles wird gut sein. Und wenn nicht, dann warten Sie, bis *Rip van Winkle* es tut. Aber versuchen Sie nicht, der Kunst Schranken zu setzen, *fuschus*. Sie sind keine Künstlerin, April, nur ein Jagdhund. Vergessen Sie das nicht.«

»*Rip van Winkle* wird nichts tun können, Herr Stein«, erwiderte Miss Wood. »Es gibt etwas, was Sie nicht wissen.«

Sie hielt inne und schaute sich um. Stein verstand die Botschaft dieses Blickes genau.

»Sie können vor Neve alles sagen, was Sie wollen. Sie ist wie meine zweiten Augen und Ohren.«

»Es wäre mir lieber, wenn nicht so viele Augen und Ohren dabei wären, Herr Stein, selbst wenn es Ihre sind.«

Die Limousine hatte vor dem Eingang des Flughafens angehalten. Dort wartete am Straßenrand ein anderer

Wagen, um Wood in die Stadt zurückzubringen. Auf ein Zeichen von Stein hin stieg seine Sekretärin aus und schloss den Wagenschlag. Wood sah zum Chauffeur: Eine Scheibe hinderte ihn daran, sie zu hören.

Als sie zu sprechen begann, war die Spannung in Woods Stimme spürbar.

»Das hier weiß niemand, weder die Münchner Polizei noch die Mitglieder des Krisenstabs, nicht einmal Lothar Bosch. Aber Ihnen möchte ich es erzählen. Vielleicht ändern Sie Ihre Meinung dann.« Sie durchbohrte Stein mit ihrem eisigen blauen Blick. »Gestern, als wir die Nachricht von der Zerstörung von *Monster* erhalten haben, habe ich persönlich Marthe Schimmel angerufen, um zu erfahren, ob sie mir irgendetwas Nützliches sagen konnte. Sie erzählte mir, dass die Walden-Zwillinge am Dienstagabend einen Jungen angefordert hatten. Sie wissen ja, dass die Leute von der Konservierung bemüht waren, ihnen alles recht zu machen. Sie hatten nach einem Kind mit platinblondem Haar verlangt. Schimmel suchte eilig den passenden Kandidaten, als sie per Telefon den Gegenbefehl erhielt. Der Anrufer hat den Geheimcode der Amsterdamer Konservierung ohne einen Fehler wiederholt und sich als Gehilfe von Benoit ausgegeben. Er sagte, dass der Junge nicht mehr zu kommen bräuchte. Marthe wollte es heute Benoit erzählen, aber ich habe sie gebeten, es nicht zu tun. Dann habe ich Benoits Mitarbeiter in Amsterdam angerufen und einzeln vernommen, auch seine Sekretärin. Zuletzt habe ich gegen Benoit selbst ermittelt. Weder Benoit noch seine Mitarbeiter haben je diesen Befehl erteilt, Herr Stein.«

Wood sah Stein direkt in die Augen, ohne zu blinzeln. Stein erwiderte den Blick auf dieselbe Weise. Nach einer Pause fuhr Wood fort: »Diesen Anruf konnte der Täter nicht machen, da er zum selben Zeitpunkt schon in Giglis Werk dastand, verstehen Sie? Also bleibt nur eine Möglichkeit. Ein Interner hat ihm den Weg geebnet, damit das Bild problemlos zerstört werden kann. Einer aus den höheren Rängen, zweifellos, oder zumindest jemand, der

Zugang zu den Geheimcodes der Konservierung hat. Daher bitte ich Sie darum, die Vernissage von ›Rembrandt‹ abzusagen. Wenn Sie das nicht tun, wird der *Künstler* unweigerlich ein weiteres Werk zerstören.«

Ein Flugzeug hatte sich gerade in die Luft erhoben und halbierte den blauen Himmel wie ein Adler aus Perlmutt. Stein beobachtete es neugierig und wandte den Blick dann wieder Wood zu. Ein besorgter, beinahe ängstlicher Glanz verschleierte die kalten Augen der Direktorin von der Abteilung Sicherheit.

»So unglaublich es auch scheinen mag, Herr Stein, einer von uns arbeitet mit diesem Verrückten zusammen.«

6

ALS CLARA AN JENEM 28. Juni, einem Mittwoch, erwachte, waren Gerardo und Uhl bereits eingetroffen. An ihren Mienen glaubte sie zu erkennen, dass eine ganz besondere Sitzung bevorstand. Sie stellten die Taschen auf den Boden, und Gerardo sagte: »Heute werden wir nicht mit Farbe arbeiten. Wir möchten Polygone zeichnen.«

So wurden die Stellproben genannt, die zeigen sollten, wie es um die körperliche Eignung der Leinwand bestellt war. Sie frühstückte maßvoll und nahm die von F & W verordneten Tabletten ein, um die Leistungsfähigkeit ihrer Muskulatur zu erhöhen und ihre körperlichen Bedürfnisse möglichst gering zu halten. Es würde ein schwerer Tag werden, warnte Gerardo.

»Fangen wir an«, sagte sie.

Sie hatten einen Ledersitz ohne Lehne mitgebracht. Uhl holte ihn aus dem Lieferwagen und stellte ihn in den Raum. Nachdem sie den Teppich und das Sofa entfernt hatten, fingen sie an, Clara zu manipulieren. Sie bogen ihren Oberkörper nach hinten und lehnten ihr Steißbein gegen den Sitz, hoben erst ihr eines Bein hoch, darauf das andere, dann streckten und beugten sie abwechselnd ihre beiden Beine, legten die endgültige Pose fest und programmierten den Kurzzeitwecker.

Die Starre bedeutete vor allem, auf nichts zu reagieren. Man bekam Signale und fühlte sich zunehmend unbehaglicher. Das Gehirn reagierte mit Anspannung, als zöge es seine Zügel an, wie bei einem Fohlen. Das Unbehagen wurde zum Schmerz, der Schmerz zur Obsession. Die Methode, dies auszuhalten (sie wurde an den Kunstakademien gelehrt), bestand darin, all die verschiedenen Informationen zu registrieren, sie dabei aber auf Abstand zu halten, als geschähe nichts. Was tatsächlich geschah, war lediglich, dass sich der Rücken bog oder die Wadenmuskeln anspannten. Von diesem Vorgang abgesehen, gab es nur Empfindungen: Unbequemlichkeit, Krämpfe, ein wirrer Strom von Reizen und Gedanken, ein Schwall von Glasscherben. Mit entsprechender Übung lernte die Leinwand, diesen Ansturm zu bewältigen, ihn auf Abstand zu halten, zu sehen, wie er sich zusammenbraute, ohne dabei die Pose zu verändern.

Ganz versunken in ihre Verrenkung – den Kopf auf dem Boden, die Arme daneben, den Blick starr auf die Wand gerichtet, die Beine angehoben und das Steißbein an den Sitz gelehnt –, fühlte sich Clara wie eine Schale, die gleich aufbrechen und etwas Neues hervorbringen würde. Sie kannte keine bessere Methode, der Last ihres Körpers zu entfliehen, als eine unbequeme Pose. Ihr Geist streifte seine Erinnerungen ab, seine Befürchtungen, seine komplizierten Gedanken und konzentrierte sich ganz auf die Struktur der Muskulatur. Es war wunderbar, Clara hinter sich zu lassen und zu einem weitgehend schmerzunempfindlichen Objekt zu werden.

Sie bemerkte die Berührung anfangs gar nicht, so leicht war sie.

Als Uhl die Stellung ihrer Beine in der Luft veränderte, streichelte er unnötigerweise ihren Po. Es war eine zarte, keineswegs heftige oder stereotype Berührung. Seine Hand glitt einfach an ihrem straff gespannten linken Schenkel hoch und umfasste ihre fest zusammengepressten Gesäßbacken. Er drückte sie aber nur leicht und nahm die Hand gleich wieder weg. Irgendwann, später – wie viel Zeit mochte wohl vergangen sein? –, spürte sie raue Finger auf ihrem rechten Schenkel, sie blinzelte, hob den Kopf und sah, wie sich Uhls Hand ihrer Leistenbeuge näherte. Uhl berührte sie, ohne sie dabei jedoch anzusehen. Sie blieb starr, und Uhl zog sich fast sofort zurück.

Beim dritten Mal, als Uhl ihre Beine in eine andere Position brachte und anschließend mit einer gewissen Heftigkeit ihr Geschlecht betastete, war der Übergriff deutlicher. Sie war verwirrt, zog die Beine an und rollte sich auf dem Boden zusammen.

»Pose«, befahl Uhl. Er schien wütend zu sein.

Clara aber sah ihn nur an.

»Pose.«

Von ihrem Platz aus gesehen wirkte Uhls Gestalt bedrohlich. Doch Clara fühlte keine richtige Angst. Irgendetwas im Verhalten des Malers machte alles zu einer perfekten Inszenierung, verlieh allem den angemessenen, künstlerischen Rahmen. Da beschloss sie, zu gehorchen. Obwohl ihre Sehnen protestierten (nichts ist schlimmer, als eine schwierige Pose aufzugeben und dann zu versuchen, sie ohne angemessene Vorbereitung wieder einzunehmen), lehnte sie sich wieder an den Sitz, hob die Beine, legte Kopf und Arme auf den Boden und erstarrte. Uhl wird seinen Übergriff fortsetzen, dachte sie, doch der betrachtete sie nur kurz und entfernte sich dann.

Clara wusste, dass Uhl den Übergriff aus Gründen der Hyperdramatik möglicherweise nur vortäuschte. Er führte den Pinsel so geschickt, dass sie, trotz ihrer Erfahrung als Leinwand, unmöglich sagen konnte, wo der wirkliche Uhl aufhörte und Uhl, der Künstler, anfing. Andererseits schloss dieses Verwirrspiel keineswegs die Möglichkeit aus, dass hier ein echter, wenn auch verdeckter Übergriff vorlag. Handelte er vielleicht auf Anweisung seines Hauptmalers? Sie war sich nicht sicher, ob er diese günstige Situation nicht doch ausnutzte. Schwer zu sagen, wo die Grenze anzusetzen war, denn zwischen der Handbewegung eines Malers und einer zärtlichen Berührung gibt es unendlich viele, geheimnisvolle Abstufungen.

Die Zeitschaltuhr klingelte. Die beiden Assistenten

kamen wieder herein und versuchten eine neue Skizze. Sie durfte sich aufrichten, der Ledersitz verschwand. Dann musste sie sich auf den Bauch legen und wurde wieder manipuliert: Kopf hoch, rechter Arm nach vorn gestreckt, linker Arm nach hinten, linkes Bein angehoben. Die Pose erinnerte an eine Schwimmerin. Sie zogen an ihren Extremitäten, so weit es die Gelenke erlaubten. Sie wollten offensichtlich eine straff gespannte Malvorlage haben, um die Hauptlinien herauszuarbeiten. Dazu reichte schlichtes Stillliegen nicht aus. Als sie mit dem Anblick ihrer angespannten, ausgestreckten Gliedmaßen zufrieden waren, programmierten sie wieder die Zeitschaltuhr und stellten sie auf den Boden.

Es passierte zu irgendeinem Zeitpunkt während dieser neuen Pose. Sie hörte seine Schritte im Raum und sah, wie er neben sie trat und sich zu ihr herunterbeugte. Ihre Pose ließ die linke Brust und ihr Geschlecht frei: Uhls Hände bemächtigten sich beider.

Dieser Griff war so brutal, dass Clara nicht anders konnte, als die Zügel ihrer Erstarrung zu lockern und ihren Körper zu schützen. Was dann geschah, raubte ihr den Atem.

Uhl packte sie mit Gewalt an den Armen und drehte sie unversehens, mit unangemessenem Krafteinsatz herum. Zum ersten Mal wandte er Gewalt an. Das war bislang noch nie vorgekommen. Zum ersten Mal, seit sie imprägniert worden war, tat ihr jemand Gewalt an. Sie war stumm vor Verblüffung und wie gelähmt. Der Maler beugte sich weiter herunter und presste seinen Mund an ihren Hals, während er ihre Hände festhielt. Sie spürte seinen Speichel, seine Zunge, als wäre ihr eine frisch gefangene Krake an den Hals geworfen worden, seinen keuchenden Atem über ihrem Schlüsselbein. Sie versuchte ihn abzuschütteln, doch Uhl lockerte seinen Griff nicht.

»Bist du verrückt?«, wimmerte sie. »Lass mich los!«

Uhl schien sie nicht zu hören. Die Fassung seiner Brille verbog sich unter Claras Kinn, sein Mund wanderte weiter nach unten, auf ihre Brüste zu. Da hörte sie einen kurzen Moment auf, sich zu wehren.

Unvermittelt, fast genau in dem Augenblick, als sie den Kampf einstellte, hielt auch Uhl inne, stieß einen Seufzer aus, richtete sich auf und ließ ihre Handgelenke los. Er keuchte noch heftiger als sie, und sein ganzes Gesicht war rot angelaufen. Dann rückte er sich die Brille auf der Nase zurecht und strich das Haar im Nacken glatt. Hatte ihn plötzlich Scham überkommen und am Weitermachen gehindert? Clara lag noch immer auf dem Boden und rieb sich die Handgelenke. Sie starrten sich einen Augenblick an und rangen dabei stumm nach Luft. Dann ging Uhl weg.

Sie glaubte zu verstehen, was vorgefallen war: Ihre plötzlich einsetzende Passivität hatte Uhl gebremst, wie bei anderen Gelegenheiten zuvor.

Diese Erkenntnis bedeutete an sich nicht viel. Es mochte sich um eine menschliche Reaktion handeln, nicht um eine künstlerische. Uhl hatte vielleicht nicht gewagt, weiter zu gehen, vielleicht gehörte er auch zu der Sorte von Männern, die nur Lust empfinden, wenn sie auf Widerstand stoßen. Clara zog den Gedanken vor, dass die Regeln des Malvorgangs ihm Einhalt geboten hatten, als sie sich nicht mehr wehrte. Sie prägte sich diese Erkenntnis ein und nahm sich vor, sie zu einem späteren Zeitpunkt nachzuprüfen.

Der nächste Übergriff traf sie nicht unvorbereitet. Man hatte sie in der Pose eines Tischs bemalt: mit dem Gesicht nach oben, Hände und Füße auf den Boden gestützt, den Kopf nach hinten gebeugt, die Beine gespreizt. Plötzlich näherte sich Uhl. Sie sah ihm in die Augen und wusste, dass es nun wieder anfangen würde, doch diesmal wollte sie sich widersetzen. Sie verließ ihre Pose, richtete sich auf.

»Lass mich in Ruhe, verstanden?«

Ohne die geringste Vorwarnung umschlangen sie die mächtigen Arme – haarig wie Hanfstricke oder hartborstige Pinsel – und stießen sie auf den Boden zurück. Uhls Mund öffnete sich und suchte den ihren. Sie wandte sich ab, verzog vor Ekel das Gesicht und stemmte ihre Ellbogen gegen seinen Oberkörper. Uhl hielt dem Druck problemlos stand. Clara probierte es noch einmal, stieß aber gegen eine unüberwindliche Wand. Sicher, sie war schwächer als normal, wegen der Übungen, doch Uhl besaß offenbar verblüffende Kräfte. Der Maler packte mit seiner behaarten Hand ihre Wangen und drehte ihren Kopf zu sich her; dann fuhr er mit der Zunge über ihren imprägnierten, lippenlosen Mund. Clara strengte sich an und drückte die beiden Knie gleichzeitig nach oben. Diesmal war sie erfolgreich: Sie konnte Uhl abwerfen, sich zur Seite rollen und flüchten.

»Stehen bleiben«, hörte sie.

Der Maler wollte sich wieder auf sie werfen, doch Clara wich ihm geschickt aus und trat ihn noch mal mit dem Fuß. Sie wollte ihm nicht wehtun, nur gerne wissen, was passieren würde, wenn sie nicht nachgab. Jetzt wusste sie – oder hatte den Verdacht –, dass Uhl sie mit einer sehr einfachen Methode bearbeitete: Er setzte ein wenig Gewalt ein, wenn sie sich gewaltsam wehrte, wurde jedoch fast sanft, wenn sie sich auch so verhielt. Wenn sie nachgab, setzte er den Pinsel ab. Clara wollte herausfinden, wo diese Reise ins absolute Dunkel, die ihr der Maler anzutragen schien, enden würde.

Plötzlich wurde ein wilder, wüster Kampf daraus. Uhl hielt ihre Arme fest, sie trat mit den Füßen, Uhls Brille fiel auf den Boden und produzierte dabei ein seltsames, unangenehmes Geräusch. Ihr Besitzer, rot angelaufen, hob die Hand zum Schlag. Jetzt bekam sie es mit der Angst zu tun. ›Er könnte mich beschädigen‹, dachte sie. Nicht die Gefahr, geschlagen zu werden, jagte ihr Furcht ein. Bei so mancher Schock-Art-Aktion hatte sie Schläge vom Publikum oder von anderen Kunstwerken hinnehmen müssen, doch das war alles vom Künstler so geplant und vorher genau abgesprochen gewesen. Es war vielmehr die Angst, die Kontrolle zu verlieren. ›Er wird immer nervöser, er könnte mich verletzen und dabei meine Imprägnierung zerstören.‹

Dieser Gedanke beruhigte sie schließlich. Da warf sich Uhl über sie und fuhr ihr mit der Zunge über Kinn und Kehle.

Doch dann hielt er wieder inne.

Clara lag noch immer auf dem Boden, keuchend, während Uhl sich mühsam aufrichtete. Wie zwei Sportler am Ende einer anstrengenden Übung. Sie blickte ihm fest in die Augen. Doch in diesem Moment – Uhl setzte sich soeben mit wohlerzogenen Bewegungen die Brille wieder auf – bestand dieses Gesicht nur aus einem hinter Gläsern verborgenen Blick. Gleich darauf entfernte sich der Maler und verließ den Raum in Richtung Hauseingang.

Alles hatte eine so spektakuläre Wendung genommen, dass Clara, als schließlich Pause war, kaum Lust hatte, zu Tisch zu gehen. Sie wollte diese Skizzen nicht unterbrechen, um in die nüchterne Alltäglichkeit einzutauchen. Trotzdem zwang sie sich dazu, wusste sie doch, dass der Verlauf allzu stürmisch war und sie einen Augenblick innehalten musste. Sie ging zuerst zur Toilette, wusch sich, entfernte alle Spuren, die Uhl auf ihrem Mund und Hals hinterlassen hatte, und betrachtete sich im Spiegel. Außer leicht geröteten Handgelenken hatte sie keine Male davongetragen. Imprägnierte Haut war viel widerstandsfähiger als normale und Uhl hätte sie, um dauerhafte Spuren zu verursachen, gewaltsamer bearbeiten müssen. Sie lächelte, und auf ihrem Gesicht breitete sich eine gewisse Schadenfreude aus, ein Ausdruck, der Bassan so gut gefiel. ›Habe ich dich erwischt: Du greifst zur Gewalt, wenn auch ich gewalttätig reagiere. Du willst mich agressiv zeichnen‹, sagte sie bei sich. Ihre Augen brannten. Das kam, wie sie sehr wohl wusste, davon, dass sie sie während der Posen geöffnet halten musste. Sie spülte ihre Augen mit einer salzigen Lösung aus.

Beim Essen saß sie Gerardo nackt gegenüber. Uhl blieb verschwunden. Gerardo hatte schon gegessen und beobachtete sie gelassen.

»Hast du den Mann vom Fenster wiedergesehen?«, fragte er sie.

Sie wusste im ersten Moment nicht, was er damit meinte.

»Ja, aber ich habe die Konservierung angerufen. Es sind Sicherheitskräfte, wurde mir gesagt, und das hat mich beruhigt. Den Rest der Nacht habe ich ruhig geschlafen.«

»Wie ich dir sagte: Wachmänner.«

»Mhm.«

Dann herrschte Stille. Sie aß ihr Sandwich auf und machte sich daran, ein Stück Vollkornbrot mit Käse zu bestreichen. Alle Muskeln taten ihr weh, aber das war nicht so wichtig. Sie fühlte sich auf angeregte Weise wütend, in Aufruhr, wie eine stundenlang aufgeschüttelte, kohlensäurehaltige Flüssigkeit. Hin und wieder blickte sie zur Tür, vielleicht kam ja Uhl herein. Sie erinnerte sich an seinen Atem. An seine Gewalttätigkeit. Und wie er plötzlich von ihr abließ, als sie nachgab. Doch was wäre passiert, wenn sie nicht nachgegeben hätte? Wie weit wäre die Bemalung gegangen, welchen tiefen, dunklen Farbton hätte sie womöglich noch erreicht? Dieser Gedanke ließ sie nicht los. Was würde geschehen, wenn sie beim nächsten Mal beschloss, sich nicht zu ergeben, unter gar keinen Umständen? Die Möglichkeiten waren bedrückend.

»Wie ist es dir heute Morgen ergangen?«

Gerardos Frage ließ sie blinzeln. Worauf sie in dem Moment am allerwenigsten Lust hatte, war eine banale Unterhaltung.

»Gut«, sagte sie.

Da stützte er die Ellbogen auf den Tisch, beugte sich zu ihr hinüber und äußerte mit düsterer Stimme: »Hör zu, ich muss dir was sagen.«

Sie blickten sich schweigend an. Clara wartete und kaute vorsichtig.

»Justus ist verärgert.«

Sie blieb stumm. Ihr Herz schlug schneller.

»Es ist nicht gut, wenn Justus sich ärgert, weil wir dann auf der Straße stehen, du und ich, verstehst du?«

»Was willst du mir damit sagen?«, fragte sie mit unschuldiger Miene.

Gerardo schien nach passenden Worten zu suchen. Er betrachtete versonnen seine Hände auf dem Tischtuch.

»Wir ... wir haben für die jungen, weiblichen Leinwände bestimmte Regeln, du verstehst mich. Die Leinwände haben sich daran zu halten. Ich spreche nicht gern darüber, aber manchmal muss es eben sein, wie in deinem Fall, weil du anscheinend überhaupt nicht merkst, was los ist, Mädchen.«

»Und was sollte ich merken?«

»Dass du in einer privilegierten Lage bist. Du bist eine Leinwand im Dienst der Stiftung van Tysch, und das darf man wohl als großes Glück bezeichnen. Doch dieses Glück kann jeden Moment zu Ende sein. Justus ist *senior assistent*, das sagte ich dir bereits. Dieser Maler hat in der Stiftung einige Bedeutung. Das solltest du einkalkulieren. Ich sag dir das nicht, um dich zu erschrecken, sondern damit du verstehst ... und tust, was zu tun ist, okay?«

»Ich verstehe überhaupt nichts.«

Er schnaubte ungeduldig und lehnte sich auf dem Stuhl zurück.

»Sei doch nicht so blöd, Mädchen. Ich warne dich: Justus kann dich heute noch rauswerfen, wenn ihm danach ist.«

»Und was meinst du, soll ich tun, damit er mich nicht rauswirft?«

»Das weißt du ganz genau. Du bist ja nicht blöd. Er mag dich sehr. Du wirst sehen.«

Sie wusste nicht so recht, was sie von diesem Gespräch halten sollte. Das lag wohl an Gerardos Ungeschicklichkeit, seinen drohenden, gekünstelten Bewegungen, seiner allzu kontrollierten Stimme und seiner schüchternen Art, wie ein Kind, das im Spiel den Bösen mimt. Am spannendsten war, dass Gerardo womöglich die Wahrheit sagte. Unmöglich, mit absoluter Sicherheit festzustellen, ob das alles tatsächlich Theater war, wie es den Anschein hatte.

»Ist das eine Drohung?«, fragte Clara.

Gerardo zog eine Augenbraue hoch.

»Ich sage dir nur, dass Justus der Chef ist und ich nach ihm komme und dass du uns ohne Wenn und Aber zur

Verfügung stehen musst. Und dass du dich tunlichst darum bemühen solltest, die Assistenten nicht zu verstimmen, wenn du je von einem großen Meister gemalt werden möchtest. Hörst du?«

Ein Zittern überkam sie, ein Schauder, von reiner Kunst verursacht, überrieselte ihren Körper. Erstmals hatten Gerardos Worte eine gewisse Furcht ausgelöst, und das gefiel ihr. Sie hatte eine starke Bemalung bekommen, und ihr Zustand völliger Nacktheit trug dazu bei, sie mit der passenden düsteren Aura zu umgeben. Sie legte die Beine übereinander, rutschte auf ihrem Platz herum und murmelte, indem sie seinem Blick auswich: »Einverstanden.«

»Ich hoffe, du bist ab jetzt netter zu Justus. Okay?«

Sie nickte.

»Ich höre keine Antwort«, sagte er.

Auch dieser neue Bemalungsdruck gefiel ihr. Sie antwortete geschwind: »Ja, einverstanden.«

Gerardo senkte die Lider halb und sah sie seltsam an. Sie schwiegen.

Nachmittags, während der Skizzen, versuchte sie, ›nett‹ zu sein. Man hatte sie auf Zehenspitzen gestellt, wie eine Balletttanzerin. Die Zeit verging. Weil sie stand, konnte sie sich in den Spiegeln betrachten. In einem sah sie nur die Hälfte ihres Körpers, eine geteilte Silhouette, ein Chaos aus Linien und Formen. Sie musste geraume Zeit so posieren, bis Uhl sich unversehens von hinten näherte.

Sie erwiderte seinen Kuss vom ersten Moment an, übertraf ihn nach und nach an Leidenschaft, bewegte ihre Zunge in Uhls dunklem Mund, umschlang ihn eng mit den Armen und presste ihren nackten Leib gegen seine Kleider.

Da reagierte der Maler wie von einer Wespe gestochen. Er riss sich mit Gewalt von ihr los und verließ das Zimmer. An diesem Nachmittag gab es keinen weiteren Vorstoß.

›Wenn ich mich füge, bricht alles ab, so ist das also‹, dachte sie. ›Und wenn ich mich nicht füge?‹

Diese zweite Möglichkeit jagte ihr große Angst ein. Sie nahm sich vor, die Sache auszuprobieren.

Trotz ihrer inneren Erregung fiel sie abends wie ein Stein ins Bett. Das war wohl die Wirkung der Tabletten, die sie einnahm. Als sie aufwachte, überlegte sie, welcher Tag es war. Donnerstag, der 29. Juni? Sie fühlte sich bereit für eine neue Runde, erinnerte sich aber an nichts, was in der Nacht geschehen war, als hätte sie in Ohnmacht gelegen. Nun schlief sie allerdings mit geschlossenen Rollläden, und sollte sich irgendein Wachmann der Abteilung Sicherheit dem Haus genähert haben, so hatte sie nichts bemerkt. Außerdem vergaß sie langsam ihre nächtlichen Ängste, nahmen doch die täglichen all ihre Aufmerksamkeit in Anspruch.

An diesem Vormittag wurde sie stehend skizziert, den Oberkörper ganz nach hinten gebogen. Die Posen waren schwierig, und die Stunden dehnten sich ewig. Gegen Mittag gelang es ihr, das Zittern zu beherrschen und sich trotz der unbequemen Stellung ihrer Wirbel einfach dem Fluss der Zeit hinzugeben. Uhl belästigte sie nicht mehr, was sie überraschte. Ob ihn ihre Hingabe gestern völlig gehemmt hatte?

Nach dem Essen lud Gerardo sie zu einem Spaziergang ein. Der Vorschlag überraschte sie ein wenig, doch dann stimmte sie zu, weil sie gerne rauskommen wollte. Sie zog sich einen Bademantel an und schlüpfte in die dicksohligen Plastiksandalen. Dann wanderten sie gemeinsam über den Kiesweg des Gartens hin bis zum Zaun. Schließlich gingen sie auf der Straße weiter.

Der Ort war bei Tageslicht recht hübsch, ganz wie sie vermutet hatte. Links und rechts erstreckten sich weitere umzäunte Gärten, in denen Neubauten mit rot gedeckten Dächern standen. Weiter hinten lag ein Wäldchen, und mittendurch führte die Landstraße, die der Lieferwagen genommen hatte. Zu ihrem Entzücken entdeckte sie am Horizont die unverwechselbaren Silhouetten mehrerer Windmühlen. Typisch Holland, wie auf Postkarten.

»Alle diese Häuser gehören der Stiftung«, erklärte Gerardo. »Den größten Teil der Figuren skizzieren wir hier. Die Gegend gefällt uns, weil sie ziemlich einsam ist. Früher wurden alle Entwürfe im Alten Atelier gemacht, im Amsterdamer Stadtteil Plantage. Doch jetzt skizzieren wir hier und erledigen nur die Feinarbeiten, falls überhaupt nötig, im Atelier.«

Gerardo machte den Eindruck, als fühlte er sich befreit. Er legte ihr eine Hand ganz leicht auf die Schulter, um ihr verschiedene Dinge zu zeigen, und strahlte. Das Arbeitsklima im Innern des Hauses mochte ihn noch mehr anstrengen als sie.

Sie gingen am Straßenrand entlang und hörten wie von einem Tonband die Geräusche ländlicher Zivilisation: Vogelzwitschern vermischt mit fernem Maschinenlärm. Hin und wieder machte ein Flugzeug am Himmel mit kurzem Getöse auf sich aufmerksam. Clara tat die Rückenmuskulatur ein wenig weh. Das kam wohl von den unnatürlichen Posen, die sie am Morgen hatte einnehmen müssen, dachte sie. Sie erschrak, weil sie mitten in der Skizzenphase nicht arbeitsunfähig werden wollte. Daran dachte sie, als Gerardo wieder anfing zu reden.

»Das ist eine Arbeitspause. Eine offizielle Pause also. Du verstehst mich doch, oder?«

»Mhm.«

»Du kannst frei reden.«

»In Ordnung.«

Sie verstand ihn sehr wohl. Manche Maler, mit denen sie gearbeitet hatte, benutzten Kennwörter, um ihr mitzuteilen, dass die hyperdramatische Arbeit unterbrochen wurde. Bei menschlichen Leinwänden musste man gelegentlich die Wirklichkeit von den unscharfen Konturen der Kunst trennen. Gerardo wollte ihr mitteilen, dass sie ab jetzt reale Personen waren. Er machte sie darauf aufmerksam, dass er die Pinsel weggelegt hatte, ein wenig spazieren gehen und plaudern wollte. Anschließend würde alles weitergehen wie bisher.

Trotzdem verwirrte sie dieser Verlauf. Pausen waren bei jeder Sitzung hyperdramatischer Maler üblich, ihr Zeitpunkt musste jedoch mit Bedacht gewählt werden, weil der Aufbau der ganzen Malerei in Sekundenbruchteilen zerstört werden konnte. Dieser Zeitpunkt erschien ihr nicht sonderlich geeignet. Am Tag zuvor noch hatte sie der junge Mann hier, mit dem sie soeben spazieren ging, unter Druck gesetzt, weil sie die sexuellen Kaprizen seines Kollegen nicht dulden wollte. Die Bemalung war ganz besonders intensiv gewesen, aber auch sehr schwierig, die Linien konnten leiden, wenn man sie nicht trocknen ließ. Nun, Gerardo wusste hoffentlich, was er tat. Außerdem konnte diese Pause auch nur fingiert sein.

Nach kurzem Schweigen sah Gerardo sie an. Sie lächelten.

»Du bist eine sehr gute Leinwand, Clarita. Das sage ich aus Erfahrung. Erstklassiges Material, ganz toll.«

»Danke, aber ich glaube, solche wie mich gibt es Dutzende«, log Clara.

»Nein, nein, du bist sehr gut. Auch Justus ist dieser Meinung.«

»Nun, ihr seid auch nicht schlecht.«

Sie fühlte sich immer unbehaglicher. Am liebsten wäre sie zurückgegangen und hätte sich wieder der anstrengenden hyperdramatischen Situation ausgesetzt. Diese banale Unterhaltung mit einem der technischen Assistenten machte ihr Angst. Sie hielt es für unwahrscheinlich, dass Gerardo einen langweiligen Dialog suchte, nach dem Motto: Was magst du, was mag ich? Solche Gespräche konnte sie nur mit Jorge ertragen, aber Jorge gehörte zu ihrem Alltag, nicht zur Kunst.

›Beruhige dich‹, dachte sie. ›Überlass ihm die Führung. Schließlich ist er ein Maler der Stiftung, ein Profi. Er wird mit seiner Leinwand keine Dummheiten machen.‹

»Justus ist besser als ich«, fuhr Gerardo fort. »Im Ernst, Clarita, er ist ein außergewöhnlicher Maler. Ich bin seit zwei Jahren Assistent. Vorher habe ich als künstlerische Nachwuchskraft gearbeitet. Justus ist erst vor kurzem zum Senior aufgestiegen. Wir haben uns angefreundet, und er hat mich für diesen Posten empfohlen. Da hatte ich großes Glück. Sie stellen nicht jeden ein. Im Übrigen habe ich nicht gern Dekorationen gemalt, verstehst du. Was mich interessiert, sind Kunstwerke.«

»Verstehe.«

»Am allerliebsten wäre ich ein professioneller, selbständiger Maler. Mit eigenem Atelier und eigenen Leinwänden unter Vertrag. Leinwände wie dich: gut und teuer.« Da lachte sie. »Ich habe tausend Ideen, besonders zu Kunstwerken für den Außenbereich. Die würde ich dann an Sammler in wärmeren Gegenden verkaufen.«

»Und warum tust du es nicht? Dieser Markt floriert.«

»Für so ein Atelier braucht man Geld, Süße. Aber es kommt der Tag, da mach ich es. Bestimmt. Im Moment begnüge ich mich mit dem, was ich habe. Ich verdiene ziemlich viel Geld. Schließlich wird nicht jeder technischer Assistent der Stiftung van Tysch.«

Clara ließ sich von seinem Eigendünkel nicht mehr irritieren. Er war eben eine recht gewöhnliche Person. Was sie immer stärker irritierte war dieses Gespräch. Sie wollte dringend zurück ins Haus und mit den Skizzen fortfahren. Nicht einmal die schöne Landschaft und die frische Luft, in der sie sich bewegte, konnten ihre Stimmung heben.

»Und du?«, fragte er.

Sie sah ihn lächelnd an.

»Ich?«

»Ja, du. Was wünschst du dir? Was ist dein höchstes Ziel im Leben?«

Sie antwortete ohne geringstes Zögern.

»Dass ein Maler ein großes Werk mit mir kreiert. Ein Meisterwerk.«

Gerardo lächelte.

»Du bist bereits ein hübsches Werk. Du hast es nicht nötig, von irgendjemandem gemalt zu werden.«

»Danke, aber ich habe nicht von hübschen Werken gesprochen, sondern von *Meisterwerken*. Von einem großen Werk. Einem genialen Werk.«

»Wärst du gern ein geniales Werk, auch wenn es hässlich wäre?«

»Mhm.«

»Ich dachte, du wärst gerne hübsch.«

»Ich bin kein Modell für den Laufsteg, ich bin eine Leinwand«, antwortete sie schroffer als beabsichtigt.

»Selbstverständlich. Das bestreitet niemand«, sagte Gerardo. Es entstand eine Pause. Dann drehte er sich wieder zu ihr: »Entschuldige die Frage, aber darf ich wissen, warum? Weshalb wünschst du dir so sehr, dass jemand ein großes Werk mit dir macht?«

»Das weiß ich nicht«, antwortete sie aufrichtig. Sie waren stehen geblieben und betrachteten die Blumen am Wegrand. Da kam ihr ein Vergleich in den Sinn: »Wahrscheinlich weiß eine Raupe auch nicht, warum sie ein Schmetterling sein will.«

Gerardo überlegte.

»Was du eben sagtest, ist sehr nett, stimmt aber leider nicht. Weil es die Bestimmung einer Raupe ist, ein Schmetterling zu werden, das liegt in ihrer Natur. Wir Menschen aber werden nicht aus natürlicher Veranlagung zum Kunstwerk. Wir müssen uns verstellen.«

»Stimmt«, gestand sie.

»Hast du nie daran gedacht, diesen Beruf an den Nagel zu hängen? Anzufangen, du selbst zu sein?«

»Ich bin bereits ich selbst.«

Gerardo ging auf die Bäume zu.

»Komm. Ich will dir etwas zeigen.«

›Das ist ein Trick‹, dachte Clara. ›Eine Falle, um meine Farbe dunkler zu machen. Vielleicht hält sich Uhl irgendwo versteckt, gleich wird er …‹

Sie überquerten den Straßengraben und setzten ihren Weg im Wald fort. Er reichte ihr seine Hand, als es ein Stück bergab ging. Sie kamen auf eine weite, von Bäumen begrenzte Lichtung. Die Blätter der Bäume schimmerten, und die kastanienbraunen Stämme glänzten wie lackiert. Es roch etwas seltsam, überraschend. Der Geruch erinnerte Clara an den neuer Puppen. Ein eigenartiges Geräusch war zu hören: ein helles Klingeln, als führe ein leichter Wind in einen barocken Kronleuchter. Sie blickte um sich und suchte nach der Ursache des geheimnisvollen Klirrens. Dann trat sie auf einen der Bäume zu und verstand. Sie war fasziniert.

»Diese Gegend heißt bei uns Plastikwald«, erklärte Gerardo. »Die Bäume, die Blumen, die Wiese, alles ist künstlich. Das Geräusch, welches du hörst, kommt von den Blättern, die sich an den Bäumen bewegen. Sie bestehen aus äußerst empfindlichem Material und klingen wie kleine Glasstückchen. Wir benutzen diesen Ort das ganze Jahr über zum Entwerfen von Kunstwerken für den Außenbereich. Dadurch sind wir vom Wetter unabhängig, verstehst du? Egal ob Sommer oder Winter, hier sind Bäume und Gras einfach immer grün.«

»Unglaublich.«

»Ich finde es abscheulich«, erwiderte er.

»Abscheulich?«

»Ja. Diese Bäume, dieser Rasen aus Plastik ... unerträglich.«

Clara sah zu ihren Füßen hinunter: Der dichte Teppich aus schmalen Gräsern war sicher sehr weich. Sie zog die Schuhe aus und probierte ihn barfuß aus. Er fühlte sich herrlich an.

»Darf ich mich hinsetzen?«, fragte sie unvermittelt.

»Selbstverständlich. Der Wald gehört dir. Mach es dir bequem.«

Sie setzten sich nebeneinander. Die Gräser standen stramm, wie ein Heer feingliedriger, winziger Soldaten. Nichts störte den Anblick. Clara streichelte über die Halme und schloss die Augen. Es war, als streichle sie einen Überwurf aus Pelz. Sie war glücklich. Gerardo dagegen wirkte immer trauriger.

»Die Vögel denken nicht daran, sich hier niederzulassen. Wusstest du das? Sie merken sofort, dass alles ein *trompe-l'œil* ist, und fliegen geschwind zu den echten Bäumen. Womit sie verdammt Recht haben. Bäume müssen Bäume sein und Menschen Menschen.«

»Im wirklichen Leben, ja. Aber die Kunst ist anders.«

»Die Kunst gehört zum Leben, Mädchen, nicht umgekehrt«, erwiderte Gerardo. »Weißt du, was ich gerne täte? Etwas im natural-humanistischen Stil der französischen Schule malen. Ich tu es nicht, weil sich der Hyperdramatismus besser verkauft und mehr Geld einbringt. Ich will viel Geld verdienen.« Er streckte die Arme aus und rief: »Viel, ganz viel Geld und dann alle Plastikwälder zum Teufel schicken!«

»Ich finde diesen Ort hier wunderbar.«

»Im Ernst?«

»Mmh.«

Er sah sie neugierig an.

»Du bist ein sehr ungewöhnliches Mädchen. Ich habe schon mit vielen Leinwänden gearbeitet, aber keine war so streng wie du.«

»Streng?«

»Ja, womit ich sagen will ... so wild entschlossen, eine echte Leinwand zu sein, von Kopf bis Fuß. Sag mir eins: Was machst du nach der Arbeit? Hast du Freunde? Bist du liiert?«

»Ich bin liiert und habe Freunde und Freundinnen.«

»Du hast also einen speziellen Freund? Einen Verlobten?«

Clara kämmte das Gras mit äußerster Zartheit. Sie lächelte, antwortete aber nicht.

»Stören dich meine Fragen?«, forschte Gerardo.

»Nein. Ich habe eine Beziehung, aber wir leben nicht zusammen. ›Verlobter‹ würde ich ihn nicht nennen. Er ist ein Freund, der mir gefällt.«

Sie lächelte beim Gedanken an Jorge als ihrem ›Verlobten‹. Darüber hatte sie sich noch nie Gedanken gemacht. Sie fragte sich, was Jorge ihr bedeutete, was sie, außer den nächtlichen Begegnungen, miteinander verband. Plötzlich wurde ihr klar, dass sie ihn als Zuschauer ›benutzte‹. Jorge sollte alles ganz genau wissen, was ihr in ihrer seltsamen Berufswelt widerfuhr. Sie verschwieg ihm nichts, kein noch so triviales Detail, erzählte ihm beispielsweise alles, was sie bei einer Schock-Art mit dem Publikum machte, auch alles über ihre Arbeit für *The Circle* oder Brentano. Wenn Jorge dann vor Entsetzen bebte, beobachtete sie gern sein Gesicht. Sie musste ihn einfach immer in höchstes Erstaunen versetzen.

»Du führst also ein recht normales Leben, wenn du nicht gerade eine Leinwand bist«, sagte Gerardo.

»Ja, ich führe ein ziemlich normales Leben. Und du?«

»Die Arbeit geht mir über alles. Ich habe hier in Holland ein paar Freunde, aber meistens arbeite ich. Ansonsten bin ich allein. Vor längerer Zeit hatte ich mal eine holländische Freundin, aber wir haben Schluss gemacht.«

Schweigen. Clara war beunruhigt. Sie hielt Gerardo für sehr geschickt, aber jetzt war sie sich fast sicher, dass diese Pause echt war. Warum wollte er so ehrlich mit ihr sprechen? Was hatte er im Sinn? Zwischen Maler und Leinwand konnte es keine Ehrlichkeit geben, das wussten sie beide. Im Falle von Künstlern wie Bassan oder Chalboux, die sich dem Natural-Humanismus verschrieben hatten, war die Ehrlichkeit erzwungen, ein Pinselstrich mehr, so was wie: »Jetzt wollen wir mal ganz ehrlich sein«, eben eine Technik wie jede andere. Doch Gerardo wollte einfach mit ihr reden, wie man mit einer Zug- oder Busbekanntschaft redet. Das war absurd.

»Hör mal, entschuldige, sind wir nicht schon spät dran?«, fragte sie. »Wir sollten wohl umkehren, oder?«

Gerardo sah sie unverwandt an.

»Du hast Recht«, stimmte er zu. »Gehen wir zurück.«

Doch plötzlich, während sie sich erhoben, wechselte er den Ton. Er beugte sich zu ihr und flüsterte fast:

»Hör zu, ich will ... ich will dir was sagen. Du machst deine Sache gut, Clarita. Du hast gleich begriffen, was abläuft. Mach weiter so, unbedingt, komme, was wolle. Okay? Der Schlüssel heißt Nachgeben, vergiss das nicht.«

Clara hörte ihm verblüfft zu. Dass er ihr die Tricks des Künstlers verriet, erschien ihr unglaublich. Es war, als richtete ein Schauspieler mitten in einer spannenden Aufführung das Wort an sie und sagte mit einem Augenzwinkern: »Keine Sorge, alles nur Theater.« Einen Moment lang dachte sie an eine verdeckte Malaktion, doch in Gerardos Gesicht war nur ehrliche Besorgnis zu lesen. Er war besorgt um sie!

›Der Schlüssel heißt Nachgeben.‹ Damit meinte er zweifellos die Strategie, die sie Uhl gegenüber einsetzte. Er bestärkte sie auf diesem Weg, weil er richtig war, oder zumindest der sicherere. »Wenn du immer wieder nachgibst, wie du es gestern getan hast, wird Uhl sich zurückhalten«, bemerkte er. Nein, er bearbeitete sie nicht, er verriet ihr das Geheimnis, die Lösung des Rätsels. Wie ein leichtsinniger Freund, der einem das Ende eines Films erzählt.

Es kam ihr vor, als kippe Gerardo absichtlich ein Tintenfass über sein kaum begonnenes Werk. Warum hatte er das getan?

Den ganzen Nachmittag lang ging es um verschiedene Posen, wobei kein einziges Wort fiel. Uhl belästigte sie nicht, aber sie dachte bereits nicht mehr an ihn. Sie hielt Gerardos Unvorsichtigkeit für den größten Fehler, den je ein Maler an ihr begangen hatte, einschließlich des armen Gabi Ponce, der nicht eben zartfühlend vorging, wenn es um hyperdramatische Kunst ging. Obwohl sie vermutet hatte, dass Uhl den Übergriff nur spielte, war es ein Unterschied, es zu vermuten oder zu wissen. Gerardo hatte mit einem dicken Pinselstrich das feine Gespinst der Bedrohungen, das Uhl und er selbst um sie gewoben hatten, zerstört. Jede Rückkehr zum Fingierten schied nun aus, das Hyperdrama als solches war verschwunden. Ab jetzt konnte nur noch Theater stattfinden.

Später, als sie zu Bett ging, legte sich ihr Verdruss. Gerardo war wohl ein Neuling in dieser Sache, dachte sie schließlich. Die wirklichen Feinheiten des Hyperdramatismus gingen weit über seinen Horizont. Unbegreiflich, dass man einem solchen Maler einen so verantwortungsvollen Posten anvertraut hatte. Lehrlinge sollten sich nicht dazu versteigen, Originale zu übermalen, dachte Clara. Das sollte erfahrenen Künstlern vorbehalten bleiben. Doch vielleicht war noch nicht alles verloren. Uhls Kunstfertigkeit könnte den unsäglichen Patzer, der dem andern mit ihr unterlaufen war, womöglich beheben. Uhl verfügte vielleicht über irgendeine Methode, wie der Druck verstärkt und sie wieder Teil der Malerei werden konnte.

Ganz sicher würde sie sich wieder erschrecken.

Das war ihr Wunsch beim Einschlafen.

Als sie erwachte, war es noch immer überraschend dunkel. Weil sie am Abend im ganzen Haus die Rollläden heruntergelassen hatte, konnte sie die Uhr nicht sehen, ja nicht einmal feststellen, ob es noch Nacht war. Wahrscheinlich schon, denn sie hörte kein Vogelgezwitscher. Sie fuhr sich mit der Hand übers Gesicht, drehte sich um und versuchte noch mal zu schlafen.

Sie war gerade am Eindösen, als sie es bemerkte.

Von Entsetzen gepackt, richtete sie sich im Bett auf.

Ein leichtes Knarren der Dielen. Es kam aus dem Wohnzimmer. Dieses Knarren hatte sie wohl geweckt. Schritte.

Sie lauschte angespannt. Die ganze Müdigkeit, alle Muskelschmerzen waren plötzlich verschwunden. Ihr Atem ging schwer. Auch eine Entspannungsübung brachte keine Erleichterung.

O Gott, jemand war im Wohnzimmer.

Sie setzte die Füße auf den Boden. In ihrem Kopf überschlugen sich die wirren Gedanken.

»Hallo?«, sagte sie mit angstbebender Stimme.

Einige Minuten wartete sie reglos ab, immer auf die schreckliche Möglichkeit gefasst, dass der Eindringling kommen und sich auf sie werfen könnte. Die Stille rundum ließ sie an ihrem Verdacht zweifeln. Doch ihre Fantasie – dieser seltsame Diamant, dieses Gebilde mit tausend Facetten – produzierte Schreckensbilder, die sich wie winzige Eissplitter in ihr Bewusstsein bohrten. Es ist der Mann, der dir den Rücken zuwendet: Er ist aus dem Foto getreten, und jetzt holt er dich. Gleich wird er hereinkommen, rückwärts gehend, ohne zu stolpern, weil er dich riecht. Es ist Papa mit seiner riesigen, eckigen Brille, der kommt, um dir zu sagen, dass ... Sie bemühte sich, diese periodisch wiederkehrenden Alpträume nicht allzu lange an sich heranzulassen.

»Ist da jemand?«, hörte sie sich noch einmal fragen.

Dann wartete sie sicherheitshalber wieder ab, den Blick fest auf die Schlafzimmertür gerichtet. Sie erinnerte sich, dass sich die Lichtschalter für das ganze Haus im Flur befanden. Unmöglich, das Zimmer zu erhellen, ohne es zu verlassen und im Dunkeln Richtung Eingang zu tappen. Doch das wagte sie nicht. ›Vielleicht ist es ein Wachmann‹, dachte sie. Warum kam aber ein Wachmann bei Nacht zum Landhaus und schlich im Wohnzimmer herum?

Die Stille hielt an. Ihr Herzschlag ebenso. Stille und Herzschlag bestimmten ihren jeweils eigenen Rhythmus. Nun, sie hatte sich wohl getäuscht. Dielen können aus ganz unterschiedlichen Gründen knarren. In Alberca hatte sie sich an diese plötzlichen unheimlichen Schreckmomente gewöhnt. Ein leichter Luftzug, der die Gardinen zum Leben erweckte, das Ächzen eines Schaukelstuhls, ein in der Dunkelheit getarnter Spiegel. Zweifellos alles ein falscher Alarm ihres übermüdeten Gehirns; sie konnte ruhig aufstehen, durchs Wohnzimmer in den Flur gehen und die Lichtschalter betätigen, wie sie es letzte Nacht getan hatte.

Sie atmete tief durch und stützte die Hände auf die Matratze.

In dem Moment öffnete sich die Tür, und der Eindringling fegte in ihr Schlafzimmer wie ein Orkan.

7

IM HAUS DES NEUEN ATELIERS in Amsterdam waren die europäischen Büros der Stiftung Bruno van Tysch untergebracht; die Abteilungen Kunst, Konservierung und Sicherheit. Das Gebäude war keineswegs aufsehenerregend, vielmehr eine Mischung aus holländischer Heiterkeit und calvinistischer Strenge, mit weiß umrandeten Fenstern und Glockentürmchen im Stil des 17. Jahrhunderts. Als kosmopolitische Dreingabe hatte der Architekt P. Viengsen die Vorderfront mit zwei Säulen à la Brunelleschi versehen. Es stand am Willemsparkweg, in der Nähe des Vondelparks, im Museumsviertel, wo die großen Kunsttempel der Stadt alle nah beieinander lagen: Rijksmuseum, Van Gogh Museum und Stedelijk Museum. Es hatte acht Stockwerke und drei Flügel. Foyer und erster Stock lagen unter dem Meeresspiegel; Amsterdam hatte gelernt, mit solchen Konstruktionen zu leben. Bosch, in seinem Büro im fünften Stock, wäre – vielleicht – vor einer Überschwemmung sicher, aber dieser glückliche Umstand schien ihn nicht sonderlich zu interessieren.

Boschs Büro war zum Vondelpark hin gelegen. Die Möblierung bestand aus einem großen, halbrunden Mahagonischreibtisch, auf dem links vier schmale Telefonapparate, rechts drei gerahmte Fotos standen. Die Fotos waren so gedreht, dass sie von der Person, die Bosch gegenübersaß, nicht gesehen werden konnten.

Die äußerste Fotografie zeigte Vincent Bosch, seinen Vater. Vincent war Rechtsanwalt einer holländischen Tabakfirma gewesen. Auffallend sein Schnurrbart, sein misstrauischer Blick und sein gewaltiger Kopf, den Lothar geerbt hatte. Deutlich spürbar sein penibler und strenger Charakter. Sein Motto, das er auch seinen Kindern mitzugeben versucht hatte und das seinen Zügen wie eingemeißelt schien, hatte gelautet: »Aus den Gegebenheiten das Beste machen.« Das Ergebnis seiner Bemühungen hätte ihn zufrieden gestellt.

Das mittlere Foto zeigte Hendrickje. Hübsch, mit kurzem, blondem Haar und strahlendem Lächeln. Auffallend allerdings war ein leichtes Pferdegebiss mit stark ausgeprägtem Kiefer und etwas unproportionierten Zähnen. Bosch wusste, dass ihr Körper in keiner Weise unproportioniert war: Sie pflegte ihn in hübschen, durchsichtigen Kleidern zu präsentieren. Sie war neunundzwanzig Jahre alt, fünf Monate jünger als Inspektor Bosch, und reich. Kennen gelernt hatten sie sich auf einem Fest; eine Astrologin hatte sie aufgrund ihrer beiden Sternzeichen zusammengebracht. Anfangs war sie Bosch unsympatisch gewesen, dann heiratete er sie. Die Ehe funktionierte hervorragend. Hendrickje, hochgewachsen, schlank, superreich, attraktiv, unfruchtbar (ein Leiden, das zehn Monate nach der Hochzeit diagnostiziert wurde), vornehm und optimistisch (»Sieh es doch mal positiv, Lothar«, pflegte sie zu sagen), gönnte sich mehrere Liebhaber. Bosch, stur, ernsthaft, eigenbrödlerisch, schweigsam und konservativ, hatte nur Hendrickje, war sich aber bewusst, dass er sie aus dem schlichten Grund, dass er sie liebte, nicht gegen ihren Willen festhalten konnte, wie er es mit vielen Verbrechern, die er kannte, am liebsten getan hätte. Den Willen des anderen achten, das war Teil seiner freiheitlichen Ideale, das war die Luft, die er als junger Hausbesetzer im Spui geatmet hatte. Ziemlich widersinnig, dass der gleiche Lothar, der seinerzeit noch mit Steinen auf die Einsatzwagen geworfen hatte, Jahre später selbst zur Polizei ging. Wenn er sich – inzwischen nur noch sehr selten – fragte, warum er sich so entschieden hatte, glaubte er die Antwort auf dem Bild seines Vaters zu finden, in diesem traurigen Blick des skeptischen Calvinisten. Sein Vater hieß ihn Jura studieren, er aber wollte sich sozial engagieren; sein Vater wollte, dass er Geld verdiente, er wollte nicht mit seinem Vater zusammenarbeiten. Warum nicht Polizist werden? Es war eine logische Entscheidung. Eine Form, »aus den Gegebenheiten das Beste zu machen«. Dass er Polizist war, gefiel Hendrickje irgendwie. Es lieh der Fassade ihrer Ehe eine gewisse Sicherheit, eine gewisse »Stabilität«. Sie stritten sich nur gelegentlich, liebten sich aber auch nur gelegentlich, und so war die Ehe vorbildlich im Gleichgewicht. Doch an einem nebligen Novembermorgen 1992 war plötzlich alles zu Ende: Hendrickje Michelsen war mit ihrem Wagen auf dem Weg von Utrecht nach Hause, als sie vom Anhänger eines Lastwagens erfasst und guillotiniert wurde. Ihr Gehirn ging beim Aufprall in Fetzen, ihr Kopf natürlich auch, samt dem hübschen, blonden, kurzen Haarschopf, der hier auf dem Foto zu sehen war, ebenso ihr schlanker Hals und ein Teil ihres Oberkörpers. Sie war unterwegs nach Utrecht gewesen, um sich mit einem ihrer Liebhaber zu treffen. Bosch bekam die Nachricht, während er einen mutmaßlichen Serienmörder verhörte. Er war wie gelähmt, beschloss jedoch, das Verhör fortzusetzen. Es stellte sich schließlich heraus, dass der Verdächtigte eindeutig unschuldig war.

Vier Monate nach der Tragödie, an einem Abend im März, spielte sich im Haus des verwitweten und einsamen Inspektors eine wunderliche Szene ab. Es klingelte an der Tür, Bosch öffnete und sah eine junge Frau mit weizenfarbenem Haar, die sich als Emma Thorderberg vorstellte. Sie trug eine Windjacke, Jeans und eine Tasche über der Schulter. Sie erklärte ihm ihr Vorhaben, und Bosch, ziemlich verblüfft, ließ sie ins Haus. Das Mädchen ging ins Bad. Nach einer Stunde kam Hendrickje heraus, mit durchsichtigem Kleid. Sie machte mit ihren nackten, schimmernden Beinen ein paar vorsichtige Schritte und stellte sich ins Esszimmer, ohne den erstaunten Lothar anzusehen. Das Porträt war von Jan Carlsen. Um Veränderungen am Original vornehmen zu können, hatte sich Carlsen, wie jeder andere Künstler auch, rechtlich abgesichert. Er hatte den Rock gekürzt und den Ausschnitt vergrößert, damit sie verführerischer wirkte. Ansonsten hatte Zeroplastin beide Figuren einander angeglichen: Es war, als wäre Hendrickje wieder auferstanden.

Dann erfuhr er, wem er diese Überraschung zu verdanken hatte.

»Die Idee stammt von Hannah«, erklärte ihm sein Bruder Roland am Telefon. »Wir waren uns nicht sicher, ob dir die Sache zusagt, Lothar. Wenn sie dir nicht gefällt, gibst du sie uns zurück. Carlsen hat uns zugesichert, dass wir sie anschließend weiterverkaufen dürfen.«

Erst dachte Bosch daran, sich des Porträts zu entledigen. Die Anwesenheit der Figur bedrückte ihn dermaßen, dass er beschloss, in einem anderen Zimmer zu essen, um sie nicht ansehen zu müssen. Wobei ihm nicht klar war, ob er sich einfach nicht an sie erinnern wollte oder ob es irgendeine andere, dunkle Ursache hatte. Als guter Polizist fing er an, das Unwahrscheinliche auszuscheiden. Wenn er Fotos seiner Gattin und ihre Erinnerungsstücke ertrug, warum dann nicht das hier? Die ersten beiden Erklärungen waren also vom Tisch. Schließlich kam er zu einem recht seltsamen Schluss: Was ihn an diesem Porträt bedrückte, hatte nichts mit Hendrickje, sondern vielmehr mit Emma Thorderberg zu tun. Was ihn am meisten beschäftigte war, dass er keine Ahnung hatte, wer sich hinter der Maske verbarg. Er beschloss, sich näher mit der Leinwand zu befassen, um sich von diesem faszinierenden Grauen zu befreien. Eines Abends, als sie sich zum Gehen wandte (sie war vertraglich verpflichtet, sich sechs Stunden in seinem Haus auszustellen), hielt er sie mit ein paar oberflächlichen Fragen über ihren Beruf zurück. Sie tranken ein Gläschen miteinander, und Emma erwies sich als redegewandt und munter, sehr viel weniger gebildet als Hendrickje, mit einer weniger ausgeprägten Persönlichkeit, dafür jedoch schöner, um einiges solidarischer und weniger egoistisch. Bosch stellte Folgendes fest: Emma war nicht Hendrickje, noch konnte sie es je werden, war aber ein sehr wertvoller, eigenständiger Mensch. Als er das begriffen hatte (dass Hendrickje in Wirklichkeit die verkleidete Emma Thorderberg war), verwandelte sich das Porträt in eine Karnevalsfigur. Inzwischen konnte er sie ruhig ansehen und in ihrer Nähe essen oder lesen. Doch genau an diesem Punkt entschied er sich, sie zurückzugeben. Eine finanzielle Regelung war schnell gefunden. Sie konnte an einen Sammler, den sein Bruder wegen einer Halsentzündung in Behandlung hatte, weitergereicht werden, sogar mit einem kleinen Gewinn. Hendrickje lebte jetzt bei einem anderen. Bosch bedauerte lediglich, dass auch Emma gegangen war. Weil nicht die Kunst wichtig ist, behauptete Bosch, sondern die Menschen.

Die Bekanntschaft mit Emma Thorderberg gab den Ausschlag, dass er ja sagte, als ihn, Jahre später, Jacob Stein anrief, um ihm die Leitung der Abteilung Sicherheit der Stiftung anzutragen. Bosch tröstete sich gern mit dem Gedanken, dass es nicht die Aussicht auf eine gewaltige Gehaltserhöhung war, die ihn bewegt hatte, der Polizei den Rücken zu kehren (jedenfalls nicht nur). Kunstwerke zu schützen bedeutete für Bosch Personen zu schützen. Am Ende kommt eben alles ins Gleichgewicht – wie Hendrickje sagen würde.

Das dritte Foto war ein Schnappschuss seiner bildschönen Nichte Danielle, der Tochter seines Bruders. Roland Bosch war fünf Jahre jünger als Lothar, hatte Medizin studiert und sich auf Hals-Nasen-Ohren-Erkrankungen spezialisiert. Er betrieb eine florierende Privatpaxis in Den Haag, war aber ein Mensch, der nur glücklich ist, wenn er etwas Außergewöhnliches tut: Extremsportarten, Börsenspekulationen und dergleichen. Als er sich nach einer Frau umsah, wählte er eine auffallend gut aussehende, berühmte Schauspielerin vom deutschen Fernsehen, die er in Berlin kennen gelernt hatte. Sie schaffte es mühelos, den Hässlichkeitsquotienten der Boschs zu drücken und war stolz darauf, dieses Aussehen ihrer einzigen Tochter vererbt zu haben. Danielle Bosch war in der Tat bildschön. Sie war aber auch ein erst zehnjähriges Mädchen, das, wie Bosch meinte, eine solche Familie nicht verdiente. Roland und Hannah hatten sie zu einer Prinzessin erzogen, hatten sie nach Strich und Faden verwöhnt. Letztes Jahr wollten sie ihre kleine Göttin dann zum Film bringen. Sie wurde zu diversen Castings geschleift, aber Danielle stellte sich ziemlich dumm an, und ihre Stimme war ein wenig zu tief. Sie wurde nicht genommen, zum Verdruss ihrer Eltern und zur Freude ihres Onkels Bosch. Nun hatten die Dinge allerdings vor knapp zwei Monaten eine neue, überraschende Wendung genommen: Roland wollte Danielles Erziehung forcieren und hatte sie in einem privaten Internat in Den Haag angemeldet. Die Nachricht kam für Bosch überraschend und löste Besorgnis bei ihm aus. Er wollte wissen, wie es dem Mädchen in der neuen Umgebung ergehen würde, so weit weg von ihren allzu nachgiebigen Eltern. Er liebte Danielle mit einer an Verrücktheit grenzenden Intensität, nur erklärbar bei einem kinderlosen Witwer in den Fünfzigern. Dabei liebte er allerdings nicht die verwöhnte Danielle, die Roland und Hannah großgezogen hatten, sondern das Mädchen, das ihm hin und wieder sein Lächeln schenkte und ein wenig mit ihm plauderte. Hendrickje hatte Danielle nicht mehr erlebt, Bosch war sich aber sicher, dass die beiden sich gemocht hätten. Auch Hendrickje und Roland waren gut miteinander ausgekommen.

Die Welt, so sah es Lothar Bosch, bestand aus zwei Arten von Menschen: aus denen, die zu leben wissen, und denen, die diese beschützen. Leute wie Hendrickje und sein Bruder Roland gehören zur ersten Kategorie, Bosch zur letzten.

Sein Blick schweifte immer wieder hin zum Bild von Danielle. Da kam Nikki Hartel in sein Büro.

»Ich glaube, wir haben etwas, Lothar.«

April Woods Büro befand sich im sechsten Stock des Neuen Ateliers und war voll gestellt mit Bildern. Es waren fleischfarbene Akte oder Halbakte. Keine Schnörkel, keine interessanten Farben, keine Vielfalt. Wood gefiel die abstrakte Körperkunst, bei der die Figuren einfach ihren nackten Leib zeigten, immer in den gleichen Farben, immer die gleichen Typen, fast alle weiblich, schlank und groß wie Tänzerinnen oder Akrobaten. Sie kosteten viel Geld, aber Wood hatte es. Die Stiftung gestattete ihr, das Büro nach eigenem Geschmack zu dekorieren. Fast alle Werke stammten von englischen Nachwuchskünstlern. Neben der Tür stand ein Jonathan Bergmann, *Körperkult* hieß die Figur, die Bosch besonders gut gefiel, vielleicht wegen ihrer wunderschönen, ballettreifen Haltung. An der hinteren Wand stand ein Alec Storck, die Beine gespreizt, die Arme in die Taille gestemmt, bemalt mit Bräunungs- und Lichtschutzmitteln in abgestuften Farbtönen. Außerdem besaß sie drei Originale von Morris Bird: ein Mädchen in Lichtblau, das vor dem Fenster eine Kerze machte, einen Jungen, der auf einem Bein balancierte, neben dem Tisch – seine gelblichen Hinterbacken streiften das Telefonkabel –, und ein ocker- und fuchsienfarbenes Mädchen, das wie ein zum Sprung ansetzender Frosch auf dem Boden hockte.

Bosch war daran gewöhnt, trotzdem spürte er immer ein gewisses Unbehagen, wenn er dieses Büro betrat.

»Ja, bitte?«

»April, es gibt gute Nachrichten.«

Sie war aufgestanden und ging mit den Händen auf dem Rücken hin und her. Ihr schlauchförmiges, silbergraues Kleid erinnerte ihn an die Rüstung einer Jeanne d'Arc. Inmitten der nackten Statuen wirkte sie wie eine Königin. In ihrem Gesicht stand Besorgnis.

»Gehen wir in den Nebenraum«, sagte sie.

Dieser war durch einen kurzen Gang mit verspiegelten Wänden mit dem Büro verbunden; ein kleines, fensterloses Zimmer ohne menschliche Dekoration. Wood schloss die Tür, damit die Bilder sie nicht hören konnten, bot

Bosch einen Stuhl an und setzte sich auf den anderen. Bosch übergab ihr die Dokumente, die Nikki gebracht hatte. Es waren verschiedene Laserdrucke auf Fotopapier.

»Achte auf diese blonde Frau. Sie wurde im Mai dreimal von der Kamera am Eingang des Museumsquartiers fotografiert. Jetzt sieh dir diesen Mann an. Er wurde von den gleichen Kameras viermal gefilmt, jeweils an anderen Tagen als das Mädchen. Und jetzt kommt das Unglaubliche.« Sie zeigte ein drittes Blatt mit einer Computersimulation vor. »Die morphometrische Analyse der Gesichter hat fast die gleichen Daten ergeben. Es handelt sich mit achzigprozentiger Sicherheit um die gleiche Person.«

»Und in München?«

»Hier sind die Ergebnisse. Sie war dreimal da, er zweimal, an verschiedenen Tagen, in der zweiten Maihälfte.«

»Prima. Jetzt wird es klar. Sie hatte genügend Zeit, um wieder nach Wien zu fahren und sich in die Papierlose zu verwandeln. Es wäre einfach mehr als toll, wenn wir sie mit einem falschen Díaz oder Weiß vergleichen könnten ...«

»Vorsicht, Überraschung.«

Bosch übergab ihr ein weiteres Blatt. Als er sich zu Wood hinüberbeugte, stach ihm die Blässe ihres von Stirnfransen verdunkelten Gesichts ins Auge. ›Sie schminkt sich wie ein alter Pharao, als hätte sie Angst, sich im Naturzustand betrachten zu lassen. Seit sie aus München zurück ist, hat sie sich deutlich verändert. Wahrscheinlich setzt ihr die Arbeit so zu, vielleicht gibt es aber auch noch etwas anderes.‹ Sie wies mit zitterndem Zeigefinger auf das Foto: zwei Männer, einer von vorn, einer von hinten. Der von vorn zu sehen war, wirkte sportlich, hatte langes Haar und trug eine Sonnenbrille.

»Das Bild wurde von der Kamera des Hotels Wunderbar aufgenommen. Es zeigt den Moment, als der falsche Weiß am Dienstagnachmittag das Hotel betrat, um an dem Werk von Gigli zu arbeiten. Der Mann, der seine Ausweispapiere durchgeht und uns den Rücken zuwendet, ist einer unserer Agenten. Die morphometrischen Daten stimmten zu achtundneunzig Prozent mit dem Mann von Wien und München überein und zu fünfundneunzig Prozent mit denen der Frau. Das Risiko negativer Ergebnisse liegt bei vierzehn Prozent. Es ist die gleiche Person, April, wir sind uns fast sicher.«

»Unglaublich.«

»April, entschuldige, ist alles in Ordnung?«

Bosch war beunruhigt, weil sie ununterbrochen einen Punkt an der Wand fixierte.

»Ich habe einen Anruf bekommen, aus London«, sagte Wood. »Meinem Vater geht es schlechter.«

»Oh, das tut mir wirklich Leid. Sehr viel schlechter?«

»Schlechter.«

Gespräche über das Privatleben von Wood beschränkten sich auf ein- oder zweisilbige Wörter, mit leiser, lakonischer Stimme gesprochen und langen Pausen dazwischen. »Gut«, »schlecht«, »besser« und »schlechter« waren ihre am häufigsten gebrauchten Worte. Deshalb kannte Bosch sie fast nur aus Gerüchten. Er wusste allerdings, dass ihr Vater sie nachhaltig geprägt hatte – wie, darüber wagte er keine Vermutungen anzustellen –, ferner, dass er krank war und in einem Privatkrankenhaus in London lag. Er wusste, dass Wood immer allein gelebt hatte und Bemerkungen über ihre möglicherweise lesbische Veranlagung durchaus nicht selten waren. Gerhard Weyleb jedoch, der frühere Chef der Abteilung Sicherheit, hatte ihm von der stürmischen Beziehung erzählt, die Wood mit Hirum Oslo, einem der wichtigsten und einflussreichsten Kunstkritiker Europas gehabt hatte. Gut, Bosch hatte Oslo nur flüchtig gekannt, dennoch konnte er sich nicht vorstellten, was eine Frau wie April an diesem dürren, lahmen, unscheinbaren Kerl anzog.

Wood war ein Mysterium, spannend wie der unerforschte Meeresgrund. Als sie Bosch vorgestellt wurde, war sie ihm äußerst unsympatisch.

Er würde sich schließlich in sie verlieben, vermutete er, ganz, wie es ihm mit Hendrickje passiert war.

»Das tut mir Leid, April, ehrlich«, sagte er.

Sie antwortete mit einem kurzen Nicken und wechselte sofort den Tonfall.

»Hervorragende Arbeit, Lothar.«

»Danke.«

Wood ging mit Lob nicht eben verschwenderisch um, weshalb ihm diese Worte schmeichelten. Er verdankte es seinem tollen Team, Nikki und den anderen. Sie waren an der Sache drangeblieben, seit Wood vorgeschlagen hatte, die morphometrischen Daten der Ausstellungsbesucher von Wien und München zu vergleichen. »Gut möglich, dass er das Terrain sondierte, bevor er zur Tat schritt«, hatte sie gesagt, »und zwar höchstwahrscheinlich verkleidet.« Die Computer des Ateliers im zweiten Untergeschoss waren seit Mittwoch ununterbrochen aktiv gewesen. Heute, am Freitag, dem 30. Juni, als Bosch frühmorgens aus München zurückkam, lagen die Ergebnisse vor. Er war stolz auf sein Team und froh, dass sie es lobte.

»Ich will dir etwas verraten«, sagte Wood. »Am wichtigsten war mir, zu erfahren, ob es sich um verschiedene Personen handelt oder um eine einzige. Im ersten Fall hätten wir es mit einer gut strukturierten Organisation zu tun, mit gewieften Leuten, die kleineren Aufträgen gewachsen sind. Die zweite Möglichkeit verweist eher auf einen Spezialisten, was die Sache verdammt viel schwieriger macht, weil wir nicht erwarten können, einen kleinen Fisch zu fangen und am Ende den großen an der Angel zu haben. Wir müssen viele Angeln auslegen. Das ist ein Hai, Lothar. Liegen die Suchbilder der Papierlosen und der Händlerin vor? Gibt es Vergleiche?«

»Auf der letzten Seite.«

Wood schlug die letzte Seite auf. Links war das vergrößerte Bild des Mädchens von Wien und München, darunter das Gesicht des falschen Weiß, darüber, in der Mitte, der Mann von Wien und München. Darunter befand sich ein Foto von Oscar Díaz, rechts davon die Suchbilder der Papierlosen und des Mädchens namens Brenda, die dank der Aussagen des Wiener Barkeepers und von Sieglinde Albrecht erstellt werden konnten. Also sechs verschiedene Personen: Schier unglaublich, dass sie tatsächlich von einer einzigen verkörpert wurden.

Bosch konnte Woods Gedanken lesen.

»Was glaubst du?«, fragte er, »ist es ein Mann oder eine Frau?«

»Schlank«, erwiderte Wood. »Über das Geschlecht bin ich mir nicht sicher, aber es ist eine schlanke Person. Als Frau zeigt sie sich fast nackt. Als Mann trägt sie immer Anzüge und ist bis oben zugeknöpft. Aber die Zeroplastiker können nichts wegnehmen, nur hinzufügen. Sieh dir diese Beine an. Sie gehören einem Mädchen namens Brenda. Sollte es ein Mann sein, ist es ein junger, sehr schlanker, fast feminin wirkender, depilierter Mann. Díaz und Weiß hatten eine ganz ähnliche Figur. Vielleicht hat er sie mit einer Schulterform und einer Schenkelform modelliert. Für den Bauch des Kerls mit dem Schnauzbart bediente er sich einfacherer Mittel; vielleicht einer Requisite aus dem Theater. Fingerabdrücke wurden nirgends gefunden, nicht einmal am Lenkrad des Lieferwagens, der die *Entjungferung* transportierte, um ein Beispiel zu nennen. Das lässt den Schluss zu, dass er zeroplastische Formen für die Hände verwendete, was auch erklären würde, warum er die Kleidung der *Entjungferung* beschädigte, erinnerst du dich? Díaz hatte große Hände. Wenn dieser Kerl sich solche Hände aus Zeroplastin machen ließ, muss er das Gefühl gehabt haben, Gartenhandschuhe zu tragen. Er konnte damit nicht geschickt arbeiten. Wahrscheinlich kaum seinen eigenen Sakko aufknöpfen. Der Künstler hat sehr schlanke Hände, Lothar.«

Bosch betrachtete die Fotos und schüttelte den Kopf.

»Schier unglaublich, dass es sich um eine einzige Person handelt«, sagte er. »Mich überrascht es nicht sehr«, erwiderte Miss Wood. »Ich habe gewisse transsexuelle Werke gesehen, aufbewahrt und gekauft, die, fürchte ich, alle deine Vorstellungen von Identität und Geschlecht über den Haufen werfen würden. Wir leben in einer verworrenen Welt, Lothar. Einer Welt, die sich in Kunst verwandelt hat, der es Spaß macht, sich zu verbergen und vorzugeben, was nicht ist und nicht existiert. Vielleicht sind wir im Grunde nicht so, vielleicht wurden wir dazu, obwohl es gegen unsere wahre Natur geht. Vielleicht waren wir aber tatsächlich so, von Anfang an, vielleicht besteht unsere wahre Natur aus der Maske und wir haben jetzt endlich die Dinge unserem eigentlichen Wesen anpassen können.«

Es entstand eine Pause. Bosch war überrascht von den ungewohnten philosophischen Ausführungen aus dem Mund dieser Frau, die sonst so praktisch dachte wie keine andere, die er kannte. Er fragte sich, inwieweit die Krankheit ihres Vaters damit zu tun hatte.

»Ich teile diese Meinung nicht«, sagte Bosch. »Wir sind mehr als der Schein. Davon bin ich überzeugt.«

»Ich nicht«, entgegnet Wood mit seltsam gebrochener Stimme.

Sie blickten einander kurz in die Augen. Für Lothar Bosch war es ein schmerzlicher Moment. Sie war so schön, dass ihm fast die Tränen kamen. Ihr Anblick, so erfreulich er war, versetzte ihm einen Stich. In jungen Jahren hatte er Marihuana geraucht und in den Nächten solcher Exzesse immer die gleiche Wirkung erlebt: ein leichtes Glücksgefühl, das am Rande eines steilen, glitschigen Abhangs entlangschwankte, bis hin zu einer leichten Trauer. Auf irgendeine Weise hatten seine Freuden immer auch Tränenspuren hinterlassen.

»Wie dem auch sei, der *Künstler* ist Kunst«, sagte sie nach kurzem Schweigen.

»Was willst du damit sagen?«

»Bislang dachten wir, es handle sich um einen Experten, wir können aber noch weiter gehen. Du selbst hast gesagt, es sei ›unglaublich‹. Ein einfacher Zeroplastinexperte kann das Material verwenden, mehr aber nicht. Er stellt ein Dekorationsobjekt her, der Kunsthandwerker verändert es und damit Schluss. So weit, so gut. Doch worin besteht der Unterschied zwischen einer Dekoration und einem Kunstwerk? Nun, das Kunstwerk transformiert sich. Die Bilder sind Kunstwerke, weil sie sich in das Individuum verwandeln können, das sie darstellen.«

»Eine Leinwand ...«, murmelte Bosch.

»Genau. Der Künstler könnte eine ehemalige Leinwand sein, ein Zeroplastinexperte. In seinem Lebenslauf kommen zweifellos verschiedene Gemälde vor.«

»Eine Leinwand, die van Tysch hasst ... eine Leinwand, die den Maler hasst. Klingt glaubhaft.«

»Als Arbeitshypothese mag es taugen. Haben wir die morphometrischen Daten aller Leinwände der Welt? Nicht nur von den aktiven, auch von denen, die nicht mehr arbeiten.«

»Wir könnten sie übers Internet bekommen. Ich werde mit Nikki sprechen. Die Untersuchung der Morphometrie aller Modelle würde aber Monate in Anspruch nehmen, April. Wir müssen das Gebiet eingrenzen.«

Plötzlich hatte sich die Stimmung verändert. Bosch fühlte sich durch das Gespräch mit Wood auf einmal energiegeladen, aktiv. Beide beugten sich über die Fotos, während sie sich unterhielten.

»Wir können das Geschlecht nicht eingrenzen ...«

»Nein, aber die Berufserfahrung dieser Person. Dass sie mit Zeroplastin gearbeitet hat, beispielsweise. Sie muss mehr sein als eine schlichte Dekoration, mehr auch als ein marginales Kunstwerk. Vielleicht hat sie Hypertragödie und Schock-Art gemacht, ganz bestimmt aber viel transgenerische Kunst. Darin ist sie geradezu eine Spezialistin.«

»Einverstanden«, bemerkte Bosch.

»Und wir können davon ausgehen, dass sie für die Stiftung gearbeitet hat oder in irgendeiner Form Kontakt mit ihr hatte, als Skizze, Modellentwurf oder Original, was auch immer ... Wie viele werden uns nach dieser Prüfung noch bleiben? Was glaubst du?«

»Mehrere Dutzend.«

Wood seufzte.

»Begrenzen wir das Alter auf ...«, sie dachte kurz nach und wiegte den Kopf. »Gut, gehen wir logisch vor. Nehmen wir beispielsweise Kinder und Alte aus. Vielleicht ist es ein Jugendlicher oder ein junger Erwachsener. Wir haben fast alle seine morphometrischen Daten, die werden uns weiterhelfen. Sprich mit Nikki. Sie soll ein Modell suchen, das bei uns gearbeitet hat, jung, weiblich oder männlich, mit Erfahrung in Zeroplastik und transgenerischer Kunst, dessen morphogenetische Daten passen. Wenn dann die Liste mit den möglichen Verdachtspersonen vorliegt, müssen wir deren aktuelle Wohnsitze ausfindig machen und die mit wasserdichten Alibis ausschließen. Die Ergebnisse sind Mitte nächster Woche vorzulegen.«

»Wir werden uns bemühen.« Bosch fühlte sich geradezu euphorisch. »Das ist fantastisch, April ... Wir werden sogar das ausgeklügelte System von *Rip van Winkle* überholen! Womöglich werden wir es sein, die ihn fangen. Da möchte ich Benoits Gesicht sehen ...«

Miss Wood sah ihm fest in die Augen und sagte dann nach einer Pause: »Es gibt da ein kleines Problem, Lothar. Nach dem Treffen mit den Leuten von *Rip van Winkle* gestern in München habe ich Stein zum Flughafen gebracht. Erinnerst du dich?«

»Ja, aber ich weiß nicht, was du ihm gesagt hast.«

»Vielleicht habe ich einen Bock geschossen. Ich habe ihm Sachen erzählt, die ich besser nicht erzählt hätte. Ich darf keinem trauen. Keinem, außer dem Meister. Aber der Meister ist nicht zugänglich.«

»Ist das der Grund, warum du mir nichts erzählt hast? Weil du mir nicht traust?«

Bosch hatte die Frage mit äußerster Vorsicht gestellt. Weder sein Tonfall noch sein Gesichtsausdruck legten den Gedanken nahe, er sei beleidigt.

Wood antwortete nicht. Sie blickte zu Boden. Bosch fühlte sich langsam unbehaglich.

»Ist es etwas sehr Schlimmes?«, wagte er sich vor.

Langsam, wie unter Schmerzen, legte ihm Wood die Sache von Marthe Schimmel und dem platinblonden Jungen dar. Bosch hörte ihr zu, schreckensbleich.

»Dieser Schweinehund arbeitet mit guten Vorgaben«, sagte Wood. »Irgendjemand liefert ihm interne Informationen. Jemand hilft ihm! Die letzten zwei Nächte habe ich nicht geschlafen deswegen. Diese Person muss eine Spitzenposition bekleiden, denn sie kennt die Codewörter, weiß über unsere Sicherheitsmaßnahmen im Voraus Bescheid ... möglicherweise. Aber wer könnte es nur sein? Paul Benoit. Vielleicht ist es Paul Benoit. Oder Jacob Stein, obwohl ich das unmöglich glauben kann, deshalb habe ich mich ihm gestern anvertraut. Er würde nie ein Werk des Meisters beschädigen, da bin ich mir ganz sicher. Er bewundert ihn genauso wie ich, vielleicht sogar noch mehr. Trotzdem hat er sich geweigert, ›Rembrandt‹ abzubrechen ... Es könnten Kurt Sorensen oder Gert Warfell sein ... oder Thea ... oder du, Lothar.« Sie fixierte Bosch mit ihren blauen Augen. Ihr Gesicht war eine verkrampfte, make-up-glänzende Fläche. »Oder ich. Ich weiß natürlich, dass ich es nicht bin, aber es gefällt mir, dass du denkst, ich könnte es sein ...«

»April ...«

So verstört hatte er Miss Wood noch nicht erlebt. Sie war aufgestanden und bebte beinahe, schien sogar mit den Tränen zu kämpfen.

»Ich bin es nicht gewohnt, so zu arbeiten. Ich kann es nicht ertragen, zu scheitern, weiß aber, dass ich scheitern werde ...«

»April, bitte, beruhige dich ...«

Bosch erhob sich. Er war verwirrt. Er hatte Lust, sie zu umarmen und – obwohl er es noch nie getan, ja nicht einmal einen Versuch gewagt hatte – trat auf sie zu und tat es. Er hatte das Gefühl, eine so zerbrechliche und vergängliche Gestalt zu umfangen, dass er es beinahe mit der Angst zu tun bekam. Jetzt, wo er sie bei sich hatte, jetzt, wo er sie fühlte, schien ihm April ein silbernes Figürchen zu sein, ein winziges, schwankendes Wesen, das sich am Rande eines Tisches bewegte, kurz vor dem Absturz. Dieser Gedanke wischte seine letzte Zurückhaltung weg, er drückte sie noch fester, verschränkte seine Hände auf

Woods Rücken und zog sie eng an sich. Sie weinte nicht, zitterte nur. Legte das Kinn auf seine Schulter und zitterte. Bosch, dem es die Sprache verschlagen hatte, hielt sie weiter umarmt.

Plötzlich war alles vorbei. Er wurde von vorsichtigen, aber bestimmten Händen weggeschoben. Wood drehte ihm den Rücken zu. Als sie ihm wieder ihr Gesicht zuwandte, erkannte Bosch darin sofort die Direktorin der Abteilung Sicherheit. Wenn sie etwas gemerkt hatte, wenn ihr seine Zuneigung aufgefallen war, schien sie diesem Thema keine Bedeutung beizumessen.

»Danke, es geht mir schon besser, Lothar. Das Problem ist ... die Sache ist die ... Einer von uns will bestimmte Werke des Meisters zerstören, das scheint klar zu sein. Das Motiv kümmert uns im Augenblick noch nicht. Vielleicht hasst er ihn. Vielleicht arbeitet er im Auftrag. Seine Quellen werden ihm weiter Informationen liefern, und der *Künstler* wird seinen Plan entsprechend ausarbeiten oder anpassen (denn ich bin mir sicher, dass er bereits jetzt einen Plan hat), je nachdem, was wir veranlassen ... Deshalb glaube ich nicht, dass wir ihn packen können. Unsere einzige Chance besteht darin, ihm zuvorzukommen.«

Sie machte eine Pause. Jetzt war sie wieder so unbeugsam wie immer. Sie runzelte die Stirn: »Der Künstler wird versuchen, eines der Bilder von ›Rembrandt‹ zu zerstören, gehen wir mal von dieser Hypothese aus. Aber welches? Es sind dreizehn Werke. Sie sollen in einem fünfhundert Meter langen, aus Zeltbahnen gebauten Tunnel auf dem Museumsplein ausgestellt werden. Im Innern des Tunnels wird es vollkommen dunkel sein, nur die Bilder selbst werden leuchten. Wir dürfen nicht einmal Infrarotkameras zur Überwachung einsetzen. Dreizehn hyperdramatische Gemälde, die sich jeweils auf ein Werk von Rembrandt beziehen: *Die Anatomie des Dr. Tulp, Nachtwache, Ecce Homo, Die Judenbraut* ... eine außergewöhnliche Ausstellung, aber auch eine riskante. Wenn wir jetzt schon wüssten, welches er auswählt, könnten wir ihm eine Falle stellen. Aber wie sollen wir das erfahren?

Manche Bilder sind noch nicht einmal fertig. In den Landhäusern ist das Hilfspersonal der Abteilung Kunst noch mit den Skizzen beschäftigt. Wie sollen wir wissen, welches Bild sich der *Künstler* diesmal vornimmt, wenn sie noch nicht einmal fertig gestellt sind?«

Bosch beschloss, sich beruhigend zu äußern.

»Um die ›Rembrandt‹-Ausstellung mache ich mir keine Sorgen, April. Ein ganzes Bataillon wird jedes einzelne Gemälde bewachen, die Bilder im Tunnel und die draußen. Dann ist ja auch noch die Regionalpolizei da und der holländische Geheimdienst, der KLPD. Im Hotel werden diverse Leute der Abteilung Sicherheit in den Zimmern selbst Posten beziehen. Die Gemälde werden keine Sekunde lang allein sein. Wir kontrollieren die Identität unserer Männer fortlaufend und analysieren deren Fingerabdrücke und Stimmen. Außerdem haben wir dafür neue Leute vorgesehen, die erst in letzter Minute eintreffen. Was kann dabei schief gehen?«

Wood blickte ihn unverwandt an. »Hast du bereits die Liste der Originalmodelle, die für die Werke vorgesehen sind, zugeschickt bekommen?«

»Noch nicht. Ich weiß, dass Kirsten Kirstenman und Gustavo Onfretti dabei sein werden, aber ...« Er las in Woods Gesicht erneute Besorgnis. Verzweifelt versuchte er sie aufzumuntern. »April, es wird nichts passieren, du wirst schon sehen. Das ist nicht nur schlichter Optimismus, es ist einfach logisch. Wir werden die Sammlung ›Rembrandt‹ heil über die Runden bringen, da bin ...«

Wood unterbrach ihn.

»Eines der Modelle ist dir sehr gut bekannt, Lothar.« Sie machte eine Pause. Bosch betrachtete sie verwirrt. »Deine Nichte Danielle wird ein Bild machen.«

8

Die Arme, die im Dunkeln plötzlich nach ihr griffen, glichen Nachtmaren.

Sie stieß einen Schrei aus und versuchte, sich auf die Matratze zurückzuwerfen, während sich ihr Gehirn in einem Meer des Grauens auflöste. Etwas hielt ihre Handgelenke fest, ein hartes, schweres Gewicht fiel auf ihren Bauch. Sie blieb auf dem Rücken liegen und wehrte sich schreiend. Eine Spinne, von einer höheren Intelligenz gesteuert, warf sich auf sie, tastete ihren lippenlosen Mund ab, ihren Mund, dessen Lippen sich aufgelöst hatten, und drückte sich an sie. Es war eine Hand. Sie konnte nicht schreien. Eine andere Hand drückte ihr das rechte Handgelenk. Sie kämpfte um einen Atemzug. Durch einen Biss befreite sie zwar die Nase, doch sie musste Sauerstoff trinken. Ihre Brüste wurden gegen ein Stück Stoff gepresst. Zwei kleine Spiegel tanzten unmittelbar vor ihren Augen hin und her; sie waren ganz deutlich zu sehen, trotz der Dunkelheit. Spiegelte sich etwa ihr eigenes, geknebeltes Gesicht darin?

»Sei still ... Beruhige dich doch ...«

Endlich wusste sie, wer es war (diese Stimme, diese Arme gab es nur einmal), und konnte intuitiv fühlen, was ablief. Doch der erste Schock war zu groß gewesen, sie war völlig überrumpelt. Man musste sie unvorbereitet erwischen, das wusste sie sehr wohl. Sie wollte aber vorbereitet ein. Wenn sie die letzte Grenze überschreiten sollte, musste sie ihre Kräfte bündeln. Sie schlug um sich. Eine Hand packte ihr Haar.

»Das sage ich dir ... Ich werde dir sagen ... was passiert ... wenn du mir nicht gehorchst ...«

Nach jedem Satz, der in ihr Ohr drang, wurde sie heftig an den Haaren gezogen. Uhl schaffte es, dass sie Sterne sah. Dennoch war ihm ein Fehler unterlaufen. Er hatte ihr Zeit gelassen, sich etwas zu fassen. Clara war wieder Herrin über ihren Körper und ihre Gefühle. Sie war noch schwach, konnte aber wieder reagieren. Also stemmte sie die Fersen auf den Boden und stieß ihre Hüften nach oben. Diese Bewegung verblüffte Uhl. Sie erwartete eine Antwort, die nicht lange auf sich warten ließ. Sie bekam eine Ohrfeige. Keine sehr starke, aber betäubend.

»Das machst du nicht noch mal ... Was hast du vor, eh, was ...«

Sie bewegte sich nicht, keuchte nur und überlegte, was er als Nächstes tun würde. Wenn sie sich ergab, wäre sofort Schluss, das wusste sie. Aber sie wollte sich nicht ergeben. Wenn sie es wagte, wenn sie Uhl und seinen Taten standhielt, würde er sie noch stärker bearbeiten. Wenn sie nicht aufhörte, sich zu widersetzen, würde die Spannung die Grenze überschreiten und es käme zu einem »Sprung ins Nichts«. Sie war noch nie »ins Nichts gesprungen«, mit keinem Maler, diese Technik war einfach zu gefährlich. Die Folgen konnten extrem sein, sie konnte Schaden nehmen und zwar erheblichen. Irreparable Schäden waren dabei nicht auszuschließen. Die Arbeit hier war zwar keine Schock-Art, doch die Skizze war ganz offensichtlich sehr heftig (»das Härteste und Gefährlichste«). Sie hatte große Angst, wollte nicht leiden, wollte nicht sterben – aber dem Vorgang Einhalt gebieten, diesen Wunsch hatte sie nicht. Man war dabei, sie zu bemalen, daran gab es keinen Zweifel, und Clara wollte das nicht bremsen. Sie überließ sich ihnen, wie sie sich Vicki, Brentano, Hobber und Gurnisch überlassen hatte.

Ohne ihr Haar loszulassen, ging Uhl ein wenig auf

Abstand, als wollte er ihr überwältigtes Gesicht jemandem zeigen. Der Strahl einer Taschenlampe blendete sie.

»Du fügst dich, he? ... Bist du wohl brav? ... Wirst du dich fügen? ...«

Sie antwortete mit einem Kniestoß in den Schatten. Da warf sich der Angreifer mit verdoppelter Wut auf sie. Clara schlug wieder um sich und leistete Widerstand. Sie erschrak entsetzlich, und genau deshalb, genau deswegen wollte sie weitermachen. Sie bebte, keuchte, erwartete etwas Grässliches, vertraute darauf, dass etwas Grässliches passieren würde, vertraute darauf, dass die schwarze Hand der Kunst sie endlich in dieses erhabene Dunkel führen würde, aus der es keine Rückkehr gab, wo keine Rettung möglich war. Uhl sollte sie mit noch intensiveren, düstereren Farben malen, in holländischen Tönen. Clara wand sich wie eine Katze, öffnete den Mund und versuchte zuzubeißen. Sie war auf eine weitere, kräftige Ohrfeige gefasst und wappnete sich.

Doch das Gegenteil trat ein und alles brach ab. Sie hörte Schreie. Uhl ließ sie los. Sie war allein, lag rücklings auf dem Bett. Es war kaum zu glauben. Da erkannte sie die jugendlich schwungvolle Stimme Gerardos. Das Licht ging an, und sie musste blinzeln.

In der Küche war es erstaunlich ruhig. Uhl hatte für Gerardo und Clara Kaffee gekocht und sich einen Ersatzkaffee aufgebrüht. Er leide an Bluthochdruck, erklärte er in seinem schwerfälligen Spanisch. Angesichts der Szene, die sich vor einer halben Stunde im Schlafzimmer abgespielt hatte, war sein Kommentar eher ein Witz, doch niemand lachte.

»Zucker?«, fragte Uhl.

»Nein, danke«, sagte Clara.

Sie war nach dieser gewaltsamen Malsitzung noch ganz außer Atem. Clara hatte ein paar leichte Quetschungen davongetragen, die nicht einmal schmerzten. Sie hatte den Morgenrock übergezogen. Als Uhl die Küche verließ, blieben Gerardo und Clara schweigend und Kaffee trinkend zurück. Vor dem Fenster zog der Morgen auf. Emsiges Vogelgezwitscher hatte eingesetzt, von fernen Verkehrsgeräuschen untermalt. Gerardo blickte sie plötzlich an. Seine Augen waren gerötet, als hätte er geweint. Das Kinnbärtchen und sein unrasiertes Gesicht, ungepflegter als sonst, passten gut zu seiner niedergeschlagenen Miene. Als er jedoch gleich darauf anfing zu reden, war sein Ton so aufgeräumt und bestimmt wie immer.

»Ich hab alles versaut, Clarita. Bei Gott, ich hielt es einfach nicht mehr aus. Konnte einfach nicht mehr. Sollen sie mich doch entlassen. Hörst du? Der Meister wird mich hochkant rauswerfen, aber das ist mir egal. Ich hab es satt.«

Er blickte sie an und lächelte. Clara schwieg, unbewegt und grausam.

»Du hast Schlimmes erlebt. Sehr Schlimmes. Warum hast du nicht nachgegeben? Wusstest du nicht, dass der Druck nur nachlassen würde, wenn du nachgibst? Es lag in deiner Hand. Wir hätten aufgehört, dich zu bearbeiten, wenn du nachgegeben hättest ...«

Schweigen.

»Los, gehen wir ein wenig spazieren«, sagte Gerardo und stand auf.

»Nein, ich mag nicht.«

»Los, komm schon, hab dich doch nicht so.«

»Nein.«

»Bitte.«

Der flehentliche Ton ließ sie aufmerken. Sie blickte ihn an.

»Ich möchte dir etwas Wichtiges sagen«, flüsterte er.

Es war noch früh am Morgen. Ein kalter Nordwind wirbelte Blätter, Zweige und Gräser durcheinander, blies Staubwolken auf, zerrte an den Kleidern, am Saum ihres Bademantels und an den Stirnfransen ihrer imprägnierten Haare. Die Windmühlen waren nur ferne, geheimnisvolle Schatten. Gerardo hielt sich an ihrer Seite, die Hände in den Hosentaschen. Sie gingen an Hecken und Häusern vorbei, und Clara fragte sich, welche Bilder wohl in jedem der Häuser waren und wer sie malte. Links von ihnen lag das Wäldchen. Es roch nach Blumen und gemähtem Gras. Die Vögel hatten ihren typischen Morgengesang angestimmt.

»Sie haben Kameras eingebaut«, sagte Gerardo. Das war sein erster Satz. »Deshalb wollte ich drinnen nicht sprechen. Sie sind in den Zimmerecken versteckt und filmen alles, auch im Dunkeln. Du siehst sie nicht, wenn du es nicht weißt. Dann sieht sich der Meister die Aufzeichnungen an und sortiert bestimmte Haltungen, Gesten und Techniken aus.« Er verzog den Mund zu einem schiefen Lächeln. »Vielleicht sortiert er jetzt gerade mich aus.«

»Der ... Meister?«

Die Frage, die ihr am wichtigsten war, wollte sie nicht stellen, trotzdem glaubte sie ihr Herz pochen zu hören, während sie Gerardo fixierte.

»Ja. Ich kann es dir jetzt ruhig sagen ... Vermutlich hast du es von Anfang an gewusst. Der Meister selbst wird dich malen, Bruno van Tysch. Er war es, der dich unter Vertrag genommen hat. Du wirst eine der Figuren der Sammlung ›Rembrandt‹ sein. Herzlichen Glückwunsch. War das nicht dein sehnlichster Wunsch?«

Sie antwortete nicht. Ja, richtig, ihr sehnlichster Wunsch. Nun ging er in Erfüllung. Sie hatte es geschafft. Ihr Ziel, ihr größtes Bestreben. So erfuhr sie es also, während sie im Morgenrock durch diese dumme Landschaft ging, aus dem Munde dieses Tölpels, dieses Bauerntrottels, den sie inzwischen nicht einmal mehr hassen konnte.

»Ich habe van Tysch noch nie gesehen«, bemerkte sie, nur um irgendetwas zu sagen.

»Du hast ihn längst gesehen«, lächelte Gerardo, »gleich zu Anfang, seit du im Haus bist. Der von hinten fotografierte Mann im Esszimmer, das ist er. Das Bild stammt von einem berühmten Fotografen, Sterling heißt er wohl ...«

Clara dachte an die dunklen Umrisse des Rückens dieses Mannes, die ihr gleich, als sie zum Landhaus kam, aufgefallen waren, an diese stumme, traurige Gestalt mit dem schwarzen Haar ... Warum hatte sie es nicht längst gemerkt?

Van Tysch. Der Meister. Der Schatten.

»Der Meister selbst wird dich fertig stellen, Clarita«, erklärte Gerardo. »Freut dich das nicht?«

»Doch«, sagte sie.

Nun war die Sonne aufgegangen. Der erste goldene Schimmer breitete sich auf Claras Rücken aus. Die Bäume, die Holzzäune, der Weg und ihre ganze Gestalt waren in Licht getaucht und warfen Schatten. Gerardo hatte die Hände in den Hosentaschen und blickte zu Boden. Dann fing er an zu reden, wie zu sich selbst.

»Die Sache ist die: Justus und ich sind seit einiger Zeit dabei, Figuren für den Meister und für Stein zu skizzieren. Für ›Rembrandt‹ haben wir schon zwei hergestellt, dich nicht mit eingerechnet. Mit einigen könnten wir ins Nichts springen, aber alle bremsen vorher ab. Das tun sie immer. Mit dir hätten Uhl und ich zum Äußersten gehen können, aber wir haben darauf gewartet, dass du uns bremst, wie du es gestern Abend getan hast. Wenn du heute früh nachgegeben hättest, wäre der Prozess angehalten worden! Warum hast du es nicht getan, verdammt?«

»Warum bist du nicht bis zum Äußersten gegangen?« Claras Stimme war unbewegt. Gerardo sah sie schweigend an.

Plötzlich spürte Clara, dass sie ihre Wut kaum noch beherrschen konnte. Sie drückte sie in langsamen Worten aus, ohne dabei den Blick von ihm abzuwenden.

»Du hast es von Anfang an nur darauf abgesehen, mich zu beschädigen. Gestern, während der Pause, hast du mir Sachen gesagt, die du nicht hättest sagen dürfen! Du hast mir sogar verraten, welche Technik Uhl verwendet!«

»Ich weiß! Ich wollte dir nur helfen. Damit wir dir nicht wehtun!«

»Warum hast du dich nicht damit begnügt, mich zu malen, wie Uhl es getan hat?«

»Uhl hat die besseren Karten.«

Ihr schien, als hätte sich Gerardo, wenn er überlegter vorgegangen wäre, lieber auf die Zunge gebissen, als das zu sagen. Plötzlich war sein Gesicht puterrot. Er blickte zur Seite. »Ich will damit sagen, dass ich nicht so bin wie er. Justus könntest du nie ... Gut, das tut nichts zur Sache ... Was ich sagen wollte, ist, dass er besser schauspielern kann, sich kälter geben kann als ich. Deshalb hat er von Anfang an die Initiative ergriffen.«

Sie sah ihn verwirrt an. Kaum zu glauben, dass er seinen Kollegen bloßstellte, um seine eigenen Fehler damit zu entschuldigen.

»Wir mussten dir das Gefühl vermitteln, verfolgt zu sein, immer und überall«, fuhr Gerardo fort. »Das Gefühl, sexuell erpesst, aber auch überwacht zu werden. Seit sie dich in Madrid angestellt haben, war die Abteilung Kunst bemüht, dir zu vermitteln, dass du überwacht wirst. Justus und ich sind abwechselnd nachts hierher gekommen und haben uns am Schlafzimmerfenster gezeigt. Wir haben Geräusche gemacht, damit du aufwachst und uns siehst. Die Konservierung hatte Anweisung, dir eine andere, beruhigendere Erklärung zu geben. So hatten wir den Überraschungseffekt auf unserer Seite, als wir uns heute entschlossen, dich mit stärkerem Druck und kräftigeren Pinselstrichen zu malen. Am nächsten Morgen haben wir dann so getan, als würden wir uns schlecht vertragen, um dich glauben zu machen, Justus sei ein unangenehmer Kerl, der weibliche Gemälde belästigt. Tatsächlich ist Uhl ein wunderbarer Mensch ... All das hat viel mit dem Werk zu tun, das wir mit dir malen. Es ist eines von Rembrandt, ich kann dir aber nicht sagen, welches ...«

»Die Anweisungen kamen vom Meister selbst, nicht wahr?« Clara wandte ihre gelblichen, imprägnierten Augen ohne Brauen und Wimpern nicht von Gerardos Augen ab. »Der ›Sprung ins Nichts‹ heute Morgen. Van Tysch wollte mit mir einen bestimmten Ausdruck erreichen, stimmt's?« Verzweiflung und Wut verschlugen ihr fast die Stimme. Sie hielt inne und holte tief Luft. »Und du hast die Arbeit versaut. Komplett versaut. Ich war heute Morgen schon fast so weit! Ich war schon fast fertig, es konnte fast losgehen, und du ... Du hast mich gepackt, hast mich zerknüllt wie ein Stück Papier und in den Dreck geschmissen!«

Sie glaubte zu weinen, merkte aber, dass ihre Augen trocken blieben. Gerardos Gesicht war zu einer blassen Maske erstarrt. Vor Zorn bebend fuhr Clara fort: »Herzlichen Glückwunsch, mein Freund.«

Sie drehte sich auf dem Absatz um und ging zum Haus zurück. Der Wind blies ihr nun von der anderen Seite entgegen. Sie hörte seine Stimme, immer weiter entfernt, immer drängender.

»Clara! Clara, komm, bitte! Hör mir zu!«

Sie beschleunigte ihre Schritte, bis sie ihn endlich nicht mehr hörte. Bizarre Wolkengebilde schoben sich vor die Morgensonne und verdunkelten sie.

Uhl stand am Eingang, als sie das Haus erreichte. Er hielt sie mit einer Handbewegung auf und fragte nach Gerardo.

»Er kommt gleich nach«, erwiderte sie verdrießlich.

Da merkte sie, dass Uhl sie seltsam anblickte. Seine kleinen, kurzsichtigen, hinter den Brillengläsern gefangenen Augen zwinkerten. Er war wohl äußerst nervös. Da sagte der Maler in seiner mühsamen Art: »Sekretariat von van Tysch eben angerufen ... Meister hierher unterwegs.«

Ihr war entsetzlich kalt. Obwohl sie sich kräftig die Arme rieb, nahm die Kälte nicht ab. Sie wusste, dass sie nicht allein deshalb fror, weil sie nur diesen kurzen Bademantel trug, der kaum ihre Oberschenkel bedeckte. Man hatte sie mit einer schützenden, gelblich-weißen Farbschicht imprägniert, und sie war, wie jedes professionelle Modell, gewohnt, widrige Temperaturen zu ertragen. Diese Kälte kam von innen und stand in direktem Zusammenhang mit der eben übermittelten Nachricht.

Van Tysch. Er kam. Konnte jeden Augenblick eintreffen.

Die Gefühle, die eine Leinwand empfindet, wenn sich ein großer Meister nähert, sind schwer zu beschreiben. Clara suchte nach irgendeinem vergleichbaren Gefühl, wurde aber nicht fündig. Kein Schauspieler würde sich vom Erscheinen eines großen Direktors so beeindrucken lassen, kein Schüler würde diesen Schauder vor einem Lehrer empfinden, den er bewundert.

O Gott, sie zitterte ja. Um zu vermeiden, dass Uhl ihre klappernden Zähne bemerkte, betrat sie das Haus, ging ins Wohnzimmer, zog ihren Bademantel aus und nahm die Haltung einer schlichten Skizze ein, wodurch sie fast die Ruhestellung erreichte.

Hier, direkt vor ihr, war das Foto mit der Rückenansicht des Mannes.

Die Leute kannten van Tyschs Aussehen nur von den wechselnden Porträtierungen in Zeitschriften und Reportagen. Was sein Wesen anging, wusste Clara auch nichts Genaues. Maler und Bilder redeten viel über ihn, dabei entbehrten ihre Ansichten jedoch jeder realen Grundlage. Sie erinnerte sich aber sehr deutlich an die Äußerungen von Personen, die ihn tatsächlich gesehen hatten. Vicky beispielsweise, die einige seiner Meisterkurse besucht hatte, berichtete von dem Gefühl, einem Automaten gegenüberzustehen, einem Gegenstand ohne Eigenleben, einem Monster wie Frankenstein, von ihm persönlich geschaffen. »Wobei sein Schöpfer vergaß, ihn lebendig zu machen«, fügte sie hinzu. Vor zwei Jahren, in Bilbao, hatte sie Gustavo Onfretti kennen gelernt, eine der weltweit bekanntesten männlichen Leinwände. Onfretti, der im baskischen Guggenheim-Museum als *Heiliger Sebastian* von Ferrucioli ausgestellt wurde, war von van Tysch als religiöses Werk gemalt worden, als *Heiliger Stefan.* Sie hatte ihn nach seinen Erfahrungen mit dem großen Maler von Edenburg gefragt. Das argentinische Modell hatte sie mit einem tiefen und geheimnisvollen Blick bedacht und dann nur gesagt: »Van Tysch ist dein Schatten.«

Van Tysch. Der Meister. Der Schatten. Er war unterwegs.

Sie wandte ihren Blick von der Fotografie ab und richtete ihn auf die Wände. Hinter den abgerundeten Ecken der Decke verbargen sich wohl die Kameras. Sie stellte sich vor, wie van Tysch den Bildschirm studierte, Tasten berührte und ihren Ausdruck, ihren Wert als Leinwand einschätzte. Warum war ihr der Gedanke an versteckte Kameras nicht schon eher gekommen? Viele Maler setzten sie ein: Brentano, Hobber, Ferrucioli ... Hätte sie es gewusst oder geahnt, hätte sie sich noch mehr angestrengt, alles zu geben. Was ihr natürlich wenig geholfen hätte, nachdem Gerardo die Sache verpatzt hatte. Wenn van Tysch nun kam, um ihr zu kündigen? Wenn er ihr nun sagte (falls er sich überhaupt mit ihr abgab und sich nicht nur an seine Lakaien wandte, sie war schließlich und endlich nur das Material): ›Tut mir Leid, ich hab es mir anders überlegt, du bist nicht die richtige Person für dieses Bild‹?

»Beruhige dich. Lass die Dinge auf dich zukommen.«

Gerardo und Uhl waren hereingekommen um ihre Farben zusammenzuräumen und in Taschen zu packen. Clara gab ihre Stellung als Skizze auf und sah die beiden an.

»Geht ihr weg?«, frage sie auf Englisch. Der Gedanke, allein in diesem Haus auf das große Genie zu warten, behagte ihr überhaupt nicht.

»Nein, wir können nicht gehen, weil wir auf ihn warten müssen«, sagte Uhl. »Wir machen ein wenig Ordnung, damit er einen guten Eindruck bekommt«, fügte er hinzu, oder so verstand ihn Clara zumindest, weil Uhl ein sehr schnelles Englisch sprach. »Wir müssen auf ihn warten, um zu wissen, ob wir in gleicher Weise fortfahren sollen oder nicht. Vielleicht möchte er die Skizze persönlich herstellen. Oder ...« Dem nun folgenden Wortschwall konnte Clara nicht folgen. »Wie auch immer, wir müssen uns bereithalten.« Er hob die Augenbrauen, machte eine Handbewegung und schnaufte, wie um anzudeuten, dass van Tysch unberechenbar und das Schlimmste zu erwarten war. Sie verstand nicht so recht, was er damit sagen wollte, hatte aber Angst und wollte nicht weiter nachfragen. »Verstehst du?«

»Ja«, log sie auf Englisch.

»Nur die Ruhe«, sagte Uhl auf Spanisch. »Kein Grund zur Sorge.«

›Jetzt belügt er mich auf Spanisch‹, dachte sie.

Der Schatten.

Punkte, Linien, Formen, Körper. Und schließlich, der Schatten der seinen Umriss verändert, sich vergrößert und dann seine endgültige Form annimmt.

Wenn wir auf jemanden warten, den wir nicht kennen, sehen wir diese Person erst wie eine gesichtlose Gestalt vor uns. Dann fangen wir an, sie konkreter zu sehen, ihre Gesichtszüge zu vergleichen, uns im Voraus ein Bild zu machen. Wobei wir uns immer bewusst sind, dass wir uns irren, dass die reale Person keinesfalls genau unserer Vorstellung entsprechen wird. Dennoch kriegen wie sie nicht aus dem Kopf. So wird die Gestalt zum Fetisch, wird einfach verdinglicht, eine Puppe, an der wir üben können. Wir stellen uns ihr gegenüber und ziehen verschiedene Reaktionen in Betracht. Was muss ich sagen oder tun? Wird sie mich mögen, so wie ich bin? Werde ich lächeln und mich freundlich zeigen oder ihr kühl entgegentreten, um eine gewisse Distanz zu wahren? Clara hatte sich bereits eine Vorstellung gemacht von van Tysch: Sicher war er groß, schlank, schweigsam, mit einem intensiven Blick. Ohne recht zu wissen, warum (vielleicht erinnerte sie sich an entsprechende Porträtierungen in einer Zeitschrift), versah sie ihn auch mit einer Brille, deren dicke Gläser seine Pupillen vergrößerten. Und mit Fehlern natürlich, weil sie fürchtete, enttäuscht zu werden. Van Tysch war sicher hässlich. Van Tysch war sicher egoistisch. Van Tysch war unhöflich. Van Tysch war brutal. Sie stellte fest, dass sie einem Genie wie ihm dergleichen Fehler leicht verzeihen konnte. Deshalb versuchte sie, ihm gröbere Fehler anzudichten: Van Tysch war dumm, linkisch oder gewöhnlich. Ein gewöhnlicher van Tysch schien ihr am allerunerträglichsten. Sie zwang sich dennoch zu dieser Vorstellung. Einen van Tysch, der redete und dachte wie Jorge (o Gott), der sie beruhigte und den sie überraschen konnte. Einen reifen van Tysch, dem sie sich mit ihren vierundzwanzig Jahren überlegen fühlen konnte. Oder einen van Tysch wie Gerardo, ein Anfänger, ziemlich plump. Clara quälte sich mit diesen verschiedenen van Tyschs wie mit einer Bußübung. Sie strafte sich ab für das Vergnügen, das ihr der echte van Tysch zweifellos bereiten würde.

Sie beschloss, den Morgen mit Warten zu verbringen. In der Küche richtete sie ihr Hauptquartier ein, denn vom Fenster aus konnte sie den Eingang überblicken. Ihr war es lieber, zu warten und nicht wie Gerardo und Uhl (die rausgegangen waren und sich vor der Tür unterhielten) so zu tun, als wäre nichts. Gegen Mittag holte sie sich einen mit Vitaminen angereicherten Aroxen-Saft und trank ihn mit einem Strohhalm. Sie hatte die Beine übereinander geschlagen, der Bademantel stand offen und ließ ihre Schenkel frei. Sie hatte kurz mit dem Gedanken gespielt, sich auf irgendeine Art ›vorzubereiten‹. Vielleicht sollte sie sich besser ganz nackt präsentieren? Sich schminken oder zumindest Farbe auf die Augen bringen und sich die Lippen nachziehen, um ein Lächeln zu produzieren? Aber: War sie nicht nur ein leeres Blatt Papier? Und musste sie es nicht bleiben? Sie wollte sich passiv zeigen, das war wohl am angemessensten.

Nun schien die Sonne durchs Fenster und streifte ihre Füße. Die Strahlen stiegen an ihren Schienbeinen hoch und ließen ihre imprägnierte Haut schimmern. Hin und wieder wurde sie von einem Motorengeräusch oder einem draußen vorbeihuschenden Fahrzeug aufgeschreckt. Dann war alles wieder ruhig.

Bald darauf wurde die Küchentür geöffnet, und Gerardo kam herein. Er hatte seine Weste ausgezogen und trug ein ärmelloses Unterhemd mit dem Logo der Stiftung, das seine Bizeps gut zur Geltung brachte. Er fingerte nervös mit einer türkisfarbenen Karte, die sein Foto und seinen Namen trug. Dann öffnete er den Kühlschrank, schien es sich anders zu überlegen, schloss ihn, ohne etwas herausgenommen zu haben, und setzte sich ihr gegenüber ans andere Tischende. ›Armer Kerl‹, dachte Clara, unendlich mitleidig aus ihrem persönlichen Nirwana heraus.

»Hör zu, der Vorfall tut mir schrecklich Leid«, sagte Gerardo nach einer Pause.

»Lass gut sein. Ganz im Gegenteil«, erwiderte sie schnell, »ich war blöd. Warum habe ich mich nur so angestellt?«

Sie saßen beide seitlich und verdrehten den Hals (Gerardo nach links, sie nach rechts), um sich beim Sprechen anzusehen. Zwischendurch sahen sie durchs Fenster und betrachteten das kleine Stück blauen Himmel und den Gang der Wolken.

»Jedenfalls will ich dir sagen, dass du dir keine Sorgen machen musst. Wenn sich der Meister jemanden vorknöpft, dann mich. Dich als Leinwand trifft nicht die geringste Schuld. Okay?«

»Nun gut, wir wollen mal optimistisch sein«, antwortete sie. »Möglicherweise kommt van Tysch nur, um die Skizze zu überwachen. Könnte doch sein. Bis zur Ausstellung sind es nur noch zwei Wochen.«

»Du könntest Recht haben. Bist du nervös?«

»Ein wenig.«

Sie lächelten gleichzeitig, und dann verstummte ihr Gespräch wieder.

»Ich habe ihn nur ganz selten gesehen«, sagte Gerardo nach einer Weile. »Und immer nur von weitem.«

»Du hast nie mit ihm geredet?«

»Nie. Ganz ehrlich. Der Meister pflegt mit Assistenten nicht zu reden, das hat er nicht nötig. Das besorgt dieser *Fuschus-Galismus* ... ich meine, dieser Jacob Stein, der die Stiftung nach außen repräsentiert. Wir haben ihm den Spitznamen gegeben, weil er diese Worte so gern benutzt. Stein ruft dich an, stellt dich an, spricht mit dir, gibt dir Anweisungen ... Van Tysch hat die Ideen und schreibt sie nieder. Seine Helfer übergeben die Sache an uns, und wir, die technischen Assistenten, befassen uns mit der Durchführung, das wär's dann schon. Van Tysch ist ein ziemlich komischer Kerl, wie wohl die meisten Genies. Du weißt doch Bescheid über ihn, oder?«

»Ja, ich habe mal etwas über sein Leben gelesen.«

Tatsächlich hatte Clara jede nur verfügbare Biografie des Malers verschlungen und kannte alle Einzelheiten seines Lebens, soweit sie den wenigen gesicherten Daten zu entnehmen waren.

»Sein Leben ist ein Märchen, findest du nicht?«, fragte Gerardo. »Da kommt plötzlich ein nordamerikanischer Multimillionär daher, frisst einen Narren an ihm und vermacht ihm sein gesamtes Vermögen. Unglaublich.« Er verschränkte die Hände im Nacken und betrachtete die Landschaft jenseits des Fensters. »Weißt du, wie viele Häuser van Tysch derzeit besitzt? Etwa sechs, wobei es eher Paläste als Häuser sind: Ein Schloss in Schottland, eine Art Kloster auf Korfu ... Es heißt allerdings, dass er sich nie in ihnen aufhält.«

»Wozu hat er sie dann?«

»Das weiß ich nicht. Er hat wohl einfach Spaß daran, sie zu besitzen. Sein Wohnsitz ist das Schloss in Edenburg, in dem sein Vater als Restaurateur gearbeitet hat. Es gibt Leute, die dort waren und alles Mögliche darüber erzählen; schwer zu sagen, was man glauben kann und was nicht. Es heißt zum Beispiel, es gäbe dort kein einziges Möbelstück, van Tysch äße und schliefe auf dem Boden.«

»Na, das ist wohl übertrieben.«

Gerardo wollte etwas entgegnen, als ein Geräusch sie aufmerken ließ. Draußen war ein Lieferwagen vorgefahren und parkte ein. Claras Herzschlag ging deutlich schneller, und ihr ganzer Körper verspannte sich. Doch Gerardo machte ihr ein beruhigendes Zeichen.

»Nein, das ist er nicht.«

Es war aber jemand, den Gerardo und Uhl kannten, denn sie sah die beiden zusammen zur Straße gehen. Ein Farbiger mit Baskenmütze und Lederweste stieg aus dem Fahrzeug. Danach ein älterer, bärtiger Typ und ein Mädchen mit langem, schwarzen Haar, beide in Bademänteln.

Das Mädchen war klein, das Haar reichte ihr bis zu den Knöcheln. Sie waren barfuß; die Beine voller Schmutzflecken und roter Farbspritzern, oder war es Blut? Sie trugen orangefarbene Etiketten am Hals, an den Handgelenken und Knöcheln und machten einen erschöpften Eindruck. Clara erinnerte sich, dass die Modelle für die Skizzen orangefarbene Etiketten trugen. An diesen Modellen wurde für die Originale geübt. Der Farbige war jung und schlank. Sein Kinnbärtchen glich dem von Gerardo, seine Stiefel starrten vor Schmutz. Da verabschiedeten sie sich schon wieder voneinander, der Farbige stieg mit seinen müden, schmutzigen Gestalten in den Wagen und fuhr davon.

»Das war ein Assistent, mit dem wir befreundet sind«, erklärte ihr Gerardo, als er wieder in die Küche kam. »Er arbeitet in einem Landhaus in der Nähe mit Skizzen, aber er hatte Neuigkeiten, und die wollte er uns erzählen. Die Ausstellung ›Blumen‹ ist anscheinend aus dem Museumsquartier von Wien abgezogen worden.«

»Warum?«

»Das weiß niemand so recht. Die Abteilung Konservierung gibt an, die Leinwände hätten eine Pause nötig, man habe sich entschieden, die Ausstellungszeit im Museumsquartier zugunsten anderer Museen zu verkürzen. Unser Freund sagt aber, dass sie es im Münchner Haus der Kunst mit ›Monster‹ genauso halten, man stelle sich das vor. Ich weiß nicht, was los ist. Mach nicht so ein Gesicht! An ›Rembrandt‹ ändert das nichts«, fügte er hinzu.

Am Nachmittag hatte van Tysch noch immer nichts von sich sehen oder hören lassen, und Clara war am Ende. Die sehnliche Erwartung vermenschlichte sie, riss sie aus dem Objektzustand heraus und verwandelte sie wieder in eine Person, in eine nervöse junge Frau, die sich am liebsten die Nägel abgekaut hätte. Sie wusste sehr wohl, dass allzu große Erwartung gefährlich war. Diesem Missstand musste unbedingt sofort ein Ende gemacht werden, weil der

Maler jeden Augenblick eintreffen konnte und er sie ruhig und freundlich vorfinden sollte, bereit, sich von van Tysch ganz nach Belieben verwenden zu lassen.

Da beschloss sie, intensive Flexionen durchzuführen. Sie ging ins Schlafzimmer, schloss die Tür hinter sich, zog den Bademantel aus und legte sich bäuchlings und mit leicht gespreizten Beinen auf den Boden. Auf Hände und Zehenspitzen gestützt, führte sie eine Serie kräftiger Liegestützen durch, wobei sie tief ein- und ausatmete, was anfangs allerdings nur dazu führte, dass ihr Herz schneller schlug. Je länger sie aber übte – runter, rauf, runter, rauf, runter, rauf –, die Arme und Sehnen bewegte, desto besser konnte sie schließlich abschalten, sich und die Situation, in der sie sich befand, vergessen und ganz dem Bewusstsein überlassen, ein Körper zu sein, ein Werkzeug.

Wie viel Zeit war vergangen? Sie hatte nicht gemerkt, dass jemand hereingekommen war, bis er direkt vor ihr stand.

»Eh.«

Sie hob kurz den Kopf. Es war Gerardo.

»Was ist?«, fragte sie zitternd.

»Beruhige dich. Es gibt nichts Neues. Ich habe mir nur gedacht, es wäre vielleicht besser, dein Haar zu bemalen, damit uns der Meister sagen kann, was er von diesem Farbton hält.«

Die Operation fand im Badezimmer statt. Clara saß auf einem Stuhl, ihr Kopf lag über der Rückenlehne, die Beine hatte sie von sich gestreckt. Ihr Körper war in ein großes Frottiertuch gewickelt. Gerardo benutzte eine Färbehaube und ein Spray zum Fixieren.

»Der Schmetterling entpuppt sich«, sagte Gerardo, als er ihr die Haube abnahm und anfing, mit seinen behandschuhten Händen ihr die rote Farbe einzumassieren. »Hast du das nicht gestern gesagt, als ich dich fragte, warum du ein Meisterwerk sein möchtest? Du wüsstest es nicht, war deine Antwort, weil ›auch die Raupe nicht weiß, warum sie ein Schmetterling werden will‹. Eine nette Antwort, aber eine falsche, habe ich daraufhin gesagt. Du bist nun mal keine Raupe, verstehst du? Du bist ein sehr attraktives Mädchen, obwohl du so – ohne Gesicht, imprägniert, das Haar mit roter Farbe getränkt – einer Plastikpuppe gleichst, die noch auf die Fertigstellung ihrer Bemalung wartet. Doch unter diesem ganzen Plastikkram bist du das wahre Kunstwerk.«

Clara sagte nichts. Sie betrachtete Gerardos Gesicht, das sich verkehrt herum über sie beugte.

»Mach die Augen zu. Jetzt kommt die Fixierung ... So ist es gut ...« Sie spürte, wie sich der Sprühschleier über ihr Haar legte. Gerardo fuhr fort: »Ich merke, dass du dich über mich ärgerst, Clarita. Trotzdem will ich dir eines sagen: Wenn ich noch einmal in dieselbe Situation käme wie heute Morgen, würde ich alles wieder genauso machen ... Ich komme bis zu einem bestimmten Punkt. Ich bin kein großer Meister der Personenmalerei, noch werde ich es je sein ... Ah, jetzt stimmt die Farbe ... Justus hätte das Zeug dazu, aber ihm fehlt der Ehrgeiz. Ich bin unfähig, ein Mädchen, das mir gefällt, zu erschrecken oder ihm wehzutun, auch nicht um eines großen Bildes willen. Unter meinen Händen wird jedes Hyperdrama zu ... zu einer Hyperkomödie. Ich gebe zu, dass ich ein kleiner Clown bin, das hat schon meine Mutter gesagt. So ... Jetzt heißt es ein paar Minuten warten.«

Sie hielt die Augen geschlossen und lauschte. Als sie sie wieder aufschlug, war Gerardo aus ihrem Gesichtsfeld verschwunden. Der scharfe Geruch des Festigers stach ihr in die Nase. Dann traten Gerardos Hände wieder in Aktion. Sie hielten ein Döschen Ockerfarbe und einen Pinsel mit feiner Spitze.

»Es gibt eine bestimmte Grenze«, sagte er, während er den Pinsel eintauchte und ihn dann Claras Gesicht näherte. »Eine Grenze, Clarita, die die Kunst niemals überschreiten darf. Es sind die Gefühle. Auf der einen Seite sind die Menschen. Auf der anderen ist die Kunst. Nichts auf der Welt kann diese Grenze überschreiten. Sie ist unüberwindlich.«

›Er malt mir Augenbrauen‹, dachte sie. Sie versteifte sich und hätte ihm am liebsten gesagt, dass es dem Meister vielleicht nicht recht sei, wenn sie ein Gesicht hatte, hielt jedoch den Mund. Sie spürte die kalten Striche des Pinsels auf ihrer Stirn.

Gerhard zeichnete mit ruhiger Hand die Bögen und richtete dann die feuchte Pinselspitze auf ihre Augen. Sie schloss die Lider und fühlte ein flaumweiches Streicheln, einen zarten Flügelschlag; einen leichten Wimpernansatz, den Rahmen für ihren Blick.

»Ich glaube an die Kunst, viel stärker jedoch an die Gefühle. Verraten kann ich mich nicht. Mir ist ein mittelmäßiges Bild tausendmal lieber als die Ablehnung einer Person, die ich mag. Einer Person, die ich inzwischen achte und kenne ... Beweg dich jetzt nicht mehr ...«

Augenbrauen. Kleine, dunkle Wimpern, wie Tropfen. Zarte Linien um die Augen herum. Clara wollte sprechen, doch Gerardo hielt sie mit einer Handbewegung davon ab.

»Ruhig, bitte. Der Künstler ist dabei, sein Werk zu vollenden.«

Eine saubere, geschwungene Linie, vom linken Mundwinkel ausgehend.

»Ich glaube, dass die Welt nicht so pervers wäre, wenn wir uns darin einig wären ... Wie schwierig die Lippen doch immer sind. Warum haben sie nur diese seltsame Form? Um besser Lügen zu können?«

Die Linie setzte sich nach unten fort. Clara war, als trippelte ein Vogel an ihrem Mund entlang.

»Du gefällst mir«, sagte Gerardo, trat einen Schritt zurück und betrachtete sie mit etwas Abstand. »Ja, so ist es. Du gefällst mir. Ich finde, du bist mir gut gelungen. Warte, gleich siehst du es.«

Er nahm etwas vom Waschbecken. Einen kleinen, runden Spiegel. Dann war er wieder neben ihr.

»Bist du bereit?«

Clara nickte. Gerardo hielt ihr den Spiegel in Augenhöhe vor wie ein Priester einen geweihten Gegenstand.

Sie blickte hinein.

Ein richtiges Gesicht.

Sanft geschwungene Bögen über den Augen, ockerfarben, symmetrisch. Sie hob die Augenbrauen, die ihr plötzlich zugewachsen waren, verwundert über diese neue Möglichkeit, Erstaunen auszudrücken. Als sie die Lider hob und senkte, streiften vogelleichte Wimpern ihre Wangen, unterstrichen ihren Blick, ihre Augen, die nie ganz verstummt waren, nur eine Zeit lang erloschen und verändert, jetzt aber wieder glänzten und strahlten. Sie lächelte, hob die Mundwinkel und stellte dabei fest, dass eine tiefe Linie im Gesicht nie und nimmer ein Lächeln sein konnte. Das Lächeln war das, was Gerardo ihr soeben aufgemalt hatte, das Zusammenspiel von Formen, die sich ausdehnten, eine bewegte Masse, die sich veränderte, während die Augen mit halb geschlossenen Lidern ihre Mission erfüllten. Wunderbar, endlich wieder ein Gesicht zu haben.

Gerardo hielt ihr den Spiegel vor, der ihr Gesicht wie ein kostbares Geschenk umrahmte.

»Jetzt kannst du schon lächeln«, sagte er ganz ernst. »Das hat mich einige Arbeit gekostet, Süße. Aber jetzt lächelst du schon.«

Clara war von seiner Ernsthaftigkeit beeindruckt. Vielleicht hatte sie ihn von Anfang an falsch eingeschätzt. Es war, als sehe sie ihn zum ersten Mal. Als verberge Gerardo in seinem Innern ein viel weiseres und reiferes Wesen, als es den Anschein hatte und seine Worte vermuten ließen. Einen Moment lang dachte sie, auch Gerardos Gesicht sei gemalt, gezeichnet wie das ihre, wenngleich dunkler, verschwommener. Es war nur eine flüchtige Vorstellung. Für einen kleinen Augenblick schien ihr, als bestünde das Leben darin, die wahren Personen hinter den gemalten Masken zu entdecken.

Wie lange mochte sie so dagesessen haben, vor diesem Spiegel, den er ihr vorhielt, wie lange mochte sie ihn und sich betrachtet haben? Da hörte sie auf einmal wieder seine Stimme. Schon war der Spiegel verschwunden, Gerardo beugte sich zu ihr herab, mit verzerrter Miene, sehr nervös.

»Clara ... Clara, er ist da ... Ich habe seinen Wagen gehört. Hör zu. Tu alles, was er dir sagt! Hörst du? Vor allen Dingen, das ist am allerwichtigsten, widersprich ihm nicht. Und sei nicht überrascht, wenn er irgendwelche eigenartigen Dinge von dir verlangt. Er ist ein seltsamer Kauz. Es macht ihm Spaß, die Gemälde zu verwirren. Pass gut auf bei ihm! Pass wirklich gut auf!«

In dem Moment hörten sie Uhl nach ihnen rufen. Es wurde holländisch gesprochen, sehr hektisch, Türen öffneten und schlossen sich. Sie rannten ins Wohnzimmer, aber da war niemand. Die Eingangstür stand offen, und vom Flur drangen Gesprächsfetzen herein. Sie kamen näher, und Clara blieb plötzlich wie versteinert stehen.

Ein Mann, der ihr den Rücken zuwandte, unterhielt sich mit Uhl. Sie sah im Gegenlicht seine Silhouette: ein strenger, schwarzer Schatten.

Uhl bemerkte Clara und machte ihr ein Zeichen. Er war sehr blass.

»Darf ich dir ... darf ich dir Herrn Bruno van Tysch vorstellen?«, sagte er.

Da wandte sich der Mann langsam um und sah sie an.

DRITTER SCHRITT

DIE FERTIGSTELLUNG DES BILDES

Dann müssen die Personen herausgearbeitet werden:
Sie brauchen ein Aussehen, ein Wesen.
Erst wenn die Personen gemalt sind, kann
das Bild als fertig gestellt gelten.
ÜBER DIE HYPERDRAMATISCHE MALEREI
Bruno van Tysch

Es fragt sich nur ...
ob man Wörter einfach etwas anderes heißen lassen kann.
Es fragt sich nur ...
wer der Stärkere ist, weiter nichts.
Lewis Carroll

1

Der Mensch hinter dem Schreibtisch ist ein älterer, beleibter Mann. Er trägt einen dunkelblauen Anzug, und an der Brusttasche seines Jacketts hängt ein rotes Namensschild. Er sitzt an einem Schreibtisch mit zwei Platten, die im stumpfen Winkel aneinander stoßen. Der Mann sitzt in der Mitte. Auf der einen Seite stehen drei gerahmte Fotos. Das Licht fällt von hinten durch zwei hohe Fenster direkt auf die schon recht große kahle Stelle auf seinem Kopf, die von grauen Haaren umgeben ist. Seine Züge wirken irgendwie edel: tiefblaue Augen, Adlernase, schmale Lippen, Altersfalten, die von einem harten, aber vornehmen Leben zeugen. Er scheint sich ganz auf seine Gesprächspartner zu konzentrieren, wenn wir ihn jedoch aufmerksamer beobachten, stellen wir fest, dass er die Konzentration nur spielt. Er ist von Müdigkeit und Sorgen überwältigt und unfähig, die an ihn gerichteten Worte zu verstehen, weshalb er kaum zuhört. Er hat Kopfschmerzen. Außerdem ist Montag, der 3. Juli 2006.

»Was ist los, Lothar? Du wirkst so abwesend.«

Alfred van Hoore (er war es, der gesprochen hatte) und seine Mitarbeiterin Rita van Dorn sahen ihn mit großen Augen an. Sie hatten sich soeben über die Verteilung des Wachpersonals unterhalten, das sich beim Pressetermin der Sammlung ›Rembrandt‹ am 13. Juli unauffällig unters Publikum mischen sollte. Zumindest hatten sie noch davon gesprochen, kurz bevor Bosch in diesen Zustand verfiel. Van Hoore plädierte für gewisse verstärkte Schutzmaßnahmen für *Jakobs Kampf mit dem Engel*, dem einzigen Werk der Sammlung, das an diesem Tag ausgestellt werden sollte. Die zwei Leute vom Sicherheitsdienst, zu beiden Seiten postiert, genügten nicht – meinte van Hoore –, um zu verhindern, dass irgendjemand aus der ersten Reihe aufs Podest kletterte und mit einem Schneidwerkzeug Paula Kircher oder Johann van Allen, die beiden Leinwände, beschädigte. Zusätzlich mussten auch im zentralen Bereich zwei Personen im Einsatz sein, weil ein Angriff von dieser Stelle aus von den seitlich stehenden Kräften nicht rechtzeitig verhindert werden konnte. Dann gab es noch die Gefahren, die aus größerer Entfernung lauerten. Er zeigte Bosch eine Computersimulation, bei der ein möglicher Terrorist von verschiedenen Punkten des Raumes aus einen Gegenstand auf das Bild schleuderte. Der junge van Hoore war ein großer Freund von Simulationen und stellte sie selbst her. Das hatte er gelernt, als er die Bewachung der Ausstellungen im Mittleren Orient koordinierte. Van Hoore wäre gerne Filmregisseur geworden, vermutete Bosch. Er ging mit den jeweiligen Figuren um, als wären sie Schauspieler, stattete sie mit Kleidern aus und ließ sie menschliche Bewegungen machen. Bosch war während dieser Vorführung geistig weggetreten. Er konnte diese Bilder nicht ertragen.

»Ich bin wohl ziemlich müde«, bemerkte er entschuldigend und trommelte mit den Fingern auf den Tisch. »Was du da zeigst, ist aber sehr interessant, Alfred.«

Die Sommersprossen auf van Hoores jugendlichem Gesicht färbten sich rot.

»Das freut mich«, sagte er. »Meine Überlegungen sind ganz einfach: Wenn die Besucher von der Abteilung Visuelle Sicherheit kontrolliert werden, traut sich keiner. Ein potentieller Terrorist wird so schnell wie möglich auf Abstand gehen. Ein paar unserer Männer müssen ein neues Einsatzteam bilden, das ich Geheime Visuelle Sicherheit genannt habe. Sie werden in Zivil gehen, ganz unauffällig, und gegebenenfalls den Interventionskräften Alarmzeichen geben.«

Jakobs Kampf mit dem Engel war das erste Original der Sammlung ›Rembrandt‹, das in der Öffentlichkeit gezeigt wurde. Man konnte also nicht vorsichtig genug sein. Obwohl bislang niemand das Werk gesehen hatte, war bekannt, dass es sich auf Rembrandts Ölgemälde mit dem gleichen Titel bezog und Paula Kircher (*Engel*) und Johann van Allen (*Jakob*) die beiden Figuren waren. Ihre kaum bekleideten Körper, von unschätzbarem Wert und von van Tysch signiert, würden während der vier Stunden, die für die festliche Präsentation angesetzt waren, allerhand Gefahren ausgesetzt sein. Die Abteilungen Sicherheit und Konservierung waren mit dieser schwierigen Angelegenheit betraut und deshalb in größter Sorge.

»Ich frage mich«, bemerkte Rita, »warum wir nicht die Hälfte der Visuellen Sicherheit bei einem Zwischenfall zu Interventionskräften machen können.«

Bosch wollte etwas sagen, aber van Hoore schnitt ihm das Wort ab.

»Das ist das bekannte Thema, Rita. Die Leute der Visuellen Sicherheit müssten dann offen auftreten und sind daher Teil des offiziellen Personals der Stiftung. Das heißt, sie müssten dann entsprechend gekleidet sein. Aber unter den Anzügen, die Nellie Siegel für die Männer entworfen hat, passen keine kugelsicheren Westen. Die weiblichen Kräfte können sowieso keine tragen. Nicht einmal automatische Handschellen.«

»Die Bekleidung der Leute darf die Sicherheit der Werke nicht beeinträchtigen«, stellte Rita klar, fühlte sich dabei aber unbehaglich.

Bosch schloss die Augen, als könnte er sich damit auch taub stellen. Ein Streit zwischen seinen Mitarbeitern war das, was er im Moment am wenigsten brauchte. Der Kopfschmerz quälte ihn noch immer.

»Die Stiftung hat am Erscheinungsbild das gleiche Interesse wie an der Sicherheit, Rita«, bemerkte van Hoore, der, ganz im Gegensatz zu Bosch, gern diskutieren wollte. »Da hilft nichts. Wenn ein Dutzend Leute in einer Ecke stehen und das Ganze bewachen sollen, müssen sie sehr auffallend sein. Vielleicht sogar die gleiche Haarfarbe aufweisen, wenn es möglich ist«, und er setzte hinzu, indem er Steins aufgeblasenen Ton recht gut imitierte: »Symmetrie, *fuschus*, Symmetrie.«

In dem Moment kam Nikki herein. Sie wirkte auf Bosch wie ein frischer Luftstoß.

»Alfred, Rita, wir sollten dieses nette Gespräch kurz unterbrechen. Das Team, das die Nachforschungen durchführt, hat ein Problem, um das ich mich kümmern muss.«

»Wie du möchtest«, stimmte van Hoore zu, wirkte aber enttäuscht. »Wir müssen allerdings noch über die Identifikationsmaßnahmen sprechen.«

»Später, später«, sagte Bosch. »Ich bin mit Benoit zum Essen verabredet, aber vor dem Essen habe ich ein paar Minuten lang nichts zu tun. Ich werde sie euch widmen.«

Rita und Alfred erhoben sich lächelnd.

»Alles unter Kontrolle, Lothar«, sagte Rita mitfühlend, bevor sie ging. »Mach dir keine Sorgen.«

»Ich werde versuchen, positiv zu denken«, erwiderte Bosch und stellte überrascht fest, dass er auch Hendrickje oft so geantwortet hatte, nur um sie zum Schweigen zu bringen.

Nachdem sich die Tür geschlossen hatte, stützte Bosch den Kopf in beide Hände und atmete langsam aus. Nikki, die ihm gegenübersaß, beobachtete ihn gelassen. Heute trug sie einen eng anliegenden, kanariengelben Hosenanzug, der gut zu ihrer hellblonden Haarmähne passte. Der weiße Kopfhörer krönte sie wie ein Diadem.

»Ich hätte schon früher kommen können«, sagte Nikki, »aber ich musste mich noch herrichten, weil wir die ganze Nacht vor den Bildschirmen verbracht haben, Chris, Anita und ich. Mein Aussehen als Angestellte der Stiftung ließ heute Morgen ziemlich zu wünschen übrig.«

»Verstehe. Das Erscheinungsbild geht über alles.« Boschs Lächeln war genauso strahlend wie Nikkis. »Bitte nur die guten Nachrichten.«

Sie übergab ihm die Papiere und erzählte dabei: »Ähnliche Morphometrien, reichlich Erfahrung mit jeder Art von Zeroplastik. Alle haben transgenerische Figuren dargestellt, Androgyne und dergleichen. Und alle sind unbekannt verzogen, wir können sie nicht einmal über die Maler oder früheren Besitzer ausfindig machen.«

Bosch sah sich die Papiere an, die Nikki auf dem Tisch ausgebreitet hatte.

»Das sind fast dreißig Personen. Könntet ihr das Gebiet nicht noch stärker eingrenzen?«

Nikki schüttelte den Kopf.

»Erst standen vierhunderttausend Leute auf der Liste, das war am Freitag, Lothar. Im Laufe des Wochenendes konnten wir sie reduzieren, erst auf fünftausend, dann auf zweihundertfünfzig. Anita hat einen Luftsprung gemacht, als wir schließlich bei zweiundvierzig waren. Am frühen Morgen konnten wir fünfzehn mit absoluter Sicherheit ausschließen. Mehr war unmöglich.«

»Wir werden Folgendes tun ... wir werden Folgendes tun ...«

»Wir werden ein paar Aspirin schlucken«, lächelte Nikki.

»Ja, keine schlechte Idee für den Anfang.«

Er musste vorsichtig sein. Nikki und ihr Team gehörten nicht zum »Krisenstab«, wie man dieses Komitee von Obberlund hochtrabend nannte, weshalb sie nichts über den *Künstler* und die Zerstörung der Gemälde wussten. Diesen Leuten war lediglich bekannt, dass ein Individuum dringend gesucht wurde, das viel Erfahrung mit Zeroplastin hatte und bestimmte morphometrische Merkmale aufwies. Andererseits konnten sie unmöglich aus der Sache herausgehalten werden. ›Thea wird den restlichen siebenundzwanzig Spuren nicht alleine nachgehen können‹, dachte Bosch.

»Eine Person löst sich nicht in Luft auf, ein geschlechtsloses Wesen auch nicht«, sagte er. »Sucht weiter, dreht jeden Stein um: Familienangehörige, Freunde, die letzten Besitzer ...«

»Das haben wir bereits getan, Lothar. Ohne Ergebnisse.«

»Wendet euch an das Romberg-Team, wenn es sein muss. Diese Leute haben die Möglichkeit, an verschiedene Orte zu gehen.«

»Wir könnten sie auch ein ganzes Jahr suchen, mit dem gleichen Ergebnis«, erwiderte Nikki, und Bosch stellte fest, dass die Müdigkeit anfing, sie zu beeinträchtigen. »Vielleicht sind sie tot oder unter einem anderen Namen in ein Krankenhaus eingeliefert worden. Vielleicht haben sie den Beruf an den Nagel gehängt, was weiß ich. Wir können sie nicht finden. Warum schalten wir nicht Europol ein? Die Polizei verfügt über bessere Möglichkeiten.«

›Weil *Rip van Winkle* davon erfahren würde‹, dachte Bosch. ›Und dann, nach *Rip van Winkle*, der *Künstler*.‹ Wood und er waren übereingekommen, nicht mit *Rip van Winkle* zu rechnen, außer in einer extremen Notlage. Da sie den Kollaborateur des *Künstlers* im Krisenstab vermuteten, würden die von ihm ausgehenden Aktivitäten dem Verbrecher keinesfalls schaden. Er suchte nach einer plausiblen Erklärung.

»Die Polizei sucht niemanden ohne vorherige Anzeige, Nikki. Auch wenn ein Angehöriger das Verschwinden einer Leinwand angezeigt hat, geht die Polizei nach ihrem eigenen System vor. Wir müssen es selbst tun.«

Nikki sah ihn skeptisch an. Klug wie sie war, entging ihr offensichtlich nicht, dass er die Begründung nur vorgeschoben hatte. Bosch wusste genau, dass Europol einen Freudentanz aufgeführt hätte, wenn die Stiftung ihr den Auftrag erteilt hätte – mit oder ohne Anzeige.

»Einverstanden«, sagte Nikki nach einer Pause. »Ich werde das Romberg-Team engagieren. Wir werden uns die Arbeit teilen.«

»Danke«, antwortete Bosch, ehrlich erleichtert. ›Nikki, du bist wesentlich intelligenter, als ich annahm‹, dachte er bewundernd.

Die Sprechanlage machte sich mit der Stimme der Vermittlerin bemerkbar.

»Herr Bosch, auf Leitung drei ist Herr Benoit, er sagt aber, ich soll mit Ihnen sprechen, wenn Sie keine Zeit haben. Auf Leitung zwei ist Ihr Bruder.«

»Roland«, dachte er. Sein Blick streifte unwillkürlich das Foto von Danielle. Das Kind lächelte verschmitzt. »Roland, o Gott, endlich.«

»Sagen Sie Benoit ... Was will er denn?«

Benoit wollte ihr gemeinsames Mittagessen in seinem Büro bestätigen. Bosch stimmte ungeduldig zu.

»Mein Bruder soll nicht auflegen«, sagte er und wandte sich an Nikki. »Bring die aktuellen Aufenthaltsorte in Erfahrung. Wir schließen niemanden aus, bevor wir nicht sicher sind, ob er tot, verkauft oder in Versteigerung begriffen ist.«

»Einverstanden. Vergiss das Aspirin nicht!«

»Danke, Nikki, unmöglich, das zu vergessen, selbst wenn ich es wollte.«

Nikki lächelte, und Bosch schloss die Augen. Er wollte das Bild dieses Lächelns im Kopf behalten, wenn sie gegangen war. Als er allein war, nahm er eines der schnurlosen Telefone und drückte den Knopf von Leitung zwei.

»Roland?«

»Hallo, Lothar.«

Er stellte sich vor, wie sein Bruder in seinem Büro saß, hinter ihm an der Wand die grässliche Holographie eines menschlichen Kehlkopfs. Bosch fragte sich noch immer, was mit der Familie passiert war. Eines der großen Rätsel des Universums wäre gelöst, wenn es irgendjemandem gelänge, herauszufinden, warum sein Vater Jurist einer Tabakfirma geworden war, seine Mutter Geschichtsprofessorin, er selbst Polizist, später dann Sicherheitsbeauftragter eines privaten Kunstunternehmens und sein Bruder Hals-Nasen-Ohren-Arzt. Nicht zu vergessen die kleine Danielle, die ...

»Roland, ich versuche seit Tagen, dich zu erreichen!«

»Ich weiß, ich weiß.« Er hörte das kleine Lachen seines Bruders. »Ich war in Schweden bei einem Kongress, und Hannah ist nach Paris gefahren. Du rufst mich wegen Nielle an, vermute ich. Du hast es schon erfahren, stimmt's? Nun, wir haben dir einen schlimmen Streich gespielt, und das tut uns Leid. Aber versteh uns bitte: Stein hat uns strikt verboten, dich zu informieren. Damit du dich nicht über die Abwesenheit deiner Nichte wunderst, mussten wir die Geschichte mit dem Internat erfinden. Du bist aber nicht der Einzige, der hinters Licht geführt wurde, glaub mir. Ich selbst hab es auch erst vor knapp zwei Monaten erfahren ... Es war Hannahs Idee, Nielle Herrn Stein vorzustellen. Und van Tysch hat sie ohne geringstes Zögern als Figur für ein Original akzeptiert! Alles lief ganz im Geheimen ab. Wäre Danielle nicht noch minderjährig, hätten wir überhaupt nichts erfahren, wurde uns gesagt.«

»Verstehe, Roland. Mach dir keine Sorgen.«

»Oh, Gott, so eine tolle Sache. Du wirst besser darüber Bescheid wissen als ich. Man hat sie ... Wie nennt man das? Man hat sie imprägniert, sie haben ihr die Augenbrauen depiliert. Erst durften wir sie gar nicht sehen. Später brachte man uns ins Alte Atelier, und wir konnten sie durch einen Einwegspiegel beobachten. Sie hatte Etiketten am Hals, an der Hand und am Fuß. Sie sah einfach ... Sie sah wunderschön aus. Ich glaube, wir können stolz sein auf das Kind, Lothar. Weißt du, was sie am meisten freut? Dass ihr eigener Onkel sie in der Obhut hat!«

Wieder dieses ferne Lachen. Bosch schloss die Augen und hielt den Hörer weg. Er spürte den schrecklichen Drang, etwas zu zerstören. Gleichzeitig wagte er nicht, Roland zu unterbrechen.

»Pass gut auf sie auf, Lothar. Sie ist ein überaus wertvolles Werk. Stell dir vor ... Nein, ich glaube, du kannst es dir nicht vorstellen. Vorige Woche hat man uns ihren Einstandspreis genannt. Weißt du, was ich dachte, als ich hörte, was unsere Tochter wert war? Ich dachte: ›Verdammt, warum bin ich Arzt geworden und habe mich nicht als Kunstwerk verdingt?‹ Wir haben die Zeit vergeudet, Lothar, ich schwör's dir! Mit ihren zehn Jahren wird Nielle mehr verdienen als du und ich in unserem ganzen Leben! Eine Summe, von der wir nur träumen können. Was hätte Papa wohl dazu gesagt? Ich glaube, er hätte uns verstanden. Schließlich hat er dem Wert der Dinge immer große Bedeutung beigemessen. Nicht wahr?«

In der Pause, die nun entstand, starrte Bosch unverwandt auf das Bild von Danielle.

»Lothar?«, sagte sein Bruder.

»Ja, Roland.«

»Was ist los?«

(Na was wohl, du Dummkopf. Los ist, dass du erlaubt hast, dass aus deiner Tochter ein Gemälde wird. Los ist, dass ich dich am liebsten dafür ohrfeigen möchte.)

»Ach, nichts«, antwortete er. »Ich wollte nur wissen, wie es euch so geht.«

»Wir sind sehr nervös. Das mit Nielle bringt Hannah völlig aus dem Häuschen. Logisch. Schließlich wird nicht jeden Tag aus deiner zehnjährigen Tochter ein unsterbliches Kunstwerk. Man hat mir gesagt, dass van Tysch sie Ende nächster Woche signiert, mit einer Tätowierung am Schenkel. Tut das weh?«

»Nicht mehr als deine Mandeloperationen«, scherzte Bosch lahm. Dann fasste er sich ein Herz und sagte, was er sagen musste: »Ich frage mich, Roland ...«

Er sah sie vor sich. Wie sie schlief, im kleinen Haus in Scheveningen, wie die Blätter eines Apfelbaums Schatten auf ihre Haut zeichneten. Er sah sie in der Sonne liegen. Er sah sie sprechen, während sie sich die Fußsohle kratzte. Er sah sie an Weihnachten, mit einem Rollkragenpullover, die blonden Locken über die Schultern gebreitet und den Mund von der Torte verschmiert. Ein Kind. Eine Zehnjährige. Dennoch ging es nicht um den unannehmbaren Plan, sie zum Gemälde zu machen. Nicht um die schreckliche Vorstellung, sie nackt und reglos im Haus irgendeines Sammlers zu wissen. All das wäre deprimierend genug gewesen, dagegen zu protestieren wäre ihm allerdings nie in den Sinn gekommen. Schließlich war er nicht ihr Vater.

Es ging um den *Künstler*. Sein Bruder wusste nichts von dieser Bedrohung.

›Geh vorsichtig vor! Er soll nicht auf den Gedanken kommen, Danielle sei gefährdet‹, sagte er sich. Er bemühte sich, möglichst belanglos zu klingen.

»Ich frage mich, Roland, das muss aber unter uns bleiben, ob es nicht besser wäre, eine Kopie auszustellen und nicht Nielle selbst.«

»Eine Kopie?«

»Ja, lass dir die Sache erklären. Wenn ein Modell minderjährig ist, haben die Eltern oder der Vormund immer das letzte Wort.«

»Wir haben einen Vertrag unterschrieben, Lothar.«

»Ich weiß, aber das tut nichts zur Sache. Lass mich ausreden. Nielle bleibt das Originalmodell für das Werk, mit allen Folgen, nur dass eine gewisse Zeit ein anderes Mädchen ihren Platz einnimmt. Das nennt man eine Kopie.«

»Ein anderes Mädchen?«

»Die wertvollen Gemälde haben fast immer einen Ersatz, Roland. Sie müssen dem Original nicht unbedingt ähnlich sehen, dafür gibt es die entsprechenden Produkte, wie du weißt. Nielle bleibt nach wie vor das Original, und wenn sie jemand kauft, sorgen wir dafür, dass sie persönlich im Haus des Käufers ausgestellt wird. Diese Maßnahme würde verhindern, dass sie Ausstellungen bestreiten muss. Ausstellungen sind immer schwierig. Viel Publikum und harte, lange Stunden ...«

Er stellte mit Erstaunen fest, dass er imstande war, diese haarsträubenden Scheinheiligkeiten von sich zu geben. Vor allem war er darüber beunruhigt, dass er für das andere Mädchen, die Kopie, nicht das geringste Mitgefühl empfand. Der Plan war finster, doch er hatte nur die Wahl zwischen seiner Nichte und einem unbekannten Mädchen. Menschen wie Hendrickje hätten sich für die Ehrlichkeit entschieden und ganz offen erklärt, worum es hier ging, oder hingenommen, dass Danielle das Risiko einging. Er war aber nicht so vollkommen wie Hendrickje. Er war gewöhnlich und wusste es. Sein Verhalten war entsprechend schäbig und verworren. Sein ganzes Leben hatte er lieber geschwiegen als gesprochen, da würde er jetzt keine Ausnahme machen.

»Soll das heißen, dass wir als Eltern das Recht haben, Danielle abzuziehen und zu veranlassen, dass sie ersetzt wird?«, fragte Roland nach einer Pause.

»So ist es.«

»Und warum sollten wir das tun?«

»Das hab ich dir bereits erklärt. Die Ausstellung wird hart sein.«

»Aber sie trainiert doch bereits seit drei Monaten, Lothar. Sie wurde in einem Versteck heimlich gemalt, in einer Art Landhaus südlich von Amsterdam.«

»Ich spreche aus Erfahrung. Eine Ausstellung dieser Größenordung ist äußerst anstrengend.«

»Komm schon, Lothar.« Jetzt klang sein Bruder plötzlich ganz unernst. »Es ist doch nichts dabei. Um dein calvinistisches Gewissen ein wenig zu beruhigen, kann ich dir versichern, dass sie nicht einmal nackt ausgestellt wird. Also wirklich nichts Schlimmes. Den Titel des Werks kennen wir noch nicht, wissen auch noch nichts über die Figur, aber in dem von uns unterschriebenen Vertrag heißt es ganz klar, dass sie nicht nackt ausgestellt wird. Bei den Proben hat sie selbstverständlich gänzlich nackt zu sein, aber auch das ist im Vertrag festgehalten.«

»Hör zu, Roland.« Bosch versuchte, ruhig zu bleiben.

Er hielt den Hörer in der einen Hand, mit der anderen rieb er sich heftig die Schläfe. »Es geht nicht um die Frage, wie Nielle ausgestellt wird, noch darum, wie sie der Sache gewachsen ist. Es wird eine äußerst harte Ausstellung, das ist es. Wenn du einwilligst, nimmt ein Ersatz ihren Platz im Tunnel ein. Eine Kopie für das Original auszustellen ist bei vielen Ausstellungen gängige Praxis.«

Schweigen. Bosch war nahe daran, ein Gebet zu sprechen. Als Roland wieder anfing zu reden, war sein Ton ein anderer, ernster, unbeugsamer.

»Ich kann Nielle unmöglich diesen Streich spielen, Lothar. Sie freut sich so. Es überläuft mich heiß und kalt, jedes Mal, wenn ich daran denke, was für eine gewaltige Chance sich ihr da bietet. Weißt du, was Stein uns gesagt hat? Dass er noch nie eine so junge Leinwand erlebt hat, die gleichzeitig so professionell war. Ja, so nannte er sie: Leinwand. Dann fügte er noch hinzu, dass aus unserer Tochter vielleicht sogar eine neue Annek Hollech werden könnte! Kannst du dir das vorstellen: Unsere Nielle die Annek Hollech der Zukunft? Stell dir nur mal vor!«

Bosch hatte die Welt um sich herum vergessen. Es gab nur noch diese aufgeregte Stimme, die Worte in sein Ohr presste.

»Es hat mich einiges gekostet, mich an den Gedanken an meine Tochter als Leinwand zu gewöhnen, das schwör ich dir. Aber jetzt habe ich mich ganz auf die Sache eingelassen und Hannah ebenso. Wir wollen, dass Nielle ausgestellt und bewundert wird. Ich glaube, jeder Vater träumt insgeheim davon. Gut, es wird eine harte Erfahrung, aber eine Rolle in einem Film oder einem Theaterstück wäre nicht weniger hart, meinst du nicht auch? Heutzutage sind viele Kinder berühmte Gemälde, erstaunlich viele. Lothar? Bist du noch dran?«

»Ja«, sagte Bosch, »ich bin noch dran.«

Jetzt bebte seine Stimme zum ersten Mal.

»Gibt es ein Problem, das du mir verschweigst, Lothar?«

(›Zehn Schnitte, acht davon bilden liegende Kreuze. Die Knochen stachen spitz hervor, und die Eingeweide waren zu Brei gemacht, eine formlose Masse. Ist das vielleicht kein Problem, Roland? Wie wär's wenn ich dir von einem Verrückten erzählte, den man den *Künstler* nennt?‹)

»Nein, Roland, es gibt kein Problem. Ich glaube, dass die Ausstellung sehr gut verlaufen und Danielle wunderbar sein wird. Guten Tag.«

Er legte auf, erhob sich und ging zum Fenster. Eine goldene Sonne goss ihre Strahlen über die niedrigen Gebäude und das Grün des Vondelparks. Er erinnerte sich an die schlechte Wettervorhersage für die Tage kurz vor der Eröffnung. Vielleicht schickte der liebe Gott den verdammten Zeltbahnen eine Sintflut, damit ›Rembrandt‹ abgesetzt werden musste.

Doch da würde er kein Glück haben, zeigte doch die Geschichte, dass Gott seine Hand über die Künste hält.

Benoit gefiel sich hin und wieder darin, so zu tun, als würde er den Bildern nichts verheimlichen. In seinem plüschigen Büro im siebten Stock des Neuen Ateliers gab es acht, wovon zwei – mindestens zwei – so wertvoll waren, dass der Direktor der Abteilung Konservierung sie vorzeigte, wann immer es ging, und respektvoller behandelte als irgendein menschliches Wesen. Eine Folge davon war, dass er offen mit seinen Gästen sprach, ohne den Kunstwerken Ohrenklappen zu verpassen.

Sein Büro war ein Ort freundlicher Geborgenheit, ausgestattet ganz in Blau. Das Licht fiel hell auf das hinter ihm platzierte Gemälde, auf die zarten Schultern des erst vierzehnjährigen Philip Brennan. Bosch beobachtete seinen gelegentlichen Lidschlag. Von der Decke hing in einem Glasgehäuse mit Luftlöchern eine offizielle Kopie von *Claustrofilia 17*, einem Werk von Buncher. Hinter Boschs Rücken hielt ein Aschenbecher von Jan Mann die Beine verschlungen und balancierte das Gefäß auf seinem Hinterteil. Am Fenster stand die herrliche Figur eines blonden Vorhangs von Schobber und wartete in Ballettposition auf die Anweisung, sich zurückzuziehen. Das Essen wurde von zwei parfümduftenden Lockhead-Objekten, einem Jungen und einem Mädchen, mit leichten, katzengleichen Schritten serviert. Der Tisch war von Patrice Flemard: eine rechteckige Platte, die auf dem Rücken einer kahl geschorenen und manganblau bemalten Figur befestigt war, die wiederum auf dem Rücken einer ähnlichen Figur lag. Die beiden waren an Händen und Füßen aneinander gefesselt. Die untere war ein Mädchen. Die obere wohl auch, vermutete Bosch, konnte sich aber unmöglich Gewissheit verschaffen.

Das Essen war eigentlich ein kleines Bankett. Benoit hatte an nichts gespart: Aalsuppe mit Dill und Algenfäden, Hirschkeule in Muskat und Weinfond mit Kräuter- und Endiviensalat, sowie ein Dessert, das aussah wie die Spur eines vor kurzem begangenen Verbrechens: Heidelbeer-Himbeermousse in Sauermilch, alles von einem Cateringdienst, der das Atelier täglich versorgte. Vor und nach der Mahlzeit widmete sich Benoit dem Ritual der Medikamente. Er schluckte insgesamt sechs rotweiße Kapseln und vier smaragdfarbene Tabletten, wobei er über ein Ulkus klagte und behauptete, ohne Medikamente könne er nichts von diesem Essen zu sich nehmen. Dessen ungeachtet trank er von dem Chablis und dem Lafitte, den die Lockhead-Objekte mit eleganten Gesten auf den Tisch stellten. Die kaum merklichen Atemzüge des Tischs bewegten den Wein in den Gläsern. Bosch aß wenig und trank kaum einen Schluck. Die Atmosphäre des Büros verwirrte ihn.

Sie sprachen über alles, wovon in Anwesenheit der vielen Personen, die außer ihnen das Büro bevölkerten, mit lauter Stimme gesprochen werden konnte (obwohl es so still war, als wären sie allein): von ›Rembrandt‹ und den Verhandlungen mit dem Bürgermeister von Amsterdam über den Bau der Zeltkonstruktion auf dem Museumsplein, von den zur Eröffnungsgala geladenen Gästen, von der immer wahrscheinlicher werdenden Möglichkeit, dass die königliche Familie der Niederlande den Tunnel noch vor der Eröffnung besuchte.

Als das Gespräch erstarb, streckte Benoit die Hand aus und nahm sich die Zigaretten und das Feuerzeug vom großen vergoldeten Teller, den der Aschenbecher auf seinen emporgereckten Gesäßbacken balancierte. Der Aschenbecher war eindeutig männlich, matt türkisfarben bemalt und mit schwarzen Linien auf den depilierten Beinen dekoriert.

»Gehen wir in den Salon«, sagte Benoit. »Der Rauch tut den Bildern und Objekten nicht gut.«

›Paul, alter Junge, du Oberscheinheiliger‹, dachte Bosch. Er wusste, dass Benoit dieses Privatgespräch von

Anfang an geplant hatte, seine Kunstwerke jedoch sollten glauben, er wolle ihnen den Zigarettenrauch ersparen.

Sie gingen ins Zimmer nebenan, Benoit schloss die schwere Eichentür und begann fast übergangslos zu berichten.

»Lothar, die Situation ist chaotisch. Heute früh habe ich mich mit Saskia Stoffels und Jacob Stein unterhalten. Die Amerikaner bremsen. Die Finanzierung der neuen Saison wurde auf Eis gelegt. Die Sache mit dem *Künstler* beunruhigt sie, und die Entfernung so vieler Gemälde von van Tysch gefällt ihnen überhaupt nicht. Wir versuchen, ihnen von hier aus den Gedanken zu verkaufen, dass der *Künstler* ein europäisches Problem ist, ein nationaler Spinner sozusagen. Der *Künstler* sei nicht exportierbar, erklären wir ihnen, er sei in Europa aktiv und nur in Europa. Aber dann sagen sie: Ja, schön und gut, aber habt ihr ihn gefasst?«

Er drückte die Zigarette in einem Metallaschenbecher aus. Einem ganz gewöhnlichen Aschenbecher: Geld gab Benoit nur für Objekte aus Fleisch und Blut aus. Während er sprach, zog er aus der Innentasche seines makellosen Jacketts ein kleines Spray.

»Hast du eine Vorstellung davon, was es kostet, diese Firma zu erhalten, Lothar? Immer, wenn ich mit Stoffels einen Finanztermin habe, bekomme ich Schwindelanfälle. Jedes Mal. Wir machen gewaltige Gewinne, aber der Aufwand ist riesig. Außerdem, Stein hat es heute angesprochen, waren wir einst Pioniere. Heute dagegen ... du lieber Gott.« Er öffnete den Mund, zielte mit dem kleinen Spray hinein und drückte zweimal auf das Ventil. Dann schüttelte er das Fläschchen heftig und sprühte noch mal. »Als 1989 Art Enterprises auftauchte, gaben wir der Firma genau zwei Jahre, erinnerst du dich? Heute macht sie den größten Umsatz in Amerika und hält das Monopol auf dem Sektor der kaufhungrigen, kalifornischen Sammler. Heute früh hat uns Stoffels mitgeteilt, dass die Japaner noch besser dastehen. Du kannst es glauben oder nicht, aber Suke hat 2005 den Umsatz der Stiftung und von Art Enterprises um fast fünfhundert Millionen Dollar übertroffen. Und weißt du, womit?«

»Mit Dekorationsobjekten«, erwiderte Bosch.

Benoit nickte.

»Sie haben uns einen entscheidenden Schlag versetzen können, auch in Europa. Es gibt zum heutigen Zeitpunkt nichts, aber wirklich nichts auf dem Gebiet des menschlichen Kunsthandwerks, was die Japaner überträfe. Am schlimmsten ist aber, dass die europäischen Kunsthandwerker den Japanern den Vertrieb ihrer Werke anvertrauen. Dieser herrliche Vorhang in meinem Büro ... Hast du diese perfekte Figur bemerkt? Er ist von Schobber, einem Österreicher, aber Suke vertreibt ihn. Ja, du hörst schon richtig. Es mag dir seltsam vorkommen, aber ich hoffe, dass der *Künstler* zu Suke gehört, das schwör ich dir. Diesen verdammten Psychopathen mit Suke in Verbindung zu bringen wäre eine feine Möglichkeit, den Ruf dieser Firma zu schädigen. Aber so viel Glück werden wir wohl nicht haben.«

Benoit steckte das Spray wieder in die Tasche, hielt sich die Hand vor den Mund, atmete aus und schnupperte. Das Ergebnis schien ihn nicht zufrieden zu stellen. Dann setzte er sich und schwieg einen Augenblick.

»Schlechte Zeiten für die Kunst, Lothar, schlechte Zeiten für die Kunst. Die Gestalt des einsamen, genialen Künstlers ist noch immer aktuell, aber in Verbindung mit der Unabhängigkeit des Künstlers. Van Tysch ist inzwischen ein Mythos, wie Picasso, und Mythen sind tot, auch wenn sie noch leben, weil sie nichts Neues mehr schaffen müssen, um sich zu verkaufen. Es genügt, dass sie den Knöchel, den Schenkel oder das Gesäß ihrer Werke signieren. Trotzdem verkaufen sich deren Werke am besten und sind deshalb die wichtigsten. Das bedeutet natürlich den Tod des Künstlers. Dahin führt die Kunst heute: zum Tod des Künstlers. Das ist ihr Ziel. Wir fallen zurück in die Zeit vor der Renaissance, als Maler und Bildhauer eher als Handwerker galten. Daraus ergibt sich die Frage, was tun mit den Künstlern, wenn sie von der Kunst nicht mehr gebraucht werden, für das Geschäft jedoch unentbehrlich sind?«

Benoit hatte die Angewohnheit, Fragen zu stellen, die Antwort aber nicht abzuwarten. Bosch wusste das und schwieg, um ihn nicht zu unterbrechen.

»Stein hat heute etwas Seltsames geäußert: Sollte van Tysch verschwinden, werden wir uns einen anderen malen müssen. Die Kunst wird ihre eigenen Künstler schaffen müssen, Lothar; nicht um der Kunst willen, das ist nicht nötig, sondern wegen des Geldes. Heutzutage kann alles ein Kunstwerk sein, doch nur *ein* Name wird so viel wert sein wie der von van Tysch. Wir werden uns also anstrengen und einen anderen van Tysch malen müssen, aus dem Nichts heraus, ihm die passenden Farben verleihen und in der Welt bekannt machen. Wie sagte Stein doch gleich? ›Wir müssen ein neues Genie schaffen, das die blinden Schritte der Menscheit lenkt und zu dessen Füßen die Mächtigen weiterhin ihre Schätze ablegen können.‹ *Fuschus*, das gefällt mir.«

Er hielt einen Augenblick inne und runzelte die Stirn. »Ein schönes Stück Arbeit, nicht wahr? Es war sicher leichter, die Sixtinische Kapelle zu erschaffen als einen Michelangelo, meinst du nicht auch?«

Bosch stimmte ziemlich lustlos zu.

»Wie läuft eure Ermittlung, Lothar?«, fragte Benoit plötzlich.

Bosch wusste genau, wann Benoit dazu überging, Fragen zu stellen, die eine Antwort erforderten.

»Sie tritt auf der Stelle. Wir erwarten die Berichte von *Rip van Winkle*.«

›Trau keinem‹, hatte ihn Wood gewarnt, ›sag ihnen, wir hätten nichts unternommen. Von jetzt an müssen wir die Sache ganz allein bewältigen.‹

»Und April? Wo ist sie?«

»In London. Sie ist dringend gerufen worden. Ihrem Vater geht es schlechter.«

Es war tatsächlich so, Wood hatte am Wochenende wegen des Gesundheitszustands ihres Vaters nach London reisen müssen. Sie hatte Bosch allerdings versichert, dass sie ihre Arbeit von dort aus fortsetzen würde. Nicht einmal er wusste, welcher Art diese Arbeit war. Miss Wood hatte sich offensichtlich eine eigene Strategie zurechtgelegt. Bosch vertraute ihrem Plan.

Er verabschiedete sich von Benoit, sobald es ging. Er musste sich unbedingt ausruhen. An der Tür hielt ihn der Direktor der Abteilung Konservierung mit einer Handbewegung zurück, während er sich wieder in den Hals sprühte, wohl wegen des schlechten Atems.

»Wenn du kannst, mach den Leuten von der BAH ein wenig Feuer unterm Hintern. Sie haben für die Eröffnungswoche eine Demo organisiert. Die Polizei spricht von fünftausend Teilnehmern aus verschiedenen Ländern. Das wäre prima.«

Die BAH war eine der internationalen Organisationen, die gegen die hyperdramatische Kunst kämpften. Ihre Gründerin, die Journalistin Pamela O'Connor, warf Künstlern wie van Tysch oder Stein Menschenrechtsverletzungen vor, Kinderpornografie, Mädchenhandel und Erniedrigung von Frauen. Ihre Beschwerden wurden gehört, und ihre gut recherchierten Bücher bestens verkauft, aber kein Gericht ging auf ihre Klage ein.

»Ich glaube nicht, dass von denen große Gefahr ausgeht«, bemerkte Bosch. »Pamela O'Connors Leute haben ja nicht einmal mehr rechte Lust, Transparente zu malen.«

»Ich weiß, aber es wäre doch nett, sie ein wenig zu irritieren, Lothar. Wir brauchen einen gewissen Skandal. Bei dieser Eröffnung spielt alles gegen uns, angefangen mit dem Titel. Wer zum Teufel interessiert sich heute noch für Rembrandt, abgesehen von vier oder fünf Blödmännern, die sich auf alte Kunst spezialisiert haben? Wer wird Geld hinlegen für die Besichtigung einer Hommage à Rembrandt? Das Publikum wird kommen, weil es sehen will, was van Tysch aus Rembrandt gemacht hat, und das ist etwas ganz anderes. Wir erwarten gute Besucherzahlen, aber wir brauchen das Doppelte oder mehr. Die Leute müssen bis zum Leidseplein Schlange stehen. Eine Auseinandersetzung zwischen Anhängern der BAH und unseren Sicherheitskräften wäre ideal ... Mehrere Journalisten an die richtigen Stellen platziert, Fotos, Nachrichten ... Gruppen wie BAH sind eigentlich sehr nützlich. Stein hat uns sogar vorgeschlagen, sie heimlich zu finanzieren. Ist das zu glauben?«

Bosch glaubte es.

»Tu alles, um die Stimmung anzuheizen«, meinte Benoit mit einem Augenzwinkern.

»Ich werde versuchen, positiv zu denken«, erwiderte Bosch.

Er ging, ohne mit Benoit über das Thema gesprochen zu haben, das ihm am wichtigsten war: Danielles Teilnahme an der Ausstellung.

2

DIE JUNGE FRAU, die neben dem Baum steht, trägt nur einen weißen, kurzen Bademantel mit Gürtel, nicht passend für die Straße und keineswegs warm genug für einen längeren Aufenthalt im Freien. Es sind jedoch andere Dinge, die uns an ihr mehr irritieren. So hat ihr beispielsweise jemand Augenbrauen, Wimpern und Lippen mit einem Pinsel aufgemalt. Das Haar ist zinnoberrot und riecht nach Ölfarbe. An den unbedeckten Stellen ihrer Haut, an Gesicht, Hals, Händen und Beinen, fällt ein künstlicher Glanz auf, als wären sie mit Plastik überzogen. Dennoch gibt es etwas an ihrer Erscheinung, etwas in ihrem Blick, etwas, das weder mit ihrer seltsamen Bemalung noch mit der unmöglichen Bekleidung zu tun hat, ein starker Ausdruck, ursprünglicher als alle künstlichen Veränderungen, deutlich sichtbar in den Augen, etwas, das uns veranlassen könnte, innezuhalten, um sie näher kennen zu lernen. Ein Kind wäre von der Farbenpracht ihres Körpers begeistert. Eine erwachsene Person wäre mehr von ihrem Blick fasziniert.

Der Mann, der vor ihr steht, ist einer der berühmtesten Künstler des Jahrhunderts; später wird man ihn für den größten aller Zeiten halten. Wir wissen das, und deshalb fällt uns auf, dass diese Berühmtheit seine äußere Erscheinung prägt. Er ist ein hochgewachsener, schlanker Mann von etwa fünfzig Jahren. Er ist ganz in Schwarz gekleidet, an seinem Hals hängt eine Brille. Das Gesicht ist länglich und schmal, das Haar üppig und pechschwarz mit Aufhellungen an den Schläfen. Die breite Stirn wird von tiefen Linien durchzogen. Zwei fast schwarze Linien, wie mit einem dicken Stift kräftig betont, bilden die Augenbrauen. Die Augen sind groß und dunkel, die Lider aber etwas schlaff, was seinen Blick abschwächt, als könnte er ihn jederzeit intensivieren. Die Nase ist gerade und auffällig. Die Mundpartie wird von einem dichten Schnauzer und einem Kinnbärtchen geprägt. Die Wangen sind völlig frei von Bartwuchs. Wir versuchen, sein Gesicht von den Fotos und Reportagen, von dem, was wir über den Mann mit diesen Zügen wissen, zu trennen, und kommen nach einer Weile der ruhigen Betrachtung zu dem Schluss, dass seine Physiognomie nichts Besonderes aufweist. Was immer an diesem Gesicht auffällt, wird hinzugefügt von dem, was man über ihn weiß. Es könnte genauso gut einem Arzt gehören, einem Mörder, einem Automechaniker.

Er hatte bislang nicht das Wort an sie gerichtet, sich vielmehr mit Uhl auf Holländisch unterhalten, und Gerardo hatte seine Anweisungen eilends übersetzt. Sie musste sich den Bademantel überziehen und ihnen folgen, denn der Meister arbeitete gern im Freien. Sie verließen schweigend das Haus. Van Tysch ging vor ihr her. Die Temperatur an diesem Freitagnachmittag war ideal, vielleicht war es ein wenig frisch, aber das machte ihr nichts aus. Wie es ihr auch nichts ausmachte, dass sie ihre Hausschuhe vergessen hatte. Sie war viel zu aufgeregt und konnte sich um diese Details nicht kümmern. Außerdem war sie das Barfußgehen gewöhnt, wenngleich der Kies unter ihren Füßen nicht so angenehm war. Van Tysch öffnete die Tür des Windfangs, und Clara schlüpfte schnell hinaus, bevor sie sich wieder schloss. Sie nahmen erst den Weg und gingen dann über das Gras weiter, bis hin zum Plastikwald, den ihr Gerardo am Vortag gezeigt hatte. Die Sonnenstrahlen, wie mit dem Lineal gezogene, goldene Pinselstriche, drangen durch die tief hängenden Äste hindurch.

Van Tysch blieb stehen und sie auch. Sie sahen sich eine Weile an.

Der Plastikwald lag wie eine Pfütze mitten in diesem Tannenwäldchen. Er war zwanzig Meter lang und sechs Meter breit, mit elf falschen Bäumen abgegrenzt, die sich von den echten vor allem darin unterschieden, dass sie besser aussahen und ihre Blätter ein leichtes Klirren produzierten, wenn der Wind entsprechend stark war. Clara fand den Plastikwald gar nicht übel. Er passte zu Holland, zu den Landschaften eines Vermeer und eines Rembrandt, zu Spielzeugstädten wie Madurodam mit seinen Miniaturhäuschen, -kirchen und -denkmälern, zu den Deichen und Poldern, zu einem Land, das der Mensch dem Meer abgerungen hatte. Sie stand barfuß auf dem dichten Teppich aus Silikongras, neben einem der Bäume. Die sinkende Sonne schien ihr ins Gesicht, aber sie unterdrückte jedes Zwinkern.

Sie wollte die Augen keinesfalls schließen, weil Bruno van Tysch in drei Metern Entfernung vor ihr stand.

»Gefällt Ihnen Rembrandt?« Das waren seine ersten in korrektem Spanisch an sie gerichteten Worte.

Seine Stimme war tief und majestätisch. Im griechischen Theater sprach Zeus mit so einer Stimme.

»Ich kenne seine Werke nicht sehr gut«, erwiderte Clara. Sie konnte ihre imprägnierte, gelbe Zunge nur mühsam bewegen.

Van Tysch widerholte seine Frage. Ihre Antwort hatte ihm offensichtlich nicht gefallen. Clara ging in sich und besann sich auf ihre Ehrlichkeit.

»Nein«, sagte sie. »Er gefällt mir überhaupt nicht.«

»Warum?«

»Keine Ahnung. Er gefällt mir eben nicht.«

»Mir auch nicht«, erwiderte der Maler überraschend. »Deshalb schaue ich mir seine Bilder unverdrossen an. Wir müssen uns wieder und wieder dem aussetzen, was uns nicht gefällt. Was uns nicht gefällt, ist wie ein echter Freund: Er sagt uns die Wahrheit, auch wenn sie wehtut.«

Sein Tonfall war gedämpft, matt. Er machte auf Clara den Eindruck eines überaus müden Mannes.

»So habe ich das nie gesehen«, flüsterte sie. »Dieser Gedanke ist sehr interessant.«

Van Tysch hat mein Lob nicht nötig, dachte sie und presste die Lippen aufeinander.

»Ihr Vater ist gestorben?«, fragte er plötzlich.

»Wie bitte?«

Er wiederholte die Frage. Einen Augenblick lang wunderte sich Clara, dass er so unvermittelt das Thema wechselte. Die Tatsache, dass er Einzelheiten aus ihrem Leben kannte, überraschte sie überhaupt nicht. Vermutlich forschte der Meister allen Leinwänden nach, die er unter Vertrag nahm.

»Ja«, antwortete sie.

»Warum erschrecken Sie so leicht in der Nacht?«

»Wieso?«

»Als Sie von meinen Helfern mit Geräuschen am Fenster aufgeweckt wurden, erschraken Sie heftig. Warum?«

»Das weiß ich nicht. Ich hatte Angst.«

»Wovor?«

»Weiß nicht. Ich hatte schon immer Angst vor einem nächtlichen Einbruch.«

Van Tysch kam näher, fasste Clara am Kinn und drehte den Kopf zum Licht. Dann trat er wieder einen Schritt zurück, ließ aber den Kopf seitlich geneigt. Die Sonnenstrahlen schmückten die Zweige wie mit Girlanden. Die Luft im künstlichen Wald war feucht, das Licht brach sich und produzierte reine Farben.

Beobachtete er sie? Clara war sich nicht ganz sicher.

»Meine Mutter war Spanierin«, bemerkte van Tysch.

Abrupte Themenwechsel waren im Gespräch mit diesem Mann anscheinend die Norm. Clara nahm es einfach hin.

»Ja, ich weiß. Sie sprechen wirklich sehr gut Spanisch.«

Wieder stellte sie fest, dass sie ein überflüssiges Lob aussprach. Van Tysch fuhr fort, als hätte er nicht zugehört.

»Ich habe sie nie gekannt. Als sie starb, hat mein Vater sämliche Fotos zerrissen; ich habe keines gesehen. Er hat sie allerdings gemalt, und diese Bilder kenne ich. Es waren Aquarelle. Mein Vater war ein guter Maler. Ich kenne meine Mutter nur von den Aquarellen meines Vaters her, darum weiß ich nicht, ob er sie nicht noch schöner gemacht hat, als sie in Wirklichkeit war. Ich fand sie sehr, sehr, sehr schön.« Er hatte das dreimalige ›sehr‹ langsam ausgesprochen, jedes Mal in einem anderen Tonfall, als wolle er damit dem Wort eine verborgene Bedeutung entlocken.

»Vielleicht ist alles der Kunst meines Vaters zuzuschreiben. Ich weiß nicht, ob die Aquarelle besser oder schlechter waren als das Original, wusste es nie und wollte es nie wissen. Ich habe meine Mutter nicht gekannt, das ist alles. Später habe ich begriffen, dass das normal ist. Dass nicht kennen normal ist, meine ich damit.«

Er machte eine Pause und trat näher, bewegte Claras Kopf auf die andere Seite, schien es sich dann aber anders zu überlegen und drehte ihn in die gleiche Richtung wie vorher. Bald ging er ein paar Schritte zurück, bald kam er wieder näher heran. Er legte ihr eine Hand in den Nacken und ließ sie den Kopf senken. Dann setzte er sich die Lesebrille auf, die er am Hals hängen hatte, betrachtete etwas, nahm sie wieder ab und trat ein paar Schritte zurück.

»Ihr Vater ist sicher auch jung gestorben«, sagte er.

»Mein Vater?«

»Ja, Ihr Vater.«

»Er starb mit zweiundvierzig Jahren an einem Gehirntumor. Ich war neun Jahre alt.«

»Dann haben Sie ihn auch nicht gekannt. Es blieben Ihnen nur Bilder von ihm. Aber gekannt haben Sie ihn nicht.«

»Doch, ein wenig schon. Mit neun Jahren hatte ich durchaus eine Vorstellung von ihm.«

»Wir machen uns immer Vorstellungen von Dingen, die wir nicht kennen«, versetzte van Tysch, »was aber nicht heißt, dass wir sie dadurch besser kennen. Sie und ich kennen uns nicht, trotzem haben wir uns bereits ein Bild voneinander gemacht. Sie kennen auch sich selbst nicht, trotzdem haben Sie sich ein Bild von sich gemacht.«

Wieder stimmte Clara zu und nickte.

»Nichts von dem, was uns umgibt, nichts von dem, was wir wissen oder nicht wissen, ist uns völlig bekannt oder völlig unbekannt. Extreme sind Einbildungen, weiter nichts. Auch mit dem Licht ist es so. Es gibt keine totale Finsternis, selbst für einen Blinden nicht. Wussten Sie das nicht? Das Dunkel ist bevölkert: mit Formen, Gerüchen, Gedanken ... Beobachten Sie das Licht dieses Sommernachmittags. Würden Sie sagen, es ist rein? Sehen Sie genau hin. Ich meine nicht nur die Schatten. Achten Sie auf die Lichtspuren. Sehen Sie die winzigen, dunklen Flecken? Das Licht liegt auf einem sehr dunklen Untergrund, der schwer zu sehen ist. Man muss reif dafür sein. Wenn wir reifen, verstehen wir schließlich, dass die Wahrheit eine Zwischenstation ist. Es ist, als würden sich unsere Augen an das Leben gewöhnen. Wir begreifen, dass Tag und Nacht, vielleicht auch Leben und Tod, nur unterschiedliche Grade des gleichen Helldunkels sind. Wir entdecken, dass die Wahrheit, die einzige, die diesen Namen verdient, die Dämmerung ist.«

Dann, nach einer Pause, als hätte er über das soeben Gesagte nachgedacht, wiederholte er: »Die Dämmerung ist die einzige Wahrheit. Deshalb ist alles so schrecklich. Deshalb ist das Leben so völlig unerträglich und schrecklich. Deshalb ist alles so fürchterlich.«

Clara fand, dass er kein Gefühl in seine Worte legte. Van Tysch leierte sie ab, ins Leere, als dächte er während der Arbeit laut vor sich hin. Van Tyschs Geist äußerte sich halblaut ins Leere.

»Ziehen Sie diesen Morgenrock aus.«

»Ja.«

Während sie sich entkleidete, fragte er: »Was haben Sie gefühlt, als Ihr Vater starb?«

Clara legte den Bademantel über einen Ast. Die Luft umhüllte ihren nackten, imprägnierten Leib zärtlich wie reinstes Wasser. Sie horchte auf und blickte van Tysch an.

»Als mein Vater starb?«

»Genau. Was haben Sie gefühlt?«

»Nicht viel. Das heißt ... meiner Mutter und meinem Bruder tat es wohl mehr Leid als mir. Sie haben ihn besser gekannt, deshalb war es schwerer für sie.«

»Waren Sie dabei, als er starb?«

»Nein. Er ist im Krankenhaus gestorben. Der Anfall hat ihn zu Hause überrascht. Man brachte ihn ins Krankenhaus, aber ich durfte ihn nicht besuchen.«

Van Tysch sah sie unverwandt an. Die Sonne war ein Stückchen weitergewandert und erhellte ihr Gesicht an einigen Stellen.

»Haben Sie später von ihm geträumt?«

»Ja, manchmal.«

»Was sind das für Träume?«

»Ich träume von ... von seinem Gesicht. Sein Gesicht taucht auf, sagt mir seltsame Dinge und geht dann wieder weg.«

Ein Vogel zwitscherte und verstummte. Van Tysch sah sie mit halb geschlossenen Lidern an.

»Gehen Sie dorthin«, sagte er und zeigte auf den Schatten eines künstlichen Baums.

Das Plastikgras legte sich folgsam unter ihre nackten Füße. Van Tysch hob den rechten Arm.

»Hier ist es gut.«

Sie blieb stehen. Van Tysch hatte sich die Brille aufgesetzt und kam näher. Er berührte sie nicht, brachte ihr mit kurzen Anweisungen nur leichte Striche bei. Sie nahm sich aber bereits anders wahr, besser gezeichnet denn je. Ihr Körper würde alles tun, was er ihm anordnete, ohne Zustimmung des Gehirns, davon war sie überzeugt. Was ihren Geist anging, so wollte sie versuchen, auch diesen ihm zu Füßen zu legen. Ganz. Vollkommen. Was immer er sagte oder wollte. Ohne Einschränkungen.

»Was ist passiert?«, fragte van Tysch.

»Wann?«

»Jetzt.«

»Jetzt?«

»Ja, jetzt. Sagen Sie mir, was Sie denken. Sagen Sie mir ganz genau, was Sie jetzt denken.«

Sie beschloss, zu sprechen und ihr Gehirn weitgehend auszuschalten.

»Ich denke, dass ich mich mit keinem Maler so gefühlt habe wie mit Ihnen. Dass ich mich Ihnen ausgeliefert habe. Dass mein Körper tut, was Sie ihm sagen, fast noch bevor Sie etwas sagen. Und dass sich mein Geist auch ausliefern sollte. Das habe ich gedacht, als sie mich fragten, was passiert sei.«

Als sie geendet hatte, war ihr, als hätte sie eine schwere Last abgeworfen. Sie überlegte. Es gab nichts mehr zu bekennen. Sie schwieg wie ein Soldat, der auf Befehle wartet.

Van Tysch setzte die Brille ab. Er schien sich zu langweilen. Dann murmelte er ein paar Worte auf Holländisch und zog dabei ein Tuch und ein kleines Fläschchen aus der Tasche. Irgendwo am Himmel brummte ein Flugzeug. Die Sonne sank hinter den Horizont.

»Löschen wir diese Linien«, sagte er, befeuchtete ein Stück Tuch mit der Flüssigkeit aus dem Gefäß und näherte sich damit ihrer Stirn.

Sie bewegte keinen Muskel. Van Tyschs stoffumwickelter Finger rieb ihr kräftig im Gesicht herum. Als er zu den Augen kam, wollte er, dass sie sie offen ließ, jedenfalls hatte er ihr nicht befohlen, sie zu schließen. Schwache Bilder von Gerardo tauchten wie ein fernes Echo in ihr auf. Als er ihr das Gesicht gezeichnet hatte, war ihr wohl gewesen, doch jetzt freute sie sich, dass van Tysch es auslöschte. Eine von Gerardos Ungeschicklichkeiten mehr, als kritzle ein Kind auf die Ecke einer Leinwand, die Rembrandt für sich reserviert hatte. Das hätte van Tysch sicher nicht zugelassen.

Als van Tysch fertig war, setzte er sich die Brille wieder auf. Erst dachte sie, er sei nicht zufrieden. Dann sah sie ihn Fläschchen und Tuch einstecken.

»Warum haben Sie Angst, es könnte jemand nachts in Ihr Haus kommen?«

»Das weiß ich nicht. Ehrlich. Ich erinnere mich nicht, dass mir je etwas passiert ist.«

»Ich habe mir die nächtlichen Filmaufnahmen angesehen und war von dem Schrecken auf Ihrem Gesicht, als sich meine Assistenten dem Fenster näherten, überrascht. Wir könnten einen Gesichtsausdruck dieser Art festhalten, dachte ich mir. Ihn malen, will ich damit sagen. Vielleicht mache ich das tatsächlich. Ich bin jedoch auf der Suche nach etwas Besserem.«

Sie sagte nichts. Sah ihn nur an. Über van Tyschs Kopf verdunkelte sich der Himmel.

»Was haben Sie gefühlt, als Ihr Vater starb?«

»Ich fühlte mich ziemlich schlecht. Es war kurz vor Weihnachten. Ich erinnere mich an ein sehr trauriges Fest. Im Jahr darauf ging es mir schon besser.«

»Warum haben Sie geblinzelt?«

»Ich weiß nicht, warum. Vielleicht war es Ihr Atem. Wenn Sie sprechen, streift er mich. Möchten Sie, dass ich versuche, nicht zu blinzeln?«

»Was haben Sie gefühlt, als Ihr Vater starb?«

»Ich war sehr traurig und habe viel geweint.«

»Warum erregen Sie sich so, wenn nachts jemand in Ihr Haus kommt?«

»Warum ... ich mich errege? Nein, ich errege mich nicht. Ich fürchte mich.«

»Sie sind nicht ehrlich.«

Das traf sie unvorbereitet. Sie sagte einfach, was ihr in den Sinn kam: »Nein. Doch.«

»Warum sind Sie nicht ehrlich?«

»Das weiß ich nicht. Ich habe Angst.«

»Vor mir?«

»Weiß ich nicht. Vor mir.«

»Sind Sie in diesem Moment erregt?«

»Nein. Ein wenig vielleicht.«

»Warum geben Sie immer zwei verschiedene Antworten?«

»Weil ich ehrlich sein will und alles sagen möchte, was mir einfällt.«

Van Tysch schien leicht verärgert zu sein. Er zog ein gefaltetes Blatt Papier aus seiner Jackentasche, breitete es auseinander und tat etwas Überraschendes. Er warf es ihr ins Gesicht.

Das Papier klatschte auf ihr Gesicht und segelte dann auf den Plastikboden. Da erkannte es Clara: Es handelte sich um ein übel zugerichtetes Blatt aus dem Katalog von *Mädchen vor dem Spiegel* von Alex Bassan mit einer Großaufnahme ihres Gesichts.

»Ich habe das Foto gesehen, als ich eine Leinwand für eine Rembrandtfigur suchte. Der Glanz in Ihrem Blick hat mich sofort angesprochen«, sagte van Tysch. »Ich ließ Sie unter Vertrag nehmen, vorbereiten und imprägnieren. Es hat mich ein Vermögen gekostet, Sie als künstlerisches Material von Madrid hierher zu bringen. Diesen Glanz kann ich viel besser malen als dieser Kerl, dachte ich mir. Warum schaffe ich es nicht? Bei den Filmaufnahmen aus dem Landhaus habe ich ihn nicht gefunden. Der Glanz hat mit der nächtlichen Angst zu tun, vermutete ich und ordnete meinen Helfern an, Sie in jener Nacht zu überfallen. Da ich aber nicht glaube, dass er von der Spannung eines bestimmten Augenblicks abhängt, bin ich persönlich gekommen. Soeben war mir, als hätte ich den Glanz einen Sekundenbruchteil lang wahrgenommen, als ich mich Ihnen näherte. Ich fragte Sie, was los sei. Doch ich glaube nicht, dass der Glanz etwas mit Ihnen zu tun hat. Ich glaube, dass er unabhängig von Ihnen ist. Er kommt und geht wie ein scheues Tier. Warum? Warum strahlen Ihre Augen plötzlich so?«

Noch bevor sie antworten konnte, hatte sich van Tyschs Tonfall verändert. Seine Stimme war ein eisiges Flüstern geworden, elektrisierend wie ein Stromschlag.

»Ich habe es satt, Fragen zu stellen und Sie hinter Ihrem Blick hervorzulocken. Sie reagieren idiotisch und kapieren nicht, was mich interessiert. Sie verhalten sich wie ein hübsches Mädchen, das auf seine Chance wartet. Ein netter Körper, der bemalt werden möchte. Sie halten sich für sehr schön und möchten groß herauskommen. Sie möchten eine

Kostbarkeit werden. Sie halten sich für eine professionelle Leinwand, werden aber nie wissen, was es wirklich heißt, eine Leinwand zu sein. Sie werden sterben, ohne es zu wissen. Die Filmaufnahmen haben mir bewiesen: Als Leinwand sind Sie absolutes Mittelmaß. Mich interessiert an Ihnen nur, was in Ihren Augen liegt. Es gibt Dinge in uns, die uns übersteigen und dennoch klein und verborgen bleiben. Der Tumor Ihres Vaters beispielsweise. Winzigkeiten, die wichtiger sind als unser ganzes Leben. Dinge, die Angst machen. Kunst besteht aus diesen Dingen. Manchmal holen wir sie hervor, dann sprechen wir von ›Läuterung‹. Es ist wie Erbrechen. Für mich sind Sie weniger wert als Ihr Erbrochenes. Ich will an Ihr Erbrochenes.« Sie antwortete nicht. Irgendwie gut, dass sie keine Tränen hatte, denn ihr war nach Weinen zumute.

»Wissen Sie eigentlich, warum ich das will?«, fragte van Tysch in verändertem Ton weiter.

»Nein«, murmelte sie.

»Weil es mir gehört. Es ist in Ihrem Innern, gehört aber mir.« Er wies mit dem Zeigefinger auf seine Brust. »Der Glanz, der gelegentlich in Ihre Augen steigt, gehört mir.«

Er rückte von ihr ab, drehte sich um und ging ein paar Schritte weg. Clara hörte ihn hantieren. Als er sich umdrehte, sah sie eine frisch gestopfte Pfeife in seiner Hand.

»Deshalb werden wir hier ausharren, beide, Sie und ich, bis er erscheint.«

Er hielt eine Streichholzflamme an den Pfeifenkopf. Um sie herum war es immer dunkler geworden. Das Streichholz warf er auf den Boden und trat es mit dem Fuß aus.

»Vorteile eines feuerfesten Plastikwaldes«, sagte er.

Diesen unerwartete Scherz, genau diesen miesen Scherz, mit dem er seinen eisigen Diskurs unterbrach, empfand sie am allerschlimmsten. Sie musste sich gewaltig anstrengen, um nichts zu sagen und nichts zu tun, um ihn weiter reglos anzusehen.

»Ich werde dieses Tierchen mit den glänzenden Augen reizen, damit es aus seinem Bau kommt«, sagte van

Tysch. »Und wenn es rauskommt, schnapp ich es. Alles Weitere interessiert mich nicht.«

Dann fügte er nach einer kurzen Pause hinzu: »Das Weitere sind nur Sie.«

Wie viele Stunden waren vergangen? Wie lange stand sie unbeweglich da, auf dem Plastikgras, ertrug sie die Nacht auf ihrer glänzend glatten Haut? Ein kalter Nordwind war aufgekommen. Wolken bedeckten den Himmel. Langsam bohrte sich die Eiseskälte tief ins Innere ihres Körpers. Ihr Wille wurde wie mit Messern attackiert. Dennoch hielt sie nicht das körperliche Ungemach für die Ursache ihres Leidens, sondern ihn.

Van Tysch kam und ging. Manchmal trat er näher und beobachtete in der fortschreitenden Dunkelheit ihr Gesicht. Dann verzog er seine Miene und entfernte sich wieder. Einmal ging er ganz weg. Er blieb eine gewisse Zeit verschwunden und kam dann mit etwas Essbarem zurück, wahrscheinlich war es Obst. Mit dem Rücken gegen einen Plastikbaum gelehnt, fing er an zu essen. Clara ignorierte er. Wie sie so aufrecht und reglos dastand und ihn aus der Ferne betrachtete, diesen dunklen Fleck, glich er einer dünnbeinigen Riesenspinne. Dann sah sie, wie er sich ins Gras legte und die Arme verschränkte. Er schien einzunicken. Clara hatte Hunger, sie fror und verspürte den Drang, ihre angespannte Haltung zu verändern. Doch das war es alles nicht, was ihr in dem Moment wirklich Sorgen machte. Sie versuchte, ihre Willenskraft intakt zu halten, das war ihr am wichtigsten.

Einmal kam van Tysch wieder auf sie zu. Er stolperte daher und keuchte wie ein wildes, gereiztes Tier.

»Sagen Sie was«, schnauzte er sie an.

Sie verstand nicht. Da ließ er eine Art Wutgeheul ab. Dabei brach ihm die Stimme mitten im Wort, wie einem alten Kettenraucher.

»Sagen Sie was, irgendetwas!«

Sie konnte kaum sprechen. Das stundenlang durchgehaltene, bewegungslose Schweigen hinderte sie daran.

Dennoch gehorchte sie. Die Worte brachen aus ihr heraus wie ferngesteuert.

»Es geht mir schlecht. Ich möchte alles so gut wie möglich machen, aber es geht mir schlecht, weil Sie mich verachten. Ich glaube, Sie sind ein Irrer oder ein gottverdammter Scheißkerl, vielleicht beides, ein Irrer und ein gottverdammter Scheißkerl. Ich hasse Sie, und genau das haben Sie gewollt. Ihre Verachtung ertrage ich nicht. Sie haben mich erregt. Das schwör ich Ihnen. Es hat mich erregt, mich in Ihren Händen zu wissen. Das ist jetzt vorbei. Inzwischen sind Sie mir scheißegal. So sieht es aus.«

Als sie geendet hatte, merkte sie, dass van Tysch kaum zugehört, ihr vielmehr unablässig in die Augen geschaut hatte.

»Was haben Sie gefühlt, als Ihr Vater starb?«, fragte van Tysch.

»Erleichterung«, sagte Clara sofort. »Seine Krankheit war entsetzlich. Er lag stundenlang auf dem Sofa und geiferte. Er ließ in meiner Anwesenheit Fürze ab und lächelte mich dabei an, als wäre er ein Stück Vieh. Eines Tages erbrach er sich im Flur, beugte sich hinunter und suchte etwas in dem Erbrochenen. Gut, er war krank, aber ich verstand ihn nicht mehr. Mein Papa war immer ein liebenswürdiger, kultivierter Mann gewesen. Er liebte die klassische Malerei. Dieses Etwas war nicht mein Vater. Deshalb hat mich sein Tod erleichtert. Aber jetzt weiß ich nicht ...«

»Schweigen Sie«, sagte van Tysch, ohne die Stimme zu erheben. »Warum haben Sie so panische Angst davor, es könnte jemand in Ihr Zimmer kommen?«

»Ich habe Angst vor einer Verletzung. Ich habe Angst vor einer Verletzung. Mehr kann ich nicht dazu sagen.«

Der Wind war stärker geworden. Der über den Ast gelegte Bademantel rutschte ab und fiel auf den Boden. Clara bemerkte es nicht.

»Ehrlichkeit kostet Mühe, stimmt's?«, knurrte van Tysch. »Sie sei das Gegenteil von Lügen, hat man uns gelehrt. Aber ich will Ihnen etwas sagen: Ehrlichkeit ist für viele nichts anderes als der Zwang, nicht zu lügen. Sie ist ein Blendwerk, nichts weiter.«

»Ich versuche, ehrlich zu sein.«

»Sie sind es aber nicht.«

Van Tyschs Rockschöße flatterten im Wind. Er hatte den Kragen hochgeschlagen, um seinen Hals warm zu halten, und rieb sich die Hände. Dann deutete er unvermittelt auf Claras Kopf.

»Da drin bewegt sich etwas, dreht sich etwas, versteckt sich etwas, das herauskommen will. Warum sind Sie so streng mit sich? Warum nehmen Sie das alles wie eine militärische Übung? Warum machen Sie nicht mal etwas Verrücktes? Möchten Sie Ihre Blase entleeren?«

»Nein«, sagte Clara.

»Versuchen Sie es doch. Urinieren Sie einfach.«

Sie versuchte es, brachte aber keinen Tropfen zustande.

»Ich kann nicht«, sagte sie.

»Sehen Sie? Sie sagen: ›Ich kann nicht.‹ Bei Ihnen dreht sich alles um Können oder Nichtkönnen. Vergessen Sie sich einen Moment. Ich möchte, dass Sie begreifen ... Nein, nicht begreifen ... Was ich Ihnen sagen will, ist, dass Sie unwichtig sind ... Nun, ich kann es mir sparen, Sie glauben mir ja doch nicht.« Er machte eine Pause. Es schien, als suche er nach einfacheren Worten. Dann fuhr er langsamer fort, wobei er seine Rede mit Gesten unterstrich: »Sie sind nur das Vehikel für etwas, das ich für mein Werk brauche. Ich sage es Ihnen ganz ehrlich, wohl wissend, dass Sie das nur schwer annehmen können: Stellen Sie sich als Schale vor, die ich aufbrechen will, nicht weil ich Sie hasse, nicht weil ich Sie verachte, nicht weil ich Sie für etwas Besonderes halte, sondern weil ich wissen will, was sich in der Schale verbirgt. Den Rest werfe ich weg. Sie sollten es zulassen.«

Clara sagte nichts.

»Sagen Sie wenigstens, dass Sie es nicht möchten«, schlug van Tysch ruhig, fast bittend vor. »Treten Sie mir entgegen.«

»Ich möchte Ihre Bitte erfüllen«, stotterte Clara, »aber ich kann nicht.«

»Aha. Sehen Sie? ›Ich kann nicht.‹ Ich habe Ihnen eine kleine Falle gestellt. Natürlich können Sie nicht. Aber nun geben Sie sich Mühe. Sie wollen sich nicht als bloßes Vehikel begreifen. Die Schale könnte ganz von allein aufbrechen, ganz ohne Druck.« Er hob eine Hand und legte sie sacht auf ihre nackte Schulter: »Sie sind ja ganz erfroren. Und wie Sie zittern. Hab ich nicht Recht? Jetzt endlich geben Sie sich Mühe. Sie geben sich Mühe! Wir sollten es nun gut sein lassen.«

Er entfernte sich kurz. Als er zurückkam, hatte er den Bademantel dabei.

»Ziehen Sie sich an.«

»Neinbittenicht.«

»Los, ziehen Sie sich an.«

»Neinbittenichtneinbittenicht.«

Ihr war völlig klar, dass van Tysch eine recht plumpe Maltechnik einsetzte, nämlich falsches Mitleid. Aber seinen Pinsel hatte er meisterlich geführt. Irgendetwas in ihrem Innern hatte nachgegeben. Es fühlte sich an, wie sich der nahende Tod angefühlt hätte. Allein der Gedanke, wieder ins Haus zurückzugehen, ließ sie erschaudern. Diese unerträgliche Vorstellung – den Bademantel überzuziehen und alles mit einem einzigen Federstrich zu beenden – hatte etwas in ihrem Innern aufgebrochen. Ihre Schultern bewegten sich krampfhaft. Da begriff sie, dass sie weinte, tränenlos weinte.

Er beobachtete sie eine Weile.

»Eine gute Äußerung«, sagte er, »eine recht gute, aber ich sehe in Ihren Augen nichts Besonderes. Ich muss wohl etwas anderes probieren.«

Stille. Clara kniff die Augen zu. Van Tysch sah sie aufmerksam an.

»Unglaublich«, murmelte er. »Sie hat einen starken Willen, kann ihn selbst aber nicht ausschalten. Sie hält die Zügel straff. Aber, aber ... Wollen Sie nicht ein großes Werk sein? Möchten Sie vielleicht deshalb gemalt werden? Wollen Sie ein Meisterwerk werden? ... Welch ein Irrtum. Sehen Sie ... Selbst jetzt, während Sie mir zuhören, merke ich, wie Sie sich anstrengen ... Ihr Wille flüstert Ihnen zu: ›Ich muss widerstehen!‹«

Er hob eine Hand und berührte ihre Brust. Er tat es gleichgültig, als begutachte er einen Gegenstand auf seine Nützlichkeit hin. Clara schauderte. Ihre Brüste waren kalt und empfindlich.

»Wenn ich Sie berühre, wenn ich Sie benutze, werden Sie wieder zu einem Leib. Sehen Sie? Ihr Ausdruck verändert sich, dieser halb geöffnete Mund gefällt mir durchaus, ich suche jedoch noch etwas anderes ...« Er nahm die Hand weg. »Viele Maler haben viele Werke mit Ihnen geschaffen, alle recht hübsch. Sie sind attraktiv. Sie haben Schock-Art gemacht. Sie lieben Herausforderungen. Als junges Mädchen haben Sie zum *Circle* gehört. Im vorigen Jahr sind Sie nach Venedig gegangen, um von Brentano gemalt zu werden. So viel Erfahrung!«, spottete van Tysch. »Sie sind zum Archetyp des Begehrens geworden. Man hat Sie benutzt, um Geld lockerzumachen. Sie wollten ein Kunstwerk sein, doch man hat Sie zu einem Körper gemacht.« Er strich ihr mit dem Zeigefinger das Haar aus den Augen. Clara fühlte seinen nach feinem Pfeifentabak riechenden Atem. »Dass eine Leinwand durch viele Malerhände geht, das hat mir nie gefallen. Sie könnte schließlich glauben, sie sei das gemalte Bild. Doch eine Leinwand ist nicht das Bild, nie und nimmer, sie ist nur die Unterlage.«

»Ich weiß sehr wohl, was ich bin«, platzte Clara heraus. »Und jetzt weiß ich auch, was Sie sind!«

»Falsch. Sie wissen es nicht.«

»Lassen Sie mich in Ruhe!«

Van Tysch starrte sie an.

»Dieser Ausdruck ist besser. Verletzter Stolz. Selbstmitleid. Dieses Lippenzittern ist interessant. Wenn Sie jetzt noch den Glanz hinbekämen, wäre die Sache perfekt!«

Es entstand eine lange Stille. Van Tysch beugte sich über sie und stützte seinen Ellbogen auf ihre linke Schulter. Seine Jacke berührte Claras nackten Körper, und das Gewicht seines Arms auf ihrer Schulter zwang sie, angespannt zu stehen. Sie merkte, dass er sie ansah wie ein interessantes, maltechnisches Problem, eine schwierige oder heikle Zeichnung, mit der er noch nicht ganz zufrieden war. Sie wandte den Blick von seinen Augen ab. Nach einer Ewigkeit hörte sie wieder seine Stimme.

»Was sind wir Menschen doch für ein Elend. Wer hat gesagt, dass wir jemals Kunstwerke sein können? Meinen ›Blumen‹ tut der Rücken weh. Meine ›Monster‹ sind Kriminelle und Idioten. Und ›Rembrandt‹ ist eine Karikatur echter Gemälde und eines echten Malers. Ich werde Ihnen eine Anekdote erzählen. Vasili Tanagorsky ist der Erfinder der hyperdramatischen Kunst. Er kam eines Tages in eine Galerie, während der Vernissage seiner Ausstellung, stieg auf ein Podest und sagte: ›Ich bin das Gemälde.‹ Ein guter Scherz also. Doch Max Kalima und ich waren damals noch sehr jung und haben die Sache ernst genommen. Eines Tages haben wir ihn besucht. Er war völlig senil und deshalb in ein Krankenhaus eingeliefert worden. Vom Fenster seines Zimmers aus war ein wunderbarer englischer Sonnenuntergang zu sehen. Tanagorsky beobachtete ihn von seinem Stuhl aus. Als er mich sah, deutete er auf den Horizont und sagte: ›Bruno, wie gefällt dir mein neuestes Bild?‹ Worauf Kalima und ich lachten, weil wir dachten, er scherzte. Es war ihm aber ernst. Die Natur ist, alles in allem, ein sehr viel bewundernswerteres Werk als der Mensch.«

Während er redete, strich er mit einem Finger über Claras Gesicht, über Stirn, Nase, Wangen. Sein Ellbogen ruhte noch immer auf ihrer Schulter.

»Wie schrecklich, wenn es einst gelänge, aus einem menschlichen Wesen ein echtes Kunstwerk zu machen. Wissen Sie, was ich vermute? Dass es ein Kunstwerk wäre, das alle verabscheuen. Ich träume davon, eines Tages ein Werk zu schaffen, wofür mich alle beschimpfen, verachten, verfluchen. An dem Tag werde ich Kunst gemacht haben, zum ersten Mal in meinem Leben.« Er trat einen

Schritt zurück und reichte ihr den Bademantel. »Ich bin müde. Morgen male ich Sie weiter.«

Er drehte sich um und ging weg. Die Richtung schien ihm bekannt zu sein, obwohl es fast völlig dunkel war. Clara folgte ihm, die Hände in den Taschen ihres Bademantels, stolpernd, vor Kälte zitternd und wegen der langen Starre von Krämpfen geschüttelt. Gerardo und Uhl erwarteten sie am Eingang. Die Lichter auf dem Dach überschütteten sie mit Gold. Es war, als sei nichts geschehen: Sie standen noch genauso da, wie sie sie verlassen hatte, meinte Clara sich zu erinnern. Gerardo hatte die Hände in die Hüften gestemmt. Im Mercedes, der vor dem Haus parkte, sah sie den stummen Schatten von Murnika de Verne, der Sekretärin des Meisters.

Auf einmal blieb van Tysch stehen, auf halbem Weg, als wäre ihm ein Gedanke gekommen, und wandte sich um. Auch Clara blieb stehen.

»Kommen Sie näher an den Wagen«, sagte van Tysch. »Aber nicht viel. Bleiben Sie hier stehen.«

Sie ging zu der angewiesenen Stelle. Die Hälfte seines Oberkörpers spiegelte sich nun in der dunklen Scheibe des Autofensters.

»Schauen Sie auf das Fenster.«

Sie tat es, sah aber nur die eigene, in den Bademantel gehüllte Gestalt und das kurze, rote Haar, das in der Nacht dunkler war als sonst. Da erschien unvermittelt van Tyschs schwankender Schatten neben ihr. Seine Stimme klang verzweifelt.

»Jetzt! Ich hab es wieder gesehen! Auf dem Foto des Katalogs stehen Sie vor einem Spiegel! Die Spiegel sind es! Die Spiegel lösen es in Ihren Augen aus! Ich Dummkopf! Ich großer Dummkopf!«

Er packte Clara am Arm und zog sie in Richtung Haus. Dabei rief er seinen Helfern Befehle zu, worauf sie schnell die Tür aufmachten und verschwanden. Als van Tysch und Clara hereinkamen, waren Uhl und Gerardo dabei, einen der großen Spiegel in die Mitte des Wohnzimmers zu rücken. Der Maler stellte Clara davor.

»War es das? War es so einfach zu finden? Nein, sehen Sie nicht mich an. Sehen Sie sich an!«

Clara betrachtete ihr Gesicht im Spiegel.

»Sie sehen sich an und leuchten auf«, rief van Tysch. »Sie können nicht anders! Sie sehen sich an und ... und verwandeln sich! Sie sind von Ihrem Bild fasziniert, nicht wahr?«

»Ich weiß nicht«, erwiderte sie nach einer Pause. »Früher, als Kind, betrat ich einen Speicher. Dort war ein Spiegel, was ich aber nicht wusste ... Ich sah ihn und erschrak.«

»Treten Sie etwas zurück.«

»Wie bitte?«

»Gehen Sie zur Wand und schauen Sie sich dabei im Spiegel an ... So ... Genau, wenn Sie sich von weitem beobachten, verändert sich Ihr Ausdruck. Er wird intensiver. Am Auto haben Sie es verloren, als Sie näher traten. Warum? Sie müssen sich aus der Entfernung betrachten. Sie müssen Ihr Bild aus einer gewissen Entfernung sehen. Ihr fernes Bild oder vielleicht Ihr verkleinertes? Ich habe diesen Ausdruck auch gesehen, als ich mich im Plastikwald näherte! Da gab es aber keine Spiegel ...« Er hielt inne und hob den Zeigefinger. »Ich trug eine Brille! Die Brille! Sagt Ihnen dieses Objekt etwas?«

Clara glaubte, sich recht gut beherrscht zu haben, doch van Tysch war nichts entgangen. Er setzte die Brille auf, trat vor sie hin, nahm ihren Kopf zwischen seine Hände und forderte sie mit fast weicher Stimme auf: »Erzählen Sie. Los, erzählen Sie. Es gibt Dinge in unserem Innern, leichte, zerbrechliche, vertraute, wie Kinder. Winzigkeiten, die dennoch wichtiger sind als unser ganzes Leben. Ich weiß, dass Sie um eine solche Erinnerung kämpfen.«

Die verkleinerte Clara auf van Tyschs Brillengläsern beobachtete Clara. Die Worte kamen ihr über die Lippen, folgsam, ohne ihren betäubten Geist zu berühren.

»Ja, es gibt etwas«, flüsterte sie. »Es war mir aber nie wichtig.«

»Das sind die wichtigsten Dinge«, sagte van Tysch. »Erzählen Sie.«

»Eines Nachts kam Vater in mein Zimmer. Ich war krank damals ...«

»Weiter. Dabei aber immer Ihr Bild im Spiegel meiner Brillengläser im Auge behalten.«

»Ich wachte auf. Wachte auf und erschrak. Aber er war ja bereits krank ...«

»Und dann?«

»Er beugte sein Gesicht über mich ... ganz nah ...«

»Hat er Licht gemacht?«

»Die Nachttischlampe.«

»Weiter. Was hat er dann getan?«

»Er kam mir mit seinem Gesicht ganz nah«, wiederholte Clara. »Mehr hat er nicht getan, nur das. Er trug seine Brille. Vaters Brille war riesig. Mir erschien sie immer groß. Sehr groß.«

»Und Sie sahen sich darin gespiegelt?«

»Ja, ich glaube schon. Jetzt erinnere ich mich. Ich sah mein Gesicht in den Brillengläsern. Erst dachte ich an ein Bild: Die Fassung war dick und glich einem Rahmen ... Ich war im Glas drinnen ...«

»Weiter. Was geschah dann?«

»Mein Vater sagte etwas, das ich nicht verstand. ›Was ist los, Papa?‹, fragte ich ihn. Doch er bewegte nur die Lippen. Plötzlich, ich weiß nicht, warum, kam mir der Gedanke, diese Person sei gar nicht mein Vater, sondern ein anderer. ›Papa, bist du es?‹, fragte ich. Er gab keine Antwort. Da bekam ich schreckliche Angst. Ich fragte noch einmal: ›Papa! Bitte sag, dass du es bist!‹ Keine Antwort. Ich fing an zu weinen, er verließ das Zimmer und ...«

»Perfekt«, sagte van Tysch. »Still jetzt. Es ist perfekt.«

Er winkte Gerardo und Uhl herbei. »Ihr Ausdruck, seht nur: Schreck und Mitleid, Liebe und Abscheu. Perfekt. Sie ist aus sich herausgegangen. Ich habe sie gemalt. Sie gehört mir.«

Dann wandte er sich auf Holländisch an seine Helfer. Sie merkte, dass er über das Bild sprach. Er gab ihnen

Anweisungen. Sein Verhalten hatte sich nun völlig verändert. Er war jetzt nicht mehr wütend oder bewegt, sondern schien vielmehr laut zu denken, weit weg von irgendwelchen technischen Problemen. Dann machte er eine Pause und sah Clara wieder an. Sie war angespannt, noch ganz in der Erinnerung gefangen und lächelte schwach.

»Ich hätte nie gelaubt, dass mich das, was mir als Kind widerfahren ist, besonders prägen würde. Mein Vater war sehr krank, und so hat er sich auch verhalten. Er wollte mir nichts antun ... Das habe ich später begriffen ...«

»Mir ist es egal, ob er Sie geprägt hat oder nicht«, gab van Tysch barsch zurück. »Ich bin Maler, kein Psychoanalytiker. Außerdem interessieren Sie mich überhaupt nicht, wie ich Ihnen bereits gesagt habe. Sie können sich also Ihre dummen Geschichten ersparen. Ich habe gefunden, was ich suchte. Wir werden einen Spiegel so versteckt vor Sie hinstellen, dass das Publikum ihn nicht sieht, Sie sich jedoch darin spiegeln. Das genügt.«

Er ließ Clara links liegen, gab Gerardo und Uhl letzte Anweisungen und verließ das Haus. Der Mercedes wurde angelassen. Dann herrschte Stille.

Sie kam in ein Handtuch gehüllt aus dem Badezimmer, mit jetzt wieder blonden Haaren, ohne Brauen, mit imprägnierter Haut. Gerardo saß im Wohnzimmer auf dem Fußboden, den Rücken an die Wand gelehnt. Als er sie sah, stand er auf und reichte ihr ein gefaltetes Blatt. Es handelte sich um die Farbkopie eines klassischen Gemäldes.

»Inzwischen darfst du es wohl erfahren. Der Titel lautet *Susanna und die beiden Alten*. Rembrandt hat es um 1647 gemalt. Kennst du die Geschichte? Sie stammt aus der Bibel.«

Er erzählte sie ihr. Susanna war eine tugendsame junge Frau, verheiratet mit einem tugendsamen Mann. Als sie sich anschickte, im Garten ihres Hauses ein Bad zu nehmen, wurde sie von zwei alten Richtern bedrängt. Sie weigerte sich, ihnen zu Willen zu sein, und die Alten beschuldigten sie des Ehebruchs. Sie wurde zum Tode verurteilt, aber Daniel, der weise Richter, bewies ihre Unschuld und rettete sie im letzten Augenblick.

»Auf Rembrandts Bild ist Susanna mit dunkelrotem Haar dargestellt. Sie hat sich soeben entkleidet und trägt nur noch ein Hemd. Die beiden Alten nähern sich ihr von hinten. Sie werfen sich auf sie ... Sie hat einen Fuß im Wasser, als hätte einer der Alten sie gestoßen ...«

Man hatte sie von Anfang an entsprechend skizziert, erklärte er ihr: Das rote Haar, die Nacktheit, die nächtliche Überwachung, von zwei Männern bedrängt und erniedrigt. Das ganze Hyperdrama hatte sich an diesem Bild orientiert.

»Die Zeichnung steht bereits«, sagte Gerardo. »Jetzt muss das Gemälde fertig gestellt werden. In den nächsten Tagen werden wir damit beschäftigt sein, Stellung und Körperfarbe zu verfeinern und deinen hyperdramatischen Gesichtsausdruck zu fixieren. Die Sache wird also nicht leichter. Aber das Schlimmste ist bereits überstanden, das kann ich dir versichern.« Er klang äußerst erleichtert. »Bald werden wir dich entsprechend ausleuchten und an den vorgesehenen Platz im Tunnel stellen.« Dann, nach einer Pause, fragte er lächelnd: »Und wie fühlst du dich jetzt, nach dem Sturm?«

»Gut«, sagte sie und fing an zu weinen. Eine feine, eigenartige Feuchtigkeit legte sich auf ihre Wangen. Das Gefühl kam so überraschend, dass sie es erst nicht recht deuten konnte. Doch als sie an Gerardos Körper Schutz suchte, stellte sie fest, dass sie wieder Tränen hatte.

3

Eine Frau kommt mit energischen Schritten auf das Haus zu. Sie trägt das Haar kurz, ist sehr schlank und sportlich gekleidet: Windjacke, Bluse, enge Jeans und Stiefel, Sonnenbrille und in der linken Hand eine kleine Tasche. Ihre steife Erscheinung passt nicht so recht zu der friedlichen Umgebung. Zu beiden Seiten des Kieswegs, den sie entlanggeht, erstreckt sich ein perfekt geschnittener Rasen, der scharf begrenzte Schatten einiger Bäume und in der Ferne ein Zaun, dahinter eine Weide, auf der mehrere kaffeebraun gefleckte Ponys auszumachen sind. In größerer Entfernung eine leicht hügelige Landschaft, dichte Teppiche aus Gräsern und Kräutern, dazwischen Büsche und Baumgruppen, ein weites, feuchtes Gebiet, wie das Hochland von Dartmoor im Osten Englands. Der Abend neigt sich, links von der Frau geht soeben die Sonne unter. Das Haus, auf das sie zugeht, besteht aus zwei Teilen, der eine lang gestreckt, mit zwei Kaminen und acht Fenstern, der andere, kleinere Teil in rechtem Winkel dazu. Am Eingang steht eine junge Frau in gepflegter Uniform. Sie ist eher beleibt und ihre Haut sehr weiß. Sie lächelt der Frau entgegen, die jedoch nicht reagiert. Irgendwo singt ein Vogel sein virtuoses Lied, einer, für den sich bestimmt jeder Naturfreund interessiert hätte.

»Guten Abend, Miss. Bitte treten Sie ein.«

Die junge, fröhliche Frau mit den geröteten Wangen hatte einen walisischen Akzent. Wood antwortete nicht, was ihrer offensichtlichen guten Laune keinen Abbruch tat. Das Haus war komfortabel, geräumig und roch nach edlen Hölzern.

»Darf ich Sie bitten, hier zu warten, Miss? Sie werden gleich empfangen.«

Der Raum war riesig. Man betrat ihn über drei halbkreisförmige Steinstufen. Wood schritt ganz langsam hinunter, als spiele sie eine Szene in einem Theaterstück. Ihre Stiefel von Ferragamo hallten auf dem Stein. Erst wollte sie die Sonnenbrille absetzen, doch dann besann sie sich anders, weil die verglaste Wand am anderen Ende des Zimmers sehr hell war. Die Brille, ein Modell von Dior, passte zu ihrem kurz geschnittenen Haar, das sie mit ein paar zimtfarbenen Reflexen versehen hatte. Der Schönheitsberater des Salons in der Oxford Street, den sie aufzusuchen pflegte, hatte ihr zu sportlichen Sachen in warmen, cremefarbenen Tönen geraten. Wood hatte sich für eine Jacke aus feiner Baumwolle, eine kragenlose Bluse mit Litzen und eine enge Hose entschieden. Die Handtasche war klein, wurfelförmig und leicht; die Finger ihrer linken Hand trugen fast kein Gewicht.

Sie blickte sich rasch um, während sie im Zimmer stand und wartete. Nüchtern, weitläufig, bequem und ländlich, dachte sie. ›Er hat inzwischen mehr Geld, sein Geschmack hat sich jedoch nicht verändert.‹ Kostbare, handgefertigte Teppiche aus exotischen Ländern, ein Sofa und zwei Sessel in gedeckten Farben, ein riesiger Kamin und am anderen Ende diese verglaste Wand mit einer zweiflügligen Tür, die hinaus in eine Art Paradiesgarten führte. Nur zwei Gemälde schmückten den Raum; eines neben der verglasten Tür und eines an der linken Wand, hinter dem riesigen Teppich. Letzteres war ein blonder, etwa zwanzigjähriger junger Mann, der nackt dastand und sich das Genital mit den Händen bedeckte. Er war nicht bemalt, nur leicht imprägniert. Er atmete schwer, zwinkerte häufig und schien Woods Bewegungen aufmerksam zu verfolgen. Er glich weniger einem Bild als einem ganz normalen, attraktiven, unbekleideten Jungen, der aufrecht im Zimmer steht. Das Porträt hieß *Joe* und war von Gabriel Moritz. Moritz gehörte zur französischen Schule des Natural-Humanismus. Wood kannte diese Strömung sehr gut. Der Natural-Humanismus verwarf jeden Versuch, eine Person in ein Kunstwerk zu verwandeln, weshalb er sich dem reinen Hyperdramatismus vehement entgegenstellte. Für die Humanisten waren die Gemälde vor allen Dingen Menschen. Ihre Modelle wiesen keine Körperbemalungen auf und zeigten sich so, wie sie in ihrem Alltagsleben vorkamen, sie posierten nackt oder bekleidet, fast ohne die Ruhestellung zu erreichen. Die Natural-Humanisten wollten die Unvollkommenheiten eines Körpers nicht verbergen: Wood konnte bei *Joe* am rechten Knie die Narbe einer möglicherweise in der Kindheit zugezogenen Verletzung beobachten, aber auch die feine, dünne Linie einer lange zurückliegenden Blinddarmoperation. Der Junge schien der Ausstellerei ein wenig überdrüssig zu sein. Während Wood ihn ansah, räusperte er sich, blähte die Brust und fuhr sich mit der Zunge über die Lippen.

Das andere Bild war besser, gehörte aber zur gleichen Schule. Wood kannte es bereits und brauchte nicht näher zu treten, um den Titel zu lesen: *Junges Mädchen im Schatten* von Georges Chalboux. Der Körper des *Jungen Mädchens im Schatten* war weniger anmutig als der von Moritz. Er sah aus wie der Körper einer Studentin, die jemandem einen Streich spielen wollte, sich deshalb ausgezogen und bewegungslos aufgestellt hatte. Neben beiden Bildern standen Pulte mit all den Dingen, die zur Instandhaltung menschlicher Werke üblicherweise benötigt wurden: kleine Tabletts mit Mineralwasserflaschen und Keksen, von denen sich das Gemälde jederzeit bedienen konnte, Schilder, die an die Wand gehängt werden konnten und Auskunft gaben, wenn ein Werk Pause machte oder abwesend war, ja sogar ein Anschlag mit der Aufschrift ›Diese Person arbeitet als Kunstwerk. Bitte mit Achtung behandeln!‹.

Wood wandte den Blick von den Bildern ab und ging täschchenschlenkernd im Zimmer auf und ab. Sie hasste die Kunst des französichen Humanismus mit all seinen Richtungen: dem »Sincerismus« von Corbett, dem »Demokratismus« von Gerard Garcet und dem »absoluten Liberalismus« von Jacqueline Treviso. Gemälde, die um Erlaubnis baten, zur Toilette gehen zu dürfen, oder einfach gingen, ohne zu fragen. Freilichtobjekte, die wegrannten, wenn es anfing zu regnen, Werke, die um ihre Arbeitszeiten feilschten, ja sogar ihre Posen aushandelten, die sich in die Gespräche anderer Leute einmischten, die das Recht hatten, sich zu beklagen, wenn ihnen etwas nicht passte, oder die ein Stück abhaben wollten, wenn jemand etwas aß, worauf auch sie Appetit hatten. Ihr war der reine Hyperdramatismus noch immer am liebsten.

Sie hörte ein Geräusch und drehte sich um. Hirum Oslo kam vom Garten herein, hinkend und am Stock. Er trug einen cremefarbenen Pullover, eine gleichfarbige Hose und ein rotes Hemd von Arrows. Oslo war ein hochgewachsener, gepflegter Mann. Die dunkle Farbe seines Gesichts stand im Widerspruch zu den angelsächsischen Zügen, die er von seinem Vater geerbt hatte. Er trug das kurze Haar nach hinten gekämmt, die Brauen waren dicht und markant. Wood fand ihn weitgehend unverändert, vielleicht ein wenig schlanker, mit diesen traurigen Augen, die er von seiner Mutter hatte, die eine Hindu war. Er war fünfundvierzig Jahre alt, wie sie wusste, sah jedoch eher aus wie fünfzig. Ein hilfsbereiter Mann, dem nichts entging und der sofort bemerkte, wenn jemand ein Problem hatte, und nicht zögerte, dieser Person eine hilfreiche Hand zu reichen. Diese Ausstrahlung altert nicht, dachte Wood. Es war, als teile sich Oslos Tatkraft und Rüstigkeit seiner Umwelt mit.

Sie ging ihm bis zur Glastür entgegen. Oslo lächelte sie an, blieb dann aber gleich stehen, um dem Bild von Chalboux etwas zu sagen.

»Cristina, Sie können jederzeit eine Pause einlegen«, teilte er ihr auf Französisch mit.

»Danke«, bedeutete das Bild mit einem Lächeln und einer Kopfbewegung.

Dann erst beschäftigte er sich mit Wood.

»Guten Abend, April.«

»Guten Abend, Hirum. Können wir uns vielleicht irgendwo unterhalten, wo es keine Bilder gibt?«

»Klar, gehen wir in mein Büro.«

Das Büro befand sich nicht im Haus, sondern im Anbau am anderen Ende des Gartens. Oslo arbeitete gern mitten in der Natur. Wood stellte fest, dass er noch immer seinen Neigungen frönte: Er kultivierte seltene Pflanzen und versah sie mit kleinen Schildern, als wären sie Kunstwerke. Während er Wood an einer engen Stelle, die links und rechts von riesigen Kakteen gesäumt war, den Vortritt ließ, sagte Oslo: »Du bist sehr attraktiv.«

Sie lächelte nur.

»Man hat van Tyschs Bilder in Europa nicht aus Restaurierungsgründen zurückgezogen, stimmt's? Ich täusche mich wohl nicht, wenn ich annehme, dass deine Anwesenheit hier und heute damit zu tun hat?«

»Du täuschst dich nicht.«

Oslo hinkte und kam deshalb nur langsam voran. Miss Wood passte sich seinem Schritt jedoch problemlos an. Sie schien alle Zeit der Welt zu haben. Als sie in den kühlen Schatten der Eichen traten, war es schon dunkler geworden. Von irgendwo her war Wasserplätschern zu hören.

»Wie war die Reise? Hast du mein Reich gleich gefunden?«

»Ich habe bis Plymouth das Flugzeug genommen und dann einen Wagen gemietet. Deine Beschreibungen waren sehr hilfreich.«

»Nicht für alle«, bemerkte Oslo lächelnd. »Es gibt Leute, die sich verirren, sobald sie Two Bridges verlassen. Vor kurzem besuchte mich einer dieser Künstler, die ihre Bilder mit Musik unterlegen wollen. Der arme Mann ist zwei Stunden lang im Kreis herumgefahren.«

»Du hast also endlich dein ideales Refugium gefunden, einen einsamen Ort mitten in der Natur.«

Oslo war sich nicht sicher, ob er Woods Worte vorbehaltlos positiv interpretieren konnte, dennoch lächelte er.

»Natürlich ist es hier viel schöner als in London. Und das Klima ist herrlich. Heute früh war es allerdings neblig. Wenn es regnet, nehme ich die Freiluftobjekte herein. Ich lasse sie nie im Regen stehen. Du wirst überrascht sein ...« Wood bemerkte eine seltsame Veränderung seiner Stimme.

Sie waren an die Stelle gekommen, von der das Wassergeräusch ausging. Es war ein künstlicher Teich. Darin stand in der Mitte ein Freiluftobjekt.

Nach einer Pause, in der Oslo vergeblich versuchte, Woods Gefühle zu erfassen, sagte er: »Das ist Debbie Richards. Ich halte Debbie für ein großartiges Porträt. Ich habe ein Foto von dir verwendet. Stört es dich?«

Das Mädchen stand auf einer kleinen Plattform. Ihr Haar war exakt geschnitten, *à la garcon*, und die Ray-Ban-Brille glich sehr der ihren, ebenso das grün bemalte Schneiderkostüm mit Minirock. Es gab jedoch einen deutlichen Unterschied (Wood konnte nicht anders, sie musste immer hinsehen): Ihre nackten Beine waren, anders als die ihren, lang und wohlgeformt. Einfach wesentlich attraktiver.

›Ein guter Maler macht dich bekanntlich immer schöner‹, dachte sie zynisch.

Das Bildnis stand unbeweglich in der vorgesehenen Haltung da. Hinter ihm erhob sich eine Wand aus Naturstein, und rechts von ihm plätscherte ein kleiner Wasserfall. Wer mochte dieses Mädchen sein, das ihr so ähnlich sah? Oder war alles nur das Ergebnis von Zeroplastin?

»Ich dachte, du magst keine Zeroplastik«, bemerkte sie nach einer Weile.

Oslo lachte unfroh.

»Stimmt, mag ich nicht. Aber in diesem Fall musste eine gewisse Ähnlichkeit mit dem Original gegeben sein. Ich habe das Werk seit einem Jahr. Bist du verärgert, dass ich mir ein Bild von dir beschafft habe?«, fügte er hinzu und sah sie besorgt an.

»Nein.«

»Gut, dann lassen wir das Thema. Ich will dir keine Zeit stehlen.«

Das Büro war in einer verglasten Pergola untergebracht. Hier herrschte, ganz im Gegensatz zum Haus, Chaos: Zeitschriften, Computer und wackelige Bücherstapel. Oslo bestand darauf, den Tisch ein wenig freizuräumen; Wood ließ ihn schweigend gewähren. Sie fühlte sich irgendwie benommen, konnte aber nicht sagen, warum. Nach außen wirkte sie jedoch unverändert. Nur die Knöchel ihrer Hand, die die Tasche umklammerte, waren weiß.

Das war ein Tiefschlag, ein verdammter Tiefschlag. Wie konnte sie ahnen, dass Oslo sich noch immer gern an sie erinnerte, noch dazu auf so romantische Weise? Das war irgendwie absurd, sinnlos. Sie war Hirum seit vielen Jahren nicht mehr begegnet. Selbstverständlich hatten sie immer wieder voneinander gehört, vor allem sie von ihm. Seit Hirum Oslo der Stiftung den Rücken gekehrt hatte und zum Guru des Natural-Humanismus geworden war, gab es kaum eine Veröffentlichung zum Thema Kunst, in der er nicht erwähnt wurde, um ihn hoch zu loben oder zu schmähen. Oslo war soeben dabei, ein Exemplar seines jüngsten Werks ›Humanismus und hyperdramatische Kunst‹ wegzuräumen. Wood hatte es gelesen. Als sie während des Fluges das Interview plante, hatte sie sich vorgenommen, einige Stellen aus dem Buch zu kommentieren, um auf diese Weise – so war ihr Gedanke – nicht über die Vergangenheit sprechen zu müssen. Doch die Vergangenheit war da, dieser Raum war voll von ihr, sie tauchte in jedem Gespräch unvermeidlich auf. Dann, darüber hinaus, diese Überraschung, die Figur von Debbie Richards. Wood wandte den Kopf und sah in den Garten hinaus. Die Figur befand sich in ihrem Blickfeld. ›Er hat sie so platziert, dass er sie von seinem Arbeitsplatz aus sehen kann‹, dachte sie.

Als Oslo fertig war mit Aufräumen, wandte er sich dieser blassen, schlanken Gestalt mit der dunklen Brille zu.

›Ist sie ärgerlich?‹, fragte er sich. ›Ihre wahren Gefühle zeigt sie nie. Was sie wirklich empfindet, erfährt man nicht.‹ Dann beschloss er, sich über ihren Ärger hinwegzusetzen. Ihr stand es am allerwenigsten zu, ihm seine Erinnerungen vorzuwerfen.

»Setz dich. Möchtest du etwas trinken?«

»Nein, danke.«

»Ich arbeite an meinem kleinen Vortrag für kommende Woche. Es wird eine große Retrospektive französischer Freilandbilder geben. Konferenzen und runde Tische. Darüber hinaus trage ich die Hauptverantwortung für die Konservierung von dreißig Bildern, zehn davon sind Minderjährige. Ich versuche, kürzere Arbeitszeiten für sie zu erreichen und mehr Ersatz einzustellen. Die Ausstellung wird im Bois de Boulogne stattfinden, den genauen Standort muss ich noch in Erfahrung bringen. Kurz und gut ...«

Er machte eine entschuldigende Geste, wohl weil er von Problemen sprach, die nur ihn betrafen. Es entstand eine Pause. Oslo, dem das unbehagliche Schweigen nicht gefiel, atmete erleichtert auf, als Wood das Wort ergriff.

»Die Stelle als Berater von Chalboux bekommt dir offensichtlich recht gut.«

»Ich kann mich nicht beklagen. Der französische Natural-Humanismus hat klein angefangen, jetzt ist er in weiten Teilen Europas in Mode gekommen. Hier in England sind wir dem Import noch abgeneigt, was auf Raybacks Einfluss zurückzuführen ist. Aber auch, weil wir uns weniger um andere kümmern. Einige englische Künstler haben sich jedoch bereits umgestellt und der humanistischen Strömung angenähert. Sie haben festgestellt, dass es möglich ist, große Kunstwerke zu schaffen und zugleich die Menschen zu achten. Dennoch ist die allgemeine Situation nicht eben rosig.«

Oslo sprach so gelassen wie immer, doch Wood spürte sein Engagement. Das Thema war ihm offensichtlich wichtig.

»Du bist aber bestimmt nicht von London hierher gekommen, um dir meine kleinen Sorgen anzuhören. Erzähl mir ein wenig von dir, April.«

Miss Wood gehorchte widerwillig, erzählte ihm dann aber mehr, als sie eigentlich vorgehabt hatte. Sie fing mit einem kurzen Rückblick auf ihr Privatleben an. Ihr Vater läge im Sterben, sagte sie, das Krankenhaus habe sie angerufen und darüber informiert, dass es jeden Moment so weit sein könnte. Trotz ihrer vielen Arbeit in Amsterdam hatte sie sich gezwungen gesehen – sie sagte tatsächlich »gezwungen« –, für ein paar Tage nach London zu fahren, falls es zum Schlimmsten käme. Dennoch hatte sie keine Zeit vertan, von ihrem Haus in London aus Faxe verschickt, E-Mails empfangen und versandt und weltweit mit Fachleuten und Mitgliedern ihres Arbeitsteams korrespondiert. Schließlich hatte sie sich auch auf Oslo und seine mögliche Hilfe besonnen. ›Zu mir ist sie aber persönlich gekommen‹, dachte er plötzlich eigenartig erfreut.

»Wir stecken in einer Krise, Hirum«, fasste Wood zusammen, »und die Zeit läuft uns davon.«

»Ich will dir helfen und werde mein Möglichstes tun. Sag mir, was los ist.«

Wood lieferte ihm in weniger als fünf Minuten die wichtigsten Informationen. Sie erzählte ihm ganz bewusst nicht alles, ließ vielmehr seinen Vermutungen Raum. Auch die Titel der zerstörten Werke nannte sie nicht.

Oslo hörte ihr schweigend zu. Als sie fertig war, stellte er sogleich die besorgte Frage: »Welche Bilder waren es, April?«

Wood sah ihn nachdenklich an und antwortete dann schnell: »Hirum, was ich dir jetzt verrate, ist absolut vertraulich, das wirst du verstehen. Es muss unter uns bleiben. Es ist uns gelungen, die Information einzufrieren. Niemand weiß etwas, abgesehen von einer kleinen Gruppe von Leuten, die wir ›Krisenstab‹ nennen. Selbst die Versicherungsgesellschaften ahnen nichts. Wir bereiten das Terrain vor.«

Oslo nickte und hatte seine schwarzen, traurigen Augen weit aufgerissen. Wood nannte ihm die Titel der zwei Bilder, dann war es einen Moment lang ganz still. Von draußen drang gedämpftes Wasserplätschern herein. Oslo fixierte einen Punkt auf dem Boden. Schließlich begann er zu sprechen.

»O Gott ... dieses Mädchen ... diese Kleine ... um die beiden Verbrecher tut es mir nicht Leid, aber um die arme Kleine ...«

Monster war ebenso viel oder sogar mehr wert als die *Entjungferung*, doch Wood kannte Oslos Theorien nur allzu gut. Sie war aber nicht hergekommen, um darüber zu diskutieren.

»Annek Hollech«, sagte Oslo. »Ich habe zuletzt vor einigen Jahren mit ihr gesprochen. Sie war reizend, fühlte sich aber in dieser schrecklichen Welt menschlicher Kunstwerke verloren. Es war nicht nur dieser Wahnsinnige allein, der sie ermordet hat. Auf irgendeine Weise haben wir alle dazu beigetragen.« Plötzlich wandte er sich an Wood: »Wer war es? Wer könnte so etwas tun? Und warum?«

»Das will ich mit deiner Hilfe herausfinden. Du giltst als einer der besten Kenner des Lebens und Werks von Bruno van Tysch. Ich will von dir Namen und Motive erfahren. Wer könnte es gewesen sein, Hirum? Ich denke dabei weniger an den Zerstörer der Bilder als an dessen Auftraggeber. Eine Maschine vielleicht. Eine programmierte Maschine mit dem Auftrag, die berühmtesten Werke des Meisters zu zerstören. Wer hätte Motive, eine Maschine entsprechend zu programmieren?«

»An wen denkst du?«, fragte Oslo.

»An jemanden, der ihn so sehr hasst, dass er ihm großen Schaden zufügen will.«

Hirum Oslo richtete sich in seinem Stuhl auf und blinzelte.

»Wer van Tysch kennt, liebt und hasst ihn zugleich. Van Tysch gelingen Meisterwerke, weil er es schafft, diese Widersprüche aufzulösen. Du weißt, dass ich mich deshalb von ihm distanziert habe, weil ich feststellte, dass seine Arbeitsmethoden grausam sind. ›Hirum‹, sagte er zu mir, ›wenn ich die Bilder wie Menschen behandle, werde ich nie und nimmer ein Kunstwerk schaffen.‹«

›Doch wem sage ich das‹, dachte Oslo. ›Wie sie so dasitzt, mit diesem wie aus Marmor gemeißelten Gesicht. O Gott, zweifellos war Bruno van Tysch die einzige Person, die sie jemals wirklich innerlich berührt hat.‹

»Man kann allerdings kaum behaupten, das Leben hätte ihm eine andere Wahl gelassen. Sein Vater, Maurits van Tysch, war womöglich noch schlimmer. Wusstest du, dass er in Amsterdam mit den Nazis kollaboriert hat?«

»Ich habe so was gehört.«

»Er hat seine eigenen Landsleute verkauft, holländische Juden, sie der Gestapo gemeldet. Dabei ging er geschickt vor; es gibt kaum noch Zeugen. Man konnte ihm nichts nachweisen. Er behielt eine reine Weste. Es gibt heute noch immer Leute, die behaupten, Maurits sei kein Kollaborateur gewesen. Meines Erachtens war das jedoch der Grund, warum er nach dem Krieg in das friedliche Dorf Edenburg gezogen ist. Dort hat er diese junge Spanierin kennen gelernt, eine Tochter von Exilanten aus dem Bürgerkrieg, die er dann heiratete. Sie war fast dreißig Jahre jünger als Maurits; was sie an ihm anzog, weiß ich wirklich nicht. Vermutlich besaß Maurits eine Gabe, die er dann dreifach verstärkt seinem Sohn vererbte: die Gabe, andere zu beherrschen und sie sich wie Marionetten dienstbar zu machen. Kurz nach Brunos Geburt starb seine Mutter an Leukämie. Leicht auszumalen, wie das den Charakter von Maurits prägte. Seine Wut hat er dann an seinem Sohn ausgelassen ...«

»Er war Restaurateur, wenn ich richtig informiert bin.«

»Er war ein verhinderter Maler«, stellte Oslo mit Nachdruck richtig. »Gut, er hat die Gemälde im Schloss von Edenburg restauriert, aber sein Traum war es, Künstler zu sein. Letztlich war er aber in beiden Berufen nur Mittelmaß. Er hat Bruno oft mit seinem Malwerkzeug malträtiert, wusstest du das?«

»Ich bin über das Leben meines Chefs nicht umfassend informiert«, erwiderte Wood mit kurzem Lächeln.

»Er arbeitete mit sehr langstieligen Pinseln, um besser an die hoch an den Wänden des Schlosses angebrachten Gemälde zu kommen. Die abgenutzten Pinsel warf er nicht etwa weg. Er hat sie wohl nicht gezielt aufbewahrt, um van Tysch damit zu prügeln, trotzdem kam es vor.«

»Hat van Tysch dir das erzählt?«

»Van Tysch hat mir überhaupt nichts erzählt. Er schweigt wie ein Grab. Ich weiß es von Victor Zericky, dem Freund seiner Kindheit, seinem einzigen Freund vielleicht, weil Jacob Stein ja nur sein abgöttischer Verehrer ist. Zericky ist Historiker und lebt noch immer in Edenburg. Er hat mir einige Interviews gewährt, und so bekam ich ein paar Daten zusammen.«

»Bitte erzähl weiter.«

»Es hätte auch alles so enden können: Ein von seinem Vater misshandeltes Kind wird später vielleicht auch Restaurateur oder verhinderter Maler ... Ein schlechterer noch als Maurits, denn Bruno konnte nicht mal gut zeichnen.« Oslo lachte ein wenig. »Seinem Vater können wir Talent allerdings nicht absprechen. Zericky hat mir ein paar Aquarelle gezeigt, die Maurits ihm geschenkt hat. Sie sind sehr gut. Doch dann geschah das Wunder, das ›Märchen‹, wie es in den Berichten der Stiftung heißt: Der nordamerikanische Millionär Richard Tysch kreuzte seinen Weg und hat alles für immer verändert.«

Wood hatte ein Büchlein aus der Tasche gezogen und sich ein paar Notizen gemacht. Oslo legte eine Pause ein und richtete den Blick in den Garten, der langsam immer dunkler wurde.

»Richard Tysch war der Mann, der den Meister zum Herrn über ein ganzes Imperium erhob. Er war ein Narr, ein unfähiger, exzentrischer Multimillionär, Erbe eines großen Vermögens, das er verschwendete, und mehrerer Eisenhütten, die er gleich nach dem Tod seines Vaters verkaufte. Er wurde in Pittsburg geboren, hielt sich aber für einen direkten Nachfahren der *Pilgerväter*, der frühen holländischen Pioniere in Amerika. Er war ganz versessen darauf, Daten über seine Abstammung zu ermitteln. Er forschte dem Ursprung seines Namens nach. Die van Tyschs aus Rotterdam hatten in der Blütezeit der Ostindienkompanie offenbar zwei Zweige. Ein Vorfahr ging nach Nordamerika, von ihm stammen die Tyschs der Eisenwerke und die Geschäftsleute ab. Richard van Tysch wollte den ›anderen Zweig‹ kennen lernen, die europäische Hälfte seiner Familie. Damals gab es nur zwei Personen dieses Namens, Brunos Vater und seine Tante Dina, die in Den Haag lebte. Tysch reiste 1968 nach Holland und machte einen Überraschungsbesuch bei Maurits. Es sollte eine kurze Reise sein, ohne große Folgen. Er wollte sich mit Maurits über Kunst unterhalten (inzwischen wusste er, dass er Restaurateur war), ein paar Andenken kaufen und reichlich mit Fotos beladen und historischen ›Wurzeln‹ ausgestattet in die Vereinigten Staaten zurückkehren. Doch dann lernte er Bruno kennen.«

Oslo betrachtete die feine Schnitzarbeit am Knauf seines Gehstocks und befühlte sie zerstreut, während er fortfuhr.

»Kennst du Fotos von Bruno als Kind? Er war unglaublich hübsch, mit seinem schwarzen, dichten Haar, seiner blassen Haut und den dunklen Augen, dieser südländisch-angelsächsischen Mischung. Wie ein kleiner Faun, wirklich. Er hatte Feuer in den Augen, findest du nicht? Victor Zericky behauptet – und ich glaube es ihm –, dass er die Leute verzaubern konnte. Die Mädchen im Dorf, selbst die älteren, waren verrückt nach ihm. Aber auch nicht wenige Männer begehrten ihn, da bin ich mir ganz sicher. Er war damals dreizehn Jahre alt. Richard Tysch lernte ihn kennen und verlor völlig den Verstand. Er lud ihn ein, den Sommer bei ihm in Kalifornien zu verbringen, und Bruno nahm an. Maurits war sicher angetan von der Idee, wenn man bedenkt, wie freigebig sich dieser soeben aufgetauchte, transatlantische Gott gezeigt hatte. Von da an sahen sie sich jeden Sommer und unterhielten während Brunos Schulzeit eine ausgedehnte Korrespondenz. Van

Tysch hat die Briefe später vernichtet. Man munkelte über eine Beziehung im Stil von Sokrates und Alkibiades, aber auch üblere Dinge. Sicher ist lediglich, dass Richard Tysch sechs Jahre später sein ganzes Vermögen Bruno überschrieb und sich dann mit dem Jagdgewehr in den Mund schoss. Er wurde in seinem Palazzo am Stadtrand von Rom gefunden, an einen Säulenstumpf gelehnt. Seine Gehirnmasse dekorierte die Mosaiken der Wände. Heute gehört der Palazzo van Tysch, zusammen mit dem ganzen Rest seiner europäischen Besitztümer. Das Testament hat alle überrascht, wie du dir denken kannst. Seine wenigen und untereinander zerstrittenen Angehörigen fochten es natürlich an, allerdings vergeblich. Wenn wir uns dann noch klar machen, dass Maurits zwei Jahre zuvor gestorben war, stellen wir fest, dass Bruno plötzlich über alles Geld der Welt und eine völlige Freiheit verfügte.«

Oslo wurde abgelenkt und hielt inne. Zwei Arbeiter waren in den Garten gekommen, die dem Modell halfen, aus dem Teich zu klettern. Die Zeit der Ausstellung war abgelaufen. Oslo beobachtete den Abbau des Werks, während er redete.

»Zugegeben, Bruno machte aus beidem das Beste. Er bereiste Europa und Amerika, ließ sich eine Zeit lang in New York nieder und lernte dort Jacob Stein kennen. Zuvor hatte er in London und Paris Kontakte zu Tanagorsky, Kalima und Buncher geknüpft. Kein Wunder, dass die hyperdramatische Kunst ihn begeisterte: Er war dazu geboren, anderen zu sagen, was sie zu tun hatten. Er hat schon immer Menschen gemalt, noch bevor Kalima über die neue Bewegung theoretisierte, und sein ganzes Vermögen eingesetzt, um die HDK zur wichtigsten Strömung des Jahrhunderts zu machen. Ja, wir verdanken van Tysch viel«, setzte Oslo mit größerem Zynismus als eigentlich beabsichtigt hinzu.

»Damit kommen wir nicht weiter«, sagte Miss Wood und klopfte mit dem Stift auf ihr Notizbuch. »Aus deinen Erzählungen zu schließen könnte van Tysch ebenso viele Feinde wie Bewunderer haben.«

»So ist es.«

»Wir müssen die Sache anders angehen.«

Draußen im Garten hatte sich das Modell nackt ausgezogen und einer der Arbeiter faltete ihre bemalte Kleidung sorgfältig zusammen, während ihr der andere den Bademantel reichte. Wood betrachtete den Körper des Mädchens (der auch ohne Schuhe noch mehrere Zentimenter größer war als sie) und fragte sich kurz, ob Oslo sie, Wood, genauso attraktiv fand, wie es dieses Kunstwerk war. An ihrem Hals waren die Ränder der Wachsmaske zu erkennen. Wie mochte ihr wahres Gesicht wohl aussehen? Sie wusste es nicht, wollte es auch nicht wissen.

Wood nahm, während sie überlegte, ihre Sonnenbrille ab und rieb sich die Augen. Oslo dachte: ›Du lieber Gott, wie schlank sie ist, wie abgezehrt.‹ Miss Woods Probleme hatten sich in den letzten Jahren wohl vermehrt, ihre Mahlzeiten dagegen nicht, mutmaßte er. Der ›Wachhund‹ war nur noch Haut und Knochen.

Er hatte ihn noch als Welpen gekannt.

Das war in Rom gewesen, ihm Jahr 2001, als Oslo dort Kurse über die Pflege von Freilandbildern abhielt. Was ihn an dieser schlanken, kaum dreiundzwanzigjährigen Frau so angezogen hatte, wusste er bis heute nicht. Auf den ersten Blick war die Sache durchaus erklärbar: April Wood war schön, auffallend elegant gekleidet, hochgebildet und intelligent. Irgendetwas an ihr stieß jedoch die Leute spontan ab. Zu der Zeit war sie Direktorin der Abteilung Sicherheit bei Ferrucioli, lebte aber trotz ihres Reichtums allein und hatte keinen engeren Freundeskreis. Oslo glaubte zu wissen, was sie so ausgrenzte: ein schwerfälliger und tiefer Hass, der wie unterirdisches Gift wirkte. Der Hass sickerte Miss Wood aus allen Poren.

Mit der ihm eigenen, endlosen Geduld, die er immer aufbrachte, wenn es darum ging, anderen zu helfen, nahm Oslo sich vor, ihr das passende Gegengift zu verabreichen. Es gelang ihm, einige Daten über ihr Leben in Erfahrung zu bringen. Er wusste, dass ihr Vater, ein englischer Kunsthändler, der in Rom lebte, April in ihrer

Jugend gedrängt hatte, Leinwand zu werden. Ferner wusste er, dass sie wegen Anorexia nervosa in Behandlung gewesen war, einem Problem noch aus der Zeit, als ihr Vater sie um jeden Preis zum Kunstwerk machen wollte. »Vater hat mehrere mittelmäßige Maler engagiert, die mich nackt skizzieren sollten«, verriet ihm April eines Tages. »Dann hat er mich fotografiert und die Bilder an große Meister geschickt. Ich habe aber rechtzeitig gemerkt, dass ich keine Geduld für die Arbeit als Leinwand hatte und mich eher deren Schutz widmen wollte.« Sie ›schützte Kunstwerke‹, genau das war es. Behandelte sie wie Objekte, nicht wie Menschen. Sie hatten darüber schon häufig gestritten. Dabei erkannte Oslo, dass Woods gefährlichstes Gift sie selbst war. Ein entsprechendes Gegengift hätte ihr nur noch mehr geschadet.

Als Wood ihre Stelle in der Stiftung antrat und dort höchst erfolgreich war, vergrößerte sich die bereits vorhandene Distanz zwischen ihnen. Im Jahr 2002 trafen sie sich nur noch selten, und 2003 war ohne eine einzige Begegnung vergangen. Das Wort »Ende« wurde nie ausgesprochen. Sie würden befreundet bleiben, obwohl klar war, dass alles, was sich je zwischen ihnen abgespielt hatte, zu Ende war.

Er glaubte noch immer, sie zu lieben.

Wood legte ihre Brille auf dem Schreibtisch ab und sah ihn an.

»Hirum, ich will ehrlich sein. Ich bin in einer schlechteren Position als der Kerl, der die Bilder zerstört.«

»In der schlechteren Position?«

»Er bekommt Hilfe aus unseren Kreisen. Von jemandem aus der Stiftung.«

»O Gott«, murmelte Oslo.

Einen kurzen Moment lang, den Bruchteil einer Sekunde, war ihm, als hätte er wieder das junge Mädchen vor sich. Oslo wusste, dass sich hinter dieser uneinnehmbaren Festung ein ängstliches, armes, einsames Wesen verbarg, das ab und zu in ihrem Blick durchschien; als er es jedoch diesmal entdeckte, erschrak er. Die Anwandlung ging schnell vorüber. Schon hatte Wood ihre Mimik wieder im Griff. Nicht einmal eine Wachsmaske konnte die echten Gesichtszüge von Wood besser darstellen, dachte Hirum Oslo.

»Ich weiß nicht, wer es sein könnte«, fuhr sie fort. »Vielleicht hat die Konkurrenz sich jemanden gekauft. Auf jeden Fall ist diese Person imstande, Informationen aus erster Hand weiterzugeben, die Einsatzpläne der Wachleute, Aufbewahrungsorte und dergleichen. Wir sind verraten und verkauft, Hirum, in jeder Hinsicht.«

»Weiß Stein davon?«

»Ihm habe ich zuerst davon erzählt. Aber er verweigerte mir seine Hilfe. Er will sich nicht einmal dafür einsetzen, dass die nächste Ausstellung suspendiert wird. Weder Stein noch der Meister wollen mit dieser Sache zu tun haben. Das Problem, für große Künstler zu arbeiten, besteht darin, dass man alles selber machen muss. Sie befinden sich in einer anderen Welt, auf einer anderen Ebene. Sie halten mich für einen Wachhund, nennen mich sogar so, was ich ihnen aber nicht vorwerfe. Genau das ist mein Job. Bislang waren sie mit meiner Arbeit zufrieden. Aber jetzt bin ich allein. Und brauche Hilfe.«

»Ich war immer für dich da, April, daran ändert sich auch jetzt nichts.«

Draußen im Garten wurde gelacht. Es waren junge Leute, Mädchen und Jungen. Sie kamen redend und lachend auf die Pergola zu, als wären sie auf einem Schulausflug. Sie waren sportlich gekleidet und trugen Schultertaschen, aber die Oberflächen ihrer Haut glänzten im Licht der soeben eingeschalteten, zwischen den Bäumen aufgestellten Scheinwerfer wie blanke Spiegel. Ein geradezu überirdisches Bild: engelsgleiche Körper, Wesen aus einer anderen Welt, die Hirum Oslo und April Wood nicht mehr zugänglich war. An die sie nur schwerlich ohne Sehnsucht denken konnten. Oslo entschuldigte sich bei Wood, stand auf und öffnete die Tür des Büros.

Wood merkte gleich, dass es sich hier um ein tägliches Ritual handelte: Oslos Bilder verabschiedeten sich so von ihrem Besitzer. Sie erkannte Chalboux und Moritz unter ihnen. Oslo redete mit ihnen und lächelte. Scherzte sogar. Sie dachte an ihr Haus in London. Sie besaß über vierzig Werke und fast zwanzig menschliche Objekte. Einige davon waren so teuer, dass sie auch in ihrer Abwesenheit posierten, auch wenn sie wochenlang nicht zu Hause war. Wood hatte jedoch mit keinem je ein Wort gewechselt. Sie drückte ihre Zigaretten in Aschenbechern aus, die von nackten Männern gebildet wurden, schaltete Lampen an, die blutjunge Mädchen mit depiliertem Geschlecht waren, schlief neben einem Ölgemälde, das aus drei jungen, blau bemalten Männern bestand, die in einer bestimmten Pose erstarrt dastanden, sie machte ihre Toilette neben zwei knienden Mädchen, die goldene Seifenschalen im Mund hielten – mit ihnen zu reden wäre ihr jedoch nie in den Sinn gekommen, auch nicht, wenn sie sich nach einem vollendeten Arbeitstag zum Ausruhen zurückzogen. Oslo aber ging mit seinen Gemälden um wie ein liebevoller Vater.

Als er sich von seinen Leinwänden verabschiedet hatte, kam Hirum Oslo an seinen Platz zurück und knipste die Schreibtischlampe an. Das Licht erhellte Woods kalte, blaue Augen.

»Wann musst du gehen?«, fragte er.

»Egal, wann. In Plymouth wartet mein Privatflugzeug. Wenn ich nicht selbst dorthin fahren möchte, kann ich mich von einem Chauffeur holen lassen. Kein Problem.«

Oslo legte seine Fingerspitzen aneinander. Er machte ein besorgtes Gesicht. »Ich nehme an, du hast an die Polizei gedacht.«

Wood gelang nur ein von der Müdigkeit gezeichnetes Lächeln.

»Die ganze Polizei von Europa ist hinter diesem Kerl her, Hirum. Wir bekommen Hilfe von Organisationen und Abteilungen, die nur in ganz bestimmten Fällen aktiv werden, wenn die Sicherheit gefährdet ist oder das Kulturerbe der Mitgliedsländer auf dem Spiel steht. Durch die Globalisierung sind Sherlock Holmes' Methoden zwar aus der Mode gekommen, ich gehöre jedoch zu denen, die den alten Methoden anhängen. Außerdem werden die Informationen dieser Systeme im Krisenstab landen, und ich bin davon überzeugt, dass ein Mitglied dieses Stabs unseren Mann informiert. Ich stehe aber unter Zeitdruck, und das ist das Schlimmste.« Sie machte eine Pause und fuhr dann fort: »Wir fürchten, dass er versuchen wird, eines der Bilder der neuen Sammlung zu zerstören, und zwar jetzt, während der Ausstellung. In ein, zwei Wochen vielleicht, oder vorher. Womöglich schlägt er am Eröffnungstag selbst zu. Er wird nicht mehr lange warten. Heute ist Dienstag, der 11. Juli, Hirum. Noch vier Tage. Ich bin to-tal ver-zwei-felt. Meine Leute arbeiten Tag und Nacht. Wir haben komplizierte Schutzpläne ausgearbeitet, aber dieser Kerl hat auch einen Plan und wird uns überlisten, wie er uns bereits früher überlistet hat. Er will ein weiteres Bild vernichten. Genau das muss ich verhindern.«

Oslo dachte einen Moment nach.

»Schildere mir kurz deinen Modus Operandi.«

Wood berichtete, in welchem Zustand man die Bilder vorgefunden hatte und wie das Schneidwerkzeug eingesetzt worden war. Dann fuhr sie fort: »Er nimmt die Stimmen der Bilder, die, vermutlich unter Zwang, seltsames Zeug vorlesen, auf Band auf. Ich habe Abschriften der beiden Tonaufnahmen mitgebracht.«

Sie zog ein paar gefaltete Blätter aus ihrer Handtasche und reichte sie ihm.

Als Oslo fertig war mit Lesen, war es im Garten dunkel und still geworden.

»›Kunst, die überlebt, ist Kunst, die gestorben ist‹«, las er zögernd. »Seltsam. Das klingt wie eine Grundsatzerklärung zur hyperdramatischen Kunst. Tanagorsky sagte, HDK werde nicht überleben, weil sie lebendig sei. Es mag paradox erscheinen, trifft aber zu: Sie wird von Menschen aus Fleisch und Blut gemacht und ist deshalb kurzlebig.«

Wood hatte das Notizbuch beiseite gelegt. Sie beugte sich vor und stützte die Ellbogen auf die Tischplatte.

»Hirum, glaubst du, diese Sätze zeugen von großem Kunstverstand?«

Oslo zog die Brauen hoch und überlegte kurz.

»Schwer zu sagen, aber ich glaube ja. ›Kunst ist auch Zerstörung‹, sagt er an anderer Stelle. ›Früher war sie nur Zerstörung.‹ Er zitiert die Höhlenmalereien und dann die Ägypter und interpretiert es so: Bis ungefähr zur Renaissance arbeiteten die Künstler für die ›Zerstörung‹ oder für den Tod. Die Bisonherden in den Höhlen, Grabfiguren, Statuen angsteinflößender Götter, mittelalterliche Höllenschilderungen ... Doch seit der Renaissance fing die Kunst an, für das Leben zu arbeiten. Und das hat sich bis zum Zweiten Weltkrieg fortgesetzt. Nach diesem Konflikt gab es einen Bruch im kollektiven Bewusstsein. Die Maler verloren ihre Unschuld, wurden pessimistisch, verloren den Glauben an ihren eigenen Stand. Heute, im 21. Jahrhundert, leiden wir noch immer an den Folgen. Wir alle sind Erben dieses schrecklichen Krieges. Das ist ein Erbe der Nazis, April. Das ist ein Sieg der Nazis ...«

Oslos Stimme war ein wenig ruhiger geworden. Sie klang düster, wie die einbrechende Dunkelheit. Er redete, ohne Wood dabei anzusehen, starrte auf den Schreibtisch.

»Wir haben den Menschen immer für ein Säugetier gehalten, das sich die eigenen Wunden lecken kann. In Wirklichkeit sind wir empfindlich wie ein berühmtes Bild, eine herrliche und zugleich schreckliche Wandmalerei, die sich seit Jahrhunderten immer wieder selbst erneuert. Das macht uns verletzlich. Die Kratzer auf dem Bild der Menschheit sind schwer zu beheben. Die Nazis haben die Leinwand so lange attackiert, bis sie in Fetzen ging. Unsere Überzeugungen wurden zerschlagen, ihre Einzelteile in alle Winde zerstreut. Mit der Schönheit war nichts mehr anzufangen, man konnte sich nur noch nach ihr sehnen. Wir konnten nicht mehr zu Leonardo, Raffael, Velázquez oder Renoir zurück. Die Menschheit wurde zu einem schwer verkrüppelten Überlebenden, der dem Horror ins Auge blickt. Das ist der wahre Erfolg der Nazis. Die Künstler leiden noch an dieser Hinterlassenschaft. In diesem Sinne, und nur in diesem, lässt sich sagen, Hitler hat den Krieg endgültig gewonnen.«

Er sah Wood mit seinen traurigen Augen an. Sie hatte ihm schweigend gelauscht.

»Ich habe zu viel geredet, ganz wie früher an der Universität«, sagte er lächelnd.

»Nein, sprich weiter, bitte.«

Oslo betrachtete den Knauf seines Gehstocks und fuhr fort.

»Die Kunst hat auf die Wechselfälle der Geschichte immer sehr sensibel reagiert. Die Nachkriegsmalerei ist zerbrochen; die Bilder explodierten in kräftigen Farben und lösten sich in einem wilden Wirbel amorpher Dinge auf. Die Bewegungen, die Strömungen wurden unwichtig. Ein Maler ging so weit zu behaupten – mit Recht zu behaupten –, die Avantgarde sei nur der Stoff, aus der die Tradition von morgen hergestellt wird. *Action painting* kam in Mode, *Happenings, Aktionskunst, Pop Art* und die nicht klassifizierbare Kunst. Schulen kamen und gingen. Jeder Maler wurde zu seiner eigenen Schule, und die einzig verbindliche Regel bestand darin, sich an keine Regel zu halten. Da entstand der Hyperdramatismus, der in gewisser Weise mit Zerstörung verbunden ist wie keine andere Kunstrichtung.«

»Inwiefern?«, fragte Wood.

»Kalima, der große Theoretiker der HDK, behauptet, das Menschliche sei nicht nur das Gegenteil von Kunst, sondern lösche diese aus. Das steht wörtlich in seinen Büchern, ich erfinde nichts. Um es mit einfachen Worten zu sagen: Je weniger menschlich ein HD-Werk ist, desto höher sein künstlerischer Wert. Hyperdramatische Übungen haben ein konkretes Ziel: Das Modell soll seine Persönlichkeit abstreifen, seine Überzeugungen, seine emotionale Stabilität, seine Willenskraft ablegen, seiner Würde beraubt werden, um sich in eine Sache zu verwandeln, aus der Kunst gemacht werden kann. ›Um ein Kunstwerk zu schaffen, müssen wir den Menschen zerstören‹, sagen die Hyperdramatiker. Das ist die Kunst unserer Zeit, April.

Das ist die Kunst unserer Welt, unseres Jahrhunderts. Nicht nur die Menschen sind am Ende, auch alle anderen Künste. Wir leben in einer hyperdramatischen Welt.«

Oslo machte eine Pause. Wood musste unerklärlicherweise wieder an das Bild von Debbie Richards denken. An diese Frau, die attrakiver war als sie, die Hirum als Porträt aufgestellt hatte, um sich an sie zu erinnern.

»Wie zu erwarten«, fuhr Oslo fort, »hat diese Unsitte unterschiedliche Reaktionen ausgelöst. Die einen wollten ins Extrem gehen und die Person auf unerträgliche Weise herabwürdigen. So entstanden Schock-Art, die Hypertragödien, die Animarts, das menschliche Kunsthandwerk ... Und als krönender Abschluss die schmutzige Kunst, dieser Irrweg. Auf der anderen Seite gibt es diejenigen, die glaubten, man könne Kunstwerke schaffen, ohne den Menschen herabzuwürdigen und zu demütigen. So entstand der Natural-Humanismus.« Er hob die Hände und lachte: »Aber ich will hier nicht missionieren.«

»Daraus ergibt sich«, sagte Wood, »dass der Verfasser dieser Zeilen in hyperdramatischen Begriffen denkt, richtig?«

»Ja, aber manche Sätze sind seltsam. Beispielsweise der Satz am Ende beider Texte: ›Mögen die Figuren sterben, die Werke bleiben erhalten.‹ Ich verstehe nicht, wie ein HD-Werk erhalten bleiben kann, wenn seine Figuren sterben. Das hieße, Tanagorskys Paradox auf die Spitze treiben. Es sind wirre Texte, ich würde sie gern mit mehr Zeit analysieren. Wie dem auch sei, ich glaube nicht, dass wir sie unbedingt wörtlich nehmen müssen. Ich erinnere mich, dass Humpty-Dumpty in *Alice hinter den Spiegeln* behauptet, seine Worte mit jedem ihm beliebigen Sinn ausstatten zu können. Hier findet etwas Vergleichbares statt. Nur der Autor weiß, was er damit sagen wollte.«

»Hirum«, bemerkte Wood nach einer Pause, »ich habe gelesen, dass *Entjungferung* und *Monster* im Werk von van Tysch als ganz besondere Bilder gelten. Warum?«

»Ja, das stimmt. Es sind Bilder, die sich vom Rest seines Schaffens unterscheiden. Van Tysch schreibt in seiner

Abhandlung über die hyperdramatische Malerei, dass sich die *Entjungferung* auf eine Erscheinung bezieht, die er als Kind hatte, als er seinen Vater zum Schloss von Edenburg begleitete. Maurits wollte Bruno bei seiner Arbeit dabeihaben, schließlich sollte er schnell in den Beruf hineinwachsen. Bruno war während der Sommerferien immer an seiner Seite. Einmal gingen sie einen blumengesäumten Weg entlang und entdeckten dort dichte Büschel Narzissen. Da glaubte van Tysch, ein Mädchen in den Narzissen stehen zu sehen. Vielleicht hat er sie tatsächlich gesehen, er glaubt jedoch, geträumt zu haben. Tatsache ist, dass *Entjungferung* zum Symbol seiner Kindheit wurde. Der Geruch nach feuchtem Wald, der von dem Werk aus geht –, besser gesagt – ausging –, ist eine Referenz an das Sommergewitter, das sich am Tag seiner Vision über Edenburg entlud.« Jetzt verzog Oslo das Gesicht. »Ich habe Annek kennen gelernt, als van Tysch das Gemälde mit ihr erarbeitete. Das arme Kind dachte, van Tysch schätze sie. Er hat diese Gefühle jedoch für sein Werk eingesetzt, wie nicht anders zu erwarten.«

Er legte eine Pause ein. Wood, im Dunkeln stehend, beobachtete ihn.

»Mit *Monster* wollte er Richard Tysch darstellen, vielleicht auch Maurits. Klar, die Gebrüder Walden hatten nicht die geringste Ähnlichkeit mit den beiden, aber es handelte sich ja um eine Karikatur, eine Art künstlerischer Rache an den zwei Personen, die sein Leben am meisten beeinflusst haben. Seine Wahl fiel auf ein Paar von Psychopathen, die er mit einer Verbrecherbiographie ausstattete, deren Wahrheitsgehalt noch nicht vollkommen bestätigt ist. Die Waldens waren mit Sicherheit zu vielem fähig, van Tysch hat sie möglicherweise aber noch perverser dargestellt, als sie tatsächlich waren, indem er sich auf das berühmte Urteil stützte, das sie für den Tod von Helga Blanchard und ihres Sohns verantwortlich machte. So bekommt der Vergleich zwischen den Personen seiner Bilder und denen seiner Vergangenheit vielleicht eine andere Bedeutung. Denkbar ist, dass van Tysch uns damit sagen wollte, weder Richard Tysch noch Maurits seien so böse und pervers gewesen, dass er sie allerdings so im Gedächtnis hat und deswegen so malte: als groteske Missgeburten, als kriminelle Päderasten, die einander sehr ähnlich sind. Die Vergangenheit, sie allein verbindet *Entjungferung* und *Monster*. Keines seiner anderen Gemälde bezieht sich so direkt auf sein Leben.«

»Und was ist mit ›Rembrandt‹?« Wood beugte sich auf ihrem Stuhl vor. »Weißt du über die Bilder dieser Sammlung Bescheid?«

»Ein wenig, wie fast alle Kunstkritiker.«

»Ich habe einen Katalog mit den allerneuesten Informationen dabei«, sagte sie, zog eine Broschüre mit schwarzem Umschlag aus ihrer Tasche, legte sie auf den Tisch und blätterte sie auf. »Hier wird jedes Werk kurz beschrieben. Es sind dreizehn. Ich möchte von dir wissen, welches dieser Gemälde deiner Einschätzung nach mit van Tyschs Vergangenheit zu tun haben könnte.«

»Nur aufgrund einer Kurzbeschreibung kann ich dazu unmöglich etwas sagen, April.«

»Hirum, ich habe die ganze letzte Woche damit verbracht, diesen Katalog zu verschicken, weltweit. Ich habe mit mehreren Dutzend Kritikern aus allen fünf Kontinenten gesprochen und eine Liste ausgearbeitet. Alle haben mir das Gleiche gesagt wie du, und alle musste ich bedrängen, wobei ich nur dir die Wahrheit gesagt habe. Jeder hat mir dann widerwillig seine Meinung mitgeteilt. Deine fehlt noch auf meiner Liste.«

Oslo betrachtete sie nachdenklich. Die drängende Angst in ihren Augen rührte ihn. Er überlegte kurz.

»Schwer zu sagen, ob sich ein solches Bild in der Sammlung befindet. Ich glaube, dass ›Rembrandt‹ ganz anders ist als die Sammlung ›Monster‹, die sich ja auch von ›Blumen‹ deutlich unterschied. Auf den ersten Blick ist sie eine Hommage an Rembrandt zu seinem vierhundertsten Geburtstag. Dabei ist jedoch zu beachten, dass Rembrandt Maurits' Lieblingsmaler war und er sein Werk deshalb, weil sein verhasster Vater diesen Künstler über alles schätzte, mit vielen seltsamen Details anreicherte. In der *Anatomie des Dr. Tulp* beispielsweise liegt kein Leichnam da, sondern eine nackte, lächelnde Frau, und die Studenten erwecken den Anschein, als wollten sie sich gleich auf sie stürzen. In *Die Staalmeesters* sind die Lehrer und Kollegen van Tyschs dargestellt: Tanagorsky, Kalima und Buncher. Vielleicht ist *Die Judenbraut* eine Anspielung auf seinen Vater als Kollaborateur während des Krieges? Es heißt sogar, er habe mit dem weiblichen Modell Anne Frank dargestellt. *Ecce Homo* ist eine Art Selbstporträt: Die männliche Leinwand, Gustavo Onfretti, ist als van Tysch verkleidet und hängt am Kreuz. Kurz und gut, in ›Rembrandt‹ haben fast alle Gemälde auf groteske Weise direkt mit van Tysch zu tun ...«

»Dieser Kerl wird aber nur eines davon zerstören«, warf Wood ein. »Und ich muss wissen, welches.«

Oslo wandte sich von den flehentlich fragenden Augen ab.

»Was würdest du tun, wenn ich dir eine der dreizehn Möglichkeiten anböte? Du würdest dieses Bild ganz besonders bewachen, stimmt's? Und wenn ich mich irre? Muss ich dann die Verantwortung für diesen Tod übernehmen? Für mehrere Tote womöglich?«

»Du trägst keinerlei Verantwortung. Wie ich bereits sagte, sammle ich die Meinungen von Experten aus aller Welt. Ich werte sie aus und entscheide mich dann für das am häufigsten genannte Bild.«

»Warum fragst du nicht van Tysch?«

»Er wollte mich nicht empfangen«, gab Wood zurück. »Der Meister ist unnahbar. Außerdem hat man ihm ja nicht einmal erzählt, dass seine beiden Werke *Entjungferung* und *Monster* zerstört worden sind. Er lebt in seinem Elfenbeinturm, Hirum. Der Zutritt ist mir verwehrt.«

»Und wenn sich die Mehrheit der Experten irrt?«

»Das hätte keinerlei Folgen. Weil ich das Originalwerk keiner Gefahr aussetzen werde.«

Nun war es Hirum Oslo, der nervös wurde. Er beobachtete ihr Gesicht im Neonlicht und begriff plötzlich, was sie plante. Sein ganzer Körper verspannte sich.

»Moment mal. Jetzt verstehe ich dich. Du wirst ... Du wirst eine Kopie aufstellen als Köder für diesen Irren ... Eine Kopie des Gemäldes, das am häufigsten genannt wird ...«

Es entstand eine Pause. Oslo war überzeugt, den Nagel auf den Kopf getroffen zu haben.

»Das ist deine Idee, nicht wahr? Und was passiert mit der Kopie? Du weißt genau, dass wir von Menschen sprechen.«

»Wir werden sie schützen«, sagte sie.

Da spürte Oslo, dass sie nicht ehrlich war.

»Nein, du wirst sie nicht schützen. Denn sonst wäre sie nutzlos für dich. Du willst sie als Köder einsetzen. Du willst ihm eine Falle stellen. Du wirst eine oder mehrere unschuldige Personen einem Psychopathen ausliefern, um andere zu retten!«

»Die Kopie eines Bildes von van Tysch kostet auf dem Markt kaum tausend Dollar, Hirum.«

Oslo merkte, wie die alte Wut in ihm hochkam.

»Aber es sind doch Menschen, April! Die Kopien genau wie das Original!«

»Aber sie sind auf dem Kunstmarkt nichts wert.«

»Im Vergleich zum Menschen ist die Kunst bedeutungslos, April!«

»Ich will mich nicht streiten, Hirum.«

»Alle Kunst, die ganze verdammte Kunst der Welt, vom Parthenon angefangen zur Mona Lisa, vom David zu Beethovens Symphonien, alles ist wertlos im Vergleich zu dem unbedeutendsten Menschen! Kannst du denn das nicht verstehen?«

»Ich will mich nicht streiten, Hirum.«

›Dort war sie‹, dachte Oslo, ›dort war sie, kaltblütig, und die Welt dreht sich weiter wie bisher. Verteidigen wir das Kulturerbe der Welt, sagte sie, verteidigen wir die großen Werke der Menschheit – Pyramiden, Skulpturen, Gemälde, Museen –, die durch Menschenopfer entstanden, Gebeine sind ihr Fundament. Schützen wir das Erbe des Unrechts. Kaufen wir Sklaven für den Transport der

Granitblöcke. Kaufen wir Sklaven für die Bemalung ihrer Körper. Um Aschenbecher, Lampen und Stühle daraus zu machen. Um sie als Tiere oder Menschen zu verkleiden. Um sie zu zerstören, je nach Marktlage. Das Leben endet, die Kunst bleibt erhalten. Wenigstens ein Trost.‹

»Ich werde dieses Unrecht nicht unterstützen«, sagte Oslo.

Da lächelte Miss Wood völlig unerwartet.

»Hirum, du hast im Laufe deines Lebens viele Werke van Tyschs gesehen und weißt, dass sich eine Kopie, künstlerisch gesprochen, nicht mit einem Original des Meisters vergleichen lässt, richtig?« Oslo nickte. »Also gut, du behauptest, sowohl Kopie als auch Original seien Menschen, und da stimme ich dir zu. Genau deshalb, weil sich das Material nicht unterscheidet, unterscheidet sich der Wert. Wenn eine wichtige Entscheidung ansteht, muss sie zugunsten des wertvolleren Teils ausfallen. Ich will mich nicht mit dir streiten, wie ich bereits sagte, werde dir aber ein typisches Beispiel nennen. Dein Haus brennt und du kannst nur ein einziges Werk retten. Wirst du *Büste* von van Tysch retten oder eine Kopie davon? Wir sprechen in beiden Fällen von einem elf- oder zwölfjährigen Mädchen. Welches der beiden Mädchen würdest du retten, Hirum? Welches der beiden?«

Lange Stille. Oslo wischte sich mit der Hand über die schweißnasse Stirn. Wood lächelte jetzt wieder.

»So sieht das ›Unrecht‹ aus, an dem mitzuwirken ich dich bitte.«

»Du hast dich nicht verändert«, sagte Oslo schließlich. »Du hast dich nicht verändert, April. Was willst du wirklich verhindern? Den Verlust eines Gemäldes oder den Verlust deines Glaubens an dich?«

»Hirum.«

Diese schmeichelnde, elektrisierende Stimme. Dieses eisige Flüstern, das einen lähmte, wie der Biss einer Schlange mit gespaltener Zunge sein Opfer lähmt. Wood beugte sich nach vorn, als hätte ihr Körper das Gleichgewicht verloren. Sie sprach auffallend langsam, in einem

Ton, der Oslo unruhig auf dem Stuhl hin und her rutschen ließ.

»Hirum, Herrgott noch mal, wenn du mir helfen willst, dann sag mir endlich deine verdammte Meinung.«

Nach einer Pause, in der sie ihre stahlharten, blauen Augen unverwandt auf Oslo gerichtet hielt, fügte sie unbewegt hinzu: »Entschuldige diesen übereilten Besuch, Hirum. Du hast mir bereits sehr geholfen. Warum solltest du noch mehr tun?«

»Nein, warte, gib mir den Katalog. Ich werde ihn studieren und dich morgen anrufen. Wenn mir ein Bild besonders gefährdet erscheint, nenne ich es dir.«

Er zögerte einen Moment, als schätze er den Wert der schnellen Zusage einer Person ab, die solche Augen hatte wie sie und einen so schrecklichen Ton in der Stimme.

»Versprich mir, dass du alles tun wirst, damit niemand zu Schaden kommt, April.«

Sie nickte und reichte ihm den Katalog. Dann erhob sie sich, und Oslo begleitete sie hinaus.

Dunkle Nacht senkte sich über die Welt.

4

Es sind Hände, die sich im Dämmerlicht öffnen, als griffen sie nach etwas. Sie hängen von Straßenlaternen, kleben an Mauern und an den Seitenwänden der Straßenbahnwagen. Sie schaukeln unter den Brückenbögen, die über die Kanäle führen.

Dieser Bildausschnitt wurde gewählt, um für ›Rembrandt‹ zu werben. Es handelt sich um die Hand des Engels aus *Jakob im Kampf mit dem Engel*, des Werks, das heute, am 13. Juli, im Alten Atelier der Presse vorgestellt werden soll; des Werks, das den glanzvollen Auftakt der erstaunlichsten Ausstellung des Jahrzehnts bilden würde.

Bosch dachte verwundert, dass man kein passenderes Symbol hätte finden können. Wusste er doch von einer anderen Hand, die in der Dunkelheit ausgestreckt auf eine Beute wartete. Im Laufe der Tage hatten sich Woods Befürchtungen auch in seinem Innern festgesetzt. Wenn er vorher noch daran gezweifelt hatte, dass der *Künstler* ›Rembrandt‹ angreifen könnte, so war er inzwischen davon überzeugt. Der Verbrecher war hier in Amsterdam und hatte sich eine Strategie zurechtgelegt, dessen war er sich ganz sicher. Er würde eines der Bilder zerstören, sollte es ihnen nicht gelingen, ihn auf irgendeine Weise daran zu hindern. Oder das betreffende Werk zu schützen. Oder ihm eine Falle zu stellen.

Als Bosch an jenem Donnerstagmorgen das Neue Atelier erreichte, war der Himmel von dicken, schweren Wolken bedeckt. Das Dach des Stedelijk Museums wurde überragt von den schwarzen Spitzen der Stangen des auf dem Museumsplein aufgebauten Ausstellungszelts, das die Presse ›Rembrandt-Tunnel‹ genannt hatte. Es war für die Jahreszeit überraschend kühl. Bosch erinnerte sich an den Wetterbericht, der für Samstag, den Tag der Eröffnung, Regen vorhergesagt hatte. ›Regen, ja, Regen, Blitz und Donner‹, dachte er. Als er sein Büro betrat, stellte er fest, dass alle seine Telefone Anrufe registriert hatten. Er konnte jedoch keinen einzigen abhören, weil er von Alfred van Hoore und Rita van Dorn erwartet wurde, die eine CD-ROM dabeihatten, wobei van Hoore vom Drang beseelt war, seine neuesten Computersimulationen vorzuführen. Beide trugen die Aufkleber der Ausstellung an ihren Jacken, auf denen eine kleine Hand abgebildet war, darunter das Wort ›Rembrandt‹. Bosch fand die Aufkleber lächerlich, hütete sich jedoch vor einer entsprechenden Bemerkung. Seine beiden Mitarbeiter zeigten sich hochzufrieden mit ihren Sicherheitsvorkehrungen und dem guten Verlauf der Pressepräsentation tags zuvor. Stein hatte sie beglückwünscht. Alfred und Rita schienen sich ihrer Verdienste bewusst. Bosch betrachtete sie mit gewissem Mitleid.

»Sieh dir bitte diese Darstellung an, Lothar«, sagte van Hoore und deutete auf das dreidimensionale Skelett des Tunnels auf dem Bildschirm. »Fällt dir etwas auf?«

»Diese roten Punkte.«

»Genau. Weißt du, was das ist?«

Bosch rutschte auf seinem Stuhl hin und her.

»Die Notausgänge für das Publikum, nehme ich an.«

»Genau. Und was meinst du dazu?«

»Alfred, bitte, sag du es mir. Ich habe einen schrecklich anstrengenden Tag vor mir und keine Lust, Rätselraten zu spielen.«

Rita lächelte schweigend. Der junge van Hoore schien beleidigt zu sein.

»Es gibt für die Bilder nur wenig Notausgänge, Lothar. Wir haben mehr ans Publikum gedacht. Nehmen wir aber einen extremen Notfall an, einen Brand.«

Er drückte eine Taste, und das Schauspiel begann. Van Hoore betrachtete den Bildschirm mit dem gleichen Stolz wie Nero den Untergang Roms. Innerhalb weniger Sekunden stand der dreidimensionale Tunnel in Flammen.

»Ich weiß wohl, dass die Zeltbahnen aus nicht brennbarem Material sind und Popotkin versichert, die hier eingesetzten Scheinwerfer könnten keine Kurzschlüsse auslösen, wie es bei normalen Lampen vorkommt. Dennoch, nehmen wir an, dass es trotzdem zu einem Brand kommt ...«

Igor Popotkin war Physiker und hatte die Scheinwerfer entwickelt. Außerdem war er Poet und Pazifist, wie viele russische Wissenschaftler, die in der Ära von *Glasnost* und *Perestroika* studiert hatten. Stein behauptete, in ein paar Jahren würde Popotkin einen Nobelpreis bekommen, wofür, darüber wagte er keine Aussage. Bosch hatte Popotkin bei seinen Besuchen in Amsterdam ein paarmal gesehen. Er war ein kleiner Mann mit groben Gesichtszügen, der mit großer Begeisterung Gras rauchte und reihum in allen *Coffee-Shops* im Rotlichtviertel Tütchen gesammelt hatte.

»Was würde im Fall eines Brandes passieren, Lothar?«

»Das fliehende Publikum würde die Evakuierung der Bilder behindern«, sagte Bosch, der sich nun willig befragen ließ.

»Genau. Wie lautet demnach die Lösung?«

»Mehr Notausgänge schaffen.«

Van Hoore machte ein Gesicht wie der Leiter eines Wettbewerbs, der auf die falsche Antwort eines Kandidaten mit gespieltem Mitleid reagiert.

»Dafür ist die Zeit zu knapp. Ich habe eine andere Idee. Ein Team der Rettungsleute bekommt den Auftrag, im Fall einer Katastrophe die Werke zu evakuieren. Schau es dir an.«

Auf dem Bildschirm erschienen kleine Männchen in weißen Hosen und Jacken und grünen Westen.

»Ich nenne die Leute ›Rettungsteam Kunst‹«, erklärte van Hoore. »Sie sind an den meistfrequentierten Punkten mitten im Tunnel platziert, mit speziellen Transportwagen, um die Bilder bei Bedarf blitzschnell aus der Gefahrenzone zu bringen.«

»Fantastisch, Alfred«, unterbrach ihn Bosch. »Ehrlich. Das gefällt mir. Eine perfekte Lösung.«

Als van Hoores Brand gelöscht war, kam Rita an die Reihe, wiederholte jedoch nur, was beschlossen war.

»Die Evakuierung wird immer von den gleichen, speziell gekennzeichneten Männern durchgeführt. Im Tunnel steht alle zehn Meter ein Sicherheitsposten, mit Taschenlampe ausgestattet und bewaffnet. Sie werden aber nur im Notfall Licht machen. Am Eingang gibt es drei Sicherheitsschleusen mit den üblichen Apparaten: Röntgengerät, Durchgänge mit Metalldetektoren und Schnellbildanalysator. Pakete und größere Taschen müssen vor dem Eingang abgegeben werden. Kinderwagen sind nicht erlaubt. Mit den Handtaschen werden wir wohl nichts machen können, nur gezielt verdächtige Personen durchsuchen, doch die Wahrscheinlichkeit, dass jemand mit einem gefährlichen Objekt in der Handtasche alle Sicherheitschecks passiert, beträgt 0,8 Prozent. Im zugewiesenen Hotel, dessen Name natürlich geheim bleibt, wird die konstante Überwachung mit je drei Agenten pro Schicht gewährleistet. Die Agenten, die in den Zimmern selbst postiert sind, werden jeden Morgen einer strengen Prüfung unterzogen, wobei die Fingerabdrücke und die Stimmen analysiert werden. Sie tragen Einmalschildchen mit täglich wechselnden Codes, haben aber auch konventionelle Waffen und Handschellen bei sich, die sich unter Strom setzen lassen.

»Übrigens, Lothar«, fügte Rita hinzu. »Warum eigentlich diese Veränderungen der Liste der Dienst habenden Wachleute in letzter Minute?«

»Dafür bin ich verantwortlich, Rita«, erwiderte Bosch. »Wir werden aus unserem Sitz in New York neue Leute herbeischaffen. Sie treffen morgen ein.«

Alfred und Rita wechselten unsichere Blicke.

»Eine zusätzliche Sicherheitsmaßnahme«, beschied Bosch. Er bemühte sich um einen natürlichen Ton, weil er nicht den Eindruck erwecken wollte, er verberge etwas. Weder van Hoore noch Rita wussten etwas von der Existenz des *Künstlers*, noch von den Plänen, die er zusammen mit April ausgearbeitet hatte.

»Das wird die am besten bewachte Ausstellung in der Geschichte der Kunst«, lächelte Rita. »Ich glaube nicht, dass wir uns so große Sorgen machen müssen.«

Da streckte Kurt Sorensen seinen schmalen Kopf durch die Tür. Gert Warfell war auch dabei.

»Hast du einen Augenblick Zeit, Lothar?«

›Klar, nur herein‹, dachte Bosch. Alfred und Rita packten ihre Sachen zusammen und wurden in Windeseile von den beiden Neuankömmlingen ersetzt. Sie führten eine lebhafte Diskussion über den Schutz diverser Persönlichkeiten, die den Tunnel besuchen wollten. Bis zum Schluss wollte keiner der drei das Problem erwähnen, das Bosch am allermeisten fürchtete. Dann sagte Sorensen: »Wird er zuschlagen?«

Warfell und Bosch sahen sich an. Jeder wollte wissen, wie groß die Angst des anderen war. Bosch stellte fest, dass Warfell einen sehr viel ruhigeren und zuversichtlicheren Eindruck machte als er.

»Er wird nicht zuschlagen«, sagte Warfell. »Er wird sich für eine Saison in seinem Bau verkriechen. *Rip van Winkle* sitzt ihm bereits im Nacken.«

›Nein, er sitzt uns im Nacken‹, dachte Bosch und betrachtete die beiden misstrauisch. ›Und vielleicht hilft ihm einer von euch dabei.‹

Bosch hatte den letzten Rest Vertrauen in dieses System, der ihm noch geblieben war, verloren, nachdem er die ersten Berichte gelesen hatte. Dort wurden drei verschiedene »Ergebnisse« angeboten: ein Psychoprofil des *Künstlers*, ein Handlungsprofil und das, was im geheimnisvollen Jargon der Leute von *Rip van Winkle* »ein Schnitt« genannt wurde – der Ausschluss aller weiteren

Wege. Das Psychoprofil war das Ergebnis von zwanzig unabhängig voneinander arbeitenden Experten. Sie stimmten nur in einem Punkt alle überein: Der *Künstler* ging nach dem klassischen Muster eines Psychopathen vor. Es handelte sich um eine kalte, intelligente Persönlichkeit, die sich keiner Autorität unterordnen kann. Die Botschaften, die zu lesen er die Werke zwang, legten den Gedanken an einen verhinderten Maler nahe. Doch ab diesem Punkt gingen die Meinungen auseinander. Sein Geschlecht war nicht geklärt, seine sexuelle Orientierung auch nicht. Man sprach von einer Person, aber auch von mehreren. Das Handlungsprofil war vielschichtiger. Bislang war es noch nicht gelungen, die Grenzbeamten der Mitgliedsstaaten zu einer vernünftigen Zusammenarbeit zu bewegen. Die Polizei überprüfte alle Fälle von gefälschten Ausweispapieren in den letzten Wochen, aber einige Länder weigerten sich, ihre Daten beizusteuern. Beschreibungen von Brenda und der papierlosen Person standen den Zollbeamten zur Verfügung, man konnte jedoch unmöglich jemanden nur wegen der Ähnlichkeit mit einem Phantombild verhaften. Man forschte in allen Firmen nach, die Zeroplastin herstellten. Bei allen europäischen Banken wurden die Bewegungen großer Geldmengen von einem Konto auf ein anderes unter die Lupe genommen, weil man wusste, dass der *Künstler* über ein komfortables Finanzpolster verfügte. Die Lieferanten und Hersteller der Aufnahmegerate wurden vernommen.

Am Schluss kam »der Schnitt« dran. Das war am deprimierendsten. Gewisse Verhöre von Modellen mit großer Erfahrung in Sachen Zeroplastin wurden auf spezielle Weise durchgeführt. Bosch wusste nicht, was während dieser »speziellen« Verhöre geschah, aber die verhörten Personen verschwanden für immer. Der Wichtigste Mann hatte es vorhergesagt: Es würde Opfer geben, »unschuldige, aber notwendige« Opfer. *Rip van Winkle* tastete sich voran wie ein plumpes Ungeheuer, versuchte aber, seine Spuren zu verwischen. Die »speziellen« Verhöre durften auf gar keinen Fall bekannt werden.

Es handelte sich hier um ein Wettrennen gegen die Uhr, bei dem es nur einen Gewinner geben konnte, so viel hatte Bosch verstanden. Entweder gewann die Kunst oder der *Künstler*. Europa tat lediglich das, was es in solchen Fällen immer tut: Es schützte das kulturelle Erbe der Menschheit, die Kunstschätze, die von einer Generation an die nächste weitergereicht wurden. Die Menschheit selbst war angesichts dieses Erbes überflüssig. Der Stellenwert eines einzigen heiligen Werks überstieg den Wert einer Hand voll mittelmäßiger, sterblicher Individuen um ein Vielfaches, mochten sie auch in der Mehrheit sein. Das wusste Bosch noch aus seiner Zeit als ›Provo‹: Das Heilige, wenngleich in der Minderzahl, war der Mehrheit immer überlegen, weil es von allen anerkannt wurde.

Zumindest von fast allen. Vermutlich hatten die von *Rip van Winkle* verhörten Menschen eine andere Meinung dazu, überlegte Bosch.

Doch niemand hatte sie gehört.

»Übrigens, morgen treffen wir uns mit Rip«, bemerkte Sorensen. »Er kommt nach Den Haag. Wusstet ihr das?«

Bosch und Warfell wussten es. Das Treffen war im letzten Bericht angekündigt worden. Sie konnten anscheinend neue ›Ergebnisse‹ vorweisen und wollten diese persönlich erläutern. Sorensen und Warfell vermuteten, dass der *Künstler* bereits dingfest gemacht worden war. Bosch zeigte sich da weniger optimistisch.

Gegen Mittag, kurz vor dem Essen, kam Nikki in sein Büro. Sie hob die Hand mit zum Siegeszeichen gespreizten Fingern hoch. Bosch sprang beinahe vom Stuhl auf, merkte dann aber, dass das vermeintliche »V« eine »Zwei« sein sollte. »Na gut, auch das ist ein Sieg«, dachte er begeistert. »Gestern waren es noch vier.«

»Wir konnten weitere zwei ausschließen«, verkündete Nikki. »Erinnerst du dich, dass ich sagte, Laviatov habe wegen Raub im Gefängnis gesessen? Nun, inzwischen ist er nicht mehr als Leinwand tätig, sondern versucht sich mit einer Galerie für hyperdramatische Kunst in Kiew. Ich habe mit ihm gesprochen und mit einigen seiner Angestellten, die sein Alibi bestätigten. Was Fourier angeht, so ist erwiesen, dass er sich vor sechs Monaten das Leben nahm, nach einer gescheiterten Beziehung mit einem seiner früheren Besitzer, was die Kunsthandlung jedoch verschwiegen hatte, um bei anderen Leinwänden keinen schlechten Eindruck zu machen. Diese beiden hier sind die Einzigen, die noch kein Alibi haben.«

Sie breitete die Papiere auf dem Tisch aus. Zwei Fotos, zwei Personen, zwei Namen. Ein von langen, kastanienroten Locken umrahmtes Gesicht, blaue Augen, tiefer Blick. Ein weiteres Gesicht, fast kindlich noch, ohne ausgeprägte Züge, ein kahl geschorener Kopf.

»Die erste Person heißt Lije«, erklärte Nikki. »Sie ist um die zwanzig, welches Geschlecht sie hat, wissen wir allerdings nicht. Sie arbeitete überwiegend in Japan mit Künstlern wie Higashi, ist aber selbst nicht von dort. Ihre Spezialitäten sind transgenerische Kunst und Schock-Art. Von der zweiten Person wissen wir mehr. Sie heißt Póstumo Baldi, geboren 1986 in Neapel, ebenfalls zwanzig Jahre alt und männlich. Sohn eines gescheiterten Malers und eines Exdekorationsobjekts, die Eltern sind mittlerweile geschieden. Es gibt Beweise, dass seine Mutter bei kleineren Schock-Arts mitmachte und ihren Sohn schon sehr früh dazu anhielt, mit ihr aufzutreten. Baldi spezialisierte sich auf transgenerische Kunst. Im Jahr 2000 wählte van Tysch ihn aus, um das Original von *Figur XIII* zu malen, eines der wenigen transgenerischen Kunstwerke des Meisters.

Bosch betrachtete die beiden Fotos wie hypnotisiert. Wenn Woods Intuition zutraf und den Informationsnetzen nichts entgangen war, zeigte eines den *Künstler*.

»Rate mal«, lächelte Nikki. »Lije könnte in Holland sein, hier und jetzt. Ja, wahrscheinlich ist er oder sie sogar in Amsterdam.«

»Wie das?«

»Die Spur verliert sich im Extrem, einem Lokal illegaler Werke im Rotlichtviertel. Dort hatte Lije an zwei geheimen Schock-Arts teilgenommen. Das war im vergangenen Dezember.«

»Ich habe vom Extrem gehört«, sagte Bosch.

»Seine Besitzer waren nicht sehr hilfreich. Sie haben behauptet, nicht zu wissen, wo Lije nach dieser Geschichte hingegangen ist, und sich geweigert, dem Team, das wir ihnen ins Haus schickten, Auskunft zu erteilen. Ich denke, wir sollten die Leute von Romberg vorbeischicken, damit sie denen eine Abreibung verpassen, dein Einverständnis vorausgesetzt.«

Bosch studierte das rätselhafte Gesicht von Lije, konnte aber unmöglich sagen, ob diese glatten Züge einem Mann oder einer Frau zuzuordnen waren.

»Und Baldi?«

»Seine Spur haben wir in Frankreich verloren. Das letzte Werk, von dem wir sicher wissen, dass er es gemacht hat, war eine transgenerische Arbeit von Jan van Obber für die Kunsthändlerin Jenny Thoureau, aber er hat nicht einmal den ganzen Vertrag erfüllt. Er haute ab und verschwand von der Bildfläche.«

Bosch dachte einen Augenblick nach.

»Jetzt bist du dran.« Nikki hob ihre blonden Brauen und wartete ab.

»Van Obber lebt in Delft, nicht wahr? Ruf ihn an und vereinbare mit ihm ein Treffen für morgen Nachmittag. Ich muss in der Früh nach Den Haag und könnte auf dem Rückweg bei ihm vorbeikommen. Sag ihm nur, dass wir Póstumo Baldi suchen. Und schicke Rombergs Männer ins Extrem.«

Als Nikki sein Büro verlassen hatte, betrachtete Bosch noch lang diese beiden Gesichter, diese anonymen, jugendlichen, glatten Gesichter, die ihn aus den Fotos anblickten. »Eines davon ist der *Künstler*«, dachte er. »Wenn April Recht hat – und sie hat immer Recht –, ist eines der beiden Gesichter das seine.«

5

DAS LICHT BILDET den Abschluss.

Gerardo und Uhl waren dabei, es im Wohnzimmer des Landhauses zu installieren. Sie hatten schon sehr früh damit begonnen, weil die Geräte sehr empfindlich waren: Schwarzweißlampen, die von einem russischen Physiker extra für die Ausstellung entwickelt wurden. Clara betrachtete die seltsamen Vorrichtungen. Metallstangen, aus denen Arme mit verdickten Enden hervorkamen. Sie erinnerten an Kleiderbügel aus Edelstahl.

»Jetzt zeig ich dir etwas Unglaubliches«, sagte Gerardo.

Sie ließen die Rollläden herunter, sodass es völlig dunkel wurde. Uhl bediente einen Schalter, und strahlend goldenes Licht ergoss sich aus den Leuchtkörpern. Es war zwar Licht, aber es erhellte nicht. Es schien die Luft golden einzufärben, ohne jedoch die Objekte zu beleuchten. Das Zimmer hatte sich auf einen Schlag in ein Gemälde des 17. Jahrhunderts verwandelt. Gerardo stand vor ihr, der einzigen Figur dieses geheimnisvollen, hier im Haus hergestellten Ölgemäldes, und lächelte.

»Es ist, als befänden wir uns im Innern eines Rembrandt, nicht wahr? Mit dir als Hauptdarstellerin.«

Sie ging, barfuß und nackt wie sie war, auf das Licht zu. Sie konnte direkt hineinschauen, ohne geblendet zu werden, es war ein freundliches, lockendes Licht, der Traum eines suizidalen Schmetterlings.

»Du bist ein perfektes Gemälde«, lobte Gerardo, »das wärst du auch ganz ohne Bemalung. Möchtest du dich sehen? Schau dich an.«

Sie sah, wie er, von schleifenden Geräuschen begleitet, einen der Spiegel heranrückte.

Ihr stockte der Atem.

Irgendwie, wodurch auch immer, wusste sie: Das war es, was sie ihr ganzes Leben lang gesucht hatte.

Im Dämmer eines klassischen Gemäldes zeichnete sich ihre Silhouette goldfarben vor dem dunklen Hintergrund ab. Das Gesicht und die Hälfte des Haarvorhangs leuchteten bernsteinfarben. Sie erschrak fast beim Anblick der beiden Brüste, des herrlichen Venushügels, der Silhouette der Beine. Wenn sie sich bewegte, funkelte ihr Körper wie ein Diamant unter einer Lampe, und sie wurde zu einem anderen Bild. Mit jeder ihrer Bewegungen malte sie ein anderes Gemälde von sich, tausend verschiedene.

»Mit dieser Beleuchtung hätte ich dich nicht ungern in meinem Haus«, hörte sie Gerardo aus der Dunkelheit sagen. »*Nackte Frau auf schwarzem Grund.*«

Sie beachtete ihn kaum. Ein Gefühl sagte ihr, dass sich nun alle ihre Träume erfüllt hatten. Alles, wovon sie seit der Entdeckung von Eliseo Sandovals Bild im Haus ihrer Freundin Talia geträumt hatte, alles, was sie kaum zu denken oder auszusprechen wagte, hier war es, im Widerschein ihres Körpers unter dem Schwarzweißlicht.

Da wurde ihr klar, dass sie immer ihr eigener Traum gewesen war.

An diesem Vormittag wurden die Posen ein wenig abgeschwächt. Gerardo bezeichnete das als »Positur ausbessern«. Die Farben waren bereits festgelegt. Ein dunkelroter Ton für die Haare, die im Nacken verknotet waren, Perlmutt, gemischt mit Rosa und Gelb für die Haut, ein ockerfarbener, sehr feiner Strich für die Brauen, die Augen kastanienbraun mit leicht transparentem Glanz, die Lippen fleischfarben betont, Brustknospen und Aureolen mattbraun. Nachdem sie sich mit Farbentferner geduscht hatte und die Kolorierung ihrer ursprünglichen Imprägnierung wieder zum Vorschein kam, fühlte Clara sich besser. Sie war erschöpft, aber am Ziel einer langen Reise angelangt. Die letzten vierzehn Tage waren angefüllt gewesen mit anstrengenden Posen, Experimenten mit verschiedenen Farbabstufungen, Konzentrationsübungen, Überarbeitungen der wichtigsten Pinselstriche, mit denen van Tysch ihren Gesichtsausdruck vor dem Spiegel gemalt hatte. Die Zeit war schnell verflogen. Jetzt fehlte noch der letzte Schliff.

»Die Signatur«, sagte Gerardo zu ihr. »Der Meister wird heute Abend alle Werke signieren, im Proberaum des Alten Ateliers. Und ihr werdet in die Ewigkeit eingehen«, fügte er lächelnd hinzu.

Uhl lenkte den Lieferwagen. Sie nahmen die Autobahn, und bald kam Amsterdam in Sicht. Der Anblick dieser Stadt, die sie immer an ein kostbares Puppenhaus erinnerte, hob Claras Stimmung. Sie war wie hypnotisiert. Sie überquerten mehrere Brücken und fuhren durch enge, reinliche Straßen Richtung Museumsviertel, immer begleitet von den allgegenwärtigen Fahrrädern und dem Takt der Straßenbahnen. Da tauchte die elegante Fassade des Rijksmuseums auf. Dahinter, im hellen Grau des Mittagslichts, erhob sich eine gewaltige, tiefdunkle Masse. Sonnenstrahlen durchdrangen die Wolken und verliehen der riesigen Form opalfarbene Akzente. Bald schien die Sonne wie ein Meeresbeben über Amsterdam hereinzubrechen und die Stadt mit goldenem Öl überschütten zu wollen. Uhl, auf seinem Fahrersitz, machte eine Handbewegung.

»Der Tunnel. Für Rembrandt.«

Sie wollten ihn jetzt gleich besuchen, noch bevor sie für die Signierstunde das Alte Atelier ansteuerten. Clara war gespannt auf den geheimnisvollen Ort, an dem sie ausgestellt werden sollte. Sie parkten in der Nähe des Rijksmuseums. Die Temperaturen waren nicht eben sommerlich, doch sie fror in ihrem leichten, wattierten, ärmellosen Kleid mit dem Taillengürtel überhaupt nicht. Sie trug gefütterte Plastiksandalen und natürlich die drei Etiketten, die sie als eine der Originalfiguren von *Susanna und die beiden Alten* auswiesen.

Sie bogen in die Museumstraat ein, und schon fanden sie sich vor dem Tunnel. Er glich dem gigantischen, mit Zeltplanen bedeckten Eingang zu einer Mine. Der Tunnel hatte die Form eines Hufeisens, wobei die offene Seite des Halbrunds auf die Rückseite des Rijksmuseums wies. Sein Haupteingang war von zwei Barrieren geschützt, mit Blinklichtern und weiß-orangeroten Fahrzeugen, die an den Seiten das Wort *Politie* aufgemalt hatten. Dunkelblau uniformierte Frauen und Männer standen davor Wache. Mehrere Touristen fotografierten die gewaltige Konstruktion.

Während sich Gerardo und Uhl an die Polizisten wandten, hatte Clara Zeit, das Ganze zu betrachten. Vom Eingang an, der von seiner Höhe her durchaus mit jedem großen, klassischen Gebäude Amsterdams zu vergleichen war, verliefen die Stoffbahnen in unterschiedlichen Ebenen. Sie hingen tief oder hoben sich zu den Wolken wie ein mächtiges Zirkuszelt, sie wanden sich zwischen den Bäumen hindurch, umkreisten sie, schnitten Straßenzüge ab und verdeckten den Horizont. Das Hufeisen umschloss den Museumsplein, in dessen Mitte sich ein künstlicher Teich und ein Denkmal befanden. Die schwarze Masse hatte etwas Unheimliches, etwas Groteskes an sich, wie sie gleich einer toten Spinne über der filigranen Stadtlandschaft hockte. Clara konnte es nur schwer beschreiben. Als wäre aus der Malerei etwas ganz anderes geworden. Als handle es sich nicht um eine Kunstausstellung, sondern um etwas sehr viel Rätselhafteres. Ein riesiger Vorhang mit einem der berühmten letzten Selbstporträts Rembrandts verdeckte den Eingang. Sein Gesicht unter der Mütze – die knollige Nase, der kleine Schnurrbart und der holländische Kinnbart – blickte skeptisch in die Welt. Er glich einem Gott, der des Schaffens müde war. Der Vorhang, der den Ausgang verdeckte, bestand aus der Vergrößerung einer Fotografie, die van Tysch von hinten zeigte. ›Wir gehen durch Rembrandts Brust hinein und kommen durch van Tyschs Rücken wieder heraus‹, dachte sie. Geschichte und Gegenwart der holländischen Kunst. Doch welches der beiden Genies war das rätselhaftere? Der Mann, der ein gemaltes Gesicht zeigte, oder der Mann, der sein wahres Gesicht verbarg? Sie wusste es nicht.

Gerardo kam auf sie zu.

»Sie überprüfen unsere Ausweise, dann dürfen wir rein.« Er deutete auf den Tunnel: »Wie gefällt er dir?«

»Fantastisch.«

»Er ist fast fünfhundert Meter lang und hufeisenförmig, damit er auf den Platz passt. Man geht auf dieser Seite hinein und verlässt ihn am anderen Ende in der Nähe des Van-Gogh-Museums. An bestimmten Stellen ist er an die vierzig Meter hoch. Van Tysch wollte ihn in der Nähe des Rembrandthuis installieren, dort, wo Rembrandt gewohnt hatte, Straßen sperren und Häuser evakuieren lassen, aber das wurde ihm natürlich nicht erlaubt. Das Material der Zeltbahnen ist ein ganz besonderes. Es lässt nicht das geringste Licht von draußen durch, damit drinnen absolutes Dunkel herrscht, wie in einem tiefen Brunnen, da die Gemälde nur mit den Schwarzweißlampen angestrahlt werden. Wir gehen jetzt rein. Bleib aber immer in unserer Nähe.«

»Was könnte mir schon passieren?«, fragte Clara lächelnd.

»Nun, Obdachlose übernachten hier, Drogensüchtige setzen sich im Schutz der Dunkelheit ihren Schuss. Und die Gruppen, die gegen die hyperdramatische Kunst protestieren, die BAH und andere ... Ja, BAH, das heißt *Bothered About Hyperdrama*. Du wirst davon gehört haben, nicht wahr? Sie sind unsere treuesten Anhänger«, lächelte Gerardo. »Morgen werden sie vor dem Tunnel protestieren, gelegentlich schmuggeln sich aber einer oder zwei der Unruhestifter in die Ausstellung, um dort Protestplakate anzubringen. Die Polizei geht täglich drinnen auf Streife und nimmt einen oder zwei davon fest. Gehen wir.«

Dass Gerardo so besorgt um sie war, gefiel ihr. Unter anderen Umständen hätte sie angenommen, er sei um *Susanna* besorgt, jetzt wusste sie es besser. Er fürchtete, sie, Clara Reyes, zu verlieren.

Uhl erwartete sie an einem kleinen Zugang unter dem Eingangsvorhang. ›Als stünden wir unter Rembrandts Kopf‹, dachte sie. Schwache, an den Fußleisten installierte Lämpchen wiesen den Weg. Doch als sich der Eingang wieder schloss, waren sie von einer bisher unbekannten Dunkelheit umgeben. Auch die Straßengeräusche waren fast verschwunden. Man hörte sie nur noch weit entfernt. Clara konnte Gerardos Gestalt kaum erkennen.

»Warte ein wenig. Die Augen gewöhnen sich daran.«

»Ich kann schon etwas sehen.«

»Keine Sorge. Es gibt keine Hindernisse. Der Rundweg verläuft auf der sanft ansteigenden Rampe, er ist schmal und wird von diesen kleinen Lichtern angezeigt. Du musst nur weitergehen, sonst nichts. Wenn dann die Bilder an ihren Plätzen stehen und mit den Scheinwerfern angestrahlt werden, dienen sie als Orientierungspunkte. Hast du das Absperrseil in der Hand? Lass es nicht los.«

Gerardo ging voran. Dann kam Clara, und hinter ihr ging Uhl. Sie drangen langsam vor, tasteten sich auf dem glattem Untergrund wie Blinde an dem Seil entlang, das den Weg säumte. Clara konnte nur Gerardos Füße und ein Stück seiner Hose ausmachen. Der Rest seiner Gestalt war zu einem Teil der Dunkelheit geworden. Sie hatte das Gefühl, das nachtschwarze All zu durchqueren.

»Alles in Ordnung?«, hörte sie Gerardo sagen.

»Mehr oder weniger.«

Uhl machte auf Holländisch eine Bemerkung, Gerardo antwortete, und dann lachten beide. Er übersetzte: »Manche Bilder sagen, dieser Ort mache sie schaudern.«

»Mir gefällt er«, behauptete Clara.

»Auch die Dunkelheit?«

»Ja, wirklich.«

Sie hörte Gerardos und Uhls Schritte und das schleifende Geräusch ihrer Etiketten an Knöchel und Handgelenk.

Auf einmal veränderte sich die Atmosphäre. Es war, als öffnete sich der Raum. Die Schritte hörten sich anders an. Clara blieb stehen und blickte nach oben. Sie hatte das Gefühl, sich über einen Abgrund zu neigen. Ein eigenartiger Schwindel erfasste sie, als wäre sie in Gefahr, sich vom Boden zu lösen und ins Halbrund des Zeltdachs hinaufgeschleudert zu werden, in die schwarze Stille über ihren Köpfen. Da kamen ihr plötzlich van Tyschs Worte in den Sinn, was er über die Unmöglichkeit absoluter Dunkelheit gesagt hatte, und sie fragte sich, ob sich der Maler mit diesem Tunnel selbst widersprechen wollte.

»Das hier ist ›die Basilika‹«, ließ sich Gerardo vor ihr vernehmen. »Die erste Kuppel. Sie ist fast dreißig Meter hoch. Die zweite liegt am anderen Ende des Hufeisens und ist noch höher. Hier, im Zentrum, wird *Die Anatomie des Dr. Tulp* ausgestellt. Weiter drüben *Die Staalmeesters* und *Der geschlachtete Ochse*, mit diversen Modellen, die kopfüber von der Decke hängen. Den Hintergrund können wir im Moment nicht sehen, weil die Scheinwerfer ausgeschaltet sind.«

»Es riecht nach Farbe«, sagte sie leise.

»Nach Ölfarbe«, meinte Gerardo. »Wir befinden uns im Innern eines Gemäldes von Rembrandt. Hast du das vielleicht vergessen? Komm, bleib nicht zurück.«

»Woher weißt du, dass ich zurückbleibe?«

»Deine gelben Etiketten verraten dich.«

Clara zitterten beim Gehen die Knie. Ihre Muskulatur war diese normale Funktion anscheinend nicht mehr gewohnt, schließlich hatte sie stundenlang, tagelang starre Posen einnehmen müssen. Andererseits schrieb sie das Zittern auch den Empfindungen zu, die diese tiefe Finsternis in ihr auslösten.

»Der für die *Susanna* vorgesehene Platz ist weiter drüben«, sagte Gerardo. »Sieh her, kannst du die dunklen Gerüste dort hinten erkennen?«

Sie glaubte, etwas zu sehen, war sich aber nicht sicher, ob sie sah, was Gerardo meinte. Der Umriss seiner Hand, die ins Leere wies, war kaum zu erkennen.

»Wir befinden uns fast an der Biegung des Hufeisens. Hier wird die *Nachtwache* stehen, ein eindrucksvolles Wandgemälde mit über zwanzig Modellen. Hier das *Mädchen am Fenster*, daneben das kleine Porträt von *Titus*, Rembrandts Sohn. Und auf dieser Seite *Die Judenbraut*. Jetzt kommen wir an die Stelle, an der das *Gastmahl des Belsazar* ausgestellt wird.«

Während sie immer tiefer in den Tunnel eindrangen, bemerkte Clara seltsame Bewegungen im Hintergrund, Irrlichter, längliche Leuchtkäfer.

»Polizei«, erklärte Uhl, der hinter ihr ging.

Es war wohl eine der Streifen, von denen Gerardo gesprochen hatte. Sie begegneten einander: bemützte Gespenster mit aufblitzenden Namensschildern. Clara bemerkte ihr Lächeln und hörte holländische Sätze.

Dann drangen sie weiter vor, hinein in die Tiefe eines verlassenen Universums.

»Glaubst du an Gott?«, fragte Gerardo unvermittelt.

»Nein«, erwiderte sie schlicht. »Und du?«

»Ich glaube an etwas. Und Dinge wie dieser Tunnel geben mir Recht. Es gibt etwas Höheres, meinst du nicht auch? Was sonst könnte van Tysch veranlasst haben, das hier zu konstruieren? Er ist ein Werkzeug in der Hand eines höheren Wesens und weiß es nicht.«

»Ja, ein Werkzeug Rembrandts.«

»Mach keine Scherze, Clarita. Es gibt etwas, das über Rembrandt steht.«

›Was?‹, fragte sie sich. ›Was steht über Rembrandt?‹ Unwillkürlich, fast wie von selbst, hob sie den Blick. Sie sah in ein tiefes Dunkel, durchwoben von einer Ahnung von Licht, einem Licht, so schwach, dass es die Augen kaum wahrnahmen, wie es eine Erinnerung oder einen Traum erhellt. Ein vages, dunkles Gebilde.

Da machte sich Uhl, der hinter ihr ging, mit einem Satz bemerkbar. Gerardo fing an zu lachen und antwortete ihm.

»Justus sagt, er verstünde gerne Spanisch, um unserer Unterhaltung folgen zu können. Ich habe ihm gesagt, dass wir von Gott und von Rembrandt sprachen. Ah, sieh nur ... An dieser Wand wird der *Ecce Homo* ausgestellt und dort ...«

Clara merkte, wie sie an der Hand genommen wurde. Sie ließ sich zum Absperrseil führen. Im schwachen Schein der Wandleuchten erkannte sie die Umrisse eines herrlichen Gartens.

»Hier wird die *Susanna* stehen. Kannst du die breiten Treppen sehen und den Rand des Wassers? Es wird kein richtiges Wasser sein, sondern gemaltes, wie alles andere auch. Die Beleuchtung kommt dann von oben. Ocker und Goldgelb werden die vorherrschenden Farben sein. Was sagst du dazu?«

»Es wird unglaublich schön sein.«

Sie hörte Gerardo kichern und fühlte seinen Arm um ihre Schultern.

»So unglaublich wie du«, flüsterte er. »Nie habe ich mit einer schöneren Leinwand gearbeitet ...«

Sie wollte über seine Worte nicht länger nachdenken. Obwohl sie in den vergangenen Tagen während der Pausen kaum mit Gerardo gesprochen hatte, war sie ihm gefühlsmäßig sehr nahe gekommen. Sie erinnerte sich an den Tag vor zwei Wochen, als van Tysch kam und Gerardo ihr Gesicht malte, wie er sie angesehen hatte, während er ihr den Spiegel vorhielt. Auf unerklärliche Weise, dachte sie, hatten beide Maler dazu beigetragen, ihr ein neues Leben zu geben. Van Tysch und Gerardo, jeder auf seine Weise, waren ihre Urheber gewesen. Wo van Tysch allerdings nur die *Susanna* gemalt hatte, war es Gerardo gelungen, auch Clara herauszuarbeiten, die erst angedeutete Gestalt einer anderen Clara zu entwerfen, die bislang noch im Dunkeln verborgen war. Sie fühlte sich in diesem Moment allerdings nicht imstande, über die Tragweite jener Entdeckung nachzudenken. Bald verließen sie den Tunnel am anderen Ende durch van Tyschs dunklen Rücken. Das Licht schmerzte in den Augen, und sie blinzelten. Es war kein schöner Tag, ganz im Gegenteil; die Sonne quälte sich durch den grauen Schleier, der den

Himmel bedeckte. Verglichen jedoch mit dem Tiefschwarz, das sie soeben hinter sich gelassen hatten, überkam Clara das Gefühl, in helles, gleißendes Sommerlicht zu treten. Die Temperatur war sehr angenehm, obwohl der Wind etwas störte.

»Es ist kurz vor zwölf«, sagte Gerardo. »Wir müssen los, zum Atelier in der Plantage und alles vorbereiten, damit der Meister dich signieren kann.« Dann sah er sie an und verzog das Gesicht zu einem rätselhaften Lächeln: »Bist du bereit für die Ewigkeit?«

Sie sagte ja.

Morgen. Morgen war der Tag.

Sie strich mit den Etiketten über das Betttuch und fühlte die Signatur, die wie eine Kinderhand auf ihrem Fußknöchel lag. Sie war einfach da, schmerzte nicht und erfreute sie nicht.

›Morgen fängt mein ewiges Leben an.‹

Nach der Signierstunde hatte man sie ins Hotel gebracht. Ein Agent der Abteilung Sicherheit war zu ihrer lückenlosen Bewachung abgestellt. Er stand, weil sie jetzt ein unsterbliches Werk war, direkt in ihrem Schlafzimmer. ›Und weil um jeden Preis verhindert werden muss, dass ein unsterbliches Werk stirbt‹, dachte sie lächelnd.

Es hatte kurz vor fünf stattgefunden. Gerardo und Uhl waren mit ihr zum Alten Atelier gefahren und hatten sie im Untergeschoss in einer der Kabinen bemalt. Nachdem die Farbe getrocknet war, bekam sie ein wattiertes Kleid übergezogen und wurde in den Signierraum gebracht. Fast alle Bilder von ›Rembrandt‹ waren bereits fertig. Sie sah unglaubliche Dinge: zwei Modelle, an den Fußknöcheln aufgehängt, kopfüber neben der Skizze eines Ochsen, ein Regiment blutverschmierter Lanzenkämpfer, einen schönen Alptraum puritanischer Trachten aus Holland und mythologische Nacktheit. Sie sah Gustavo Onfretti am Kreuz hängen und Kirsten Kirstenman auf einem Operationstisch ausgestreckt. Sie begegnete zum ersten Mal den beiden Alten der *Susanna*, wobei der eine sehr schlank war und glänzende Augen hatte, der zweite groß war wie ein Schrank. Den ersten erkannte sie trotz der entstellenden Gesichtsbemalung sofort. Es war der Alte, der auf dem Flughafen von Schiphol im Nebenraum befragt worden war. Beide waren üppig gewandet, ihre Gesichter wirkten lasziv und irgendwie leberleidend. Clara wechselte ein paar Worte mit ihnen, musste sie doch auf dem Podest in die verlangte Pose gebracht werden und nackt zu Füßen des ersten Alten kauern, ganz wie die *Susanna*, vollkommen schutzlos.

Es dauerte lange, bis van Tyschs Gefolgschaft näher kam. Sie meinte, Gerardo und Uhl zu erkennen. Vielleicht auch diesen dunkelhäutigen Assistenten, den sie vor zwei Wochen aus dem Lieferwagen steigen sah. Auf dem Boden zusammengekauert, sah sie die vielen weiblichen Waden vorbeiziehen, Frauen und Männer auf Strümpfen; möglicherweise waren es Skizzenmodelle. Auch die schwarzen Hosenbeine van Tyschs, düster, drohend. Holländische Sätze. Van Tyschs Stimme. Andere Stimmen. Das Geräusch von Apparaten. Jemand hatte einen starken Scheinwerfer angeschaltet und auf sie gerichtet. Das Summen des elektrischen Tätowiergeräts.

Clara war schon oft signiert worden und kannte den Vorgang, dass ein Maler irgendeinen Teil ihres Körpers mit feinen Instrumenten beschriftete, zur Genüge. Diesmal war es jedoch völlig anders. Sie fühlte sich wie beim ersten Mal. Ein Original van Tyschs zu sein war tatsächlich etwas anderes. Sie hatte den Eindruck, vollendet zu werden. Mit ihren vierundzwanzig Jahren war sie angekommen, war sie ganz und gar vollendet. Doch wer würde, über Vollendung und Extase hinaus, bei ihr sein? Wer würde sie auf diesem Weg ins Dunkel begleiten? Wer würde ihr zur Seite stehen, damit sich der Übergang ins Erhabene ungehindert vollzog? Plötzlich, eine Sekunde bevor die Nadel sie berührte, hörte sie auf zu denken und zu wünschen. Sie fühlte sich innerlich leer und dunkel, als wäre sie aus sich herausgetreten und hätte vorher das Licht gelöscht. ›Ich denke bereits wie ein Insekt‹, erinnerte sie sich an die Worte von Marisa Monfort, die sich auf die Imprägnierung von Erinnerungen spezialisiert hatte. ›Jetzt bin ich ein echtes Kunstwerk.‹

Etwas berührte ihren linken Knöchel. Sie fühlte, wie die Nadel »BvT« auf die Haut über dem Knochen schrieb. Natürlich sah sie van Tysch nicht an, während er sie signierte. Sie wusste, dass auch er sie nicht ansah.

Jetzt, wieder im Hotel, in dieser ersten Nacht, wartete sie.

Morgen war der Tag. Morgen würde sie zum ersten Mal ausgestellt werden.

Als sie schließlich einschlief, sah sie sich im Traum wieder vor der Tür zum Speicher des Hauses in Alberca, war aber nicht mehr das achtjährige Mädchen, sondern eine vierundzwanzigjährige Frau, die van Tyschs Signatur am Knöchel trug. Dennoch wollte sie unbedingt den Speicher betreten. ›Weil ich das Schreckliche noch nicht gesehen habe. Ich bin ein Bild van Tyschs, habe aber das Schreckliche noch nicht gesehen.‹ Sie ging auf die Tür zu und öffnete sie. Da hielt sie jemand am Arm zurück. Sie drehte sich um und sah ihren Vater. Er schien entsetzliche Angst zu haben. Er schrie etwas und zog sie dabei zurück, als wollte er sie am Betreten hindern. Auch Gerardo, der neben ihrem Vater stand, schrie. Beide wollten sie anscheinend vor einer tödlichen Gefahr schützen.

Sie aber riss sich von den Händen, die sie festhielten, los und rannte ins Dunkel hinein.

6

DENN DORT GAB es nur noch Dunkelheit.

April Wood schlug die Augen auf. Erst wusste sie nicht, wo sie war und was sie hier zu suchen hatte. Sie hob den Kopf und stellte fest, dass sie in einem breiten Bett lag, das mitten in einem abgedunkelten Zimmer stand. Da fiel ihr ein, dass sie sich im Hotel Vermeer in Amsterdam befand und am Abend vorher eingecheckt hatte, um an der Signierstunde des Meisters im Alten Atelier teilzunehmen. Eigentlich war die Signierstunde ein privater Vorgang, die Angestellten des Hauses konnten aber auf Wunsch daran teilnehmen. Wood wollte die fertig gestellten Werke sehen, sie in ihren jeweiligen Posen betrachten und sich mit ihnen vertraut machen, wie es der *Künstler* zweifellos bereits getan hatte. Später war sie ins Hotel gegangen und hatte sich ins Bett gelegt, so voll gepumpt mit Schlafmitteln, dass sie es nicht einmal schaffte, die Kleider abzulegen. Sie trug noch immer das enge, mit vielen glänzenden Pailletten besetzte schwarze Kostüm, mit dem sie ins Atelier gegangen war. Ein Blick auf die Uhr: Es war zwanzig Uhr fünf, am Freitag, dem 14. Juli 2006. Noch vierundzwanzig Stunden bis zur Eröffnung von ›Rembrandt‹.

An der hinteren Wand des Raums hing ein großer Spiegel. In dem betrachtete sie sich. Sie sah schrecklich aus. Sie war gestern fast bewusstlos zusammengebrochen, erinnerte sie sich jetzt. An der Stelle, wo ihr Kopf gelegen hatte, war das Kissen noch immer eingedrückt.

Sie öffnete den Reißverschluss am Kleid, zog sich aus und warf die Sachen auf den Boden. Das Bad war aus Marmor. Sie machte Licht und setzte die Dusche in Gang. Während ein heißer Wasserstrahl ihren Körper übergoss, fing sie an, den Stand der Dinge zu rekapitulieren. Was hatte sie vorzuweisen? Viele Meinungen und drei schreckliche Alternativen.

Nach dem Gespräch mit Hirum Oslo am Dienstag hatte sie von London aus noch verschiedene andere Kritiker angerufen und allen die gleiche Erklärung gegeben, außer Oslo (›Warum hast du ausgerechnet ihm die Wahrheit gesagt?‹): dass sie eine Liste der wertvollsten, intimsten und persönlichsten Werke van Tyschs erstellen musste, um das Aufsichtspersonal entsprechend einteilen zu können. Bislang hatte sich keiner geweigert, seine Meinung zu äußern. Van Tysch allerdings hatte ihr keinen Gesprächstermin eingeräumt. April nahm ihm das nicht übel, schließlich war er der Chef und ihr gegenüber in keiner Weise verpflichtet. Er musste sie nur bezahlen. »Der Meister ist sehr müde«, bemerkte Stein, mit dem sie sich gestern im Atelier unterhalten hatte. »Ab Samstag wird er sich nach Edenburg zurückziehen. Er will nicht besucht werden.« Auch Stein wirkte ziemlich erschöpft. »Wir sind in der Endphase«, hatte er ihr erklärt. »Das Ende eines schöpferischen Akts stimmt immer traurig.«

Sie trat geschwind aus der Dusche. Die riesigen Badetücher des Hotels waren weich wie Bärenfelle. Während sie sich in eines der Tücher hüllte, fiel ihr Blick auf die elektronische Waage vor ihr auf dem Boden. Doch sie widerstand der Versuchung. Sie musste nicht allzu viel Willenskraft aufbringen, weil die Versuchung nur ganz schwach war, wie ein leichter Schmerz, ein winziges Unbehagen, das sich in einem Winkel ihres Gehirns festgesetzt hatte. Miss Wood wusste, dass sie in den kleinen Dingen fest bleiben musste, wollte sie nicht sofort in den großen unterliegen. Sie wollte nicht wissen, wie viel sie wog, das heißt, sie wollte es zwar, verbot sich aber das Wiegen. Sie wusste, dass sie zugenommen hatte – Hüften und Bauch waren deutlich ausgeprägter –, war jedoch entschlossen, das Essen einzustellen und nur noch mit Vitaminen angereicherte Fruchtsäfte zu konsumieren. Im Übrigen hatte sie sich auf ihre Arbeit zu konzentrieren und auf nichts anderes.

Sie atmete tief durch, verließ das Bad, setzte sich, in ein Frotteetuch gewickelt, auf das Bett und atmete wieder tief durch, einmal, zweimal, dreimal. Solange sie sich nicht von diesem Tuch befreite, musste sie sich nicht im Spiegel sehen. Sie war eine Kuh geworden, eine schreckliche Witzfigur, die sich hinter dem Tuch verbergen musste. Sie könnte auch beschließen, sich anzukleiden, das heißt, zu versuchen, bis zum Schrank zu kommen, wo ihre Sachen waren, und diesen abstoßenden Fleischberg mit einer Bluse und einer Hose zu bedecken. Doch sie wollte sich lieber nicht vorstellen, was geschah, wenn sich die Hose nicht mehr über ihrem Bauch schließen ließ, wenn der Reißverschluss vor ihrem Fett kapitulierte.

Erst nach mehreren Minuten spürte sie, wie ihre Angst nachließ. Sie ging zum Kleiderschrank, öffnete ihre Reisetasche und holte die Akte heraus. Sie enthielt die gestern ausgedruckte Liste der Kritiker und die von Bosch aus Amsterdam gelieferten Fotos über die Platzierung der Gemälde im Tunnel. Mit zittrigen Händen legte sie die Blätter und Bilder aufs Bett und setzte sich, von Kopf bis Fuß in das Badetuch gehüllt, davor wie eine Indianerin vor ihr Zelt.

Die Liste war äußerst interessant. Einige Kritiker hatten mehr als ein Bild genannt. Die jeweilige Punktzahl war vermerkt. Fast wie ein Wettbewerb, dachte sie, nur dass der Preis, der auf das prämierte Werk wartete, aus zehn, durch ein handliches Schneidewerkzeug zugefügten Wunden bestand.

1. *Ecce Homo*	19
2. *Die Staalmeesters*	17
3. *Die Anatomie des Dr. Tulp*	14

4.	*Bathseba*	12
5.	*Die Nachtwache*	11
6.	*Die Judenbraut*	10
7.	*Das Gastmahl des Belsazar*	7
8.	*Geschlachteter Ochse*	2
9.	*Mädchen am Fenster*	1
10.	*Titus*	1
11.	*Jakob im Kampf mit dem Engel*	1
12.	*Susanna und die beiden Alten*	1
13.	*Danae*	0

Ecce Homo stand hier ganz oben. Doch *Die Staalmeesters* mit den Figuren von Tanagorsky, Kalima und Buncher folgten mit kaum weniger Punkten. Hirum Oslo hatte sie am Mittwoch angerufen, um ihr seine Einschätzung mitzuteilen. Er nannte *Ecce Homo*.

Ecce Homo und *Die Staalmeesters*. Eines der beiden Gemälde war gefährdet. Die großen Kunstkritiker irrten im Allgemeinen nicht. Oder doch? Konnte man behaupten, Kunst sei eine objektivierbare Wissenschaft? Glich die Sache nicht eher dem Versuch, herauszufinden, was ein Dichter in vergangener Zeit mit einem Vers sagen wollte? Und wenn sie es wagte, *Ecce Homo* und *Die Staalmeesters* mit einem Köder zu versehen, der *Künstler* dann aber *Titus* zerstörte oder *Jakob im Kampf mit dem Engel*? Und wenn die Wahl auf *Danae* fiel, dem einzigen Bild, das kein Experte mit dem Leben von van Tysch in Verbindung brachte? Bis zu welchem Punkt kann ein Kritiker wissen, was in der Seele des Malers, den er studiert und bewundert, vorgeht? Bis zu welchem Punkt weiß es der Maler selbst? Und der *Künstler*? Was wusste er über van Tysch? Sie begriff sofort, dass ihr ganzer Plan wertlos war, wenn der *Künstler* den Maler besser kannte als alle anderen.

»Wenn du in kleinen Dingen unterliegst, verlierst du auch in den großen.« Das würde sie keinesfalls zulassen.

Sie steckte die Papiere wieder in die Reisetasche, ging mit geschlossenen Augen am Spiegel vorbei, legte neben dem Schrank stehend das Badetuch ab und wählte mit Sorgfalt ihre Garderobe aus. »Alles muss bestens ausgehen, und alles wird bestens ausgehen.«

Das waren ihre magischen Worte. Würde sie auch den magischen Schwur einsetzen? Früher, als Kind, hatte sie mit diesen Ritualen gute Erfolge erzielt. Wenn ihr Vater sie vor eine Wand stellte, das Haar mit Blumen geschmückt, die Lippen und Brustknospen bemalt, nur mit einem schmalen Tuch um die Hüften, nahm Wood ihren Schwur zu Hilfe. Er war etwas Besonderes, eine Art Opfer an den Gott ihres eisernen Willens. Dieser Schwur hatte ihr bei vielen Gelegenheiten geholfen. ›Ich schwöre, diese Pose zu ertragen, mich ganz still zu verhalten, hier in der Sonne stehen zu bleiben, ohne einen Muskel zu bewegen.‹

Sie konnte ihrem Vater für das, was sie erlitten hatte, keine Schuld geben. Schließlich wollte er nur ein besseres Leben für sie beide. Konnte man jemanden für einen nur allzu verständlichen Wunsch beschuldigen? Jetzt lag ihr Vater in einem Londoner Hotel im Sterben. Sie war kurz vor ihrem Abflug nach Amsterdam noch bei ihm gewesen. Er hatte sie natürlich nicht erkannt, schwer von der Krankheit beeinträchtigt wie er war und mit all seinen Sauerstoffschläuchen. Wood hatte sich ans Bett gestellt und ihn schweigend durch ihre schwarze Sonnenbrille hindurch betrachtet. Sie wollte dieses kleine Stück auf dem Weg zum Tod mit ihm gehen. ›Du trägst keine Schuld, Papa, für nichts‹, sagte sie sich dabei. Niemand ist schuldig, dachte Miss Wood, und für die wenige Schuld bezahlen wir in diesem Leben überreichlich, eine schlimmere Hölle gibt es nicht. Die Existenz eines Himmels war Glaubenssache, bei der Hölle aber gab es keinen Zweifel. Niemand konnte nicht an die Hölle glauben, weil die Hölle existierte, hier auf Erden. ›Etwas anderes gibt es nicht, Papa, und du hast deine Schuld bereits beglichen.‹ Das war ihr kleines Gebet. Dann ging sie weg.

Robert Wood war ein ehrgeiziger Mann gewesen, für Miss Wood jedoch bestand der Unterschied zwischen

»ehrgeizig« und »erfolgreich« lediglich im Scheitern der Ehrgeizigen. Ihr Vater war gescheitert. Sein Scheitern war jedoch für niemanden vorauszusehen gewesen, damals, als er England verließ, um sich in Rom erst als einfacher Angestellter eines internationalen Kunsthändlers niederzulassen und sich dann mit einem eigenen Geschäft selbständig zu machen. Dank des steigenden Interesses am italienischen Hyperdramatismus war es ihm ein paar Jahre lang sehr gut gegangen. Gott, was hatten ihm Künstler wie Ferrucioli, Brentano, Mazzini oder Savro nicht alles zu verdanken. Der Signore Wood hatte die große Klasse von Werken des frühen Ferruciolo wie *Genevieve* oder *Jessica* bemerkt und für ihren Schöpfer große Geldsummen erlöst. Er hatte lange vor seinen zerstreuten Kollegen geahnt, dass menschliches Kunsthandwerk einen mächtigen Aufschwung nehmen würde, und im Gegensatz zu anderen Scheinheiligen vor adoleszenter und infantiler Kunst nicht entsetzt die Augen verschlossen. In gleicher Weise hatte er das Jugendwerk von Brentano verteidigt, den schlimmsten Brentano, den härtesten, und Leute, die seine realen Szenen mit ausgepeitschten, in Eisenkäfigen gesperrten Mädchen kritisierten, als »Pharisäer« bezeichnet, weil sie es waren, die hinterher heimlich die schmutzigen Bilder kauften. Italiens Kunstwelt hatte Robert Wood viel zu verdanken, später aber war kein Künstler bereit gewesen, auch ihm einen Gefallen zu tun. Das konnte Miss Wood nicht verzeihen.

In den ersten Jahren war alles gut gegangen: Ihr Vater war reich geworden, hatte eine wunderbare Villa in der Nähe des Tivoli gekauft, seine Gattin liebte ihn, und seine Tochter entwickelte sich vor seinen Augen zu einer hinreißenden Schönheit.

Wann hatte sich das Blatt gewendet? Wann hatte der Absturz ihres Vaters und mit ihm der Absturz seiner ganzen Familie begonnen? Schwer zu sagen. Sie war damals noch sehr klein gewesen. Ihre Mutter hatte sich als Erste abgesetzt. April entschied sich fürs Dableiben, unter anderem, weil ihre Mutter sie hasste. Sie schien April am Scheitern des Vaters eine Mitschuld zu geben. Wood blieb nach der Scheidung allein. Wer erinnerte sich noch an den Signore, der die Gemüter und Taschen der italienischen Sammler bewegt und geleert hatte? Nur seine einzige, wunderbare Tochter verließ ihn nicht. Konnte sie ihm vorwerfen, dass er sie zu einem Kunstwerk machen wollte?

›Dabei hast du eine Kleinigkeit vergessen, Papa: Ich war noch sehr jung und konnte dich nicht verstehen. Erst zwölf oder dreizehn. Du hättest mir alles besser erklären sollen. Mir zum Beispiel sagen, dass du es für mich tun wolltest, nicht nur, um mich an einen großen Maler zu verkaufen, sondern für mich, um aus mir etwas Großes zu machen, etwas Ewiges, etwas, das in irgendeiner Form auch dich unsterblich machen würde.‹

Eines Tages tauchte ein unbedeutender Künstler bei ihnen auf. Sie musste den Anweisungen dieses Malers Folge leisten, schließlich sollte es attraktive Fotos geben, die große Künstler dazu veranlassen würden, sie, April, zu erwerben. Der Mann nahm sie hinaus in den Garten und fing an, sie zu skizzieren, während ihr Vater sie vom Hauseingang her fotografierte. Im Laufe von sechs Stunden probierte sie mehr als dreißig verschiedene Posen. Ihr Vater verbot ihr während dieser Zeit das Essen und Trinken; vielleicht eine richtige Maßnahme, weil Kunstwerke, während sie posieren, keinerlei Nahrung aufnehmen dürfen, aber es traf sie sehr hart. Sie war erschöpft und machte deshalb ihre Sache alles andere als gut. Möglich auch, dass der Maler sie drängte, sich noch mehr anzustrengen, jedenfalls gab es Streit, und ihr Vater mischte sich ein. »Ich mach es doch gut!«, schrie sie. Sie sah, wie ihr Vater seinen Gürtel löste. Miss Wood erinnert sich sehr wohl, dass er nicht mit voller Kraft zuschlug, aber sie war nackt und erst zwölf Jahre alt, sodass jeder Schlag, wie immer er geführt sein mochte, brutal war. Sie rannte schreiend davon. Ihr Vater rief sie zurück. »Komm her.« Da näherte sie sich, zitternd, und wieder sauste der Gürtel auf sie herab. Das alles geschah vor den ungerührten Augen des Malers.

»Jetzt hör mir zu«, hatte Robert Wood ganz ruhig gesagt. »Du musst es überhaupt nie gut machen. Du musst es perfekt machen. Vergiss das nicht, April. Etwas gut machen heißt, es schlecht machen. Denn wenn du in den kleinen Dingen versagst, wirst du auch in den großen verlieren.«

›Damit hattest du Recht, und ich musste es beizeiten lernen.‹

Sie begann mit der langsamen Prozedur des Ankleidens.

›Du hast mir auch gesagt: Vielleicht denkst du, ich quäle dich aus Spaß, April, ich will aber nur erreichen, dass du verstehst: Für die Kunst muss man alles geben. Es genügt nicht, ihr ein Opfer zu bringen. Sie will alles haben. Die Kunst ist unersättlich.‹

Damals konnte sie es nicht verstehen. Später ja. Die Kunst verlangt alles, weil sie dich im Gegenzug mit ewigen Wonnen belohnt. Was war schon ein Körper im Vergleich dazu? Körper siechen in Hospitälern dahin, von Gummischläuchen durchlöchert, oder werden bis zu Tränen mit Ledergürteln gepeitscht, doch die Kunst lebt fort in den fernen Gefilden des Intakten. Das hatte sie verstanden und akzeptiert. Bislang war alles gut gegangen. Jetzt war sie mit einem furchtbaren Problem konfrontiert, mit einem gigantischen Mangel an Perfektion. Doch sie würde siegen, auch diesmal.

›Du bist äußerst schlau, wer immer du bist, Künstler oder Leinwand, du bist gut, das muss ich anerkennen. Aber ich bin besser als du. Ich werde dich daran hindern, ein weiteres Gemälde von van Tysch zu zerstören, das schwöre ich dir. Ferner schwöre ich, van Tyschs Bilder mit all meiner Kraft zu beschützen. Ich werde nicht zulassen, dass noch ein Werk des Meisters zerstört wird. Ich werde keinen einzigen Fehler mehr machen, das schwöre ich ...‹

Bluse, Hose, ihre unvermeidliche Sonnenbrille, das kurze Haar rechts gescheitelt. Es war ihr gelungen, sich anzukleiden.

Dann dachte sie über ihre nächsten Schritte nach.

Die Kritiker waren ihr offensichtlich keine Hilfe. Waren sie überhaupt je eine Hilfe gewesen, diese Kritiker? Gute Frage, doch jetzt ist nicht der richtige Moment, die Antwort zu suchen, sagte sich Miss Wood. Auch der Maler half ihr nicht weiter. Andererseits war es bestimmt weise, den Plan nicht ganz zu verwerfen. Es musste ein Bild ausgewählt werden. Doch allzu große Risiken durfte sie nicht eingehen: Sie musste das Bild wählen, das mit großer Wahrscheinlichkeit auch der *Künstler* gewählt hatte.

Es gab nur eine Sache, die zu ihren Gunsten sprach: Sie wusste, dass die beiden zerstörten Werke direkt mit dem Leben van Tyschs zu tun hatten, mit seiner Vergangenheit. Es gab keinen Anlass, daran zu zweifeln, dass es sich mit dem dritten genauso verhielt. Vielleicht war es *Ecce Homo*, aber sie brauchte Beweise. Etwas, das ihre Wahl bestätigte.

Sie musste mehr über die Vergangenheit van Tyschs erfahren. Vielleicht verbargen sich darin Fakten, die mit einem der Bilder der ›Rembrandt‹-Ausstellung in Verbindung zu bringen waren.

Sie hob den Telefonhörer ab und wählte eine Nummer.

Ihr Entschluss stand fest. Sie würde die Vergangenheit des Meisters ausleuchten, und zwar auf die einzig mögliche Weise.

7

Als Luxusobjekt hast du immer verfügbar zu sein, dachte Susan Cabot, das ist das Schlimmste daran. Die Bilder hatten meist festgelegte Arbeitszeiten. Das war natürlich ein Vorteil, auch wenn manche bis zu zehn oder zwölf Stunden täglich Dienst taten. Dekorationen und Gebrauchsgegenstände jedoch mussten sich ständig bereithalten und sofort jeder Anweisung Folge leisten, bei Tag oder bei Nacht, ob sie Lust dazu hatten oder nicht. Und wenn man dich zwei Wochen lang einsperrt, nun, dann hast du eben Pech gehabt.

Der Anruf erreichte sie an jenem Morgen. Sie schlief nicht, lag vielmehr im Bett, hatte Licht gemacht (nicht mit seiner Lampe, sondern mit einer ganz gewöhnlichen Nachttischlampe) und rauchte. Obwohl sie sonst wenig rauchte, hatte sie es in letzter Zeit etwas öfter getan, vielleicht weil sie nervös war. Wofür es allerdings auch gute Gründe gab. Sie hatte bereits zwei Wochen in Zimmern wie diesem zugebracht, eingesperrt, ohne Kontakt nach draußen. Es waren kleine Hotels, die als Lager für Dekorationen dienten und von zuverlässigen Personen geführt wurden. Das Essen und was immer sie sonst noch benötigte, wurde ihr gebracht. Fernsehen, Bücher und Zeitschriften standen ihr zur Verfügung (Tageszeitungen seltsamerweise nie – vermutlich betrachteten die jeweiligen Bosse Zeitungen als potentielle Gefahr). Mit den Arbeitsutensilien gab es selbstverständlich keinerlei Probleme; so wurden ihr fast täglich tonnenweise Kosmetik- oder Hygieneprodukte geliefert. In den großen Schachteln befanden sich die Revitalisierungsmittel, Peelingpasten, Feuchtigkeitsspender, Hautcremes, Bräunungsmittel, Lacke, Straffungslotionen und Poliermittel. Mit dabei waren ferner die Hypodermika, Hyperdermika, Protektoren, Flexibilisatoren und Anästhetika. Und natürlich die Ersatzglühbirnen.

Susan war eine von Piet Marooder entworfene Lampe. Also brauchte sie Glühbirnen.

Sie hatte sich diesen Anruf so oft ausgemalt, dass er ihr, als er schließlich erfolgte, fast unwirklich vorkam. Er erreichte sie am Freitag, frühmorgens. Eine Kirchturmuhr in der Nähe verlieh mit ihren Schlägen dem Moment eine gewisse Feierlichkeit.

»Oh, Scheiße.«

Sie sprang auf, drückte die Zigarette aus, betrachtete sich im Badspiegel, wusch sich das Gesicht und fand sich dann recht annehmbar. Dann wählte sie eine Bluse und Jeans aus – Unterwäsche trug sie selbstverständlich keine – und sah nach, ob in ihrer Tasche alles Nötige vorhanden war. Es blieben ihr noch einige Minuten.

Die Frau, die sie erwartete, war recht klein und hatte einen französischen Akzent. Als sie hinten in den großen Lieferwagen einstieg, fand sie dort mehrere Kolleginnen vor, die mit ihr im Obberlund gearbeitet hatten.

Die Fahrt war so kurz, dass sie auf Den Haag tippte oder eine ähnliche Stadt in der Nähe. Als sie aus dem Lieferwagen stiegen, war es noch nicht ganz hell. Die Luft roch noch morgenfrisch. Sie wurden in ein sehr schönes, stattliches, klassisches Gebäude geführt (schnell, schnell, immer schnell überallhin, wie eine Truppe Soldaten). Dort wurden sie in einen großen Raum geführt und knapp informiert. Man würde ihnen wieder Augen- und Ohrenklappen verpassen. ›Alles besser als eingeschlossen bleiben‹, sagte sie sich.

Eine Stunde später war sie bereit. Sie platzierte sich an

das eine Ende des Saals und nahm ihre gewohnte Pose ein. Am Fußknöchel des rechten, erhobenen Beins war der Leuchtkörper befestigt, das linke hielt sie im rechten Winkel gebeugt, das Gesäß hochgereckt. Diese Pose zwang sie, ihre Genitalien sehr offen zu zeigen, aber schließlich lernte eine Lampe als Erstes, jegliche Scham abzulegen – das wäre ja noch schöner. Um halb zehn wurde sie angeknipst. Aus den Augenwinkeln konnte sie Sessel von Opphuls und eine riesige Lampe von Dominique du Perrin erkennen. Die Lampe – sie bestand aus einem Mann und einer Frau – wurde soeben an der Decke befestigt. Es handelte sich offenbar um eine hochrangige Versammlung.

Während sie ihre eigenen Schenkel betrachtete – die Pose zwang sie dazu –, dachte Susan an ihren Schatz. Er hieß Ralph und war ein Stuhl von Mordaieff. Ralph konnte sich an irgendeinem Ort in Europa befinden und musste auf seinem Rücken das Gewicht einer Person ertragen, die bedeutend genug war, um auf ihm Platz nehmen zu dürfen. Ihre jeweiligen Verpflichtungen brachten es mit sich, dass Ralph und Susan sich kaum sahen, selbst wenn sie zufällig im gleichen Raum arbeiteten. Sie beneidete ihn nicht. Auch sie war ein Stuhl gewesen, trug aber noch immer lieber ein Licht als eine Person. Ihr Vater, ein südafrikanischer Ingenieur, der in Pretoria arbeitete, hatte für seine Tochter eine brillante Karriere vorgesehen. ›Wie gefallen dir vierhundert Watt, Papa? Du kannst dich nicht beklagen.‹

Kurz vor halb zwölf näherte sich eine junge Frau. Es war weder die Kleine mit französischem Akzent noch, glücklicherweise, diese Blöde, die sie im Obberlund untergebracht hatte, sondern eine andere Person. Sie trug an ihrem Revers das Schild der Abteilung Kunst, Dekorationsteam. Sie beugte sich zu ihr herunter und befestigte die Ohrenklappen an ihrem Kopf. Damit verschloss sich für Susan die Welt der Sinne.

Die einzigen nicht menschlichen Gegenstände in diesem (übrigens nicht sehr großen) Raum waren die dicken, roten, langen Vorhänge. Sie erlaubten den Blick auf die eindrucksvollen Zwillingstürme von Den Haag. Bosch traf als Letzter ein. Er setzte sich auf den Sessel von Opphuls, der noch frei war, und stützte die Ellbogen auf die schwitzenden Hände und die starren Arme des Möbelstücks. Er spürte, wie der Stuhl unter ihm atmete. Es war ein komisches Gefühl, als säße man auf einer im ruhigen Meer schwimmenden Tonne. Das Möbelstück war nackt, lag auf dem Rücken da wie ein zusammengeklapptes Scharnier, hatte die Arme erhoben und den Po herausgestreckt. Darauf lag eine kleine, pelzüberzogene Platte. Das war alles. Die erhobenen Beine dienten als Lehne. Es handelte sich um massive Objekte von athletischer Gestalt, braun bemalt, perfekt durchtrainiert. Beide Geschlechter waren vertreten. Sein Stuhl war wohl männlich, aus Form und Größe der oberen Extremitäten zu schließen. Er bemühte sich, ruhig zu sitzen und keine abrupten Bewegungen zu machen. Schon öfter hatte er auf Sesseln beiderlei Geschlechts und unterschiedlichen Alters gesessen, hatte sie aber immer mit Feingefühl und Achtung behandelt.

Feines, nacktes Geschirr bewegte sich hin und her. Es war Tafelgeschirr von Droesser. Die Teile waren zwischen fünfzehn und achtzehn Jahre alt und, zumindest auf den ersten Blick, alle weiblich, wenn es sich nicht um Transsexuelle handelte, was Bosch nicht ausschloss. Sie waren von Kopf bis Fuß mit einer Schicht flüssiger Perlmuttfarbe überzogen worden, auf die Droesser ein Gewirr zarter Äste gezeichnet hatte, mit blauen, in Nestern hockenden Vögeln. Es gab Vögel auf Brüsten, Rücken, Gesäßbacken und Bäuchen. Sie trugen Augen- und Ohrenklappen, waren also blind und taub. Dennoch verrichteten sie ihre Arbeit tadellos. Sie gingen in endlosen Kreisen durch den Raum, wie auf einem Bild von Escher, und trugen kleine Tabletts mit Essen und Trinken. Nach einer bestimmten, vorher festgelegten Anzahl von Schritten blieben sie vor dem Gast stehen und boten ihm das Tablett dar. Der Gast konnte sich bedienen oder auch nicht. Doch jede Berührung war streng untersagt: Es waren keine interaktiven Objekte. ›Kostbares Geschirr darf nicht angefasst werden‹, dachte Bosch, ›auch hier nicht.‹

Ein Geschirrteil bot Bosch das Tablett an, und er nahm sich etwas, das wie ein Martini aussah. Als es sich entfernte, näherte sich ein anderes Teil aus der Gegenrichtung. Die Tabletts berührten sich kurz, dann setzten sie blind ihren Weg fort, wie Ameisen, die sich betasten, während sie in einer langen Reihe hintereinander ihrem Bau zustreben. An der Decke leuchtete eine bisexuelle Lampe von du Perrin, in den Ecken gab es noch mehr Lampen, fast alle weiblich, wie auch die Tische und Konsolen. Bosch fragte sich, wer wohl für die Kosten dieser äußerst wertvollen Dekorationen aufkam. ›Treuhandkapital, vielleicht auch hier?‹

Dass Jacob Stein und April Wood fehlten, fiel allgemein auf. Abgesehen von diesen beiden, war der »Krisenstab« vollständig. Der Wichtigste Mann, der sich anhaltend dem Tablett mit den süßen Nachspeisen widmete, beeilte sich, das Thema der Versammlung in einem eindrucksvollen Satz zusammenzufassen: »*Rip van Winkle* hat den *Künstler* gefunden, und zwar mit einer Fehlerwahrscheinlichkeit von nullkommanullfünf Prozent. Ich wiederhole. Nullkommanullfünf Prozent.«

»Könnten Sie das so ausdrücken, dass es auch Leute verstehen, die Kunst und Literatur studiert haben?«, fragte Gert Warfell.

Der Wichtigste Mann erging sich in kniffligen, weitschweifigen Erklärungen. Fünfzehn Verdächtige hatte man festgenommen, wovon fünf einer höheren Verdachtstufe zugeordnet werden konnten. Den Daten zufolge, die *Rip van Winkle* zur Verfügung standen, musste einer davon mit fast hundertprozentiger Sicherheit der *Künstler* sein. Die anderen zehn konnten eliminiert werden. Wenn feststand, wer von den fünfen die gesuchte Person war, würden wiederum die anderen eliminiert werden. Der *Künstler* würde so lange verhört werden, bis feststand, dass er keine Information mehr zurückhielt. Dann würden sie die Nebenspuren finden und eliminieren. Daraufhin würde der *Künstler* eliminiert werden. Am Ende würde *Rip van Winkle* sich selbst eliminieren.

»Wir werden die Letzten sein, die sich eliminieren. Ich wiederhole. Wir werden uns autoeliminieren, weil sich der Krisenstab auflösen wird, wenn alles vorbei ist, *Rip van Winkle* wird wieder ›schlafen‹, und wir werden uns nie wieder begegnen. Außerdem haben wir uns nie gekannt«, setzte er hinzu. Dann schob er sich eine weitere Hand voll Süßigkeiten in den Mund.

»Das ist eine gute Nachricht«, sagte Fräulein Roman. Bosch war nicht klar, ob sie die Eliminierung des *Künstlers* meinte oder die des Wichtigsten Mannes. Roman saß auf einem männlichen Stuhl. Die strammen, runden, braun bemalten Gesäßbacken, die ihr Gewicht trugen, waren von Boschs Platz aus sehr gut zu sehen.

»Haben sie etwas gebeichtet?«, fragte Gert Warfell und beugte sich dabei nach vorn. Er konnte anscheinend nicht stillsitzen, und Bosch beobachtete, wie der Stuhl bei jeder Bewegung seine gelackten Muskeln anspannte. »Ich spreche von den fünf Verdächtigen.«

»Drei haben sich schuldig erklärt. Was nicht viel bedeutet, aber es ist mehr, als wir vor zwei Wochen hatten.«

»Eine außergewöhnliche Nachricht«, mischte sich Benoit ein, »findest du nicht, Lothar?«

»Welche Informationen haben die fünf Verdächtigen geliefert?«, fragte Bosch, ohne auf Benoit einzugehen.

Der Wichtigste Mann hatte die Hand ausgestreckt, um einen Whiskey zu erhaschen. Das Geschirr blieb im richtigen Moment stehen und ging dann mit blinden, tastenden Schritten weiter. Das Licht der Lampen beschien seine elfenbeinfarbenen Gesäßbacken, sodass sie aussahen wie die Eier eines Märchenvogels.

»Im Augenblick sind sie noch vertraulich«, erwiderte der Wichtigste Mann. »Wir werden sie nacheinander bekannt geben, wenn wir sie vergleichen können.«

»Ich will es anders formulieren. Hat einer der Verdächtigen Daten geliefert, von denen nur der *Künstler* Kenntnis haben konnte?«

»Lothar will damit sagen, dass er *Rip van Winkle* nicht traut«, bemerkte Sorensen.

Bosch protestierte, doch der Wichtigste Mann schien Sorensens Kommentar keinerlei Bedeutung beizumessen. »Die Verhöre werden in verschiedenen europäischen Städten durchgeführt, weshalb mir nicht alle Daten zur Verfügung stehen. Unsere Methoden sind jedoch nicht inquisitorisch, wenn es das ist, was Sie meinen. Wir pflegen erst zu fragen, dann zu schießen. Keine Information ist mit Gewalt erlangt worden.«

Bosch war sich nicht sicher, ob diese Aussage der Wahrheit entsprach, zog es aber vor zu schweigen.

»Gut, das Problem kann also als gelöst gelten«, knurrte Warfell.

»Gerade noch rechtzeitig«, sagte Sorensen. »Morgen ist die Eröffnung.«

»Stein wird sehr erfreut sein, da bin ich mir sicher«, erklärte Benoit strahlend, als hätte er der Menschheit einen großen Gefallen erwiesen.

»Ich wollte so schnell wie möglich fertig sein und in die Ferien fahren«, dröhnte Harlbrunner mit tiefer Stimme. Der Sitz, der von seinem Schwergewicht platt gedrückt wurde, war, so viel Bosch erkennen konnte, ein Mädchen.

Die Versammlung wurde geschlossen. Während sich die Mitglieder des Krisenstabs auf die Hände der Sessel stützten und aufstanden, wandte sich Benoit an Bosch und schlug ihm vor, sich draußen noch ein wenig zu unterhalten. Bosch war alles andere als erfreut, nicht nur wegen seines Termins mit van Obber am Nachmittag. Ihn verlangte überhaupt nicht danach, mit dem Chef der Konservierung zu sprechen, wohl wissend, dass er sich nicht verweigern konnte. Benoit schlug den Clingendael-Park vor. Er liebe diesen japanischen Garten, bemerkte er. Sie begaben sich in seinem Auto zum Park.

Während der Fahrt blieben beide stumm. Durch die getönten Scheiben der Wagenfenster war das architektonische Kaleidoskop von Den Haag zu sehen. Bosch war in dieser Stadt geboren, hatte aber von früher Kindheit an in Amsterdam gelebt. Er fragte sich kurz, ob er noch etwas von Den Haag in sich trug. Vielleicht gibt es an jedem Ort der modernen Welt etwas von Den Haag? Wie auf den Bildern von M. C. Escher schien sich in seiner Geburtsstadt eine andere Stadt zu verbergen und in dieser wieder eine andere und endlos so weiter. Madurodam zeigte ein Holland im verkleinerten Maßstab, »die kleinste größte Stadt Europas«, wie sein Vater sagte. Das Panorama Mesdag, ein ursprünglich 120 Meter langes Bild, wurde ebenfalls maßstäblich verkleinert ausgestellt. Im Mauritshuis konnte man sich mit der Geschichte Hollands befassen, wie sie von den großen Meistern gemalt worden war. Sollte sich der Besucher für HD-Kunst interessieren, fand er zehn öffentliche Räume vor und mehr als viermal so viele private, das Gemeentemuseum und den brandneuen Kunstsaal; Häuser mit legaler adoleszenter Kunst, wie *Nabokov-* oder *Puberkunst*, die Untergrundwerke von *Menselijk*, die öffentlichen Schock-Arts von *Harder* und *The Tower*; die beweglichen Bilder von *Het Bos* und *Action House*, die *Animarts* von *Artzoo*. Und wenn man Fotos machen wollte, gab es etwas Besseres als das berühmte Freilandbild im Clingendael? Falsche Städte und richtige Menschen, als Kunstwerke verkleidet. Du verirrst dich eines Tages in Den Haag und verwechselst schließlich Schein und Wirklichkeit. Vielleicht, weil er dort geboren war – dachte Bosch –, lag jetzt dieser neblige Schleier über seinem Gehirn, verschwammen die Trennlinien.

Der Clingendael-Park war voller Touristen, obwohl die immer dichter werdenden Wolken für den späten Nachmittag eine unangenehme Überraschung versprachen. Benoit und Bosch spazierten mit den Händen auf dem Rücken durch die Anlage. Ein kühler Wind bewegte die Spitzen ihrer Krawatten.

»Kürzlich las ich in *Quietness*, dass in New York eine Ausstellung mit ehemaligen Leinwänden organisiert wird«, sagte Benoit. »In den Vereinigten Staaten wurde bereits an mehreren Orten erfolgreich verkauft. Enterprises finanziert, das ist klar. Der Journalist betonte, es sei eine geniale Idee. Ein Rentner könne doch nichts anderes tun als still stehen, die Leute anschauen und sich von Leuten anschauen lassen. Stein hat sich nicht sonderlich dafür interessiert, weil ihm alte Leinwände nicht gefallen, aber in Europa wird sich diese Praxis sicher bald durchsetzen. Stell dir vor, wie aus diesen lieben Alten, deren Renten kaum fürs Überleben reichen, plötzlich Millionäre werden. Die Welt dreht sich und lädt uns ein mitzumachen. Die Frage ist, nimmst du die Einladung an oder steigst du aus und schaust nur noch zu?«

Das war eine rhetorische Frage, und Bosch antwortete nicht. Auf einer kleinen Lichtung versuchten ein paar Mädchen, die *Albernheit* von Rut Malondi zu imitieren. Es waren Studentinnen, die den offiziellen Beruf einer Leinwand erlernten, wie Bosch vermutete. Selbstverständlich war keine nackt oder bemalt, im Gegensatz zum Originalwerk, denn das wäre nicht legal gewesen. Das Gesetz erlaubte zwar die hüllenlose Ausstellung eines Kunstwerks im öffentlichen Raum, Studentinnen dagegen, einfachen Menschen, war dies nicht gestattet. Bosch wusste, dass sie sich danach sehnten, eines Tages ihr Menschsein hinter sich zu lassen. Hatte Danielle vielleicht den gleichen Wunsch?

Benoit betrachtete eine ganze Weile stumm die unbeweglichen Körper der Nachwuchsleinwände, wie sie da auf der Wiese posierten, in Bluse und Jeans, ihre Mappen vor sich auf dem Boden.

»Glaubst du wirklich, dass sie ihn gefasst haben, Lothar?«, fragte er unvermittelt.

Das war eine echte Frage.

»Nein. Nein, ich glaube es nicht, Paul. Möglich wäre es aber durchaus.«

»Ich glaube es auch nicht«, sagte Benoit. »*Rip van Winkle* leidet am gleichen Problem wie Europa: Uneinigkeit. Weißt du, was unser Problem als Europäer ist? Wir wollen unsere Eigenheit bewahren, zugleich aber im Ganzen aufgehen. Wir möchten unsere Individualität globalisieren. Die Welt braucht jedoch weniger Individuen, weniger Ethnien, weniger Nationen, weniger Sprachen. Was die Welt braucht, ist, dass wir alle ein wenig Englisch sprechen und wenn möglich ein wenig liberal sind. In Babel soll Englisch gesprochen werden, fort mit dem Turm, sagt die Welt. Das ist es, was die Globalisierung verlangt, und wir Europäer streben sie an, ohne zuvor unsere Individualität aufgegeben zu haben. Doch was ist heute schon ein Individuum? Was bedeutet es, Franzose, Engländer oder Italiener zu sein? Fangen wir bei uns an: Du bist Holländer mit deutschen Wurzeln, ich bin Franzose, arbeite aber in Holland, April ist Engländerin, lebte jedoch in Italien, Jacob ist Nordamerikaner und lebt in Europa. Früher unterschieden wir uns durch unser künstlerisches Erbe, heute liegen die Dinge anders. Ein Holländer kann mit einem Spanier ein Kunstwerk schaffen, ein Rumäne mit einem Peruaner, ein Chinese mit einem Belgier. Die Arbeitsimmigration hat eine einfache Lösung gefunden: Man wird einfach ein Kunstwerk. Inzwischen unterscheiden wir uns in nichts mehr, Lothar. Ich habe zu Hause eine Zeroplastik von Avendano. Sie sieht genauso aus wie ich, wie mein Spiegelbild, das Modell jedoch, das heuer das Original ersetzt, kommt aus Uganda. Es steht in meinem Büro, und ich sehe es täglich. Ich sehe an ihm meine Gesichtszüge, meinen Körper, mein eigenes Aussehen, und dann denke ich: ›Mein Gott, im Innern bin ich schwarz.‹ Ich war nie Rassist, Lothar, das kann ich dir versichern, dennoch fällt es mir schwer, mich zu sehen und zu wissen, dass sich in meinem Innern, unter der Haut, ein Schwarzer verbirgt und dass ich nur eine meiner Wangen stark genug kratzen muss, um den Ugander zum Vorschein zu bringen, diesen Ugander, den ich in mir trage und nicht loswerden kann, auch wenn ich es wollte. Verstehst du?«

»Verstehe«, sagte Bosch.

»Ich frage mich, was unter der Haut von Europa zum Vorschein käme, wenn wir sie ankratzten, Lothar.«

»Die müssten wir häufig ankratzen, Paul.«

»Stimmt. Es gibt aber einen Trost. Etwas, das mich mit dem reglosen Ugander verbindet, etwas, das ich mit ihm teile und mir den Gedanken nahe legt, dass wir im Grunde doch nicht so verschieden sind.«

Benoit blieb kurz stehen und ging dann weiter. Schließlich sagte er: »Wir wollen beide Geld verdienen.«

Am Ende des Fußwegs hockte *Het Meisje*, das bekannteste Gemälde des Clingendaelparks und vielleicht der ganzen Stadt, auf einem Felsen und spiegelte sich in einem Teich. *Het Meisje*, »Das Mädchen«, war ein wunderschönes Werk von Rut Malondi, das manchmal als die »*Kleine Meerjungfrau* der HDK« von Den Haag bezeichnet wurde. Ihr Körper war von einem weit geschnittenen, schneeweiß bemalten Hemd verdeckt, das im Wind flatterte. Ihr perfekt mit Wachs modelliertes Gesicht und der leichte Hyperdramatismus ihrer blauen Augen zogen die Aufmerksamkeit der Flaneure auf sich. Sie war ein Freilandbild, das während des ganzen Jahres draußen stand; während der strengen holländischen Winter schützte die Stadtverwaltung sie jedoch mit einer thermostabilen Plastikkuppel. Die Leinwand war sicher nicht älter als vierzehn. Sie war der sechzehnte Ersatz und so gemalt, dass sie ihren Vorgängerinnen glich. Ein Heer von Touristen belagerte und fotografierte sie. Es war Sitte, ihr Blumen zu opfern oder kleine Zettel mit Gedichten zuzuwerfen.

Benoit blieb vor ihr stehen, neben dem Teich.

»Du wirst gehört haben, dass die Übergabe bevorsteht«, sagte er. »Van Tysch wird schlechter, Lothar. Ja, man kann sagen, er ist wirklich runtergekommen. Das passiert immer, wenn sich jemand verewigt: Er stirbt. Er versteckt sich unter vielen Schichten aus reinem Gold, das ist der einzige Grund, warum wir nicht sehen, wie er verfault. Man sucht bereits einen Nachfolger. Ich frage mich, wer wohl an seine Stelle rücken wird.«

»Dave Rayback«, sagte Bosch ohne den geringsten Zweifel.

»Nein. Er nicht. Er ist ein genialer Maler, ich besitze einige seiner Originale und habe ein Vermögen bezahlt, um sie dauerhaft ausstellen zu können. Sie sind so gut, dass ich sie nicht gehen lassen will, nicht einmal zum Pinkeln. Als Künstler hat Rayback Qualitäten genug, ihn abzulösen. Aber er ist zu schlau, das ist sein großer Fehler, meinst du nicht auch? Ein Genie muss immer ein wenig dämlich sein. Die Leute sehen Genies, lächeln und denken: ›Sieh an, die Armen, immer damit beschäftigt, Werke für die Ewigkeit zu schaffen, dabei zerstreut und weltfremd wie eh und je.‹ Dieses Bild von einem Genie verkauft sich. Ein Genie, das darüber hinaus auch noch schlau ist, gilt leicht als unbequem. Als wäre Schläue ein Privileg des Mittelmaßes. Oder Genialität unvereinbar mit dem Streben nach großem Reichtum, dem Regieren eines Landes oder dem Befehligen einer Armee. Einen Staatsmann können wir als ›schlau‹ bezeichnen. Ja, wir können sogar sagen, er sei ein ›guter‹ Staatsmann gewesen. Wie gut er jedoch seine Arbeit gemacht haben mag, als ›genial‹ werden wir ihn nie empfinden. Verstehst du den feinen Unterschied?«

»Wenn es Rayback nicht wird«, sagte Bosch, »wer dann? Stein?«

»Nicht im Traum. Stein ist einer von denen, die jemand über sich brauchen, der ihre Arbeit absegnet. Ich erinnere mich an einen Satz von Rayback, der mir gefiel: ›Stein ist der beste aller Künstler, die keine sind.‹ Stimmt genau. Stein kannst du ausscheiden. Er wird lediglich seine Stimme abgeben, weiter spielt er keine Rolle. Er und seinesgleichen werden das neue Genie wählen. Und der Auserwählte wird irgendein Unbekannter sein, ein Künstler wie viele andere. Die Stiftung kann sich jetzt keinen Fehlgriff erlauben. Wir sind zu einem riesigen Geschäft geworden, Lothar. Die Investitionen für die Zukunft sind gewaltig. Demnächst werden Mama und Papa dem Kind ein Handbuch über die Grundlagen der hyperdramatischen Malerei schenken. Wir werden künftig Modelle mit Zeitverträgen haben, die einen Hobbymaler an die hundert Euro kosten. Wir werden das menschliche Kunsthandwerk und menschliche Dekorationsobjekte legalisieren, und wenn uns das gelungen ist, kannst du für tausend oder zweitausend Euro einen Behälter, ein achtzehnjähriges Tablett oder einen jungen Aschenbecher in dein Haus holen. Wir werden den Bereich der Zeroplastiken ausweiten und die Werkstätten für Serienkopien vergrößern. Und wenn sich die Gewalt bei billigen Schock-Arts entladen kann, völlig legal, dann haben wir einen Schritt vollzogen ähnlich der Legalisierung von Drogen. Die HDK wird die Geschichte der Menschheit verändern, das kann ich dir versichern. Wir sind dabei, zum weltweit besten Geschäft zu werden. Deshalb müssen wir von einer Person vertreten werden, die dumm genug ist. Wenn uns eine schlaue Person vertritt, werden wir scheitern. Gute Geschäfte werden mit einem Idioten an der Spitze gemacht, dem viele kluge Leute zuarbeiten.«

Plötzlich ging Bosch ein Licht auf, und er verstand, warum Benoit ihn hatte sprechen wollen. ›Alter Fuchs. Du witterst einen Aufstand und suchst Verbündete, stimmt's?‹ Doch dann kam ihm eine andere, beunruhigendere Erklärung: Wenn nun Benoit der Kerl war, der dem *Künstler* half? Vielleicht wollte er van Tyschs Sturz und die Neubesetzung so schnell wie möglich bewerkstelligen? Er streckte die Spitze seiner Krawatte unter seinen Jackenaufschlag und dachte nach. Die steife Brise bewegte das weiße Hemd von *Het Meisje*. Eine junge Japanerin warf ihr eine Blume zu. Bosch sah genauer hin und stellte fest, dass sie aus Plastik war. Sie berührte kurz das nackte Knie von *Het Meisje* und fiel in den Teich.

Dann sagte Benoit etwas Unerwartetes.

»Das mit deiner Nichte tut mir wirklich Leid, Lothar. Du machst dir natürlich Sorgen, so wie es im Moment aussieht, das verstehe ich gut. Ich versichere dir, dass ich nichts damit zu tun hatte. Stein war es, der sie als Leinwand aussuchte, und der Meister war damit einverstanden.«

»Ich weiß.«

»Ich habe sie heute schon sehr früh angerufen und mich nach ihrem Befinden erkundigt. Sie war guter Dinge, nur ein wenig nervös, weil van Tysch sie heute signiert. Lass dir versichern, dass ich sie nur angerufen habe, weil sie deine Nichte ist. Du weißt ja, dass es gegen die Vorschrift verstößt, wenn man sich mit einer Leinwand in Verbindung setzt, bevor van Tysch sie signiert hat.«

»Danke, Paul. Vielen Dank.«

Benoit redete rasch weiter, als wäre der Punkt, der ihm eigentlich wichtig war, noch nicht angesprochen worden.

»Ich werde immer auf deiner Seite sein, Lothar. Ich halte zu dir. Es wäre schön, wenn das auf Gegenseitigkeit beruhte. Was auch immer geschieht, wer auch immer van Tyschs Nachfolger wird, wir werden einander unterstützen, das meine ich damit. Stimmt's?«

»Aber ja.«

Vor Benoits Füßen wuchsen Vergissmeinnicht. Benoit beugte sich hinunter, pflückte eines und warf es in die Luft. Doch die Blume fiel nicht auf den Boden, sondern wurde vom Wind ins bemalte Haar von *Het Meisje* geweht. Benoit machte ein Gesicht wie ein Fußballer, der den entscheidenden Strafstoß verpatzt hat.

»In der Normandie habe ich eine Kopie dieser Schönheit«, verriet er Bosch und deutete auf das *Meisje.* »Eine billige, nicht sehr gelungene Kopie, wie sie in den Kunsthandlungen verkauft werden, mit der Aufschrift ›Andenken an Den Haag‹ quer über dem Po. Das Modell ist über zwanzig, es gefallt mir aber trotzdem. Ich habe dich lange aufgehalten. Hast du noch eine Verabredung?«

»Ja, leider. Aber ich komme noch pünktlich.«

»Dann sehen wir uns morgen, Lothar.«

»Ja, morgen bei der Eröffnung.«

»Unter uns gesagt: Ich wollte, es wäre schon alles vorbei.«

Bosch ging weg, ohne zu antworten.

Auf dem Weg nach Delft rief er van Obber an und informierte ihn über die Verspätung. Der Maler antwortete mit seiner heiseren Stimme: »Kein Problem. Ich bin zu Hause.« Als er aufgelegt hatte, versuchte er ein wenig zu schlafen. Doch das Gespräch mit Benoit ließ ihn nicht los. Der *Künstler* war offensichtlich noch auf freiem Fuß, und das wusste selbst Benoit. *Rip van Winkle* war nur eine Show, die Europa für eines der Unternehmen veranstaltete, das mehr Touristen auf den alten Kontinent brachte als jedes andere, mehr nicht. Der *Künstler* war noch immer auf freiem Fuß. Und bereit.

Er war am Einnicken, da kam der Anruf. Es war Nikki.

»Lije hat ausgedehnte, schwerste Verbrennungen erlitten. Er schwebt in Lebensgefahr und ist in eine psychiatrische Klinik eingeliefert worden. In Nordfrankreich, Lothar, wir haben es nachgeprüft. Anscheinend ein Unfall, der im Dezember bei einer der Schock-Arts passiert ist. Das Extrem hat die Sache verheimlicht, um die Künster und Leinwände, die dort arbeiten, nicht zu beunruhigen.«

»Wie ist es passiert?«

»Bei einem der Bilder wurden Kerzen eingesetzt, um verschiedenfarbenes Wachs auf Lijes Körper aufzubringen, irgendeine Ungeschicklichkeit hat einen Brand ausgelöst, Lije war gefesselt, und niemand kam ihm zu Hilfe.«

»O Gott«, sagte Bosch.

»Bleibt Póstumo Baldi. Er ist der Einzige ohne Alibi.«

»Ich bin soeben auf dem Weg nach Delft, zu van Obber«, erklärte Bosch. »Bringt mir alle vorhandenen Informationen über Baldi, Abhörprotokolle, Tonbandaufnahmen und Äußerungen, die er als *Figur XIII* machte. Schick alles zu mir nach Hause.«

»Einverstanden.«

Als er durch Delft fuhr, war er seltsam beunruhigt. Was würde er van Obber sagen können? Was wollte er eigentlich von ihm? Plötzlich wurde ihm klar: Van Obber sollte ihm ein Gesicht *malen*. Augen, Nase, einen Mund. War Baldi der *Künstler*? Der Verdacht allein hätte keine unmittelbare praktische Auswirkung. Die Sicherheitsmaßnahmen blieben davon unberührt. Aber van Obber war vielleicht imstand, ein Bild von Baldi zu liefern, womit er der vagen, androgynen Gestalt, die er in seinem Kopf hatte, konkretere Züge geben könnte.

In Delft türmten sich weiße Wolken mit grauen Rändern am Horizont auf. Bosch ließ sich am Marktplatz absetzen, neben der Neuen Kirche, und wies den Fahrer an, hier auf ihn zu warten. Er wollte zu Fuß gehen. Gleich darauf tauchte er in reine Schönheit ein.

Delft. In dieser Stadt war Vermeer geboren, der Maler zarter Details. Andere Zeiten, zweifellos, dachte Bosch, Zeiten, in denen es noch möglich war, zu fühlen und zu denken, als die Schönheit noch nicht vollkommen entdeckt war. Er kam an den Oude Delft, den alten Kanal, und ließ den Blick über das ruhige Wasser gleiten, über die saftig grünen Linden und die spitzen Dächer am Horizont. Ein strahlender Anblick, obwohl der Himmel das Licht verweigerte, alles hell und rein wie das Porzellan, das Delft berühmt gemacht hatte. Er war bewegt. Es hatte tatsächlich eine Zeit gegeben, da waren die Dinge klar gewesen. Wann hatte die Welt sich verdunkelt? Wann war van Tysch vom Himmel herabgestiegen, wann hatten sich die Schatten auf alles gelegt? Natürlich traf van Tysch keine Schuld. Rembrandt noch viel weniger. Doch die Betrachtung des Oude Delft legte den Gedanken nahe, dass früher die Dinge zumindest einen Sinn gehabt hatten, hell und klar gewesen waren, überquellend von Einzelheiten, die von Künstlern wahrgenommen und auf naive, kindliche Weise dargestellt wurden. Auch die Menschheit ist irgendwie erwachsen geworden. Für Naivität war inzwischen kein Platz mehr. War das nun gut oder schlecht? Einer seiner Lehrer pflegte zu sagen, die Hölle habe ein Gutes: Die Verdammten wüssten zumindest, wo sie sich befänden. Sie hätten in dieser Hinsicht keinerlei Zweifel. Heute gab Bosch ihm Recht. Das Schlimmste an der Hölle war nicht die glühende Hitze, die ewige Qual, die Tatsache, aus der Gnade Gottes gefallen zu sein oder von Teufeln gepeinigt zu werden.

Das Schlimmste an der Hölle ist, nicht zu wissen, dass du bereits drin bist.

Van Obber wohnte in einem hübschen Backsteinhaus mit weißen Giebelbalken direkt am Kanal. Das Dach war deutlich reparaturbedürftig, die Fensterrahmen konnten einen neuen Anstrich gebrauchen. Der Maler selbst öffnete die Tür. Er war ein Mann mit strohblondem Bürstenschnitt, auffallend schlank, blass, mit Schatten um die Augen und Flecken im schweißbedeckten Gesicht. Er sah aus wie mindestens fünfzig, Bosch wusste aber, dass er nicht älter als vierzig war. Van Obber bemerkte seine Überraschung. Er verzog den Mund, was vielleicht seine Art war, ein Lächeln zu zeigen.

»Ich brauche eine Restaurierung, und zwar dringend«, sagte er.

Er führte Bosch über eine knarrende Treppe ins obere Stockwerk. Es bestand aus einem einzigen, ziemlich großen Raum, in dem es nach Farbe und Lösungsmitteln roch. Van Obber bot ihm einen Sessel an, setzte sich in einen anderen und schnaufte schwer. Einen Moment lang war er nur damit beschäftigt.

»Entschuldigen Sie diesen unangemeldeten Besuch«, sagte Bosch. »Hoffentlich störe ich nicht.«

»Schon gut.« Der Maler richtete seine dunkel umrandeten Augen auf ihn. »Mein ganzes Leben besteht aus Routine ... Das heißt ... ich mache immer das Gleiche ... Das ist nicht gut, weil die Dinge sich ändern. Zumindest habe ich keine allzu großen Geldprobleme. Vierzig Prozent meiner Werke sind noch am Leben ... das ist mehr, als andere freie Maler von sich sagen können ... Ich habe noch immer Mieteinnahmen von meinen Bildern ... Inzwischen male ich keine Jugendlichen mehr ... Es gibt nicht genug Material, weil jugendliches Material teuer ist und leicht zu erschrecken ... Früher habe ich alles gemacht: selbst Dekorationen und *Puermobiliar*, was inzwischen verboten ist ...«

»Ich weiß«, unterbrach Bosch den langsamen, aber unaufhaltsamen Redefluss. »Haben Sie nicht in einem ihrer letzten Werke Póstumo Baldi verwendet? Bei dem Bild, das sie im Jahr 2004 für Jenny Thoureau gemacht haben.«

»Póstumo Baldi ...«

Van Obber neigte den Kopf und legte die Hände zusammen wie im Gebet. Seine Nase war rot und glänzte im Licht, das vom Fenster einfiel.

»Póstumo ist wie frischer Ton«, sagte er. »Du nimmst ihn in die Hand und formst ihn, er passt sich allem an ... Du drückst ihn ein oder dehnst seinen Körper ... Er lässt alles mit sich machen. Bei *Animarts* wird aus ihm eine Schlange, ein Hund oder Pferd, er wird zu einer katholischen Jungfrau, bei schmutziger Kunst zu einem Folterknecht, zu einem nackten Teppich, einer transgenerischen Ballerina ... ein unglaubliches Material. Ihn als ›erste Qualität‹ zu bezeichnen wäre untertrieben ...«

»Wann haben Sie ihn kennen gelernt?«

»Ich habe ihn nicht kennen gelernt, sondern gefunden und verwendet. Das war im Jahr 2000, in einer Galerie für schmutzige Kunst in Deutschland. Wo, werde ich Ihnen nicht verraten, weil ich es selbst nicht weiß. Die Gäste kommen mit verbundenen Augen. Die Schock-Art war ein anonymes Triptychon mit dem Titel *Der Totentanz*. Es war gut. Das schmutzige Material war allerbeste Klasse und bestand aus einer Busladung junger Studentinnen und Studenten. Sie kennen doch die klassische Form der Materialbeschaffung für schmutzige Werke? Der Bus fällt ins Wasser, ein Unfall, die Leichen werden nicht geborgen, eine nationale Tragödie ... Worauf die jungen Leute, die man vorher aufgefordert hat, den Bus zu räumen, heimlich zur Werkstatt des Malers gebracht werden. Baldi war damals vierzehn Jahre alt und hatte zusammen mit anderen den Auftrag, als Tod bemalt das schmutzige Material zu schlachten. Als ich ihn sah, war er eben dabei, zwei der Studenten, einen Jungen und ein Mädchen, zu häuten und das rohe Fleisch mit Totenköpfen zu bemalen. Die jungen Leute waren noch am Leben, allerdings in sehr schlechtem Zustand, doch Baldi gefiel mir außerordentlich. Ich wollte ihn für meine eigenen Bilder verpflichten. Er verkaufte sich sehr teuer, aber ich hatte Geld und sagte zu ihm: ›Ich werde mit dir etwas malen, das nicht von dieser Welt ist.‹ Zeroplastin setzte ich dabei kaum ein. Die Palette meiner Farben war schlicht: eher mattes Rosa und zarte Blautöne. Ich fügte ein pechschwarzes Haarimplantat hinzu, es reichte ihm bis zu den Füßen und hatte drei verschiedene Pferdeschwänze. Das Geschlecht blendete ich aus, was nicht schwierig war. Ich habe viel von ihm verlangt, aber Póstumo war allem gewachsen. Ich habe ihn als Mann benutzt und als Frau. Ich habe ihn mit eigenen Händen gefoltert und wie ein Tier behandelt, wie einen Gegenstand, den ich nach Gebrauch zum Abfall werfen konnte. Wobei ich nicht sagen will, Póstumo hätte alles gut gemacht. Er hatte einen menschlichen Körper mit allen dazugehörigen Begrenzungen. Aber er besaß ein gewisses Etwas ... diese ... diese Selbstverleugnung. So habe ich mein Ölgemälde *Succubus* fertig gestellt. Wissen Sie, welches Werk anschließend mit Póstumo gemalt wurde, Herr Bosch? Eine *Jungfrau Maria* von Ferrucioli.«

Van Obber öffnete den Mund zu einem Lachen, und Bosch bemerkte die schmutzigen Zähne.

»Die Leute fragten sich: ›Wie kann *dieselbe* Leinwand einmal *Succubus* von van Obber, dann eine *Jungfrau* von Ferrucioli sein?‹ Die Antwort ist einfach: Das ist Kunst, Herrschaften. Genau das ist Kunst.«

Er machte eine Pause. Dann fuhr er fort.

»Póstumo ist nicht verrückt, aber auch nicht ganz bei Verstand. Er ist nicht böse und nicht gut, nicht Mann und nicht Frau. Wissen Sie, was Póstumo ist? Er ist das, was ein Maler ihm aufmalt. Póstumos Augen sind leer. Ich bat sie um irgendeinen Ausdruck, und sie lieferten ihn mir: Zorn, Angst, Rache, Eifersucht ... Doch dann, nach der Arbeit, erloschen sie, leerten sie sich. Póstumos Augen sind leer und farblos, wie Spiegel ... Leer, farblos, schön.«

Ein schreckliches Schluchzen unterbrach seine Rede. In der Pause, die nun entstand, gingen mehrere Donnerschläge nieder. Der Regen brach los über Delft.

Bosch hatte Mitleid mit van Obber und seinen zerrütteten Nerven. Einsamkeit und Scheitern waren wohl schlechte Gesellschafter.

»Wo hält sich Baldi jetzt auf, was glauben Sie?«, fragte er freundlich.

»Das weiß ich nicht.« Van Obber schüttelte den Kopf: »Weiß ich nicht.«

»Angeblich hat er ein Gemälde verlassen, das Sie für die französische Händlerin Jenny Thoureau gemalt haben. Das war 2004. War so ein Verhalten typisch für Baldi? Eine Arbeit aufkündigen, vor Ablauf des vertraglich vereinbarten Datums?«

»Nein. Póstumo hat sich immer an seine Verträge gehalten.«

»Warum hat er den nicht erfüllt? Was glauben Sie?«

Van Obber hob den Kopf und sah ihn an. Seine Augen waren noch feucht, doch er wirkte wieder gefasst.

»Ich kann Ihnen sagen, warum«, flüsterte er. »Wegen eines interessanteren Angebots. Das ist alles.«

»Wissen Sie das ganz sicher?«

»Nein. Ich vermute es. Ich habe ihn nie wiedergesehen, auch nie mehr von ihm gehört. Wie gesagt, Póstumo war nur am Geld interessiert. Wenn er die eine Arbeit aufgegeben hat, dann nur, weil man ihm eine bessere anbot. Da bin ich mir sicher.«

»Ein Angebot für ein anderes Bild?«

»Ja. Deshalb ist er gegangen. Was mich natürlich nicht überrascht hat, denn ich war ein Verlierer und das Material Baldi zu gut für mich. Er konnte mehr aus sich machen als ein Ölgemälde von van Obber.«

Bosch überlegte kurz.

»Das war vor zwei Jahren«, sagte er. »Wenn Baldi wegging, um sich für ein anderes Bild malen zu lassen, wie Sie sagen, wo ist dieses Bild jetzt? Nach dem Gemälde von Jenny Thoureau ist sein Name nirgends mehr aufgetaucht ...«

Van Obber blieb stumm. Im Gegensatz zu anderen, vergleichbaren Situationen, hatte Bosch diesmal nicht den

Eindruck, dass sein Geist in ferne, unwegsame Gefilde abdriftete. Er schien tatsächlich nachzudenken.

»Er ist unvollendet«, sagte er plötzlich.

»Wie bitte?«

»Wenn er bislang nicht aufgetaucht ist, dann weil er unvollendet ist. Völlig logisch.«

Bosch spürte van Obbers Worten nach. Ein unvollendetes Bild. Diese Möglichkeit war weder Wood noch ihm in den Sinn gekommen. Sie suchten den *Künstler* auf zwei Wegen und verfolgten zwei Spuren: Entweder arbeitete er noch, oder er hatte den Beruf an den Nagel gehängt; dass er noch nicht fertig gestellt war, daran hatten sie bislang nicht im entferntesten gedacht. Das würde natürlich sein Verschwinden und sein Schweigen erklären. Maler zeigen ein Werk erst, wenn es fertig ist, vorher nie. Doch wer widmete der Bemalung von Baldi so viel Zeit? Was für eine Art Bild wollte dieser Künstler schaffen?

Als Bosch sich zum Gehen wandte, hörte er noch einmal van Obbers Stimme aus dem Sessel.

»Weshalb wird Póstumo gesucht?«

»Das weiß ich nicht«, log Bosch. »Ich muss ihn finden. Das ist meine Arbeit.«

»Es ist besser so, glauben Sie mir. Póstumo ist und bleibt besser verschwunden. Er ist nicht nur ein Kunstwerk, sondern die Kunst, Herr Bosch. Die Kunst. Schlicht und einfach.«

Dann schaute er Bosch mit seinen übergroßen, kranken Augen an und setzte hinzu: »Deshalb sollten Sie vorsichtig sein, falls Sie ihn finden. Die Kunst ist schrecklicher als der Mensch.«

Als Bosch van Obbers Haus verließ, war die Stadt in einen grauen, endlosen Regen gehüllt. Die Schönheit von Delft zerfloss vor seinen Augen. Er wünschte sich mit ganzer Kraft, *Rip van Winkle* möge den *Künstler* tatsächlich dingfest gemacht haben, wusste aber, dass dem nicht so war. Der Verbrecher, mochte er nun Póstumo heißen oder nicht, war noch immer frei und bereit, während der Ausstellung zuzuschlagen. Dessen war er sicher.

8

DER *KÜNSTLER* GING bei Nacht auf die Straße.

Es regnete in Amsterdam und war ein wenig frisch. Der Sommer hatte eine Pause eingelegt. Besser so, dachte er. Er hatte die Hände in die Taschen gesteckt und ging im Licht der Straßenlaternen daher, ungeachtet des Regens, der ihn begoss wie eine Blume. Er überquerte die Brücke der Singelgracht, wo sich die Lichterketten im Wasser spiegelten und Regentropfen konzentrische Kreise auslösten, und erreichte den Museumsplein. Er ging in ganz normalem Tempo um den stillen Rembrandt-Tunnel herum. Die wachhabenden Polizisten am Eingang schenkten ihm keine besondere Aufmerksamkeit. Er sah ganz unauffällig aus, und so verhielt er sich auch. Ob Mann oder Frau, ließ sich allerdings nicht sagen. In München war diese Person Brenda und Weiß gewesen, in Wien Ludmila und Díaz. Äußerlich ganz verschiedene Personen. Nur im Innern war sie eine einzige. Er erreichte das entfernte Ende des Hufeisens, setzte seinen Weg fort und betrat den Concertgebouwplein, wo sich das Gebäude mit Amsterdams berühmtestem Konzertsaal erhob. Doch nun war die Musik verstummt, und alles lag still da. Der Künstler drang nicht bis zur van Baerlestraat vor, wandte sich vielmehr nach rechts, zum Stedelijk, und ging dann den gleichen Weg zurück Richtung Rijksmuseum. Er wollte alles auskundschaften, alles nachprüfen. Auf dieser

Seite standen ihm Absperrgitter im Weg. Sie markierten einen Bereich, der dem Parken von Lastfahrzeugen vorbehalten war. Er stützte die Ellbogen auf eines der Gitter und blickte sinnend in die Nacht.

Ein kleines Plakat von ›Rembrandt‹ hing wenige Schritte entfernt an einer Straßenlampe. Der Künstler betrachtete es. Ein Engel öffnete seine Hand im Halbdunkel, im Nieselregen.

Er las das Datum: 15. Juli 2006. Morgen.

15. Juli. Ja, sicher. Morgen war der Tag.

Dann entfernte er sich vom Absperrgitter, nahm die van de Veldestraat und setzte seinen Weg fort. Während er wieder ins Singelviertel zurückging, ließ der Regen nach.

Morgen, in der Ausstellung.

Um ihn herum war alles dunkel und wenig ästhetisch.

Nur der *Künstler* war reine Schönheit.

VIERTER SCHRITT

Die Ausstellung

Die Ausstellung ist mir egal.
ÜBER DIE HYPERDRAMATISCHE MALEREI
Bruno van Tysch

Es wird nicht schwer sein, zu gewinnen.
Sei dir nicht so sicher! ...
...
Ich gewanne ja doch ...
Das käme doch sehr darauf an ...
...
Das achte Feld, endlich!
Lewis Carroll

9.15 Uhr

Als Lothar Bosch erwachte, befand sich Póstumo in seinem Schlafzimmer.

Er stand in drei Meter Entfernung vor seinem Bett und starrte ihn an. ›Sieht nicht gefährlich aus‹, war Boschs erster Gedanke. Er ist nicht gefährlich, sagte er sich. Sein zweiter, schrecklich klarer und sicherer Gedanke war, dass es sich nicht um einen Traum handelte: Er war völlig wach, es war hell draußen, das hier war sein Haus in der van Eeghenstraat, und Baldi stand in seinem Schlafzimmer. Er war nackt und beobachtete ihn mit nachdenklicher Miene. Er wirkte wie ein Jugendlicher, hager und mit hervorstehenden Knochen, doch in seinem Blick wohnte die Schönheit. Bosch fürchtete ihn trotzdem nicht. ›Ich kann ihn besiegen‹, dachte er.

Da führte Baldi einen anmutigen, stummen Tanz auf. Sein schlanker Leib wirbelte im hellen Licht durch den ganzen Raum. Dann kehrte er zur vorigen Haltung zurück, und die Welt wirkte wie gelähmt. Und wieder bewegte er sich. Und hielt inne. Bosch war fasziniert, und es dauerte lange, bis er begriff. Er war mit dem speziellen Sichtgerät vor den Augen eingeschlafen, als er die dreidimensionalen, computeranimierten Aufnahmen untersuchte, die die Stiftung von dem damals fünfzehnjährigen Modell angefertigt hatte.

Er stieß einen Fluch aus, stellte das Wiedergabegerät aus und nahm die Brille von den Augen. Das Schlafzimmer war leer, doch vor seinen Augen tanzte noch immer die irisierende Gestalt Baldis. Durchs helle Fenster kündigte sich ein Regentag an. Es war der Eröffnungstag von ›Rembrandt‹.

Diese Bilder enthielten keine Beweise. Van Obber hatte nicht übertrieben, als er Póstumo als »frischen Ton« bezeichnete, als glatte, polierte Oberfläche, als einen Anfang, einen menschlichen Ausgangspunkt, die Rohform einer wie immer gearteten Physiognomie.

Er stand auf, ließ den erfrischenden Wasserschwall einer Dusche über sich ergehen und wählte einen seriösen dunklen Anzug aus seinem Kleiderschrank. Um halb elf musste er sich zu den Fahrzeugen des Sicherheitsdienstes begeben, die beim Tunnel stationiert waren, um den Beginn der Überwachung zu regeln. Jetzt stand er vorm Spiegel und kämpfte mit dem Knoten der Seidenkrawatte. Schon wieder hatte er sich verheddert. Seit Hendrickjes Tod war er nicht mehr so nervös gewesen, erinnerte er sich.

›Während einer Eröffnung hat er bislang nie zugeschlagen. Beruhige dich also. Vielleicht befindet er sich nicht einmal in Amsterdam. Wer sagt, dass Wood Recht hat? Womöglich hat er sich inzwischen bereits der Polizei gestellt, auf irgendeinem Kommissariat in München. Oder vielleicht ... verdammter Knoten ... vielleicht hat ihn *Rip van Winkle* tatsächlich an der Angel ... Reiß dich zusammen. Denk positiv! Denk endlich mal positiv.‹

Plötzlich war ein Prasseln zu hören. Er sah zum Fenster hinaus auf die Terrasse. Die Landschaft des Vermeer hatte sich zu einem Monet hin verändert. Die Regentropfen lösten alle Farbtöne auf, die grünen, ockerfarbenen, roten und weißen Schattierungen.

›Na also, es regnet schon.‹

Während er sich fertig ankleidete, gestattete er sich einen letzten Gedanken an Danielle. Er wollte nicht beten, obgleich er wusste, dass auch Gott in Versuchung führt, ein Gedanke, den die Religion allerdings nicht lehrt. Trotzdem improvisierte er ein kurzes Bittgebet. Er richtete es an keine spezielle Instanz, blickte dabei nur auf die düster zusammengeballten Wolken. ›Sie ist die einzige Person, die nichts damit zu tun hat. Sie ist die Einzige, die nicht darunter leiden darf. Bitte, beschütze sie.‹

Dann ging er die Treppe hinunter. Ein Unglückstag stand ihm bevor, und er war sich dessen sehr bewusst.

Zumindest war es ihm gelungen, sich korrekt zu würgen. Der Krawattenknoten war in Ordnung.

9.19 Uhr

Gerardo nahm ein klein wenig bräunlichgelbe Farbe und brachte sie auf Claras Wange auf.

»Der Meister wird heute für die Eröffnung alle Bilder überprüfen.«

»Ich dachte schon, er würde nicht mehr kommen.«

»Er macht immer noch einen letzten Rundgang, bevor er geht. Halt jetzt still.«

Er nahm einen sehr feinen Pinsel und malte ihr eine matte, zinnoberrote Schicht auf die Lippen. Sie sah sein Lächeln dicht vor ihrem Gesicht. Er glich einem Miniaturenmaler, der sich über ein Musterbuch beugt.

»Bist du glücklich?«, fragte er sie, während er den Pinsel anfeuchtete.

»Ja.«

Die Nachwuchskraft nahm ihr die Färbehaube ab. Darunter quollen dichte, mahagonifarbene Locken hervor. Gerardo tauchte den Pinsel noch einmal ein und führte ihn wieder an ihre Lippen.

»Ich würde dich gerne wiedersehen, wenn das alles vorbei ist. Will sagen, nachdem du gekauft worden bist.« Er machte eine Pause, feuchtete den Finger mit Farbentferner an und legte ihn auf einen Mundwinkel. »Du weißt ja, dass du bereits im Vorfeld gekauft worden bist. Du wirst ins Haus irgendeines millionenschweren Sammlers gehen. Dennoch würde ich dich gerne wiedersehen. Nein, sprich jetzt nicht. Jetzt kannst du nicht sprechen.«

Seine Sätze waren so zart wie die Pinselstriche, die er ihr verabreichte. Sie hatte das Gefühl, mit kleinen Küssen bedeckt zu werden.

»Du weißt ja, dass man sagt, zwischen einem Bild und einem Maler darf es keine Beziehung geben, weil der Hyperdramatismus das nicht erlaubt. Gut, das ist eine Theorie.« Er setzte den Pinsel ab, feuchtete ihn an, malte, benutzte einen Lappen, malte weiter. »Aber mit mir hast du Glück, weil ich ein sehr schlechter Maler bin, meine Süße. Das kompensiert deine hohe Qualität als Bild.«

Die Nachwuchskraft unterbrach Gerardo, um sich auf Englisch mit ihm zu unterhalten. Es gab einen kurzen Dialog über den Ton der Schattierungen an Claras Körperkonturen, wobei sie die schriftlichen Anweisungen des Meisters studierten. Dann näherte er sich ihren Lippen und betrachtete sie eine Weile aufmerksam. Er schien nicht zufrieden, verschwand aus ihrem Gesichtsfeld, kam aber gleich wieder mit einem rot gefärbten Pinsel zurück.

Sie lag mit dem Gesicht nach oben auf einer Trage in einem der Arbeitsräume, die im Keller des Alten Ateliers eingerichtet waren. Man hatte sie am frühen Morgen hierher gebracht, um sie vorzubereiten und dann in den Tunnel zu bringen.

»Heute ist große Vorsicht geboten«, sagte Gerardo. »Du wirst von Tausenden betrachtet werden.«

Er berührte zweimal ihre Oberlippe, zart wie der Flügelschlag eines Schmetterlings.

»Ich will dir nicht schaden«, fuhr er fort. »Ich werde dir niemals Schaden zufügen. Aber ich habe gedacht ... wenn ich meine Gefühle für mich behalte, wird das nicht dazu führen, dass ich meine Sache besser mache, du verstehst. Ich bin seriöser, als du glaubst, Clarita. Sag nichts.« Als Clara den Mund öffnete, setzte er den Pinsel ab. »Du bist das Werk. Reden darf nur ich. Du befindest dich im Bild.«

Nun streichelte er mit dem angefeuchteten Pinsel wieder ihre Lippen. Das Rot war jetzt schwächer.

»Es heißt ja auch, der Maler verliebe sich in sein Werk. Das trifft sicher zu. In meinem Fall passiert allerdings etwas Seltsames: Ich habe mich dabei selbst ein wenig gemalt. Etwas verstellt, meine ich. Manchmal denke ich, eigentlich bin ich eine ganz andere Person, als ich zu sein glaube. Jeden Tag stehe ich auf, schaue mich im Spiegel an und gratuliere mir zu meinem Glück. Aber so einfach liegen die Dinge nicht. Schau dir diesen Kinnbart an.« Dabei zupfte er ein wenig daran. »Gehört der zum Maler oder zur Malerei? Lange Zeit habe ich dies geglaubt. Verstehst du? Ich wollte nicht dahinter gucken, wollte nicht sehen. Was steckt dahinter? Das könnte man mich fragen. Nun, die Personen sind dahinter. Ich sehe dich nicht als Bild. Ich kann dich nicht als Bild sehen.«

Er führte einen Lappen an ihren Mund, um einen Fleck wegzuwischen. Einen Augenblick lang sahen sie sich an. Während sie seine großen, fröhlichen Augen betrachtete, kam ihr einmal mehr dieser seltsame Gedanke, der sie schon bei anderen Gelegenheiten überfallen hatte: Vielleicht war Gerardo gar kein so schlechter Maler? Vielleicht wollte er nur die *Susanna* nicht malen? Diese Figur gefiel Gerardo nicht. Er versuchte nicht, in ihrem Gesichtsausdruck diesen schmerzlichen Glanz, diese entsetzte Scham festzuhalten, wollte wohl mit diesem Bild nicht »Schrecken und Mitleid auslösen«, wie van Tysch gesagt hatte. Gerardo wollte zu ihr vordringen. Zu Clara Reyes. Sie zurückerobern, reinigen und ihr Glanz verleihen. Nie zuvor war ihr ein Künstler begegnet, dem sie, Clara, wichtiger war als sein eigenes Werk.

Da kam Uhl herein. Sie wären zu langsam, sagte er, es sei Zeit, ihre Rückseite zu bearbeiten. Sie halfen ihr beim Aufrichten, und sie drehte sich um.

Die Arbeit wurde fortgesetzt, jetzt aber schweigend.

10.30 Uhr

»Hier, wir sind in Edenburg«, sagte der Fahrer.

Die Landschaft um den Fluss Geul herum, im mittleren Teil des Limburger Landes in Hollands Süden, war traumhaft schön. Wälder und Täler, dazwischen verstreut rechteckige Holzscheunen, glänzten in einer strahlenden

Sommersonne. Edenburg tauchte fast unvermittelt hinter einer Kurve auf, am äußersten Ende der Landstraße. Eine Hand voll spitzgiebliger Häuser, dominiert von der majestätischen Präsenz des Schlosses, in dem Maurits van Tysch einst als Restaurateur gearbeitet hatte. Miss Wood kannte Edenburg. Die Audienzen, die ihr der Maler gewährt hatte, waren immer kurz und knapp gewesen. Die Sicherheit seiner Werke war van Tysch nie sehr wichtig gewesen. Seine Aufgabe war es lediglich, sie zu schaffen.

Wood wusste, dass es in Amsterdam regnete, hier in Edenburg jedoch schien die Sonne, es war warm, und der Ort quoll über von kamerabewehrten Touristen mit Stadtplänen in der Hand. Der Wagen fuhr vorsichtig durch die gepflasterten, engen Straßen, die noch geprägt waren von vergangenen Zeiten. Manche Passanten betrachteten das Luxusauto mit neugierigem Interesse. Der Fahrer wandte sich an Wood.

»Wollen Sie direkt zum Schloss? Weil wir in dem Fall aus dem Zentrum herausfahren und die Kastellstraat nehmen müssen.«

»Nein, ich will nicht zum Schloss.« Wood gab ihm eine Adresse. Der Fahrer (ein aufmerksamer, höflicher Südländer, der es der »Miss« in allem recht machen wollte und immer lächelte, obwohl Woods Flugzeug nach Maastricht mit Verspätung eingetroffen war) hielt an, um nach dem Weg zu fragen.

Der Gedanke war ihr in der vorletzten Nacht gekommen. Plötzlich war ihr der Name der Person eingefallen, die Oslo als den »besten Jugendfreund Bruno van Tyschs« bezeichnet hatte: Victor Zericky. Sie hielt es für angemessen, ihren Besuch in Edenburg mit einem Interview mit Zericky zu beginnen. Noch in derselben Nacht hatte sie Oslo angerufen. Der gab ihr ohne Zögern Anschrift und Telefonnummer des Historikers. Zericky war nicht zu Hause gewesen, als sie angerufen hatte, um einen Termin zu vereinbaren. Vielleicht war er verreist. Dennoch hoffte sie, ihn anzutreffen.

Der Fahrer führte mit der Angestellten eines Andenkenladens ein lebhaftes Gespräch. Dann kam er zu Wood zurück.

»Es ist eine Sackgasse, die von der Kastellstraat abgeht«, sagte er.

11.30 Uhr

Gustavo Onfretti betrat den Tunnel umringt von Sicherheitsleuten und Technikern der Abteilung Kunst. Er trug einen wattierten Poncho und die üblichen gelben Etiketten. Sein Körper war ocker- und hautfarben bemalt worden. Sehr feine Wachsschichten verliehen seinem Gesicht eine gewisse Ähnlichkeit mit dem Selbstbildnis, aber auch mit dem Christus von Rembrandt. ›Ich bin alle beide‹, dachte er. Als eines der zuletzt eingetroffenen Bilder wusste er sehr wohl, dass seine Installation ein äußerst schwieriges Geschäft sein würde.

Er würde täglich sechs Stunden am Kreuz hängen.

Eingehüllt in Farbgerüche ging Onfretti über die Rampe ins Dunkel hinein an die Stelle im Tunnel, wo das Kreuz stand. Es war kein normales Kreuz, sondern verfügte über mehrere Vorrichtungen, die verhinderten, dass seine Pose allzu schmerzhaft wurde. Onfretti war sich jedoch ganz sicher, dass keine wie auch immer geartete Vorrichtung seine Schmerzen ganz verhindern würde, und das bedrückte ihn ein wenig.

Dennoch hatte er den Kelch angenommen. Er war ein Meisterwerk und bereit, dafür zu leiden. Van Tysch hatte ihn in Edenburg lange Zeit bearbeitet, um jeden Fehler auszuschließen. Jeglichen Fehler. Das Ergebnis musste perfekt sein. Als er am Abend zuvor vom Meister signiert wurde, hatte dieser ihm in die Augen geschaut und gesagt: »Vergiss nicht, dass du eine meiner intimsten und persönlichsten Schöpfungen bist.«

Dieses ehrliche Wort verlieh im die Kraft, zu ertragen, was ihn ohne Zweifel erwartete.

13.05 Uhr

Jacob Stein hatte fertig gegessen und genoss nun die Schönheit seiner Tasse Kaffee. Der Tisch war solide, ein eigener Entwurf. Er bestand aus einer Glasplatte, die auf den Schultern von vier knienden, mit Silberfarbe überzogenen Mädchen ruhte und dort mit Ledergeschirren fixiert war. Rund um die Platte wellte sich ein Volant aus dünnem Stoff zwischen den Figuren. Die Haltung der Jugendlichen war fast identisch, nur eine am linken oberen Ende fiel ein wenig aus der Reihe, was die fast horizontale Oberfläche des dunklen, dampfenden Kaffees ein klein wenig neigte. Natürlich war das Möbel illegal und hatte Millionen gekostet, wie auch der Rest der Raumausstattung. Stein stützte geistesabwesend einen Fuß gegen den Schenkel einer silberfarbenen Gestalt.

Er wusste, dass van Tyschs »Bereich« im Neuen Atelier leer war, ganz im Gegensatz zu seiner Umgebung. Stein wohnte im Luxus und hatte sein Esszimmer üppig mit Bildern, Objekten und Gebrauchsgegenständen von de Loek, van der Gaar, Marooder und eigenen Werken bestückt. Mehr als zwanzig junge Leute atmeten in diesem Raum, unbeweglich oder choreografisch bewegt, dennoch herrschte eindrucksvolle Stille.

Nur Stein schien lebendig.

Er ging im Geiste noch einmal seine Aufgaben durch. Um diese Zeit mussten die Bilder bereits alle im Tunnel aufgestellt sein, in Erwartung des Meisters. Die Eröffnung war für sechs Uhr angesetzt, doch Stein würde dann schon nicht mehr vor Ort sein. Benoit würde seinen Posten übernehmen und sich um die geladenen Persönlichkeiten kümmern. Seine Anwesenheit wurde andernorts benötigt, wo er sich ebenfalls um eine überaus wichtige Persönlichkeit zu kümmern hatte.

›*Fuschus*, die Macht ist eine andere Art der Kunst‹, dachte er. Vielleicht aber auch Kunsthandwerk, das Geschick, alles unter Kontrolle zu haben. Er hatte es in diesem Bereich zu wahrer Meisterschaft gebracht. Jetzt musste er über sich selbst hinauswachsen. Die Sache war heikel. In gewisser Weise die heikelste in der ganzen Geschichte der Stiftung, und er musste ihr die Stirn bieten.

Neve, seine Sekretärin, erschien am Ende des Raumes. Obwohl Stein gewusst hatte, dass sich der erwartete Besuch jeden Moment einstellen würde, entspannten sich bei der Nachricht seine faunesken Züge. Er wirkte freudig überrascht. Beim Aufstehen stützte er sich auf dem Tisch ab, verursachte dadurch aber nur ein leichtes Zusammenzucken der vier silberfarbenen Mädchen – sowie einen Lidschlag bei der, an deren Schenkel er seinen Fuß gelehnt hatte – und ging zur Tür.

Die Besucherin blieb einen Augenblick erstaunt stehen und betrachtete mit weit aufgerissenen Augen die vielen Leiber, die den Raum schmückten. Doch dann setzte sie gleich ein strahlendes Lächeln auf und ergriff Steins zum Gruß ausgestreckte Hand.

»Ich heiße Sie im Namen der Stiftung van Tysch herzlich willkommen«, beeilte sich Stein in korrektem Englisch zu sagen. »Ich weiß, dass Sie perfekt Englisch sprechen«, fügte er hinzu. »Was ich von meinem Spanisch leider nicht sagen kann.«

»Das macht doch nichts«, erwiderte Vicky Lledó lächelnd.

14.16 Uhr

Miss Wood saß nun schon über drei Stunden im Gras. Sie hatte eine der Fruchtsaftpackungen, die sie in ihrer Handtasche mitgebracht hatte, aufgemacht, nahm kleine Schlückchen davon und studierte dabei die Wolken. Es war ein friedlicher Ort, wie geschaffen dazu, die Augen zu schließen und auszuruhen. Er erinnerte sie in gewisser Weise an ihr Haus im Tivoli: die gleichen Sommergeräusche im Hintergrund, Vogelzwitschern, fernes Hundebellen. Victor Zerickys kleines Haus hatte einen apfelgrün gestrichenen, offensichtlich fachkundig reparierten Zaun. Im Garten gab es Blumen, eine von Menschenhand sorgfältig geordnete Pflanzengesellschaft. Das Haus war verschlossen. Anscheinend war niemand da.

Der alte Nachbar hatte ihr erzählt, Zericky sei geschieden und lebte allein. Womit er vermutlich sagen wollte, dass er keinen geregelten Tageslauf hatte und völlig frei kommen und gehen konnte. Zericky pflegte tagelang wegzubleiben, um nach Maastricht oder Den Haag zu reisen, wo er Informationen für seine Arbeit als Historiker einholte oder einfach um sich die Beine zu vertreten und neue Wege der Geul entlang ausfindig zu machen.

»Ich will Sie ja nicht entmutigen«, fügte der Alte hinzu, »aber wenn er nicht weiß, dass Sie hier sind, rate ich Ihnen vom Warten ab. Wie gesagt, er kommt oft erst nach Tagen wieder.« Der Mann hatte grau meliertes Haar und so rote Backen, als hätte er soeben zwei Ohrfeigen bekommen.

Wood bedankte sich, ging zum Wagen und beugte sich zum Fahrerfenster hinunter. »Sie haben jetzt frei, müssen aber um acht wieder hier sein.«

Das Auto entfernte sich. Wood suchte sich einen passenden Platz, setzte sich ins Gras, lehnte den Rücken gegen einen Baumstamm, wobei sie seine raue Rinde durch den dünnen Jackenstoff spürte, und widmete sich dem harten Geschäft, die Zeit vergehen zu lassen.

Es gab ohnehin nichts Besseres zu tun, und wenn es um irgendeine Arbeit ging, hatte sie warten noch nie gestört. Im Grunde gefiel ihr diese Auszeit mit Vogelgesang und Blütenduft in der Luft. Sie trank den Fruchtsaft aus, steckte die Schachtel in die Tasche und holte eine neue heraus. Es waren nur noch zwei übrig, aber sie musste ihren Flüssigkeitsspiegel auffüllen. Sie fühlte sich immer kraftloser, die Augen hinter den abweisenden, dunklen Brillengläsern fielen ihr zu, und manchmal nickte sie ein. Sie hatte lange keine feste Nahrung mehr zu sich genommen – zwei Tage, vielleicht mehr –, dennoch spürte sie keinen Hunger. Für eine schöne Thermoskanne mit Kaffee hätte sie jedoch gern ein Vermögen gegeben. Ihr war zu warm. Sie zog das Jackett aus und legte es ins Gras. Doch dann, nur mit dem Trägerhemdchen bekleidet, fror sie leicht. Seltsam.

Sie fragte sich nicht, ob Zericky irgendwann einmal auftauchen würde. Ja, sie hatte jeden Gedanken ausgeschaltet und wusste lediglich, dass sie hier warten würde, bis sie nicht mehr warten konnte. Dann würde sie nach Amsterdam zurückfahren.

Sie trank einen Saft nach dem anderen, während der Wind mit ihren Haaren spielte.

16.20 Uhr

»Keine besonderen Vorkommnisse, Sektion zwei.«

»Alles normal, Sektion drei.«

»Keine besonderen Vorkommnisse, Sektion vier.«

Bosch hörte die Litanei der Sicherheitsleute über die Lautsprecher, dachte dabei aber nicht an den *Künstler*. Vielmehr war er in Gedanken beim Zirkus. Als Kind hatte er selten eine Zirkusvorstellung besucht, weil Victor, sein Vater, kein Lust dazu hatte. In den Zirkus gehen war nicht das Beste, was man mit seiner Zeit anfangen konnte. Dennoch besuchen alle Kinder irgendwann einmal irgendeinen Zirkus, und auch Bosch war schließlich an der Reihe. Doch er hatte keinen Spaß daran. Angefangen von den Gefahren der akrobatischen Kunststücke, über die Misere der Tiger in Käfigen und über die Clowns mit den Sahnetorten im Gesicht, bis hin zu den durchsichtigen Tricks der Zauberer, alles erschien ihm elend und trist.

Jetzt war er in einem anderen Zirkus. Die Attraktionen waren andere, doch auch hier gab es Publikum, Zelte, Zauberkunststücke und wilde Tiere. Und alles erschien ihm ebenso trist.

Er befand sich in einem der beiden Wohnwagen der Abteilung Sicherheit. An beiden Seiten des Tunnels waren sechs Wohnwagen platziert, und zwar so, dass die Lieferwagen freie Bahn hatten. Jeweils zwei waren von einer Abteilung belegt: Kunst, Konservierung und Sicherheit. In den Wohnwagen des Sicherheitsdienstes wurden über ein geschlossenes Monitorsystem die einzelnen Abschnitte des Tunnels überwacht, also Eingang, Ausgang und der kleine zentrale Platz, von dem aus die Bilder eingesammelt wurden. Wohnwagen A kontrollierte die sechs ersten Werke nach dem Eingang, Wohnwagen B die restlichen sieben. Er war nahe am Museum van Gogh geparkt, und darin hielt Bosch sich auf.

Die auf den Museumsplein gerichteten Kameras zeigten ein Schauspiel, bei dem sich Paul Benoit die Hände reiben würde, davon war Bosch überzeugt. Eineinhalb Stunden vor der Eröffnung reichte die Schlange der glänzenden Regenschirme schon bis zum Rijksmuseum und setzte sich fort bis zur Singelgracht. Manche warteten seit den frühen Morgenstunden und standen, die Eintrittskarte in der Hand, auf einem Fleck vor dem ersten Sicherheitscheck. Die Polizei hatte die ganze Museumstraat und Paulus Potterstraat entlang Schutzgitter aufgerichtet, um Störungen zu verhindern. Dennoch gab es Störungen – auch diesmal zu Benoits Freude –, und zwar an beiden Stellen. Mitglieder der BAH und anderer Organisationen gegen die HD-Kunst hielten Transparente hoch und äußerten sich in Sprechchören gegen die Stiftung. Nicht allzu weit vom Tunnel entfernt, auf dem für die Fernsehleute reservierten Terrain, reckten mehrere Reporter ihre Mikrofone in die Höhe.

Die Monitore im Tunnel, in krassem Gegensatz dazu, filmten die Stille. Einige Bilder waren bereits installiert, bei anderen, *Ecce Homo* beispielsweise, war dieser Vorgang noch nicht ganz abgeschlossen. Bosch beobachtete das Spiel des funkelnden Lichts, während Gustavo Onfretti gekreuzigt wurde. Seit mehr als vier Stunden war man dabei, seine Glieder mit so etwas wie durchsichtigen Metallbändern an den bemalten, rechteckigen Holzbalken zu befestigen. Er musste genau in der von van Tysch gemalten Pose ausharren, und das war ein reichlich mühsames Unterfangen. Die »Kreuzabnahme« war dann vergleichsweise einfach. Auf dem Bildschirm leuchtete der fast nackte Körper immer wieder blitzartig auf, wenn sich die Scheinwerfer darauf richteten.

»Wer möchte schon gern sechs Stunden am Tag so verbringen?«, bemerkte Ronald, der den Monitor von *Ecce Homo* überwachte. Ronald war ein wenig korpulent und machte sich bereits unverdrossen über die Donuts her, die in einer offenen Schachtel neben seiner Konsole standen. Soeben biss er von einem ab, und ein Teil des Zuckergusses fiel auf sein rotes Schild.

Nikki, vor dem Monitor vom *Gastmahl des Belsazar*, lächelte leicht.

»Das ist eben moderne Kunst, Ronald. Wir verstehen sie nicht.«

»Man behauptet, es sei klassische Kunst«, mischte sich Osterbrock, der Bewacher von *Danae*, ein und betätigte verschiedene Schalter. Er saß an dem Platz Bosch gegenüber. »Schließlich und endlich sind es Bilder von Rembrandt, nicht wahr?«

In der drangvollen Enge des schmalen Wohnwagengangs herrschte reges Kommen und Gehen des Personals. Bosch konnte nicht anders, er musste es beobachten. Er sah sie alle an, die Neuen und Leute, die er bereits lange kannte, er sah Nikki, Martine, Ronald den Donut-Esser, Michelsen, Osterbrock. Er beobachtete ihr Lachen, ihre alltäglichen Gesten, nahm ihre Stimmen wahr. Alle waren überprüft worden, bevor sie die Arbeit aufgenommen hatten, aber Bosch beobachtete sie so forschend, wie man einen Schatten ansieht, der sich bewegt, während sich alle anderen Schatten nicht bewegen. Dann richtete er den Blick wieder auf den Monitor, der den Anfang der langen Publikumsschlange zeigte.

›Wo bist du? Wo bist du?‹

Europol hatte am selben Morgen eine Personenbeschreibung von Póstumo Baldi erhalten. Bosch hatte sie ihr über die adäquaten Kanäle zukommen lassen – teilweise, indem er auf bestimmte Mitglieder von *Rip van Winkle* baute. Erst dann hatten die Informationen zu fließen begonnen.

Der Polizei von Neapel war sein Aufenthalt unbekannt. Die Polizei von Wien und München hatte an den Tatorten keine Fingerabdrücke, Blutspuren oder Haarproben gefunden, die sich mit seinen Daten vergleichen ließen. Alle aufgespürten Fährten passten zu Verkleidungen oder künstlichen Substanzen. Keine noch so winzige organische Hinterlassenschaft, nur Kunststoff und Zeroplastin. Als wäre der *Künstler* eine Puppe. Oder eine Leinwand. Europol war in diesen Stunden unermüdlich mit weltweiten Computerabfragen beschäftigt. Man suchte nach Hinweisen, die sich mit der Anwesenheit von Baldi an einem bestimmten Ort oder bei einem bestimmten Ereignis verknüpfen ließen. Die Ermittlungen umfassten Krankenhäuser und Friedhöfe, Strafregister für kleinere Vergehen, allgemeine Verbrechensregister und Verzeichnisse ungelöster Fälle. Der Personensuchdienst hatte seine Spur von Neapel zu van Obber und Jenny Thoureau verfolgt, von seinem Geburtshaus (heute abgerissen) und seinen Eltern – der Aufenthaltsort der Mutter war unbekannt – bis zu den letzten Hotels, in denen er im Jahr 2004 abgestiegen war. Doch dann war Schluss. Am Ende dieses Jahres hatte Baldi seine Arbeit als Gemälde im Haus von Mademoiselle Thoureau ohne irgendeine Erklärung abgebrochen und war seitdem wie vom Erdboden verschluckt. Viele dachten, er sei tot.

Trotz der Klimaanlage, die das Innere des Wohnwagens unermüdlich rauschend mit frischer Luft versorgte, spürte Bosch, wie ihm der Schweiß über den Rücken lief. Jedes der Gesichter, die er betrachtete, konnte Póstumos Gesicht sein. Baldi war ein Joker, der für alles galt und beliebig eingesetzt werden konnte. Seine Augen waren Spiegel. Sein Körper frischer Ton.

Das Mädchen am Fenster auf dem Monitor 9 schien seinen Blick zu erwidern. Danielle, seine Nichte, war die Leinwand, die van Tysch ausgewählt hatte, um dieses Werk Rembrandts zu schaffen. Man hatte die Schwarzweißlampen noch nicht angeschaltet und Danielles Silhouette verschwamm im Dunkel des Tunnels. Bosch konnte noch nicht einmal ihr Gesicht ausmachen.

»Da ist er«, sagte eine Stimme in seinem Rücken und ließ ihn zusammenzucken.

Es war Osterbrock. Er deutete auf den Monitor, der die Ankömmlinge über den Zugang der Museumstraat registrierte. Ein langer, dunkler Wagen glitt auf den Tunneleingang zu. Sein Bild verschwand, nachdem er die erste Polizeisperre passiert hatte.

»Das ist van Tysch«, sagte Nikki. »Er legt jetzt letzte Hand an die Werke.«

»Und schaltet die Lampen ein«, fügte Osterbrock hinzu.

Wo mochte Wood jetzt sein? Warum war sie so plötzlich weggegangen? Wollte sie aus dem Weg sein?

Bosch glaubte es nicht. Er vertraute ihr. Nur ihr konnte er vertrauen.

Er sehnte das Ende der Ausstellung herbei. Oder zumindest das schnelle Ende dieses Tages (dieses Tages, dessen Stunden sich so zähflüssig dahinschleppten).

16.45 Uhr

Dieser Tag sollte nie zu Ende gehen, wünschte sich Clara.

Sie kauerte vor einem stillen Teich, umgeben von Bäumen und düsterer Landschaft. Es war der Hintergrund von *Susanna und die beiden Alten.* Sie war völlig nackt und dick mit Rosatönen, Ocker und Kadmiumrot sowie dunkelmahagonifarbenen Schattierungen bemalt. Ein am Fuße des Podests angebrachter, für das Publikum unsichtbarer Spiegel reflektierte ihr Gesicht. Das konnte sie genau erkennen, mehr aber nicht. Obwohl sie die beiden Alten nicht sah, fühlte sie deren Anwesenheit in ihrem Rücken, versteinerte, monströse Gespenster, die sich wie Berge über ihren Körper neigten, wie Felsen aus Ölfarbe.

Sie war soeben fertig aufgestellt worden und hatte die Ruhestellung noch nicht erreicht. Die Zeit verging, wie auch die Leute an ihr vorbeigingen (Techniker, Handwerker, Sicherheitsleute), sie schritt fort, ohne sie zu berühren. Sie wusste jedoch, dass die Ausstellung noch nicht eröffnet war, weil die Lampen noch ausgeschaltet waren.

Da näherte sich plötzlich eine Silhouette, kam über den Steg, der für das Publikum reserviert war, stieg über die Absperrung und ging auf das Podest zu. Dahinter, eine

Ansammlung von Beinen. Offensichtlich eine wichtige Aktion. Zwei dunkle Schuhe stellten sich neben ihre von Farbe verhärteten Schenkel. Da hörte sie wieder diesen dunklen, ernsten Ton, wie die Schläge einer Friedhofsglocke, dieses korrekte Spanisch: »Bleib so, und schau dich im Spiegel an.«

Es war fast wie ein elektrischer Schlag. Sie gehorchte natürlich.

Dann stimmte es also, dass der Meister die Werke ein letztes Mal überprüfte, wie Gerardo gesagt hatte. Der Schatten wanderte von einer Figur zur anderen und gab auch den beiden Alten Anweisungen mit Sätzen, die sie nicht verstehen konnte. Dann kamen die Schuhe zurück, seltsam gelackte Tiere, geheimnisvolle Haifische mit blank polierten Mäulern, die auf ihren Körper gerichtet waren. Eine kurze Pause, halbe Drehung. Dann nur noch das Echo. Schließlich Stille, verzauberte Stille.

Sie hörte nicht auf, diese fernen Schmuckstücke mit den bemalten Gesichtszügen im Spiegel zu betrachten.

17.30 Uhr

Jetzt war es völlig dunkel.

»Und nun?«, fragte Bosch nervös und betrachtete den Monitor. »Warum schalten sie nicht die verdammten Lampen an?«

»Sie warten auf van Tyschs Zeichen«, antwortete Nikki.

»Es kommt sicher gleich«, sagte Osterbrock.

Sie wandten sich wieder dem Monitor zu. Unter den vielen Gestalten fiel eine besonders ins Auge; sie stand unbeweglich da, mit dem Rücken zur Kamera und wurde immer wieder durch kurze Lichtblitze erhellt.

»Der große Boss«, knurrte Ronald und verschlang dabei das Bild mit der gleichen hungrigen Gier, die er auch den Donuts entgegenbrachte.

Jede Situation braucht ihren angemessenen Rahmen, dachte Bosch. In dieser Welt wurde Wertvolles feierlich zelebriert. Bei jeder Feier gibt es einen Rahmen, ein Ritual und hoch gestellte Persönlichkeiten, die aufs Podest gehoben werden und von den hingerissenen Leuten mit offenem Mund betrachtet werden. Nichts geschieht auf natürliche Weise, vielmehr muss alles irgendwie künstlich sein und einem gewissen künstlerischen Anspruch genügen. Warum schaltete man jetzt das Licht noch nicht an? Warum ließ man das Publikum noch nicht herein? Ein Knopfdruck, mehr nicht. Aber nein. Der Augenblick war feierlich. Er musste registriert, festgehalten, aufgenommen und verewigt werden. Deshalb hatte alles langsam vonstatten zu gehen.

»Man fotografiert ihn«, bemerkte Nikki. Sie hatte die Ellbogen aufgestützt, das Kinn lag in den Händen. Ihr Ton war fast schwärmerisch, wie Bosch bemerkte.

Van Tysch wurde von einem verdeckten Scheinwerfer angeleuchtet: eine Insel des Lichts im fünfhundert Meter langen, gekrümmten, dunklen Tunnel. ›Sein Reich ist nicht von dieser Welt, noch von irgendeiner anderen‹, dachte Bosch. Er selbst war sein Reich, er ganz allein, wie er hier stand, umflossen von strahlend hellem Licht. Magisch verzauberte Schatten betonten seinen Auftritt.

Der Maler hob den rechten Arm. Alles hielt den Atem an.

»Moses teilt das Meer«, bemerkte Ronald und ließ seinem Sarkasmus einmal mehr freien Lauf.

»Irgendetwas funkioniert nicht«, meinte Osterbrock, »weil der Tunnel noch dunkel ist.«

»Nein«, mischte sich Martine ein und beugte sich über seine Schulter. »Wenn er den Arm senkt, gibt er das Signal.«

Bosch richtete den Blick auf die anderen Monitore: alle schwarz. Dass der Tunnel so lange im Dunkeln lag, gefiel ihm gar nicht. Der »große Boss« hatte es so verfügt. Vor Beginn des Hexensabbats mussten ihm die Hexen mit ihren Irrlichtern die Ehre erweisen. Dann, am Ende der Foto- und Filmaufnahmen, würde Satan seine Krallen ausstrecken und seine Hölle verbreiten, seine abscheuliche, schauerliche Hölle, die schrecklichste von allen, weil niemand ihre Existenz wahrnahm. Das Schlimmste an der Hölle ist, nicht zu wissen, dass du bereits drin bist.

Der Arm senkte sich.

Auf einen Schlag gingen die dreihundertsiebzig von Igor Popotkin entworfenen Leuchtkörper an und rissen ihre hellen Mäuler auf. Einen Moment lang glaubte Bosch die Bilder verschwunden. Doch sie waren da, verwandelt. Ein mächtiger Pinsel schien ihnen den letzten, goldenen Schliff verpasst zu haben. Die Gemälde glühten, wie von einem brennenden Scheiterhaufen erhellt. Von den Trennwänden umrahmt, glichen sie alten Ölgemälden, nur dass die Personen Tiefe hatten, Volumen, greifbares Leben. Die Hintergründe traten langsam hervor und nahmen Landschaftsformen an.

»O Gott«, sagte Nikki. »Das ist schöner, als ich dachte.«

Keiner antwortete, doch die Stille schien wortlose Zustimmung zu signalisieren. Bosch aber war nicht einverstanden.

Es war nicht schön. Es war grotesk und bestürzend. Der Anblick der Werke von Rembrandt in Form menschlicher Wesen löste Emotionen aus, doch nicht Schönheit verursachte sie, wie Bosch meinte. Van Tysch hatte offensichtlich die Grenze erreicht, die menschliche Malerei nicht überschreiten konnte. Dafür hatte er jedoch nicht den Weg der Ästhetik gewählt.

Es war nichts Schönes an diesem gekreuzigten Mann, an dem kleinen Mädchen mit totenbleichem Gesicht, das an einem Fenster lehnte, an diesem Gastmahl, bei dem die Teller Personen waren, an der nackten Frau mit dem roten Haar, die von zwei schaurigen Gestalten bedrängt wurde, an der Figur des Kindes mit den phosphoreszierenden Augen, an dem in gemalte Felle gehüllten Jungen, an dem Engel, der den knienden Mann würgte. Nichts war schön, geschweige denn *menschlich*. Aber am schlimmsten war, dass der Vorwurf beide gleichermaßen traf, Rembrandt und van Tysch. Diese Sünde hatten sie gemeinsam begangen. »Hier wird Menschlichkeit negiert«, könnten die zwei Künstler gesagt haben. Dies war die Strafe für das Vergehen, das zu sein, was sie sind. In einer Schreckensnacht hat der Mensch die Kunst erfunden.

›Das hier ist unsere Strafe‹, dachte Bosch.

»Hut ab«, erklärte eine Stimme nach einer ewig erscheinenden Stille. Es war Ronald.

Auf dem Bildschirm hob Stein die Hände und applaudierte. Heftig, fast wütend. Es gab jedoch keinen Ton, und deshalb war der Applaus auf dem Monitor nur ein stummer Ausbruch. Hoffmann, Benoit und Popotkin, der Physiker, fielen sofort ein. Bald bewegten alle Gestalten, die van Tysch umringten, frenetisch die Hände, wie Marionetten.

Martine war die Erste im Wohnwagen, deren schmale, gelenkige Hände knallende Geräusche produzierten. Osterbrock und Nikki fielen begeistert ein. Ronalds Klatschen war kaum zu vernehmen, es klang, als zerplatzten Luftblasen zwischen seinen fleischigen Händen. Der Lärm in dem engen Raum war ohrenbetäubend. Bosch fielen Nikkis gerötete Wangen auf.

Was beklatschten sie? Herrgott, was beklatschten sie und warum?

Willkommen im Wahnsinn. Willkommen bei der Menschheit.

Er wollte keine Ausnahme sein, er wollte nicht aus dem Rahmen fallen. Er hasste es, der Außenseiter zu sein. ›Du musst im Rahmen bleiben, unbedingt‹, sagte er sich.

Da hob er beide Hände und stimmte ein.

17.35 Uhr

In Wohnwagen A setzte sich Alfred van Hoore vor den Monitor für den Außenbereich und beobachtete den Einsatz des »Papageienteams«, wie Rita es getauft hatte. Das Rettungsteam Kunst war auf dem Museumsplein stationiert. Es waren die weißgrünen Gestalten mit den gelben Regenjacken, die bei den Evakuierungsfahrzeugen standen. Van Hoore wusste, dass sie höchstwahrscheinlich nicht zum Einsatz kommen würden, aber zumindest hatte Benoit, ja, sogar Stein selbst seinem Vorschlag zugestimmt. Mit irgendetwas musste man anfangen. Bei Unternehmen wie diesem war es gut, immer mit Neuheiten aufzuwarten.

»Paul?«, fragte van Hoore ins Mikrofon.

»Ja, Alfred«, tönte eine ölige Stimme aus dem Hörer.

Paul Spaalze war der Anführer dieses improvisierten Teams. Van Hoore brachte ihm grenzenloses Vertrauen entgegen. Sie hatten bei der Koordination der Sicherung von Ausstellungen im Mittleren Osten mit ihm zusammengearbeitet, und van Hoore wusste, dass Spaalze immer auf Nummer Sicher ging. Für langfristige Planungen war er zwar nicht geeignet, in Notfallsituationen jedoch war er unentbehrlich.

»In einer knappen halben Stunde wird die Herde eingelassen«, sagte van Hoore in ein Gewitter von Störgeräuschen hinein. »Wie stehen die Dinge bei euch, Paul?«

Die Frage war eigentlich überflüssig, weil van Hoore über den Monitor vom Stand der Dinge informiert war. Er wollte Spaalze damit nur wissen lassen, dass er alles mit großer Aufmerksamkeit verfolgte. Sie hatten viele Stunden mit dem Ausarbeiten von Evakuierungsplänen zugebracht und alle Situationen am Computer durchgespielt. Sein Teamleiter sollte jetzt nicht die Lust verlieren, nur weil es nichts zu tun gab.

»Nun ja, du weißt es schon«, knurrte Spaalze, »die größte Katastrophe, die es jetzt zu verhindern gilt, ist ein Aufstand unserer Leute. Wusstest du, dass wir gezwungen wurden, vor den Stimmerkennungsgeräten wie Soprane zu singen und die Bildschirme zu berühren, wie es auch die Bilder tun müssen, bevor wir den verdammten kleinen Zentralplatz betreten durften? Das hat meine Männer sehr gestört.«

»Befehl von oben«, sagte van Hoore. »Wenn es dich tröstet: Auch Rita und ich mussten diese Prozedur über uns ergehen lassen.«

Insgeheim fragte sich jedoch van Hoore nach dem wahren Grund all dieser zusätzlichen Sicherheitsmaßnahmen. Bislang hatten sie sich nie solchen Prozeduren unterziehen müssen. Rita war darüber nicht weniger erbost als er, ja, sie hatte sich sogar mit den Sicherheitsleuten angelegt, die ihr den Weg versperrten. Warum hatte Wood ihm nichts davon erzählt? Was war der Grund für diesen kurzfristig veranlassten Wechsel des Empfangs- und Sicherheitspersonals? Vermutlich stand die Zurücknahme der Werke des Meisters aus ganz Europa damit in Verbindung, doch van Hoore wagte keine Aussage über das Warum. Festzustellen, dass er noch nicht wichtig genug war, um es zu erfahren, schmerzte ihn.

»Sie vertrauen uns nicht mehr«, sagte er.

Rita van Dorn, die ihre Füße gegen die Konsole gestemmt hatte und dabei in einem Plastikbecher mit dampfendem Kaffee rührte, sah ihn gleichgültig an und widmete sich dann weiter den Monitoren.

17.50 Uhr

Einer der Techniker im Gefolge hielt den Regenschirm über van Tysch, während er in die Limousine stieg. Stein saß bereits auf dem Platz neben ihm. Murnika de Verne, van Tyschs Sekretärin, nahm den Beifahrersitz ein. Eine Horde von Journalisten und Kameraleuten drängte sich hinter den Absperrgittern, doch der Meister hatte keine einzige Frage beantwortet. »Er ist müde und mag keine Erklärungen abgeben«, hieß es in seinem Gefolge. Benoit, Nellie Siegel und Franz Hoffmann hätten gern ein paar Minuten lang die Propheten gemimt und vor den Mikrofonen Erklärungen über ihren Gott abgegeben, doch der Meister wollte sich zurückziehen. Die Wagentüren wurden geschlossen. Der Chauffeur – gestylt, blond, mit Sonnenbrille – lenkte das Fahrzeug zu einem der Ausgänge, den die Polizei freigehalten hatte. Ein Wachmann winkte sie durch. Sein Regenmantel war bedeckt mit glänzenden Wassertropfen.

Van Tysch warf einen letzten Blick auf den Tunnel und drehte den Kopf. Stein legte ihm die Hand auf die Schulter, wohl wissend, dass ihm solche Beweise der Zuneigung überhaupt nicht gefielen. Doch er tat es nicht für van Tysch, sondern für sich, weil er wollte, dass dieser verstand, wie gehorsam er gewesen war, welche Opfer er gebracht hatte.

Und wie viele er noch zu bringen hatte, *galismus*.

»Geschafft, Bruno. Endlich geschafft.«

»Noch nicht, Jacob. Es bleibt noch etwas zu tun.«

»*Fuschus*, ich schwör dir ... Man könnte sagen, es ist schon erledigt.«

»Könnte man sagen, aber erledigt ist es noch nicht.«

Er überlegte sich eine Antwort. So war es schon immer gewesen: Van Tysch war die endlose Frage, und er musste Antworten liefern. Er lehnte den Kopf zurück und versuchte sich zu entspannen. Vergeblich. Der große Maler blieb so fern und unerforschlich, wie seine Werke es waren. Stein fühlte sich an seiner Seite immer ein wenig wie Adam im Paradies nach dem Sündenfall, irgendwie leicht beschämt. Wer van Tysch gegenüber schwieg, schien sich gewissermaßen schuldig zu bekennen. Ein äußerst unangenehmes Gefühl. Nun, egal. Seit zwanzig Jahren verwandelte van Tysch vor seinen Augen menschliche Körper in unmögliche Dinge und veränderte die Welt. Genug Material für ein Buch, das er eines Tages sicher schreiben würde. Dennoch machte er sich nichts vor: Er kannte ihn nicht besser als der Rest der Sterblichen. Wenn van Tysch ein dunkler Ozean war, dann hatte er, Stein, nur als Damm fungiert, der die ungeheure Flut bändigte, die Wassermassen in Elektrizität umwandelte und vergoldete. Er brauchte ihn, und würde ihn weiter brauchen. In gewisser Weise.

Da richtete sich auf dem Vordersitz unvermittelt ein Gespenst auf.

Murnika de Verne hatte sich umgedreht und sah Stein durch den wirren Vorhang ihrer pechschwarzen Haare mit leeren, stumpfen Augen an. Stein wandte den Blick ab. Das war nicht Murnikas Blick – wie er sehr wohl wusste –, sondern der des Meisters. Weil Murnika de Verne van Tysch verkörperte, und zwar in so hohem Maße, wie es niemand, Stein ausgenommen, wissen konnte. Der Meister hatte sie so gemalt, mit genau dieser Schattierung, genau diesem Ausdruck.

Murnikas Blick war starr, ihr Mund stand immer gierig halb offen, wie bei einem verhungerten Hund. Sie schien ihm etwas vorzuwerfen, ihn aber auch zu warnen.

Der Wagen glitt lautlos durch den Regenschauer.

Dieser Blick war unangenehm.

»*Fuschus*, Bruno, glaubst du mir nicht?«, verteidigte er sich. »Ich werde mich um alles kümmern, das schwör ich dir. Bitte, hab Vertrauen. Es wird kein Problem geben.«

Er sprach Richtung Murnika, meinte aber van Tysch. Das ist der gleiche Fehler, den Betrachter begehen, wenn sie glauben, die Figur eines Bildes könnte sie sehen, oder wenn sich mitten in der Vorstellung die Puppe des Bauchredners einmischt. Doch in dem Fall schien van Tysch die Puppe zu sein. Murnika de Verne war auf schreckliche Weise lebendig. Sie verharrte noch einen Augenblick so. Dann erlosch sie, drehte sich wieder um und sank in ihren Sitz zurück.

Stein sog Luft in die Lungen und atmete durch.

Die Scheibenwischer kämpften gegen den Regen an. Während das Auto über die Autobahn Richtung Schiphol fuhr, war außer diesem tickenden Geräusch (eines Pendels oder Pinsels) kaum etwas zu hören.

»Es wird kein Problem geben«, betonte Stein noch einmal.

18.35 Uhr

»Wir haben uns in der Edenburger Schule kennen gelernt«, erklärte Victor Zericky. »Meine Familie stammt von hier. Bruno aber hatte nur seinen Vater, der in Rotterdam geboren war und ihm möglicherweise, neben vielen anderen Dingen, vermittelt hat, dass in diesem Dorf nichts los sei.«

Zericky war ein großer, kräftiger Mann mit bereits gelichtetem, blonden Haar. Er sah recht gesund aus, aber auch wie ein Mann, den das Leben nicht sehr verwöhnt hatte. Seine Art jedoch, beim Sprechen die Lider halb zu schließen, legte den Gedanken an irgendein Geheimnis nahe, an ein verbotenes Zimmer, einen alten Familienfluch. Sein Haus war innen so klein, wie es von außen den Anschein hatte, und roch nach Büchern und Einsamkeit. Vor einer halben Stunde, als er von dem langen Spaziergang an der Geul mit seinem stülpnasigen Hund zurückgekommen war, hatte er ihr anvertraut, dass seine Frau ihn verlassen habe, weil sie weder das eine noch das andere ertragen konnte. »Weder die Bücher noch die Einsamkeit«, stellte er lachend klar. Dabei führte er keineswegs das Leben eines Eremiten, im Gegenteil. Er ging oft aus, war gesellig, hatte Freunde und liebte seine Streifzüge durch die Natur mit dem Hund.

Wood hatte sich vorgestellt und ihm dann das Motiv ihres Besuchs erklärt, wenn auch nicht vollständig: Sie wollte den Mann, dessen Werk sie beschützte, besser kennen lernen. Das war nur legitim. Zericky nickte kurz und schien es ihr abzunehmen. Wood schilderte in einem lebhaften Monolog die »enormen Schwierigkeiten bei der Suche nach dem wahren van Tysch«, obwohl es zahllose Bücher über ihn gab. Deshalb hatte sie sich entschlossen, den Stier bei den Hörnern zu packen und den großen Freund seiner Kindheit zu befragen. »Erzählen Sie mir alles, woran Sie sich erinnern«, bat sie ihn, »auch Dinge, die Ihnen unwichtig erscheinen.«

Zericky schloss die Lider halb. Vielleicht vermutete er tiefere Gründe für Woods Besuch, schien aber nicht geneigt, der Sache nachzugehen. Ja, die Bitte schien ihm sogar zu gefallen. Dass er gern redete, aber nur selten Publikum hatte, war offensichtlich. Erst sprach er von sich: Er unterrichtete an einer Schule in Maastricht, hatte sich aber im Jahr zuvor beurlauben lassen, um alle seine aufgeschobenen Projekte zu realisieren. Nachdem er mehrere Bücher über die Geschichte des mittleren Limburger Landes verfasst hatte, befand er sich jetzt in der Phase der Recherche für ein grundlegendes Werk über Edenburg.

Dann fing er an, über van Tysch zu sprechen. Er war aufgestanden, um eine speckige Mappe aus dem Regal zu holen. Sie enthielt Fotografien. Er nahm ein paar heraus und reichte sie Wood.

»In seiner Schulzeit war er ein unglaubliches Kind. Sehen Sie selbst.«

Es war ein typisches Klassenbild. Die Köpfe der Kinder wirkten hell und rund wie Stecknadelköpfe. Zericky beugte sich über Woods Schulter.

»Das bin ich. Und das ist Bruno. Er war sehr schön. Ein atemberaubender Anblick, für Jungen wie für Mädchen. In seinen Augen brannte ein nie verlöschendes Feuer. Das kohlschwarze Haar – ein Erbe seiner spanischen Mutter –, die vollen Lippen und die dunklen, wie mit Tinte nachgezogenen Brauen bildeten ein harmonisches Ganzes, wie das Antlitz eines klassischen Gottes. So habe ich ihn in Erinnerung. Doch es war nicht nur Schönheit ... Wie soll ich es erklären? ... Es war wie eines seiner Gemälde ... etwas, das über das Sichtbare hinausging. Wir lagen ihm alle zu Füßen, wie unter Zwang. Und er genoss das. Es machte ihm Spaß, uns zu beherrschen und zu befehlen. Er war einfach dafür geboren, mit anderen Menschen Dinge zu schaffen.«

Für einen Moment gingen Zerickys Augen sperrangelweit auf, als lüden sie Wood ein, zu sehen, was sie gesehen hatten.

»Wir erfanden ein Spiel, das er manchmal im Wald mit mir spielte. Ich stand starr da, und Bruno bewegte mir Arme, Kopf oder Beine, wie es ihm gefiel. ›Du bist eine Statue‹, sagte er. Ich durfte mich nicht bewegen, bis er es erlaubte, das war die Regel – obwohl ich sagen muss, dass die Regel auch von ihm stammte. Haben Sie nun den Eindruck, dass Bruno tat, wozu er Lust hatte? Ja und nein. Er war wohl eher ein Opfer.«

Zericky schwieg und steckte das Foto in die Mappe zurück.

»Ich habe all die Jahre oft über Bruno nachgedacht und bin zu dem Schluss gekommen, dass ihm nie etwas wichtig war, nichts und niemand. Jedoch nicht aus echtem Desinteresse heraus, es war vielmehr eine Frage des Überlebens. Er gewöhnte sich an das Leiden. Eine Sache war besonders typisch für ihn: Wenn ihm etwas wehtat, verdrehte er die Augen Richtung Himmel, als bäte er um Hilfe. Wenn ich ihn dann mit Jesus verglich, gefiel ihm das. Bruno hielt sich immer für einen neuen Erlöser.«

»Einen neuen Christus?«, fragte Wood nach.

»Ja. So sieht er sich wohl. Als einen unverstandenen Gott. Einen Gott, der Mensch geworden ist und von uns Menschen gequält wird.«

19.30 Uhr

Er war da draußen.

Lothar Bosch war davon überzeugt. Dieses entsetzliche Gefühl hatte ihn urplötzlich überfallen.

Er war da draußen. Der *Künstler*. Er wartete.

Hendrickje, die blind an seinen Spürsinn eines alten Jagdhundes glaubte, hätte alles darauf gesetzt, dass er sich nicht irrte. »Wenn es das ist, was du fühlst, Lothar, denk nicht weiter nach, lass dich treiben.« Er stand so abrupt auf, dass Nikki sich neugierig umdrehte.

»Ist was, Lothar?«

»Nein. Ich will mir nur die Beine vertreten. Das lange Sitzen. Vielleicht spaziere ich auch bis zum anderen Kontrollpunkt.«

Tatsächlich war ihm ein Bein eingeschlafen. Er schüttelte es leicht aus und stampfte auf den Boden.

»Nimm einen Schirm! Es regnet zwar nicht stark, aber durchnässt ist man gleich«, sagte Nikki.

Bosch nickte und ging ohne Schirm aus dem Wohnwagen.

Draußen regnete es tatsächlich, nicht allzu sehr, aber mit gewissem Nachdruck. Doch die Temperatur war angenehm. Er blinzelte, ging ein paar Schritte, blieb wieder stehen und ließ die Stimmung auf sich wirken.

In knapp dreißig Meter Entfernung stand das große Zelt des Tunnels, glänzend wie Rohöl, im Regen.

Er sah aus wie ein Berg im Trauergewand. Die in seiner Umgebung geparkten Fahrzeuge ließen nur schmale Durchgänge frei, in denen das Personal für den Außenbereich auf und ab ging: Arbeiter, Polizisten, Wachleute in Zivil, das Sanitätsteam. Ein Anblick, der ihm Vertrauen einflößte und Sicherheit vermittelte.

Doch da war noch etwas, eine schwache Wahrnehmung, eine seltsam gefärbte Grundstimmung, eine ernste Note, die über dem munteren Treiben lag.

›Er ist hier.‹

Zwei seiner Männer gingen an ihm vorbei, grüßten ihn und bekamen nur ein leichtes Kopfnicken zurück. Er wandte den Kopf von einer Seite zur anderen und studierte Gestalten und Gesichter. Dabei hätte er nicht sagen können, warum er so sicher war, Póstumo Baldi zu erkennen, sollte er ihm vor die Augen kommen. Schließlich wusste er nicht, wie er sich verkleidet haben mochte. *Seine Augen sind Spiegel.* Er war und blieb besorgt, obwohl er wusste, dass Baldis Anwesenheit hier und jetzt recht unwahrscheinlich war. *Sein Körper, frischer Ton.* ›Vielleicht bin ich so nervös, weil heute die Eröffnung ist‹, sagte er sich. Das war verständlich, und mit dem Verstehen kam die Ruhe.

›Lass den Verstand aus dem Spiel, Lothar. Hör mehr auf dein Herz als auf deinen Verstand‹, pflegte Hendrickje ihm zu raten. Tatsächlich hatte sie das Tarot konsultiert wie andere die Morgenzeitung, eisern an Astrologie geglaubt und alle bereits geschehenen Ereignisse damit erklärt. Dennoch konnte sie das Erscheinen jenes Lastwagens, der sie auf der Heimfahrt von Utrecht erfasste, nicht vorausahnen. ›Die Konstellation deiner Sterne hat dich nicht gewarnt vor der Kollision deines Kopfes mit dem Anhänger. All deine Intuitionen, Hendri, zu Sternenstaub verpufft.‹

Dann ging er auf die Absperrgitter zu. ›Warum sollte er ausgerechnet hier sein, ausgerechnet heute? Absurder Gedanke. Wenn, dann ist er hier, um das Terrain zu sondieren. Das ist seine Vorgehensweise. Erst macht er sich mit den Gegebenheiten vertraut, dann schlägt er zu. Heute wird er nichts tun.‹

Ein Sicherheitsposten ließ ihn durch, nachdem er seine Karte vorgezeigt hatte. Er sah sich der Menschenschlange gegenüber, die aus dem Tunnel herauskam. Die Leute hatten sich lange im nachtdunklen Tunnel aufgehalten und deshalb große Pupillen. Die Faszination stand deutlich in ihre Gesichter geschrieben. Er stemmte sich gegen den Strom, überwand eine weitere Absperrung und drang bis zu dem kleinen Platz vor, an dem sich später die Bilder sammeln würden. Hier waren vergleichsweise wenig Leute. Bosch bemerkte die weißgrünen Uniformen des Teams von van Hoore. Alle seine Leute schienen sich zu fühlen, wie er sich fühlte: nervös und zugleich ruhig. Verständlich. Nie zuvor waren an einem vergleichbaren Ort Bilder von so astronomischem Wert ausgestellt gewesen. Die Freilandbilder waren wesentlich leichter zu bewachen, von den in Museen ausgestellten ganz zu schweigen. ›Rembrandt‹ war für das Personal der Stiftung eine echte Herausforderung.

Er ging Richtung Tunneleingang. Links davon, in der Nähe des Rijksmuseums, hatte sich eine kleine, aber lautstarke Protestgruppe der BAH postiert und schwenkte Transparente mit holländischen und englischen Texten. Der Regen schien sie nicht zu entmutigen. Bosch beobachtete sie kurz. Das auffälligste Transparent zeigte ein vergrößertes Foto von *Die Treppe*, einem Original von Stein mit der vierzehnjährigen Janet Clergue. Gesäß, Brüste und Geschlechtsteile waren mit schwarzen Balken verdeckt. Andere trugen Schilder, die mit Großbuchstaben beschriftet waren. HYPERDRAMATISCHE KUNST ZEIGT NACKTE MINDERJÄHRIGE. MÖCHTEN SIE EIN UNBEKLEIDETES ACHTJÄHRIGES MÄDCHEN KAUFEN? FRAGEN SIE BEI DER STIFTUNG VAN TYSCH NACH. DIE *BLUMEN* VON VAN TYSCH: LEGALISIERTE SEELISCHE UND KÖRPERLICHE FOLTER. PROSTITUTION UND VERSTEIGERUNG VON MENSCHEN ... IST DAS KUNST? MIT SEINER NEUEN SAMMLUNG ENTWÜRDIGT VAN TYSCH

REMBRANDT. Auf einem Plakat in Breitformat wurde in kleinerer Schrift gründlicher nachgefragt: »Wie viele Modelle über vierzig gibt es auf der Welt? Wie viele reife Männer verglichen mit jungen Mädchen? Wie viele hyperdramatische Bilder zeigen bekleidete Personen in normaler Körperhaltung? Wie viele nackte Mädchen in obszönen Posen?«

»Dieses Gesindel«, murmelte einer der Sicherheitsmänner am Eingang und trat auf Bosch zu. »Es sind die gleichen Leute, die auch die Nackten von Michelangelo in der Sixtinischen Kapelle verbieten wollten.«

Bosch nickte ziemlich desinteressiert und setzte seinen Weg fort.

Er ist hier.

Die Menschenschlange vor dem Eingang ließ sich leichter durchqueren als die Menge am Ausgang, weil sie wegen der drei Sicherheitsfilter, die am Eingang aufgebaut waren, nur langsam vorrückte. Bosch durchmaß die Schlange. Er hatte noch immer die Absicht, das andere Team in Wohnwagen A zu besuchen. Doch dann blieb er wieder stehen. Er ist hier.

Er betrachtete die Straßenmusikanten, die fliegenden Händler, die Katalogverkäufer und Werbezettelverteiler.

Irgendwo hier.

Weiter drüben, bei den Gärten des Rijksmuseums, stellte eine große Gruppe junger Künstler ihre Werke aus. Schließlich war die Gelegenheit günstig. Junge Modelle mit bemalten Körpern boten ihre Nacktheit dem Regen dar. Es waren mehr als dreißig Bilder. Echte Schnäppchen; für knapp fünfhundert Euro konnte man ein Gemälde mit nach Hause nehmen. Die Werke waren natürlich nicht gut; sie zitterten, verloren das Gleichgewicht, niesten und kratzten sich verstohlen am Kopf. Bosch wusste, dass viele mit den Malern verwandt oder befreundet und keine echten, professionellen Modelle waren. Der Erwerb eines solchen Bildes war immer ein Risiko, weil man nie wusste, wen man sich damit ins Haus holte. Eines schönen Morgens war dann das Bild samt der Kreditkarten verschwunden.

Der Regen rann wie kalter Schweiß über Boschs Stirn. Warum konnte er sich nicht von diesem quälenden Gefühl der Bedrohung befreien?

Dann fasste er plötzlich einen Entschluss, machte kehrt und ging zum Tunnel zurück.

20.00 Uhr

Der Chauffeur war bereits um fünf vor acht vorgefahren, aber Wood ließ ihn warten.

»Er hat mit Sicherheit sehr gelitten und kompensierte das mit seinem übergroßen Engagement für die Kunst«, fuhr Zericky fort. »Erst sein Vater, der ihn misshandelte, dann Richard Tysch, dieser Hexer und Päderast, mit dem er jenen Sommer in Kalifornien verbrachte. Alle wollten sie ihn beherrschen, aber am Ende hat *er* alle beherrscht ...«

»Haben Sie ihn mal wiedergetroffen? Van Tysch meine ich.«

Zericky hob die Brauen.

»Bruno? Nein, nie mehr. Auch mich hat er hinter sich gelassen, samt dem Rest seiner Erinnerungen. Ich weiß, dass wir inzwischen Nachbarn sind, aber es kam mir nie in den Sinn, an seiner Tür zu klopfen, um mir etwas zu borgen ...« Wood erwiderte sein schwaches Lächeln. »Vor langer Zeit hat Jacob Stein mich mehrmals angerufen. Auch diese ... seine Sekretärin, die so seltsam ist ...«

»Murnika de Verne.«

»Genau. Sie fragten mich, ob ich einen Wunsch hätte, als wollten sie mir zeigen, dass er seine Freunde nicht vergaß. Aber mit Bruno selbst habe ich nie wieder gesprochen. Ich hatte auch gar kein Bedürfnis danach. Das Ende einer Freundschaft ist immer so mysteriös wie ihr Anfang«, befand Victor Zericky, »es passiert einfach.«

Wood nickte. Für einen Augenblick war ihr Hirum Oslo in den Sinn gekommen, sein heiterer Schatten schien vor ihren Augen auf und ab zu gehen. Das Ende ist so mysteriös wie der Anfang, ja so war es. Und, in diesem Fall, so mysteriös wie der mittlere Teil. Es passiert einfach.

»Langweile ich Sie?«, fragte Zericky freundlich besorgt.

»Nein, ganz im Gegenteil.«

Während Zericky sprach, zog er zerstreut ein paar Papierbögen aus einer Mappe. Wood fragte: »Was sind das für Zeichnungen?«

»Alte Aquarelle, Pastellzeichnungen, Kohlezeichnungen, Federzeichnungen seines Vaters. Ich dachte, Sie würden sie sich vielleicht gern anschauen. Maurits war ein verhinderter Maler, wussten Sie das nicht? Dass Bruno nicht zeichnen konnte war eine seiner großen Enttäuschungen«, bemerkte er kichernd.

»So wie es aussieht, beherrschte *er* es jedenfalls perfekt«, sagte Miss Wood und ging Blatt für Blatt sorgfältig durch. Es waren Dorfansichten mit dem Schloss im Hintergrund.

»Er war wirklich nicht ungeschickt«, stimmte Zericky zu. »Eines Tages werde ich mich mit dieser Sammlung befassen und Ordnung hineinbringen. Vielleicht schreibe ich mal eine Biografie über die Familie van Tysch und illustriere sie mit ... Was ist los?«

Zericky war nicht entgangen, dass sich Woods Gesichtsausdruck plötzlich verändert hatte.

20.05 Uhr

Bosch beschloss, einen der Notausgänge am äußersten Ende des Tunnels zu benutzen. Dafür durchquerte er den einen Arm des Tunnels in voller Länge. Der Regen hatte nachgelassen und war zu einem Nieseln geworden. Trotzdem triefte er vor Nässe. Warum, zum Teufel, hatte er es versäumt, einen verdammten Schirm mitzunehmen? Als er wieder in die Nähe der Gärten des Stedelijk kam, zückte er aufs Neue seine magische Karte und ging durch die Absperrungen. Vor ihm erhob sich der imposante schwarze Zeltbau. Der Eingang war labyrinthisch angelegt, damit bestimmt kein Lichtstrahl von draußen ins Innere drang. Zwei Wachleute standen im engen Zugang. Obwohl sie ihn gleich erkannten, musste er sich den strengen Kontrollen unterziehen, die er selbst angeordnet hatte. Er legte die linke Hand zur Identifikation seiner Fingerabdrücke auf den tragbaren Bildschirm und sprach ins Mikrofon. Er war nervös, weshalb die Stimmerkennung wiederholt werden musste. Schließlich ließen sie ihn durch. Befriedigt stellte er fest, dass die Sicherheitsvorkehrungen bestens funktionierten.

Als er den Tunnel betrat, verschlossen sich seine Augen, ganz ohne Hilfe der Lider.

20.10 Uhr

»Was ist das?«, fragte Wood.

Zericky betrachtete die Zeichnung, die sie in der Hand hielt, und lächelte.

»Oh, so hat Maurits die Zeichnungen durchgestrichen, wenn sie ihm nicht mehr gefielen. Zerrissen hat er sie nie. Er strich sie mit einem roten Stift durch, immer auf die gleiche Art und Weise. Einerseits hatte er ein aggressives Temperament, andererseits pflegte er seine Gewohnheiten.«

Es war eine Tuschezeichnung, eine menschliche Gestalt, vielleicht ein Dorfbewohner. Doch sie war mit dicken roten Strichen durchgekreuzt. Etwas an diesen Entwürfen hat die Aufmerksamkeit dieser Frau erregt, schloss Zericky, als er sah, wie sie mit ihrem Zeigefinger übers Papier fuhr und dabei irgendetwas murmelte. Als zählte sie die Striche.

»Hat er sie immer so durchgestrichen?«, flüsterte die Frau mit sehr seltsamer Stimme. Zericky fragte sich, warum sie so beeindruckt war, doch die Jahre und sein Alleinsein hatten ihn zurückhaltend werden lassen.

»Ja, wie ich bereits sagte«, antwortete er.

Wood zählte sie noch einmal. Vier liegende Kreuze und zwei vertikale Linien. Acht Linien, die Kreuze bildeten, und zwei Parallellinien. Zusammen zehn Linien. O Gott. Sie zählte ein drittes Mal, um sich nur nicht zu irren. Vier liegende Kreuze und zwei Linien. Acht und zwei. Zusammen zehn. Sie nahm die anderen Zeichnungen zur Hand und blätterte sie eilig durch. Als sie noch ein weiteres durchgestrichenes Blatt fand, hielt sie inne. Es war so etwas wie ein menschliches Gesicht, mit Bleistift skizziert. Liegende Kreuze und vertikale Linien. Vier und zwei. Acht und zwei. Zusammen zehn.

Sie wandte sich wieder dem Historiker zu und versuchte, ruhig zu bleiben, während sie sprach.

»Herr Zericky. Haben Sie noch andere Zeichnungen?«

»Ja, im Keller.«

»Ich möchte sie alle sehen, wenn ich darf.«

»Alle? Das müssten Hunderte sein. Niemand hat sie alle gesehen.«

»Egal. Ich habe Zeit.«

»Gut, ich gehe die Mappen holen.«

20.15 Uhr

Sich selbst im Tunnel zu befinden war etwas anderes, als die Bilder davon über die Monitore flimmern zu sehen, das merkte Bosch sofort. Es roch nach Farbe. Er fühlte eine seltsame Schwüle, alle seine Sinne signalisierten ihm, dass er sich in einem anderen Universum befand. Es war ein Gefühl, als betrachte er einen nächtlichen See, um sich dann Kopf voran in seine dunklen Wellen zu stürzen und abzutauchen. Die Stille war erschreckend. Trotzdem gab es Geräusche, Schritte, Husten und Flüstern. Im Hintergrund getragene Harmonien einer majestätischen Musik, die aus der Zeltkuppel kam. Bosch wusste, es war *Das Begräbnis der Königin Maria* von Purcell, mit seinen Paukenschlägen, die aus dem Jenseits zu kommen schienen.

Da erkannte er, mitten in dieser stockfinsteren Umgebung, das erste Bild. Die wirre Menschenmenge der *Nachtwache* nahm einen großen Bereich in der Kurve des Hufeisens ein und erstrahlte unter den Schwarzweißlampen. Zwanzig menschliche Wesen, bemalt und unbeweglich. Was mochte diese absurde Truppe bedeuten? Bosch, wie jeder Holländer, kannte das im Rijksmuseum ausgestellte Original ganz genau. Es handelte sich um die typische Darstellung einer kriegerischen Truppe, in diesem

Fall des Kapitäns Frans Baning Cocq, wobei Rembrandts Genialität darin bestanden hatte, dass er sie in voller Aktivität malte, als habe er sie fotografiert, während sie durch die Straßen patrouillierten. Van Tysch dagegen hatte sie versteinert. Seine Figuren wiesen eine Fülle grotesker Details auf. Der Kapitän beispielsweise war eine Frau, und die rote Schärpe der Uniform war ihr auf den Bauch gemalt. Der Statthalter war ein gelbes Ungeheuer mit Halskrause und breitkrempigem Hut. Das vergoldete Mädchen, das ein Huhn an der Taille hängen hatte, war ganz und gar nackt. Auch hier trugen die Soldaten Lanzen und Musketen, aber ihre Gesichter waren blutverschmiert. Die Fahne, im dunklen Hintergrund des Gemäldes, hing in Fetzen. Überdimensionale, düstere Maschinerien, die Piranesi erfunden haben könnte, bildeten den Hintergrund. Eine in Leder gekleidete Frau weinte. Eine Figur mit Henkerskapuze kroch auf allen vieren vor den Füßen des Statthalters.

Verglichen damit war der bescheidene, allein dastehende *Titus*, der ein paar Meter weiter ausgestellt war, nicht sehr interessant. Es war ein Junge – im Originalwerk Rembrandts Sohn –, in Pelze gehüllt und mit einer Mütze auf dem Kopf. Das Spiel der Lichter und Farben ließ ihn jedoch immer wieder anders aussehen. Der optische Effekt löste ein Funkeln aus, wie das eines geschliffenen Diamanten. Wenn Bosch die Augen zusammenkniff, glaubte er nacheinander den Kopf eines unbekannten Tieres zu sehen, das helle Antlitz eines Engels, eine Porzellanpuppe, dann eine Karikatur des Gesichts von van Tysch.

»Dieser Mann ist total verrückt«, hörte er eine Besucherin, die genau wie er in der Dunkelheit vorbeiging, leise auf Holländisch sagen. »Aber er fasziniert mich.«

Bosch wusste nicht, ob er sich dieser anonymen Erklärung anschließen konnte. Er ging weiter, ohne sich beim *Gastmahl des Belsazar* mit seiner menschlichen Festgesellschaft aufzuhalten. Weiter hinten, in einem matt schimmernden See, war das, was ihn am meisten interessierte.

Als er davor stand, musste er schlucken, obwohl sein Mund völlig trocken war.

Danielle stand still, stumm und schön inmitten von Ockertönen. *Mädchen am Fenster* war tatsächlich ein herrliches Bild, und Bosch konnte einen gewissen Stolz nicht verhehlen. Sie lehnte an einer Brüstung und blickte ins Leere. Ihre Augen wirkten wie ins alabasterfarbene Gesicht eingelegte Edelsteine. Die ungeheure Dichte der weißen Farbe wirkte auf Bosch geradezu unanständig. Er konnte nicht verstehen, warum van Tysch aus Danielles hübschem Gesicht eine leichenblasse Maske gemacht hatte. Was ihn jedoch noch mehr beeindruckte, war die Feststellung, dass sie es war. Dabei hätte er nicht genau sagen können, warum er das so sicher wusste und Danielle unter tausend gleichen Gestalten erkannt hätte. Nielle war hier, hinter dieser blutleeren Maske, etwas an der Stellung ihrer Hände und der Haltung ihrer Schultern verriet es. Er versenkte sich in ihren Anblick. Dann setzte er seinen Rundgang fort.

Purcells Musik schwebte wie ein mächtiger Kondor in den höheren Gefilden der Dunkelheit.

Er verstand es noch immer nicht. Was wollte der Maler mit dieser schwarzen, zeitlosen Welt sagen? Mit diesem rätselhaften Licht und der Musik, die von oben herunterkam? Welche Botschaft wollte er vermitteln?

20.45 Uhr

Unglaublich. Hier waren sie. Ein Mädchen, auf einem Blumenteppich stehend. Zwei fette, unförmige Männer. Zwei Zeichnungen, die erste mit Pastellfarben, die zweite mit Tusche hergestellt. Sie waren nicht durchgestrichen. Wood hatte sie zufällig gefunden, als sie nach weiteren durchgestrichenen Blättern suchte.

›*Entjungferung* und *Monster*‹, dachte Miss Wood ungläubig, ›die beiden persönlichsten Werke van Tyschs, beruhten auf alten Zeichnungen seines Vaters, und niemand wusste es, nicht einmal Hirum Oslo. Niemand hatte sich die Mühe gemacht, den Nachlass von Maurits gründlich zu untersuchen. Vielleicht war er selbst van Tysch nicht bekannt. Er sollte malen und ein erfolgreicher Künstler werden, etwas, das ihm versagt geblieben war. Das hatte Maurits gewollt. Doch der kleine Bruno konnte nicht malen. Deshalb fügte er seiner eigenen Kunst verschiedene Zeichnungen seines Vaters hinzu. Eine Art Ausgleich ...‹

Nachdem sie diese Zeichnungen beiseite gelegt hatte, setzte sie ihre Suche fort. Zericky, der für ein paar Minuten weggegangen war, kam mit neuen Mappen beladen zurück, legte sie auf den Tisch – worauf eine dicke Staubwolke aufstieg – und fing an, die Verschnürung zu lösen.

»Das sind die Letzten«, sagte er. »Mehr habe ich nicht.«

»Van Tysch hat als Kind diese Zeichnungen gesehen, nicht wahr?«, fragte Wood.

»Möglich. Er hat mir nie davon erzählt. Warum fragen Sie?«

Sie antwortete nicht, stellte vielmehr eine weitere Frage.

»Wer hat sie außer ihm noch gesehen?«

Zericky lächelte ein wenig verwirrt.

»So gründlich wie Sie niemand. Nun, ein paar Neugierige haben sie oberflächlich durchgeblättert, aber nur eine oder zwei Mappen ... Und Sie, was genau suchen Sie eigentlich?«

»Noch eine.«

»Wie bitte?«

»Noch eine. Die dritte.«

»Eine fehlt noch. Das dritte Hauptwerk. Es muss irgendwo sein. Dabei braucht es keineswegs die genaue Kopie eines der Bilder von ›Rembrandt‹ zu sein. Schließlich ist keines der beiden anderen eine genaue Kopie ... Das junge Mädchen beispielsweise ist nicht nackt, und zu ihren Füßen befinden sich keine Narzissen, doch die Pose ist völlig identisch mit der von Annek ... Es muss etwas sein, das irgendwie an eines der Bilder erinnert, eine bestimmte Person oder eine Gruppe von Personen. Oder vielleicht ...«

Sie versuchte, sich an die Werke zu erinnern, die sie gestern während der Signierstunde gesehen hatte. An die

Figuren, Posen, Kleider, Farben. ›So, wie ich *Entjungferung* und *Monster* erkannt habe, so muss ich auch das dritte Werk finden.‹

»Bitte, regen Sie sich nicht so auf«, bat Zericky. »Sie werfen ja die Zeichnungen auf den Boden!«

›Du wirst sie finden, das schwöre ich ... Ich schwöre es ... Diesmal wirst du sie finden, das schwöre ich ...‹

Immer wieder stieß sie auf durchgestrichene Skizzen. Immer vier liegende Kreuze und zwei vertikale Linien. Doch jetzt war nicht der geeignete Moment, der Bedeutung dieses unglaublichen Zufalls nachzugehen: Wie hatte sich der *Künstler* Zugang zu diesen Zeichnungen verschafft? Handelte es sich womöglich um einen der »Neugierigen«, die Zericky erwähnt hatte? Und wenn er keinen Zugang gehabt hatte, wie hatte er dann die Auswahl getroffen? Nach welchen Kriterien war das dritte Bild, das er zerstören wollte, ausgewählt?

Immer der Reihe nach.

Das letzte Blatt der Mappe zeigte eine Blume. Wood packte es mit einem schnellen Griff und erregte damit Zerickys Zorn.

»Hören Sie mal, wenn Sie die Sachen so behandeln, gehen sie kaputt!«, rief der Historiker und streckte die Hand aus, um ihr das Blatt abzunehmen.

»Rühren Sie mich nicht an«, flüsterte Wood. Es war jedoch weniger ein Flüstern als ein pfeifender Ton, ein kehliges Krächzen, das Zerickys Blut in den Adern stocken ließ. »Keine Berührung. Gleich bin ich fertig, ich schwör's.«

»Nur ruhig«, stotterte Zericky, »lassen Sie sich nur Zeit. Ganz wie Sie wollen ...«

›Sie muss krank sein‹, dachte er. Zericky war kein Mann mit starren Gewohnheiten, doch das Alleinsein hatte sein Leben geprägt. Alles Unvorhergesehene (eine Irre beispielsweise, die in seinem Haus Zeichnungen durchsah), war ihm äußerst unangenehm. Deshalb fasste er den Entschluss, sich unauffällig dem Telefon zu nähern und hinter dem Rücken dieser Psychopathin die Polizei zu rufen.

Wood öffnete eine weitere Mappe und schied zwei Landschaftsskizzen aus. Die kleine Kohlezeichnung eines nächtlichen Waldes. Skizzen von Vögeln, Stillleben, aber kein geschlachteter Ochse. Ein Mädchen, die Hände in die Taille gestützt, das jedoch keine Ähnlichkeit hatte mit dem *Mädchen am Fenster* ...

20.50 Uhr

Als Bosch den Gang entlangging, bemerkte er einen der Wachmänner. Sein rotes Erkennungsschild war wegen des schwachen Lichts der Fußleisten kaum wahrnehmbar. Das Gesicht war verschattet, die Züge verschwommen.

»Herr Bosch?«, sagte der Mann, als er sich zu erkennen gab. »Ich bin Jan Wuyters.«

»Wie läuft es, Jan?«

»Bisher ist alles ruhig.«

Hinter Wuyters erhob sich in hellem Glanz *Ecce Homo*, Christus am Kreuz. Von dieser Stelle aus betrachtet, schien er über Wuyters Kopf zu schweben, als genösse er einen besonderen göttlichen Schutz.

»Ich wäre ruhiger, wenn es heller wäre und wir die Gesichter und Hände der Leute erkennen könnten«, fuhr Wuyters fort. »Das hier ist ein erbärmliches Loch, Herr Bosch.«

»Du hast Recht. Aber hier hat die Abteilung Kunst das Sagen.«

»Ja, leider.«

Plötzlich überkam Bosch das Gefühl, dass Wuyters da in der Dunkelheit recht gut Theater spielte. Er war sich fast sicher, dass es Wuyters war, es gab jedoch ein paar Kleinigkeiten, die ihn irritierten, wie man es von Alpträumen her kennt. Zu gern hätte er diese Augen bei Tageslicht betrachtet.

»Wenn ich ehrlich bin, sehne ich das Ende des heutigen Tages herbei«, flüsterte Wuyters' Silhouette.

»Mir geht es nicht anders, Jan.«

»Dieser schreckliche Farbgeruch ... Brennt Ihnen nicht der Hals?«

Bosch setzte zu einer Erwiderung an, als plötzlich das Chaos ausbrach.

20.55 Uhr

Wood starrte mit regloser Miene auf das Aquarell. Zericky, der die Veränderung wahrgenommen hatte, beugte sich über ihre Schulter.

»Sehr schön, nicht wahr? Es ist eines der Aquarelle, das Maurits von ihr gemalt hat.«

Wood hob den Kopf und sah ihn verständnislos an.

»Das war seine Frau«, erklärte Zericky. »Diese junge Spanierin.«

»Soll das heißen, sie war die Mutter von van Tysch?«

»Nun ja«, lächelte Zericky, »das nehme ich zumindest an. Bruno hat sie nie gekannt, und Maurits hat nach ihrem Tod fast alle Fotos von ihr vernichtet, sodass Bruno nur anhand einiger Zeichnungen, die Maurits von ihr angefertigt hatte, wusste, wie sie aussah. Das ist sie tatsächlich. Meine Eltern haben sie gekannt und bestätigt, dass diese Zeichnungen sie sehr gut treffen.«

›Erst diese Kindheitserinnerung. Dann sein Vater und Richard Tysch. Schließlich seine Mutter. Das dritte und persönlichste Bild.‹ Wood war sich inzwischen zweifelsfrei sicher. Sie musste nicht einmal mehr die restlichen Mappen durchsehen. Sie erinnerte sich genau und wusste nun, um welches Bild es sich handelte. Sie blickte auf die Uhr an ihrem zitternden Handgelenk.

›Es ist noch nicht zu spät. Ganz bestimmt ist es noch nicht zu spät. Die Ausstellung ist noch geöffnet.‹

Sie legte das Aquarell auf den Tisch, griff nach ihrer Handtasche und holte das Handy heraus.

Da wurde sie plötzlich von einer Eingebung erfasst. Ein sechster Sinn meldete sich und ließ sie erschaudern.

›Nein, die Zeit ist abgelaufen ... Es ist bereits zu spät.‹

Sie wählte eine Nummer.

›Wirklich schade, dass du es nicht perfekt machen konntest, April. Eine Sache gut machen heißt, sie schlecht machen.‹

Sie presste den Apparat ans Ohr und hörte das ferne Geräusch des Klingelns.

›So viel steht fest: Wenn du in den kleinen Dingen versagst, wirst du auch in den großen versagen.‹

Die Stimme brüllte in den engen, dunklen Raum ihres Gehörgangs hinein.

20.57 Uhr

Lothar Bosch hatte es bereits mehrmals in seinem Leben mit einer Menschenmasse zu tun gehabt.

In einigen Fällen war er selbst Teil der Masse gewesen (wobei er sich dennoch vor ihr schützen musste), in anderen war er dafür verantwortlich gewesen, sie zu bändigen. Wie auch immer, es war eine Erfahrung, die er von Jugend an kannte. Dennoch hatte er daraus keine besonderen Lehren gezogen, sondern war eigentlich immer der Meinung, dass er aus purem Zufall überlebt hatte. Eine Menschenmasse in Panik zu beherrschen ist nichts, was man lernen könnte, so wenig wie man lernen kann, im Auge eines Zyklons zu bestehen.

Es geschah sehr schnell. Jemand stieß einen Schrei aus. Dann erhoben sich mehrere Schreie. Bosch war sich innerhalb weniger Sekunden über die schreckliche Lage im Klaren.

Der Tunnel dröhnte.

Der Schrei schien aus dem Innern der Erde zu kommen, wie ein Geläute, das den Boden, auf dem sie standen, zum Leben erweckte und erschütterte.

Wegen der Dunkelheit konnte er die Lage nicht genau erfassen, doch er hörte das knackende Geräusch des Metallgestänges der Dachkonstruktion und der Zeltwände neben ihm. ›O Gott, das Gerüst kracht herunter‹, dachte er.

Da setzte die Panik ein.

Wuyters, mit dem er vor wenigen Augenblicken gesprochen hatte, wurde von einer Woge aus Geschrei, aufgerissenen Mündern und wild in der Luft herumfuchtelnden

Händen hinweggerissen. Ein Menschenknäuel drückte Bosch gegen die Absperrleine. Einen schrecklichen Augenblick lang sah er sich von der Masse überrollt, doch der wilde Strudel aus menschlichen Körpern bewegte sich zum Glück nicht in seine Richtung, sondern an ihm vorbei. Blinde Angst trieb die Menschen auf das andere Ende des Tunnels zu. Die Pfosten, an denen die Absperrleinen befestigt waren, hielten dem Druck stand; Bosch konnte sich anklammern und wurde deshalb nicht mitgerissen.

›Am schlimmsten ist die Blindheit‹, dachte er. Am schlimmsten war diese Dunkelheit über dem wüsten, karnevalesken Getümmel, das keine freie Bewegung erlaubte. Er fühlte sich eingesperrt, wie ein Löwe, der unter einer wollenen Decke steckte.

Neben ihm versuchte eine Frau, sich mit wildem Geschrei Durchgang zu verschaffen. Dabei grub sich das Detail, dass ihr Atem nach Tabak roch, mit unglaublichem Nachdruck in Boschs vor Schrecken gelähmtes Gehirn. Sie habe ein Kind an der Hand, meinte er zu verstehen, bitte, bitte, das Monster möge sie verschonen, es möge, bitte, bitte, zumindest ihr Kleines nicht verschlingen. Da sah er, wie sie unterging (hatte sie sich gebückt, war sie aufgesogen worden?), dann plötzlich wieder auftauchte und eine kleine, zitternde, weinende Gestalt wie eine Fahne in die Luft reckte. ›Los, los, bring es weg hier‹, hätte er ihr gerne gesagt, ›bring dein Kind hier raus.‹ Er schickte sich an, ihr zu Hilfe zu kommen, als er einen heftigen Stoß empfing und nach hinten auf das Absperrseil fiel.

Er hatte das Gefühl, ins Leere zu taumeln. Im undurchdringlichen Dunkel des Ganges konnten seine Augen nicht erkennen, woher der Stoß gekommen war. Als er die Hände schützend vor seine Brust hielt, wurde er wieder gestoßen, diesmal gegen die Handflächen. Einen Sekundenbruchteil lang wusste er nicht mehr, was passiert war und warum er sich in dieser seltsamen Position befand, irgendwie frei schwebend. Dann begriff er, dass wohl die Schwarzweißlampen ausgeschaltet waren.

So musste es sein, denn im ganzen Tunnel war kein einziges Licht zu sehen, kein noch so kleiner Schimmer. Die Bilder hatten sich im Dunkel aufgelöst. Er befand sich im Innern des dunklen Bauchs.

Er versuchte sich hinzuknien, wurde aber von hinten gestoßen. Etwas schoss an ihm vorbei, eine Person oder eine Gruppe von Personen. Anscheinend war jemand auf den Gedanken gekommen, dass auf der anderen Seite der Absperrung noch ein Ausgang sein könnte, worauf alle auf diesen entfernten Punkt zurannten. Vielleicht konnten die Notausgänge für die Bilder auch vom Publikum benutzt werden: Sie lagen zwar weiter entfernt, waren aber leichter erreichbar. Das Problem bestand darin, sie zu finden.

Er richtete sich mühsam auf und stellte fest, dass er nichts gebrochen hatte. Um ihn herum taumelten angstvoll suchende Schatten. Da er wusste, wo die Ausgänge lagen, versuchte er, sie zu lenken. Seine Zurufe galten einem Publikum, das, einer Elefantenherde gleich, ins Gewitterdunkel rast.

»Da hinten! Da hinten!«

Aber wo? Die Leute rannten dem Licht entgegen. Doch die Lichter kamen näher. Ein magischer Stift zeichnete in erstaunlicher Geschwindigkeit mit weißem Licht ein schweißbedecktes, angstverzerrtes Gesicht vor Boschs Augen. Dann fügte die Dunkelheit schwarze Linien hinzu, und das Gesicht verschwand. Ein anderer Lichtpinsel malte eine offene Hand, den Stoff eines Sommerhemds, eine flüchtige Silhouette. Bosch, mittendrin in diesem panischen Guernica, hob die Arme wie ein Ertrinkender.

»Ruhe, Ruhe«, tönte es.

Dass er Worte heraushörte, die einen Sinn hatten, erleichterte ihn doch erheblich. Wortfetzen, mit denen vielleicht eine Art Kommunikation hergestellt werden konnte. Da waren die Lichter, Lampen zweifellos. Er rannte auf sie zu, als wäre die Dunkelheit, die ihn umgab, ein Brand, der seinen Körper erfasst hatte und vom Lichtschimmer gelöscht werden könnte. Er stieß jemanden zur Seite, der auch dem Licht zustrebte. ›Die Dunkelheit ist grausam‹, dachte er. ›Die Dunkelheit ist unmenschlich.‹

»Ich bin Lothar Bosch!«, schrie er und fasste sich ans Revers. Er hatte sein Erkennungsschild verloren.

»Ruhe, Ruhe«, ließ sich die Stimme, die das Licht schenkte, wieder vernehmen.

Ein heller Strahl richtete sich auf ihn und blendete ihn. Egal, lieber geblendet werden als blind bleiben. Er hob die Hände und bettelte um Licht.

»Ruhe, es ist nichts passiert«, sagte die Stimme auf Englisch.

Beinahe musste er lachen. Nichts passiert?

Dann stellte er fest, dass tatsächlich aufgehört hatte, was immer gewesen sein mochte. Das bedrohliche Knarren der Metallkonstruktion des Tunnels war auch nicht mehr zu hören.

Jetzt zeichnete die Lampe ein anderes Gesicht: eine Frau aus dem Publikum, die schluchzte und zu sprechen versuchte. Bosch betrachtete ihre tragisch verzerrten Züge mit der gleichen Distanz, wie er Augenblicke zuvor die Bilder betrachtet hatte.

Dann taumelte er, von den rettenden Lampen geleitet, aus der Hölle des Tunnels und fühlte sich so verwirrt wie alle anderen Leute um ihn herum. Es war noch nicht Nacht, der Regen hatte nachgelassen, doch die dichte, dunkle Wolkendecke dämpfte das abendliche Licht. Im Gegensatz zum farblosen Himmel war der kleine Platz plötzlich mit knalligen Farben überschwemmt, so als wäre das Rijksmuseum explodiert und hätte die Straße mit Rembrandts Träumen gefüllt.

Der Tisch und die Dienerin vom *Festmahl des Belsazar* schlüpften, von den Technikern der Konservierung unterstützt, in ihre Bademäntel. König Belsazar, von seinem schweren, farbigen Turban fast verdeckt, keuchte, röchelte und stöhnte. Die Soldaten der *Nachtwache* pflanzten Lanzen und Musketen auf und standen wie ein Bataillon Leichen in Reih und Glied. Entsetzen war ihnen in die blutroten Gesichter geschrieben. Das Mädchen mit dem Huhn am Gürtel, nackt und mit Goldfarbe überzogen, stand wie eine zitternde Flamme neben dem Lieferwagen. Im gegenüberliegenden Teil des Halbrunds suchten *Die Staalmeesters* in den Fahrzeugen Schutz und rannten die Studenten der *Anatomie des Dr. Tulp* mit ihren weißen Halskrausen durcheinander. Der blassblaue Körper von Kirsten Kirstenman wurde auf einer Tragbahre abtransportiert. Die Ölgemälde mischten sich mit den Besuchern. Unter freiem Himmel glichen die Meisterwerke van Tyschs den Alpträumen eines Malers im Todeskampf. Wo mochte Danielle sein? Wo war das *Mädchen am Fenster* ausgestellt gewesen? Bosch erinnerte sich nicht mehr. Er war völlig desorientiert.

Da fiel ihm plötzlich ein, dass ihr Bild nach dem *Festmahl* kam. Er hatte sich dort nicht lang aufhalten wollen, um so schnell wie möglich bei ihr zu sein.

Da sah er einen Mann von der Konservierung, den er kannte. Er befestigte soeben mit nervösen Fingern ein Etikett am Hals von Paula Kircher, dem Engel von *Jakobs Kampf mit dem Engel*. Paula trug ein riesiges Paar glänzender, perlfarbener Flügel, die an ihrem Rücken befestigt waren wie ein monströser und nutzloser Fallschirm. Ein anderer Helfer kam gerannt, um ihre kostbare, ockerfarbene Nacktheit mit einem Bademantel zu schützen, konnte ihn ihr aber wegen der Flügel nicht anziehen, weshalb sich Paula hineinwickelte wie in ein großes Handtuch. Die Leute, die an ihr vorbeigingen, stießen mit dem Kopf oder den Schultern gegen ihre Federn; ein Feuerwehrmann riss ihr mit seinem Helm eine ab. Paula war es schließlich auch, die Boschs drängende Frage beantwortete. Sie schien erheblich ruhiger zu sein als der Kerl, der sie etikettierte.

»Neben *Ecce Homo.*«

Sie deutete auf einen Seitenausgang. Dort stand aber kein Lieferwagen. ›O Gott, wo ist sie? Ist sie schon evakuiert worden?‹ Er rannte los wie ein Verrückter. Eine Angestellte des Sicherheitsdienstes aus dem Team, das für den Schutz im Tunnel zuständig war, tröstete soeben eine Frau, eine echte Person, kein Bild, denn Bosch sah, dass sie nicht bemalt war. Neben ihr befand sich eine Gestalt, die tatsächlich ein Bild verkörperte: maulbeerfarbene Kleidung und ein Gesicht wie ein von Velázquez gemalter Kardinal, vielleicht eine der Personen aus der *Nachtwache*. Bosch unterbrach die Frau vom Sicherheitsdienst mit schnellen, kurzen Fragen.

»Ich weiß es nicht, Herr Bosch. Vielleicht ist sie bereits evakuiert worden, aber ich weiß es nicht. Versuchen Sie doch, den Kontrolldienst über Funk zu erreichen.«

»Ich habe keinen Funk.«

»Nehmen Sie meinen.«

Die junge Frau nahm sich den Kopfhörer ab und reichte ihn Bosch. Während er ihn sich ins rechte Ohr steckte, stellte er fest, dass sein Herz ein Klavierstück spielte. Es war sein Handy, das sich aus seiner Jackentasche meldete. Bosch wusste nicht, wann es angefangen hatte zu läuten. Plötzlich schwieg der Apparat. Er beschloss, sich jetzt nicht um den Anruf zu kümmern. Später würde er ihm nachgehen.

›Ruhe, Ruhe, Ruhe. Eins nach dem anderen.‹

Nun drang die Stimme der Vermittlerin wunderbar klar in sein Ohr. ›Wie die Stimme eines Engels mitten in der Katastrophe‹, dachte Bosch. Er bat, mit Nikki Hartel im Wohnwagen verbunden zu werden. Sie war offensichtlich gern bereit, seinem Wunsch nachzukommen, brauchte dazu aber die Codenummer, die zu benutzen er, Bosch, alle verpflichtet hatte, die telefonisch mit hochrangigen Personen sprechen wollten. ›Scheiße.‹ Er schloss die Augen und konzentrierte sich, während die Vermittlerin wartete. Aus Sicherheitsgründen hatte er sie nirgendwo aufgeschrieben, sondern auswendig gelernt, aber das war in einem anderen Jahrhundert gewesen, in einer anderen Epoche, zu einer Zeit, als das Universum noch anderen Gesetzen folgte, bevor die Ordnung zusammenbrach und das Chaos herrschte, bevor Rembrandt und seine Werke Amsterdam überfielen. Doch er verfügte über ein gutes Gedächtnis. Er erinnerte sich an die Zahl. Die Vermittlerin prüfte sie nach.

Als er dann Nikkis Stimme hörte, hätte er am liebsten geweint.

Nikki war anscheinend noch schlechter beisammen.

»Wo warst du nur?«, tönte ihre energische, jugendliche Stimme aus dem Hörer. »Alle haben sich ...«

»Hör zu, Nikki«, unterbrach sie Bosch. Er hielt einen Sekundenbruchteil inne, bevor er fortfuhr.

›Wichtig ist vor allem, ganz ruhig zu bleiben.‹

»Du hast mir bestimmt viel zu erzählen«, sagte er. »Doch als Erstes muss ich etwas anderes wissen. Wo ist Nielle? Wo ist meine Nichte?«

Nikkis Antwort kam sehr schnell, als hätte sie von Anfang an auf diese Frage gewartet. Bosch war ihr einmal mehr für ihre ungeheure Effizienz dankbar.

»In Sicherheit, evakuiert, im Lieferwagen, mach dir keine Sorgen. Alles ist unter Kontrolle. Schließlich besteht das *Mädchen am Fenster* aus einer einzigen, frei aufgestellten Figur, wie *Titus* oder *Bathseba*, weshalb das Team von van Hoore dieses Bild vor den anderen, komplexeren Gemälden evakuiert hat.«

Bosch verstand diese Erklärung recht gut, doch die Erleichterung hatte ihm kurz die Sprache verschlagen. Da kam ihm plötzlich ein Gedanke.

»Die meisten Bilder sind aber noch drin. Andere steigen sogar wieder aus den Lieferwagen. Das verstehe ich nicht.«

»Die Evakuierung wurde vor fünf Minuten eingestellt, Lothar.«

»Wie bitte? Das ist doch absurd! Das Erdbeben kann sich jeden Moment wiederholen! Vielleicht halten die Zeltwände nicht noch einmal stand ...«

Nikki unterbrach ihn.

»Es war kein Erdbeben. Auch kein Fehler in der Zeltkonstruktion. Vielmehr handelte es sich um eine Sache der Abteilung Kunst, von der niemand etwas wusste. Selbst die Konservierung war ahnungslos und fast das ganze Personal der Abteilung. Es hat etwas mit dem Gemälde *Ecce Homo* zu tun, das eine interaktive Aktion mit Spezialeffekten war, was allerdings niemand vorher wusste.«

»Aber der Tunnel bebte von oben bis unten. Beinahe wäre er zusammengekracht.«

»Ja, wir im Wohnwagen haben es gemerkt, weil die Monitore vibrierten, es wäre jedoch anscheinend niemals eingestürzt. Es war ein Kunstgriff. Zumindest behauptet das Hoffmann. Er versichert, es sei alles unter Kontrolle, die Bilder hätten keinen Schaden genommen und er verstünde nicht, warum diese Panik ausgebrochen sei. Die Bewegung des Tunnels sei nicht so stark gewesen, meint Hoffmann, dagegen wäre offensichtlich, dass es sich um eine künstlerische Angelegenheit handelte, weil das Beben just einsetzte, nachdem der Christus von *Ecce Homo* mit einem Schrei am Kreuz sein Leben ausgehaucht hatte ...«

Da erinnerte sich Bosch, dass alles mit einem Schrei angefangen hatte.

»Nun denn«, sagte Nikki, »wir hier haben nichts verstanden, aber es handelt sich eben um moderne Kunst, und da erübrigt sich der Versuch zu verstehen, nicht wahr? ... Ach, der Meister und Stein sind übrigens nicht aufzufinden. Und Benoit geht vor Wut die Wände hoch ...«

Trotz der doppelten Erleichterung, die er verspürte, zum einen, weil er Danielle in Sicherheit wusste, zum anderen, weil die Katastrophe anscheinend weniger schlimm war, als er gedacht hatte, breitete sich bei Bosch eine gewisse Irritation aus. Er sah sich um, bemerkte die einbrechende Dunkelheit, die blinkenden Lichter und das Durcheinander der Polizisten jenseits der Absperrgitter. Dann ertönte das Sirenengeheul der Rettungswagen. Allen stand die Verwirrung ins Gesicht geschrieben – Bildern, Wachleuten, Konservatoren, Technikern und Besuchern. Er las die Bestürzung und die Angst in den Augen der Leute, die gleich ihm diese schrecklichen Minuten durchlebt hatten. Ein Kunstgriff? Eine künstlerische Angelegenheit? Die Bilder haben keinen Schaden genommen? ›Und was ist mit dem Publikum, Hoffmann? Hast du das Publikum vergessen?‹ Vielleicht hatte es Verletzte gegeben! Wie war das zu verantworten?

»Lothar?«

»Ja, bitte, Nikki«, erwiderte Bosch, noch immer verärgert.

»Lothar, bevor ich es vergesse: Miss Wood hat uns mindestens hundertmal angerufen. Sie will wissen, und ich zitiere wörtlich, ›wo zum Teufel du steckst und warum du nicht ans Telefon gehst‹. Wir haben versucht, ihr zu erklären, was hier abgeht, aber du weißt ja, wie die Chefin ist, wenn sie sich ärgert. Sie hat uns alle verflucht. Und wenn die Welt zusammenbricht und dich darunter begräbt, sie wollte mit dir sprechen, nur mit dir und mit keinem andern. Dringend. Sofort. Hast du ihre Nummer?«

»Ja, ich glaube schon.«

»Wenn du auf ›Entgangene Anrufe‹ drückst, erwischst du sie. Ganz bestimmt. Hoffentlich ist sie gnädig.«

»Danke, Nikki.«

Während er Woods Nummer wählte, sah Bosch auf die Uhr: 21.12 Uhr. Eine plötzlich aufkommende, nach Öl riechende Böe fuhr ihm unter die Jacke und kühlte seinen schweißnassen Rücken, worauf er sich besser fühlte. Er sah, wie die Techniker der Abteilung Kunst die Bilder heraus auf den kleinen Platz brachten. Sie sollten offensichtlich in die Wohnwagen gebracht werden. Fast alle Bilder trugen Bademäntel. Die Flügel des Engels glänzten in der Menge.

Was mochte Wood ihm Wichtiges zu sagen haben?

Er hielt den Hörer ans Ohr und wartete.

21.12 Uhr

Danielle Bosch befand sich im Innern des dunklen Lieferwagens. Das Fahrzeug hatte irgendwo angehalten, warum, wusste sie nicht. Vielleicht wartete der Fahrer auf jemanden, vermutete sie. Der Kerl redete aber nicht mit ihr, erklärte ihr nichts. Hockte nur stumm hinter dem

Lenkrad, im Dunkeln, eine im Widerschein der Windschutzscheibe kaum wahrnehmbare Silhouette. Danielle auf ihrem Sitz, mit vier angelegten Sicherheitsgurten, atmete gleichmäßig und bemühte sich, ruhig zu bleiben. Sie trug noch immer das lange, weiße Hemd des *Mädchens am Fenster* und die vier dicken Schichten Ölfarbe, die für diese Figur benötigt wurden. Als sie das Erdbeben spürte, hatte sie befürchtet, eine der Schichten könnte sich von ihrer Haut lösen, doch jetzt stellte sie fest, dass nichts dergleichen passiert war. Ihre Gedanken wanderten zu ihren Eltern. Wenn der Schreck nachgelassen hatte, würde sie gern mit ihnen sprechen, auch mit ihrem Onkel Lothar, um ihnen zu sagen, dass sie wohlauf war. Es war ihr tatsächlich nichts passiert. Kaum hatte der Tunnel angefangen zu beben, war dieser freundliche Herr aufgetaucht und hatte sie mit Hilfe einer Taschenlampe nach draußen geführt. Sie wurde auf dem Rücksitz des Lieferwagens angegurtet, und dann verließen sie den Museumsplein. Danielle hatte den Weg nicht gekannt. Jetzt stand der Wagen im Dunkeln, und der Fahrer wartete.

Plötzlich bewegte sich seine Silhouette, er stand auf und blickte sich nach ihr um. Die Kleine beobachtete ihn ein wenig beunruhigt. Der Mann war groß und offensichtlich sehr stark. Er kam näher. Im schwachen Licht des Wageninnern konnte Danielle sehen, dass er lächelte.

21.15 Uhr

Gleich nachdem er mit Wood gesprochen hatte, setzte sich Lothar Bosch übers Mikrofon mit Nikki in Verbindung. Seine Hände zitterten.

»Unmöglich. Diesmal irrt sich April.«

Nikki zeigte sich bei seiner ersten Frage genauso überrascht, wie er es gewesen war.

»Die evakuierten Bilder? Meine Güte, Lothar, es geht ihnen prima. Sie sind ein wenig verschreckt, nehme ich an, aber unbeschädigt. Sie wurden zum Hotel gebracht; es sind aber noch nicht alle da. Die Lieferwagen mit den Bildern stehen noch auf dem Parkplatz vor dem Hotel.«

Es handelte sich dabei um eine zusätzliche Sicherheitsmaßnahme. Die Bilder konnten nur vom entsprechenden Personal in ihren Zimmern aufbewahrt werden. Das Evakuierungsteam war lediglich dafür verantwortlich, sie aus der Gefahrenzone zu bringen.

»Sie sind also auf dem Hotelparkplatz?«, hakte Bosch nach.

»Genau. Wie in der letzten Sitzung besprochen. Erinnerst du dich? Wir haben beschlossen, sie nicht sofort ins Alte Atelier zu bringen, weil Alfredo sagte, dass das Atelier nachts geschlossen sei und wir kein zusätzliches Wachpersonal aufbieten wollten ...«

Bosch erinnerte sich. Eigentlich wollte er auflegen, doch Woods Befehl war deutlich gewesen. Er musste sich vergewissern.

»Sind jetzt tatsächlich alle Bilder auf dem Parkplatz?«

»Ja, alle. Warum?«

»Funktionieren die Lokalisatoren der Lieferwagen?«

»Perfekt. Wir sehen die Signale auf dem Bildschirm.«

»Von allen?«

Nikkis Ton war mütterlich geduldig.

»Von allen, Lothar. Mach dir doch wegen Danielle keine Sorgen mehr. Sie ist in einem gepanzerten Lieferwagen in Sicherheit und ...«

»Kannst du mir die Namen der evakuierten Bilder nennen?«

»Natürlich.« Nikki machte nach jedem Titel eine kleine Pause, weil sie sie vom Bildschirm ablas, wie Bosch annahm.

»*Bathseba, Das Mädchen am Fenster, Die Judenbraut, Titus* und *Susanna und die beiden Alten.*«

»Nur diese fünf?«

»Ja, nur die. Alle anderen waren eben dabei, evakuiert zu werden, als die Entwarnung kam.«

»Sind die Signale der fünf Fahrzeuge tatsächlich alle gut zu sehen?«

»Die Antwort ist ja. Was ist los, Lothar?«

Bosch zögerte. Seine Hand am Hörer zitterte.

»Ist außer dem Rettungspersonal sonst noch jemand bei den Bildern?«

»Die Parkwächter. Dann ist noch ein Sicherheitsteam unterwegs zu ihnen. Es wird demnächst eintreffen.«

Das erschien Bosch glaubhaft. Das zur Beherbergung der Bilder ausgewählte Hotel, das Van Gogh, lag ganz in der Nähe des Museumsviertels. Es war vom Museumsplein aus gut zu Fuß erreichbar.

»Martine macht mir ein Zeichen«, informierte ihn Nikki in dem Augenblick. »Wir bekommen noch immer alle fünf Signale, Lothar. Alles läuft gut, ganz bestimmt. Sie stehen auf dem Parkplatz und warten auf Anweisungen.«

Was blieb noch zu fragen? Miss Woods Ängste waren wohl tatsächlich unbegründet.

Möge Wood sich diesmal irren, betete er.

21.17 Uhr

Der Schatten des Fahrers beugte sich zu Danielle herunter. Die Dunkelheit in diesem Teil des Lieferwagens war schier undurchdringlich, weshalb Danielle die hübschen blauen Augen und ein starres Lächeln kaum erkennen konnte.

»Geht's dir gut?«, fragte der Mann in klarem Holländisch.

»Ja.«

»Ganz schöner Schreck, nicht wahr?«

Danielle nickte. Der Mann war neben ihrem Sitz in die Hocke gegangen und sah sie lächelnd an.

»Worauf warten wir?«, fragte Danielle.

»Auf die Befehle«, sagte der Mann.

Die Dunkelheit und die Stille machten ihr ein wenig Angst, warum, wusste sie nicht. Gut, dass der Mann mit seinem netten Lächeln so beruhigend wirkte.

21.18 Uhr

Da fiel Bosch doch noch eine Frage ein.

»Nikki, welches Bild wurde zuerst evakuiert? Ist das bekannt?«

Nikki sagte es ihm.

»Es war in knapp einer Minute im Lieferwagen«, fügte sie lachend hinzu. »In Rekordzeit. Der Evakuierungsbeauftragte war sehr schnell. Lothar? Bist du noch dran?«

Stille.

Eine sehr lange Stille. Nikki dachte schon, die Verbindung sei abgebrochen. Dann redete Bosch wieder.

»Nikki, hör genau zu. Setz dich mit Alfred und Thea in Verbindung. Auch mit Gerd Warfell. Es handelt sich um einen Notfall. Bitte frag jetzt nicht ... Ich will, dass ein Sicherheitsteam das Hotel abriegelt und zwar innerhalb von zehn Minuten ... Absolute Priorität ...«

Er legte auf und sah sich benommen um. Aus einem Lautsprecher drangen jetzt beruhigende Sätze. Der Feuerwehrhauptmann richtete sich an das Publikum, um zu verkünden, dass der Vorfall nicht auf einen Fehler in der Tunnelkonstruktion zurückzuführen war und eine Wiederholung nicht zu befürchten sei. Auch die Polizei rief dazu auf, Ruhe zu bewahren. Das war die allgemeine Bitte. Alle versuchten, sich zu beruhigen. Die Leute in Boschs Nähe konnten schon wieder lächeln. Die Tragödie glitt langsam ins Anekdotische über.

Doch Bosch war noch immer voller Angst und Schrecken.

Eine Ahnung sagte ihm, dass Miss Wood auch diesmal nicht irrte.

Soeben hatte Nikki ihn wissen lassen, dass *Susanna und die beiden Alten* zuerst evakuiert worden war. Und kurz zuvor hatte Wood ihm gesagt: »Es ist *Susanna und die beiden Alten*. Jetzt hat er dieses Bild ausgesucht, Lothar.«

21.19 Uhr

Nachdem sie ins Alte Atelier gebracht und in eine der Arbeitskabinen im ersten Untergeschoss gesteckt worden waren, hatte der Fahrer seinen Ausweis gezeigt. Es war eine türkisfarbene Karte. Dieser Ausweis, sagte er, berechtigte ihn, die notwendigen Ausbesserungen an den Bildern vorzunehmen. Das überraschte nicht nur Clara. Sie stellte fest, dass auch die beiden Alten den Fahrer befremdet ansahen. Sollte das heißen, dass er Maler sei, fragte der erste Alte, Leo Krupka (wie er sich vor wenigen Augenblicken Clara gegenüber vorgestellt hatte), die Leinwand, die sie am Flugplatz von Schiphol gesehen hatte. Der Fahrer sagte, er sei kein Maler, sondern hätte nur den Auftrag das Bild in perfektem Zustand zu erhalten. Das sei doch Aufgabe der Abteilung Konservierung, bemerkte Frank Rodino, der zweite Alte, groß und beleibt. Ja, aber auch Aufgabe der Abteilung Kunst. Diese führe bei allen ihren großen Werken »Pflegearbeiten« durch, kümmere sich aber nicht um die Gesundheit der Figuren, setze vielmehr eigene Prioritäten. Der Fahrer habe zwar den Befehl, das Bild zu evakuieren und aufzubewahren, jedoch nicht ohne es zuvor wieder richtig gespannt zu haben. Ein Werk wie dieses konnte nicht einfach zusammengepackt und nach Hause geschickt werden.

Der junge Mann war sehr effektiv vorgegangen. Fast zeitgleich mit dem Einsetzen der Erschütterung, die die Wände des Tunnels ins Wanken gebracht hatte, war er auf sie zugekommen und hatte auf Englisch das Wort ›Evakuierung‹ ausgesprochen. Er führte sie nach draußen und verstaute sie mit erstaunlicher Geschwindigkeit im Lieferwagen. Dabei reichte er Clara, die nackt war und der die Ölfarbe auf der Haut spannte, eilig den Bademantel. Die beiden Alten hatten nicht einmal ihre zum Bild gehörende Bekleidung abgelegt. Als sie dann auf dem Hotelparkplatz in einen anderen Lieferwagen stiegen, erklärte er ihnen, dass der Tunnel beinahe zusammengebrochen sei und er den Auftrag habe, das Bild zu evakuieren und ins Alte Atelier zu bringen. Er sprach ein gepflegtes, flüssiges Englisch mit einem leichten Akzent, den Clara nicht zuordnen konnte, und sah gut aus, wobei er ausgesprochen schlank war. Das Auffallendste an ihm waren jedoch diese sehr hellen, blauen Augen.

Die Arbeitskabine, in der sie sich nun befanden, war mit einem Tisch ausgestattet, auf dem ein kleiner Werkzeugkoffer und eine Wachstuchtasche lagen, die anscheinend dem Fahrer gehörten. Auch die Schachteln mit den Etiketten der drei Figuren waren da. Der Fahrer verteilte die Etiketten und hieß sie anlegen. Rodino, mit seiner Körperfülle, konnte sich kaum bücken und seinen Fußknöchel finden. Dann ließ er sie sich auf die Stühle setzen, wie brave Schulkinder; er selbst blieb neben dem Tisch stehen.

Er hieße Matt, sagte er ihnen, arbeite bei der Stiftung und sei für alles Mögliche zuständig.

»So auch jetzt und hier.«

Matt wollte sichergehen, dass die Figuren ihn verstanden. Er hielt immer Blickkontakt mit Krupka und Clara – für die Englisch eine Fremdsprache war –, um nach Anzeichen von Verwirrung zu suchen. Dann wiederholte er den Satz, machte Handzeichen oder setzte, wenn ein schwieriges Wort vorkam, ein anderes ein. Sie waren also gezwungen aufzupassen, obwohl sie sehr müde waren. Er hatte seine Weste mit der Aufschrift »Evakuierungsteam« abgelegt und stand nun in Hemd und Hose da. Beide waren weiß. Auch sein Gesicht war weiß. Der ganze Matt war eine Ansammlung weißer Farbe.

»Was kommt jetzt?«, fragte Krupka nach.

»Gleich erkläre ich es.«

Er drehte sich um, öffnete den Werkzeugkoffer und nahm etwas heraus. Es waren Papierbögen.

»Dies ist ein wichtiger Teil bei der Instandhaltung des Bildes, fragt mich nur nicht, warum. Ihr seid erfahren genug und wisst, dass eure Aufgabe darin besteht, den Wünschen des Künstlers nachzukommen, auch wenn sie absurd erscheinen.«

Dann teilte er die Blätter aus. Erst kam Krupka an die Reihe, dann Rodino, schließlich Clara. Seine Augen waren sehr ausdrucksvoll, eingebettet in die glatte Maske seines Gesichts.

Auf dem Papier stand ein englischer Text. Es waren Sätze, die Clara nicht verstand, eine Art philosophischer Auslassungen über die Kunst. Sie sollten den Text abwechselnd vorlesen – erklärte Matt –, während er ihre Stimmen auf Tonband aufnahm. Dabei sei es wichtig, gut zu lesen, mit lauter, klarer Stimme. Falls erforderlich, würde die Aufnahme wiederholt.

»Dann geht es weiter«, fügte er hinzu.

21.25 Uhr

Bosch sah seine schlimmsten Befürchtungen bestätigt, als das Sicherheitsteam zum Hotel kam und den Lieferwagen von *Susanna* leer vorfand. Da wurde ihm klar, wie äußerst geschickt alles geplant worden war. Der *Künstler* hatte das Bild ganz einfach in einen zweiten, wartenden Lieferwagen umgeladen. Der eine Lieferwagen schickte zwar ununterbrochen Signale, doch das Werk befand sich bereits nicht mehr in dessen Laderaum. Glücklicherweise hatte ein Parkwächter den Vorgang beobachtet, und so verfügten sie über eine Beschreibung des zweiten Fahrzeugs. Der Parkwächter bestätigte, dass nur der Fahrer und seine Figuren eingestiegen waren.

Van Hoore und Spaalze hatten auf Boschs Anrufe sofort reagiert. Der mit der Evakuierung von *Susanna* beauftragte Mann hieß Matt Andersen, war siebenundzwanzig Jahre alt und laut Spaalze »effizient, erfahren und völlig unverdächtig«. Seine Fingerabdrücke, Stimme und Maße stimmten mit den morphometrischen Daten des *Künstlers* nicht überein, doch Bosch, der inzwischen begriffen hatte, wie umfassend dieser von der Stiftung unterstützt wurde, interessierte sich nicht dafür. Jedem hochrangigen Mitarbeiter waren die morphometrischen Daten leicht zugänglich, falls er sie manipulieren wollte.

»Lothar, ich bin nicht dafür verantwortlich«, drang die bebende Stimme van Hoores aus dem Hörer. »Wenn Spaalze versichert, dass Andersen vertrauenswürdig ist, dann muss ich ihm glauben, verstehst du?«

»Bleib ruhig, Alfred. Ich weiß, dass du verblüfft bist. Ich bin es auch.«

Van Hoore war zusammengebrochen. Er heulte wie ein Kind Rotz und Wasser ins Mikrofon.

»Lothar, ich bitte dich! Ich werde selbst mit Stein sprechen, wenn es nötig ist! Das Evakuierungsteam besteht aus erfahrenen Kräften, vertrauenswürdigen Leuten! Bitte sag Stein, dass ...«

»Beruhige dich. Keiner ist dafür verantwortlich.«

Ganz richtig. Keiner oder alle. Während ihm van Hoore seine Angst durch den Hörer beichtete, gab Bosch im Herumgehen Anweisungen und Erklärungen. Dabei stellte er fest, dass die anderen genauso ungläubig reagierten wie er. Das Unerwartete darf sich nicht mit dem Unerwarteten mischen. Der Blitz schlägt nicht zweimal in die gleiche Stelle ein. Warfell beispielsweise brachte kaum ein Wort heraus, als Bosch ihn informierte. Unmöglich, schien sein Schweigen zu schreien. ›Die einzige Tragödie, auf die wir gefasst sind, ist die Tunneltragödie, Lothar. Eines der Bilder ist verschwunden? Was erzählst du da?‹

Benoit war eine Überraschung. Er traf ihn auf der Straße, umgeben von Bereitschaftspolizei, Leuten der Bürgerwehr, Feuerwehrmännern und einem fast vollzähligen Kommando Soldaten. Doch als er näher trat, machte ihm Benoit ein Zeichen, nahm ihn zur Seite und zeigte ihm das gelbe Etikett an seinem Handgelenk.

»Ich bin nicht Benoit«, sagte er leise, mit näselnder Stimme und fremdem Akzent, wobei er Bosch am Ellbogen fasste. »Ich bin sein Porträt. Benoit hat mich hier an seiner statt abgestellt, was aber unter uns bleiben muss, bitte ...«

Als er sich von seiner Überraschung erholt hatte, begriff Bosch, dass sich Benoit offenbar noch mehr fürchtete als er und deshalb dieses Werk als Strohmann eingesetzt hatte. Er erinnerte sich an den Scherz, den die junge Dame am Empfang der Reklamationsabteilung gemacht hatte. Ob das Modell wohl der Ugander war?

»Ich muss Herrn Benoit sprechen«, sagte Bosch.

»Herr Benoit hört bereits mit«, entgegnete das Porträt. Die Zeroplastiker hatten hervorragende Arbeit geleistet. Die Gesichtszüge waren perfekt. »Nehmen Sie meinen Kopfhörer, Sie können ihn von hier aus sprechen.«

Benoit hörte tatsächlich alles mit. Seiner Stimme nach zu schließen, schwebte er im Nirvana: Alles in Ordnung, ich bin völlig unschuldig, es wird nichts passieren. Er weigerte sich, ihm sein Versteck zu verraten. Es handle sich lediglich um einen taktischen Rückzug, behauptete er.

»Der Herr *Fuschus-Galismus* hat uns nichts gesagt, Lothar!«, greinte er. »Ich meine, über *Ecce Homo* und das ›Tunnelbeben‹. Hoffmann wusste Bescheid, wir aber nicht!«

›Auch der *Künstler* wusste Bescheid‹, dachte Bosch.

Als es ihm gelang, Benoits heftigen Wortschwall zu unterbrechen, erklärte er die Sache mit *Susanna*. Da verstummte Benoit plötzlich.

»Lothar, sag mir, dass das kein Weltuntergang ist!«

»Es ist tatsächlich der Weltuntergang«, sagte Bosch.

Er versprach, ihn auf dem Laufenden zu halten, und gab den Kopfhörer dem Porträt zurück. In dem Moment sah er eine Kolonne Lieferwagen auf den Museumsplein einfahren: Die evakuierten Bilder kamen zurück. Alle außer *Susanna*. Aus einem der Fahrzeuge stieg Danielle. Das Mädchen wirkte winzig zwischen den hochgewachsenen Männern in ihren dunklen Uniformen. Ihr kastanienfarbenes Haar, ihr ocker glänzender Körper und ihr marmornes Gesicht waren wie eine optische Tauschung. Ihr erster Blick galt der glänzenden Signatur am linken Knöchel. Sie hob gleich nach dem Aussteigen den Fuß, um festzustellen, ob sie noch da war. Bosch, der sie dabei beobachtete, konnte einen Kloß im Hals nicht verhindern. Da begriff er, wie wichtig dieses wunderbare Abenteuer für sie war, und war für einen Moment mit der Entscheidung ihrer Eltern beinahe einverstanden. Bosch wusste, dass er sie nicht berühren durfte, weil sie bemalt war und die entsprechende Kleidung trug, dennoch näherte er sich ihr.

Nielle ging an der Hand des Fahrers, eines großen, stattlichen Mannes mit einem sympathischen Lächeln. Er hatte sie evakuiert. Sie war sehr zufrieden. Als sie Lothar sah, wurden ihre von weißer Ölfarbe umrahmten Augen groß.

»Onkel Lothar!«

Es war nicht leicht, sie davon abzuhalten, ihn zu umarmen.

»Geht's dir gut?«, fragte er. Sie bejahte. Wohin brachte man sie? Man verfrachtete sie in einen der Wohnwagen der Abteilung Kunst. Dort sollten alle Bilder gesammelt werden, bevor man sie im Hotel unterbrachte. Nein, sie hatte keine Angst gehabt. Der Fahrer war die ganze Zeit an ihrer Seite gewesen, und das hatte ihr geholfen. Ihre Eltern waren bereits informiert und wussten, dass ihr nichts passiert war. Sie wollte Bosch eine kleine Geschichte erzählen, kam aber nicht mehr dazu (die Bewacher hatten es eilig). Roland hatte sich anscheinend sehr besorgt gezeigt, als man ihm erklärte, seine Tochter habe »keine Beschädigung davongetragen«. Er wusste nicht, dass das die übliche Art war, von Bildern zu sprechen, und dachte erst, damit wäre nur die Farbe auf ihrer Haut gemeint. Ihr Vater hatte erwidert: »Mir ist völlig egal, ob die Farbe gelitten hat oder nicht. Ich will wissen, wie es meiner Tochter geht!« Danielle lachte Tränen bei diesen Worten. Bosch konnte Rolands Sorge nachfühlen, hatte jedoch kein Mitleid mit ihm. ›Wer Kunst will, muss eben leiden‹, dachte er. Er verabschiedete sich von seiner Nichte und verbot sich weitere Gedanken an sie. Er musste den Kopf frei haben, nichts durfte ihn stören.

Im Wohnwagen A herrschte eine fieberhafte Aktivität. Nikki stand in ständigem Kontakt mit der Polizei und dem Team von Thea van Droon. Obwohl der Gedanke, sie kämen noch rechtzeitig, absurd war, hatte der KLPD an allen Ausfahrtstraßen von Amsterdam Kontrollen eingerichtet. Ein Polizeibeamter wollte mit Bosch sprechen, um Einzelheiten zu erfahren. Der hatte jedoch keine Zeit. »Ich bin für niemanden zu sprechen«, sagte er und setzte sich neben Nikki vor einen der Computer, die mit dem Atelier verbunden waren.

»Noch immer keine Spur des Lieferwagens, Lothar«, bemerkte Nikki. »Wen zum Teufel suchen wir eigentlich? Hat es mit dem Auftrag, Póstumo Baldi zu finden, zu tun?«

Jetzt war nichts mehr zu verbergen, dachte Bosch. Zum Teufel mit dem Krisenstab. Inzwischen war alles in der Krise.

»So ist es. Ob es Baldi ist oder nicht, spielt allerdings keine Rolle. Er ist verrückt und wird *Susanna* zerstören, wenn wir ihn nicht daran hindern ...«

»O Gott.«

Bosch beobachtete auf dem Computer die Bilder von *Susanna und die beiden Alten*. Die weibliche Leinwand war spanischer Nationalität und hieß Clara. Die Alten waren ein Ungar – Leo Krupka – und ein Amerikaner – Frank Rodino –, Letzterer etwas jünger als Bosch. Rodino war ein riesiger Kerl und könnte für den *Künstler* vielleicht doch ein Hindernis darstellen, falls es wider Erwarten zu einer Konfrontation zwischen den beiden kommen sollte.

»Denk positiv, Lothar.«

Einen Augenblick lang betrachtete er nur aufmerksam diese Bilder. Insbesondere das Gesicht des Mädchens. Die junge Frau erwiderte vom Bildschirm her ruhig seinen Blick.

›Sie ist kein Mädchen, sie ist eine Leinwand. Wir sind, wofür wir bezahlt werden.‹

Bosch kannte sie nicht, hatte nie mit ihr gesprochen. Er las ihren vollen Namen und versuchte leise, ihn auszusprechen. Der Nachname kostete ihn einige Mühe. Rieyes, Reies. Rayes. Señorita Rieyes oder Reiyes war aus Madrid. Hendrickje und er hatten einmal die Sommerferien auf Mallorca verbracht, und Bosch war verschiedener Ausstellungen wegen nach Madrid, Barcelona, Bilbao und in andere spanische Städte gereist. Das alles war im Augenblick nicht wichtig, doch die Erinnerung an bestimmte Einzelheiten half ihm, ein menschliches Wesen in ihr zu sehen, das in Gefahr war. Clara Raiyes oder Clara Reies Blick war ausdrucksstark und weich, doch auf dem Grund ihrer Augen flackerte ein Licht, das selbst die Fototechnik nicht ganz hatte verbergen können. Bosch fühlte, dass diese junge Frau voller Leben war, voller

Hoffnungen, voller Drang, ihre Sache gut zu machen, sich gewaltig anzustrengen. Er dachte an Emma Thorderberg und ihre engergiegeladene Fröhlichkeit. Clara erinnerte ihn ein wenig an Emma. In welcher Form würden Wood und er, auch die Stiftung und der verdammte Maler, dessen Werke sie bewahrte, in welcher Form würden sie alle die Zerstörung der Hoffnungen dieses Mädchens bezahlen? Wie würde »Opachen Paul« das Leben und das Glück wiederherstellen können, das ihr Gesicht ausstrahlte? Würde Kurt Sorensen vielleicht irgendeine Versicherungsgesellschaft finden, die ihr das Leben wiedergeben könnte? Wie viel würde es kosten, sie zu Tode zu foltern? Solche Fragen konnte Saskia Stoffels beantworten.

›Sie ist kein Mädchen, sondern eine Leinwand ...‹

Plötzlich stellte er sich vor, wie Póstumo Baldis Blick auf ihr ruhte. Ein blauer, leerer Blick, wie der gemalte Himmel auf einem Gemälde. Seine Augen sind Spiegel. Und das Leinwandmesser kam ihrem Gesicht immer näher ...

Denk positiv. Denken wir positiv. Alle sollen positiv denken.

›Zum Teufel.‹

Er sprang vom Computer auf.

»Nikki, schaff mir einen Lieferwagen und drei Männer herbei. Sie müssen nicht aus einem Bewachungsteam sein. Drei bewaffnete Männer, nichts weiter.«

Sie sah ihn an, überrascht.

»Was hast du vor, Lothar?«

Genau. Das war die Frage. Was hast du vor, Lothar? Etwas. Was auch immer, aber etwas. Ich bin kein Künstler, und die moderne Kunst gefällt mir nicht, also muss ich etwas tun. Nur dafür bin ich zu gebrauchen: Ich soll handeln, ich muss handeln. Genug der positiven Gedanken. Jetzt ist die Zeit für positives Handeln gekommen, nicht wahr, Hendri?

»Sämtliche Polizisten Amsterdams sind jetzt hinter dem Typ her, vergiss das nicht«, setzte Nikki hinzu. Bosch bemerkte einen neuen Glanz in ihren Augen. Machte sie sich etwa Sorgen um ihn? Wie amüsant.

»Keinesfalls«, stimmte er zu.

»Lieferwagen und Männer sind sofort hier«, beendete Nikki das Gespräch.

21.30 Uhr

Gustavo Onfretti betrachtete eine Figur nach der anderen. Sie waren noch immer bemalt und verkleidet. Die Studenten der *Anatomie des Dr. Tulp* trugen ihre dunklen, strengen Gewänder und Halskrausen, die *Staalmeesters* ihre breitkrempigen Hüte. Kirsten, der weibliche Leichnam, drückte ihre fantastische, massive Anatomie in einen Sitz am anderen Ende des Wohnwagens. Er selbst saß neben den Modellen des *Ochsen* und trug noch immer den ockerfarbenen Lendenschurz. Sein erdig und grellgelb bemalter Körper tat ihm weh, weil er erst vor einer knappen halben Stunde vom Kreuz abgenommen worden war, an dem er so lange schmerzhaft ausgestreckt gehangen hatte. Die Konservierung hatte alle Bilder in den Wohnwagen der Abteilung Kunst untergebracht. Man wollte sich zweifellos davon überzeugen, dass sie in gutem Zustand waren und keine Beschädigung erlitten hatten.

Onfrettis Zustand war einigermaßen gut, dennoch machte er ein erleichtertes Gesicht wie ein Auferstandener.

Warum hatte niemand von den Spezialeffekten seines Bildes gewusst, wenn doch alles von der Abteilung Kunst von langer Hand geplant worden war? Warum hatte man die Konservierung nicht darüber informiert, dass *Ecce Homo* eine interaktive Aktion war und der Christus zu einem bestimmten Zeitpunkt ›sterben‹, die Erde beben und alles sich verdunkeln würde?

Er erinnerte sich, mit welchem Eifer van Tysch die Sache während der langen Arbeitswochen in Edenburg geplant hatte. »Eine außergewöhnliche Erfahrung«, hatte Onfretti in seinem Tagebuch notiert. Der Moment seines gespielten ›Todes‹ mit den Schreien und dem mechanisch ausgelösten Beben des Tunnels war bis zum Überdruss geprobt worden. Der Meister hatte ihm eingeschärft, dass dieses Ereignis in genauer zeitlicher Abstimmung einzutreten hatte. Er ließ eine kleine Signallampe am anderen Ende des Tunnels installieren, damit Onfretti merkte, wann er anfangen musste zu schreien. Er war jedoch davon ausgegangen, dass Publikum und Personal der Abteilungen Konservierung und Sicherheit Bescheid wussten und dass das ›Beben‹ keine größeren Folgen haben würde. Zumindest hatte ihm van Tysch das gesagt.

Er fragte sich, warum ihn der Meister angelogen hatte.

Als er mit seiner Bemalung fertig war, hatte van Tysch ihm einen Kuss auf die Wange gedrückt.

»Ich möchte, dass du dich von mir verraten fühlst«, hatte er dabei hintergründig gesagt.

Inzwischen dachte Onfretti, dass dieser Satz vielleicht mehr war als eine Hintergründigkeit.

21.31 Uhr

Während Bosch aus dem Wohnwagen stieg, stellte er verschiedene Überlegungen an.

Wenn der *Künstler* das Bild aus Amsterdam herausgebracht hatte, war nichts zu machen. In diesem Fall konnte er nur hoffen, dass die Polizei oder die Eingreiftruppe den Standort des Lieferwagens finden würde, und zwar noch rechtzeitig. Doch was, wenn er sich entschlossen hatte, das Bild in Amsterdam zu zerstören? Er dachte an verschiedene mögliche Orte und schied Parks und öffentliche Plätze sofort aus. Auch die Hotels, weil die Figuren ja bereits bemalt waren und daher Aufmerksamkeit erregen würden. Dann dachte er an den Mann aus der Stiftung, der dem *Künstler* zuarbeitete. Könnte er ihm einen ruhigen Ort zur Verfügung gestellt haben, an dem sein Zerstörungswerk problemlos durchzuführen war? Wenn das zutraf, hätte er voraussehen müssen, dass sich die gesamte Polizei von Amsterdam sofort auf die Suche nach dem Bild machen würde. Deshalb musste der Ort vollkommen sicher sein. Ein geräumiger Ort, ungenutzt ...

Dann erinnerte er sich an das, was Nikki ihm soeben gesagt hatte.

In der letzten Sitzung hatte van Hoore vorgeschlagen, die evakuierten Bilder nicht ins Alte Atelier zu bringen, weil es, wie Stein selbst gesagt hatte, »verschlossen und leer« sei.

Verschlossen und leer.

Es war eine Möglichkeit unter tausend, und sicher irrte er, dennoch musste er der Sache nachgehen. Hören wir auf die Intuition, nicht wahr, Hendri, meine Liebe?

Da näherten sich die bewaffneten Männer. Sie waren wohl von Nikki geschickt worden. Er rannte auf sie zu, wobei er darauf achtete, nicht auf dem nassen Pflaster auszurutschen. Jetzt regnete es wieder heftig.

»Und der Lieferwagen?«, fragte er den ersten. Es war Jan Wuyters, mit dem er im Tunnel gesprochen hatte, bevor alles zusammengebrochen war. Ein gutes Omen, dieses erneute Zusammentreffen, dachte er.

Das Fahrzeug war in der Museumsstraat geparkt. Sie rannten darauf zu, im sintflutartigen Regen. Die Leute auf dem Platz hatten sich verlaufen, doch Polizeifahrzeuge und Rettungswagen standen noch da.

»Wo fahren wir hin?«, fragte ihn Wuyters, während er einstieg.

»Ins Alte Atelier.«

Klar, er mochte sich irren, aber er musste der Sache nachgehen, unbedingt nachgehen.

Das Gesicht des Mädchens. Das rotierende Messer.

Er musste der Sache nachgehen.

21.37 Uhr

»Ein seltsames Gefühl, die Räume ohne Möbel und Dekorationen zu sehen, stimmt's? Die Gästezimmer haben Liegen, die nicht besser und nicht schlechter sind als die des Meisters. Sie wirken nicht nur spartanisch, sondern leer und verlassen ... Doch dieser Geruch nach Farbe gibt dem Raum eine andere Atmosphäre, als wäre er neu, soeben erst fertig gestellt, nicht wahr?«

Stein redete wie ein Fremdenführer, der den Touristen die Sehenswürdigkeiten des Ortes erklärt. Er winkte Wood, damit sie ihm folgte. Sie wählten einen Ausgang auf der linken Seite und betraten eine Welt aus Echo und Dämmerlicht.

»Es ist jedenfalls nicht verwunderlich. Wir schmücken unsere Wohnungen gern mit Dingen, die wir auf Reisen finden. Das hat van Tysch auch gemacht. Nur dass seine Reisen immer innere Reisen waren. All das ist ein Ausdruck dessen, was er in sich gefunden hat. Die Andenken seines Geistes. Als ich zum ersten Mal in das bereits erneuerte Schloss kam, erschien es mir sehr holländisch. Der Konstruktivismus, die schnörkellose Kunst Mondrians, die vexierbildhaften, geometrischen Figuren Eschers, Sie wissen schon. Ich habe mich jedoch geirrt: Bei van Tysch ist die Kahlheit nicht Dekoration, sondern Leere, nicht Kunst, sondern ihre Abwesenheit. Kommen Sie mit.«

Stein klang irgendwie erschöpft. Seinen Worten haftete eine gewisse Resignation an. Er schien seine Aufmerksamkeit auf etwas anderes gerichtet zu haben, als flatterten seine Gedanken wie winzige Lebewesen um ihn herum.

Miss Wood hielt das Aquarell in der Hand, das Victor Zericky ihr mitgegeben hatte. Es stellte eine nackte, auf dem Boden kniende Frau dar, die sich nach vorn beugte, den Kopf geneigt hielt und den Betrachter anblickte. Wood hatte sofort die Haltung der *Susanna* wiedererkannt, wie sie im Atelier während der Signierstunde zu sehen gewesen war. Verständlich, dass die Betrachtung dieses Aquarells den kleinen Bruno zum Träumen veranlasst hatte. Und sie verstand, dass er, als Erwachsener, diese Träume in der Figur der wehrlosen und begehrenswerten *Susanna* von Rembrandt wiederbeleben wollte. Bei vielen Malern gab es diesen Brückenschlag zwischen Vergangenheit und Gegenwart, zwischen Leben und Werk. Das Verwirrende in diesem Fall waren die Implikationen. Sie war ins Schloss gekommen, um sich darüber zu informieren. ›Er muss mich reinlassen und meine Fragen beantworten‹, dachte sie. Doch es war Jacob Stein gewesen, der sie an der Tür des Innenhofs empfangen hatte.

Jetzt gingen sie einen Flur entlang. Am Ende war ein Hof zu sehen, der mit schachbrettartig angeordneten Steinplatten ausgelegt war. Es war Nacht, und das Mondlicht ergoss sich über die Platten dort in der Ferne.

»Wer hilft diesem Póstumo Baldi?«, fragte Wood. »Er arbeitet ganz offensichtlich nicht allein. Wer hat ihn so umfassend informiert? Wer hat ihn mit Ausweisen ausgestattet, gab ihm die Codes, verschaffte ihm Zugang, nannte ihm die Namen der Leute, die die Werke einsammeln, die Gepflogenheiten der Bilder? Und wer hat ihm gesagt, was heute im Tunnel passieren und wann genau es passieren würde?«

Auf Steins Gesicht lag ein schwaches Lächeln.

»Sie wissen also bereits, dass es sich um Póstumo Baldi handelt ... Ah, *galismus*, unser Wachhund, unser lieber, schöner Wachhund ... Van Tysch pflegte zu sagen: ›Sie ist mit Vorsicht zu genießen. Sie wird die Spur riechen und die Beute vor der Zeit schnappen. Nur sie ist dazu imstande.‹ Wie Recht er hatte. Sie sind einfach perfekt.«

Das Lob erschreckte sie.

»Bitte beantworten Sie meine Fragen.«

»Seit wann wissen Sie, dass wir es sind?«, fragte Stein seinerseits.

Woods Gehirn arbeitete auf Hochtouren.

»Ich wusste es nie«, sagte sie. Dann fuhr sie fort: »Warum wollte van Tysch seine eigenen Werke zerstören?«

»Zerstören? *Fuschus*, Miss Wood, wer sagt denn so etwas? Wir sind Schöpfer, keine Zerstörer. Wir sind Künstler.«

Sie überquerten den mit Steinplatten ausgelegten Innenhof. Diesen Teil des Schlosses von Edenburg hatte Wood noch nie betreten. Er war eindrucksvoll: Böden und Wände waren nackt, unbemalt. Glatte Säulen bildeten das einzige architektonische Detail. Darüber die Nacht, glatt wie das Meer in der Dunkelheit.

»Ehrlich gesagt will ich dieses Werk nicht mir zuschreiben«, bemerkte Stein in zerstreutem Ton.

Sie betraten einen weiteren, ebenso gefliesten, leeren Raum. An der Stirnwand war wieder eine Tür, die sich jedoch irgendwie unterschied. Woods Nervosität hatte nicht abgenommen. Sie wusste, dass Stein es darauf anlegte, sie zu lähmen, um sich nicht mit ihr auseinander setzen zu müssen. Stein pflegte die Menschen zu manipulieren, nicht zu überzeugen. Dieser Gedanke bestärkte sie in ihrer Wachsamkeit.

Die Tür war aus Metall und mit einem Zahlencode verschlossen. Stein drückte ein paar Tasten; sie öffnete sich knarrend. Dahinter war es dunkel. Dann drehte er sich mit theatralischer Geste zu Wood um.

»Das Werk gehört dem Meister allein. Er wäre jedoch erfreut zu wissen, dass Sie eine der Ersten sind, die es betrachten.«

Dann lud er sie mit einer Handbewegung ein, den Raum zu betreten.

21.40 Uhr

Der junge Mann, der Matt hieß, war von einem zum anderen gegangen und hatte jedem den tragbaren Kassettenrecorder präsentiert wie ein geweihtes Objekt. Die Abschnitte waren kurz und in wenigen Minuten gelesen. Krupka und Clara mussten einen Satz, der ihnen nicht flüssig genug gelungen war, wiederholen. Es kostete Clara einige Anstrengung, sich auf ihren Text zu konzentrieren, aber auch auf das, was sie von den beiden Alten hörte. Schade, denn es handelte sich offenbar um Reflexionen über die wahre Bedeutung von Kunst. Das Wort ›Zerstörung‹ kam in allen drei Abschnitten vor. Andererseits hatte sie den Eindruck, dass es unwichtig war, ob sie das Gelesene verstanden. Einer der Sätze, die sie lesen musste, erregte ihre Aufmerksamkeit. Er konnte folgendermaßen übersetzt werden: »Kunst, die überlebt, ist Kunst, die tot ist.« Sie sprach ihn mit der angemessenen Ehrerbietung aus.

Matt war zufrieden und schaltete das Gerät ab. Der nächste Befehl überraschte Clara nicht – sie war darauf gefasst gewesen –, steigerte aber ihre Angst erheblich. Sie führte ihn geschwind aus, wenn auch unter heftigem Zittern.

Sie sollten sich entkleiden, hatte Matt angeordnet.

Die Männer brauchten dazu wesentlich länger als sie. Sie wussten kaum, wie sie sich ohne Hilfe der schweren, mit Ölfarbe bemalten Gewänder entledigen sollten. Clara brauchte nur den Bademantel abzulegen. Sie faltete ihn zusammen und legte ihn auf den Stuhl. Krupka war schneller ausgezogen als Rodino, der nicht nur mit seiner gewaltigen Tunika kämpfte, sondern auch zu zögern schien, als verstünde er den Sinn des Ganzen nicht recht. Clara war fast versucht, ihm zu helfen, hielt sich aber zurück. Das wäre ein hyperdramatischer Fehler gewesen. Die Alten waren widerlich. Sie war das wehrlose Opfer. So musste es ablaufen. Dennoch rieselten ihr allein beim Gedanken an das, was nun folgen mochte, vor Ekel kalte Schauer über den Rücken, allerdings überkam sie zugleich ein Gefühl der Reife.

»Hat der Meister das angeordnet?«, fragte Rodino.

»Ausziehen, bitte«, sagte Matt betont ruhig.

Rodino gehorchte schweigend. Krupka half ihm. Clara, die in gewisser Entfernung aufrecht dastand, völlig nackt und völlig nervös, hatte beschlossen, ihren Blick abzuwenden. Es fiel ihr leichter, sich die Grausamkeit der beiden vorzustellen, wenn sie sie nicht ansah. Doch Rodinos Zögern wirkte ernüchternd, als spritze man ihr kaltes Wasser ins Gesicht. Warum konnte diese fette, ungeschickte Leinwand nicht den Mund halten und folgen, wie Krupka es getan hatte? Der war wesentlich hassenswerter als Rodino, widerlicher, und deshalb das bessere Bild von beiden. Indem sie ihre Gedanken auf Krupka richtete, gelang es ihr, Schwindel und Übelkeit zu fühlen. Vermutlich musste Krupka nichts vorspielen, um sich auf sie zu werfen und zu beschädigen. Schließlich hatte Krupka seit ihrer ersten Begegnung in Schiphol nichts anderes getan, als sie mit seinen sinnlichen, glänzenden Augen anzustarren. Der Ungar war für den ›Sprung ins Nichts‹ offensichtlich ein guter Verbündeter.

Sie hörte das dumpfe Geräusch eines fallenden Umhangs. Was bedeutete, dass Rodino nun nackt war.

Sie hielt den Blick auf den Boden gerichtet, auf den Punkt zwischen ihren bloßen Füßen, und sah dabei perspektivisch verkürzt die eigenartige Landschaft ihrer bemalten Brüste, mit den aufgerichteten, rosa und ockerfarben glänzenden Brustknospen. Doch die Stille war so beklemmend, dass sie aufschauen musste.

Matt hatte ihnen den Rücken zugekehrt und suchte etwas in seiner Werkzeugtasche.

»Und jetzt?«, fragte Krupka.

Der junge Mann wandte sich um. Er hielt etwas in der Hand. Eine Pistole.

»Jetzt ist es so weit«, sagte er schlicht.

21.50 Uhr

Vielleicht war es bereits zu spät. ›Gib dich aber erst geschlagen, wenn dir nichts anderes mehr übrig bleibt, Lothar‹, flüsterte ihm Hendrickje ins Ohr. Sie hatten mit Höchstgeschwindigkeit die Amstelbrücke überquert und waren durch die schier undurchdringliche Regenwand Richtung Plantage gefahren. Die Scheibenwischer wurden der Wassermassen nicht Herr, und Bosch hatte das Gefühl, in einer im Ozean versunkenen Stadt unterwegs zu sein. Unvermittelt tauchte wie eine Felswand das Gebäude des Alten Ateliers vor den Scheinwerfern auf. An der Mauer prangte eine komplexe Graffitizeichnung. Sie war von einer Neonazigruppe signiert.

»Fahr in die Tiefgarage, Jan«, bat Bosch.

Das Eingangstor war verschlossen, was aber nichts zu bedeuten hatte. ›Wenn er sie ins Atelier gebracht hat, besitzt er logischerweise auch die Schlüssel.‹ Einer seiner Männer stieg aus und machte sich an der elektronischen Schließvorrichtung zu schaffen. Nun war der Weg ins Innere frei. Der Lieferwagen fuhr die Rampe hinunter, gleichzeitig ging die Garagenbeleuchtung an. Das flackernde Neonlicht erhellte einen leeren, stillen Raum. Doch Bosch schloss die Möglichkeit, das gesuchte Fahrzeug hier zu finden, noch nicht ganz aus.

Der parkende Lieferwagen stand plötzlich vor ihnen, als hätte er ihnen aufgelauert, in der Nähe der Aufzüge. Obwohl dieser Fund seine Theorie zu bestätigen schien, verlor Bosch jetzt fast die Nerven. Warum, war ihm selber nicht klar. Er drehte sich auf dem Sitz um und schlug Wuyters auf den Arm.

»Hier! Bremsen!«

Bosch sprang bei noch laufendem Motor aus dem Fahrzeug. Er war so nervös, dass er den Kopfhörer vergessen hatte. Als er aufstehen wollte, verhedderte sich das Mikrofonkabel im Sicherheitsgurt und zerrte ihn zurück. Er befreite sich mit einem unterdrückten Fluch von dem Gerät. Seine Hände zitterten. Er war alt geworden: Eine Erkenntnis, über die er in diesem Moment nicht nachdenken wollte. Sein Ausscheiden bei der Polizei hatte ihn reich gemacht, dicker werden und altern lassen. Er rannte auf das Fahrzeug zu, seine Männer ihm hinterher. Als er ihnen etwas zurufen wollte, fehlte ihm der Atem. Unglaublich, wie schlecht er in Form war. Vielleicht traf ihn der Schlag, noch bevor er Zeit hatte zu überlegen, wie er vorgehen würde.

Der Lieferwagen schien leer zu sein, was aber überprüft werden musste. Die vordere Tür ließ sich öffnen, und er sah hinein. Es roch penetrant nach Ölfarbe. Niemand war drin.

›Gut, sehr gut, Lothar, du Dummkopf, jetzt weißt du, dass sie vielleicht hier sind. Aber wo?‹

Das Alte Atelier bestand aus mehr als fünf verschiedenen Gebäuden. Jedes davon kam in Frage. ›Er hat sie wohl in die Werkstatt gebracht‹, dachte er, ›das ist der sicherste Platz.‹ Aber auch dieser Gedanke half ihm nicht sonderlich weiter. Das Atelier bestand aus fünf oberirdischen und vier unterirdischen Stockwerken. Wo, um Gottes willen, wo nur?

›Denk nach, alter Idiot, denk nach. Ein großer, ruhiger Raum. Er muss Tonbandaufnahmen machen. Außerdem handelt es sich um drei Figuren …‹

Seine Männer untersuchten den Laderaum des Wagens.

Er war leer, doch offensichtlich war kurz zuvor ein Gemälde transportiert worden.

»Der Lastenaufzug«, murmelte Bosch plötzlich.

Er rang nach Luft. Dennoch rannte er zum Aufzug.

›Wenn er hier geparkt hat, muss er den nächstliegenden Lastenaufzug benutzt haben. Der Lastenaufzug bedient nur die Untergeschosse, wir müssen also vier mögliche Stockwerke durchsuchen. Er kann in jedem der vier sein.‹

Er blieb stehen und schaute seine Männer an. Alle waren jung und schienen genauso verwirrt zu sein wie er. Ihr Haar glänzte regennass. Mit welcher Sicherheit er die Befehle gab und sie verteilte, überraschte ihn selbst. Zwei sollten die vierte und dritte Etage durchsuchen, Wuyters und er würden ins zweite und erste Stockwerk hinauffahren. Wer zuerst fündig wurde, sollte sich per Funk mit den anderen in Verbindung setzen. Der Schutz des Werkes hatte jedoch Vorrang: Bei dringendem Handlungsbedarf mussten sie sofort einschreiten.

»Ich weiß nicht, wie er aussieht und ob er allein agiert oder nicht«, fuhr er fort, »nur, dass dieser Mensch sehr gefährlich ist. Gebt ihm keine Chance!«

Die Tür des Lastenaufzugs öffnete sich, und Bosch ging mit seinen Männern hinein.

Seine Begleiter hatten ihre Waffen gezogen. Wuyters hatte eine zweite dabei, und Bosch erbat sie sich. Als er das vertraute Gewicht dieses großen, metallischen L in der Hand spürte, fragte er sich, wie gut er wohl noch schießen konnte. Allzu viele Jahre hatte er keine Feuerwaffe mehr benutzt. Sollte er um Hilfe bitten? Um Verstärkung? April rufen? Sein Kopf schwirrte wie ein Bienenstock. Nun, er durfte keine Zeit verlieren. Sie mussten den *Künstler* finden und festnehmen, sie ganz allein.

Der Aufzug setzte sich quälend langsam in Gang.

21.51 Uhr

Anfang und Ende, dachte sie. Anfang und Ende sind hier, vor ihren Augen.

Sie hätte in dem Moment gerne Oslos Meinung eingeholt, war sich aber bewusst, dass dieser Anblick dem armen Hirum die Sprache verschlagen, ihm sogar das klare Denkvermögen geraubt hätte. Hirum Oslo wäre vor diesem Werk wohl nur lange Zeit mit offenem Mund und weit aufgerissenen Augen dagestanden, sehr viel länger als sie.

»Es ist fast fertig«, flüsterte Stein und stieß dabei kleine Dampfwolken aus. »Was allerdings noch fehlt, ist die Zerstörung von *Susanna*. Sobald Baldi sie schickt, ist das Bild komplett.«

Was konnte damit verglichen werden?, fragte sich Miss Wood und zwinkerte. Welcher Meilenstein in der Kunst? *Guernica*? Die Sixtinische Kapelle? Sie umrundete mit langsamen Schritten das auf dem Boden hingestreckte Bild. Die *Pietà*? Die *Demoiselles von Avignon*? War eine Schranke durchbrochen, eine Grenze, ein Punkt überschritten worden? Hatte die Kunst jetzt andere Vorzeichen? War jetzt so ein Moment wie damals, als der erste Mensch seine Finger in Farbe getaucht und ein Tier an die Wand seiner Wohnhöhle gemalt hatte? Wie der Moment, in dem Tanagorsky aufs Podest gestiegen war und dem verblüfften Publikum ins Gesicht geschrien hatte: »Ich bin die Malerei«?

Sie bewegte den Mund, sammelte ein wenig Speichel und schaffte es zu schlucken. Während die Sekunden in diesem bitterkalten Raum langsam vergingen, schlug ihr Herz einen veränderten, verrückten, holprigen Rhythmus.

Weder Stein noch sie wollten die Stille durchbrechen.

Sie befanden sich im Innern eines acht mal zehn Meter großen, hermetisch abgeschlossenen, schallisolierten und klimatisierten Raums. Die durch Außenfühler regulierte Temperatur betrug mehrere Minusgrade; die Luft war so kalt wie im gewaltigen Kühlschrank einer Metzgerei. Decke, Wände und Fußboden waren mit türkisfarbenen

Eisenplatten verkleidet. Das weiße, wenngleich spärliche Licht kam direkt von oben aus einer Reihe von Lampen. Sie waren auf den Mann gerichtet. Es sah aus, als schwebe er über einem von Rauhreif bedeckten See.

Der Mann war Bruno van Tysch. Er lag völlig nackt, rücklings auf dem Boden, hatte die Arme über den Kopf gestreckt und die Beine in einer Art übereinander gelegt, die sofort an eine Kreuzigung denken ließ. Er war von Kopf bis Fuß ockerfarben und blau bemalt. Die Venen an den Fußknöcheln und Handgelenken waren aufgerissen. Beim näheren Hinsehen zeigten sich die tiefen Schnitte. Es war offensichtlich erst vor kurzem geschehen. Das koagulierte Blut bildete auf dem Boden unter den Extremitäten einen abgegrenzten, roten Bereich. Es erweckte den Eindruck, van Tysch wäre im eigenen Blut gekreuzigt. Um den Körper herum waren gewaltige, rechteckige Platten aufgestellt, wie Spiegel. Es waren drei Platten: eine links, eine rechts – so platziert, dass sie am einen Ende zu Füßen des Malers zusammenstießen –, die dritte am Kopfende berührte seine Hände. Doch es waren keine Spiegel. Das Bild rechts von van Tysch zeigte den Körper Annek Hollechs in Lebensgröße, nackt und etikettiert, fast in der gleichen Pose wie der Maler, von den zehn Schnitten einer Säge zehnfach zerstört. Das auf der linken Seite zeigte die Gebrüder Walden in gleicher Pose und gleichem Zustand. Es waren nicht nur Videoaufnahmen: Die fluoreszierenden, aufgeblähten Bäuche der Zwillinge zum Beispiel ragten hervor und wölbten sich über van Tysch wie zwei blutige Berge. Wood vermutete, dass die Bilder mit einem System aufgenommen worden waren, das die Betrachtung ohne Spezialbrille ermöglichte. Das rote Blut der Bilder und die glänzendere, reale, blutige Färbung der Handgelenke und Füße van Tyschs fügten sich zu einem Ensemble, das einen Kontrast zu den fleischigen Körpern der vier Leichen bildete. Die Hintergründe (Rasen im Falle von Annek, ein Hotelzimmer bei den Waldens) waren geschickt einheitlich türkisfarben übermalt worden, sodass sie nahtlos in den Boden des gepanzerten Raums übergingen. Das Ganze besaß eine bedrückende Symmetrie und eine geheimnisvolle, unleugbare Schönheit. Einem sensiblen Betrachter käme sofort der Gedanke an irgendeine holistische Lehre: Der Künstler und sein Werk, der Künstler und sein Testament, die Opferung des Künstlers inmitten seiner Bilder. Dieser nackten Familie, wie sie ruhig, zerfetzt, mit ausgebreiteten Armen und Beinen dalag, haftete fast etwas Weihevolles an. Etwas Ewiges. Die horizontale Platte, wesentlich größer als die anderen und noch dunkel, fiel aus dem Ensemble heraus. Dort, dachte Wood, werden die Bilder der Zerstörung der *Susanna* erscheinen.

»Bitten Sie mich um keine Erklärung«, sagte Stein und beobachtete Woods Gesichtsausdruck. »Es ist Kunst, Miss Wood. Das werden Sie wohl nicht verstehen. Der Künstler hat aber auch nicht die Aufgabe, sie zu interpretieren ...«

In dem Moment ertönte unverhofft von weit her eine andere Stimme. Miss Wood tat vor Schreck fast einen Satz, als völlig überraschend und in unmenschlicher Lautstärke Worte aus dem Untergrund drangen. Es war Annek Hollech. Zarte Harmonien von Purcell untermalten ihre bebend gesprochenen Worte:

»KUNST IST AUCH ZERSTÖRUNG.«

Kurze Pause. Feierliche Klänge einer barocken Trauermusik.

»AM ANFANG GAB ES NUR DAS. IN DEN HÖHLEN WURDE NUR GEMALT, WAS MAN OPFERN WOLLTE.«

Pause.

Wood sträubten sich die Haare. Sie wurde von Schauern geschüttelt, die gar nicht mehr aufhören wollten. Es fühlte sich an wie das Kribbeln einer Ameiseninvasion.

Anneks Bild im Spiegel hatte sich verändert. Sie war noch immer nackt und zerstört, ihr Gesicht jedoch schien sich zu bewegen. Von dort her kam die Stimme.

»DER KÜNSTLER SAGT ...«

Stein und Wood hörten respektvoll schweigend den Rest der Tonbandaufnahme an.

Als Annek geendet hatte, wurde ihr Gesicht wieder zur eingefallenen Totenmaske. Zur gleichen Zeit schien ein Chor von Engeln die beklagenswerten Gesichter der Gebrüder Walden zu erleuchten, sie wurden lebendig und stießen Worte aus, die wie ein Gebet oder eine weihevolle Beschwörung klangen. Auch diesmal wollten weder Stein noch Wood unterbrechen.

Als die Zwillinge schließlich in ihre blutige Stille zurücksanken, sagte Stein: »Van Tysch bestand auf den Originalstimmen der Leinwände, die wir allerdings dann im Studio noch bearbeitet haben. Sie sind so programmiert, dass sie Tag für Tag und Nacht für Nacht ununterbrochen in bestimmten Zeitabständen ertönen.«

Kunst, die überlebt, ist Kunst, die gestorben ist, dachte Wood. Mögen die Figuren sterben, die Werke überdauern. Jetzt begriff sie. In seinem posthumen Bild war es van Tysch gelungen, einen Leib zu verewigen. Nichts und niemand würde zerstören können, was bereits zerstört war. Nichts und niemand würde beenden können, was bereits beendet war. Die unwirtlichen Bedingungen von Kälte und Elektrizität würden dieses Bild für immer konservieren.

Sein Bild. Sein letztes Bild.

»Van Tysch hat Baldi den Weg gebahnt ...«, murmelte sie. Hier drin, in diesem Zimmer, das keinen Laut kannte, ertönte ihre Stimme wie ein Schrei.

Stein nickte.

»Schritt für Schritt, seit 2004, heimlich. Als er ihn 2001 für ein belangloses Bild malte, für *Figur XIII*, stellte er sofort fest, dass Baldi das perfekte Material für sein letztes Werk war. Er nannte ihn sein ›Papier‹. Er sagte: ›Auf Póstumo schreibe und zeichne ich, Jacob, auf ihm mache ich mir Notizen und arbeite den Plan für das letzte Werk meines Lebens aus.‹«

Stein sah Wood im bläulichen Dämmerlicht des Raumes von der Seite an. Der Dunstschleier hüllte sie beide ein, als hätten sich ihre Seelen entschlossen, aus den Körpern herauszutreten, ohne sich allzu weit zu entfernen.

»*Fuschus*, machen Sie kein solches Gesicht. Ihnen durften wir doch nichts sagen, verstehen Sie das nicht? Wenn Sie etwas gewusst hätten, wären Sie zweifellos auf unserer Seite gewesen. Doch dann wäre das Werk auf irgendeine Weise auch Ihr Werk gewesen. Sie sind aber keine Künstlerin, April. Weder Künstlerin noch Leinwand«, fügte er hinzu, und sie bemerkte den grausamen Ton, mit dem er seinen Worten Nachdruck verlieh. »Wir mussten die Sache ohne Ihr Wissen durchziehen, weil es sich um unsere Arbeit handelte, nicht um die Ihre.«

»Verstehe«, sagte sie.

»Es weiß sonst niemand. Weder Hoffmann noch irgendein anderer Mitarbeiter. Selbst ich habe es erst vor wenigen Monaten erfahren. Bruno hat mich hierher eingeladen und mir alles erklärt. Er hat mir dieses Zimmer gezeigt und beschrieben, welche Form das Bild schließlich annehmen würde. Es sei nicht das erste Mal, sagte er, dass ein Werk dem Künstler ein solches Opfer abverlange. Auch sei es nicht das erste Mal, dass ein Maler seine besten Arbeiten vor seinem Tod zerstören wolle. Er hatte alles sehr gut geplant, einschließlich des kurzen Moments der Ablenkung durch den *Christus* während der Rembrandt-Ausstellung. Er wusste, dass die Polizei und seine eigene Sicherheitsabteilung umfangreiche Vorsorgemaßnahmen getroffen hatten. Doch er verließ sich auf Baldi. Er hatte ihn sorgfältig trainiert und zum perfekten Werkzeug gemacht, zum Papier, auf dem er sein Meisterwerk malen wurde. Ich gab ihm mein Einverständnis, sagte aber, dass mir die Zerstörung von *Entjungferung* und *Monster* ein wenig Leid tue. ›Es sind deine besten Arbeiten, Bruno‹, sagte ich, ›deine liebsten, die, die dir am allermeisten bedeuten.‹ – ›Genau deshalb mach ich es, Jacob‹, sagte er. ›Es sind meine geliebten Werke. Ich mache es aus Liebe.‹ Er bat mich um Hilfe beim letzten Malvorgang. Alles musste heute zu Ende sein, am 15. Juli 2006, dem vierhundertsten Geburtstag von Rembrandt. Künstler, das wissen Sie, schließen gern einen Kreis. Rembrandt wurde an diesem Tag geboren, van Tysch ist an diesem

Tag gestorben. Ich sagte ihm meine Hilfe zu. *Fuschus*, klar, was denn sonst ...«

Da brach Stein plötzlich in Tränen aus, zu Woods größter Überraschung. Sie wäre auf alles andere gefasst gewesen. Es war ein unangenehmes, schwaches Schluchzen, das an eine leichte Erkältung denken ließ.

»Ich habe ihm zugesagt und hätte es wieder und immer wieder getan ... ›Hier steht der arme Jacob‹, sagte ich. ›Vertraue auf ihn, denn er ist wie dein Spiegelbild.‹ Heute musste alles vollendet sein. Er gebrauchte dieses Wort: ›vollendet‹. Ich half ihm bei der Bemalung seines Körpers und bei allem anderen. Ich kann nicht leugnen, dass dies der Befehl war, den zu befolgen mich die allergrößte Anstrengung gekostet hat, mehr als jeder andere Befehl in meinem Leben ...«

Er trocknete sich mit dem Handrücken ein paar Tränen, die Wood allerdings nicht entdecken konnte. Vermutlich sagte Stein die Wahrheit, aber nicht die ganze. Es gab ein Drehbuch, dem Stein folgte. ›Van Tysch musste ersetzt werden, und sein Wunsch zu sterben kam dir sehr gelegen, Jacob. Sicher hast du schon seinen Nachfolger ausgewählt ... Wer mag wohl der Glückliche sein?‹

Neben dem Bild war ein kleines Pult aufgestellt. Während Stein weinte, trat Wood darauf zu und las den Text auf dem Schild, das, von einer Neonröhre beleuchtet, auf dem Pult lag: zwei handgeschriebene Worte, einmal Englisch, einmal Französisch.

»*Die Dämmerung*?«

Stein bejahte.

»Ich habe gewagt, es so zu taufen ... Er wollte ihm überhaupt keinen Namen geben, doch Bilder ohne Titel sind für die Nachwelt ungeeignet ... Wissen Sie, wie ich auf die Bezeichnung kam? Van Tysch bestand auf gedämpftem Licht. Und seine letzten Worte waren: ›Jacob, denk an das Licht. Das Wichtigste an diesem Bild ist die Dämmerung.‹ Er wiederholte das Wort mehrmals, immer leiser: ›Die Dämmerung, die Dämmerung ...‹ Er starb mit diesem Wort auf den Lippen. Mir schien der Titel passend.«

»Und sie?«, fragte Wood.

Sie zeigte auf den Körper von Murnika de Verne. Van Tyschs Sekretärin lag in einer entfernten, düsteren Ecke des Raums. Vielleicht war sie nur ohnmächtig, würde aber sicher bald sterben, wie Wood annahm, denn das leichte, seitlich offene, schwarze Kleid konnte sie vor der extremen Temperatur dieses grässlichen Gefrierschranks nicht lange schützen. Die Beine waren angezogen, das Gesicht war von der dichten Haarmähne bedeckt. Sie lag da wie eine Puppe, die ein liebloses Mädchen achtlos liegen gelassen hatte.

»Sie bleibt dort«, sagte Stein. »Murnika gehört nämlich auch zum Bild. *Die Dämmerung* ist ein Gesamtkunstwerk, das größte je geschaffene, weil alle ein Teil davon sind, van Tysch wollte das so. Nicht nur Murnika, sondern auch Sie und ich, Baldi und die zerstörten Bilder, die Angehörigen der Bilder, die Polizei, die Baldi sucht, die Besprechungen von *Rip van Winkle* sowie jede einzelne Dekoration dieser Versammlungen, die ganze Rembrandt-Ausstellung einschließlich des *Christus* natürlich, die Bilder der Sammlung ›Blumen‹ und ›Monster‹ sowie der Rest des Werks von van Tysch, das zurückgezogen werden musste ... und, davon ausgehend, alle Künstler und Modelle, alle Bilder der Welt, die sich davon berührt fühlen und alle Leute, die je ein hyperdramatisches Bild betrachten werden. Die ganze Menschheit eben. Dass bei den zerstörten Bildern auch Kopien der Tonbandaufnahmen zu finden sind hat folgenden Grund: Van Tysch wollte uns alle einbeziehen in das Bild, unfreiwillig, als verblüffte Zuschauer. *Die Dämmerung* ist das einzige Werk van Tyschs, das der schmutzigen Kunst zuzuordnen ist, Miss Wood, und das Material, aus dem es besteht, sind wir alle. Das muss natürlich eine gewisse Zeit lang verborgen bleiben, doch eines Tages werden wir es bekannt machen ... Dann werden die Leute reagieren. Stellen Sie sich die entsetzten oder erstaunten Gesichter vor, die überraschten Blicke, die Ohren, die von den Leichenstimmen der Bilder bedrängt werden, den Maler, der sich mit dem eigenen Tod unsterblich gemacht hat ... Das ist das Zentrum des Bildes, sicher, aber um das Bild herum *sind wir alle.* Haben Sie nicht das Gefühl, der Raum weite sich? Haben Sie nicht das Gefühl, dass er sich ins Unendliche dehnt?«

Dann, nach einer kurzen Pause, in der beide nichts anderes taten, als in die Augen des Gegenüber zu starren, wie Schachspieler oder ein Mensch vor dem Spiegel, fuhr Stein fort: »Möglicherweise entsteht sogar ein Buch. In diesem Fall würde sich die Betrachtung des Werks erübrigen. Um Teil des Werks zu sein, muss man es nur lesen und reagieren.«

›Reagieren, in der Tat‹, dachte Wood und gab Stein in diesem Punkt Recht. Sie hatte bereits reagiert. *Die Dämmerung* war van Tyschs größtes Werk, vielleicht das größte und ehrlichste Kunstwerk aller Zeiten. Ihr Gefühl sagte es, ihr glühender Wunsch sagte es ihr. *Die Dämmerung* verschmähen hieße, nicht nur die Kunst verschmähen, sondern auch den verborgenen Sinn der Existenz. Ein Teil von Wood, eine unbekannte Region ihrer Seele, die nichts mit der berechnenden Kälte ihres Gehirns zu tun hatte, verstand die Absicht des Meisters, die Art, wie er seine geliebten Schöpfungen ›auslöschte‹, wie auch sein Vater die Bilder ausgelöscht hatte, wie er auf seine Weise die Schuld seiner Vergangenheit tilgte und bis in die letzte Faser sein eigenes Leiden als Schöpfer erlebte. ... *Die Dämmerung* war ein befreiendes Werk. Van Tysch lehrte sie mit seinem Tod, die Fesseln abzustreifen und den Erinnerungen zu entkommen. Allen Erinnerungen. ›Ich verstehe dich. Ich begreife dich‹, hätte sie gern dem Meister gesagt. ›Ich verstehe deine Absicht.‹ So gesehen war die Zerstörung von *Entjungferung*, *Monster* und *Susanna* nicht nur begreiflich, sondern notwendig. Die Welt, wie Stein ganz richtig annahm, würde es nie verstehen, wie die Welt das Werk eines gewaltigen Genies eben niemals versteht.

Miss Wood war glücklich, erstmals seit vielen Jahren. Ihre Augen glänzten, und ihr Atem ging, hier in der eisigen Luft dieses Raum, immer schneller.

Plötzlich überfiel sie eine unbestimmte Angst.

»Wo ist Baldi jetzt?«

Stein und sie sahen gleichzeitig auf ihre Uhren.

»Kurz vor zehn. Wenn alles gut gegangen ist, wird er im Alten Atelier sein und seine Pflicht tun. Jetzt werden Sie begreifen, dass er nicht der Polizei in die Hände fallen darf. Kein Polizist würde das verstehen. Polizisten sind bezahlte Angestellte wie Sie, nur mit sehr viel geringerem Kunstverstand. Sie würden anfangen, von Verbrechen und Schuldigen zu reden, von Gerechtigkeit und Gefängnis und die einem Werk wie diesem innewohnende Kunst wäre ihnen piepegal. Sie wären imstande ... imstande, es zu zerstören. Ja sogar, die Fertigstellung zu verhindern.«

Wood wurde immer unruhiger. Stein hob fragend seine dichten Augenbrauen.

»Ich muss Bosch informieren«, sagte Wood.

»Bosch ist kein Problem«, erwiderte Stein. »Er weiß nicht, wohin Baldi das Bild gebracht hat. Punkt zehn Uhr ist alles vollbracht ...«

»Ich möchte mich aber vergewissern.«

Sie öffnete die Tasche und nahm das Handy heraus. Ihre Finger waren steif vor Kälte.

Es durfte nicht sein. Sie musste es verhindern. Zumindest das musste sie verhindern. Es war sein Großes Werk, das alles verändernde Werk. Sie würde sein Werk beschützen, weil sie es mit der gleichen gewaltigen Leidenschaft bewunderte wie der Meister selbst. Miss Wood hegte keinen Zweifel über die Aufgabe, die ihr bevorstand.

Sie musste die Fertigstellung der *Dämmerung* um jeden Preis sicherstellen.

21.58 Uhr

Lothar Bosch beobachtete Póstumo Baldi durch die Einwegscheibe der Arbeitskabine. Diese weiß gekleidete Gestalt hypnotisierte ihn. Baldi wirkte wie eine Comiczeichnung, wie die Figur eines Computerspiels, die sich einer geheimnisvollen Regel folgend bewegte.

Wuyters und er hatten die Kabine soeben am Ende des Flurs des ersten Untergeschosses entdeckt. Sie war schallisoliert, und das spezielle Glas erlaubte es ihnen, Baldi heimlich zu beobachten. Trotz der zeroplastischen Maske erkannte Bosch ihn sofort an seinen Augen, ganz wie er es von Anfang an vermutet hatte. ›Spiegel‹, dachte er, ›es sind tatsächlich Spiegel.‹

Als sie ihn entdeckten, hatte Baldi soeben die Frau richtig hingelegt. Die drei Leinwände waren alle entsprechend etikettiert und lagen nackt rücklings auf dem Boden der Kabine. Sie waren offensichtlich unbeschädigt. Baldi hatte zweifellos die Tonbandaufnahmen bereits erledigt und schickte sich nun an, sie zu zerschneiden. Bosch wunderte sich.

»Gehen wir rein, Bosch?«, fragte Wuyters und hob die Waffe.

»Ruf erst die anderen«, sagte Bosch.

Sie hatten sich neben die Tür der Kabine postiert und hielten die Pistolen fest in beiden Händen. Wuyters schaltete das Mikrofon an und informierte die anderen beiden Polizisten. Bosch stellte fest, dass der junge Mann ebenso nervös war wie er, vielleicht noch mehr. Als Wuyters fertig war, sah er Bosch fragend an. Er wartete auf weitere Anweisungen. Bosch gab ihm mit einem Zeichen zu verstehen, dass er die Kabinentür mit einem Ruck aufreißen sollte.

Da klingelte sein Handy. Ohne Baldi aus den Augen zu lassen, und obwohl er wusste, dass der ihn unmöglich hören konnte, antwortete er hastig. Er freute sich, Woods Stimme zu hören, und gab sofort, ohne ihr Anliegen abzuwarten, mit leiser, ängstlicher Stimme Meldung: »April? O Gott, wir haben ihn. Er ist im Alten Atelier, in einer der Kabinen und schickt sich soeben an …!«

Da brachte ihn Wood mit energischen Worten zum Schweigen.

21.59 Uhr

Alles war ganz schnell passiert. Erst dieser unerwartete Schuss. Rodino und Krupka waren völlig wehrlos und zeigten nicht die geringste Reaktion. Matt schoss zuerst auf Rodino, der seine Hand an die Kehle legte und die Augen aufriss. Weder Krupka noch sie konnten die Nadel sehen, die in seinem Hals steckte. Dann richtete er, mit gleicher Geschwindigkeit, das Gerät wieder her und schoss noch einmal. Clara schützte sich instinktiv mit den Händen.

»*Calma*«, sagte Matt auf Spanisch zu ihr.

Er trat auf sie zu und löste ihr die Hände so zart vom Hals, wie es ein Liebhaber getan hätte.

Eine gläserne Biene stach ihr in die Kehle. Dann fing das Zimmer an, sich aufzulösen.

Als sie aufwachte, fiel ihr erster Blick auf Krupka, der sie vom Boden aus mit schreckgeweiteten Augen ansah. Dann merkte sie, dass auch sie auf dem Boden lag, auf dem Rücken, genau wie Rodino, und schwer atmete.

Der Kopf tat ihr weh. Der Boden war zu kalt, vielleicht war sie auch ganz nackt. Die Härte ihrer Haut signalisierte ihr, dass sie noch immer bemalt war. Sie konnte sich jedoch trotz aller Mühe nicht erinnern, warum sie hier war, unter dieser Operationslampe, hingestreckt wie eine Patientin, der soeben das Skalpell angesetzt wird. Auch Krupka und Rodino waren nackt.

Neben und über ihrem Kopf bewegte sich ein Paar weiße Schuhe. Die Schuhe kamen und verschwanden, als hätten sie kein bestimmtes Ziel. Manchmal fiel ein Schatten auf sie. Krupka blickte sie erneut verschreckt an. Rodino wimmerte. Auch Clara versuchte, nach oben zu schauen, doch das helle Licht blendete sie.

»Was machen Sie?«, hörte sie Krupka sagen. Vielleicht sagte er auch: »Wie geht es Ihnen?« Krupkas Englisch war (unter diesen Umständen erst recht) schwer verständlich.

Schritte. Clara hob den Kopf und sah, wie der Mann mit diesem seltsamen Apparat näher kam und sich zu ihr herunterbeugte. Der Schuss schmerzte. Sie wollte die Arme heben oder sich bewegen, fühlte sich aber zu schwach und schwindlig. Da erinnerte sie sich mit einem Mal, wer dieser junge Mann mit dem Plastikgesicht war, der sie so ungerührt ansah. Er hieß Matt und hatte ihnen gesagt, dass er sie auf van Tyschs Anweisung hin auffrischen müsse.

Matt hielt ihr ein Gerät vor die Augen. Was war das? Es hatte Ähnlichkeit mit einem klassischen Zahnarzt- oder Rasierinstrument.

Matts Finger bewegten sich direkt unter ihrer Nase. Das Instrument setzte sich in Gang. Sie zuckte unwillkürlich zusammen. Es war eine Art Scheibe, die sich drehte und ein schreckliches Geräusch produzierte, das körperliches Missbehagen auslöste. Als zerre jemand direkt an ihrem Ohr einen Metalltisch über den Steinboden.

Sie hatte Angst. Eigentlich hätte sie keine haben müssen, weil alles Kunst war, doch sie hatte Angst. Dann schrie sie.

22.00 Uhr

Bosch lauschte Miss Woods Worten, während er zusah, wie sich Póstumo Baldi mit dem Schneidewerkzeug über das Mädchen beugte.

»Gehen wir rein, Bosch?«, schrie Wuyters in höchster Aufregung.

Bosch hatte den Hörer ans Ohr gepresst und hob gebieterisch den Arm, wie ein Polizist, der den Verkehr stoppt.

Er hörte April Wood zu. Der Frau, die er über alles liebte und achtete. Als sie kurz innehielt, schaffte er es, ein paar matte Worte zu murmeln: »April, ich verstehe nicht ...«

»Erst verstand ich es auch nicht«, sagte Wood, »jetzt schon. Du müsstest es sehen, Lothar. Du müsstest hier sein und es sehen ... Es heißt *Die Dämmerung* und ist ... ein sehr schönes Bild ... Van Tyschs schönstes und persönlichstes Bild. Ein biografisches Selbstporträt. Selbst die Durchstreichungen seines Vaters sind vorhanden ... Du müsstest es sehen, Lothar! O Gott, du müsstest dieses Bild sehen!«

›Du müsstest dieses Bild sehen‹, dachte er, ›o Gott, April, du müsstest dieses Bild sehen!‹

Vor ihm stand Wuyters, mit rot angelaufenem, schweißbedecktem, angstverzerrtem Gesicht.

»Bosch, er schneidet das Mädchen auf! Was sollen wir tun?«

Die Kabine war schallisoliert. Trotzdem hätte Bosch schwören können, dass die Schreie der jungen Frau durch die Mauern drangen wie Gespenster und sich in sein Trommelfell bohrten. Dieses lautlose Getöse schmerzte in seinen Ohren noch mehr als die entsetzten Ausrufe Wuyters' oder Woods aufgeregte Befehle.

»Du bist kein Polizist mehr, Lothar!«, hatte sie ihm gesagt, bevor sie auflegte. »Du arbeitest für die Abteilung Kunst und für den Meister. Erteile deinen Männern den Befehl, Baldi zu schützen, wenn er fertig ist, und bring ihn heil und gesund nach Edenburg!«

Das Telefon gab nun ein stoßweises Pfeifen von sich.

›In diesem Zimmer befinden sich keine verdammten Kunstwerke, sondern Menschen! Und dieser Kerl ist dabei, sie umzulegen! Er schneidet sie in Stücke wie Schlachtvieh! Es sind keine Kunstwerke, es sind keine Kunstwerke! Sind es nie gewesen!‹

Das hätte er ihr gern gesagt, doch sie hatte bereits aufgelegt. Woods Schweigen war schrecklich, grausam. Nun, egal. War doch sein ganzes Leben ein mittlerer Fehlschlag gewesen. Er fühlte sich krank, von Übelkeit gepeinigt. Ihm hatte das Format gefehlt; er durfte sich nicht zu den ganz Großen zählen. Die einzig wichtige Arbeit seines Lebens hatte van Tysch ihm verschafft. Sein Bruder dagegen hatte es erheblich weiter gebracht. Roland war es gelungen, sich eine Zukunft aufzubauen. Anständig zu verdienen, das war eine Sache, doch was ist mit den Überzeugungen ... Wo blieben die Überzeugungen?

Baldi war fertig mit dem Mädchen und stand nun wieder aufrecht (oh, reine, keusche Flamme). Jetzt machte er sich am Tisch zu schaffen. Spielte er vielleicht mit Geld? Er nahm nacheinander verschiedene Münzen in die Hand. Nein, er wechselte das Messer, um die nächste Figur zu zerschneiden. Nirgends war Blut zu sehen. Ein reines Wesen, eine Lichtgestalt. Diese perfekten Gesichtszüge. Diese Schönheit. Ja, Schönheit konnte grausam sein. Das hatte ein deutscher Dichter gesagt, den Hendrickje zu lesen pflegte. Bosch las keine deutschen Dichter, verstand auch nichts von moderner Kunst, konnte jedoch auf Nachfrage, ohne rot zu werden, seine Meinung über einen Ferrucioli, einen Rayback oder einen Mavalaki abgeben. Er war vielleicht nicht so verdammt kultiviert, wie es Hendrickje und ihrem Vater gefallen hätte. Doch er wusste Schönheit zu schätzen.

Baldi war schön wie ein frisch verschneiter Morgen auf dem Lande.

Bosch sah Baldi an. Er hatte den Blick von dem Mädchen abgewandt. Er wollte das Werk nicht sehen. Noch nicht, denn es war noch nicht fertig.

›Es sind keine Kunstwerke. Kein Mensch ist Kunst. Die Kunst ist nicht menschlich. Oder doch? Egal, ob sie es war oder nicht. Was zählt, was wirklich zählt, ist ...‹

Er nahm den Hörer vom Ohr und betrachtete dieses Gerät auf seiner Handfläche wie einen fremden, rätselhaften Gegenstand.

› ... was zählt sind die Menschen.‹

Im Grunde war doch alles egal. Schließlich war es Steins Fehler gewesen, sich auf ein so mittelmäßiges Wesen wie ihn zu verlassen. Van Tysch hätte ihn niemals unter Vertrag genommen. Er fühlte sich plump, gewöhnlich, wie ein großes Kind, das mit dicken Schutzhandschuhen ein zartes Glasgebilde untersucht. Er verabscheute diese Gewöhnlichkeit. Hendrickje hatte seine Gewöhnlichkeit gekannt. Vielleicht war das der Grund, warum er immer den Eindruck gehabt hatte, sie verabscheue ihn. Jetzt verabscheute ihn auch Miss Wood. Eigenartig, festzustellen, wie edle Geister einen plötzlich verabscheuen konnten. Als stünde ein Blitze schleudernder Gott dahinter. Dieses herablassende Lächeln, diese mitleidig geduldigen Blicke für ihn! Hendrickje und Wood, van Tysch, Stein und Baldi, Roland, selbst Danielle, sie alle gehörten einer höheren Rasse an, waren Auserwählte, denen es gegeben war, Leben und Kunst zu verstehen und beidem einen Sinn zu verleihen. Er war dazu da, sie zu beschützen, sie und ihre Werke, aber selbst das gelang ihm nicht.

Er seufzte schwer und sah traurig ins fassungslose Gesicht des jungen Wuyters.

»Steck die Waffe weg, Jan. Wir werden nicht intervenieren. Dieser Kerl arbeitet für van Tysch. Er stellt ein Kunstwerk her.«

»Das verstehe ich nicht«, murmelte Wuyters, totenbleich, während er in die Kabine schaute.

»Schon gut, ich auch nicht«, sagte Bosch. Und fügte hinzu: »Das ist eben moderne Kunst.«

22.01 Uhr

Póstumo Baldi, der *Künstler*, war kein Schöpfer, sondern ein Werkzeug der Schöpfung, wie die Gestalten, die er jetzt zerstörte. Eines Tages würde er an der Reihe sein. Er wusste es und war bereit. Ein leerer Beutel war er, der mit fremden Dingen gefüllt werden musste. Das war schon immer so gewesen. Er hatte versucht, täglich besser zu werden, seine Perfektion zu steigern, um sich den Wünschen des Künstlers anpassen zu können. Ein leeres Blatt zu sein, wie es der Meister ausdrückte.

Er war erst spät an diesen Punkt gelangt. Jetzt musste es weitergehen. Van Tysch hatte ihn ausgezeichnet darauf vorbereitet: kein einziger Fehler, alles perfekt, alles war glatt gelaufen. Das war das Verdienst des Malers, aber auch sein Verdienst. Van Tysch hatte seine Hand auf ihn gelegt und er, einem wunderbaren Handschuh gleich, hatte sich seinen Formen angepasst. Auch seine Mutter war eine außergewöhnliche Leinwand gewesen, wenngleich verkannt. Er dagegen hatte es geschafft und Höhen erreicht, von denen sie nur träumen konnte. Noch Jahrtausende später würde man von Póstumo Baldi sprechen, wie er mit absoluter Perfektion alle Anweisungen des Meisters durchgeführt hatte und wie aus ihm der *Künstler* geworden war, ohne es tatsächlich zu sein. Jahrhundertelang würde man davon sprechen, wie er die geheimnisvollen Pläne des größten Malers aller Zeiten realisiert hatte. Denn es kommt der Augenblick, in dem Werk und Maler eins werden.

Jan van Obber hatte ihm einmal gesagt, er sei ehrgeizig. Was Baldi gerne bestätigte. Selbstverständlich war er ehrgeizig. Schließlich dehnt Luft einen leeren Beutel aus.

Behutsam und sorgfältig hatte er die Schneide des Messers dem Gesicht der weiblichen Figur genähert. Da stieß das Mädchen einen Schrei aus. Da schrien alle drei. Póstumo litt mit ihnen, war entsetzt, ließ sich hinwegtragen vom wüsten Strom der Angst, den er selbst ausgelöst hatte. Póstumo war gespannt wie die Haut, die er in perfekte, gerade Streifen schnitt. (»Vergiss nicht«, hatte ihm van Tysch gesagt, »vier Kreuze und zwei parallele Linien. Mach es immer gleich!«) Er fühlte den Schmerz der Leinwand, die bis in die Tiefe aufgeschlitzt wurde, mit. Der Meister legte Wert darauf, dass auch die Leinwand es begriff, weshalb Póstumo dafür sorgte, dass die Bilder noch lebten und ahnten, was mit ihnen geschehen würde, was mit ihnen soeben geschah. Das war selbstverständlich keine Grausamkeit, sondern Kunst. Und er war kein Mörder, nur ein sehr spitzer Stift. Er hatte getötet und gefoltert und sich dabei genau an die gezeichneten Vorgaben gehalten. Er hatte mit den Leinwänden gelitten und geweint. Und wenn der Augenblick kommen sollte, würde auch er sich, wenn es denn sein musste, dem unerbittlichen Stahl unterwerfen.

Die Augen der jungen Frau mit dem rot bemalten Haar schielten, als Póstumo das Messer an ihr Gesicht führte.

Plötzlich bemerkte er seinen Fehler.

Er hatte nicht die richtige Klinge gewählt. Eigentlich wollte er zuerst die größere Figur zerstören, den zweiten Alten, hatte es sich dann aber anders überlegt und sich für die weibliche Figur entschlossen. Dafür war jedoch das

Schneidwerkzeug nicht geeignet. Wenn er sie mit dieser Klinge aufschlitzte, würde er ihr Gesicht nur zerfleischen. Das wollte er nicht: Die Kreuze mussten sauber herausgearbeitet werden.

Er ließ die Haarsträhne vorsichtig los, schaltete den Motor aus und richtete sich auf. Dann ging er zum Tisch und suchte nach der feineren Klinge. Er arbeitete mit unterschiedlichen Messern, manchmal nahm er je nach Körperteil und Struktur der Knochen ein anderes. Bei den Zwillingen hatte er das Messer kaum auswechseln müssen, bei der Jugendlichen jedoch war die Sache wegen ihres zarten, fast ätherischen Körperbaus mühsam gewesen. Bei der Zerstörung von *Entjungferung* waren mehrere Messerwechsel und Arbeitsunterbrechungen notwendig gewesen, während das junge Ding halb aufgeschlitzt dagelegen hatte, wobei das Blut heftig pulsierend aus den Wunden quoll, weil das Herz noch schlug. Er erinnerte sich nur ungern daran. Der Einsatz unterschiedlicher Schneidwerkzeuge hätte seine Aufgabe erleichtert, das Risiko, so viele Sachen mit sich zu führen, konnte er jedoch nicht eingehen. Er hatte Präszisionsarbeit zu leisten, und das verlangte fast zwangsläufig ein langsames Vorgehen.

Er fand das richtige Messer. Es lag neben dem Videogerät, das er aus der Stofftasche genommen hatte, um damit später das Zerstörungswerk zu filmen. Die Leinwände hinter ihm waren anscheinend endlich eingeschlafen. Das war jedoch kein Problem: Mit dem ersten Schnitt würden sie aufwachen.

Er nahm das breitere Messer aus der Halterung und warf es auf den Tisch. Dann setzte er das feinere Messer ein und schaltete probehalber den Motor an.

Er drehte sich um und ging wieder auf das Mädchen zu.

22.02 *Uhr*

Sie war drauf und dran, den Punkt zu überschreiten.

Der Spiegel. Endlich.

Sie hatte sich seiner glatten, kalten Oberfläche genähert und festgestellt, dass diese eisige Welt faszinierend war.

Selbstverständlich hatte sie Angst, Angst, die Tür eines verbotenen Zimmers zu öffnen und ins Dunkel einzudringen. Die Angst eines kleinen Mädchens, ein unangenehmes, zugleich spannendes Gefühl, als ginge es um die in einem Hexenhäuschen aus Schokolade verborgene Leckerei. Komm, Clara, nimm sie dir. Sie würde die notwendigen Schritte tun und sie nehmen, was immer geschehen mochte. Einfach alles tun, um den verdienten und schrecklichen Lohn zu bekommen.

»Schau dich im Spiegel an«, befahl der Maler. Seine Augen waren farblos, ihr Weiß unendlich. »Schau dich im Spiegel an«, wiederholte er.

Matt hatte sie kurz losgelassen, jetzt packte er sie jedoch wieder an den Haaren und führte ihr Gesicht nah an diesen seltsam rotierenden, ohrenbetäubend lauten Apparat.

Sie wusste, das war das Schreckliche. Was sie soeben sah, war das Schreckliche. Jetzt wurde dem großen Werk ihres Lebens letzte Hand angelegt. ›Los, tun wir's‹, sagte sie sich. ›Los, tu's, nur Mut.‹ Was war Kunst im Grunde anderes, was war das Meisterwerk anderes, wenn nicht das Ergebnis von leidenschaftlicher Hingabe und Mut?

Sie holte tief Luft, hob das Gesicht und präsentierte es der Opferung, als liefe sie auf einen liebevollen Vater zu, der ihr die Arme entgegenstreckt.

Das Schreckliche. Endlich.

In dem Moment gab es einen Knall, und alles war zu Ende.

22.05 Uhr

Bosch hatte direkt durch die Scheibe geschossen. Auf dem Boden der Kabine drehte sich ein Gerät wie rasend um die eigene Achse. Das Schneidwerkzeug war noch eingeschaltet, und seine Klinge zersägte die Luft.

Wuyters, der, seinem Befehl folgend, die Waffe weggesteckt hatte, sah ihn äußerst überrascht an. Bosch wollte ihn nicht mit hineinziehen in das, wozu er sich entschlossen hatte. Er allein musste der Schuldige sein, das war wichtig. Es hatte den alten Polizisten in ihm gejuckt, sich zu versichern, dass Wuyters bis zum letzten Augenblick bereit war, seine Pflicht zu tun.

Alles war vorbei, doch Bosch rührte sich nicht. Er senkte die Pistole selbst dann nicht, als man ihm sagte, Baldi sei tot. Er tat es auch nicht, als er erfuhr, dass die Leinwände außer Gefahr waren und es Baldi beim zweiten Anlauf nicht gelungen sei, die junge Frau aufzuschlitzen. Als er die Klinge auswechselte, hatten Wuyters und er geglaubt, er habe sie bereits aufgeschlitzt. Das Echo des Schusses war verklungen, der Knall des splitternden Glases verebbt, Bosch aber hielt noch immer die Waffe hoch.

Seltsam, dachte er, was da mit Baldi passiert ist. Er hatte gesehen, wie sein Kopf den Schuss abbekam und das Blut aufspritzte wie Farbe, dabei aber keine Gewebezerstörung bemerkt, nichts wirklich Schlimmes. Nur diesen roten Fleck, der sich ausbreitete und seinen weißen, glatten Schädel überzog. Der Anblick erinnerte ihn an ein Tintenfass, das er als Kind ungeschickt gehandhabt und das den gleichen Effekt auf seinem Zeichenheft produziert hatte. Wahrscheinlich war das Zeroplastin schuld an diesem säuberlichen Vorgang. Er beobachte durch die zerstörte Scheibe, wie einer seiner beiden Männer die Teile der Maske entfernte und die Zerstörung dahinter offen legte. Baldi hatte kein Gesicht mehr. Sein Gehirn glich zerfetztem Papier. ›Tut mir Leid‹, dachte Bosch bei diesem unästhetischen Anblick, diesem wüsten Gemisch von Knochen und Gewebeteilen. ›Tut mir Leid. Ich habe die Leinwand kaputtgemacht.‹ Baldi war nicht schuld, das wusste er ganz genau. Die Kunst war nicht schuld, das wusste er ebenfalls. Auch van Tysch nicht, weil van Tysch ein Genie war.

Er, Lothar Bosch, war schuld, sonst niemand. Ein gewöhnlicher Mann.

Endlich konnte er die Arme sinken lassen. Er merkte, dass Wuyters noch immer neben ihm stand und ihn ansah.

»Weißt du was, Jan?«, sagte Bosch unendlich müde. »Moderne Kunst hat mir noch nie gefallen.«

22.19 Uhr

Wood hörte schweigend zu. Dann legte sie auf und wandte sich an Stein.

»Mein Mitarbeiter, Lothar Bosch, hat die Fertigstellung des posthumen Werks von Bruno van Tysch verhindert. Er bekennt sich in allen Teilen schuldig und ist bereit, die Folgen seines Tuns zu tragen. Ferner informierte er mich soeben über seinen Entschluss, die Kündigung einzureichen.« Sie machte eine Pause. »Ich bitte Sie, auch meine Kündigung zur Kenntnis zu nehmen, die ganze Schuld an der Sache aber mir zuzuschreiben. Ich habe es nicht fertig gebracht, Herrn Bosch angemessen zu informieren, weshalb er aufgrund falscher Kriterien gehandelt hat. Ich allein bin für das Geschehene verantwortlich. Vielen Dank.«

Stein fing an zu lachen. Es war ein lautloses, unfrohes Lachen, das auf gewisse Weise dem Schluchzen glich, das ihn kurz zuvor überkommen hatte. Dann hüllte er sich in Schweigen. Auf seinem Gesicht stand leichter Unwille, als schäme er sich seines eigenen Verhaltens.

Miss Wood wartete keine weitere Antwort ab, sondern entfernte sich durch den langen Flur.

Die Mondsichel, die die Nacht über Edenburg erhellte, war höher gestiegen.

»Wer, wenn ich schrie, hörte mich denn
aus der Engel Ordnungen?«
Rainer Maria Rilke

EINE ZEIT LANG gab es Geräusche. Dann trat Stille ein.

Während Lothar Bosch die Socken zusammenlegte und sie in den Koffer packte, dachte er, dass dies vielleicht der einzige Friede und das einzige Glück war, das ein Mensch wie er in dieser Welt erhoffen durfte. Es gibt nichts Besseres, sagte er sich, als Socken glatt zu streichen und sie sorgfältig in einen Koffer zu verstauen. Er betrachtete die halb gepackten Sachen, dann den Koffer, der auf dem Bett lag und ihm entgegengähnte. Die Sonne schickte ihm durch die offene Terrassentür den Geruch eines frischen, wasserreichen Hollands in die Nase. Das Bett war bedeckt mit Stapeln von Unterwasche, Socken, Büchern und Hemden, als wären sie Jetons auf einem geheimnisvollen, weichen Spielbrett. Bosch hatte das Ritual ziemlich lustlos begonnen, war ihm dann aber recht dankbar. Der Gedanke, den Rest des Sommers mit Roland und seiner Familie in Scheveningen zu verbringen, war ihm inzwischen gar nicht unangenehm. Gefiel ihm geradezu. Er war arbeitslos geworden und musste sich, wie sein Bruder sagte, »an das Rentnerdasein gewöhnen«.

Dann würde er auch Danielle begegnen. Er hatte ihr in einem Geschäft an der Rozengracht etwas ganz Besonderes gekauft.

Die Geschenke für Hannah und Roland waren schnell beisammen gewesen. Es waren kostbare Dinge, die er sich als kinderloser Witwer mit immensen Ersparnissen erlauben konnte: eine Diamantbrosche aus dem Hause Coster, eine neue, vollautomatische Kamera. Doch das Geschenk für Danielle zu finden war nicht so leicht gewesen. Anfangs hatte er an ein japanisches Computerspiel gedacht, mit einem menschenähnlichen Wesen, das versorgt und erzogen werden musste, das man zur Schule bringen und vor allen Gefahren der Pubertät zu beschützen hatte, bis es selbständig war und aus dem Haus ging, was fast nie gelang, außer wenn das Programm einen Fehler oder Virus hatte. Doch dann fand er in einem Spielwarengeschäft von Rokin etwas viel Besseres: einen mechanischen Dalmatiner, der sich bewegen, bellen und heulen konnte, wenn man ihn über längere Zeit allein ließ. Er war drauf und dran, ihn zu kaufen, als er im gleichen Geschäft einen enormen Plüschhund entdeckte. Es war ein majestätisches, weiches Tier, ein Bernhardiner, so groß wie eine Zudecke für zwei Personen. Der Bernhardiner tat nichts, bewegte sich nicht, bellte nicht einmal, und dennoch erschien er Bosch sehr viel lebendiger als der mechanische Hund. Er gab Rolands Adresse in Den Haag an und ließ ihn dorthin schicken.

Nach dem Besuch im Spielwarengeschäft kam er an einem Laden an der Rozengracht vorbei und sah es.

Er zögerte kurz, dann kehrte er um. Den Bernhardiner wollte er aber nicht zurückgehen lassen, weshalb er ihn zu sich nach Hause bringen ließ. Später würde er dann entscheiden, was mit diesem weichen, braunen Monster geschehen sollte. Dann ging er wieder in das Geschäft an der Rozengracht und kaufte endlich das richtige Geschenk für Danielle.

Das Geschenk würde möglicherweise vor ihm eintreffen. Es konnte nicht nur bellen und heulen wie der mechanische Dalmatiner, sondern auch Pipi und Kacka auf den Teppich machen und die Tür mit seinen Krallen zerkratzen. So perfekt wie ein Computer war er nicht, auch nicht so nett wie ein Bernhardiner aus Plüsch. Wenn er aber kaputtging – das wusste Bosch –, war er nicht zu reparieren, von niemandem. Keiner konnte ihn wieder heil machen oder ersetzen. Wenn dieses Geschenk kaputt war, dann komplett und für immer, und sein unendlicher

Verlust würde das Herz von mehr als einer Person brechen.

Aus diesem Blickwinkel gesehen, war es zweifellos die schlechteste Gabe für ein zehnjähriges Mädchen.

Vielleicht würde Nielle jedoch die Vorzüge des Geschenks entdecken.

Er vertraute darauf.

Als das Flugzeug zur Landung ansetzte, warf Miss Wood einen Blick auf die Uhr, zog einen Spiegel aus der Handtasche und überprüfte den Zustand ihres Gesichts. Der war akzeptabel. Die Spuren der Traurigkeit waren verschwunden. Sollte es überhaupt je welche gegeben haben, dachte sie.

Die Nachricht hatte sie gestern erreicht, als sie soeben dabei war, nach London zu emigrieren, nachdem sie ihr Büro in Amsterdam geräumt hatte. Sie erkannte die Stimme des Arztes sofort. Es sei alles sehr schnell gegangen, versicherte ihr die Stimme. Wood war mit dieser Feststellung nicht einverstanden. In Wirklichkeit war alles sehr langsam gegangen, sehr langsam. »Ihr Vater hatte bereits das Bewusstsein verloren«, sagte die Stimme. Das konnte sie eher glauben. Wo war das Bewusstsein ihres Vater gewesen? Wo, in all den Jahren, sein Schuldbewusstsein? Wo war es gewesen, als sie noch bei ihm lebte? Sie wusste es nicht.

Sie hatte die erforderlichen Anweisungen gegeben. Der Tod endet nicht mit dem Tod; er muss mit ökonomischen und bürokratischen Anweisungen abgeschlossen werden. Ihr Vater hatte sich immer gewünscht, unter den Resten des jahrtausendealten Roms begraben zu werden. Sein Leben lang hatte er sich mehr als Römer denn als Brite gefühlt, ja genau, als Römer. In Wirklichkeit verabscheute er Italien und hatte sich nicht einmal die Mühe gemacht, korrektes Italienisch zu lernen. Ihm war nur Rom wichtig gewesen, die großartige Vorstellung, ein Imperium unter den Füßen zu haben. ›Jetzt wirst du es auf den Füßen haben. Viel Spaß dabei, Papa‹, hatte sie gedacht. Die Überführung der Leiche würde sie fast so teuer zu stehen kommen wie die Überführung ihrer Bilder.

Ihr Vater würde in einem Sarg nach Rom reisen, die Bilder aus ihrem Amsterdamer Büro in Privatflugzeugen nach London. ›Ein gutes Resümee meines Lebens‹, dachte sie.

Sie steckte das Spiegelchen in die Handtasche zurück, schloss sie und stellte sie neben ihren Füßen ab.

Noch wusste sie nicht, was sie nach ihrer Ankunft in London tun würde. Sie war dreißig Jahre alt und ging davon aus, dass sie noch ebenso lange beruflich aktiv sein würde. Arbeit gäbe es wohl immer für sie; mehrere auf Kunstwerke spezialisierte Versicherungsgesellschaften hatten ihr bereits Angebote gemacht. Doch sie wollte eine Erholungspause einlegen, zum ersten Mal. Sie war allein stehend und hatte alle Zeit der Welt. Vielleicht mehr, als sie ahnte. Da oben, im Nichts, über den Wolken von London schwebend, jetzt, wo ihr einziger Verwandter und ihre einzige Arbeit für immer gestorben waren, kam Miss Wood der Gedanke, dass sie womöglich über die ganze Ewigkeit verfügen konnte.

Ferien. Lange Jahre hatte sie keine Ferien mehr genossen. Vielleicht würde sie nach Devon gehen? Im Sommer war Devon ideal. Es war ruhig dort oder unterhaltsam, je nach Bedarf. Ihr Entschluss stand fest: Sie würde nach Devon gehen.

Kaum hatte sie das gedacht, erinnerte sie sich, dass Hirum Oslo in Devon lebte. Bis zu dem Moment hatte sie wirklich nicht an ihn gedacht. Sie schloss einen Besuch bei ihm nicht aus, um ihn nach all dem zu fragen, was noch ungeklärt war (warum er einen Porträtisten beauftragt hatte, aus einer Fotografie von ihr ein Bild herzustellen, zum Beispiel). Doch jetzt wollte sie sich mit der Möglichkeit, Hirum wiederzusehen, nicht befassen. Ihre Reise nach Devon war unabhängig von einem Besuch bei ihm.

Völlig unabhängig.

Nun ja, vielleicht, wenn ihr langweilig war …

Geld ist Kunst, dachte Jacob Stein. Diese neue Formulierung schien van Tyschs berühmtem Ausspruch zu gleichen, sagte in Wirklichkeit aber etwas ganz anderes aus. Die Ereignisse gaben ihm durchaus Recht. Er hatte in diesen Tagen ein paar meisterliche Schachzüge gemacht. Bei einem privaten Treffen mit Paul Benoit, Franz Hoffmann und Saskia Stoffels hatte er ihnen die ganze Wahrheit gesagt. Dann waren ein paar schnelle Entscheidungen gefallen. Zwei Tage danach informierte er die Investoren. Zu diesem Zweck lud er seine Repräsentanten in ein herrschaftliches Haus auf der Ionischen Insel Kefallinia ein, etwa zehn Kilometer nördlich von Ágios Spyridion, und stattete den Ort mit Kunsthandwerk von van der Gaar, Safira und Mordaieff aus. Ferner erwarb er, nur für diesen Anlass, fünf ganz neue und gut trainierte, jugendliche Zungen von Mark Rodgers.

»Es ist uns gelungen, die Situation zu retten, ja sogar Vorteile herauszuschlagen«, sagte er ihnen. »Wir haben mitgeteilt, Bruno van Tysch habe Selbstmord begangen, was ja tatsächlich stimmt, und erklärt, das, was mit *Ecce Homo* passiert ist, sei ein Unfall gewesen, für den im Grunde niemand voll verantwortlich gemacht werden kann. Wir ließen allerdings durchblicken, dass van Tysch wusste, was geschehen würde und alles so geplant hatte. Das Publikum verzeiht Verrückten und Toten recht schnell. Selbstverständlich haben wir bis zu einem gewissen Punkt auch Póstumo Baldis Aktivitäten aufgedeckt. Wir bezeichneten ihn als Verrückten, der ein Attentat auf *Susanna und die beiden Alten* geplant hatte. All das hat ein wahres Erdbeben ausgelöst. Noch ist es zu früh für definitive Zahlen, die Werke von ›Rembrandt‹ haben jedoch seit der letzten Woche eine enorme Wertsteigerung erfahren. Im Falle von *Ecce Homo* zum Beispiel ist der Preis in astronomische Höhen geschossen. Und mit *Susanna* passiert das Gleiche. Deshalb sind wir übereingekommen, die Sammlung ›Rembrandt‹ aufzulösen und die Originalfiguren nach Hause zu schicken, nachdem wir ihnen die Imprägnierung entfernt und die Signatur gelöscht haben. Wir können also anfangen, die Ersatzleute einzusetzen. Jetzt, wo der Meister nicht mehr da ist und kein Ersatz auf seine Zustimmung hoffen kann, müssen wir unbedingt dafür sorgen, dass die Originale nicht mehr so wichtig genommen werden, und von Anfang an Ersatzleute verwenden, damit die Sammler sich daran gewöhnen. Wenn wir das versäumen, laufen wir Gefahr, dass die Preise der Bilder auf das Niveau nicht offiziell anerkannter Kopien sinken.«

Während die ionische Sonne sein Gesicht vergoldete, streckte er die Beine aus und stellte die Füße zurecht. Die Zunge, vor ihm auf dem Boden hingestreckt, gänzlich nackt, rosa und weiß bemalt, blind und taub wegen der Klappen, tastete mit ihrem dunkelblonden Kopf herum, bis sie den anderen Fuß fand und ihn lecken konnte.

»Wir haben beschlossen, die Zerstörung der Originale von *Entjungferung* und *Monster* nicht bekannt zu geben«, fuhr er fort. »Die an der Angelegenheit interessierten Parteien werden Stillschweigen bewahren, und wir werden die beiden Bilder heimlich austauschen. Was den Übergang anbetrifft ...«

Stein machte eine Pause, während er sich auf dem Sessel zurechtsetzte. Dabei merkte er, dass die Rückenlehne unter seinem Gewicht ein wenig nachgab. Das war kein Konstruktionsfehler, das Objekt veränderte nur die Stellung, um sich ihm genauer anzupassen. Trotz ihrer Schlankheit waren die beiden sportlichen Körper, die Mordaieffs Sessel bildeten, für sein Gewicht durchtrainiert genug. Hin und wieder bewegte sich das jugendliche Gesäß unter dem seinen und versetzte ihn in eine leicht schaukelnde Bewegung, eher ein verhaltenes, zartes Wiegen. Mordaieff stellte gute Möbel her. Man konnte auf die Sitze hübsche Kalligrafien schreiben oder sie freihändig wie ein Buch illustrieren. Und das Beste daran: Es war angenehm, die Hand nach ihnen auszustrecken und sie zu berühren, während man geschäftliche Gespräche führte.

»*Fuschus*, der Übergang war ziemlich leicht, glauben Sie mir«, sagte er.

Das entsprach nicht ganz der Wahrheit, aber er wollte ihnen den Gedanken nahe legen, dass Geld alle Probleme löst. Was natürlich falsch war, in Zukunft jedoch zutreffen konnte, unter einer Bedingung: mit mehr Geld.

Vor ein paar Jahren hatte er erstmals ein Werk von Vicky Lledó gesehen. Es hieß *Körperlinien* und wurde in London ausgestellt, während einer Präsentation ortsansässiger Künstler. Die Leinwand gefiel ihm nicht sonderlich, sie war Britin und hieß Shelley, doch Stein konnte ein gutes Bild, auf eine mittelmäßige Leinwand gemalt, immer erkennen. Selbstverständlich sagte er keinem etwas. Monate später, als die Leinwand ersetzt wurde, packte Stein Shelley zusammen und brachte sie nach Amsterdam, indem er ein paar Probearbeiten vorgab, unterhielt sich aber nicht persönlich mit ihr. Shelley war begeistert und beantwortete alle Fragen. Sie zielten unter anderem auf den Charakter und das Privatleben der Señorita Lledó. Stein bewahrte diese Information für künftigen Gebrauch auf. Schließlich musste man die Nachfolge vorbereiten – den »Übergang«, wie es die Investoren nannten –, weil van Tyschs Stern im Sinken war. Obwohl Stein wusste, dass der Meister das letzte Wort noch nicht gesprochen hatte, musste er unbedingt vorsorgen. Monatelang hortete er Informationen über unbekannte Maler. Alle hatten panische Angst vor dem Übergang. Stein hatte panische Angst vor der panischen Angst. Er nahm sich vor, ihnen zu zeigen, dass das Wunder, ein Genie hervorzubringen, sehr viel leichter zu vollbringen war, als sich der Anstrengung zu unterziehen, das Leben eines Genies zu verlängern.

Schon Anfang des Jahres 2002 hatte er beschlossen, Vicky Lledó zur Nachfolgerin zu machen. Wenn sich die Waage künftig zugunsten von Lledó neigen würde, hätte das eine ganze Reihe von Vorteilen: Sie war eine Frau, was der männerlastigen Konzeption bestimmter Teile der HD-Kunst eine deutliche Wendung geben würde; sie war keine Holländerin, was demonstrierte, dass die Stiftung van Tysch für alle europäischen Künstler offen war. Und schließlich würde sie Leuten wie Rayback bei deren besorgniserregendem Aufstieg in der Hierarchie der Macht Einhalt gebieten. Die Vergabe dieses kleinen Preises der Stiftung Max Kalima war der erste Schritt gewesen. »Ich kann Ihnen versichern, dass der Meister Lledós Werk kennt und davon begeistert ist«, hatte er den Investoren gesagt. Was nicht stimmte. Der Meister kümmerte sich nur um sich und sein eigenes Werk. Stein wusste ganz genau, dass er von der Existenz einer jungen spanischen Künstlerin namens Vicky Lledó nicht einmal Kenntnis hatte. Van Tysch war nur die Verfassung seines Schwanengesangs wichtig, sein Abschied von der Welt, sein letztes, riskantestes Werk. Stein hatte alle Entscheidungen allein getroffen.

Das Ende rückte näher, weshalb ein Neuanfang erfunden werden musste.

Die Dämmerung würde unberührbar und unvollendet in Edenburg bleiben. Und zwar so lange, bis die Welt bereit war, sie zu betrachten, und ihr öffentliches Erscheinen Vorteile versprach. Erstgenannte Voraussetzung konnte jeden Moment erfüllt sein oder war bereits erfüllt (die Welt war fast immer auf alles vorbereitet). Was die zweite anging, so würde ein Komittee von Investoren unter seinem und Paul Benoits Vorsitz zur rechten Zeit die notwendigen Schritte für die spätere Bekanntgabe des Werks einleiten. Man würde vom »Testament des Meisters« sprechen, von seinem »Schwanengesang«, seinem »schrecklichen Geheimnis«. »Ein Wunder braucht eine Offenbarung und ein Geheimnis, Jacob«, hatte Benoit mit Nachdruck gesagt, »die Offenbarung haben wir bereits. Nun fehlt uns noch das Geheimnis.«

»Lassen wir den Gedanken reifen«, fasste Stein für die Investoren zusammen. Dabei streichelte er nachdenklich die breiten Schenkel seines Sitzplatzes.

Eine Zeit lang gab es Geräusche. Dann trat Stille ein.

Sie hatte eine Lawine von Anrufen bekommen: von Jorge vor allem, der anfangs sehr besorgt war, sich dann aber, als er mit ihr sprechen konnte, beruhigte. Wann kommst du zurück? Das weiß ich nicht, Jorge, wir werden sehen. Ich möchte dich gern treffen. Wir werden sehen. Sie stellte plötzlich fest, dass sie ihn überhaupt nicht vermisste. Jorge war für sie die Stimme der Vergangenheit, unvermeidlich, aber abgeschlossen. Auch Yoli Ribó, Alexandra Jiménez, Adolfo Bermejo, Xavi Gonfrell und Ernest Salvatierra telefonierten mit ihr. Es gab Anrufe von Malern und Leinwänden. Einer der nettesten kam von Alex Bassan. Alle freuten sich, wenn sie sagte, dass es ihr gut gehe und sie von van Tysch signiert worden sei. Eines Abends meldete sich sogar die Stimme ihres Bruders. Ja, selbst ihr Bruder interessierte sich für das Befinden der Malerei! Ohne von seinem gewohnten, reservierten Ton eines Anwalts zu lassen, sprach José Manuel von ihrer Mutter und davon, wie sehr er sie vermisse und dass sie ihn immer so im Ungewissen lasse. »Wir wussten ja von nichts«, sagte er. »Wir haben es von Jorge Atienza erfahren müssen.« Wie es ihr ginge? Gut. Würde sie bald zurückkommen? Ja. Sie würden sie gerne wiedersehen. Auch sie würde sie gerne wiedersehen. Schließlich und endlich, dachte sie, gedeihen Leben und Kunst unter den gleichen Bedingungen. Man musste hingehen und sehen.

Und Vicky? Vicky rief nicht an.

Wahrscheinlich war es an ihr, den ersten Schritt zu tun, jetzt, wo Vicky so eine bekannte Malerin geworden war.

Vicky würde eine Retrospektive für die Stiftung ausrichten, das hatte Jacob Stein in einer Pressekonferenz bekannt gegeben. Unter dem Dutzend ausgewählter Werke waren zwei, die sie ursprünglich mit Clara gemalt hatte: *Der Augenblick* und *Die Erdbeere.* Stein hatte hinzugefügt, Vicky Lledó sei eine der großen Repräsentantinnen des modernen, orthodoxen Hyperdramatismus. Die Stiftung van Tysch werde die Arbeiten dieser jungen Künstlerin »jetzt, wo der Meister nicht mehr ist«, mit Nachdruck fördern.

Diese Nachricht erschütterte sie gewaltig; eine Zeit lang wusste sie überhaupt nicht, was sie davon halten sollte.

Am Ende freute sie sich für Vicky, doch dann kam ihr der Gedanke, dass sie erfreut war, weil sie Vicky nicht ausreichend liebte, um sie zu bemitleiden.

»Die beiden Unsterblichen, so wie wir es uns gewünscht haben. Gut so.«

Als dann keine Anrufe mehr kamen, schaltete sie den Fernseher aus.

Es waren immer die gleichen Nachrichten, die sie schon auswendig kannte. Sie versagte sich aber auch die Klänge der zahlreichen Jazz-CDs, die sie von der Abteilung Konservierung zu ihrer Unterhaltung geschenkt bekommen hatte. Sie fühlte sich wohl damit, von ihrer eigenen Stille umgeben zu sein. Oder ihren Geräuschen.

Denn das Leben hatte seinen eigenen Klang, wie sie jetzt feststellte. Sie spürte, wie das Leben zu ihr zurückkam, wie man das Heranrollen einer Welle hört. Man hatte beschlossen, ihr die Imprägnierung zu entfernen, die Signatur zu löschen und sie nach Hause zu schicken. Dort würde man sie sich eine gewisse Zeit erholen lassen und dann, je nachdem, erneut auf sie zukommen, um *Susanna* noch einmal auszustellen. Das Geld konnte sie natürlich behalten, daran hatte sich nichts geändert. Sie setzten ihre F & W-Tabletten ab, und schon bald danach stellte sie fest, dass der Mensch ein Ding ist, das Dinge braucht. Die Kunst bewegt sich nicht und ist damit zufrieden, doch das Leben stellt fortlaufend Ansprüche. Dann fing man an, ihr die Imprägnierung zu entfernen. Als sie ins Zimmer des Krankenhauses, in das sie eingewiesen war, zurückkam, betrachtete sie sich im Spiegel. Kein Zweifel: Das war die ganze Clara Reyes. Das blonde Haar, die offenen Poren der Haut, die alten Narben, die Spuren ihres Lebens, die Gerüche, die bekannten Formen. Sie war selbstverständlich noch immer depiliert, hatte sich aber inzwischen mit diesem Anblick gut arrangiert. Ihr Gesicht ohne die Imprägnierung nahm wieder den gewohnten Ausdruck an. Das gelbe Gespenst, das Jorge einen solchen Schrecken eingejagt hatte, war inzwischen sehr weit weg. Sie war nun weder bemalt, noch trug sie Etiketten. Es war nicht leicht, ohne Etiketten und Farbe zu leben, daran musste sie sich erst gewöhnen.

Dann, am Freitagnachmittag, als sie nach dem Essen einen ausgedehnten Mittagschlaf hielt, hörte sie ein leises Klopfen an der Tür.

Gerardo kam lächelnd herein.

»So siehst du also aus, wenn man dir die ganze Farbe abgenommen hat, Clarita. Du gefällst mir so, wirklich. Naturbelassen, sozusagen.«

Clara lächelte. Sie saß im Bett, trug einen Pyjama, war ungekämmt und hatte die Augen noch voller Schlaf. Als sie sich von Gerardo umarmen ließ, stellte sie fest, dass seine Anwesenheit sie sehr glücklich machte.

»Ich habe erfahren, dass du heute entlassen werden sollst, und da wollte ich dich noch besuchen«, erklärte er. »Justus wäre auch gern gekommen, hat mir aber geraten, den Anfang zu machen, die ›Vorhut‹ sozusagen.« Dabei lachte er mit blitzenden Augen, doch dann wurde er wieder ernst. Er hatte vom Attentat dieses Verrückten erfahren und seither versucht, sie zu besuchen, obwohl man ihm mehrmals versichert hatte, dass ihr nichts passiert war. »Wie geht es dir?«, fragte er.

»Ich weiß es nicht«, antwortete sie ehrlich. »Ich denke, ganz gut.«

Sie hatte das Gefühl, lange geschlafen zu haben und im Krankenhaus aufgewacht zu sein. Sie fühlte sich leer. ›Es war ein Traum‹, dachte sie. Doch was passiert, wenn alles, was du bist, und alles, was du warst, Teil des gleichen Traums ist?

Es war noch Zeit, bis sie zum Flughafen fahren mussten. Er fragte sie, ob sie sich von irgendeinem Ort besonders verabschieden wollte. Claras Blick fiel auf die Zeitungen, die zusammengelegt auf ihrem Bett lagen. Sie hatte gelesen, dass an diesem Freitag, dem 21. Juli 2006, der Abbau des Tunnels abgeschlossen würde.

»Ich würde gern am Museumsplein vorbeifahren und sehen, wie sie den Tunnel entfernen«, sagte sie.

»Kein Problem.«

Es war inzwischen dunkel geworden, und über dem ruhigen Wasser der Kanäle erschienen die ersten Sterne. Die Nacht war herrlich, richtig sommerlich. Der Mond nahm zu, bald würde er seine volle Gestalt erreicht haben. Gerardo fuhr Richtung Museumsplein, Clara saß neben ihm.

»Ich habe mir vorgenommen«, unterbrach Gerardo unvermittelt die Stille, »demnächst nach Madrid zu reisen. Ich würde gerne ein Bild vollenden, das ich halb fertig hinterlassen habe«, setzte er lächelnd hinzu.

Später wusste sie, dass ihr genau in diesem Augenblick klar geworden war, dass *Susanna* ganz aus ihrem Körper verschwunden war. Hier, in Gerardos dunklem Auto sitzend, berührte sie ihre Beine, Arme, das Gesicht und erkannte, dass *Susanna* ausgelöscht war. Darunter war Clara Reyes hervorgekommen, so wie sie eben war, mit allen Vorzügen und Fehlern. Der Vorgang, dachte sie, ist mit einem gewöhnlichen, gescheiterten Scheidungsversuch vergleichbar.

Gerardo redete.

»Ich würde gern ...«

Er legte eine Reihe ehrlicher Geständnisse ab, die sie nicht recht verstand und kaum hörte. Sie begriff allerdings, dass sie sich jetzt, wo sie wieder Clara war, von neuem damit abfinden musste, dass man ihr Geständnisse machte. Weil *Susanna* sich in den dunklen, sternenbesetzten Himmel verabschiedete. *Susanna* entschwebte in die Tiefen des Nachttunnels, entfernte sich mehr und mehr, wurde immer unwichtiger. Willkommen in der Welt, Clara. Willkommen in der Wirklichkeit.

Die Arbeit auf dem Museumsplein ging ruhig und fachkundig voran. Jede Zeltbahn wurde von mehreren Technikern abgebaut: erst die eine Wand, dann die andere, dann das Dach. So verschwand ein Teil des Hufeisens nach dem anderen. Die Arbeit wurde nicht einmal nachts unterbrochen. Schließlich sollte Amsterdam, wenn es erwachte, keinen Tunnel mehr vorfinden, sollte die Sonne über dem leeren Platz aufgehen, auf dem nur die gewohnten Statuen standen und Blumenrabatten verstreut waren.

Gerardo parkte in der Nähe, und sie spazierten mit nach oben gerichteten Blicken herum, wie frisch eingetroffene Touristen.

»Wie ist dir zumute?«, wollte er wissen. Sie starrte auf die gewaltige Baustelle.

»Ich weiß es nicht. Nimm mich in den Arm.«

Während sie weitergingen, kam ihr eine Antwort in den Sinn: »Mir ist, als würde ich zum ersten Mal richtig atmen«, sagte sie.

Sie entfernten sich, und Clara blickte über die Schulter zurück.

Soeben löste sich eine der Zeltbahnen des Dachs. Das riesige Quadrat sank mit einem Geräusch nieder, das an ferne Wellen erinnerte, und nahm seine eigene Schwärze mit. In die leere Dämmerung drang, ganz mühelos, das helle Licht des Mondes.

Anmerkung des Autors

Im Namen der Kunst ist alles getan worden. Die Fantasie eines Autors kann es niemals mit den zahllosen Wegen und Erfahrungen aufnehmen, die sich der Leserschaft erschließen, wenn sie sich mit der Wunderwelt zeitgenössischer Kunst befasst. Dessen ungeachtet, gibt es den Hyperdramatismus nicht, obwohl einige Strömungen – *Body-Art* beispielsweise – vom Körper ausgehen und ihn in den Mittelpunkt ihrer Werke stellen. Die Begriffe Schock-Art, »schmutzige« Kunst, *Animarts*, menschliches Kunsthandwerk etc. sind ebenfalls frei erfunden, wenngleich *Happenings* und *Aktionskunst* allen Freunden moderner Kunst geläufig sind. Das Geschäft mit bemalten Menschen ist bisher nicht üblich. Ob das auch künftig so bleiben wird, weiß ich nicht, denke aber, dass es nicht moralische Vorbehalte sein werden, die einen Menschenhandel, wie ich ihn in meinem Roman beschrieben habe, oder eine noch spektakulärere Version verhindern werden.

Neben den Personen sind viele andere Dinge in diesem Buch ebenfalls fiktiv. Öffentliche Gebäude wie das Obberlund in München, die »Ateliers« von Amsterdam, Privatgalerien wie GS oder Max Ernst und Hotels wie das Wunderbar oder das Vermeer habe ich frei erfunden. Übereinstimmungen mit realen Namen und Orten sind rein zufällig. Die genannten Museen jedoch gibt es tatsächlich, obgleich das Museumsquartier in Wien, soviel ich weiß, derzeit umgebaut wird. Vielleicht ist es beim Erscheinen dieses Romans bereits wieder eröffnet. Selbstverständlich sind die in diesen Museen ausgestellten Werke fiktiv, und es können keinerlei Verbindungen zwischen den Charakteristiken besagter Werke und den realen, im Roman vorkommenden Institutionen hergestellt werden.

Einige Titel der Werke, die ich konsultiert habe, sind so wichtig, dass sie genannt werden müssen. Der Klassiker *Geschichte der Kunst* von Ernst Gombrich (1997) und das nicht weniger klassische Werk *Materialien und Techniken der Kunst* von Ralf Mayer (1993) sind meine Lieblingslektüre geworden. Aus der Vielzahl der Arbeiten über Rembrandt waren mir *Rembrandt's Eyes* von Simon Schama (Allen Lane, The Penguin Press, 1999) und *Rembrandt* von Emmanuel Starcky (Portland House, 1990) besonders wertvoll. Unübertroffen, was zeitgenössische Kunst angeht, waren *Kunst des 20. Jahrhunderts* von Ruhrberg, Schneckenburger u. a. (Taschen, 1999) und *Kunst an der Jahrtausendwende,* herausgegeben von Riemschneider und Grosenick (Taschen, 1999). Die beiden Verse von Rilke, die ich am Anfang und am Ende zitiere, sind der ersten der *Duineser Elegien* entnommen. Alle Zitate von Lewis Carroll stammen aus dem Buch *Alice hinter den Spiegeln.* Die Auslassungen sind mit Pünktchen markiert.

Es gibt jedoch Fragen, die Bücher nicht beantworten können. Von den Personen, die mit ihren Ratschlägen oder Informationen zur Verbesserung dieses Romans beigetragen haben, möchte ich zwei nennen, die sich besonders verdient gemacht haben. Antonio Escudero Nafs, mein guter Freund und ein hervorragender Maler, beriet mich im Hinblick auf die wichtigsten Grundlagen seiner Kunst. Die ebenso exzellente Malerin »Scipona« ertrug stoisch meine Fragen über Vernissagen, Galeristen und Händler, was mir eine wertvolle Hilfe war. Da mein Roman jedoch nicht von Gemälden auf Leinwänden handelt – wie die beiden angenommen hatten –, sondern von menschlichen Bildern, war ich gezwungen, mir mit ihren Informationen große Freiheiten herauszunehmen. Alle Fehler in meinem Werk, die mit der komplexen Welt der Kunst zu tun haben, sind also meiner Nachlässigkeit oder den genannten Freiheiten zuzuschreiben.

J. C. S.
Madrid, 2001